Jessa Hastings est une passionnée de puzzle, qui a une fâcheuse tendance à se poser trop de questions. Elle aime *Friends* plus que vous, mais n'a probablement pas les aptitudes sociales ni l'endurance pour vous le prouver. Elle estime que le petit déjeuner surpasse tous les autres repas, à part peut-être le rôti du dimanche. Elle vit avec son mari et leurs deux enfants (ainsi que leur chat et leur chien) à Marina del Rey, en Californie, et elle a toujours adoré les histoires. *Into The Dark* est le cinquième tome de sa série autour du personnage de Magnolia Parks. Vous trouverez davantage d'informations à propos de Jessa sur www.magnoliaparksuniverse.com

De la même autrice :

Magnolia Parks :
1. *Magnolia Parks*
2. *Daisy Haites*
3. *The Long Way Home*
4. *The Great Undoing*
5. *Into The Dark*

Never

CE LIVRE EST ÉGALEMENT DISPONIBLE
AU FORMAT NUMÉRIQUE

www.editions-hauteville.fr

Jessa Hastings

Magnolia Parks

Into the Dark

Magnolia Parks – 5

Traduit de l'anglais (États-Unis) par Odile Carton

Hauteville

Hauteville est un label des éditions Bragelonne

Titre original : *Into The Dark*

Initialement publié en langue anglaise en 2024
par The Orion Publishing Group Ltd

Directeur : Antoine Béon
Directrice de la publication : Claire Renault Deslandes
Directrice éditoriale : Julia Leloup
Directeur artistique : Fabrice Borio

ISBN : 978-2-38122-674-3

Bragelonne – Hauteville
58, rue Jean Bleuzen – 92170 Vanves
E-mail : info@editions-hauteville.fr
Site Internet : www.editions-hauteville.fr

À toutes celles et tous ceux
en qui les parties les plus douloureuses de ce livre trouvent un écho,
à toutes celles et tous ceux qui ont pleuré ou pleurent quelqu'un,
ont perdu ou sont en train de perdre quelqu'un,
à toutes celles et tous ceux qui s'inquiètent du néant noir et vide…
Ça va aller.

OK?❤

1

Magnolia

J'observe Henry qui, adossé à la tête de lit du côté où son frère dort, fronce les sourcils devant une grille de sudoku. J'ignore ce qui l'amuse dans ce jeu. Enfant, il noircissait des grilles de mots mêlés, mais, à l'époque où nous sommes entrés à Varley, il était déjà passé au sudoku. Concentré, il mordille le bout de son crayon et plisse les yeux.

Je scrute la grille et désigne une des cases vides.

— Sept, lui dis-je avant qu'il repousse ma main en me fusillant du regard.

— Je ne veux pas de ton aide.

Je fronce les sourcils.

— Quelle grossièreté !

— Tout à fait d'accord. Ta putain d'indifférence flagrante pour l'art du sudoku…

— On peut difficilement parler d'art, objecté-je.

— … est parfaitement grossière, poursuit-il, ignorant ma remarque. Surtout quand on sait que tu y excelles. C'est exaspérant.

Je lève les yeux au ciel et tourne vivement la page du dernier numéro de *Vogue Italia*.

Il marmonne que, avec les facilités que j'ai, j'aurais dû faire plus d'efforts en maths au lycée. Je l'ignore.

Je lui montre la photo d'une robe qui ne me plaît pas.

— Ils l'ont faite en sergé, tu te rends compte ! C'est tellement bizarre.

— C'est clair, renchérit Henry avec une grimace sarcastique.

— C'est l'été…, insisté-je.

Voyant que cette précision ne suscite pas chez lui la réaction horrifiée à laquelle je m'attendais, je lui rappelle :

— C'est un tissu d'hiver.

Mais il m'a déjà oubliée et contemple sa grille d'un air atterré.

C'est alors que la porte d'entrée claque. Henry et moi échangeons un regard.

— Parksy ? lance BJ.

J'aime quand il m'appelle comme ça. J'ai l'impression de me retrouver au lycée et d'avoir de nouveau quinze ans. Ce diminutif a repris du service quand nous nous sommes fiancés.

— Ici ! crié-je en bondissant hors du lit. Dépêche-toi ! soufflé-je en tendant la couette et en agitant les mains comme une folle à l'intention de Henry. Vite ! Sors de là… !

Henry lisse l'édredon du côté où il était assis et lance son cahier de sudoku à l'autre bout de la pièce… Malheureusement, BJ, qui entrait à ce moment-là, le reçoit en pleine figure.

Je lâche un éclat de rire faussement désinvolte, appuyée tout sauf naturellement contre notre lit Savoir, modèle Winston & N°4v sur mesure, tapissé à ma demande en bouclette crème.

— Salut, dis-je avec mon sourire le plus lumineux.

— Hey, répond-il en plissant les yeux.

Christian passe la tête dans la chambre et nous regarde tour à tour, Henry et moi, puis il éclate de rire et va se planter à côté de BJ, qui pointe le menton vers nous.

— Vous étiez au lit ?

— Non, affirmé-je en secouant vivement la tête.

Henry hausse les épaules d'un air détaché.

— Non, répété-je sans cesser de secouer la tête. Tu nous as dit d'arrêter, et nous t'avons évidemment, scrupuleusement obéi.

Henry approuve de la tête.

— Et même si cela va sans dire, je précise que Henry n'a certainement pas mangé de sandwich de ton côté du lit… (Je lance un coup d'œil à Henry et poursuis à travers mes dents serrées.) Ce serait dégoûtant, et puis ça aurait risqué de nous trahir – si nous avions eu quoi que ce soit à nous reprocher, ce qui n'est pas le cas… Mais si par hasard, en te couchant ce soir, tu sentais quelque chose qui ressemble à des miettes, ce serait la faute d'une souris ou… euh… d'une goule affamée ou je ne sais quoi.

BJ enfonce ses mains dans ses cheveux et grogne.

— Pourquoi vous n'allez jamais dans le salon, putain ? (Il nous regarde, agacé.) Il est ouf.

BJ a décoré tout l'appartement et il en est très fier.

— C'est vrai, approuve Henry.

Franchement, il a raison – le salon est incroyable.

Appuyé contre l'encadrement de la porte, Christian nous observe d'un air amusé.

— *AD* lui a consacré un sujet…, nous rappelle BJ.

Vrai aussi. *Architectural Digest* en a réalisé une visite privée que tout le monde peut voir sur YouTube – cela dit, le timing de sa sortie est encore un sujet sensible parmi les membres du Pack Complet, et Christian grogne en l'entendant mentionner.

Je lui décoche un regard. BJ n'est pas seulement fier de son salon. Il est, il faut l'admettre, très *bizarrement* fier du salon. Quand il en parle, on croirait presque… je ne sais pas… qu'il a mis un enfant au monde.

Donc oui, c'est un peu excessif, mais je n'apprécie pas qu'on dénigre les efforts de BJ, même quand je ne suis pas entièrement sûre de comprendre moi-même.

— Tout bien considéré… (Je lance à BJ un regard rassurant et le rejoins, prenant ses bras et les passant autour de moi.) Je l'adore. Tu as fait un travail formidable.

Mon fiancé arque un sourcil.

— Mais… ?

Je pince discrètement les lèvres sans répondre, ne voulant pas accabler le garçon que j'aime le plus au monde. Le résultat est réellement (franchement) magnifique. J'adore son style Mid-Century Modern, lumineux et chaleureux. Seulement…

— Il y a beaucoup d'angles et de coins, mec, objecte Henry avec une grimace. (Son frère lève les yeux au ciel en marmonnant quelque chose.) Et il faut vraiment s'accrocher pour ne pas tomber du canapé…

— Pas faux…, glissé-je.

— C'est un Hans J. Wegner ! s'exclame BJ en nous regardant, sidéré. Il vaut 37 000 livres.

— Ouais… (Christian hausse les épaules, impuissant.) Mais le confort n'a pas de prix, pas vrai ?

— Contrairement à l'inconfort… hein, BJ ? lance Henry à son frère avec un clin d'œil.

BJ me décoche un regard noir auquel je réponds en écarquillant les yeux d'un air penaud.

— On en glisse, en quelque sorte. Tu es bien placé pour le savoir, fais-je remarquer. Quand nous avons essayé d'y faire l'amour, je me suis retrouvée par terre ! J'ai patiné tel un pingouin sur la banquise.

Il hausse les sourcils.

— On a quand même fini par y arriver…

— Pas du tout. Je veux dire, oui… mais par terre.

BJ plonge dans ses souvenirs, et ses lèvres s'étirent en un sourire rêveur tandis que les détails de nos ébats lui reviennent en mémoire – le sexe entre nous est… fabuleux.

— Oh, ouais.

Il plonge son regard dans le mien. Du coin de l'œil, je vois Henry faire une grimace.

Christian m'assène une claque sur le bras avant de faire quelques pas dans notre chambre.

— Cool ! Je ne t'aurais jamais crue capable de baiser par terre, Parks.

BJ me décoche un clin d'œil.

Henry étire les bras au-dessus de sa tête et se rassied sur notre lit. BJ ramasse le cahier de sudoku et le lui jette à la tête.

— Descends de là !

Henry secoue la tête, l'air désolé.

— Impossible.

BJ hausse les sourcils.

— Pourquoi ?

— Trop confortable. (Il se roule dessus pour contrarier son frère.) D'ailleurs, je pourrais avoir le même dans ma chambre ?

— Putain, combien de fois… (BJ s'interrompt et fusille son frère du regard.) Tu n'as pas de chambre ici.

J'esquisse une moue sceptique.

— Un peu, si, se défend Henry.

Christian ne passe plus beaucoup de temps chez eux – je ne sais pas très bien pourquoi… D'ailleurs, peut-on encore parler de « chez eux » ? Il fut un temps où ça n'aurait pas été un problème, au contraire. Henry apprécie la solitude, d'ordinaire… Mais il l'aime beaucoup, beaucoup moins, depuis quelque temps.

Donc, même si Henry « n'a pas de chambre ici », BJ ne tenant pas à vivre avec lui, en fait il en a une.

Christian s'allonge à côté de lui avant de se redresser et de se tourner vers nous.

— Putain, ce lit est douillet de ouf !

J'y grimpe à mon tour et vais m'asseoir au milieu.

— Tu as vu ça ? m'exclamé-je avec un grand sourire.

Christian hoche lentement la tête d'un air béat.

— On est bien mieux ici qu'au salon…

BJ souffle bruyamment par le nez avant de s'allonger à son tour. Il attrape un des magazines people qui traînent là et se met à le feuilleter.

Je sais que je ne devrais pas les lire, mais il est toujours question de BJ et moi dans ces torchons, et je tiens à savoir ce qui se dit sur nous.

Je balaie notre chambre du regard – tout est blanc : les murs, le lit géant qui ressemble à un nuage, les grands rideaux qui se gonflent… J'adore avoir une « notre chambre » avec lui. C'est la première fois, malgré toutes les années où nous avons été ensemble.

En pension, nous logions évidemment dans des bâtiments différents, et nous nous retrouvions en douce aussi souvent que possible. Les week-ends, nous les passions chez les parents de l'un ou l'autre dans nos chambres respectives. Nous avons partagé la chambre et le lit de l'autre une infinité de fois au cours de nos vies, mais nous n'en avons jamais eu une qui soit juste la nôtre, dans un lit jamais partagé avec personne d'autre, dans une chambre où, tous les soirs, nous nous endormons ensemble, et où, tous les matins, je me réveille et il est près de moi. Notre chambre pourrait être une boîte en carton, je l'adorerais, tant qu'il s'y trouve – absolument pas, c'était un mensonge, ou du moins une déclaration hyperbolique, mais vous m'avez comprise…

BJ s'est occupé de décorer notre appartement. Il a choisi chaque meuble, chaque œuvre d'art, chaque objet. Moi, je… je ne pouvais pas, à l'époque, vous comprenez ? C'était si peu de temps après… J'en étais tout simplement incapable. La seule chose que j'aie choisie dans tout l'appartement, c'est notre lit et notre matelas. Ce n'est pas un concours, et si ça l'était, je voudrais qu'il le gagne, mais il faut bien admettre que notre lit est définitivement le meuble le plus confortable de toute la maison.

Je me tortille sur le nuage géant où nous nous prélassons tous les quatre, essayant de rejoindre mon fiancé, et battant des cils pour rentrer dans ses bonnes grâces.

Il me lance un regard méfiant.

— Ne braque pas ces yeux sur moi.

Je hausse innocemment les épaules.

— Je les braquerais volontiers sur notre canapé, mais ils déraperaient direct.

BJ réprime un éclat de rire et secoue la tête tout en tournant une page.

Et là, je le vois.

« Les amants de Londres » : tel est le titre de l'« article » (je rappelle que les guillemets sont des pincettes typographiques), surmontant plusieurs photos de nous et d'autres people dans des attitudes romantiques et mièvres à divers endroits de Londres. Suki Waterhouse et Robert Pattinson. Rachel McAdams et son mari. Jamie Dornan et Amelia.

— Oh non, soupiré-je en tapotant du doigt la photo de nous.

Elle a été prise par un paparazzi. Je suis assise sur les genoux de BJ, qui a posé son menton sur mon épaule. Nous parcourons ensemble ce que je sais être un menu mais qui, malheureusement, ressemble à un vieux livre à la reliure de cuir.

— Quoi ? (BJ me jette un coup d'œil et presse sa bouche contre mon bras.) On est bien.

— Non…, soupiré-je à nouveau, dépitée. Non, on a l'air d'un couple d'amoureux qui se taguent mutuellement dans leur bio Instagram.

— Oh, putain…, s'esclaffe BJ. C'est vrai… Un peu.

— Et alors ? C'est quoi, le problème ? demande Henry en nous regardant avec curiosité.

Je ne peux pas m'empêcher de sourire. Il est tellement adorable. Pur et frais, et prêt à aimer quelqu'un convenablement (et soyez certains que le jour où cela arrivera, je lui confisquerai son téléphone et lui bloquerai l'accès à son compte Instagram, ou m'assurerai au moins que sa biographie ne comporte aucune niaiserie).

Christian lui lance un regard sévère avant de grogner :

— Tout. Le seul truc pire que mentionner ton partenaire dans ta bio, c'est avoir un compte joint.

Assurément, beaucoup moins pur et frais que Henry… Mais n'oublions pas que Christian a aimé quelqu'un profondément, et où est-ce que ça l'a mené, franchement ?

Daisy n'a pas reparu. Ça va faire trois mois, maintenant. J'ai du mal à comprendre comment il tient le coup. Il n'est plus le même, en tout cas. Il ne noie pas sa douleur dans l'alcool et les filles, mais ne sait pas si Daisy et lui sont encore ensemble ou pas. Parce qu'ils se sont volatilisés. Elle et son frère. Ils sont partis, et puis… rien. Ni l'un ni l'autre n'a donné aucune nouvelle. Même pas quand…

Je secoue la tête.

Je ne veux pas y penser.

Le portable de Henry vibre. Il le sort de sa poche et jette un coup d'œil à l'écran. Son visage prend alors une expression familière – à la fois douloureuse et contrariée –, et presque aussitôt il souffle par le nez et le remet dans sa poche.

Taura. Telle est désormais sa réaction chaque fois qu'il est question d'elle.

Encore une histoire qui a mal tourné.

Taura avait fini par choisir Henry, vous saviez ? Je suppose que non, puisque je suis la seule dans le secret. Elle m'a confié que c'était Henry qu'elle aimait vraiment et avec qui elle voulait être… juste avant que la mère de Jonah tombe dans le coma.

Elle ne s'en était donc pas ouverte à lui, n'ayant pas le cœur d'infliger ce coup à Jonah alors que sa mère se trouvait entre la vie et la mort. Rien n'a donc changé, en apparence puisqu'elle avait fait son choix. Je le savais et elle le savait, mais pas les garçons. Elle a gardé sa décision pour elle afin d'épargner Jonah, et les a finalement perdus tous les deux.

Je baisse de nouveau les yeux vers la photo de BJ et moi et soupire.

— Je suppose que nous allons simplement devoir faire un effort pour être moins adorables en public.

— Ou alors… (Henry claque des doigts devant mon visage. Son expression pensive a disparu, et il n'y a plus nulle trace dans ses yeux de la tristesse que j'y ai surprise il y a un instant, probablement refoulée profondément.) Tu pourrais prononcer en public ton discours sur la démocratisation du luxe. Je te garantis que ta cote de popularité plongerait…

Je pointe le menton en avant.

— Je ne parierais pas là-dessus.

BJ jette un coup d'œil entendu à son frère.

— Moi, si.

— C'est une dérive du consumérisme moderne largement ignorée. Pour ma part (je pose une main sur ma poitrine), je la trouve terriblement préoccupante.

Christian lève les yeux au ciel, et BJ secoue la tête sans cesser de tourner les pages du magazine. Tout à coup, il le referme brusquement.

Je fronce les sourcils.

— Qu'est-ce que c'est ?

— Rien…

— Dis-moi.

— Juste un article débile.

— Sur… ?

— … Moi, répond-il après un bref silence.

— Oh. (Je fais la moue.) Bon, laisse-moi voir.

— Non…

Il le tend à Christian par-dessus ma tête.

— Qu'est-ce que ça raconte ? insisté-je en essayant de l'arracher à Christian qui le tient hors de ma portée.

— Rien, confirme celui-ci en haussant les épaules. C'est débile.

Et il le lance à Henry, ce qui est complètement stupide, car je n'ai absolument aucun scrupule à me battre avec mon ami. Je me jette donc sur Henry qui relance le magazine à BJ, qui bondit du lit et le cache derrière son dos.

Je rampe jusqu'au bord du matelas et en descends avant de marcher vers lui.

— BJ, ce n'est pas drôle… Laisse-moi voir.

— Tu me fais confiance ? me demande-t-il d'une voix douce.

— Oui, réponds-je automatiquement.

Il m'adresse un haussement d'épaules plein d'espoir.

— Alors crois-moi quand je te dis de ne pas le lire.

Je me tourne brièvement vers son frère et son meilleur ami.

— Tu as quelque chose à te reprocher ?

Il cligne des yeux.

— Non.

Peut-être que si je n'étais pas passée en mode bouledogue, j'aurais vu que ma question l'avait blessé, mais je ne me rends compte de rien.

Je tends une main ouverte et attends.

BJ passe sa langue sur sa lèvre inférieure avant de pousser un gros soupir et de me le donner.

« LA VIE SECRÈTE DE BRIDGET PARKS », annonce la page en majuscules.

Ma bouche s'entrouvre et mon estomac se ratatine.

Ces parasites se foutaient bien de Bridget quand elle était en vie, telle est l'horrible vérité. Parce qu'elle ne voulait pas de leur attention. Elle menait une existence si spectaculairement modeste et normale que les seules fois où vous la voyiez dans les journaux, c'était parce qu'elle se trouvait avec moi ou en compagnie de nos parents. Elle méprise la célébrité. « Méprisait », pardon. Elle aurait pu être comme moi, si elle l'avait voulu – elle aurait pu être tout ce qu'elle aurait voulu. Simplement, elle n'y trouvait rien d'épanouissant. Elle avait raison. La célébrité n'a aucun sens. Ma sœur a pris soin de se tenir dans l'ombre toute sa vie, et, à sa mort, ils lui sont quand même tombés dessus.

Je baisse les yeux, et je bous instantanément. Il s'agit d'une série de photos montrant ma sœur à différents moments de sa vie, de l'époque où elle fréquentait Varley jusqu'à récemment. Je n'en reconnais aucune. Elles sont toutes loufoques et complètement hors contexte.

Sur l'une d'elles, qu'elle avait publiée sur son compte Instagram, elle feint d'être ivre morte, étendue au milieu d'un tas de bouteilles vides. Elle n'avait pas bu une goutte. Pourtant, la légende dit : « Qui suis-je ?? @jonahhemmes » Sur une autre, également tirée de son compte Instagram, on la voit penchée sur le comptoir de notre cuisine à Holland Park, le menton dans la main, à côté de BJ, un grand sourire aux lèvres. Devant elle, des lignes ressemblant à des rails de cocaïne. Évidemment, la photo a été recadrée : sur l'originale, légèrement en retrait, Marsaili lève les yeux au ciel. Ont été également soigneusement coupés les ingrédients dispersés sur le plan de travail : Bridget était en train de préparer un gâteau quand nous étions entrés dans la pièce, BJ et moi. Je ne me rappelle plus ni comment ni pourquoi le sujet de la cocaïne est venu sur le tapis, en tout cas Bridget avait demandé à BJ si sniffer faisait mal au nez, et il avait préparé quelques rails de sucre glace qu'ils avaient pris ensemble.

Il y a aussi un cliché où on la voit embrasser un mec. Je n'ai aucune idée de son nom, mais je me souviens de cette soirée. Ça n'avait rien de secret. Elle ne se cachait pas. Il y en a plusieurs autres dans le même genre, capturant des moments d'une vie complètement normale que quelqu'un essaie de pervertir. Je les déteste.

Soit dit en passant, le compte Instagram de Bridget est et a toujours été privé. Elle ne doit pas avoir plus de trois cents followers, ce qui veut dire que quelqu'un qu'elle aimait et en qui elle avait confiance l'a trahie pour de l'argent facile.

Je ravale la boule que je sens monter dans ma gorge et ignore les regards lourds d'inquiétude de mes garçons chéris.

— Ça va, les rassuré-je en leur décochant un sourire, même s'ils ne m'ont rien demandé.

Henry hoche exagérément la tête, pas dupe, et BJ effleure mon visage.

— On va dîner ?

— Je meurs de faim, déclare Christian, sautant sur l'occasion de faire diversion.

Je hoche rapidement la tête et me lève.

— J'ai juste besoin d'une minute.

Un autre sourire fugace avant de traverser notre dressing géant pour gagner notre salle de bains.

Debout devant la coiffeuse à laquelle je m'agrippe, je sens mon cœur se serrer. Je m'efforce de respirer par le nez le plus calmement possible tout en contemplant mon reflet en attendant qu'elle apparaisse.

Une minute passe environ, et puis je la vois. Elle porte la même tenue que le soir où je l'ai vue pour la dernière fois : cardigan rayé arc-en-ciel orné de cristaux et short cycliste en tricot de coton, l'ensemble Rag & Bone, ainsi que les mules noires Oh Yeah de chez Ugg.

*

— Tu vas dîner ? Sérieux ? me lance le fantôme de ma sœur.

Je l'ignore, ramène mes cheveux derrière mes oreilles, lève un peu le menton. Je plante mon regard plein de défi dans ses yeux bruns, comme je l'ai fait toute notre vie, jusqu'à ce qu'elle la quitte.

— Est-ce que c'est de nouveau un problème ? demande-t-elle.

Et là je lève les yeux au ciel, parce qu'elle ne peut plus le faire en vrai et que ça me manque.

— Je vais bien, affirmé-je, même si ce n'est pas ce qu'elle m'a demandé et que ça me vaut un regard sarcastique.

— Tu t'isoles dans ta salle de bains pour parler à ta sœur morte, assène-t-elle.

Je lui adresse un regard peiné, même si Bridget est connue pour ne pas prendre de gants, voire dépasser les bornes – par exemple, je crois qu'on sera tous d'accord pour dire que mourir et m'abandonner a été un poil exagéré.

Mais elle s'en fout.

— Quoi… ? (Elle hausse légèrement les épaules, ramène ses cheveux dans son dos et croise les bras sur sa poitrine.) C'est la vérité.

*

— Ça va ? me demande BJ, un peu inquiet, depuis le seuil de la salle de bains.

— Oui. (Je hoche vivement la tête.) Parfait.

— Prête ?

Je baisse les yeux vers ma robe Chloé en patchwork cuir et crochet et mon cardigan en cachemire blanc Allude à maille torsadée.

— Ça va, ma tenue ?

Il vient se planter devant moi et pose une main sur ma hanche.

— Toujours.

Je me tourne pour jeter un dernier coup d'œil à mon reflet, effleure mon omoplate et me mordille la lèvre inférieure.

— On y va comment ? On prend une voiture ou… ?

Je déglutis.

— À pied, Parks, me rassure BJ d'une voix douce tout en m'enlaçant par la taille avant de croiser mon regard dans la glace.

Je hoche brièvement la tête. Je ne suis plus très fan des trajets en voiture, depuis quelque temps. Bien entendu, ils sont parfois inévitables. J'ai alors un chauffeur. Deux, d'ailleurs, en quelque sorte. L'officiel et Daniela, dont ce n'est pas le rôle, mais qui me conduit où j'ai besoin d'aller. Daniela est mon assistante personnelle. C'est Jonah qui l'a embauchée, sous prétexte que j'étais distraite. Il lui a payé un an de salaire. Il a présenté ça comme un « cadeau d'anniversaire en avance », mais en fait, il m'a dit que c'était « parce que ta sœur est morte ». Les frères Ballentine ont estimé que c'était une raison bizarre de faire un cadeau. Pas moi. Je comprends. Jonah et Christian sont, depuis longtemps maintenant, membres d'un club aussi tragique qu'exclusif, et que j'ai moi-même rejoint récemment – bien malgré moi.

Vous ne trouvez pas que c'était attentionné de sa part ? Daniela est brésilienne. Elle ne parle pas beaucoup, et je ne dirais pas que l'ordre est son point fort, mais elle me conduit partout et me donne l'impression de ne jamais être loin quand j'ai besoin d'aide, ce qui est appréciable.

— Ils sont beaucoup, en bas ? soufflé-je à BJ.

— Pas plus que d'habitude. Cinq ou six, d'après Dani.

Je hoche la tête, puis vérifie mon reflet encore une fois.

La fascination que BJ et moi suscitons bat des records depuis nos fiançailles, et s'est démultipliée avec le départ de Bridget. Cela peut être envahissant, parfois.

BJ me donne un petit coup de coude.

— Tu sors juste dîner avec les garçons et moi.

Je plisse les yeux face à mon reflet.

— Je ne veux pas qu'ils écrivent encore une fois que mes vêtements étaient mal assortis.

— C'était une semaine après la mort de ta sœur, Parks. (Une ombre traverse son visage.) Le mec qui a écrit ça était un monstre…

Il glisse sa main dans la mienne et m'entraîne hors de la salle de bains. Dans le dressing, il me fait asseoir sur la banquette Louis XV en bois doré choisie par ses soins et disposée de façon à séparer son côté du dressing du mien, puis va se planter devant mon meuble à chaussures.

Il m'apporte les bottes hautes Mallo marron de chez Chloé. Excellent choix.

Je lui adresse un sourire fatigué qu'il me rend.

À genoux devant moi, il m'aide à les enfiler, puis relève la tête si bien que nos yeux sont au même niveau.

— On peut rester ici, dit-il.

Je hausse les épaules.

— Décide, toi.

— Allons manger quelque chose, alors.

Il effleure mes lèvres des siennes, puis se remet debout en me hissant sur mes pieds.

Henry et Christian nous attendent près de la porte d'entrée quand nous sortons.

Mon meilleur ami m'adresse un sourire censé me donner du courage mais qui ne fait que m'attrister, en fait. En ce moment, tout le monde se comporte avec moi comme si j'étais en verre. Comme si un regard un peu trop intense suffirait à me faire voler en éclats. Ils ne savent pas que c'est trop tard… Je suis déjà en mille morceaux.

Je suis une mosaïque de souffrance.

Henry me tend les lunettes de soleil à monture en émail de la collection 1969 de Christian Dior.

Nous montons dans l'ascenseur.

— Lunettes, dit BJ.

Nous nous exécutons.

Il baisse les yeux vers moi.

— Prête ?

Je hoche vaguement la tête. Il glisse sa main dans la mienne et – « ding ! » – les portes s'ouvrent.

Nous avons à peine mis un pied dans le vestibule que les flashs des appareils se déclenchent dehors.

Les garçons forment un petit triangle autour de moi : BJ devant, Henry sur ma droite, Christian à gauche.

Ils crient nos noms – surtout le mien.

« Quand a lieu le mariage ? Qui allez-vous porter ? Avez-vous parlé à Paili Blythe ? Rendrez-vous hommage à votre sœur durant la cérémonie ? », commence l'un, mais Christian brise la formation en triangle pour aller l'attraper par le col de sa chemise et le repousser contre le mur derrière lui.

— Dégage ! crache mon vieil ami au journaliste avant de nous rejoindre au petit trot et de reprendre sa place près de moi.

Je lui adresse un minuscule sourire de reconnaissance, auquel il répond par un signe de tête.

Les photographes ne nous quittent pas d'une semelle jusqu'à *Zuaya* sur Kensington High Street, ce qui vous donne une assez bonne idée de ce que ça fait d'être à ma place, ces jours-ci.

On me hurle dessus, on me scrute, on m'envahit et on ne me laisse jamais seule, et en même temps je suis, d'une certaine façon, totalement, entièrement, absolument isolée.

Ce qui n'est en rien la faute de BJ ou Henry ou Taura – de personne, d'ailleurs. C'est juste le nouveau territoire inconnu où je me trouve. C'est là que je vis désormais.

Complètement seule dans ma tête, m'enfonçant toujours davantage dans l'obscurité de son absence. Dans le noir complet.

11:23

Bushka

Tu me porte the

Quoi ?

Thé

T'es où ?

Chew mi.

Quoi ?

Chez moi.

Je ne suis pas chez toi.

Ou es ?

Notting Hill.

Tout près. Apporte the.

Je regrette vraiment de t'avoir acheté un iPhone.

Pas moi. Je femme independente.

Tu sais ce qu'« indépendante » veut dire ?

Depeche.

Tu veux quelque chose à manger ?

OK.

Quoi ?

OK oui.

BJ avec ?

Oui.

👍👍

2

BJ

Je garde quelques-uns de mes souvenirs de Parks les plus forts encadrés sur un mur de mon esprit. Son visage – magnifique, pas vrai ? Mais ce n'est pas de beauté qu'il s'agit. Je vois son visage, et aussitôt une vieille douleur se réveille en moi… Me transporte ailleurs, avant… Dans mon jardin quand j'avais six ans – cette lumière derrière elle… je ne saurais pas dire si elle était réelle ou si elle émanait d'elle. Le jour de mon arrivée à Saint-Barth, elle dans son bikini jaune. Sur ce bateau, dans son bikini jaune aussi, d'ailleurs. Au lycée, quand je lui ai offert la chevalière des Ballentine. Et plus tard, adulte, quand je la lui ai rendue.

Je me souviens d'autres moments – ce regard qu'elle a, et cette sensation viscérale, presque comme un coup de poing, qu'il provoque parfois en moi, tel un fantôme.

Comme quand je lui ai dit que je l'avais trompée. Ou quand on a perdu Billie. Quand elle a découvert que c'était Paili. La nuit où elle a couché avec Tom. Celle où Bridget…

*

Je doute de parvenir un jour à effacer cette image de ma mémoire : la fille que j'aime à genoux au pied du lit de sa sœur morte, dont elle tient la main en pleurant en silence.

Je ne sais pas pourquoi, mais c'était encore pire que ce soit en silence.

Elle est plus facile à consoler quand elle se laisse aller.

Je nous revois, Henry et moi, debout là, attendant l'ambulance, incapables de quitter des yeux Parks, recroquevillée près du corps sans vie de Bridget.

Les secouristes sont arrivés. Henry est allé leur ouvrir.

Elle n'a pas bougé. J'ai dû la prendre dans mes bras et l'entraîner à l'écart.

Je me rappelle le soulagement qui m'a envahi quand je l'ai sentie contre moi à ce moment-là, parce que perdre quelqu'un comme on était en train de perdre Bridget fait du contact avec un être cher une nécessité. Comme si j'aurais risqué de la perdre aussi si je ne l'avais pas tenue contre moi.

Ils ont immédiatement essayé de réanimer Bridget, mais en vain.

— Nous devons l'emmener à l'hôpital tout de suite, nous a annoncé l'urgentiste.

Magnolia s'est levée.

— Je monte avec elle dans l'ambulance.

La femme m'a lancé un regard appuyé.

— Il vaut peut-être mieux que tu viennes avec moi, Parks, ai-je suggéré.

— Je dois rester avec Bridget.

— Bien sûr, c'est ce que tu vas faire. On sera juste derrière elle.

— Je ne veux pas qu'elle reste toute seule…

— Elle ne sera pas seule, lui ai-je dit en inclinant la tête vers l'urgentiste.

— Je serai avec elle… (La secouriste lui a adressé un sourire fatigué.) Je m'appelle Amy. Je ne la quitterai pas une seconde.

Dans les situations de crise, Henry assure. Il nous a préparé un sac vite fait. Sweats à capuche, portefeuilles, eau. Et des trucs auxquels je n'aurais jamais pensé, genre chargeurs de téléphone.

Ensuite on est montés tous les trois en voiture – je ne me souviens de rien entre l'appart et le parking.

Henry a pris le volant, pendant que je prenais place à l'arrière avec Parks.

Elle s'est assise au milieu. S'est inclinée de façon à poser sa tête sur mes cuisses. A fermé les yeux.

C'est vers ce moment-là que son TSPT a vraiment commencé à se manifester.

Il y a deux ans environ, j'ai essayé de la convaincre d'aller à pied de *Selfridges* sur Oxford à chez *Saint Laurent* sur Old Bond, et je m'en suis pris plein la gueule. Pour ceux qui ne sont pas du coin, je précise qu'on parle d'une balade d'un quart d'heure. Moins, avec des jambes aussi longues que les siennes. En taxi, entre en choper un et braver les bouchons, on met le double, facile – et c'est bien ce qui s'est passé.

Maintenant, elle est prête à tout faire à pied pour éviter de monter dans une voiture.

Je ne me rappelle pas grand-chose de ce trajet de Chelsea à Westminster derrière l'ambulance, mis à part mes doigts dans ses cheveux et le fait que Henry n'a pas mis de musique. Le silence était suffisamment bruyant dans l'habitacle, assourdissant le tumulte de Londres autour de nous, ainsi que cette étrange et terrible appréhension…

Je n'avais pas beaucoup d'espoir que Bridget s'en tirerait – je ne sais pas pourquoi. Je culpabilise encore chaque fois que j'y repense. Comme si, si j'y avais cru davantage, elle serait encore là. Mais je n'y peux rien, c'était un pressentiment, qui s'est accentué quand nous nous sommes garés devant l'hôpital. Je n'ai jamais autant souhaité me tromper de toute ma vie.

Ensuite, tout s'est passé très vite. On s'est retrouvés dans cette pièce où ils ont essayé de la réanimer, avant de nous refouler dans un couloir au bout d'une minute. Ça ne m'a pas paru bon signe.

Henry savait, ça crevait les yeux. Parks aussi, je crois, parce que dès qu'on s'est retrouvés dans le couloir, elle s'est mise à trembler de tout son corps et à claquer des dents.

J'ai appelé ses parents – je ne me rappelle plus l'heure qu'il était. C'était à elle ou moi de le faire, et vu qu'elle était incapable d'aligner deux mots, je m'y suis collé.

— Quoi ? a grogné Harley en décrochant.

Il était tard. Mais bon, ce n'est pas comme si j'avais l'habitude de l'appeler pour bavarder. Du coup, à part pour une urgence, je ne vois pas pour quelle raison il a pu croire que je lui téléphonais.

— On est à l'hôpital. Il y a un problème, ai-je dit, aussi neutre que possible – pas pour jouer au con, mais parce que j'avais besoin qu'il m'écoute attentivement. Bridget est inconsciente. On ne sait pas ce qu'elle a.

Silence.

— Elle va bien ? a demandé Harley.

Silence.

— Je ne sais pas.

Comme il ne disait rien, j'ai ajouté :

— J'appelle Arrie ?

Ma voix était bizarre. Curieusement calme. J'avais l'air moins flippé que je ne l'étais.

— Non, a-t-il répondu, calme également. Je m'en occupe.

— OK.

— Quel hôpital ?

Je lui ai passé les infos, puis j'ai partagé notre localisation pour qu'il puisse nous trouver plus facilement.

Ensuite j'ai appelé Jonah, Christian et Taura.

Ils n'ont pas mis longtemps à venir, et on s'est bientôt retrouvés tous les six.

Ils sont arrivés avant ses parents.

Magnolia a levé vers eux un regard vide. Christian a déposé un baiser dans ses cheveux, m'a serré l'épaule avant de s'asseoir sur le sol en face de nous.

Dans les situations de crise, Taura ne tient pas en place. Elle s'est mise à marcher de long en large, sur les dents. Au bout d'un moment, elle est partie chercher de quoi grignoter et de l'eau, puis elle a essayé d'en faire boire un peu à Parks, qui a refusé.

Je crois que Jonah savait. Il a un sixième sens pour ces trucs-là. Il m'a regardé une fraction de seconde, le visage tendu. Il n'a rien dit, mais quelque chose dans son expression… Il savait.

La suite s'enchaîne bizarrement dans ma mémoire – comme les fragments d'un rêve.

Je me souviens de Henry faisant les cent pas dans la salle d'attente, Parks sur mes genoux, ne regardant que moi. Les yeux ronds, énormes, comme lors de notre autre pire jour.

Je voulais lui dire que tout allait bien se passer, mais je n'en ai pas été capable. Je crois que je savais qu'il n'en serait rien et je n'avais pas envie de lui mentir. Bizarrement, ça me semblait encore pire.

Il se passait tellement de trucs autour de nous, même dans ce couloir, à une heure aussi tardive. Et vous connaissez Parks… Quand il s'agit d'éviter les situations gênantes, c'est une pro, putain. À force de s'escrimer à les ignorer jour après jour, elle est passée maître dans l'art de la négation. Pourtant, là, pas une fois elle ne s'est laissé distraire. Tout le temps, elle a juste gardé les yeux braqués sur moi.

J'aurais pu le sentir, je suppose – si j'avais su qu'il fallait le chercher –, le flambeau que Bridget m'avait passé.

Parce que, quand ça merdait, c'était sa sœur que Magnolia regardait. Toujours. Peut-être qu'elle m'aurait regardé, moi, si je n'avais pas été celui qui déconnait – la plupart du temps. Elle ne se tournait jamais vers son père non plus – à quoi bon ? Parfois, Henry avait droit à un coup d'œil, mais je crois qu'elle ne voulait pas qu'il se retrouve le cul entre deux chaises – c'est-à-dire entre son frère et sa meilleure amie.

Pour ne pas perdre l'équilibre, quand elles enchaînent les pirouettes, les danseuses fixent un point droit devant elles.

Pour Magnolia, Bridget était son point sur le mur.

*

Harley et Marsaili sont arrivés avant Arrie.

Jaillissant par la porte, ils nous ont dévisagés, et Harley a plaqué une main sur sa bouche en voyant Magnolia, avant de détourner les yeux.

Ils ont arrêté une infirmière pour lui poser une question que je n'ai pas entendue.

Ensuite, Marsaili s'est précipitée vers nous, a redressé Magnolia, dont la tête reposait toujours sur mes genoux, et l'a serrée dans ses bras.

Parks ne lui a pas rendu son étreinte, mais je ne crois pas que ça ait voulu dire quoi que ce soit. Elle n'était pas vraiment là, c'est tout.

Je me souviens de m'être tourné vers son père, que j'ai regardé ne pas s'approcher d'elle.

— Elle va s'en sortir, Magnolia, a déclaré Marsaili en se reculant pour hocher vigoureusement la tête.

Je n'aime pas quand les gens disent des trucs qu'ils ne pensent pas.

Parks est à peine parvenue à acquiescer à son tour avant de se réfugier de nouveau contre moi.

Une petite boule sur mes genoux.

Arrie a débarqué peu après.

Arrie le cyclone. Trench gigantesque par-dessus un genre de négligé en soie. Talons vertigineux et lunettes de soleil oversize.

Ce mec, là, Nathan, l'accompagnait. Il est resté debout près de la porte, visiblement mal à l'aise. Difficile de dire s'il avait peur de Harley ou s'il s'était fait embarquer contre son gré.

— Où est-elle ? a lancé Arrie d'une voix forte.

Harley l'a prise à part pour lui parler à voix basse.

Marsaili les a rejoints, a posé une main sur le bras d'Arrie.

J'ai croisé le regard de Henry, aussi consterné que moi – putain, ni lui ni elle n'était venu prendre des nouvelles de son autre fille.

J'ai envisagé d'appeler ma mère, mais je me suis dit qu'il y avait déjà bien assez de monde dans cette pièce minuscule.

*

Je n'ai aucune idée du temps qui s'est écoulé entre l'arrivée de ses parents et celle du médecin qui est venu nous parler. Des heures ? Des minutes ? Mais c'est toujours comme ça, dans les hôpitaux, non ? Ils ont leur propre espace-temps.

Tout ce dont je me souviens, c'est la main de Parks serrée dans la mienne, et la chevalière de ma famille que je pressais dans son doigt.

Elle n'avait pas encore pris l'habitude de porter les diamants.

Désormais, elle porte la chevalière sur une chaîne autour de son cou, comme avant, et les diamants à son annulaire. De toute façon, la chevalière était trop grande. Elle était obligée de la maintenir en place avec une autre bague plus petite.

Je la faisais machinalement tourner autour de son doigt, m'efforçant de penser à n'importe quoi d'autre que ce à quoi ressemblerait la vie si se produisait ce que je redoutais. La tête de Magnolia reposait lourdement contre mon torse quand la porte s'est ouverte et qu'un médecin est apparu…

Magnolia s'est mise maladroitement debout en braquant sur lui un regard désespéré. Je me suis levé à mon tour, le cœur dans la gorge.

Il se serait fait massacrer au poker – il n'avait pas besoin de prononcer les mots, mais il l'a fait quand même.

— Je suis désolé, a-t-il articulé, solennel. Nous avons fait tout ce que nous avons pu.

Arrie a laissé échapper une plainte qui nous a tous surpris, je crois. Un gémissement guttural.

La nouvelle surprise au programme, c'est Harley qui s'est détourné de Marsaili pour prendre son ex-femme dans ses bras.

Moins étonnant : aucun des trois n'a accordé la moindre attention à Magnolia.

Qu'ils aillent se faire foutre ! De toute façon, elle n'a pas besoin de ses parents. Elle n'a jamais eu besoin d'eux, même si elle croit le contraire. C'est faux. Elle nous a, nous.

Elle s'est retournée pour nous faire face, les yeux vitreux. Elle n'a rien dit, moi non plus – je l'ai juste prise dans mes bras.

Elle n'a pas pleuré. Pas à ce moment-là, en tout cas.

Elle a gardé ses larmes pour plus tard, quand nous n'avons plus été qu'elle et moi dans mon ancienne chambre chez ma mère.

À l'hôpital, la petite famille qu'elle s'est constituée s'est rassemblée autour d'elle. On a verrouillé nos bras et on n'a plus lâché. On n'a plus bougé, jusqu'à ce que Harley finisse par s'approcher pour nous dire qu'il fallait partir.

Parks a levé vers lui le regard le plus provocant que je lui avais jamais vu, et putain, je lui en ai vu un paquet…

— Il n'est pas question que je la laisse toute seule.

Il a dégluti avant de me lancer un regard suppliant.

Il n'a eu droit de ma part qu'à un petit signe de tête.

— Ça ira, lui ai-je dit.

Il a discrètement incliné la tête vers Magnolia, me demandant en silence de veiller sur elle. Comme si je ne l'avais pas fait toute ma vie – comme si j'avais besoin que ce déserteur me la confie.

Il a toujours été comme ça, cela dit. À pointer le menton vers elle quand elle ne regarde pas. Il se préoccupe plus d'elle qu'elle ne le croit. Je le lui ai déjà dit, mais elle considère que s'il tenait vraiment à elle, il veillerait lui-même sur elle au lieu d'en charger quelqu'un d'autre d'un signe de tête.

Difficile de la contredire.

*

Henry s'est assis contre un mur et a tapoté le sol à côté de lui.

Magnolia est allée s'asseoir près de lui sans un mot. Christian les a rejoints, se laissant glisser près d'elle sans rien dire, sans la regarder, se contentant de fixer un point droit devant lui, une expression indéchiffrable sur le visage. Lui aussi a perdu sa sœur. Il était désolé pour elle. Et savait que rien de ce qu'il pourrait dire ne la soulagerait.

Avant de partir, Marsaili a essayé de convaincre Magnolia de rentrer avec eux, mais elle n'a pas bougé.

— Viens, ma chérie. Je te préparerai un thé, lui a-t-elle dit doucement.

Magnolia a lentement levé les yeux vers sa belle-mère, l'a regardée un moment avant de cligner des paupières deux fois et de les tourner de nouveau vers moi.

Marsaili a suivi son regard et a poussé un soupir fatigué quand nos yeux se sont rencontrés.

Je me suis efforcé de lui adresser un signe de tête rassurant.

— Je m'occupe d'elle.

Marsaili s'est approchée de moi et a pris mon visage dans sa main.

— Je sais.

Je crois que c'est le truc le plus puissant qu'on m'ait jamais dit, en fait.

Je ne sais pas combien de temps on est restés là. Le temps se contracte et s'étire dans les moments comme ça. En tout cas, jusque tard dans la nuit. Parks n'a pas bougé, prise en sandwich entre mon frère et Christian, se contentant d'appuyer alternativement la tête sur l'épaule de l'un et de l'autre sans me quitter des yeux.

Je me suis assis par terre contre le mur en face d'elle et j'ai pris une minute pour faire le point.

J'ai repoussé bien loin mes émotions. J'ai essayé de faire abstraction du fait que j'avais aussi perdu quelqu'un. Quelqu'un que j'aimais comme une sœur. Quelqu'un qui a façonné mon existence et la façon dont je la vis autant, si ce n'est plus que tous mes proches, mis à part Parks – ou peut-être même plus que Parks ?

Vers 2 heures du matin, Taura et Jonah sont allés nous ravitailler chez *McDonald's*. Magnolia n'a rien avalé. Étant donné les circonstances, je ne me suis bien entendu pas inquiété. Henry a glissé une paille dans une bouteille d'eau et l'a portée à ses lèvres. Elle a bu quelques gorgées, frotté ses yeux fatigués. Toujours sans me lâcher du regard.

— Tu tiens le coup ? m'a demandé Jonah en s'asseyant près de moi.

J'ai secoué très discrètement la tête pour qu'elle ne voie pas.

— Je ne peux pas parler de ça maintenant… (J'arrivais à peine à le regarder dans les yeux.) Il faut que je sois…

Jo a hoché solennellement la tête.

— Je sais.

Il a passé un bras autour de moi et n'a plus rien dit.

Quelques heures plus tard, quand les yeux de Magnolia ont commencé à se fermer, Taura lui a très courageusement demandé s'il n'était pas temps de rentrer.

Magnolia l'a fusillée du regard en secouant la tête.

Christian lui a donné un coup de coude.

— De quoi tu as besoin, Parks ?

Elle a brièvement tourné la tête vers lui.

— De la voir.

Christian m'a fait signe discrètement.

Il s'est levé et je l'ai suivi jusqu'à un bureau derrière lequel se tenait une fille. Il lui a adressé un sourire crispé en désignant Parks du doigt.

— Elle a besoin de voir sa sœur.

La fille a secoué la tête.

— Ce n'est pas comme ça que…

Il l'a interrompue.

— Je vous fais un virement de 10 000 livres, là tout de suite, si vous la laissez la voir.

Le visage de la fille s'est décomposé.

Christian a haussé les épaules.

— Il est 4 heures du matin. Il n'y a personne et personne n'en saura rien. Ce sera juste elle et lui… (Il m'a désigné d'un geste.) Elle refuse de partir tant qu'elle ne l'aura pas vue… (Il s'est penché vers la jeune fille et a conclu d'une voix basse et fatiguée.) Et putain, j'ai vraiment envie de rentrer chez moi.

Elle a finalement hoché la tête.

Je suis retourné vers Parks, lui ai tendu la main. Elle l'a prise sans réfléchir, et je l'ai hissée sur ses pieds.

—Allons la voir.

Elle a écarquillé les yeux, nerveuse.

J'ai pressé sa main pour qu'elle se sente un peu moins seule dans un monde qui venait de tous nous aligner au bord d'un précipice.

L'infirmière nous a conduits dans la pièce.

Parks se tenait devant moi, sans lâcher ma main.

C'était pire que tout ce que vous pourriez imaginer… Et ce n'était même pas gore ou sanglant ou effrayant…

Putain, c'était juste cette fille que nous aimions, immobile sur une table.

Magnolia a laissé échapper un petit soupir que je crois que j'entendrai en boucle dans ma tête jusqu'à la fin de mes jours. Horrible. J'ai eu envie de crever. Je ne veux plus jamais l'entendre émettre ce son.

Elle a serré ma main, enfonçant ses ongles si profondément dans ma paume que j'y découvrirais des coupures plus tard.

En fait, Bridget semblait normale. Ses lèvres étaient peut-être un peu plus pâles que d'habitude.

Elle avait l'air de dormir.

Magnolia a tendu une main tremblante et a touché le visage de sa sœur.

À peine effleuré, car elle a aussitôt ramené sa main, comme si la mort était contagieuse.

J'ai passé mes bras autour de sa taille et pressé ma bouche contre l'arrière de sa tête, essayant de la réconforter sans avoir à mentir.

« Tout va bien » était un mensonge, alors je ne l'ai pas dit.

Tout n'allait pas bien. Honnêtement, je ne voyais pas comment tout pourrait aller bien dans un avenir proche – jamais, en fait.

—Est-ce que je la reverrai un jour ? a demandé Parks d'une toute petite voix.

—Je ne sais pas, ai-je répondu, ma voix assourdie par ses cheveux.

— Alors je reste ici.

J'ai expiré lentement, embrassé l'arrière de son crâne.

— On restera autant de temps que tu veux, Parks, ai-je dit avant de pointer le menton vers le corps gisant sur la table. Mais elle ne vit plus là.

Magnolia s'est retournée pour me faire face et a levé les yeux vers moi, fatiguée.

Elle a cligné plusieurs fois des paupières, lentement, comme si elles étaient en papier de verre.

— BJ… J'ai peur.

Elle n'a pas dit de quoi. Pas la peine.

Quand on sortirait de la pièce, ce serait réel, et rien ne serait plus jamais pareil. On vivrait désormais dans un monde où Bridget Parks était morte. Pas « peut-être morte », pas « entre la vie et la mort à l'hôpital » – mais morte, point. Sans vie, le corps froid et saisi dans une immobilité étrange gravée dans nos rétines pour l'éternité.

— Moi aussi, lui ai-je dit en l'embrassant dans les cheveux.

Elle s'est de nouveau tournée vers le corps de sa sœur et s'est penchée près de son oreille.

— Je t'en prie, reviens, a-t-elle chuchoté avant que sa voix se brise. S'il te plaît…

Elle a attendu quelques secondes qui ont paru des années, et rien ne s'est produit – bien sûr que non. Bridget était morte depuis longtemps, à ce stade. À mon avis, elle l'était déjà à l'appartement.

Magnolia s'est couvert le visage de la main, comme elle le fait toujours en public, quand elle s'efforce de se reprendre.

Par habitude. Sans y penser.

Puis elle m'a contourné et s'est précipitée hors de la pièce. Je savais qu'il fallait que je lui emboîte le pas, que ce n'était ni le lieu ni le moment de m'autoriser à ressentir quoi que ce soit, mais vous savez quoi ? Moi aussi, je l'aimais.

Je me suis passé les mains sur le visage, essuyant mes larmes, et je me suis penché. Mon menton tremblait. Je suis convaincu que c'est grâce à Bridget que Parks et moi, on s'est retrouvés. Et probablement grâce à elle aussi que je suis clean.

J'ai embrassé le front de la personne la plus honnête et digne que je connaîtrais de ma vie.

Impossible de dire si la sensation bizarre, cireuse de sa peau sous mes lèvres m'a été suggérée par sa mort, ou parce que réellement les corps changent de consistance une fois que la vie les a quittés.

J'ai ravalé la vague nausée qui m'a saisi et me suis lancé à la suite de Parks. Que j'ai retrouvée dans les bras de mon frère.

Du regard, Henry m'a signifié de partir.

Quand il a garé la voiture devant chez les filles sur Grosvenor Street, j'avais toujours la tête de Magnolia sur les genoux. On a bien mis cinq secondes, Henry et moi, à nous rendre compte que ramener Parks à l'endroit où elle avait trouvé sa sœur morte dans son lit était la pire idée qui soit – qu'est-ce qui nous avait pris, putain ?

Henry a démarré en trombe et s'est dirigé vers l'endroit le plus safe que nous connaissions.

Mes parents ont vécu dans la même maison toute ma vie. Cadogan Place, Belgravia. Chaque fois que l'un d'entre nous est trop mal en point, trop bourré ou trop triste pour rentrer chez lui… c'est là qu'il se réfugie.

Maman est la meilleure, dans ce genre de situation. Elle ne vous juge pas. Essaie juste de vous aider.

Henry a dû lui téléphoner à un moment, parce que la porte d'entrée s'est ouverte à la volée alors que j'aidais Magnolia à monter les marches du perron. Ma mère s'est précipitée vers nous avant que nous arrivions en haut. Elle a pris l'amour de ma vie dans ses bras et a fondu en larmes à sa place.

Magnolia a laissé maman la serrer contre elle. Mais elle n'a pas pleuré.

Ça m'a rendu nerveux.

Maman m'a regardé, anéantie. Triste pour nous. Pour Parks. Pour ma sœur.

— Allie n'est pas au courant, m'a-t-elle soufflé par-dessus l'épaule de Parks.

J'ai hoché la tête.

Elle s'est reculée pour dévisager Magnolia.

— Tu devrais aller dormir, mon chou.

Magnolia a secoué la tête, le regard perdu au loin.

— Je ne peux pas.

Maman a froncé les sourcils, préoccupée.

— Oh ?

— Il faut qu'elle se douche, ai-je expliqué doucement.

Maman a posé la main sur son poignet.

— Il est si tard, ma chérie. Tu prendras une douche dem…

— Elle ne peut pas, maman, ai-je dit, plus fermement cette fois.

Magnolia m'a regardé par-dessus son épaule, et j'ai lu de la gratitude dans ses yeux.

— Pourquoi ? s'est étonnée maman.

— Les morts, a-t-on répondu en même temps, Parks et moi.

— Les microbes, ai-je ajouté en me tapotant discrètement le visage.

Maman a dégluti et hoché une fois la tête, gênée, comme si elle aurait dû le savoir. Ce n'est pas forcément le premier truc auquel vous pensez si vous ne vivez pas avec quelqu'un qui sent les microbes dans sa tête, pas seulement sur son corps.

— La chambre est prête. Il y a des serviettes sur le lit. Je te prépare quelque chose à manger ?

Magnolia a secoué la tête.

— Un thé ?

Elle a de nouveau secoué la tête.

— De l'eau, maman, lui a glissé Henry en inclinant la tête vers la cuisine.

— Viens, ai-je dit à Magnolia en lui prenant de nouveau la main pour la guider vers l'escalier.

Je l'ai conduite dans cette maison où nous avons tous les deux grandi, jusqu'à mon ancienne chambre dans laquelle je ne perdais pas une occasion de la faire entrer en douce, puis dans la salle de bains.

J'ai fait couler l'eau dans la douche, et la pièce n'a pas tardé à se remplir de vapeur. Je suppose que le monde est devenu plus froid à l'instant où Bridget l'a quitté.

Parks a levé son regard vers moi, si lourd que j'ai eu peur de ne pouvoir le soutenir.

Elle portait toujours la robe et le cardigan blanc qu'elle avait mis pour le dîner. Depuis qu'on était fiancés, elle saisissait la moindre occasion pour avoir l'air d'une mariée.

Je me suis placé derrière elle pour baisser la fermeture Éclair de sa robe. Elle a glissé jusqu'au sol.

Je me suis baissé, ai soulevé une cheville et lui ai ôté son escarpin. Puis l'autre cheville – l'autre chaussure.

Elle avait passé la nuit en talons hauts. Incroyable. Je n'avais même pas remarqué.

Elle est restée debout sans bouger à se regarder dans le miroir sans se voir.

Soutien-gorge sans bretelles Fleur du Mal. Celui-là, je le connais, c'est moi qui l'ai choisi. Culotte assortie.

J'ai fait passer mon tee-shirt par-dessus ma tête. Enlevé mon jean. Me suis débarrassé de mes chaussures.

J'ai passé les bras derrière son dos pour défaire l'agrafe de son soutien-gorge. Je n'ai pas baissé les yeux, je n'ai pas détourné le regard. J'ai soutenu le sien, et, pour la première fois depuis que nous avions quitté son appartement, j'ai vu une larme briller au bord de ses cils.

Je l'ai fait entrer dans la douche.

Je l'ai savonnée sans omettre un centimètre carré de son corps – sinon son esprit ne trouve pas le repos. C'est difficile à expliquer. Je crois qu'elle craint que les choses du dehors ne s'infiltrent en elle. Un jour, nous étions dans la rue et un dingue s'est mis à lui hurler dessus. Il s'est planté juste devant elle, la dominant de toute sa taille, et a crié pendant plusieurs secondes, le temps que je m'interpose. Ce soir-là, on a pris pas loin de cinq douches. On n'était pas ensemble à cette époque – enfin, si, de qui se moque-t-on ? –, mais elle m'a laissé entrer dans la douche avec elle.

Je l'avais frottée à fond, dans l'espoir de la débarrasser de ce malaise.

Cette fois, je n'avais aucune idée de comment faire partir celui-ci.

N'importe quel autre soir, ça aurait été carrément chaud, putain – ses yeux dans les miens, complètement nue, la fille la plus belle du monde… peut-être aussi la plus brisée, désormais.

Je me suis savonné vite fait. Moi aussi, j'avais de la mort sur moi.

J'ai coupé l'eau, passé une serviette sur ses épaules, une autre autour de ma taille avant de la sécher comme vous le feriez avec un enfant.

Je lui ai trouvé un tee-shirt à moi et le lui ai mis avant d'enfiler moi-même un pantalon de survêt. Ensuite, je l'ai conduite jusqu'au lit.

Je me suis soudain senti nerveux, parce que je savais ce qui allait se produire.

Dans le lit, elle sentirait qu'on était seuls, et c'est là que ça arriverait.

Je me suis allongé le premier, puis l'ai attirée contre moi. Elle s'est repliée contre mon torse, et là j'ai compté jusqu'à trois dans ma tête, mais à deux la digue s'est rompue, et elle a pleuré comme elle se l'était interdit toute la nuit.

Je l'ai embrassée sur le crâne un millier de fois en la serrant de toutes mes forces contre moi.

— Je suis tellement désolé, Parks, ai-je soufflé, comme si ça avait la moindre importance. Tellement désolé.

23:42

Bridget

Je t'ai commandé un livre sur l'étymologie de 30 000 noms communs anglais, parce que tu es une énorme nerd et que je me suis dit que ça t'intéresserait.

Il arrive demain.

De rien.

…

3

MAGNOLIA

JE ME PRÉCIPITE DANS NOTRE SALLE DE BAINS EN QUÊTE D'UN rouge à lèvres d'une nuance précise, et découvre BJ et l'entrepreneur les mains sur les hanches, perdus dans la contemplation de l'imposant manteau de cheminée en marbre qui devrait être suspendu au-dessus de la baignoire et qui gît à présent en morceaux dans ladite baignoire également en miettes.

— Nous avons eu un problème, grimace BJ.

— Je vois ça.

L'entrepreneur m'adresse un sourire contrit.

— Désolé.

— Non… (Je secoue la tête.) Ce n'est pas très grave. En fait, nous ne sommes plus très fans des baignoires, dans cette maison…

BJ réprime un sourire, mais l'homme me regarde d'un air effaré.

— Vous n'aimez pas les bains ?

Surprise, je le gratifie d'un sourire bref, puis m'éclaircis la voix.

— Vous ne lisez pas les journaux ?

BJ se penche vers moi et chuchote :

— Je ne crois pas que les journaux connaissent tous les détails.

Je lui décoche un coup d'œil réprobateur.

— Ils en ont de la chance.

BJ pousse un soupir fatigué – ou peiné ? L'aurais-je blessé ? Je secoue rapidement la tête.

— Je plaisante ! m'exclamé-je en l'embrassant sur la joue.

Je l'embrasse une seconde fois pour faire bonne mesure.

Je ne plaisante pas.

Il me semble que, de façon générale, je me suis apaisée par rapport à toute cette histoire. Je ne nourris plus cette fascination malsaine pour eux. Je ne passe plus en revue le compte Instagram de Paili la nuit, ni n'épluche de vieilles photos de nous tous en quête d'indices. Ce que j'admets avoir fait pendant un temps.

Je ne crois pas être quelqu'un de méfiant par nature. C'est peut-être d'ailleurs ce qui explique ce qui s'est produit. Peut-être que si j'avais été plus soupçonneuse ou avertie, si j'avais remarqué la façon dont Paili regardait BJ, au lieu d'être transie d'amour et de croire en lui coûte que coûte, j'aurais anticipé la catastrophe qui planait sur nous. J'aurais détecté une ambiguïté chez elle, au moins. Il a dit et répété tant de fois que c'était arrivé comme ça, que ça n'avait rien à voir avec elle, que ça aurait pu être n'importe quelle autre fille qui l'aurait suivi dans sa chambre… Et je pense que je le crois… Mais quand votre sœur est morte et que tous vos amis traversent leurs propres crises, vous laissant analyser seule pour la énième fois quelque chose qui est arrivé cinq ans plus tôt – et dont ils sont fatigués d'entendre parler, même si ça reste un des trucs les plus traumatisants de votre existence à vos yeux, et même si ça ne l'est pas et que tout va bien… –, parfois l'esprit a besoin de s'occuper, vous voyez ?

À cause de notre histoire, BJ et moi avons décidé que nous aurions libre accès au portable de l'autre. Je connais son code, il connaît le mien. Si je veux lire ses messages, je peux et je le fais parfois. Ses DM sur Insta et autres, aussi. Honnêtement, ses échanges de messages sont inoffensifs, voire assommants.

En revanche, ses DM… C'est du délire. Ceux qu'il reçoit (je précise). Les filles sont désespérées, folles, de petites idiotes atrocement indifférentes à la sacralité d'une relation.

« Tu as une façon bizarre de lui faire confiance », dirait ma sœur chaque fois que je consulterais sa messagerie, si elle était encore de ce monde.

Elle lorgnerait l'écran du portable de mon fiancé sur lequel je lirais aussi vite que possible un millier de messages qui lui sont adressés et qui me donneraient tous envie de mourir un peu.

Ça va d'assez tranquille, comme « 👄👅💦 », à un brin plus agressif, genre « Où tu veux, quand tu veux, tu n'as qu'un mot à dire », et des trucs complètement hallucinants du style : « Nous sommes faits l'un pour l'autre, je sais que nous deux, c'est écrit. »

Pour sa défense, BJ ne répond jamais. Ils restent juste en attente.

« Je lui fais confiance », insisterais-je, et elle me lancerait un coup d'œil entendu.

« Je vois ça. »

Comme il n'y a rien qui me plaise plus que prouver à ma sœur qu'elle se trompe, j'ai fini par arrêter de contrôler ses messageries. Désormais, je me contente de neutraliser ma curiosité et ma paranoïa avec ma batte de base-ball mentale, qui me sert aussi à protéger ce que nous avons.

*

— Il faut compter à peu près deux mois d'attente, pour le marbre, annonce l'entrepreneur avec une grimace.

— Deux mois ? soupire BJ.

— Du Statuario ? dit l'homme en haussant les épaules. En blanc ? De cette taille… (Il désigne d'un geste la pièce désormais fêlée au milieu de notre baignoire désormais brisée.) Ouais, deux mois, facile.

— Ce n'est pas grave… (J'agite la main et lance un regard à BJ lui signifiant de ne pas insister.) Quel est le problème ? Quand allons-nous l'utiliser, de toute façon ?

BJ pose une main sur ma taille et m'entraîne hors de la salle de bains.

— Tu vas comment, au dîner ? me demande-t-il gentiment.

Je hausse les épaules.

— À pied.

Son visage s'allonge.

— Il y en a pour une heure.

— Et alors ?

— Je vais te conduire.

Je secoue la tête.

— Dani va te conduire, insiste-t-il.

— Volontiers ! lance Daniela depuis la pièce voisine.

Je n'avais pas vraiment remarqué sa présence. Elle est aussi discrète et efficace qu'une souris.

— Je t'accompagne en métro, propose encore BJ, ce qui lui vaut un regard perçant.

— Pardon ?

— Harry Styles prend le métro.

Je secoue la tête tout en enserrant mon cou de ma main.

— Oui, et si on en croit sa chanson *Keep Driving*, il étrangle aussi des femmes face à la mer.

BJ hausse les épaules et soupire.

— C'est probablement mieux que d'étrangler quelqu'un face à un jardin.

Je lui décoche un regard affligé.

— *Meu Deus !* soupire Daniela qui vient d'apparaître dans l'encadrement de la porte. Je conduis.

— Tu veux que je fasse la route avec vous ? propose-t-il encore – il est parfait, je vous dis.

J'envisage d'accepter, étant donné que je déteste désormais les trajets en voiture, et qu'en sa compagnie les choses désagréables le deviennent un peu moins, mais j'aimerais qu'il me croie plus fonctionnelle que je ne le suis vraiment.

— Ça ira ! réponds-je avec mon sourire le plus éblouissant.

*

Je ne dis pas un mot et serre les poings pendant les vingt minutes de trajet jusqu'à St James. Taura m'attend devant le *Sofitel*.

Nous dînons toutes les deux au *Wild Honey*. Je la vois encore plusieurs fois par semaine, mais c'est de plus en plus difficile pour moi, dernièrement.

Enfin, pas plus difficile – « difficile » a une nuance trop négative. Disons que la voir me demande un effort plus conscient après tout ce qui s'est passé entre les garçons et elle au cours des derniers mois. Avant, nous étions toujours tous ensemble – désormais, c'est plus rare.

Taura m'adresse un sourire étincelant et se jette à mon cou.

— J'adore ! lance-t-elle en pointant le menton vers ma tenue.

Minijupe pied-de-poule Versace rose et rouge, débardeur court brodé en jersey blanc à côtes de chez Loewe, manteau en peau de mouton vert Bottega à capuche de chez eux (évidemment), et la minaudière « Brick Phone Text Me » ornée de cristaux argentés de chez Judith Leiber Couture.

— Tu es absolument magnifique…, s'extasie-t-elle. Oh, Daniela ! Salut ! Tu te joins à n… ?

— Non, la coupe mon assistante avant de nous faire entrer dans le restaurant.

Elle n'est jamais bien loin, Daniela, c'est le moins qu'on puisse dire.

Au début, je trouvais curieux qu'elle me suive partout comme mon ombre, et puis, au bout d'un moment… eh bien, je suppose que c'est pratique… Elle conduit, chasse les photographes… Et vous me connaissez : je n'aime pas les nouvelles têtes dans notre cercle. Pourtant, quand elle a commencé à travailler pour moi, par simple politesse, mais aussi poussée par la peur de me retrouver affreusement mal à l'aise autrement, je l'invitais à se joindre à nous, ce qu'elle refusait systématiquement. Au début, cela m'a paru impoli et déroutant parce que… eh bien, qui ne voudrait pas de notre compagnie ? Mais Christian m'a conseillé de ne pas trop me casser la tête, ajoutant que je peux être agaçante et que si je lui donnais le choix, parfois, il choisirait probablement de s'asseoir à une autre table.

Daniela annonce notre arrivée au maître d'hôtel, puis va s'installer au bar, d'où elle surveille la salle de son œil de lynx.

Il faut admettre qu'elle est assez étrange. Ce qui ne m'empêche pas de l'apprécier. Grande, menue, cheveux blonds, yeux brillants.

Taura la désigne d'un mouvement de tête.

— Qu'est-ce qu'elle aime observer les gens, cette fille…

— Oui… (Mon front se creuse.) Oui, non ?

— Un peu bizarre.

— Une sorte de… d'ornithologue… des gens ? proposé-je en haussant les épaules.

Taura secoue la tête.

— Je ne crois pas qu'on puisse dire ça. (Elle se cale dans son fauteuil après avoir commandé une bouteille de vin orange.) Comment va BJ ?

— Bien. (Je lui souris avec chaleur.) Il a un gros shooting pour Versace demain, alors il va se coucher tôt, ce soir.

— Et Christian ?

— Grincheux, renfrogné et assez horripilant, donc… normal ? (Je hausse les épaules.) Il va bien… Daisy lui manque, finis-je par ajouter.

Je suppose que c'est la vraie réponse, et la seule qui compte.

Taura hoche la tête, pressée d'en arriver à la question qui lui brûle les lèvres.

— Et les garçons ?

Je regarde mon amie et me retiens de pousser un profond soupir.

— Ils vont bien, Taura.

Elle expire, le visage tendu par l'angoisse.

Je déteste ça. C'est vraiment infernal. Je souris, mal à l'aise.

— Comment va-t-il ? demande-t-elle rapidement, pleine d'espoir.

Cette fois, je soupire.

— Taura…

— Désolée… (Elle secoue la tête.) Désolée ! Je sais… Je sais, mais il refuse de m…

— Il ne refuse pas de te parler, la coupé-je. Il a juste besoin d'un peu d…

— D'espace, finit-elle en hochant rapidement la tête.

Je crois qu'elle se retient de pleurer.

Je déteste la savoir triste. Pas seulement triste. Stressée, aussi. Vous savez, quand vous appréciez quelqu'un et que c'est réciproque, et puis quelque chose change pour cette personne mais pas pour vous, et vous restez en plan à vous demander ce qui s'est passé.

En fait, ça ne m'est jamais arrivé. Sauf peut-être, brièvement, la fois où Julian m'a déposée devant mon ancien appartement parce qu'il n'avait pas aimé que je lui demande s'il avait un TSPT. Alors si ça ressemble à ça, je confirme, ce n'est pas un sentiment agréable.

— C'est juste que… ça fait tellement d'espace. (Taura enfouit son visage dans ses mains.) Mon Dieu ! J'ai tout foutu en l'air, tu crois ?

— Non…, dis-je d'une petite voix en tripotant mon scapulaire Marie Lichtenberg en or jaune, orné d'un champignon émaillé de rose et serti de diamants.

Elle plisse les yeux.

— Menteuse.

Je fais la moue. Elle a raison, malheureusement. J'ignore si c'est l'interprétation provisoire officielle, mais je suis presque sûre que ce sera confirmé. Surtout après la fameuse soirée – putain… Je secoue la tête à ce souvenir. Quel terrible gâchis !

Je me pince distraitement la lèvre inférieure.

— Eh bien, peut-être que vous avez un peu trop attendu ?

Elle émet un petit rire et agite une main vers moi.

— Vous avez mis des années à vous décider, BJ et toi…

— Oui, mais… (Je secoue la tête.) Henry n'est pas BJ. Il est bien plus pragmatique et… Merde, Taura ! (Je lève les yeux au ciel.) S'il te plaît, ne compare pas, ce n'est pas la même chose…

Elle secoue la tête à son tour.

— Pourquoi ?

— Parce que ce n'est pas la même chose, point. (Je prends sa main dans la mienne par-dessus la table.) Pour le bien, bien meilleur et pour le pire, Henry et toi, vous n'avez pas subi les drames et les merdes qui nous ont embourbés et liés…

— Ouais, mais…

— Et heureusement, Taura ! m'empressé-je d'ajouter. Parce que ça a été affreux.

— Mais vous…

— Taura. (Je lui lance un regard appuyé.) BJ et moi ne sommes pas une référence en matière de relation. Je suis reconnaissante qu'on en soit là aujourd'hui, je l'aime et je ne changerais rien à notre histoire…

Je m'interromps et nous échangeons un regard, sachant parfaitement toutes les deux que, en fait, j'y changerais beaucoup de choses.

Je secoue la tête et me ressaisis.

— Je ne voudrais être avec personne d'autre. Et oui, pour nous, ça a fini par marcher, mais tu ne peux pas nous prendre comme modèle – ni toi ni personne. Nous en avons réchappé de justesse.

Elle se mordille nerveusement les ongles.

— Donc tu penses que c'est fini ?

Je soupire, regrettant de ne pas pouvoir lui offrir plus qu'un haussement d'épaules.

— Je ne sais pas, dis-je, même si je crois que si.

Je crois qu'elle aussi, parce qu'ils ont fini par en venir aux mains.

Je n'avais jamais vu Henry et Jonah se battre – pas l'un contre l'autre. C'était assez effrayant. BJ et Christian se sont souvent battus (oups, désolée), et j'avais déjà vu Henry et Jonah se battre avec d'autres garçons à de multiples occasions au fil des années, mais jamais tous les deux, en adversaires.

Henry est d'ordinaire si calme, et Jonah tellement idiot, la plupart du temps – mais il est fier. Or la fierté est dangereuse, figurez-vous. Et ça mijotait depuis pas mal de temps. Leur relation à trois était devenue la tour de Jenga la plus instable du monde, vacillant sur une table autour de laquelle nous étions tous tapis, retenant notre souffle en attendant que l'un de nous tire la mauvaise brique qui causerait son effondrement imminent.

*

C'était il y a quelques semaines. Christian, Henry, BJ et moi nous étions retrouvés pour dîner au *Blacklock* de Soho, où l'on sert le meilleur rôti après celui de Lily. Peut-être que ce qui s'est passé était ma faute, car, avant le décès de Bridget, j'ai joué plusieurs mois en défense, me débrouillant pour être toujours au courant de l'emploi du temps de Taura, c'est-à-dire avec lequel elle était, afin de faire en sorte que l'autre n'en sache rien. Seulement, après Bridget, je suppose que je me suis montrée négligente. Peut-être ai-je été distraite… ?

J'aurais dû me renseigner. Je savais que c'était la « soirée de Jonah ». Et en fait j'ai pensé à demander, mais quand nous avons quitté l'appartement, il y avait tellement de gens qui nous attendaient en bas pour me crier d'horribles questions sur la vie privée de ma sœur – peu de temps avant, le garçon avec qui elle avait perdu sa virginité au lycée a vendu son récit à des magazines people, du coup les journalistes étaient déchaînés, et je ne sais pas… j'ai oublié, voilà.

« Soirée de Jonah », donc. Il est utile que je précise que même si Taura avait choisi Henry, ce que je savais, elle n'avait aucune idée de comment s'y prendre pour rompre avec Jonah, dont la mère était encore hospitalisée, et leur histoire a suivi son cours…

Nous étions en train de dîner tous les quatre, quand soudain… qui descend tranquillement les marches menant à la salle à manger ? Les deux derniers membres du Pack Complet. Ivres – Jonah plus que Taura.

Les ayant repérés la première, j'ai aussitôt balancé à Christian un coup de pied sous la table, parce que, honnêtement, il me semblait moins bizarre de le faire s'interposer lui entre Jonah et Henry plutôt que BJ. Mais BJ a surpris mon manège.

Il a incliné la tête et m'a adressé un regard perplexe. J'ai remué discrètement les sourcils… Quand il les a vus, son visage s'est allongé sous le coup de la consternation.

Je me suis empressée de me tourner vers Henry.

— Tu m'accompagnes aux toilettes ?

— Hein ? (Il a froncé le nez.) Non.

— Mais… (J'ai dégluti.) Je vais vomir.

Christian retenait son souffle.

— Je vois. (Henry a hoché la tête.) C'est toujours « non »…

Il m'a souri brièvement, et je lui ai jeté un regard suppliant. Il a renversé la tête en arrière, puis désigné BJ d'un geste.

— Ton promis va y aller avec toi.

BJ s'est gratté la nuque avant de hausser les épaules.

— Non…, a-t-il dit d'une voix un peu aiguë. Je n'ai pas envie, ça risque de me donner la gerbe.

— Moi non plus, je n'ai pas envie, ça va me donner la gerbe ! a rétorqué Henry, agacé.

Je me suis raclé la gorge.

— Enfin, Henry, tout ne tourne pas autour de t…, ai-je commencé, avant d'être interrompue par Taura qui, les yeux flous, les mains de l'aîné des Hemmes sur la taille, venait de nous repérer.

— Oh, salut…, a-t-elle marmonné, tétanisée.

Quand je repense à ce moment, un détail m'apparaît plus clairement : l'exclamation de surprise réprimée par Henry.

Deux inspirations brusques et brèves… et puis le silence.

Les mains de Jonah étaient posées vraiment bas sur le corps de Taura – très précisément sur son cul, sur lequel les yeux de Henry se sont immédiatement braqués.

Il a contracté les mâchoires sans rien dire.

— Henry. Salut, a dit Jonah en le toisant un peu de son regard trouble.

Il peut se montrer assez agressif quand il est bourré.

— Salut. (BJ a sauté sur ses pieds et adressé à son meilleur ami un sourire désarmant, les yeux dans les yeux, tout en se plantant entre Henry et lui.) Dites, si vous alliez plutôt chez *Bill*? Ça risque d'être un peu tendu, ici…

— Tendu ? Pourquoi ? a demandé Jonah, le menton en avant.

C'est à peu près à ce moment-là que j'ai su que la soirée allait mal tourner.

Jonah et BJ sont comme des chuchoteurs de chevaux l'un pour l'autre. Si quelqu'un est capable de désamorcer une situation impliquant l'un d'eux, c'est l'autre. Mais là, Jonah ne voulait pas être désamorcé. Il avait besoin d'un bouc émissaire qui porterait la responsabilité de la souffrance que suscitait en lui l'indécision de Taura, ainsi que de la peur qu'il ressentait pour sa mère, et Henry était le candidat tout désigné.

— Hum… (Christian m'a pointée du pouce.) Magnolia a envie de vomir.

Jonah a levé les yeux au ciel.

— Tu parles d'un scoop !

Je me suis raidie, vexée, puis me suis raisonnée, me rappelant qu'il était soûl et triste, probablement. BJ a posé deux doigts sur le torse de son meilleur ami.

— Non, a-t-il dit d'un ton ferme en le regardant sévèrement.

Mais Henry était déjà debout.

— Yo, retire ce que tu as dit et dégage ! a-t-il grondé en indiquant la sortie de la tête.

Jonah s'est désigné du doigt.

— C'est à moi que tu parles ?

Taura s'est figée.

— À ton avis, putain ? l'a rembarré Henry en haussant un sourcil.

— Ça va, Henry ! (Je me suis levée, le sourire le plus sincère que j'aie pu afficher aux lèvres.) Jo est juste un peu de mauvaise humeur…

— Ouais, Henry…, s'est moqué ce dernier avec un sourire dur. Je suis « juste un peu de mauvaise humeur ».

Et il a éclaté de rire, un rire creux d'homme ivre, avant d'enfouir son visage dans le cou de Taura pour l'embrasser. Elle s'est tortillée, gênée.

—Arrête…, a-t-elle soufflé.

—Arrête ? a répété Jonah en reculant.

Il a eu l'air furieux, mais sa colère dissimulait mal sa tristesse.

—Ouais, Jonah…, a dit Henry, très cool – trop pour être honnête. Elle veut que tu arrêtes.

Jonah a regardé Henry et lui a adressé un sourire crispé. Ensuite, il a émis un petit rire… et s'est jeté sur lui.

Il l'a plaqué au sol et l'a frappé du poing.

Dans leur chute, ils ont bousculé un pauvre serveur qui a également fini par terre. Taura s'est précipitée pour l'aider au moment même où Henry recevait un crochet puissant dans l'œil, juste avant de balancer un coup de coude dans la lèvre de Jo.

BJ et Christian ont plongé dans la mêlée. Christian a traîné Henry plus loin, BJ a saisi Jonah qui s'est débattu furieusement, s'efforçant de donner un coup de pied à Henry avant qu'il ne soit hors de sa portée.

Moi, j'ai été parfaitement inutile – c'est un peu ma spécialité, ces temps-ci –, me contentant de rester plantée là à dévisager mes deux vieux amis et la fille pour laquelle ils se battaient.

Taura était toujours en train d'aider le serveur à se relever tout en se répandant en excuses. Elle avait les larmes aux yeux. Le silence s'était fait autour de nous. Quelques clients brandissaient leur téléphone.

—Qu'est-ce que vous regardez comme ça, putain ? a hurlé Jonah en balayant la salle du regard.

Du coup, le nombre de téléphones a doublé.

—Allez, viens…, a dit BJ en le poussant vers l'escalier. (Il a croisé mon regard. Le sien était triste.) Je vais le ramener chez lui.

J'ai hoché la tête.

BJ m'a désignée du menton.

—Raccompagne-la à la maison, a-t-il dit à Christian.

Christian a soupiré en regardant autour de lui, puis, d'un hochement de menton, a répondu « oui » à BJ avant de faire voler le téléphone des mains d'un client.

— Dégage ! a-t-il grondé à l'intention d'un type d'une vingtaine d'années qui observait le drame, ravi.

Le mec a affiché une expression à la fois piteuse et vexée.

J'ai pris de la glace dans le seau à vin et l'ai enveloppée d'une serviette pour en tamponner doucement la coupure qui barrait l'arcade sourcilière de Henry.

Il m'a repoussée – il n'aime pas qu'on s'occupe de lui. Il n'a jamais aimé ça. Il m'a pris la serviette des mains et l'a maintenue lui-même contre sa blessure.

— Ça va ? lui a demandé Taura d'une voix hésitante en revenant vers notre table.

Christian et moi sommes restés plantés là comme deux idiots, mal à l'aise, un peu coincés, ne sachant pas si nous devions partir ou rester. Et nous avons aussi eu l'air de deux idiots sur les photos accompagnant l'article publié dans le *Sun* du lendemain. Debout, raides et bizarres – on aurait dit les jumelles dans *Shining*.

Henry s'est tourné vers Taura, le regard aussi triste que je devinais son cœur.

— Je n'en peux plus, Taura.

Elle a secoué la tête rapidement.

Autour de nous, plusieurs flashs se sont déclenchés.

— Henry…

Elle a tendu la main vers lui, mais il l'a esquivée.

— Nous devrions peut-être faire ça ailleurs…, ai-je soufflé en jetant un regard circulaire dans la salle complètement silencieuse.

Henry a secoué la tête.

— Qu'ils regardent, je m'en fous, Parks. C'est fini pour moi.

Taura a expiré bruyamment, à deux doigts de péter les plombs.

— Henry…

— J'ai dit : c'est fini pour moi.

Il a levé les mains en signe de reddition. Il avait l'air de le penser.

Et il le pensait.

Plus ou moins.

Le lendemain, allongé sur notre lit, le visage enfoui dans les oreillers, il beuglait qu'il avait commis une erreur monumentale, qu'il avait tout fait foirer… Ça a duré à peu près un jour et demi, après quoi nous l'avons forcé à sortir dîner, ce qui s'est révélé être une très mauvaise idée quand Henry, un peu bourré, nous a convaincus d'aller dans un bar, où il s'est débrouillé pour coucher avec une fille.

Franchement, ça a été assez stressant. D'abord parce que, d'une certaine façon, j'ai eu l'impression de tromper Taura, ensuite parce que ça ne ressemblait pas à Henry…

Même avant Taura, Henry était le garçon de notre groupe qui avait le moins de plans cul. Ce n'est pas qu'il n'en avait jamais ou qu'il n'en avait pas l'occasion – il n'est pas comme ça, c'est tout.

Et pourtant, voilà qu'il se retrouvait avec la langue au fond de la gorge de cette blonde vraiment ravissante (il faut l'admettre), les mains dans ses cheveux – honnêtement, il embrasse très bien. Nous nous sommes embrassés deux fois au cours de jeux débiles. D'un côté : beurk ! Mais d'un autre : miam, parce qu'il est franchement doué. Les filles fondent devant lui exactement comme elles le font devant BJ, sauf que, d'une certaine manière, Henry est plus inaccessible.

Car vous serez peut-être surpris de l'apprendre, mais BJ est un garçon avenant. Il se montre amical avec tout le monde, souriant. Chaleureux. Comme un pique-nique au milieu d'un parc par un jour ensoleillé : les sandwichs ont été déballés, le thé servi, tout le monde est invité. Il est heureux de bavarder, heureux de vous voir.

Henry, c'est l'homme en train de lire sur un banc du parc… N'osant pas lui adresser la parole, vous attendez qu'il vous parle.

Nous sommes restés là, BJ et moi, à observer la scène qui se déroulait sous nos yeux entre Henry et cette fille, nous préparant à ce qui allait arriver ensuite, quoi que ce fût.

— Oh. (Je lui ai pris la main.) Je crains que ça ne devienne un problème.

— Ouaip. (BJ a hoché la tête, la mine sombre, inquiet pour son frère, puis il a incliné la tête vers la porte.) Laissons-le faire.

Et nous l'avons laissé faire. Et il l'a fait. Vous savez comment je le sais ? Parce qu'il l'a fait chez nous ! Dans notre chambre d'amis ! Ce qui, un, est dégoûtant ! Et deux, ne se reproduira jamais, merci beaucoup, Henry Austin Ballentine. Putain, mes yeux ont failli me sortir de la tête quand, le lendemain matin, j'ai vu la blonde traverser subrepticement le salon devant nous pour gagner la porte d'entrée.

Henry est apparu quelques minutes plus tard vêtu en tout et pour tout d'un pantalon de survêtement, en se massant la nuque comme s'il s'était déchiré un muscle. Il nous a souri, le regard embrumé, tandis que je le fixais, les yeux agrandis d'horreur.

— Yo… (BJ a pointé le menton vers la chambre d'amis.) Genre, d'homme à homme… plus jamais, mec.

— Tu te fous de moi ? (Henry a levé les yeux au ciel.) Combien de nanas tu t'es tapées chez moi ?

Je me suis vivement tournée vers BJ en pointant un index menaçant vers lui.

— Je t'interdis de répondre à cette question… (Puis j'ai brandi mon doigt vers son frère.) Et toi, ça ne se fait vraiment pas… (Je l'ai fusillé du regard.) C'est inacceptable, Henry… Tu as une carte Coutts et un héritage monumental. Paie-toi une chambre dans un hôtel, sérieusement !

Henry a levé les yeux au ciel.

— Ce culot ! ai-je poursuivi en lui faisant les gros yeux avant de pointer le doigt vers la porte. Va immédiatement m'acheter des draps neufs…

Il a de nouveau levé les yeux au ciel.

— Magnoli…

— IMMÉDIATEMENT ! ai-je hurlé. King size, coton égyptien, mille deux cents fils minimum. Couleur sur le cercle chromatique quelque part entre le lin blanc et le nacre.

Henry a marmonné quelque chose.

— Et je le dirai à ta mère ! lui ai-je crié alors qu'il battait en retraite dans la chambre d'amis.

— Non !

Il a fait volte-face et m'a regardée d'un air suppliant.

— Si, ai-je assené sur un ton de défi.

*

En face de moi, Taura cligne tristement des yeux avant de vider son verre de vin d'un trait.

— Je suis désolée, soupiré-je.

Elle hoche rapidement la tête, le regard fuyant, incapable de le fixer sur quelque chose.

— Il couche avec beaucoup de filles ? demande-t-elle toujours sans me regarder, effrayée par la réponse, je crois.

Je fronce les sourcils. Je n'aime pas la position dans laquelle cette histoire me met.

— S'il te plaît ? souffle-t-elle.

J'expire par le nez et me passe la langue sur la lèvre inférieure.

— Il n'est pas passé en mode BJ.

— Ouais, mais… (Elle hausse les épaules.) Personne ne passe en mode BJ comme BJ.

Je lui adresse un regard appuyé.

— Désolée.

Elle baisse les yeux vers son plat dont elle n'a mangé que la moitié.

— Il sort avec des filles.

— Oh !

Son visage se décompose un peu.

— Aucune en particulier…, m'empressé-je de préciser, désireuse de la rasséréner. Juste comme ça.

— Bien sûr, dit-elle, pensive. Est-ce qu'il demande de mes nouvelles ?

— Eh bien, c'est-à-dire… Il a ses principes… (Je grimace en m'apercevant que ma réponse lui fait de la peine.) Il se retient, mais il en meurt d'envie.

— Bien sûr, répète-t-elle avant de secouer la tête, comme pour passer à autre chose. Tu n'aimes pas ? me demande-t-elle en désignant mon assiette intacte.

— Mmm ? (Je cligne des paupières, baisse les yeux vers mon plat.) Oh, si, c'est délicieux. C'est juste que j'ai déjeuné tard.

Je lui souris brièvement.

*

Il est presque 23 heures quand j'arrive à la maison. Daniela m'accompagne à l'intérieur. Elle veut faire un brin de toilette avant de rentrer chez elle. Je la remercie de m'avoir conduite, puis me dirige vers la pièce la plus confortable, la moins anguleuse de l'appartement.

Il est là, assis dans notre lit, torse nu, exactement comme je l'aime, *Le Petit Prince* à la main. Il abaisse le livre en me voyant, souriant, fatigué et beau.

— Hey.

— Salut.

Je monte sur le lit et le rejoins à quatre pattes.

Il m'effleure le visage.

— Comment s'est passé ton dîner ?

— Bien.

— Tu t'es bien amusée ?

Je hoche la tête.

— Tu as mangé quoi ?

— Ce soir ? (Je cligne des paupières et hausse les épaules.) Le flétan.

Il me tire vers lui, puis me hisse sur ses genoux et embrasse mon épaule.

Je me retourne pour le regarder.

— Qu'est-ce que tu fais réveillé ? Tu devais te coucher tôt.

Il secoue la tête.

— Je ne m'endors jamais tant que tu n'es pas à la maison.

— Jamais ?

— Non.

— Et les années où nous étions séparés ?

— On n'a jamais arrêté de partager nos localisations. (Il glisse ses bras autour de ma taille.) Je restais attentif jusqu'à ce que tu sois chez toi.

— Mon Dieu ! m'exclamé-je en riant avant de m'asseoir à califourchon sur ses jambes. Ça a dû être épuisant... C'est pratiquement un boulot à temps plein !

— Putain, tu m'étonnes ! (Il lève les yeux au ciel.) Tu voudras bien expliquer ça à mon père ?

J'incline la tête, lui caresse la joue. C'était une plaisanterie, mais j'en saisis la charge.

— Il continue de te faire des remarques ?

Il renverse un peu la tête en arrière et soupire, haussant les épaules avec une indifférence feinte.

— Juste les conneries habituelles du genre : « Qu'est-ce que tu fais de ta vie ? »

Il lève vers moi ses yeux, où je lis une étrange gravité, enfonce ses mains dans mes cheveux. Je sens qu'il lutte intérieurement, mais j'ignore comment tirer ce conflit à la surface. Pour être honnête, je n'ai aucune idée de ce qu'il fait de sa vie. Je crois que, avant, j'étais ce qu'il faisait de sa vie. Me reconquérir était sa raison d'être. Il m'a, maintenant, alors quoi ? Je ne crois pas qu'il le sache.

Il secoue la tête.

— Je finirai par trouver.

Il me décoche un sourire, bref, mais parfait. Un peu triste aussi, cela dit.

J'effleure ses lèvres des miennes.

— Je vais prendre une douche.

— Tu veux de la compagnie ? me lance-t-il en souvenir du bon vieux temps.

Je secoue la tête.

— Tu te lèves tôt demain, lui dis-je avant de l'embrasser de nouveau.

*

Je prends mon temps sous la douche, puis fais durer mes soins de la peau. J'ai besoin qu'il dorme quand je me mets au lit.

J'ai été obligée d'ajouter quatre étapes à ma routine du soir pour que, fatigué de m'attendre, il abandonne et s'endorme. Pas parce que je cherche à éviter le sexe avec lui – enfin, vous êtes fous ! Regardez-le : c'est la perfection incarnée.

Non, j'ai besoin qu'il soit endormi pour pouvoir commencer ma seconde routine du soir.

Je regagne notre chambre sur la pointe des pieds et vais me glisser dans le lit près de lui.

Percevant mon arrivée, il remue légèrement dans son sommeil, émet un minuscule son tellement adorable que je veux mourir, submergée par une immense vague d'amour pour lui. Je l'aime tellement que j'ai presque l'impression de m'étouffer.

Il bouge encore, roule sur le flanc face à moi, et je le contemple, le grand amour de ma vie.

Ça a toujours été lui. Je l'ai toujours su, même quand j'essayais de combler avec d'autres le vide qu'il avait laissé en moi. C'était et ce sera toujours lui.

Je pose ma main sur son torse et déglutis.

J'aime ce corps.

Je crois que je le connais mieux que le mien.

Les deux taches de rousseur au milieu de sa poitrine, un tout petit peu sur la gauche.

La façon dont son abdomen ondule jusque tout en bas, comme s'il avait été moulé – comme s'il n'était pas réel. Les courbes de son torse sont gravées dans ma mémoire, exactement comme vous vous souviendrez toujours du plus beau jour de votre vie. BJ est le plus beau jour de ma vie.

Je me souviens parfaitement de la première fois que je l'ai déshabillé.

Ça a été étrange, car je l'avais déjà vu presque nu – un peu normal quand vous avez pour ainsi dire grandi ensemble.

C'était au lycée, dans ma chambre à la résidence.

Nous n'étions ensemble que depuis un ou deux mois, selon la date officielle toujours débattue du début de notre relation. Il soutient que nous avons commencé à sortir ensemble pendant les vacances, mais j'objecte qu'il y a eu une semaine après où il ne m'a presque pas adressé la parole (Jonah lui avait conseillé de la jouer cool) et durant laquelle j'ai vécu un véritable supplice. Selon moi, nous avons officiellement été ensemble le jour où il m'a embrassée devant toutes les filles de ma résidence.

Après ça, nous n'avons pas traîné, dans le genre « tout est permis quand il s'agit de nous aimer ».

Un mois plus tard, dans ma chambre, il m'a plaquée contre une colonne de mon lit et a passé brièvement une main sous la jupe de mon uniforme, avant que je commence à déboutonner sa chemise.

Je me sentais si adulte. Nous étions tellement jeunes.

*

Ce soir, dans notre lit, je suis du doigt la courbe de son biceps, descends le long de son bras, dessine la veine de son poignet où je laisse reposer mes doigts jusqu'à sentir son pouls.

Je crois que la mort passe très près de chacun de nous à un moment ou à un autre de notre vie. Avec moi, elle a carrément dansé. Elle m'a pris la main, m'a fait virevolter, m'a renversée sur son bras... m'a appris la valse. J'ai envisagé la vie à travers le prisme de la perte, en secret d'abord, jusqu'à ce qu'elle donne sa couleur au monde autour de moi. En ce moment, c'est l'été dans ma vie, mais j'ai terriblement peur de l'automne, parce que alors la mort est partout. Elle se dissimule derrière un masque de couleurs chaleureuses, mais ça reste une saison de mort. Il me faudra parcourir la ville sous les liquidambars qui bordent notre rue, et la mort pleuvra sur moi, dorée et orange, il me sera impossible de l'éviter… D'ignorer toutes les façons dont je pourrais mourir – ou, pire, toutes les façons dont il pourrait mourir et dont je le perdrais aussi.

*

Soixante-cinq millions de personnes meurent chaque année, vous le saviez ?

Bridget en fait désormais partie. Elle fait partie des 65 millions de personnes qui sont mortes cette année.

Et je suppose, bien sûr, que statistiquement 32,5 millions d'entre elles étaient probablement âgées. Mais l'autre moitié ?

Soixante-cinq millions de personnes qui meurent chaque année, ça en fait 178 000 tous les jours. Ou 7 420 par heure, ou – sérieux, c'est dingue – 124 par minute. Deux par seconde.

Chaque année, 24 000 personnes meurent foudroyées. Qu'est-ce que ça fait, à votre avis ? Est-ce que vous cuisez un peu ? De l'intérieur vers l'extérieur ? Est-ce que vous voyez la lumière quand la foudre vous frappe ?

Au moins 270 personnes meurent chaque jour dans un incendie. Je pense que ce doit être vraiment une mauvaise façon de partir, pas vous ? Je pense que, face au feu, vous savez… que vous êtes piégé, qu'il va vous avoir. Mais ensuite, les flammes qui lèchent votre peau… Ce n'est pas assez rapide. On doit tout sentir.

J'ai pris feu une fois, dans un club. Je portais un haut ample et je me suis approchée trop près d'une bougie. J'ai été brûlée au troisième degré dans le dos, sur une surface comme ma main. BJ et moi avons dû passer la nuit à l'hôpital. L'odeur était horrible.

Je me demande si vous sentez l'odeur de votre peau qui grille quand vous prenez feu…

Les chiffres de morts par noyade sont horriblement élevés aussi. Cent mille par an, à peu près. J'ai lu que c'était une façon plutôt agréable de mourir. Après le choc initial, une fois que vos poumons ont cessé d'essayer de respirer, il semble que vous soyez d'abord pris d'euphorie, suivie d'une fatigue rêveuse, un peu comme quand on s'endort.

Plus de 21 917 personnes meurent chaque jour des effets de la cigarette ou des effets secondaires du tabagisme. Une part de moi pense : « Vous savez quoi, vous avez invité la mort à votre table en fumant, espèce d'idiots ! », mais en fait, vous saviez que plus de 10 % de ces 21 917 personnes (c'est-à-dire plus de 2 190) qui meurent à cause de la cigarette meurent parce que quelqu'un d'autre les a fumées ? Ce n'est pas juste.

Mais pas plus que la mort, je suppose.

Cinq cent mille personnes sont assassinées tous les ans – pas juste non plus. Et horrible, et terrifiant. J'y vois l'expression d'une noirceur dans notre monde qui est catastrophiquement insupportable, irrépressible. Et si 500 000 personnes sont assassinées, on peut raisonnablement en déduire qu'il y a approximativement 500 000 meurtriers, alors qu'est-ce qui empêche M. Tout-le-monde dans la rue de faire demi-tour et de vous poignarder juste parce qu'il en a eu envie ? Les chiffres sont importants.

Plus de 1 000 personnes meurent chaque semaine d'une blessure à la tête, suite à une chute, par exemple. Les trottoirs sont irréguliers. Il y a des marches traîtres, des murs saillants et des plafonds trop bas ; BJ est grand, et il est tout le temps en train de parler ou au téléphone – il pourrait y avoir un tuyau qui dépasse quelque part, et alors quoi ?

Et puis, bien sûr, le grand C.

Il tue beaucoup de gens, celui-là : 4 342 personnes chaque jour. Je me demande si ça les surprend. Vous croyez qu'on sait toujours qu'on est en train de mourir d'un cancer avant que ça se produise ? En ce qui me concerne, être surprise par la mort serait le pire.

Ça vous arrive d'y penser, vous ? À combien vous aimez une personne qui est composée en grande partie d'eau et de quelques os ? Parce que moi, ça m'obsède, maintenant. Que tout ce qui protège le cœur pour lequel je serais prête à faire n'importe quoi – donner ma vie –, c'est une cage thoracique formée par des côtes, elles-mêmes constituées de collagène, de phosphate de calcium et de carbonate de calcium. C'est tout.

Et d'un peu de muscle.

Voilà ce qui maintient en vie Baxter James Ballentine. Des os et des tendons.

Et je l'ai déjà vu se fracturer des os. Des centaines de fois. Des doigts, des orteils, des poignets. Je l'ai vu se briser le bras de telle sorte qu'un éclat d'os lui a traversé la peau. Les corps se déchirent si facilement.

Et son esprit. J'adore son cerveau. J'adore la façon dont il voit la vie, le fait que pour lui tout le monde est gentil, tout est drôle, excitant et tendre. Il a un tempérament tellement agréable et enjoué, parce que son esprit est bon et pur. Mais vous avez une idée de combien il est facile de souffrir d'un traumatisme crânien ?

Un mauvais coup sur la tempe peut faire enfler votre cerveau et, pouf, vous n'êtes plus là.

BJ ne mâche pas bien quand il mange. Il avale presque tout rond. Depuis toujours… Savez-vous que 3 000 adultes meurent chaque année en s'étranglant avec de la nourriture ? Je ne connais pas la manœuvre de Heimlich. Qu'est-ce que je ferais s'il commençait à s'étouffer ?

Comme il a toujours faim, il mange trop vite. Nous sommes censés mâcher chaque bouchée quelque chose comme trente-cinq fois, non mais franchement ! C'est de la folie, point. S'il mâche trois fois, nous avons de la chance… pourtant, ça veut dire à peu près onze fois moins qu'il est censé le faire. Je n'aime pas du tout ces chiffres.

Ne me lancez pas sur les ceintures de sécurité… Merde, je ne sais pas s'il se prend pour James Dean, en tout cas il ne met jamais la sienne, même si 3 287 personnes meurent tous les jours dans des accidents de la route, ce qui est beaucoup trop : il n'y a rien de plus banal qu'une voiture, les gens montent dedans tout le temps. Nous moins, depuis… bon, vous savez bien… Je suis bien placée pour dire que mourir dans un accident de voiture est une sale façon de partir. Maintenant que j'en ai vécu un. Parce que votre peau est si fine, et que, en dessous, il n'y a rien qui puisse vous protéger face à une tonne de métal tordu et coupant qui essaie juste de vous gratter la viande jusqu'à l'os. Le métal vous étreint, comme s'il cherchait à vous absorber, comme si c'était un moment intime entre lui et vous. Et peut-être que oui, parce que n'importe quelle mort l'est.

Un moment d'intimité qui vient vous prendre, que vous soyez prêt ou non. Il ne pose pas de questions et ne donne pas de réponses…

J'ai besoin de réponses.

Je tends la main vers ma table de nuit et je sors quelques affaires du tiroir.

— Ton dysfonctionnement atteint des records, crois-je entendre me chuchoter Bridget.

— Tais-toi, lui dis-je, même si je voudrais qu'elle ne le fasse jamais.

Le thermomètre frontal sans contact – « Au moins, il est sans contact », raille ma sœur –, le petit oxymètre que je place sur son doigt – « Sa saturation, Magnolia ? Sérieusement ? » –, et le calepin sur lequel je note ses signes vitaux – « Donc, tu t'y connais en signes vitaux, maintenant ? », ironise-t-elle.

Je pointe le nez en l'air pour la contrarier, comme si elle était toujours sur cette planète pour le voir.

37,2 °C ; 97 (SaO2) ; 63 bpm.

Mmm. Je fais la moue.

— Il va bien, m'assure-t-elle.

Mais pourquoi est-ce que je la croirais, cette traîtresse ?

Hier, j'ai noté : « 98 (SaO2) ; 61 bpm ». Des chiffres qui me plaisent davantage.

J'écris néanmoins consciencieusement ceux d'aujourd'hui, puis range mes instruments secrets dans mon tiroir.

— Bon, te voilà rassurée, il ne mourra jamais ! se moque-t-elle, exaspérée.

Je sens la colère monter en moi, même si elle n'est pas là pour le dire dans la vraie vie, et presque simultanément mon cœur bondit vers elle et atterrit dans une niche vide du cimetière de Highgate, puisque ses cendres sont ici, au pied de notre lit.

Je me tortille vers BJ, passe son bras autour de moi et pose ma tête sur sa poitrine.

C'est comme ça que je dors, désormais.

Au rythme de son cœur et de sa respiration.

4

BJ

J'ai trois regrets dans ma vie. Probablement plus. Mais si un génie m'offrait d'exaucer trois de mes vœux, voici les choses que je changerais.

La première, vous la connaissez : Paili et la baignoire. Qu'est-ce que je ne donnerais pas pour remonter le temps jusqu'à cette soirée. Je marcherais droit vers la porte de l'appart au lieu de descendre dans ma chambre. J'irais retrouver Parks direct pour tout lui raconter, ce qui nous épargnerait tous les coups que nous nous sommes infligés l'un à l'autre de ce moment-là à récemment.

La deuxième, je ne veux pas en parler.

La troisième… Il ne faut pas être bien malin pour deviner ce dont il s'agit.

Quand je repense à ce jour à l'hôpital… Magnolia inconsciente dans le lit, couverte de bleus… Cette image hurle dans mon esprit. La voir dans cet état m'a anéanti… Sur le coup, il m'était presque impossible de voir plus loin qu'elle. Mais si j'essaie, si je tire le rideau sur elle, si j'arrive à me convaincre qu'elle va bien, parfaitement bien, qu'elle va s'en tirer… Si je rassure mon moi de ce moment-là et scrute mes souvenirs, d'autres détails me reviennent…

Bridget dans ce fauteuil, dans les vêtements qu'elle portait au moment de l'accident.

La petite coupure sur sa lèvre. Le sang sur son bras. L'écorchure sur son front.

Elle avait l'air d'aller bien. Fatiguée, mais bien.

Putain… Je lui ai dit de rentrer.

Depuis, j'en ai beaucoup parlé avec Claire. Du fait que les médecins l'avaient examinée et autorisée à rentrer chez elle. Je ne suis pas médecin, alors comment aurais-je pu savoir ? Bonne question, je suppose, mais ça ne m'empêche pas de me sentir responsable.

Parce que je la connais. Depuis qu'elle est toute petite. Sérieusement, j'aurais dû m'en rendre compte.

*

Vous savez quoi ? Je suis le premier garçon qu'elle a embrassé. Bridget.

Marrant, non ?

À l'époque, Magnolia et moi, on était ensemble depuis seulement quelques mois. C'était un dimanche soir, on repartait à Varley le lendemain.

On regardait la télé dans son lit. À un moment, Bridget est passée devant la porte de sa chambre.

— Bridget ! a appelé Magnolia.

Bridget a passé la tête dans la pièce.

— Quoi ? a-t-elle demandé, exaspérée d'avance, parce qu'elles étaient toujours comme ça, toutes les deux.

Même à treize et quinze ans. Même à trois et cinq.

Magnolia s'est redressée en plissant les yeux.

— C'est vrai qu'à une soirée, hier, tu as joué à Sept minutes au paradis avec Dean Vinograd – probablement le mec le plus canon de ta promo (Magnolia m'a lancé un bref coup d'œil en quête de mon approbation) – et que tu ne l'as même pas embrassé ?

J'ai ri, et Bridget a croisé les bras, mal à l'aise.

— Si c'est vrai, qu'est-ce que ça peut te faire ?

Magnolia l'a examinée d'un œil soupçonneux.

— Eh bien, je me demande pourquoi… C'est juste un bisou, quoi !

Bridget a basculé son poids sur son autre jambe.

— Non ? a insisté Magnolia en clignant des yeux.

Bridget lui a lancé un regard noir, et j'ai vu sa respiration s'accélérer un peu tandis qu'elle fronçait le nez.

— Je n'ai jamais embrassé de garçon, a-t-elle fini par lâcher du même ton suffisant que sa sœur.

— Quoi !? s'est exclamée Magnolia avant de se laisser tomber à la renverse sur son lit, à peine dramatique.

Comme si elle avait beaucoup d'expérience elle-même… Honnêtement, nous n'avions pas encore fait grand-chose, à l'époque. Un peu, parce qu'elle est tactile, mais pas beaucoup.

Bridget a eu l'air gêné, et elle s'est avancée dans la chambre, prête à se défendre.

— J'ai juste… Je n'ai pas… (Elle a pris une inspiration.) Et maintenant, j'ai…

Elle n'a pas achevé sa phrase, mais j'ai lu sur son visage.

De la peur.

— Ce n'est pas grave, ai-je dit en secouant la tête.

Elle a cligné des yeux.

— Tu crois ?

J'ai hoché la tête.

— Ouais.

— Si, c'est grave, a protesté Magnolia avec une petite moue. Et bizarre.

Bridget a soufflé par le nez, vexée, avant de faire la moue aussi.

— C'est juste que je ne sais pas comment faire… Je ne veux pas avoir l'air débile.

— Pas moyen que tu aies l'air débile, l'ai-je rassurée.

— Bien sûr que si, a assené froidement Magnolia.

Je lui ai lancé un regard sévère.

— Non mais je pouvais vraiment pas embrasser Dean hier soir ! s'est soudain écriée Bridget. Imaginez si ç'avait été nul à chier et qu'il avait détesté et qu'il l'avait raconté à tout le monde ! Après, j'aurais été une énorme loseuse pour toujours !

Magnolia a grimacé.

— Imagine si tu avais eu l'occasion d'embrasser le mec le plus canon de ta promo, que tu ne l'avais pas fait, qu'il l'avait raconté à tout le monde et que tu étais devenue une énorme loseuse ? a-t-elle débité avant d'adresser une grimace moqueuse à sa sœur. Oh, mais attends…

— Je ne savais pas quoi faire ! a gémi Bridget.

— Moi, je vais t'embrasser, ai-je dit.

Elle a cligné des yeux.

— Quoi ?

— Ouais. (Magnolia s'est tournée vers moi.) Quoi ?

— Je n'ai qu'à l'embrasser. (Je lui ai rendu son regard, j'ai haussé les épaules avant de me tourner de nouveau vers Bridget.) Comme ça, tu l'auras fait et tu n'auras pas peur la prochaine fois que l'occasion se présente.

— Je n'ai jamais dit que j'avais eu peur, a protesté Bridget, indignée.

— Effectivement, ai-je concédé. Mais c'est le cas, non ?

Elle s'est pincé le bout du doigt.

— Peut-être.

— Attends une minute ! s'est exclamée Magnolia en se redressant, sourcils arqués. Tu vas l'embrasser ?

J'ai hoché la tête.

— Ouais, si elle veut.

— Ma sœur ? a précisé Magnolia, complètement horrifiée.

Je me suis penché vers elle et lui ai adressé le regard que je lui adresserai encore une infinité de fois au cours de la vie qui nous attend ensemble, celui qui la transforme en flaque.

— C'est juste un baiser, ai-je murmuré en haussant les épaules.

Son expression s'est adoucie, alors je suis descendu du lit et me suis planté face à Bridget.

— Prête ?

Elle a hoché la tête et a dégluti avec difficulté.

— C'est rien, ai-je soufflé. Juste un bisou.

Elle a de nouveau hoché la tête, et j'ai glissé une main derrière sa nuque avant de lui rouler une pelle comme il se doit.

Je n'ai rien de poétique à dire, pas de métaphore nautique ou de cieux qui s'ouvrent, pas de feux d'artifice – putain, heureusement. Vous imaginez le bordel sinon… ? En tout cas, elle embrassait bien, la petite.

Nous pratiquions depuis deux secondes quand Harley est passé devant la porte ouverte.

— Putain, qu'est-ce qui se passe ici ?! a-t-il beuglé.

Magnolia a poussé un hurlement, Bridget a glapi et s'est écartée d'un bond, et Harley m'a chargé et repoussé loin de sa fille de quatorze ans. Ce que, honnêtement, je ne peux qu'approuver…

— Non, non !

Magnolia a plongé entre nous.

— Putain de bordel de merde ! Qu'est-ce que vous foutez ?

Son regard est passé de Magnolia à moi. Il était tellement hors de lui que je voyais des veines palpiter sur son front.

Un peu flippant, quand on a seize ans, franchement.

— Rien ! (Magnolia a secoué la tête comme une folle.) Bridget est une loseuse, c'est tout… !

Profond soupir de Harley et regard furieux à son aînée.

— Quoi ?

— C'est à cause de Dean Vinograd ! a renchéri Bridget en se précipitant vers nous.

Harley a eu l'air sidéré.

— Qui ?

— Dans le placard…, a ajouté Magnolia, les yeux écarquillés.

Harley était de plus en plus largué.

— Quoi ?

— C'est tellement gênant… (Magnolia en a profité pour lancer à sa petite sœur un regard noir.) Elle a juste discuté…

— Qui ça ?

J'ai pointé le doigt vers Bridget.

— Elle.

Magnolia a de nouveau secoué la tête.

— Salir ainsi ma réputation ! (Petite révérence à l'intention de son père.) Et probablement la tienne par la même occasion, Harley.

Il a posé une main sur son torse.

— Ma réputation ?

Ses deux filles ont vivement acquiescé de la tête, les yeux écarquillés.

— Traînée dans la boue, a insisté gravement Magnolia.

— Mmm, a marmonné Bridget.

Quand je me rejoue cette scène, je les trouve tellement mignonnes, toutes les deux, unies pour dresser cette petite barrière entre leur père et moi. Alors que, putain, s'il avait voulu me péter la gueule, je n'aurais eu aucune chance.

Il y a des pères qui s'éclatent avec leurs filles, pas vrai ? Obama, Kobe Bryant, The Rock – tout le truc « *girl-dad* » ? Mon père est de ceux-là – il adore avoir des filles.

Harley n'est pas un « *girl-dad* ». Il n'en a jamais été un, et je doute qu'il le devienne un jour.

À ce stade, son visage exprimait des abysses d'incompréhension. Il ne captait absolument rien aux explications dont elles le mitraillaient sous le coup de la panique, mis à part peut-être la seule chose qu'elles auraient voulu qu'il ne saisisse pas.

Harley a pointé Parks du menton.

— Tu as une réputation à salir, pour ce qui est d'embrasser les garçons dans les placards ?

Les lèvres de Bridget ont formé un petit o, et la bouche de Magnolia s'est ouverte.

— Hum. (Elle s'est raclé la gorge avant de secouer la tête.) Non… ?

Sauf que ce « non » est sorti d'une voix très aiguë.

Le visage de Harley est devenu plus foncé.

— Ouais, non…, ai-je commencé en écartant les filles pour lui faire face, sentant qu'il était temps que je prenne le relais.

Non… Je veux dire… En fait, on n'a pas vraiment… euh… couché ensemble…

Les sourcils de Harley se sont arrondis.

— Mmm.

J'ai haussé les épaules.

— Elle est hyper prude, genre, on n'a rien fait…

— N'importe quoi ! a protesté Magnolia, m'obligeant à parler plus fort pour l'empêcher de poursuivre.

— Sérieux, je veux dire, d'homme à homme… Rien…

Magnolia, furax, serrait ses petits poings.

Elle a eu le temps de prononcer « Parfois, nous… » avant que Bridget plaque une main sur la grande bouche de sa sœur, qui a toujours eu (et a encore) la fâcheuse tendance à confesser des trucs quand personne ne lui a rien demandé.

Les yeux plissés, Harley nous a regardés l'un après l'autre.

— Quel cauchemar…, a-t-il soupiré.

Je lui ai décoché un sourire désespéré.

— Tout à fait d'accord.

Une fois qu'il est parti, on s'est tous les trois laissés tomber sur le lit de Parks, morts de rire.

Mais mon « Tout à fait d'accord » était pour Harley. Je n'en pensais pas un mot. Jamais.

J'adore ce souvenir.

Quand Parks et moi nous sommes fiancés, même Harley riait en repensant à ce moment.

Putain, qu'est-ce qu'elle me manque !

Donc ouais… Un de mes trois plus grands regrets, c'est que Bridget soit morte. Je me demanderai jusqu'à la fin de mes jours si elle le serait si on avait détecté le problème avant.

14:19

Parksy

Salut.

Qu'est-ce que tu portes…

Eh ! Sexy, ça !

Fun.

OK, je joue.

Qu'est-ce que tu aimerais que je porte ?

… à notre mariage ?

Ah !

Moins sexy.

Je veux dire…

Putain !

Un peu quand même, j'espère ?

Ha, ha !

…

Je ne te le dirai pas.

S'il te plaît ?

Non.

Sois pas malpolie.

Il est un peu raciste cet émoji, non ?

5

Magnolia

Ils ont fermé plus tôt la boutique *Saint Laurent* sur Old Bond pour moi, cet après-midi, afin que je puisse y amener les garçons s'acheter des costumes sans avoir à affronter la folie des gens et leurs questions cruelles.

En ce qui concerne le mariage – question style, du moins –, vous vous doutez que je dirige les opérations d'une main de fer.

En revanche, je vous surprendrai peut-être (car, comme vous le savez tous, j'adore les couleurs et nourris une profonde aversion pour les vêtements ternes et ennuyeux) en vous révélant que la palette des tenues est noir, blanc et tons neutres.

Bien sûr, ces nuances ne s'appliquent qu'à la cérémonie – je ne suis pas déprimée –, mais à moins que BJ et moi ne renoncions aux traditions, l'assistance bariolée ferait un peu carnaval.

*

— Tu sais, me lance Henry en me jetant un coup d'œil de derrière un portant, nous sommes capables de nous habiller seuls.

Je pivote sur mes sandales Magda Butrym en satin rose et rouge ornées d'une fleur.

— Et quand l'as-tu jamais fait ? lui demandé-je, sourcils arqués.

— Ce matin, par exemple, rétorque Henry sur un ton de défi.

— Tiens donc ! Et que portes-tu ?

— Une tenue choisie par mes soins…, commence-t-il, suffisant. Parmi la garde-robe capsule que tu m'as donnée au début de la saison, reconnaît-il, un brin penaud.

— Moi, j'adore qu'on m'habille, annonce Christian.

Je hausse joyeusement les épaules.

— Et moi, j'adore avoir de jolies poupées masculines à habiller…

Il fronce son adorable nez.

— Du coup, j'aime moins.

— Dommage, dis-je en bâillant avant de m'intéresser à un portant de chemises de smoking.

Christian marmonne quelque chose, puis demande :

— Tu habilles aussi BJ pour le mariage ?

— Non, dis-je, vexée, en croisant les bras. Mais je sais qu'il portera des chaussures Oxford Saint Laurent et du Gucci sur mesure.

— Non, Tom Ford, me corrige Henry.

Je lui décoche un sourire satisfait.

— Magnolia ! gémit-il. Putain, il va me tuer…

— C'est trop facile, avec toi…

— Parks…

D'un geste brusque, Henry décroche une chemise qui lui plaît de la tringle.

— Tu l'as cherché, mec… C'était du grand Parks Vintage. Plus sournoise, tu meurs.

Je lui donne un méchant coup de coude en passant près de lui, prétextant de vouloir atteindre le portant derrière son dos.

— Excuse-toi ! Je ne suis pas sournoise…

— Oh non, bien sûr ! (Christian lève les yeux au ciel.) Avec toi, c'est toujours cartes sur table.

Je le fusille du regard avant de lui tendre une veste, un pantalon et une chemise qu'il regarde fixement pendant un instant sans les prendre, puis il me les arrache des mains en levant de nouveau les yeux au ciel.

Henry passe devant moi, toujours énervé.

— Petite peste !

Je me précipite derrière lui, l'entoure de mes bras et le câline en battant des cils.

À contrecœur, il me passe à son tour un bras autour de la taille et m'embrasse sur le front.

— Ne lui dis pas que tu sais.

Je fais mine de fermer la fermeture Éclair de ma bouche.

Christian reparaît et commence à s'examiner dans le miroir.

Veste de smoking Grain de Poudre à boutonnage simple sur chemise blanche en popeline à col en pointe Yves, pantalon ajusté en gabardine.

Il plisse les yeux, feignant d'essayer de décider s'il aime ou pas, mais je vois bien qu'il est déjà conquis.

Je lui tends le nœud papillon en satin noir Yves qu'il entreprend d'attacher lui-même pendant que je tire sur sa veste.

Magnifique, comme toujours. Je suppose que c'est comme ça, avec lui : il est toujours beau. Surtout en smoking.

Je sens son regard sur moi tandis que j'arrange ses manches.

— Quoi ? demandé-je en levant les yeux vers lui.

Il esquisse une petite grimace gênée.

— Désolé pour cette question merdique, mais… à part Taura, qui est ta demoiselle d'honneur, maintenant ?

J'expire profondément pour ne pas trahir ma douleur. Sa question s'est fichée dans mon cœur tel un poignard. Ensuite, j'inspire lentement tout en frottant entre mes doigts le tissu de ma minirobe Valentino Garavani en tulle orné de sequins et de perles.

L'absence de Bridget (c'est comme ça qu'on dit) a mis en lumière beaucoup de choses, notamment le peu d'amies femmes que j'ai.

Qui se serait tenu à mes côtés à sa place ?

Personne ne peut la remplacer.

Personne n'est près de l'égaler. Pas vraiment. Sauf peut-être…

— Moi ! lance Henry, un grand sourire aux lèvres, en passant de nouveau un bras autour de ma taille. Je suis son pote d'honneur.

J'adresse un regard résigné à Christian.

— L'expression est de lui.

— Tiens donc ! dit Christian avec un sourire narquois.

— Parce que je suis ton pote d'honneur, répète fièrement Henry.

— Tu es mon m… (Je me mordille les lèvres, secoue la tête.) Tu occupes une place d'honneur dans ma vie, mais tu seras mon témoin.

Henry me désigne du pouce.

— Elle n'aime pas ce mot.

— Quel mot ? (Christian cligne des yeux.) Pote ?

« Sérieux, tu es ridicule », dirait ma sœur, que j'ignorerais royalement, si elle était là.

Je secoue la tête, affligée.

— Affreux.

— Quoi ? (Son visage se plisse.) C'est un mot normal. Je veux dire, je peux comprendre que tu n'aimes pas les mots genre « pute »…

Je pousse un cri qui le fait taire et plaque une main sur sa bouche.

— Jamais ! (Je secoue la tête et ignore Henry qui lève les yeux au ciel parce que : nous ne disons pas le mot en P.) Mon Dieu ! Aurais-tu par hasard glissé et chuté dans une tranche socio-économique inférieure, où prononcer ce mot serait, peut-être, à la rigueur, un jour particulièrement difficile, acceptable ?

C'est au tour de Christian de lever les yeux au ciel.

— Absolument jamais, ce n'est pas négociable… (Je secoue toujours la tête et relève le menton.) Le summum de la vulgarité.

« Non mais quelle idiote ! », marmonnerait ma sœur.

— OK, concède Christian. Mais « pote » ?

— C'est juste que, quand c'est moi qui le prononce, ça sonne bizarrement.

« Il y a plein de mots que tu ne prononces pas correctement. Du coup, ce n'est peut-être pas la faute du mot, tu ne crois pas ? », glisserait encore Bridget, et, cette fois, je me fâcherais contre elle.

— Pourquoi ? demande Christian, exaspéré.

— Parce que je ne suis pas pauvre. (Je lui souris froidement.) Toi non plus, aux dernières nouvelles.

Christian m'ignore et se tourne vers Henry.

— Alors comme ça, tu vas te retrouver devant l'autel avec ton ex… Comment tu te sens ?

La mâchoire de Henry se contracte légèrement. Il déglutit.

— Bien.

— Ouais ? (Christian incline la tête, pas dupe.) Tu t'imagines devant un autel avec elle bientôt ?

— Non, grogne Henry en feignant de s'intéresser aux bijoux avant de relever la tête et de fusiller Christian du regard. Des nouvelles de Daisy ?

Sans un mot, Christian repart dans le salon d'essayage.

Je lance un regard de reproche à Henry, parce que oui, Christian s'est montré agaçant, limite méchant, mais la question de Henry était carrément cruelle.

Je m'approche de la cabine où Christian se change et lance derrière la porte miroir :

— Pas de nouvelles, alors ?

— Non, répond-il, d'un ton bourru.

— Rien du tout ?

— Non, Magnolia.

— Est-ce que tu as parlé à J…

La porte s'ouvre à la volée, et Christian me fourre les vêtements dans les mains.

— Je n'ai parlé à aucun Haites depuis le jour de leur départ.

Je hoche une fois la tête, le cœur aussi lourd que son regard.

J'ai été surprise, et même peut-être un tout petit peu blessée, de ne recevoir aucune nouvelle de Julian. Ni au moment de mon accident ni surtout quand Bridget est m…

Bon, vous savez ce qui est arrivé à Bridget.

— Bien. (Je tire distraitement sur mon lobe d'oreille et secoue la tête.) OK. Maintenant, chaussures !

22:37

Gus W

Tu me manques.

Toi aussi.

On se fait un déjeuner, bientôt ?

Carrément ! Vendredi ?

Oui !

Hâte !

Mais ça va ?

Tu vas bien ?

Merveilleusement.

Je viens d'acheter la minaudière Cherry Lunch Box Gucci signée Judith Leiber. Honnêtement, elle est parfaite.

Porte-la vendredi, j'adorerais la voir. 😘

6

BJ

J'avais envie d'un hamburger. En fait, ça faisait des semaines que j'en rêvais.

J'en mange rarement, depuis quelque temps. Magnolia est un peu bizarre, avec les hamburgers. Un peu bizarre tout court, en fait.

Elle devait travailler tard, ce soir, et j'étais assez content de passer une soirée entre mecs. Putain, si je bouffe encore une fois chez *Farmacy*, ma tête va exploser. La bouffe n'est pas mauvaise – et même plutôt bonne, en réalité. Mais Parks ne mange que ça, en ce moment. Bon, je suppose que je devrais déjà me réjouir qu'elle avale quelque chose…

Bref. J'avais juste envie de gras. Direction : *Patty&Bun* sur James Street, qui sert probablement les meilleurs hamburgers de Londres.

Rien de dingue ni de prémédité. J'ai appelé Henry, qui était avec Christian, qui a appelé Jo, qui était avec Bianca Harrington, alias Banksy, et voilà.

Vous vous demandez comment ça se passe entre Henry et Jonah ?

Bien.

Bizarre, je sais, mais bon… Christian et moi, on a été comme ça pendant des années. À enterrer notre merde, à l'ignorer.

Sauf que… je ne sais pas… Henry est bizarre avec ce genre de trucs. Il est capable d'éteindre son cerveau, comme s'il fermait une valve.

À partir du moment où il a décidé que c'était fini avec Taura, ça a été fini.

Du coup, vous vous demandez sûrement s'il l'a un jour vraiment aimée.

Ben ouais.

Lui et moi, on ne se ressemble pas là-dessus. Il est trop pragmatique. Tous les drames entre Parks et moi – il aurait pété les plombs.

Une part de moi n'arrive pas à croire qu'il a autant duré avec Taura. Mais justement, c'est comme ça que j'ai su qu'il l'aimait. Autrement, il n'aurait jamais essayé aussi longtemps de trouver une solution.

Il l'a aimée. Mais c'est comme les proches d'un malade du cancer. Inconsciemment, ils commencent à faire leur deuil avant sa mort, si bien que, quand elle arrive, ils parviennent souvent à tourner la page un peu plus vite que, disons, si votre sœur meurt brutalement d'un anévrisme intracrânien.

Je crois que Henry a eu l'impression de perdre Taura pendant toute la durée de leur relation.

À la fin, il a fermé la valve.

Jo ? Il passe beaucoup de temps avec Bianca Harrington, en ce moment. Plus que d'habitude… Intéressant, je sais. Il n'arrête pas de répéter qu'ils sont juste potes, mais je vois bien que c'est des conneries. D'ailleurs, Banksy a un nouveau mec (qui pourrait bien être un ex ? Je n'arrive pas à suivre), et Jonah est sur les dents.

C'est marrant de les regarder ensemble.

Ils me font un peu penser à Parks et moi il y a longtemps.

Amis, mais plus que ça. Son bras autour de sa chaise. Elle qui mange ses frites. Qui s'incline vers lui l'air de rien. Je ne sais même pas s'ils s'en rendent compte. Mais je sais qu'ils le font, et je les observe, les yeux plissés et un sourire amusé aux lèvres.

— Quoi ? articule Jo, sourcils froncés.

Mon sourire s'élargit, et je secoue la tête quand la sonnerie de mon téléphone retentit.

Parks.

— Salut.

— Salut, dit la plus belle voix du monde. Où es-tu ?

— Je dîne juste avec les garçons et Banksy.

— Sympa ! dit-elle, sincère. Où ça ?

— Hum.

J'hésite. Si je lui dis que je mange un hamburger, ça va faire un drame. Elle va flipper et me forcer à faire une cure détox pour purger les dégâts causés par la bouffe frite sur mes intestins.

— *Malibu Kitchen*, mens-je.

Aussitôt, tous les regards se tournent vers moi.

Henry articule : « Quoi ? » Je secoue la tête et me lève pour m'éloigner un peu de la tablée.

— Ouais, moi aussi… Tu as passé une bonne journée ?

— Mmm, dit-elle distraitement. Ouais, j'ai eu ma réunion avec…

— Oh ouais… (Je me frotte la nuque.) Comment va Rich ?

— Bien.

— Il était content ?

— Ouais.

Je hoche la tête, heureux pour elle.

— J'en étais sûr.

— Tu vas rentrer tard ?

— Non, pas trop…, lui dis-je en jetant un coup d'œil aux autres, qui me regardent toujours. On va bientôt avoir fini. Je rentre direct après.

— Tu n'es pas obligé, s'empresse-t-elle d'ajouter, n'aimant pas avoir l'air d'avoir besoin de moi quand c'est le cas.

Elle a passé cinq ans à attendre tout et n'importe quoi de moi, même sans raison, et maintenant qu'elle en a tous les droits, elle n'ose plus.

— J'en ai envie, insisté-je.

Silence.

— OK, dit-elle, et j'entends le soulagement dans sa voix.

Je lui dis que je l'aime et je raccroche.

Christian pointe le menton vers moi quand je me rassieds.

— Tu viens de lui mentir, non ?

— Quoi ? (Je cligne des yeux, feignant l'innocence.) Non… pas vraiment.

— Pourquoi tu ne lui as pas dit qu'on était ici ? demande Jonah, sourcils froncés.

Je lève les yeux au ciel.

— Elle est un peu bizarre avec la bouffe, dernièrement. Pas vrai, Henry ?

Mon frère me lance un regard appuyé, le front barré d'un pli de contrariété, avant de hocher la tête à contrecœur.

— Un peu, ouais.

Puis la conversation glisse vers l'anniversaire de Magnolia qui approche. Perspective qui me trouble pour plusieurs raisons.

La première : on est ensemble.

Par la force des choses, j'ai fêté ses derniers anniversaires en berne ou pas du tout. L'année dernière, elle était à New York sans moi. Je lui ai envoyé un cadeau, qu'elle n'a ouvert que récemment, une fois de nouveau ensemble.

C'était une première édition du *Petit Prince*, avec tous les passages qui me font penser à elle surlignés. C'était un peu une blague, puisque tout le texte me fait penser à elle. Elle est la rose qui m'a apprivoisé.

« Bien sûr que je t'aime. C'est ma faute si tu ne l'as pas su tout ce temps », avais-je écrit sur la première page.

Elle a adoré ma dédicace – je le savais. Elle a pleuré en la lisant, d'ailleurs.

Parks adore les fêtes et les surprises, et elle attend toujours son anniversaire avec impatience.

On en a eu plein de bons… Et aussi deux ou trois mauvais.

Son dix-huitième anniversaire a battu des records dans la catégorie des catastrophes. Je l'ai emmenée camper.

Non, ça va, pas la peine de le dire… Putain, je ne sais pas ce qui m'a traversé l'esprit. Et, bien sûr, elle l'a pris aussi bien que vous l'imaginez.

— Tu as une idée pour mon anniversaire, cette année ? a-t-elle demandé gaiement.

Nous étions assis sur mon lit. C'était la fin de l'été.

C'était bien après Billie et encore loin de tout le merdier avec Paili. On était à fond, tous les deux. Je me marre, aujourd'hui, quand je pense que j'ai pu penser que ça lui plairait.

— Ouaip.

J'ai hoché la tête, très fier de moi, curieusement.

Elle a arqué les sourcils avec impatience.

J'aurais pu penser à plein d'autres plans : une escapade à Paris. Une croisière à bord d'un voilier en Polynésie française. Une fête d'anniversaire. Un dîner chez *Nando*, putain.

Elle aurait préféré n'importe laquelle de ces options à ce que j'avais prévu.

— On va aller camper, lui ai-je annoncé, tout sourires.

Elle a cligné des yeux genre vingt-cinq fois.

— Pardon ?

— Camper ! ai-je répété. Toi et moi. Et le Pack, ai-je ajouté en guise d'avertissement.

Son visage s'est entièrement chiffonné.

— Ça va être fun ! ai-je ri en lui donnant un léger coup de tête.

Elle s'est reculée, m'a regardé très attentivement, puis elle a avalé sa salive et a délicatement posé sa main sur la mienne.

— BJ. (Elle s'est raclé la gorge avant de reprendre d'une voix douce.) Les affaires de ta famille vont bien ?

— Quoi ? (J'ai ricané.) Ouais… Pourquoi ?

Elle m'a regardé d'un air dubitatif.

— C'est le genre de proposition que ferait une personne pauvre, voilà tout…

J'ai levé les yeux au ciel.

— Je me suis dit que ça pourrait être sympa.

Elle m'a regardé fixement un moment, puis a secoué la tête.

— Si tu traverses une période de vaches maigres, BJ, je te promets que ça ne change rien entre nous, mais… si c'est le cas, je t'aime, et, s'il te plaît, laisse-moi organiser mon anniversaire moi-même.

— Rien à voir ! Je pense que tu aimeras.

Elle a plissé les yeux.

— Tu t'es cogné la tête ?

— Parks… (J'ai ri.) Imagine… toi et moi (j'ai remué les sourcils) sous une tente…

— Non.

— Sous les étoiles les plus brillantes que tu aies jamais vues… (Je lui ai donné un coup de coude taquin : les étoiles ont fait leur petit effet, car nos noms y sont inscrits. Son expression s'est adoucie.) Dans un sac de couchage…

— Dans un quoi, pardon ? m'a-t-elle coupé.

J'ai grimacé.

— Un sac de couchage.

Elle m'a lancé un regard soupçonneux.

— Qu'est-ce que c'est ?

— C'est un sac dans lequel tu dors quand tu vas camper.

Là, j'ai eu toute son attention. Elle adore les sacs. Honnêtement, moi aussi, à une époque. Enfin, plutôt les sachets. Mais plus maintenant.

— Quel genre de sac ? a-t-elle demandé, intriguée.

— Comme une couette qui ferme avec une fermeture Éclair ?

— Mmm. (Elle a froncé les sourcils, pensive.) Intéressant.

Je me suis penché vers elle et j'ai commencé à l'embrasser dans le cou.

— Tu sais, le matériel de camping peut être assez cher…

Elle m'a regardé fixement comme elle l'a fait un million de fois au cours de nos vies.

— Un séjour sur la côte amalfitaine aussi, que je suis presque sûre que j'apprécierais davantage.

Sa remarque m'a fait rire.

J'aimerais ne pas trouver drôle qu'elle se comporte comme une petite fille gâtée, mais impossible. J'ai fait d'elle un monstre, et je ne la changerais pour rien au monde.

Nous sommes allés camper. En Suisse. Disons que ça n'a pas été un succès.

Nous avons tenu trente-deux heures, et puis Paili et elle ont tellement pleuré qu'il a fallu qu'on se rabatte sur un motel proche.

Le motel n'a pas cartonné non plus, elle y a pleuré aussi.

Comme elle n'est allée qu'une fois aux toilettes au cours de ces trente-deux heures, elle est rentrée avec une infection urinaire. Je peux vous dire qu'elle me l'a fait payer.

La seconde raison pour laquelle cet anniversaire s'annonce différent est la plus évidente.

Pas de Bridget. Et l'absence de Bridget a condamné cette journée, en quelque sorte. Comme si Magnolia ne pouvait plus le célébrer, désormais, parce que ce serait mal.

Et ça se manifeste bizarrement.

Je lui ai demandé ce qu'elle aimerait, elle n'a rien répondu.

J'ai dit : « Qui êtes-vous ? Où est la vraie Magnolia Parks ? » Elle m'a souri piteusement avant de fondre en larmes. Putain, tuez-moi. Ça m'a foutu en l'air, parce qu'il n'y a rien que je puisse faire.

Le premier anniversaire que nous allons vraiment fêter ensemble depuis quoi… cinq, six ans ? Ça vaut bien une fanfare ! Au lieu de ça, c'est tout pourri, parce que c'est aussi son premier anniversaire sans Bridget et que ça se sent dans tout.

J'aimerais tellement tout arranger, mais c'est impossible. C'est une plongée vertigineuse sur des montagnes russes, et on est déjà attachés à notre siège. La descente a commencé.

*

Après le dîner, Henry et moi rentrons à pied.

Marcher est devenu une habitude. Parks ne prend plus de voiture, donc moi non plus.

Mon frère n'ouvre pas la bouche pendant un bon quart d'heure. J'aurais eu plus de chances de faire parler un mort.

— Tout va bien ? finis-je par lui demander en lui donnant un coup de coude.

Henry secoue légèrement la tête.

— Ne refais jamais ça.

Je grimace.

— Quoi ?

— Me forcer à mentir pour toi. (Il contracte la mâchoire.) À *lui* mentir.

Je secoue la tête.

— Gros, elle est redevenue impossible avec la bouffe, tu l'as dit toi-même…

— OK. (Il hoche la tête avec impatience.) Qu'est-ce qu'on fait, alors ?

— Je…

Je reste la bouche ouverte. Je ne sais pas pourquoi, sa question me fait l'effet d'un coup de poing. Merde ! Je secoue de nouveau la tête. J'espère ne pas avoir l'air aussi épuisé que je me sens.

— Je ne suis pas prêt…

Henry fronce les sourcils.

— Quoi ?

— Rien. (J'accélère le pas pour le dépasser. Je ne peux pas en parler pour l'instant.) Tout va bien. (Je me retourne vers lui pour être sûr qu'il me croit.) Je vais bien. Je ne lui mentirai plus, OK ?

Sauf que même ça, c'était un mensonge.

Je mens à Parks activement.

Tous les jours.

Vous n'imaginez pas.

C'est la merde totale.

7

BJ

J'IGNORE QUAND ÇA A COMMENCÉ, EXACTEMENT.

Probablement peu de temps après Bridget.

Pourquoi ? Aucune idée… Émotions à fleur de peau ? Distraction générale ? Peut-être que se cacher était excitant ? Je ne sais pas. Ça m'étonnerait que ça ait été prémédité. C'est arrivé, point. Je suppose.

*

Demain, c'est l'anniversaire de Parks. Nous le fêtons ce soir chez ses parents.

Dîner en famille. La sienne et la mienne.

Quand nous pénétrons dans le salon, Arrie est assise en face de Marsaili et Harley. Nos regards se croisent. Je lis la culpabilité dans le sien. J'en conclus qu'elle sait à quel point ça craint.

Je veux dire… merde… c'est évident.

Pas de zone grise, ici. C'est tordu, point.

Je détourne les yeux. Je ne veux pas que Parks sache, qu'elle voie quoi que ce soit, qu'elle commence à s'imaginer des trucs. Je sais que je vais devoir le lui dire à un moment, mais je ne la crois pas capable d'encaisser la nouvelle maintenant. Ça la foutrait en l'air. Surtout sans Bridget pour l'aider à la digérer.

Franchement, je ne suis pas sûr qu'elle digère quoi que ce soit depuis que Bridget n'est plus là.

Harley est toujours aussi à la masse.

Devinez ce qu'il lui a acheté pour son anniversaire…

Une voiture.

Une Mercedes-Benz Classe S 580 2023 blanche. Intérieur brun. Quatre litres, huit cylindres – franchement pas mal, la bagnole…

Mais bravo, connard, t'as tout compris, décidément. En quatre mois, les rares fois où l'on a fait un trajet en voiture, Parks m'a immanquablement enfoncé les ongles dans la paume jusqu'au sang.

Elle ne s'en rend pas compte. Elle ne sait pas à quel point elle a peur.

Tout le monde le sait, par contre. En tout cas, ceux qui font un minimum attention. Peut-être que c'est ça, le problème. Je crois qu'aucun membre de sa famille n'en a rien à foutre d'elle.

Marsaili a fait appel à un traiteur pour le dîner. Elle ne cuisine plus beaucoup. Carrément dommage, parce que c'est une excellente cuisinière, mais je suppose qu'après avoir passé des années à servir des gens, vous arrêtez probablement de leur faire à bouffer si vous n'y êtes pas obligé.

Un peu étrange quand même, si vous voulez mon avis. Parce que, même sans l'être, Marsaili était la mère. L'ancre de Parks et Bridget, celle qui donnait du sens. C'est pour ça que, quand elle a appris qu'elle se tapait Harley, Magnolia est partie en vrille. Je n'aime pas que Marsaili ne prépare plus les repas des filles – je veux dire de Parks –, parce que ça me donne l'impression qu'elle faisait semblant, avant.

Je ne dis pas que pour être mère il faut cuisiner. On est en 2023, etc. Pigé. La maternité peut prendre des milliers de formes. Et bien entendu je ne m'attends absolument pas à ce que, une fois mère, Parks se retrouve instantanément aux fourneaux, penchée sur une marmite avec une louche – d'ailleurs, je ne suis même pas sûr qu'elle sache ce qu'est une louche. Bref… Ma mère cuisine parce qu'elle adore ça – ou plutôt elle adore qu'on fasse éloge de sa cuisine. Elle ne commande que très rarement. Quant à Marsaili, elle a préparé les repas tous les jours où elle a travaillé pour les Parks. Aujourd'hui, elle ne touche plus une casserole, semble-t-il. Ils font appel à un chef privé ou se font livrer à domicile. Je n'arrive pas vraiment à mettre le doigt sur ce qui me gêne là-dedans, mais clairement quelque chose me chiffonne.

Henry arrive peu après nous, puis mes parents, avec Allie et Maddie.

Ils offrent à Magnolia la montre Panthère de Cartier. Or jaune, diamants. Ça lui fait plaisir, je le vois. Son visage s'éclaire un peu. Pas tout à fait, mais un peu.

Allie a beaucoup souffert de la mort de Bridget – comme quelqu'un qui perd son meilleur ami. Magnolia est toujours heureuse de la voir. Elle a presque l'impression d'être avec sa sœur. Et ça la distrait de son propre chagrin. Je comprends. Consacrer mon énergie à protéger Parks me permettait d'oublier ce qui m'est arrivé cette nuit-là. L'empathie ne vous débarrasse pas de votre propre souffrance, mais elle la déplace.

La douleur n'aime pas qu'on l'ignore, cela dit. Elle exige votre attention. Magnolia la ressent par poussées soudaines. C'est comme si la douleur était dans l'air et qu'elle retenait sa respiration pour ne pas la laisser la remplir. De temps en temps, elle suffoque et est obligée de l'inspirer. Aussitôt, la douleur l'envahit et Parks s'effondre. Mais, le plus souvent, elle l'ignore.

Le dîner est servi, et nous commençons à manger. La plupart d'entre nous, en tout cas.

Parks et Henry nous régalent d'une histoire qui remonte à leurs jeunes années, quand Magnolia avait inventé une excuse très élaborée pour couvrir l'absence de Henry (qui était avec une fille). Elle en avait fait des tonnes en décrivant au responsable de la résidence de Henry le putain de gros rhume qu'il avait chopé, s'emballant au point de décrire accidentellement les symptômes de la peste bubonique, si bien que le surveillant avait placé leur résidence en quarantaine.

Au milieu de l'histoire, Harley jette un coup d'œil à son téléphone.

—Merde, soupire-t-il avant de s'excuser auprès de mes parents comme si je ne prononçais pas ce mot toutes les deux secondes. Il faut que je réponde.

Il embrasse Marsaili sur la joue.

Magnolia est distraite par les milliers de questions que lui pose Maddie au sujet de notre mariage – ce qu'elle devrait porter, qui vient, quel gâteau, sur quelle chanson nous allons ouvrir le bal, qui sont les demoiselles d'honneur, etc. Parks lui répond comme si cela ne l'anéantissait pas d'évoquer ce grand moment auquel n'assistera pas sa sœur.

Mais ne croyez pas une seconde que moi, ça m'échappe : Arrie qui s'excuse et se lève de table.

Je serre les dents. Nos regards se croisent et je la vois déglutir, penaude.

Quelque chose s'effondre en moi, et je sens une vague brûlante se répandre sous ma peau.

Pas encore.

Je vide mon verre d'un trait, attends deux minutes puis annonce que je vais aux toilettes.

Sérieux, j'aurais préféré. Au lieu de ça, je me dirige droit vers le bureau de Harley. Je pose la main sur la poignée, respire un bon coup… et ouvre la porte d'un coup. Putain, elle n'est même pas fermée à clé.

Et je tombe sur ce que je savais que j'allais voir.

Arina Parks, la robe retroussée et les jambes passées autour de la taille de son ex-mari.

Ils mettent une fraction de seconde à me voir, et Harley jure entre ses dents pendant qu'Arrie remet pied à terre.

—Putain, qu'est-ce que vous foutez ? lancé-je en secouant la tête.

—Arrête, gronde Harley en remontant sa braguette.

—Non… (Je le fusille du regard, entre dans le bureau et referme la porte derrière moi.) Vous, arrêtez.

— Nous n'avions pas prévu que ça arrive ! se défend Arrie en lissant sa robe.

— Sérieux ? Ce n'est pas l'impression que ça donne !

Elle ramène ses cheveux derrière ses oreilles.

— Je parlais de notre liaison.

Je souffle bruyamment par le nez.

— Donc c'est une liaison ?

Harley me toise avec mépris.

— Bien sûr que c'est une liaison, bon sang !

Comme je hoche la tête en grimaçant, il ajoute :

— Je ne vois pas en quoi ça te regarde…

— Et moi, je ne vois pas en quoi ça ne me regarde pas.

— Parce que, que je sache, c'est pas avec toi qu'on couche, rétorque-t-il.

— Seulement à cause de Magnolia, mon chou, glisse Arrie. Crois-moi, si tu ne fréquentais pas ma fille…

Harley secoue fermement la tête.

— Était-ce vraiment nécessaire… ?

Son ex-femme hausse gaiement les épaules.

— Vous ne pouvez pas continuer, dis-je en secouant la tête. Si Parks l'apprend, ça va la démolir…

Harley lève les yeux au ciel.

— En quoi ça la regarde ?

Je le fixe, les yeux écarquillés.

— Tu plaisantes, j'espère… Parce que sinon, tu es un père encore plus merdique que ce que je croyais…

— Répète un peu…

Je redresse les épaules, prêt à me battre. Franchement, je lui collerais volontiers mon poing dans la gueule.

Je fais un pas vers lui, et Arrie se raidit, exactement comme Magnolia quand elle est nerveuse.

Soudain, la porte s'ouvre à la volée derrière moi, et retentit la seule voix qui m'importe au monde :

— Oh, tu es là.

Le temps de me retourner, j'efface sur mon visage toute trace des mille façons dont j'étais en train d'imaginer éclater la tronche de son père, lui offrant à la place un grand sourire.

— Je suis là !

Je glisse mes mains autour de sa taille, l'attire contre moi – je ne m'en lasse pas – et l'embrasse dans les cheveux.

Perplexe, elle nous regarde tour à tour.

— Qu'est-ce que vous faites tous ici ?

— Oh. (Je hausse les épaules et me tourne vers son père.) Dis-lui, Harley.

Il se fige, lui, le boss en personne. Putain. Il ne moufte pas.

— Je serais incapable de lui cacher quelque chose même si ma vie en dépendait… (Je balaie l'air de la main et ris comme si c'était moi l'idiot.) Ton père s'est rendu compte que t'offrir une voiture était la pire idée possible… (Je croise le regard de Harley.) Du coup, il t'a aussi acheté une île.

Harley se balance d'avant en arrière sur ses talons, et il me semble voir Arrie réprimer un sourire.

Les yeux de Magnolia s'arrondissent.

— Une île ! Vraiment ?

Je hoche la tête.

— Dans les Antilles.

Elle sourit, curieuse, et me regarde, moi, pas son père.

— Plus grande que la tienne ?

Je me mords la lèvre pour ne pas sourire.

— Bien plus grande.

Harley serre les dents.

Parks se tourne vers lui.

— Merci ! s'exclame-t-elle, ravie. C'est un cadeau charmant.

— De rien…, dit-il en s'étranglant un peu. Je t'en prie. Ouais.

Elle s'avance vers lui comme pour le prendre dans ses bras, mais s'arrête et lui tapote le bras à la place.

Il hoche la tête, presque aussi mal à l'aise (peut-être plus) qu'elle.

Puis elle quitte la pièce d'un pas plein d'entrain, et je décoche à son père un sourire de petit con, avant de lui emboîter le pas.

*

Après ça, la soirée se traîne. Les plans des parents pour le mariage. Le gâteau d'anniversaire annuel de chez Lily Vanilli – le seul que je l'aie jamais vue manger. Une nouvelle rafale de questions sur le mariage de la part de mes sœurs. Les regards assassins que j'échange avec Harley par-dessus la table – il ne tolère pas qu'on lui dise ce qu'il doit faire, je ne tolère pas qu'on fasse quoi que ce soit qui puisse la blesser. Putain, elle serait pas belle, la vie, si c'était l'inverse ? Moi qui ne supporterais pas qu'on me dise quoi faire, son père qui ne supporterait pas qu'on fasse du mal à sa fille ? Mais les choses sont ce qu'elles sont.

Ensuite, je l'ai ramenée à la maison. On a laissé la voiture qu'ils lui avaient achetée dans la rue, et on a fait le trajet à pied. La majeure partie en silence, mais j'ai adoré. Elle m'a tenu la main dans les siennes, appuyée contre moi tout du long.

J'adore sentir qu'elle a besoin de moi.

Je n'ai jamais rien trouvé qui me fasse planer autant. Pourtant, j'ai cherché. Le seul truc qui arrive presque au même niveau, c'est son désir pour moi, mais quand même, ce n'est pas pareil.

Le désir est un luxe, le besoin implique une nécessité. Quelque chose dont on ne peut pas se passer. C'est un objectif en soi.

*

À la maison, on fait l'amour dans la douche. Un des trucs que je préfère chez nous, et que j'ai peut-être oublié à un moment – parce que ça aurait carrément craint de m'en souvenir tout le temps que nous avons passé séparés –, c'est à quel point le sexe ensemble est bon.

Le fait qu'on n'ait pas besoin de mots, que nos yeux suffisent.

Elle n'a rien dit. Elle est juste entrée dans la salle de bains, s'est tournée pour me faire face. Je l'ai rejointe, déshabillée, et j'ai fait couler l'eau.

Elle s'est agrippée à moi, cette nuit, comme souvent, dernièrement. Comme si elle avait peur de me perdre.

Ensuite, on s'est endormis. J'aimerais pouvoir dire que je me suis réveillé tôt le matin de son anniversaire pour me glisser hors du lit et tout préparer – les fleurs, les cafés, les ballons, vous savez ? Impossible de la surprendre.

Elle se réveille trop facilement. Elle a toujours eu le sommeil léger. Ces derniers temps, je ne suis même pas sûr qu'elle dorme vraiment, et si elle le fait, c'est sur ma poitrine.

Le matin, donc, elle se réveille en clignant des yeux. Je lui souris, lui caresse le visage comme je le fais d'ordinaire, et là, elle s'effondre.

Vous savez, ces moments où elle a besoin d'air dont je vous parlais ? Quand elle respire la douleur ? Bon, c'est ce qui se produit.

C'est la pire sensation du monde – celle de son corps tout entier qui tremble dans mes bras, alors qu'il n'y a rien que je puisse faire pour la soulager.

Je ne peux que la serrer fort contre moi. Putain, qu'est-ce que je pourrais faire d'autre ?

Pleurer un peu avec elle.

Lui dire qu'un jour ça ira mieux… Il m'arrive de le croire, mais là maintenant ça m'a tout l'air d'un mensonge.

Au bout de vingt minutes environ, elle prend une grande inspiration et s'essuie le visage, faisant de nouveau disparaître tout au fond de son cœur le chaos qu'elle a brièvement laissé sortir. Puis elle me décoche un sourire complètement, absolument parfait, mais qui ne me convainc pas une seconde qu'elle va bien.

— Mlle Bridget Dorothy Parks me gâche mon anniversaire depuis l'au-delà, dit-elle en s'asseyant et en lorgnant les cendres de sa sœur, posées à présent sur le rebord de la fenêtre.

Elle les change souvent de place. Comme si elle pensait que Bridget risquait de s'ennuyer si on la laissait au même endroit trop longtemps.

J'émets un petit rire.

— Ça lui ressemble bien.

— Je suppose. (Magnolia me sourit tendrement. Elle renifle encore, presse ses lèvres l'une contre l'autre, déglutit. Nouveau sourire éblouissant.) Alors ? Qu'est-ce que tu m'as acheté ?

Je me penche et effleure ses lèvres des miennes.

— Pas assez.

Je lui ai acheté tout ce à quoi j'ai pu penser qui pourrait la rendre heureuse, même si je ne crois avoir atteint ce but avec aucun cadeau.

Une autre édition du *Petit Prince* – je crois que j'ai commencé à les collectionner pour elle –, deux sacs, des chaussures, un bracelet en diamants Harry Winston que je savais qu'elle convoitait, des vacances pour bientôt, un ours Paddington vintage datant de l'année de sa naissance…

Elle a aimé l'ours, figurez-vous. Et le livre. Elle est devenue sentimentale.

Mais c'est tout… Et quoi de plus banal ? Elle a tout vu et peut s'offrir tout ce qu'elle désire elle-même.

De toute façon, il n'y a qu'une chose qu'elle veuille vraiment, et c'est la seule que je ne puisse pas lui donner.

23:02

Bridget

Aujourd'hui, on a emmené Bushka déjeuner avec BJ. Jason Statham était au restaurant, et elle a tenté sa chance.

Je veux dire, elle lui a pratiquement sauté dessus.

Le pauvre homme !

J'avoue, je n'ai pas essayé de l'arrêter, mais quand même, pauvre homme…

…

8

Magnolia

BJ NOUS A EMMENÉES DÉJEUNER À *CLOS MAGGIORE*, TAURA et moi. C'est un de mes restaurants préférés – c'est pour ça qu'il l'a choisi.

Je feins de ne pas remarquer son expression inquiète quand je ne commande que la soupe de panais, qui m'a paru être le plat le plus léger du menu. En plus, elle est tout à fait délicieuse – j'en ai déjà mangé. Malheureusement, une fois la commande passée, je me souviens que les panais peuvent être toxiques.

— Tu n'aimes pas ? me demande BJ en pointant le menton vers mon bol.

Je hoche rapidement la tête.

— Si, beaucoup…

Son regard se pose brièvement sur la soupe à laquelle j'ai à peine touché, puis il fronce légèrement les sourcils. Je secoue la tête comme s'il était idiot.

— C'est juste que les panais contiennent beaucoup de potassium, ce qui est formidable, sauf s'il y en a trop, parce que tu peux faire de l'hyperkaliémie, qui entraîne nausées, fatigue et crampes.

Taura me regarde, perplexe.

— Tu as mangé beaucoup de potassium, dernièrement ?

— J'ai pris un smoothie à la banane pour mon petit déjeuner.

Faux.

Taura fronce le nez.

—Alors pourquoi tu as commandé ça ?

Sans répondre, je saisis ma cuillère à soupe pour les calmer.

BJ m'observe beaucoup trop attentivement à mon goût.

—Tu veux qu'on aille ailleurs ?

Je secoue la tête.

—Alors commande autre chose, propose-t-il avec un sourire plein d'espoir.

Ce que je fais : les haricots verts avec une salade de mesclun et une vinaigrette française, mais je ne crois pas que ça le rassure.

« Beaucoup mieux », ironiserait ma sœur en levant les yeux au ciel, si elle était là.

Mais elle n'est pas là, donc…

Ensuite, nous allons boire un café chez *% Arabica* de l'autre côté de la rue. BJ prend mes mains dans les siennes et ne les lâche plus. Il y a dans son geste quelque chose qui me rend nerveuse.

Je crois que c'est parce que je le sens nerveux, lui. Or BJ ne l'est jamais. Il est courageux, optimiste, sûr de lui. Mais cet après-midi, un pli barre son front et il me broie littéralement les doigts. Je lève vers lui des yeux écarquillés par l'inquiétude. J'aimerais qu'il rie, léger, enjoué et insouciant, mais il n'offre qu'un sourire de façade, voilé et soucieux.

Après les rebondissements fous qui ont caractérisé notre relation ces dernières années, et dont vous avez été témoins, vous allez avoir du mal à le croire, mais, dans la vraie vie, BJ et moi sommes très tranquilles. En tout cas, on l'était il y a cinq ans.

À l'époque, il aurait effacé toutes mes préoccupations d'un sourire. Aujourd'hui, c'est différent… Quelque chose dans son expression m'oppresse, et je me demande… Une toute, toute petite voix au fond de moi demande si peut-être, peut-être qu'il me trompe… ?

Cette pensée m'a à peine traversé l'esprit que déjà je peste intérieurement – évidemment que non, jamais il…

Mais il l'a fait…

Aussitôt, j'ai envie d'appeler ma sœur pour faire descendre mon esprit de cette corniche. Je tends la main vers mon téléphone pour lui envoyer un message – et je me souviens. Un de ces trains me percute.

Il m'arrive de lui envoyer des messages.

Nos échanges sont à sens unique, ces derniers temps, mais, pour être honnête, c'était déjà le cas avant.

Je garde son téléphone allumé et chargé dans la chambre d'amis. Je ne supporte pas l'idée que mes messages apparaissent comme jamais reçus, c'est trop sinistre.

Il est arrivé deux fois depuis la mort de Bridget que le téléphone de BJ s'éteigne. La première, il était avec les garçons, la seconde à un shooting.

Avant, je ne m'inquiétais pas de ne pas voir « Reçu » sous les messages que j'envoyais. Ça m'agaçait, c'est tout. Mais maintenant, si je n'ai pas la confirmation qu'il a été distribué, j'envisage immédiatement le pire.

Pour être franche, les deux fois où c'est arrivé, nous étions loin d'une situation de vie ou de mort. Disons que, depuis quelques années, la qualité des produits Apple est inversement proportionnelle à la hausse de leur prix.

Qu'est-ce que je disais… ?

Ah oui. Que je ne peux pas parler à ma sœur, même si j'en ai besoin.

Et je ne peux confier mes craintes à personne – je veux dire, à qui ?

Si je m'en ouvre à Henry, il risque de le lui répéter. Taura… Voyons, l'expérience a montré qu'il y a de fortes chances pour que, s'il me trompe, ce soit avec elle – ma meilleure amie, pas Taura spécifiquement.

Non pas que je croie qu'il me trompe, enfin, je ne pense pas… Il ne ferait pas ça… Sauf que, encore une fois, il l'a déjà fait. Mais elle, elle ne le ferait pas… Sauf que je suppose qu'ils l'ont déjà fait ?

Ça arrive… Les dérapages et tout ça. Les gens passent beaucoup de temps ensemble, deviennent un peu trop à l'aise. Des nuits à veiller sur moi, ce point commun qui les rapproche, cette petite chose recroquevillée, larmoyante, dévastée – ça pourrait arriver, voyez-vous, ce ne serait pas la première fois dans l'histoire de l'humanité…

Je suis plongée dans mes réflexions, j'y patauge, plus exactement, me demandant quand c'est arrivé et combien de fois quand le visage de Taura apparaît devant moi, les sourcils arrondis par l'impatience.

— Quoi ? dis-je en clignant beaucoup des yeux.

De la tête, elle indique le comptoir derrière elle. Nous sommes dans le café. Je ne m'en étais pas aperçue.

— Qu'est-ce que tu veux ?

— Oh ! Un *cortado*, s'il te plaît.

BJ incline la tête, les sourcils davantage froncés, l'expression davantage préoccupée.

— Ça va ?

— Mmm ? (Je lui souris aussi gaiement que possible.) Merveilleusement.

Il n'a pas l'air convaincu.

— Ton visage est bizarre.

Je fronce les sourcils.

— Eh bien, merci. Ta remarque n'est pas très agréable.

— Tu as raison. Je recommence. (Il réprime un sourire et effleure mes lèvres des siennes.) Ton visage est magnifique. Ton expression est bizarre.

Je m'empresse de secouer la tête.

— Aucune expression.

Il me caresse la joue du doigt, et je le connais trop bien pour m'autoriser à penser une seconde qu'il me croit. Il dit « OK » quand même, et je me sens seule et isolée, ce qui est presque pareil, mais pas tout à fait, et c'est horrible de ressentir les deux en même temps, ça me fait peur. Alors je prends sa main qu'il a laissée sur ma joue et je la serre contre ma poitrine.

— Est-ce que tu m'aimes ? lui demandé-je très bas, presque dans un murmure.

— Quoi ? (Son expression se décompose, la confusion se lit dans son regard.) Est-ce que tu… Tu veux qu'on parte… ?

Je ne réponds pas, me contentant de le dévisager, les yeux écarquillés dans l'attente de sa réponse, même si je la connais.

— Parks…

— S'il te plaît…

Il se penche de façon que nos yeux soient au même niveau.

— Pas un jour n'a passé depuis que je t'ai rencontrée où je ne t'ai pas aimée.

Je bois ces mots comme de l'eau, les laisse éteindre la peur incandescente qui vit en moi de ce qu'il me blesse encore un jour.

— Promis ?

Il hoche la tête, un minuscule sourire perdu frémissant sur ses lèvres.

— Promis.

— Oh, là, là… ! s'exclame Taura en me donnant un coup de coude. C'est l'ex de Daisy.

— Le policier sexy ? dis-je, ragaillardie, en scrutant la salle.

Taura hoche la tête en pointant le nez derrière moi.

Vu. Il attend son café, debout tout seul près du comptoir.

Jean bleu délavé à effet usé Palm Angels, sweat à capuche noir en coton brodé AMI Paris et Converse x Comme des Garçons Play Chuck grises.

— Sexy à quel point ? Ça ne m'a pas marqué, demande BJ en regardant derrière son épaule sans la moindre discrétion.

— Oh, très…

Quand il repère Killian Tiller, BJ fait une moue approbatrice avant de se tourner de nouveau vers nous en hochant la tête.

— Ouais, putain… Canon. La vache !

Taura est bizarrement silencieuse.

— Il est à tomber, tu ne trouves pas… ? (Je l'observe d'un œil soupçonneux.) Taura ?

— Quoi ? (Elle cligne des yeux, et ses joues rosissent.) Non… Ouais… Je veux dire, il est très beau. Clairement… mais, non, parce que…

Doux Jésus !

— Invitons-le à se joindre à nous, annoncé-je.

— Non ! s'empresse de protester Taura.

— Si !

Je hoche la tête, tout excitée.

— Je t'interdis…, gronde Taura entre ses dents serrées.

— Tiller ! crié-je en agitant la main.

Taura file se remettre dans la queue pour commander quelque chose dont elle n'a pas besoin.

Il marche vers nous, visiblement surpris de nous voir.

— Magnolia.

Il me serre dans ses bras. C'est très agréable, je dois dire. Probablement trop au goût de tous ces garçons. Être beau à tomber et incroyablement gentil ne devrait pas être permis.

Tiller s'écarte et me sourit chaleureusement. Puis il lance un coup d'œil à BJ, avant de se tourner de nouveau vers moi.

— J'ignorais que vous étiez de nouveau ensemble.

— Ça fait quelques mois, dit BJ. Je ne crois pas que nous ayons jamais été correctement présentés. BJ.

Il tend la main à Tiller, qui la serre.

Je lève les yeux vers Tiller.

— Tu ne savais vraiment pas que nous étions de nouveau ensemble ?

Tiller pince les lèvres pour dissimuler un sourire.

— Non.

Mon visage tressaille.

— Tu ne lis donc pas les rubriques people ?

Tiller arque les sourcils et lance un coup d'œil à BJ.

— Je dois avouer que non…

— Oh. (Je fronce les sourcils.) Pourquoi ?

Il hausse les épaules.

— Je ne connais pas les gens dont il est question…

— Oh, soupiré-je. Je suis désolée.

— Eh bien… (Il croise de nouveau le regard de BJ, et il me semble les voir échanger un sourire amusé.) Ce n'est pas grave.

Une pensée me traverse l'esprit. Je pose mes mains sur les hanches.

— Mais alors, comment est-ce que tu te tiens au courant de la vie de tes amis ?

Nouveau coup d'œil à BJ.

— Je… leur parle.

Les yeux me sortent presque de la tête.

— À tous ?

Il hausse les épaules.

— Ce n'est pas comme si j'en avais toute une équipe de foot, donc…

Je fais une grimace compatissante.

— Qu'est-ce que tu racontes ? lance BJ. Tu as quatre amis… Cinq, si tu me comptes dans le lot.

— Ce que je ne fais pas quand tu as cette attitude. (Je lui adresse un regard désapprobateur et il lève les yeux au ciel. Je me tourne de nouveau vers Tiller.) Eh bien ! En tout cas, tu as l'air en grande forme. Depuis quand est-ce que nous ne nous étions pas vus ? Probablement depuis…

— Nous savons parfaitement depuis quand. (Il hoche rapidement la tête.) Pas la peine de le dire.

— Oh. (Je hoche la tête.) C'est encore un sujet sensible ?

— Euh…

Il a l'air atterré.

— À cause des sentiments que tu éprouves encore pour elle ?

— Hum…

Tiller lance un nouveau regard à BJ – peut-être un appel à l'aide.

— Parce que tu l'aimes toujours ? insisté-je.

— Quoi ? (Il recule la tête.) Je… Non. Je ne…

— Donc tu n'es plus amoureux d'elle ? Tu as tourné la page ? Fini ? *Sayonara*, Daisy… ?

— Euh…

BJ me sourit gentiment, mais fermement.

— Magnolia.

— Oh… (Je regarde mon fiancé.) Je suis indiscrète ?

Il pince les lèvres.

— Tu devrais essayer de ne pas parler pendant vingt secondes pour voir ce qui se passe.

Quelle idée ! Au lieu de ça, j'adresse un sourire d'excuse à Tiller.

— On m'a récemment diagnostiqué un TDAH, vois-tu…

— Oh.

Tiller hoche la tête, ne sachant pas quoi répondre.

— Cela perturbe mon cortex préfrontal – quelque chose avec un neurotransmetteur dans le cerveau, et aussi des niveaux bas de dopamine, ce qui est tellement inconvenant… Tu ne trouves pas ça inconvenant ? La dopamine est très agréable… Mon médecin m'a dit que c'était probablement pour ça que j'aimais autant le shopping. Et le sexe…

— Elle n'est pas… Elle n'a pas un très bon filtre, me coupe BJ en secouant la tête.

Tiller acquiesce sans rien dire, les yeux légèrement écarquillés.

— D'après mon médecin, si mes parents avaient été plus attentifs et si ma nounou n'avait pas été distraite par sa liaison avec mon père, ils l'auraient peut-être remarqué, mais pour leur défense – exceptionnellement –, c'est bien plus difficile à diagnostiquer chez les filles que chez les garçons…

— Sérieux ? (BJ incline la tête.) J'ai l'impression que je savais que tu avais un TDAH.

— Comment ? dis-je d'un ton défiant.

— Ben… (Baxter James Ballentine me décoche un bref sourire.) En te rencontrant, déjà.

Je croise les bras sur ma poitrine et plisse les yeux. Quelle impolitesse ! Je vais raconter ça à sa mère. Je me tourne vers Tiller.

— En tout cas, aujourd'hui, je n'ai que quatre amis, indubitablement. Est-ce que tu connais celle-ci… ? (J'attrape Taura par le bras et la tire hors de la queue.) Est-ce que tu connais Taura ?

— Je… (Il hoche une fois la tête et peut-être, je dis bien peut-être, il est possible que – mon Dieu ! – ses yeux soient descendus sur le petit corps sexy de mon amie.) Je sais qui tu es, ouais. Salut.

— Salut, dit-elle de la voix la plus basse que je crois lui avoir jamais entendue.

Elle ne parle jamais bas. Genre, jamais.

Même pas en cours, avant que nous soyons amies. Elle parlait toujours tellement fort… Je trouvais son arrogance agaçante, au lycée. En fait, maintenant que je la connais, je crois simplement qu'elle savait déjà à l'époque qu'elle était la meilleure, puisqu'elle l'est.

Tiller pointe son doigt vers elle et lui adresse un sourire sinistre.

— Le tableau nazi dans une cave.

Elle lève les yeux au ciel.

— Nous en sommes très fiers, dans la famille.

Juste pour que ce soit clair : ils ne le sont pas.

— Vous l'avez rendu, dit Tiller, comme si ça rattrapait tout le pillage auquel son aïeule a pris part.

— Effectivement, confirme Taura avec un sourire gêné.

— Et elle a fait une donation assez considérable au Fonds national juif ! m'empressé-je de préciser afin qu'il ne la prenne pas pour une horrible raciste. Taura adore les Juifs !

Tiller lâche un rire perplexe.

— OK.

— Comme nous tous ! ajouté-je avec enthousiasme. (BJ se couvre la bouche de la main.) Vous êtes juif ?

— Ouais. Du côté de ma mère.

Il hoche la tête en souriant, peut-être un peu dérouté.

— Eh bien…

Je ris, incrédule, ayant de plus en plus de mal à contenir mon ravissement. Me penchant vers BJ, je murmure : « Quelle histoire à raconter à leurs petits-enfants… ! » Et là il me répond : « Calme-toi », alors je m'éclaircis la voix et tente une autre approche.

Je regarde Taura en souriant tendrement.

— Vous ne trouvez pas qu'elle est magnifique ?

— Hum… (Le visage de Tiller tressaille.) Oui.

Je plisse les yeux.

— Intéressant.

BJ me lance un regard d'avertissement et gronde :

— Magnolia…

— Quoi ?

Je hausse innocemment les épaules, car, en dépit des allusions de ce garçon que j'aime, je suis innocente.

BJ lève les yeux au ciel et désigne d'un geste Tiller, de plus en plus mal à l'aise.

— Il ne va pas dire non ! Elle est juste là… !

— Mais comment pourrait-il dire non ? (Je tape du pied et agite la main vers elle.) Regarde ce visage !

— Je m'en vais, annonce Taura avant de décocher un coup d'œil à Tiller. Désolée… Elle est une sorte d'incarnation de la diarrhée verbale…

— Révoltant ! (Je la foudroie du regard, avant de me tourner de nouveau vers Tiller en la désignant de la tête.) Mais avec quelle aisance elle manie notre belle langue, vous ne trouvez pas ?

— Tu vas voir avec quelle aisance je vais t'étrangler dans une seconde…, siffle Taura entre ses dents serrées, sourire crispé aux lèvres et veine sur son front de plus en plus saillante (regrettable) et visible (notamment de Tiller).

— Elle plaisante, dis-je à Tiller. Elle est absolument adorable.

Taura plisse les yeux et agite son index devant mon visage.

— *Prends* ton médicament.

Je rentre le menton, la fusille du regard.

— Occupe-toi de tes affaires !

Son regard saute de moi à Tiller avant de revenir vers moi, comme pour me communiquer un argument que je suis heureuse de laisser passer loin au-dessus de ma tête, et elle s'en va.

Je présente des excuses confuses à Tiller, plaisante au sujet des manières allemandes (ce que BJ me reprochera plus tard) et file à ses trousses.

Taura dévale King Street, traverse la rue comme une flèche.

— Est-ce que tu as senti une étincelle ? lui crié-je.

— Ce que tu peux être emmerdante ! me lance-t-elle sans se retourner.

Je me tourne vers BJ, qui nous a rejointes.

— J'ai senti une étincelle entre eux… Et toi… ?

— L'étincelle de la colère, peut-être ? propose-t-il.

Je lève les yeux au ciel.

— Alors ? insisté-je.

— Peut-être… (Il grimace, ne voulant pas se mettre Taura à dos.) Je ne…

— Il n'y a pas eu d'étincelle, tranche Taura, énervée, en entrant chez *Sandro* sans nous tenir la porte qui se referme – « bang ! » – sur mon nez.

Quelle impolitesse !

— Je veux dire, vraiment, cet homme est tellement sexy qu'il pourrait provoquer une étincelle chez un poisson…, chuchoté-je à BJ.

Il lève les yeux au ciel tout en me tenant la porte.

— Calme-toi.

Je marche tranquillement jusqu'à un portant, dont je passe les vêtements en revue. Feins de voir le cardicoat en maille pointelle pour la première fois – je me le suis déjà acheté.

Je repère un cardigan sans manches en maille rayé crème et noir. *Bridget aurait été ravissante avec*, pensé-je en l'examinant, sourcils froncés.

BJ voit mon trouble. Je sens ses yeux sur moi. Il m'enlace par-derrière.

— Son style, indubitablement, me dit-il avant de m'embrasser sur la joue.

Taura regarde les vêtements sur un portant tout près.

— Tu crois qu'il pourrait te plaire, Taura ? demande BJ un peu plus délicatement que moi.

— Tiller ? (Elle le regarde.) Non ! Il était avec Daisy…

— Et alors ? laissé-je échapper, ce qui me vaut un coup de coude dans les côtes.

— Et alors, c'est bizarre !

— Tu es sortie avec deux meilleurs amis en même temps…, lui fait remarquer BJ en haussant les épaules.

Taura le foudroie du regard.

— Ouais, et je crois que nous sommes tous d'accord pour dire que c'était carrément bizarre, sur la fin.

BJ hoche la tête, puis examine notre amie attentivement.

— Tu n'as pas tourné la page ?

Elle le dévisage comme si quelque chose lui échappait.

— Pourquoi ? Je devrais ?

Le visage de BJ se décompose. Taura hoche une fois la tête bien qu'aucun de nous n'ait prononcé une parole.

22:04

Taura

Mais il pourrait ?

Putain, tu es pire qu'un chien avec un os !

Ma sœur est morte.

!!!!!

Totalement abusé.

…

Je ne sais pas.

Daisy n'est pas vraiment le genre de meuf que j'ai envie de contrarier, Magnolia…

Elle aime Christian !

Non ?

???

Je ne sais pas.

Il paraît que, où qu'elle soit, Romeo est avec elle.

Oh !

Ouais. Donc…

Je ne sais pas.

Tu as parlé avec eux ?

Avec elle, je veux dire.

Personne n'a de nouvelles.

Mais elle est clairement amoureuse de Christian.

Elle était raide dingue de lui avant,
ça ne s'arrête pas comme ça.

Très bien. Aucune raison qu'elle les veuille tous…

Si quelqu'un sortait avec ton ex,
tu n'aimerais pas ça.

Quelqu'un sort avec mon ex.

Elle s'appelle Daisy Haites.

Ah, Christian est ton ex, maintenant ?

Si ça me permet d'avoir le dernier mot
dans cette conversation, oui.

Et il en pense quoi, BJ ?

Il trouve ça super.

Il adore que j'aie le dernier mot.

Vrkjghkjbn

Fkgi

Vous avez ajouté BJ à la discussion.

Gtgh

Taura
?

BJ
En vrai, non, je suis pas fan.

Va-t'en !

Il s'est ajouté lui-même.

Taura
Oh, parfait.

Salut, BJ.

BJ
Salut, Taura.

@Parksy Mais vous étiez ensemble alors ?

Taura a quitté la discussion.

Pfft !

Ha, ha !

9

BJ

Quand on était petits, je trouvais que Parks était la fille la plus cool et la plus culottée du monde, parce qu'elle était prête à tout pour obtenir ce qu'elle voulait.

Le TDAH, c'est maman qui s'en est rendu compte. Rétrospectivement, si on remonte dans la vie de Parks, ça a toujours été là, tissé dans sa trame, et ça explique, en partie, pourquoi elle est tellement barrée et géniale. Ce qui n'empêche qu'elle n'a été diagnostiquée qu'à l'âge adulte, grâce à ma mère.

Une fois la stupéfaction générale retombée au sujet de Billie, on a eu une conversation au sujet de la manière dont Parks est tombée enceinte. Car bien que, à l'époque, elle ait maintenu une ignorance de façade vis-à-vis de notre vie sexuelle, maman savait que papa m'avait expliqué comment avoir des rapports protégés et qu'Arrie avait mis Parks sous pilule. Elle nous avait donc posé la question : que s'était-il passé ?

Magnolia. Voilà ce qui s'était passé. Elle avait oublié de prendre sa pilule, et quand on aurait dû s'arrêter, elle n'a pas voulu, parce que… quelle idée ! « Cécité temporelle », voilà ce qu'ils ont invoqué.

Petit rappel : je n'ai pas de TDAH et je n'ai pas freiné le truc pour autant, je n'en ai juste pas eu envie – évidemment.

Si je plonge dans mes souvenirs, j'en vois des traces partout. Dans les bons moments et les mauvais. Les merveilleux et les terribles. Je trouve un peu limite d'appeler ça un « trouble ». C'est lui faire porter une casquette de merde en permanence, alors qu'elle a le meilleur cerveau du monde. J'adore sa façon de voir les choses, et je me fous du fait qu'elle dise simplement, absolument tout ce qui lui passe par la tête en permanence. Le seul aspect avec lequel j'ai du mal, ces jours-ci – tous les jours, je suppose –, c'est la cécité temporelle.

*

— Comment va-t-elle ? me demande Claire en m'observant attentivement.

— Je ne suis pas sûr… (Mon visage s'allonge.) Pas génial, je crois.

— Pas génial ? répète-t-elle gentiment.

— Son trouble alimentaire est de retour, lâché-je soudain.

C'est la première fois que je le dis à voix haute.

Maintenant, il y a ce trou dans mon estomac qui me fait l'effet d'être sans fond.

Aimer quelqu'un est tellement dur… Le fait que la douleur de l'autre devienne la vôtre… Je n'arrive pas à croire qu'on en soit de nouveau là – je veux dire, après tout ce qu'on a surmonté, putain…

Claire fronce les sourcils sans se départir de son sourire bienveillant.

— Oui ?

Je hoche la tête.

— Comment vous sentez-vous ?

— Mal… (Je déglutis.) Flippé.

Elle hoche la tête.

— C'est raisonnable, étant donné…

Elle m'adresse un sourire crispé, mais je ne mords pas à l'hameçon. Je ne veux pas parler de ça.

Elle baisse les yeux vers ses notes.

— Vous vous souvenez d'où nous en étions restés la semaine dernière ?

J'acquiesce.

— Billie.

— Exact. Et du fait que vous n'en aviez jamais parlé à personne.

— C'est ce qu'on avait décidé, dis-je avec un haussement d'épaules.

— Vous, BJ, vous en aviez envie ?

Je fais la moue, pensif.

— Peut-être. Parfois.

— Mais vous ne l'avez pas fait.

Je secoue la tête.

— La décision ne me revenait pas.

Si, un peu, je suppose. Mais ce n'était pas pareil.

Mon corps n'avait pas changé, le bébé n'était pas en moi, ce n'était pas mon corps qui saignait et était traversé de spasmes. La perte m'a abattu, ouais, mais elle, elle l'a broyée.

Ensuite, son TCA a empiré avant de s'améliorer. Un autre passage à Bloxham.

Si elle avait mieux vécu la situation, je me serais peut-être autorisé à m'effondrer, mais nous étions les deux seuls à savoir, il fallait donc que l'un de nous tienne le coup.

Elle a commencé à me voir autrement, après Billie – et vice versa, je suppose.

À cette époque, nous étions déjà très attachés l'un à l'autre. Pourtant, si quelqu'un analyse nos vies quand on ne sera plus là, il appellera probablement ce temps autour de Billie notre « période d'inoculation ».

Elle a cessé de me regarder comme le petit ami dont elle était amoureuse et a commencé à me voir comme si j'étais tout ce qu'elle avait.

J'ai senti la pression de cette attente, bien sûr, mais ça m'a plu. J'ai eu l'impression d'avoir un objectif.

Aujourd'hui, je me rends compte à quel point c'était tordu.

Elle et ses parents merdiques, tous les dysfonctionnements chez elle qui en ont découlé, le fonctionnement de son cerveau ; et puis moi, qui ne me sentais jamais à la hauteur des attentes de mon père, et qui pensais ne pas mériter tout ce que j'avais… Malaise qui s'est décuplé après ma blessure, quand j'ai dû renoncer au rugby.

Je devine à l'expression de Claire qu'elle n'est pas d'accord avec le fait que je n'avais pas mon mot à dire, mais elle n'insiste pas.

J'apprécie ça, chez elle. Elle ne force jamais rien. Elle me laisse toujours arriver seul là où je vais.

— Et vous avez dit qu'après la mort de Billie vous avez commencé à vous sentir… (elle marque une pause, choisissant le mot) apathique.

Son mot à elle. Je ne dirais jamais « apathique ». Je ne suis pas Shakespeare, putain.

Je lui décoche un sourire amusé.

— Ouais, OK.

Je crois avoir dit : « Après sa mort, tout est parti en couille. »

— Comment cela se fait-il ? demande-t-elle avec un sourire bienveillant, sourcils arqués.

Je hausse les épaules.

— C'est comme ça.

Elle me regarde.

— Allons, BJ.

Je pousse un soupir.

— J'ai toujours voulu jouer au rugby. C'est la seule chose à laquelle j'aie jamais été vraiment bon…

— Et vous vous êtes blessé ?

Je hoche la tête.

— Rupture haute des ischio-jambiers… En gros, je me suis arraché les tendons de l'os. C'est arrivé en plein pendant les entraînements d'avant-saison.

J'avais été approché par l'Ulster et les Harlequins.

Pour papa, j'aurais préféré jouer pour l'Ulster, mais je me doutais que maman et Parks péteraient un câble si je quittais Londres.

Ça me rend dingue, quand j'y repense. Les circonstances de cette blessure. C'est trop con, putain. On s'amusait juste entre potes. Les garçons et moi, on avait l'habitude de jouer au foot ou au rugby le samedi matin au Paddington Recreation Ground avec des anciens de Varley.

Nos matchs attiraient du monde. Parce qu'on était bons, mais aussi juste pour le plaisir de regarder un match, je crois.

On était à la fin du mois de juillet. J'avais terminé le lycée en mai. Je m'étais déjà blessé les ischio-jambiers – deux déchirures niveau un, une de niveau deux –, mais ça faisait presque un an que j'étais bien. Il a suffi d'une feinte de corps merdique et – « schlack ! »

Jo jure l'avoir entendu aussi.

Bon, alors, j'ai une bonne tolérance à la douleur. Je me suis déboîté l'épaule, genre, un million de fois en plein match – remise aussitôt pour retourner jouer direct. Je me suis fracturé des doigts au cours de bastons, et ça ne m'a jamais empêché de continuer de cogner.

Un médecin m'a remis en place un os fracturé sans anesthésie (bon, sur ce coup-là, j'ai sérieusement douillé).

Mais là, ça m'a mis HS.

Quand je repense à ce moment, je ne pourrais toujours pas dire si ça m'a fait mal comme ça parce que ça a été réellement douloureux, ou si la souffrance a été amplifiée par la certitude que c'était fini pour moi.

Je me rappelle être tombé par terre et avoir regardé maman et Parks sur la touche – j'ai vu la même expression sur leurs visages : l'appréhension – elles ont retenu leur souffle au ralenti tout en attendant de voir si j'allais me relever –, l'espoir qui s'est attardé sur leurs traits une seconde ou deux avant d'être remplacé par la peur.

Alors elles se sont précipitées vers moi. Parks est arrivée la première parce qu'elle court plus vite que tout le monde. Elle a plongé et, pendant une fraction de seconde hyper chelou, j'ai senti tout mon monde basculer.

Je suis passé de savoir exactement ce que j'allais faire de ma vie à un putain de point d'interrogation géant. Le rugby au lycée, c'était ce qui me définissait, en gros.

Et maman et papa étaient tellement fiers que je sois aussi bon.

À part sur ce point, je n'ai jamais senti que mon père était particulièrement fier de moi, vous comprenez ? Je veux dire, mon père a un faible pour ses filles, et Henry est le petit prodige. Excellents résultats académiques, assez bon au rugby mais meilleur au foot.

Mais moi… je ne sais pas… Est-ce que mon père en attendait davantage de ma part parce que je suis l'aîné, peut-être ? Parks dit que c'est dans ma tête, que ça crève les yeux qu'il m'aime, et c'est vrai.

Je n'en ai jamais douté. Mais je ne crois pas qu'il soit fier de moi.

— Après ça, vous n'avez plus pu jouer ? demande Claire.

— Voilà. (Je hoche froidement la tête.) Game over pour moi.

— Avec le rugby, précise-t-elle.

— Ouais.

Je hausse les épaules.

Elle s'adosse contre son fauteuil.

— Quand il n'a plus été question de faire carrière dans le rugby, qu'est-ce que vous avez ressenti ?

Nouveau haussement d'épaules.

— Est-ce que vous avez eu peur ?

— Je suppose.

Elle se penche légèrement en avant.

— Et aujourd'hui ?

Sa question me désarçonne, et je crois que ça se voit sur mon visage.

Je déglutis.

— Parfois.

Elle hoche la tête et se laisse de nouveau aller en arrière contre son dossier.

— Le contrôle, BJ. C'est une notion intéressante. Tout le monde a besoin de sentir qu'il en a, c'est important. Si je vous entends bien, jusqu'à présent, vous n'avez probablement pas eu l'impression de maîtriser beaucoup d'aspects de votre existence.

— OK.

Je croise les bras sur ma poitrine. Je ne peux pas dire que ça m'enchante d'entendre ça.

— Billie, votre blessure, ce qui s'est passé avec Sadie, Magnolia qui rompt avec vous, Magnolia qui s'enfuit, Magnolia qui sort avec Christian, la mort de Bridget… Tout ça, c'est…

— … de la merde, la coupé-je.

Elle repose son stylo.

— Je suppose. (Elle me sourit brièvement.) Alors, que comptez-vous faire à ce propos ?

10

Magnolia

BJ, Henry et moi allons dîner à *Chiltern Firehouse*. C'est une belle entorse à mon régime végétarien, mais j'ai voulu leur faire plaisir. Par ailleurs, ils servent un gratin de chou-fleur que j'aime assez.

Je ne commande que ça, et je surprends Henry à remuer légèrement sur son siège avant de croiser le regard de son frère. Ils ont parlé de moi. Je n'aime pas ça. Afin de dissiper leurs soupçons, je demande aussi la salade de radis et de pamplemousse – que je ne mangerai certainement pas, car à mon avis un radis ne devrait jamais entrer en contact avec un pamplemousse, ce que je suspecte BJ de savoir, car il plisse les yeux en m'entendant.

J'ignore son regard et me concentre sur son frère assis en face de moi, occupé à lorgner une inconnue installée au bar près de Daniela. Je dois avouer que je ne l'aime pas beaucoup dans ce rôle de prédateur.

— Elle est jolie, dit BJ à Henry tout en passant un bras autour de moi. Va lui demander son numéro.

Je lance un regard désapprobateur à BJ.

— Ne l'encourage pas.

Henry lève les yeux au ciel.

— Je suis loin du niveau BJ…

— OK, grogne BJ. Quand est-ce que cette expression va prendre sa retraite ?

— Jamais, répondons-nous en chœur, Henry et moi.

BJ commande un autre Negroni.

Je l'embrasse sur la joue et lui dis que je l'aime plus que tout au monde sans prononcer aucun mot, et de son doigt il dessine un cœur en haut de ma cuisse.

Henry se tourne vers son frère.

— Tu as encore séché la réunion du conseil d'administration.

BJ lève les yeux au ciel.

— On nous y invite par politesse.

— Pas du tout…

— Si.

— Non. (Henry me jette un coup d'œil avant de se tourner de nouveau vers son frère.) Tu sièges au conseil.

— Ouais, mais je n'ai aucune compétence qui le justifie, mec. C'est du népotisme.

— Et alors ? (Henry hausse les épaules.) L'entreprise nous reviendra, un jour, alors ce serait peut-être pas mal que tu t'y intéresses un peu.

Je lève les yeux vers BJ.

— Ton père était fâché que tu n'y sois pas ?

Il boit une gorgée de son cocktail.

— Ouais.

— Tu aurais dû y aller, lui dis-je en tapotant son bras de mon doigt.

Il hausse les épaules.

— Je me fous complètement de ce qui peut bien se passer dans un supermarché.

Henry renifle, agacé.

Je lance un regard appuyé à BJ.

— Pas *un* supermarché… La plus grande chaîne de supermarchés du Royaume-Uni.

— Putain, tu es une marrante, toi… Tu n'as jamais mis les pieds dans un supermarché de ta vie.

— Exact. (Je hoche la tête et lui adresse un sourire pincé.) Et j'aimerais beaucoup qu'il continue d'en être ainsi, alors sois gentil, va donc assister à ces réunions avec le seul père que nous ayons à l'horizon.

Il se contente de se gratter la nuque sans rien dire et commande un autre Negroni.

*

— Oh, putain ! s'exclame soudain Henry en se figeant.

— Quoi ?

Je me redresse, un peu tendue – mais bon, je suis toujours tendue, en ce moment.

— Putain.

Henry baisse les yeux vers ses crevettes papillon.

BJ jette un regard circulaire, sourcils froncés.

— Putain, merde, merde… (Henry serre les poings nerveusement avant de relever les yeux vers moi.) Romilly est là.

— Quoi ?

Je manque de me tordre le cou pour scruter la salle.

Romilly Followill. Vous avez déjà dû m'en entendre parler. Le premier amour de Henry ? J'ignore s'ils ont un jour été officiellement ensemble, mais je ne crois pas que ça ait vraiment eu de l'importance pour Henry. Dans un cas comme dans l'autre, il était fou d'elle. Il l'adorait. Ils étaient aussi meilleurs amis, mais semblaient infichus de se décider à franchir le pas. Et puis, à dix-sept ans, enfin, ils ont couché ensemble. C'est avec lui qu'elle a perdu sa virginité. Fort regrettablement, son père, un pasteur américain, l'a appris j'ignore comment et s'est empressé de rembarquer toute sa petite famille aux États-Unis pour ainsi dire du jour au lendemain. Ça a été terrible.

Donc, pour résumer, ils ont couché ensemble pour la première fois, Henry l'a raccompagnée chez elle, lui a dit qu'il l'aimait, elle est entrée dans sa maison, son père l'a découvert et ils sont partis aux États-Unis la semaine suivante.

Ça l'a anéanti. Jusqu'à Taura, je ne l'ai plus jamais vu tomber amoureux.

*

— Va lui parler, souffle Henry en me donnant un coup de pied sous la table.

— Moi ?

— Oui, toi. (Il me donne un autre coup.) Vas-y ! Maintenant.

— Aïe… ! Non ! (Je tape du pied.) Vas-y toi-même ! Quel gamin…

Il gesticule vers moi, agacé.

— Vous étiez amies ! insiste-t-il.

Je gesticule à mon tour, l'imitant.

— Vous étiez amis aussi !

Henry fait une grimace contrariée.

— Plus que ça.

— Oui… Exactement…

Henry me lance alors un regard légèrement affolé, en tout cas incontestablement suppliant.

— Putain, tu me dois bien ça, après m'en avoir fait voir de toutes les couleurs pendant des années – des années, Magnolia !

— Allez, vas-y. (BJ me donne un petit coup de coude. Je lève vers lui un regard perplexe, consternée qu'il ne prenne pas ma défense. Mais il se contente de me toiser, imperturbable, avec un soupçon de froncement de sourcils alors qu'il incline la tête vers notre vieille amie.) Hop, hop !

Je pousse un soupir incrédule, mais obéis malgré tout parce que… Je ne sais pas, en fait. Ça sent encore les « *daddy issues* ».

Je me dirige donc vers Romilly. Elle est magnifique – comme le sont souvent les filles métisses, non pas que je cherche à me lancer des fleurs, mais bref, vous voyez de quoi je parle…

Grands yeux bruns, peau brune, lèvres roses, cheveux caramel.

— Hum... (Je me racle la gorge et décoche un regard furieux aux garçons.) Romilly ?

Elle tourne les yeux vers moi et reste quelques secondes bouche bée.

— Mon Dieu, finit-elle par dire en clignant beaucoup des yeux. Magnolia...

— Salut...

Je lui adresse un sourire hésitant. « Mon Dieu, Magnolia » n'est pas la réaction à laquelle je suis habituée quand j'aborde une connaissance rencontrée par hasard.

— Salut !

Et puis elle me saute au cou... Je maudis intérieurement Henry. Je déteste avoir des contacts physiques avec les gens que je ne connais pas – et même avec certains que je connais. Et puis tout à coup je sens mon corps se détendre légèrement, ce que je ne comprends pas.

— C'est tellement incroyable de te voir...

Elle me sourit joyeusement, fait un pas en arrière et baisse les yeux vers le cardigan court Self Portrait crème orné de perles soigneusement (et stratégiquement) maintenu ouvert grâce à du fashion tape, de façon à révéler la chaîne bralette Asha de Cult Gaia, la minijupe plissée Balmain en tweed noir et or et les bottes Diane en cuir noir de chez Saint Laurent.

— Tu es renversante.

— Merci ! (Je lui souris chaleureusement.) Toi aussi. Tes cheveux sont plus clairs... J'adore...

— Magnolia..., soupire-t-elle en inclinant la tête – le chagrin a tendance à faire partir la tête des gens sur le côté. J'ai appris pour Bridget. Je suis tellement désolée, je...

— Merci, ce n'est pas grave, m'empressé-je de dire parce que si, c'est grave, et ça le sera toujours, mais que je ne peux pas me mettre à pleurer devant cette fille que je n'ai pas vue depuis près de sept ans, ce que je risque fort de faire si je n'y prends pas garde.

Les amis d'enfance ont tendance à inspirer un sentiment de sécurité, de familiarité, ce qui leur donne la capacité de vous attendrir dangereusement, et je ne tiens pas à m'écrouler au beau milieu de *Chiltern Firehouse* un jeudi soir. Au contraire, je souhaite rester fermement, solidement debout.

Je baisse donc les yeux vers ses chaussures, des escarpins en cuir caramel à bride, prends une petite inspiration puis relève la tête vers elle, armée de mon plus beau sourire.

— Saint Laurent ? m'enquiers-je en les pointant du menton.

Elle hoche la tête et rit.

— Tu n'as pas changé.

— Tu es à Londres, dis-je avec un grand sourire.

— Effectivement. Je suis de retour.

Mon Dieu – mon visage se fige –, Henry va être fou.

Je regarde l'homme derrière elle, soudain consciente qu'il est essentiel – pour notre santé à tous – que je glane autant d'informations que possible.

— C'est ton copain ? demandé-je en désignant le gentleman assez saisissant qui l'accompagne.

— Non ! (Elle s'esclaffe.) C'est mon frère…

Comme sur un signal, il se tourne vers moi.

— Cassius ! m'exclamé-je en levant les yeux vers lui. (Il était dans la promo du dessus.) Mon Dieu, tu es gigantesque !

Un mètre quatre-vingt-dix-huit, facile, et une allure de *fuckboy*… Il est à tomber, et je parie qu'il connaît une ou deux danses TikTok.

Il éclate d'un rire désinvolte, puis me salue. Je détecte un léger accent, pas tout à fait américain, ni tout à fait anglais.

— Et toi, tu es… (Il recule d'un pas et me reluque ouvertement.) J'ai toujours pensé que tu étais… tu sais… mais… putain.

Romilly lève les yeux vers son frère, affligée. J'ouvre la bouche pour répondre quelque chose – mais qu'est-ce que vous dites après ça ? –, quand un bras se pose sur mes épaules, offrant une diversion bienvenue.

— Salut, mec…, lance BJ un tout petit peu plus fort que nécessaire, si bien que je me demande s'il envoie un signal en tendant sa main libre à Cassius.

— Ballentine ! (Cassius la serre en souriant.) Ça faisait un bail, gros…

BJ se tourne vers Romilly, et son visage s'illumine.

— Romilly.

Il lui adresse un sourire chaleureux et se penche pour l'embrasser sur la joue.

Instantanément, elle paraît troublée à la vue d'un Ballentine, se demandant, j'en suis sûre, si…

Jonah et BJ n'étaient pas vraiment proches d'elle, puisqu'ils étaient plus âgés que nous, mais Henry et Christian, Paili et moi, très. Je veux dire, à Varley, elle appartenait à notre cercle social élargi. Pour être honnête, elle aurait probablement fait partie des intimes si les circonstances avaient été différentes : ses parents ne la laissaient jamais aller nulle part avec nous. Ils ont traité les miens de pas mal de choses (vraies pour la plupart, mais déplacées dans la bouche de chrétiens qui ignorent que vous pouvez les entendre). Par ailleurs, ils étaient bizarres. Romilly est née aux États-Unis. Son père était le pasteur d'une de ces… vous savez… ces Églises pleines d'argent ? Celles avec les jets privés et les chaînes en or et toutes ces histoires sexuelles incompréhensibles vues de l'extérieur.

Le père a eu une liaison, et ses fidèles lui ont peu à peu tourné le dos, je crois. Il a fui le pays avec sa famille pour s'installer en Angleterre dont sa femme est originaire. Il est devenu le pasteur d'une petite église dans le Kent, mais comme il avait toujours l'argent accumulé aux États-Unis, Romilly a fini à Varley. Henry… Mon Dieu, il en était absolument fou…

Donc ce qui se produit à cet instant relève presque du miracle.

Henry apparaît à mes côtés. Je vois sa poitrine se soulever et s'abaisser sous le coup de l'émotion.

Le ciel métaphorique s'illumine, la mer s'ouvre en deux et leurs yeux se trouvent… Henry reste là comme un idiot, les bras ballants, comme s'il avait peur d'elle. Je crois qu'il a peur d'elle. Qu'il a toujours eu peur d'elle, en fait.

Il déglutit.

—Salut.

Son regard s'adoucit comme s'il regardait une vieille photo. C'est un peu ça. Elle n'a pas beaucoup changé. Seuls ses cheveux sont plus clairs qu'au lycée.

—Salut, répond-elle doucement.

Et c'est tout. Plus rien. Ils restent plantés là comme deux idiots à se regarder en chiens de faïence, jusqu'à ce que BJ donne un coup de coude à Henry.

—Tu es rentrée ? lance Henry d'une voix étranglée.

Romilly hoche la tête, les joues roses.

—Oui.

—Pour de bon ?

—Oui.

Et de nouveau, le silence.

Je lève les yeux vers BJ et incline la tête vers eux aussi discrètement que possible. « Et maintenant ? », demandent mes yeux. BJ hausse les épaules, déconcerté.

—Hum. (Je regarde Romilly et Cassius.) Est-ce que vous voulez vous joindre à nous ?

—En fait… (Cassius fronce le nez et se frotte la nuque.) Je suis en train de brancher une fille là-bas… On se voit plus tard.

Il s'éloigne. Comme Henry et Romilly ne bougent toujours pas, je désigne la table, et BJ bouscule un peu son frère pour qu'il se mette en route.

—Je n'arrive pas à le croire, dit Romilly à la cantonade en s'asseyant – elle n'a d'yeux que pour Henry.

Celui-ci secoue la tête, les yeux brillants.

—Ça fait combien de temps ?

—Mmm… Sept, huit ans ? Oui, huit, c'est ça.

Henry fait une grimace douloureuse, comme si le temps qui était passé lui avait fait mal. Le temps peut avoir cet effet-là, non ?

Pas tant sur le coup que rétrospectivement, quand vous vous rendez compte que vous l'avez perdu. Il m'arrive de ressentir ça vis-à-vis de BJ et moi. Parfois, si je n'y prends pas garde, le temps que j'ai gâché rampe en moi et envahit mon cœur. Les années sans lui, les journées sans ma sœur… Je sais que parler de journées ne semble pas grand-chose, mais en fait c'est énorme quand vous ne les avez plus – et pour la deuxième fois en deux minutes, la mort de Bridget se glisse derrière moi et me passe un sac en plastique sur la tête. Je suffoque intérieurement, en quête d'un tout petit peu de soulagement, quelque chose qui ressemble à de l'air, au lieu du feu de la douleur qui brûle en moi désormais.

Et je crois que j'ai un début de crise de panique – il faut que j'aille aux toilettes… Je regarde autour de moi quand BJ pose une main sur la mienne et la place paume vers le haut.

Je me tourne vers lui, et il m'adresse un minuscule sourire, doux, mêlé de cette tristesse bien particulière qu'il garde sur une étagère tout en haut de son cœur rien que pour moi. Puis il pêche un glaçon dans son verre d'eau et le tient contre mon poignet en dessinant des cercles. La sensation me distrait suffisamment pour me ramener au moment présent.

Ma respiration ne tarde pas à changer. Je regarde BJ avec une gratitude que je serais incapable d'exprimer. Il me décoche un clin d'œil discret, puis glisse sa main dans la mienne, et je sais – même si je le savais déjà – que j'épouse la bonne personne.

— Huit ans, soupire Henry, incrédule, avant de déglutir avec difficulté.

Ensuite, ils ne font que se manger des yeux. Comme si nous n'étions pas là, BJ et moi ! – ce qui, soit dit en passant, semble totalement improbable… je veux dire, nous sommes impossibles à ignorer. Honnêtement, c'est quelque chose que je n'avais jamais expérimenté jusqu'ici. Mais c'est chose faite, et je ne peux pas dire que ça m'enchante.

Henry et Romilly sont complètement absorbés l'un par l'autre, comme BJ et moi chaque fois que nous nous trouvons chacun à un bout d'une pièce, et je comprends soudain à quel point nous devons être insupportables presque tout le temps.

— Dis quelque chose, me glisse BJ d'un ton pressant. Putain, on ne va pas passer la soirée comme ça…

— Alors… (Je toussote en attrapant la corbeille à pain devant eux et la secoue pour les faire réagir. Henry me fusille du regard, mais BJ se met à rire.) Hum. (Je souris de toutes mes dents à Romilly, tout en me creusant les méninges pour trouver un sujet de conversation.) Les États-Unis.

— Oui, dit-elle en ramenant ses cheveux derrière ses oreilles tout en jetant un coup d'œil à Henry. Tu y as passé quelque temps, non ?

— Effectivement.

— J'ai appris que vous vous étiez séparés…

Elle nous regarde BJ et moi.

— Eh bien, je suis sûre que tu sais que BJ a couché avec Paili, donc…

— Je… Oh… Non, je l'ignorais. Merde.

BJ hoche la tête.

— Merci, Parksy.

Je la vois essayer d'assimiler la nouvelle.

— Paili ? Merde. Vous êtes…

— Je veux dire… Elle et moi, nous…

— Elle existe plus, pour nous, termine Henry en hochant la tête.

— Mais nous… (Je fais un geste entre BJ et moi, un grand sourire aux lèvres.) Nous allons bien.

Henry nous lance un regard noir.

— Ça leur a juste pris deux siècles…

— Ça en valait la peine, dit BJ à son frère avant de me couver d'un regard tendre.

— Où étais-tu, aux États-Unis ? demandé-je à Romilly, désormais extrêmement consciente de ce que les regards mièvres ont d'exaspérant.

— En Californie.

Elle se penche et saisit le cocktail de Henry pour en boire une gorgée. Depuis quelque temps, il commande des Gibson, un cocktail au goût absolument atroce – ce qui a le mérite de m'apprendre qu'elle en boit uniquement pour flirter avec lui. Je réprime un sourire en voyant une imperceptible grimace danser sur son visage.

— À Laguna, la plupart du temps. (Elle boit une autre gorgée de Gibson avant de le rendre à Henry. Leurs doigts s'effleurent.) Tu étais à New York, n'est-ce pas ?

— C'est bien ça.

— Tu sortais avec ce blond sexy, non ? Cet acteur…

Elle nous regarde, BJ et moi, dans l'attente d'une confirmation.

Henry fait un drôle de bruit et finit son verre d'un trait.

Je lève les yeux au ciel.

— On ne sortait pas vraiment ensemble.

— Ah ! Tu appelles ça comment ! se moque Henry, au moment où BJ s'exclame : « Carrément, putain ! »

Je les fusille du regard.

— Bien…, dis-je pour les faire taire avant de plonger mon regard dans celui de Romilly. Alors, qu'as-tu le moins aimé aux États-Unis ?

— Les tampons, répond-elle sans hésiter.

— Oh, c'est vrai ! (Je renverse la tête en arrière à ce souvenir désespérant.) Les tampons !

— Affreux.

Elle secoue la tête.

— Pourquoi ? demande BJ avec une drôle d'expression.

— Eh bien… (Je croise les mains devant moi sur la table.) Je n'en suis pas absolument certaine, mais les tampons, là-bas, donnent la sensation distincte d'avoir été conçus par un homme vierge.

— Tu veux bien développer ? demande Henry, yeux plissés.

Romilly incline la tête.

— C'est presque comme si, une fois en contact avec un agent liquide, au lieu de se dilater, ils se dépliaient. Genre paravent japonais.

Henry semble contrarié par cette idée.

— Pourquoi ?

— Exactement ! Pourquoi !? Je ne vois qu'une alternative : soit l'objectif est que vous tachiez et ruiniez votre minirobe en maille côtelée Balmain, soit les concepteurs de ces supposés produits d'hygiène féminine n'ont jamais vu un vagin de leur vie et s'en foutent complètement de l'hygiène. Dans un cas comme dans l'autre, il est clair que les tampons américains n'ont pas été conçus pour les menstrues britanniques ! asséné-je.

Henry s'étrangle un peu sur sa gorgée d'eau, ce qui fait rire Romilly.

— Eh…, lance BJ à son frère. À nous deux, je crois que nous n'aurions pas trop de mal à dessiner un tampon décent…

Je lui adresse un sourire poli.

— Mieux vaut ne pas trop t'en vanter…

Romilly se tourne aussitôt vers BJ, sourcils malicieusement arqués.

— Parce que tu as examiné beaucoup de vagins ?

Je secoue la tête.

— Juste tâté plusieurs centaines.

BJ lève les yeux au ciel, Henry ricane, et Romilly lui jette un regard confus.

— Oh. Tu es devenu gynécologue ?

— Non, répond-il avec un sourire fermé, au moment où je dis en haussant les épaules : « Pratiquement. »

— Putain… (Il se frotte le visage, fatigué, avant de lever les yeux vers moi.) Parks… Tu ne penses pas vraiment que quand nous avons des rapports sexuels je touche ton… vagin… Si ?

Je hausse les épaules, plutôt satisfaite.

— C'est l'impression que j'ai.

— Mazel tov *!* me lance Romilly, visiblement impressionnée.

— Merci, dis-je, très contente de moi.

— Je ne… (BJ nous regarde, les yeux écarquillés.) En aucun cas, je ne… (Il secoue la tête.) Merde… Qui s'est chargé de ton éducation sexuelle ?

Je le désigne d'un geste théâtral.

— Toi.

— Non. On l'a juste fait plein de fois. On n'en a jamais parlé…

Je me penche vers lui et chuchote :

— Pas étonnant que je sois tombée enceinte, alors.

Il part de son rire que je préfère, celui qui me fait l'effet d'une tasse de thé un jour de pluie, et son visage affiche une expression de joie que je voudrais toujours lui voir, avec un sourire qui brille jusque dans ses yeux.

Il m'embrasse à la commissure des lèvres.

Romilly nous regarde.

— Mon Dieu ! On dirait que rien n'a changé.

— En fait… (Je bois une gorgée de mon cocktail.) Beaucoup de choses ont changé.

— Ouais, eh bien… (Elle grimace.) Je suppose que c'est logique. Vous savez quoi ?

— Quoi ? demande Henry, même si je ne crois pas que c'était à lui qu'elle s'adressait.

Elle secoue la tête.

— Peu importe.

— Si. (Je lui décoche un sourire déconcerté.) Quoi ?

Elle fronce légèrement le nez, puis hausse les épaules en levant les yeux vers BJ.

— J'ai toujours eu l'impression que Paili avait un crush sur toi.

Il a un sourire gêné.

— Ouais.

Nous nous raidissons tous les deux malgré nous. Je m'efforce de ne pas m'en formaliser. Nous avons tourné la page. Complètement. Sauf qu'il m'arrive encore de faire des cauchemars et de me demander si, quand je regarde ailleurs, il flirte avec des filles, et puis je me dis : non, il ne ferait jamais ça, mais ensuite je me rappelle qu'il l'a fait pendant des années.

Et si Bridget était encore en vie, elle me rétorquerait : « Toi aussi, sale peste ! » Et je me vexerais qu'elle me dise « sale » – pour « peste », pas autant, parce que c'est vrai que je peux l'être un peu, parfois.

Ai-je vraiment envie de m'inquiéter de ce qu'il me trompe encore ? Peut-être. Qui sait ?

— Elle avait dit un truc, une fois, poursuit Romilly, pensive, avant de me regarder. C'était pendant cette fête dans ta maison de Dartmouth…

BJ prend ma main et la serre dans la sienne sans un mot.

Je déglutis.

— Quoi ?

— Tu nous avais virées de la chambre, tu te souviens ? Elle et moi…, demande-t-elle à BJ, qui acquiesce. Eh bien, en redescendant, elle m'a dit quelque chose comme : « C'est quoi le truc, chez elle ? » Et moi j'ai fait genre : « Quoi ? » Alors elle a dit : « C'est quoi, le truc chez elle qu'il aime ? » Je n'ai pas vraiment fait attention, j'ai dû hausser les épaules – je ne me souviens même pas de ce que j'ai répondu. Sûrement quelque chose comme : « Peu importe, ils sont faits l'un pour l'autre. » Et elle a répondu : « Tu crois ? » J'ai trouvé ça bizarre… Et je me suis demandé… vous savez… (Elle lance un regard gêné à BJ.) Je veux dire, oui, évidemment que vous savez.

Il prend une grande inspiration puis expire lentement. Son regard s'éteint pendant un instant, et c'est probablement ma faute. Étouffer sa flamme constitue un crime contre l'humanité, dont je paierai le prix plus tard.

— Bon, en tout cas, Romilly, tu n'as rien perdu. (Henry pointe le menton vers nous.) Putain, ces deux-là n'ont pas arrêté de faire n'importe quoi. Un désastre…

— On se calme, mon pote…, ricane BJ. Tu veux la mettre à jour sur les derniers rebondissements de ta vie amoureuse ?

Henry lui lance un regard noir.

— Non, pas vraiment.

— Oooh, roucoule-t-elle en se penchant en avant. Si, vas-y, raconte.

— Ouais, Henry, renchéris-je en lui coulant un regard malicieux. Raconte.

Henry se passe la langue sur sa lèvre inférieure.

— Franchement, il ne s'est rien passé de spécial… Je veux dire… pas de quoi en faire un plat…

BJ grimace.

— C'est pour ça que tu squattes notre chambre d'amis depuis trois mois comme un zombie ?

— Non, marmonne Henry, agacé. J'aime le lit, c'est tout.

BJ lui décoche un regard acéré.

— Putain, gros, si ça peut te faire partir, je te le donne, le lit…

— Absolument pas, m'empressé-je d'intervenir. Il a été fait sur mesure pour cette chambre…

— Raconte-moi ta vie amoureuse, insiste Romilly, reprenant les rênes de la conversation.

Henry soupire.

— Tu te souviens de Taura Sax ?

— Ouais… (Elle hoche la tête, les yeux légèrement écarquillés.) Magnifique, drôle. Quelques *daddy issues*…

— Ouais, mais… (Je hausse les épaules.) Qui n'en a pas ?

— Disons que je suis un peu tombé amoureux d'elle, lâche Henry en haussant les épaules.

Romilly le regarde fixement un moment, puis répète :

— Un peu tombé amoureux d'elle, disons…

— Mmm, marmonne Henry.

— Je veux dire… Je comprends, poursuit-elle, et je vois bien à son expression que l'idée lui cause un malaise, et je m'émerveille de constater encore une fois combien le temps et la distance ne veulent rien dire quand il est question du cœur. Qu'est-ce que ça a de si mal ?

— Il est tombé amoureux d'elle en même temps que Jonah, annonce BJ sans ménagement.

— Ah, d'accord… (Elle hoche la tête.) Effectivement, c'est compliqué.

— Ouais, ricane Henry.

Romilly grimace.

— Quelle horreur !

Henry hausse les épaules.

— Ça va…

— Vraiment ? s'étonne-t-elle.

— Je veux dire… (Il hausse de nouveau les épaules, incline la tête.) Elle et moi, non, ça ne va pas. C'est… fini.

— Je suis désolée, dit Romilly en lui souriant affectueusement, mais il secoue la tête.

— Non, pas grave. (Il la regarde droit dans les yeux.) Tant mieux, en fait.

BJ me donne un coup de coude, les yeux exorbités.

Je suis tellement heureuse pour mon meilleur ami. Tellement heureuse de voir de l'espoir dans ses yeux. Celui qu'une vieille promesse qu'il avait oubliée a peut-être été tenue. Je suis si reconnaissante que la vie m'ait permis d'assister à leurs retrouvailles. On dirait que le destin a écarté un rideau secret pour me laisser regarder se déployer ce moment. Vraiment, je suis aux anges.

Et puis je pense à Taura.

11

BJ

Environ une semaine après la mort de Bridget, on devait retrouver Harley et Arrie au *Savoy* afin de discuter de la façon dont ils souhaitaient disposer de son corps. L'enfer… Taura a demandé à Parks pourquoi avoir choisi d'avoir cette conversation en public, et Magnolia a répondu que c'était plus digne. En fait, je devine que, comptant sur sa capacité à contenir ses émotions en public, elle espérait s'épargner d'être complètement écrasée par cette décision.

Le seul problème, c'est que ses parents ne sont pas venus.

J'ai dit à Parks d'oublier, qu'on n'avait pas besoin d'eux. Elle était hors d'elle – normal.

Elle a fait tout le trajet de Covent Garden à Holland Park en marche rapide – sachant que son allure naturelle est déjà soutenue, si elle est énervée, putain, vous n'avez aucune chance de la suivre.

Et ça fait une petite trotte. On a mis soixante-huit minutes. Je pensais qu'elle finirait par ralentir un peu. Mais non, elle a maintenu le rythme d'un bout à l'autre. Et on serait sûrement arrivés plus vite si elle n'avait pas été perchée sur des chaussures aussi vertigineuses.

— Tu savais que tu irais courir aujourd'hui ? lui a lancé Taura, ironique, en essayant de ne pas se laisser distancer.

Marsaili était chez les filles, occupée à faire des cartons et trier des affaires – Magnolia n'avait pas remis les pieds à leur appartement de Grosvenor Square depuis la mort de Bridget. Elle n'y est retournée qu'au bout de quatre mois.

La seule raison qui aurait pu expliquer que Harley ait manqué le rendez-vous au *Savoy* ce matin-là, c'est qu'il est infoutu d'organiser quoi que ce soit, et que Marsaili n'était pas là pour le lui rappeler.

Magnolia a gravi bruyamment les marches de mon perron préféré et a ouvert la porte d'entrée à la volée avant de la claquer dans notre dos.

Et là… rien.

Son visage a tressailli comme s'il y avait une défaillance dans son cerveau.

Elle a rouvert la porte pour la claquer de nouveau.

Je me suis efforcé de ne pas sourire étant donné que, tout bien considéré, rien n'était drôle, dans cette situation.

Sauf que là, c'était le retour de Parks Vintage, putain. Et elle est toujours drôle.

— Il y a quelqu'un ? a crié Magnolia de toutes ses forces, tapant du pied pour faire bonne mesure.

— Magnolia, ma chérie ! a appelé Arrie depuis le salon.

J'aurais été incapable de dire ce qu'elle faisait là, mais honnêtement je n'y ai pas vraiment pensé sur le coup.

— Seigneur ! a soufflé Taura.

Parks l'a rejointe, bras croisés – c'est toujours un peu nouveau chaque fois qu'elle est énervée contre quelqu'un qui n'est pas moi –, et s'est plantée dans l'encadrement de la porte, les sourcils arqués.

— Qu'est-ce que tu fais ici ? a-t-elle demandé à sa mère avant de repérer l'inconnue assise en face d'elle.

Une femme avec un dictaphone. Celle-ci a dévisagé Parks avec un sourire chelou, alors j'ai passé un bras autour de ma fiancée et je l'ai tirée contre moi.

— Arrie… (Je l'ai regardée d'un air grave.) Qui est-ce ?

Elle a tourné vers moi un visage inexpressif, sans répondre. En y repensant, elle était peut-être un peu bourrée.

La femme s'est levée et m'a tendu la main. Je l'ai – prudemment – serrée de ma main libre.

— Sally Belasco. Du magazine *Féminin, esprit, âme et corps.*

Une journaliste ? Parks s'est raidie, alors je lui ai embrassé l'arrière de la tête pour lui rappeler que j'étais toujours là.

Taura a croisé les bras.

— Et que faites-vous ici, Sally Belasco ?

— Nous préparons un article sur le chagrin, a annoncé sa mère avec un sourire vide.

— Bien sûr. (Parks a regardé sa mère.) Et tu es une experte sur la question, maintenant, c'est ça ?

— C'est juste un sujet tout à fait d'actualité au sein de notre famille, ma chérie. Incroyablement pertinent, tu ne trouves pas, mon cœur… ?

— OK. (Parks a hoché une fois la tête.) Harley et toi deviez me retrouver au *Savoy* il y a une heure.

Arrie l'a regardée en clignant des yeux, confuse.

— Vraiment ?

— Pour discuter de ce que nous souhaitions faire du corps, a poursuivi Parks.

— Oh… (Arrie a dégluti, puis agité une main.) Non. Non, tu décides.

— Quoi ? a soufflé Magnolia.

J'ai senti sa respiration s'accélérer, alors je l'ai serrée plus fort.

— Tu décides, ma chérie. (Elle a secoué la tête en souriant de cette façon un peu distraite, absente.) Ce que tu préfères, vraiment…

Elle a presque chantonné cette dernière phrase, comme si elle disait à sa fille de choisir ce qu'elle voulait pour le dîner.

— Sally… (Taura a tendu la main à la journaliste, qui l'a serrée et s'est retrouvée debout, soulevée de son fauteuil par Taura.) Figurez-vous que ce n'est pas le meilleur moment pour une interview.

Arrie s'est levée à son tour en secouant la tête.

— Ne dis pas de bêtises, Taura chérie, c'est parfait. Le moment convient tout à fait.

Magnolia s'est contentée de secouer légèrement la tête.

— Mon cœur, a soupiré Arrie. Plus que jamais, notre famille doit présenter un front uni.

Parks l'a regardée bien en face.

— Un quoi ?

— Un front uni, ma chérie.

— Nous ne sommes pas unis, maman. J'ignore même si nous l'avons jamais été...

— Magnolia... (Les joues d'Arrie ont rougi de la même façon que celles de Parks quand elle est gênée, et elle a jeté un coup d'œil à la journaliste avant de se tourner de nouveau vers sa fille, lissant sa jupe, essayant de retrouver son calme.) Ne dis pas de bêtises.

Parksy l'a désignée d'un geste.

— Tu es divorcée, Harley s'est remarié, tu sors avec une putain de saucisse allemande, tu ne vis plus avec Bushka, je ne vis plus ici, et Bridget est morte. (Elle a couronné sa liste avec son sourire le plus insolent.) Nous ne pourrions être moins unis, même en faisant un effort.

Les yeux de Sally sont devenus ronds comme des soucoupes : elle venait de décrocher le scoop de sa vie. Mais soudain Taura lui a arraché son dictaphone des mains et en a effacé le contenu – putain, je l'adore. Ça vous arrive de ressentir de la gratitude pour des gens qui aiment votre personne préférée au monde ? C'est ce que j'ai ressenti à ce moment-là pour Taura.

— Eh ! a grogné la femme. C'est mon travail !

Taura s'est redressée et l'a regardée droit dans les yeux.

— Sortez. Essayez de vous trouver un peu de dignité.

Arrie n'a rien ajouté, s'est contentée de regarder Sally rassembler ses affaires et filer, la queue entre les jambes.

Une fois la journaliste partie, Arrie a adressé un sourire gêné à Taura.

— Ce n'était pas très poli, mon chou.

Parks a incliné la tête.
— Impoli ou indécent ?
J'ai un peu resserré mon étreinte autour de sa taille.
— Peu importe… (Arrie a tapé deux fois dans ses mains.) Suivez-moi.
Elle nous a conduits dans la salle à manger, où elle nous a fait entrer avec un geste théâtral – et voilà !
Bushka était assise à la table, les yeux rouges, la tête dans les mains – ça m'a brisé le cœur. Elle m'a adressé un sourire fatigué. J'ai embrassé Parks sur la joue avant de trottiner jusqu'à sa grand-mère, que j'ai entourée de mes bras.
— Comment ça va ?
Elle a levé des yeux humides vers moi en s'efforçant de sourire.
— Pas bien.
— Je peux faire quelque chose ?
Elle a incliné la tête vers Parks et chuchoté d'une voix rauque.
— Prendre soin.
Je lui ai adressé mon sourire le plus rassurant.
— Toujours.
Elle m'a attrapé par le bras et m'a fait me pencher plus près d'elle pour me murmurer à l'oreille :
— Elle se plie, et après elle se casse.
Sans la moindre discrétion, elle a pointé le doigt vers Magnolia.
J'ai hoché la tête et me suis forcé à sourire, même si c'était la phrase la plus flippante que j'aie jamais entendue. Putain… Pendant un bref instant, les oreilles bourdonnantes, je n'ai plus rien entendu de ce qui se disait autour de moi.
Et puis je me suis rendu compte que la table de la salle à manger était couverte d'un millier de mouchoirs.
— Des souvenirs pour les invités, a annoncé Arrie, les mains sur les hanches, en scrutant intensément les mouchoirs.
Magnolia a cligné des yeux.
— Quoi ?

— Des souvenirs pour les invités, a répété Arrie en lui décochant un sourire un peu hagard.

Je me suis gratté la nuque, avant de lui demander aussi doucement que possible :

— Les invités à quelle fête, Arrie ?

Elle a levé les yeux vers moi, et j'y ai reconnu un engourdissement familier. Je le connaissais. Je suis passé par là.

Je ne juge pas, mais, putain, c'était dur d'en être témoin.

— Les funérailles, ma chérie, bien sûr. (Elle a éclaté de rire, comme si la question était stupide.) Nous disposerons des mouchoirs brodés des initiales de Bridget sur les chaises pour la cérémonie. L'effet sera spectaculaire.

Magnolia a secoué la tête.

— Non.

— Les tissus ne te plaisent pas ? Ce ne sont que des prototypes, bien sûr. Celui-ci… (Arrie lui a tendu un carré crème avec les initiales BDP brodées d'un fil doré dans un coin) est en laine de vigogne.

— C'est…, a commencé Taura, mais Arrie l'a coupée.

— Du fil d'or ? Bien sûr, a-t-elle lancé avec désinvolture.

Taura m'a jeté un regard effaré. J'ai froncé les sourcils.

— Non, a balbutié Parks, et j'ai entendu dans sa voix qu'elle n'était pas loin de craquer.

— Tu as raison. Des mouchoirs en laine, c'est idiot. (Arrie a tambouriné des doigts sur sa hanche tout en secouant la tête, songeuse.) Mais je ne suis pas certaine que le lin soit assez doux. Qu'est-ce que tu en penses, BJ ?

Elle a levé des yeux préoccupés vers moi.

— Tu es folle, lui a dit Magnolia, les yeux ronds.

Arrie s'est tournée vers sa fille en clignant des paupières. Le temps s'est arrêté brièvement, et un silence tendu, épais, s'est abattu, soufflant tout l'air hors de la pièce, et puis elle a lâché :

— Un mélange lin et soie, peut-être ?

— Non ! a grondé Parks en tapant du pied.

J'ai glissé mes mains dans les siennes pour essayer de la calmer.

— Ma chérie... (Arrie lui a souri comme si elle avait affaire à une enfant capricieuse.) Ce n'est pas grave, ne t'inquiète pas. Je me débrouillerai seule pour choisir les tissus. (Là, elle s'est tournée vers moi.) Et de la soie ?

— Maman ! a hurlé Parks.

Arrie a secoué la tête.

— Lin et soie, tu as raison. Broder de la soie revient à essayer de coudre de l'eau.

— Mais putain, c'est quoi, ton problème ? a crié Magnolia, et le silence s'est de nouveau abattu sur la pièce.

Taura a pincé les lèvres. Je n'ai rien dit, préférant me contenter d'observer, prêt à réagir.

Arrie a regardé sa fille aînée, les yeux un peu vides. Et puis son regard l'a comme traversée pour se perdre derrière.

Et elle a claqué des doigts.

— Je pourrais les faire imprimer ! s'est-elle écriée sans s'adresser à personne en particulier. On peut faire des impressions sur la soie. Un mouchoir en soie monogrammé, avec ses initiales en lettres d'or.

— Bridget déteste l'or, a objecté Parks d'une voix brisée.

— Comment ? s'est exclamée Arrie, sourcils froncés. Depuis quand ?

— Depuis toujours.

— Tu es sûre ? a demandé Arrie, mains sur les hanches.

— Oui.

— Oh, eh bien..., a soupiré Arrie. Elle apprécierait l'intention...

— Tu oublies l'essentiel, a rétorqué Magnolia en considérant sa mère comme si elle avait affaire à une inconnue. Elle est morte. Et toi, tu es là à jacasser au sujet d'un mouchoir et d'une interview qui te permettra de montrer à l'Angleterre que tout va bien, chez les Parks... Mais nous n'allons pas bien. Tu ne vas pas bien... Ta fille est morte, et toi, putain, tu prépares un TED Talk sur le chagrin alors que tu ne sais même pas qu'elle n'aime pas l'or... Quelle sorte de mère es-tu ?

—Parks…, ai-je soufflé.

Au même moment, Arrie a secoué la tête, parvenant à peine à murmurer :

—Arrête.

—Tu l'as mise au monde, a néanmoins repris Magnolia en la désignant d'un geste. Elle a vécu à l'intérieur de toi. Et maintenant elle est morte. Et toi, tu parles de mouchoirs ? Qu'est-ce qui cloche chez toi ?

Une unique larme a roulé sur la joue d'Arrie, qui l'a aussitôt effacée de son doigt. Puis elle a pris une inspiration tremblante et cligné des yeux.

—Peut-être les mouchoirs devraient être ornés de cristaux. (Elle a hoché la tête pour elle-même.) Je vais téléphoner à Swarovski.

Là-dessus, elle a vaguement rassemblé quelques papiers éparpillés sur la table, les a pris et a quitté la pièce.

Parks s'est retournée vers Taura et moi, les yeux pleins de larmes. Je l'ai attrapée par le poignet et attirée contre moi.

—Essaie de ne pas te disputer avec elle, Parksy, lui ai-je dit doucement.

—Elle est complètement folle ! a-t-elle reniflé contre mon torse.

—Ouais… (Je me suis reculé pour la regarder.) Mais ce n'est pas nouveau.

La lèvre inférieure de Parks a commencé à trembler.

—Elle abîme le souvenir de Bridget…

—Personne ne peut abîmer le souvenir de Bridget ! s'est exclamée Taura en se précipitant vers elle. Impossible !

—Arrie est juste…, ai-je murmuré. Je crois que ta mère fait son deuil de la seule façon qu'elle connaît… Je veux dire, paraître aussi entière que ta mère le feint – c'est un moyen de gérer son chagrin, Parks… Personne n'en a quoi que ce soit à foutre, de ces mouchoirs. (J'ai regardé Parks, lui ai tapoté les côtes du doigt, essayant de la faire sourire, parce que, autrement, c'était trop triste.) Même à l'enterrement du mec qui a inventé les mouchoirs, personne ne s'est autant préoccupé de la question… Elle fait son deuil, Parksy. D'une manière différente de la tienne. Peut-être même d'une manière qui ne ressemble absolument à rien pour toi, mais c'est là… Je le vois.

— Qu'est-ce que c'est que cette histoire ? Tu n'aimes pas les mouchoirs ? a lancé Harley depuis le seuil qu'Arrie venait de franchir.

Parks s'est tournée vers lui.

— Non, évidemment…

Harley a croisé les bras sur sa poitrine.

— Tu n'as pas l'impression de chercher à ramener l'attention sur toi ?

Taura a eu l'air perplexe, j'ai arqué les sourcils.

Magnolia l'a dévisagé longuement.

— Tu tiens vraiment à ce qu'il y ait des mouchoirs ?

Il a haussé les épaules, dérouté.

— Pourquoi est-ce que tu les détestes autant ?

— Ce n'est pas le problème ! s'est écriée Magnolia, qui commençait à ne plus se maîtriser.

— Alors c'est quoi, putain ? s'est exclamé Harley, un peu trop fort à mon goût.

Parks a désigné Arrie du doigt, laquelle venait de reparaître, debout derrière son ex-mari.

— Elle a toujours été timbrée. Venant d'elle, ce genre de délire ne me surprend pas plus que ça, mais toi… (Parks a pris une inspiration qui ne laissait rien présager de bon.) Harley, tu es…

Le visage de son père s'est rembruni, et il l'a interrompue :

— Es-tu en train de dire qu'elle ne… que nous ne connaissions pas notre propre fille ?

Magnolia a inspiré brièvement par le nez, et j'avais su ce qui nous attendait…

— Oui, a-t-elle assené sans ciller. Si tu penses que Bridget aurait voulu ça, alors oui.

Harley s'est complètement fermé. La langue pressée contre l'intérieur de sa joue, il a lancé à Parks un regard noir qui m'a donné des envies de meurtre…

Harley est difficile à cerner. Jamais il ne lui ferait du mal – pas exprès… Ces dix dernières années, je l'ai observé alors qu'il affrontait sa responsabilité au sujet de ce qui s'était passé. Il n'était pas bien. Vous vous souvenez de la scène de la lampe, quand Parks sortait avec Tom ? Bridget m'avait raconté ensuite qu'il était resté secoué, après… Il n'empêche qu'il y a chez lui une part d'ombre qu'il ne vaut mieux pas provoquer. Parce que alors ses mots frappent juste : il y a du poison sur sa langue – et du feu dans ses poings, je parie.

La seule personne que j'aie jamais vue l'affronter, c'est la fille qui vit dans mes bras, et je me rappelle ne pas avoir aimé du tout le regard qu'il a posé sur elle à ce moment-là.

— Je crois que tu t'es un peu monté la tête, ma chérie, lui a-t-il dit – sauf que ce « ma chérie » a sonné comme une insulte dans sa bouche. Si tu allais marcher un peu pour te calmer… ?

Magnolia a plissé les yeux.

— Et si tu allais te faire foutre ?

Harley a reculé la tête.

— Excuse-moi ?

Oh, putain… J'ai expiré par le nez, fait craquer mon dos… Je me rappelle avoir pensé : *Ça y est, je vais devoir me battre avec son père…*

— Je t'interdis de me parler sur ce ton. (Il a pointé vers elle un doigt légèrement menaçant.) Tu es chez moi.

— Plus pour longtemps… (Elle a commencé à reculer vers la porte.) Je vais marcher un peu, tu te souviens ?

Harley a levé les yeux au ciel au moment où elle s'est détournée pour partir.

Taura et moi nous sommes élancés derrière elle, et elle a fondu en larmes sur le perron.

— Eh… (Je l'ai entourée de mes bras et j'ai posé mon menton sur sa tête.) Ça va aller, ne t'en fais pas…

Là, les digues ont cédé, et toute sa tristesse s'est déversée à ce moment précis, version rayon laser de Cyclope dans *X-Men*, pour s'arrêter aussi brutalement.

— Oh… (Elle a secoué la tête.) J'ai oublié mon sac…

— Je vais le chercher. Attends ici…

J'ai déposé un baiser sur son crâne et je me suis précipité dans la maison, puis dans la salle à manger – avant de piler. Merde !

Debout au milieu de la pièce, Harley tenait le visage d'Arrie entre ses mains. Elle avait les yeux baissés, mais j'ai bien vu qu'elle pleurait. Il se dégageait d'eux une tendresse que je crois ne les avoir jamais vus partager.

La scène était étrangement intime. Ça aurait été touchant si Harley ne s'était pas récemment remarié et n'avait pas eu une enfant morte dans un congélo quelque part et une autre bien en vie, en larmes sur le pas de sa porte, mais qu'il ignorait royalement.

Je me suis raclé la gorge, et ils se sont séparés d'un bond.

Les deux se sont tournés vers moi en même temps, mais avec des énergies très différentes.

Harley était furieux. Arrie gênée.

— Quoi ? a aboyé Harley.

Imperturbable, j'ai désigné le sac de Parks.

Harley a agité dédaigneusement la main, comme si j'avais besoin de sa permission pour le prendre…

Je me suis dirigé vers le sac que j'ai saisi. C'est moi qui l'ai offert à Parks il y a quelques semaines. Je l'aime beaucoup. Gucci. En cuir brun avec un rabat souple. Elle porte pas mal de marron, en ce moment, ça lui va bien.

Et puis je me suis immobilisé et je me suis tourné vers ses parents.

— Non. (Je les ai désignés du doigt.) Je ne sais pas ce qui se passe exactement, mais non, putain.

Le visage de Harley a repris une expression arrogante.

— Tu crois que…

— Non. (Je l'ai coupé avant de pointer mon index vers lui directement.) Ferme-la, putain, et tiens-toi correctement.

12

BJ

Ce soir, on fête l'anniversaire de maman. Cinquante-deux ans. La réception a lieu au *Claridge*. On est venus en voiture. J'ai un peu galéré pour convaincre Parks. Elle ne m'a pas lâché la main du trajet, ce qui semble adorable, mais en fait est plutôt triste, si vous y réfléchissez.

Quand on est entrés dans la salle, tous les regards se sont braqués sur nous.

Ça a toujours été comme ça. Les regards ne sont pas tellement le problème, on est habitués maintenant – le problème, ce sont les mots.

Les murmures étouffés, la fascination morbide pour ma fiancée désormais probablement assez mince pour susciter des questions…

Et ne vous méprenez pas… Elle est parfaite… Je l'aime, et je la prends comme elle est. Toujours la plus belle où qu'elle soit. Mais autrefois elle pressait ma main avec une excitation joyeuse quand nous arrivions quelque part et que tout le monde nous regardait. Ce soir, elle m'a serré la main comme elle le faisait dans la voiture. Comme si le monde entier était une menace.

Apercevant Allie, Magnolia se dirige droit vers elle. Elles se sont toujours beaucoup aimées, mais, depuis Bridget, chacune voit en l'autre un pont qui la mène vers sa sœur ou son amie.

Elle saisit la main de ma sœur et la fait asseoir dans le fauteuil à côté du sien, et ne la lâche plus.

Parks rit sincèrement à une anecdote qu'Allie lui raconte au sujet de Bridget. Avant l'anévrisme, elles avaient prévu de partir en voyage sac au dos en Asie. Bridget s'était occupée de leur réserver des billets. En classe économique.

— Exprès ? demande Magnolia à ma sœur au moment où un serveur passe près de nous.

Il leur propose des amuse-gueules. Allie en prend un – une minuscule tarte à l'oignon.

Parks décline. J'essaie de ne pas m'en inquiéter. Ça me fait quand même mal. J'attrape un Negroni.

En cherchant Henry des yeux, que je ne vois nulle part, je repère le reste des Parks.

Je marche vers eux, serre Bushka dans mes bras.

Elle me sourit, me donne une tape sur le torse.

— Sexy.

— Ah. (Je baisse les yeux en souriant vers mon costume, choisi par sa petite-fille.) Il te plaît ?

Elle hoche la tête.

— Mieux sans.

J'éclate de rire en agitant mon verre devant elle.

— Je vais peut-être en avoir besoin de deux, trois autres comme ça.

— Barman ! crie-t-elle, et je ris de plus belle.

Marsaili croise mon regard.

— Comment va-t-elle ?

Je hausse les épaules.

— Tu sais bien…

Et je dois reconnaître que si quelqu'un peut savoir si Magnolia est ou n'est pas… vous savez… c'est Marsaili… Elle a été là d'un bout à l'autre, la première fois.

Elle soupire en la regardant.

— Elle a perdu une taille ?

Ma bouche devient sèche. Plutôt deux, je pense, mais je secoue la tête, parce que je ne suis pas prêt.

— Je ne sais pas.

— Elle a fait davantage de shopping, dernièrement ? demande-t-elle, en quête d'indices.

— Elle fait toujours davantage de shopping, réponds-je en lui décochant un regard entendu.

Elle lâche un petit rire, mais il est triste et empreint d'inquiétude. Je le connais bien, je le pratique beaucoup, en ce moment…

Elle me touche le coude comme elle ne l'aurait jamais fait il y a un an – c'est assez chouette –, puis elle s'éloigne pour aider Bushka à se préparer une assiette.

Arrie se dirige prudemment vers moi, m'adresse un sourire nerveux et me serre brièvement dans ses bras.

— BJ… (Ses traits sont tirés.) Toujours un plaisir. Tu es tellement beau.

Harley apparaît derrière elle, me tend la main.

— BJ.

Je le toise une seconde avant de la serrer.

— Harley.

— Harley ! Arrie ! roucoule ma mère en flottant vers eux, les étreignant tous les deux avant de se tourner vers moi. Mon chéri, mon chéri ! Oh, tu es splendide ! Ce costume… ! Est-ce que c'est Magnolia qui l'a choisi ? Où est-elle ?

Elle fouille la salle du regard et je ne dis rien – elle ne me demande pas vraiment, elle parle pour parler.

Elle aperçoit Parks en compagnie d'Allie, puis se tourne de nouveau vers moi, les yeux brillants de tendresse. Et de larmes.

— Elle est tellement ravissante…, soupire-t-elle en contemplant ma fiancée, désormais entourée de plusieurs membres de la haute société londonienne, dont certains sont indiscrets, d'autres curieux, d'autres simplement heureux de l'approcher.

Et je vais vous dire une chose : Magnolia joue son rôle à fond, ce soir. C'est sa stratégie de survie. Elle ne peut pas se permettre de se montrer vulnérable devant ces gens, ils sont trop nombreux, et il y a trop de risques que quelqu'un voie quelque chose et l'interprète de travers, accidentellement ou de façon intentionnelle.

C'est de la folie comme elle est belle. Elle porte une énorme robe du soir rose bonbon Oscar de la Renta, des escarpins à talons roses ou violets selon la lumière, un petit sac ridicule en forme de lapin couvert de brillants et un bandeau orné de fleurs en cristal. Elle est tellement magnifique qu'on a du mal à la regarder dans les yeux. Mais elle l'a fait exprès.

C'est une leçon durement apprise, il y a déjà pas mal de temps en ce qui la concerne : la beauté est un instrument et une monnaie d'échange. Ce soir, Parks l'utilise pour déstabiliser tout le monde et s'assurer de contrôler la situation. L'assistance est éblouie par le masque de sérénité qu'elle s'est plaqué sur le visage – à travers lequel les rares d'entre nous qui la connaissent vraiment voient sans mal –, par son courage, par sa volonté d'aller de l'avant… Assise le dos droit, les chevilles croisées, elle répond inlassablement aux questions indiscrètes de ma grand-tante au sujet de notre mariage, du plan de table, de sa robe et de je ne sais quoi d'autre… Cette emmerdeuse de tante Sandra veut tout savoir, et Parks rit et sourit et hoche la tête, donnant à chacun l'impression d'être spécial. Mais je la vois dans les pauses entre ses phrases, dans chaque inspiration qu'elle prend – cette tristesse écrasante qu'elle n'arrive pas à distancer et qui la suit partout où elle va.

J'entends Parks lui parler, parfois. À Bridget. Je sais que c'est elle – c'est la seule personne avec moi avec qui elle s'est jamais montrée aussi grossière.

Elle parle à sa sœur morte quand elle croit que personne ne l'entend ?

Merde.

— Elle tient tellement bien le coup, ajoute Arrie en inclinant la tête d'un air satisfait, comme si elle y était pour quelque chose.

Je me tourne vers elle, surpris, en fait.

— Tu trouves ?

Harley hoche la tête.

— Nous sommes tellement fiers.

Je me tourne vers lui à présent, les sourcils arqués.

— Sérieux ?

Ma mère fronce sévèrement les sourcils pour m'intimer de me taire, comme les mères savent le faire sans prononcer un mot. Je vois bien qu'elle voudrait que je m'excuse, mais je n'en ai pas l'intention, ils ne le méritent pas. Fatigué de leurs conneries, je me contente de secouer la tête et les plante là.

Je trouve les garçons Hemmes, puis repère enfin Henry, coincé avec une ancienne copine de fac de ma mère super chiante. Je lui adresse un sourire d'excuse et lui explique que je dois lui emprunter mon frère une seconde.

Henry me gratifie d'un regard reconnaissant en se glissant près de Jonah.

Christian se fend d'un sourire pas très convaincant.

Il vit mal l'absence de Daisy. Ne croyez pas qu'il s'est mis à sauter sur tout ce qui bouge pour oublier, au contraire, il ne pense qu'à elle – même s'il ignore où elle est, m'a dit Jo.

— Salut, me lance Jonah.

Henry plisse les yeux.

— Ça va ?

— Yo, mec… (Jonah donne un coup sur le torse de Henry.) T'étais passé où ? Ça fait un bail que je ne t'avais pas vu…

Il y a deux semaines, cette question aurait été l'équivalent d'une grenade dégoupillée, mais aujourd'hui, ce n'est qu'une question.

Je jette un coup d'œil à mon frère.

— Tu ne leur as pas dit ?

Christian fronce les sourcils avec curiosité.

— Quoi ?

Henry me fusille du regard, et je lui décoche un sourire éblouissant, toujours heureux de l'emmerder.

Il lève les yeux au ciel.

— Romilly est revenue.

— Nooon, lance Jonah.

— Tu déconnes ! s'exclame Christian.
— Dingue, non ? m'esclaffé-je, heureux pour lui.
Henry lève de nouveau les yeux au ciel.
— Pas la peine d'en faire un foin…
— Ah non ? (Je grimace.) Je te signale que c'est la première fois que tu mets le nez dehors en dix jours…
Autre regard noir de Henry pour ma pomme, même grand sourire pour la sienne.
— Elle est toujours aussi canon ? veut savoir Christian.
Henry renifle.
— Ouais.
— Je suis bien content pour toi, conclut Jonah.
À cet instant, je vois Parks secouer la tête à l'intention du quatrième serveur qui lui propose une assiette.
Mon cœur se serre. Ce sont des crudités. Putain, des portions de la taille d'une fraise Tagada…
Jonah me donne un coup de coude et me glisse :
— Ça va ?
— Quoi ? Ouais. (Je secoue rapidement la tête.) Nickel.
— Ouais ? insiste-t-il, dubitatif.
— Mmm.
Jonah incline un peu la tête.
— On dirait vraiment pas. Tu verrais ta tronche…
— Pas du tout.
Il suit mon regard. Magnolia sirote un martini en riant à la plaisanterie d'une énième dame de la haute.
— Mais tu te fais du souci pour elle.
— Ouais.
Jonah me donne une tape réconfortante dans le dos.
— Ça a toujours été sa réponse en situation de crise, me fait-il remarquer comme si je l'ignorais, comme si ça rendait moins douloureux de voir la personne que vous aimez dépérir.
— Ouais, me contenté-je de répéter, parce qu'il ne capte pas.

Il ne peut pas. Il n'a jamais rien aimé autant que je l'aime, elle.

À part le pouvoir, peut-être.

Parks me regarde depuis l'autre extrémité de la pièce, et nos regards fusionnent comme ils n'ont cessé de le faire depuis la première fois qu'ils se sont trouvés.

Je lui décoche un clin d'œil auquel elle répond par un minuscule sourire. J'incline la tête vers la sortie.

— Tu veux qu'on y aille ? articulé-je en silence.

Elle hoche la tête.

Il nous faut près d'un quart d'heure pour prendre congé de tout le monde, mais nous finissons par y arriver.

Rentrer chez nous du *Claridge* par le parc va nous prendre un peu plus d'une demi-heure, et, OK… ces balades sont un brin symptomatiques, mais j'en suis venu à les apprécier. J'aime leur banalité. Autrefois, on faisait de longs trajets en voiture. Maintenant, on marche. Longtemps, pas longtemps, peu importe, on marche ce qu'il faut pour qu'elle n'ait pas à monter dans une voiture.

Je n'avais pas prévu d'en parler… Je ne me mets pas en route avec l'idée d'aborder le sujet… Mais quand j'enlève ma veste pour la lui passer sur les épaules, elle n'a pas l'air de nager dedans, mais de s'y noyer. Ce n'est pas la première fois, loin de là, que je la lui prête. Ce soir, elle tombe sur Parks comme si elle était un sac d'os.

Je soupire.

— On va jouer à ce jeu combien de temps ?

Elle lève les yeux vers moi, et la confusion que j'y lis est peut-être sincère.

— De quoi tu parles ?

Je me frotte la bouche.

— Tu as mangé quelque chose, aujourd'hui ?

Elle s'immobilise une fraction de seconde – à peine, c'est plus comme un sursaut –, et puis elle se remet en mouvement.

— Bien sûr.

— Quand ? Pas pendant la réception, en tout cas…

Elle me fusille du regard.

— Tu m'observes ?

— Toujours. (Je hoche vivement la tête.) Qu'est-ce que tu as mangé ?

Elle émet un petit rire léger, mais je sens qu'il est faux.

— Je ne me rappelle pas, répond-elle comme si ça n'avait pas vraiment d'importance.

Là-dessus, elle secoue sa petite tête et m'adresse le même sourire qu'elle a affiché toute la soirée pour tromper son monde, sauf que moi, on ne me la fait pas.

Je contracte la mâchoire.

— Tu te fous de moi ?

— Je ne me fous pas de toi ! (Elle tape du pied, puis se reprend et m'adresse un sourire mesuré.) Ma mémoire à court terme a une capacité très limitée…

Je lève les yeux au ciel.

— Non, je sais…

— J'ai peut-être mangé un hamburger ! (Elle hausse théâtralement les épaules, ce qui lui vaut un regard exaspéré de ma part.) Tu n'en sais rien !

— Si, j'en sais quelque chose. Ça doit faire neuf ans que je ne t'ai pas vue manger un hamburger sobre.

Elle me lance un regard vide.

— Qui te dit que je suis sobre ?

Je secoue la tête, carrément vénère, à présent.

— Ce n'est pas drôle, putain !

— BJ ! (Elle émet un petit rire qui ne lui ressemble pas.) Je vais bien !

Je la regarde. Elle se fout de moi. Même elle, elle sait que c'est faux.

Elle s'arrête, souffle par le nez, lève les yeux au ciel.

— Je vais *relativement* bien. (Elle croise les bras sur sa poitrine.) Je veux dire, je… je suis triste, bien sûr, et je… (Elle s'interrompt. Secoue la tête. Souffle de nouveau par le nez.) Mais tout bien considéré, je vais bien. Tout le monde dit que je tiens vraiment bien le coup…, assène-t-elle, butée.

— Tout le monde…

— Oui.

Je hausse un sourcil.

— Et c'est qui, tout le monde ?

— Je ne sais pas… (Elle lève les yeux au ciel.) Tout le monde !

Je sens la moutarde me monter au nez, et je devrais être plus malin – ces derniers temps, on n'est pas doués pour les disputes, elle et moi, ça finit toujours par un KO. Je sais que je devrais laisser tomber, mais je l'aime, et elle est en train de se faire du mal, et je suis en colère, parce que, putain, on est déjà passés par là.

— OK…, lancé-je d'un ton détaché. Vas-y, balance quand même deux ou trois noms parce qu'on a quoi… quatre potes, et il n'y en a pas un qui pense que tu vas bien.

Je baisse les yeux vers elle, le front barré d'un pli profond, la mâchoire contractée. Elle me regarde sans rien dire, l'air furieux.

J'incline la tête vers le *Claridge* derrière nous.

— Tu parles des gens que tu croises en soirée et à qui tu fais croire n'importe quoi ? (Je secoue la tête.) Ça ne compte pas… Tu es une charmeuse de serpents, putain !

— Arrête…

Elle soupire et se remet en route.

Je secoue la tête.

— Tu ne vas pas bien.

— Si.

— Ah ouais ?

— Oui !

— OK. (Je hoche la tête en marchant quelques pas derrière elle.) Alors ne prends pas mon pouls, ce soir.

Elle se fige, fait volte-face.

— Pardon ? demande-t-elle doucement.

— Ne prends pas mon pouls, répété-je d'un ton détaché. Ni ma température. Et ne me mets pas cette petite pince de merde sur le doigt… Si tu vas bien, prouve-le, et comporte-toi comme quelqu'un qui va bien.

Elle pousse un petit soupir et tourne les talons.

Je lève les yeux au ciel en la voyant arrêter un taxi.

— Qu'est-ce que tu fais ?

— Je vais dormir à l'hôtel, me répond-elle du tac au tac.

Je fais comme si ça ne brûlait pas, comme si la possibilité que je me comporte comme un connard et qu'elle me quitte encore une fois ne me faisait pas flipper à mort.

Mais, ne pouvant pas le lui avouer, je me contente de hocher la tête.

— Ouaip. (Je lui adresse un sourire crispé.) Ça m'a l'air d'une excellente idée.

— Va te faire foutre ! crache-t-elle avant de grimper dans la voiture.

Je brandis mon majeur à son intention tandis que le taxi s'éloigne.

22:47

BJ

Ça va ?

Oui.

Bien arrivée ?

Oui.

Je n'aurais pas dû te parler comme ça.

Je suis désolé.

Moi aussi ♥♥♥

Tu peux reprendre mon pouls.

Je ne sais absolument pas de quoi tu parles.

OK ♥

Tu n'aurais pas envie de me rejoindre au Mandarin, par hasard ?

Je suis déjà couchée.

Je monte, je serai là dans une minute.

Quoi ??

Tu es très prévisible.

Et je suis dans le hall.

13

Magnolia

Une minute plus tard, effectivement, il était là, et, au cas où vous vous poseriez la question, nous avons fait bon usage de cette chambre d'hôtel.

M'envoyer un message depuis le hall ? Trop mignon.

En revanche, je ne peux pas dire que je sois enchantée qu'il sache pour cette histoire de pouls, la nuit. Je me suis sentie idiote.

J'ai refusé de le lui prendre, ce soir-là, et du coup j'ai affreusement mal dormi. Et par « incroyablement mal », j'entends pas du tout.

Je me suis levée aux aurores le lendemain – en tout cas assez tôt pour être en mesure de courir jusqu'à la maison nous chercher des vêtements. Finalement, Daniela s'en est chargée – BJ a insisté pour que je laisse mon assistante m'assister.

J'ai dû l'appeler en FaceTime pour la guider dans le dressing.

Elle n'est pas complètement inepte, stylistiquement parlant, mais je ne suis pas près de lui demander des conseils en matière de mode.

La vraie star du spectacle, aujourd'hui, c'est la jupe Vivienne Westwood en tartan MacAndreas bordée de fausse fourrure de sa collection automne-hiver 1993. J'ai demandé à Daniela de l'assortir au bustier Dolce & Gabbana en satin rouge à picot, avec les bottes Lispa en cuir suédé noir de chez Isabel Marant, le manteau Thea en laine mélangée à double boutonnage Rag & Bone, et enfin le sac seau Marcie en cuir velours rouge de chez Chloé.

BJ sort de la douche, une serviette blanche autour de la taille, ses cheveux parfaits tombant sur son front, trempés.

Je pose les yeux sur lui et je sens aussitôt ma nuque chauffer.

Il est tellement beau à la lumière naturelle. C'est injuste.

Il marche jusqu'à moi, passe ses bras autour de ma taille et effleure mes lèvres des siennes.

Je lui adresse un grand sourire.

— C'est merveilleux : nous nous sommes disputés, et tu ne t'es pas empressé d'aller te taper une inconnue.

— N'est-ce pas ? (Il hoche la tête.) Et toi, tu ne t'es pas enfu… Oh, attends, mais si…

Je le fusille du regard, et il rit, malicieux.

— Merde, Parks… Cette fois, on a géré comme des adultes, je crois. (Il pousse un soupir, comme si c'était problématique.) Toi et moi, ça devient sérieux.

— Toi et moi, nous allons être en retard…

J'enfonce le doigt dans ses côtes nues, et il éclate de rire avant de filer se préparer.

Nous gagnons le rez-de-chaussée et flânons dans l'hôtel comme si ce n'était pas la millième fois que nous y venions. À un moment, nous nous sommes demandé si nous ne préférerions pas nous marier loin de Londres – célébrer notre union ailleurs aurait bien des avantages : moins de presse, moins d'invités… ce qui, semble-t-il, n'intéresse pas nos familles. Mes parents ne désirent certainement pas moins de presse, les siens certainement pas moins d'invités.

Lily et (apparemment) ma mère rêvent de ce mariage depuis que nous sommes enfants.

« Bien avant que vous soyez ensemble ! m'a raconté Lily il y a deux mois. J'ai toujours su que vous vous marierez un jour, voilà tout. »

Quand j'ai manifesté mes doutes vis-à-vis de ses dons de voyante, elle m'a rétorqué qu'une mère sent toujours ces choses-là. Et quand, quelques semaines plus tard, j'ai demandé à la mienne si elle aussi elle savait, elle m'a jeté un regard étonné avant de répondre : « Évidemment. »

Cependant, il est devenu évident assez vite que notre mariage avait moins à voir avec BJ et moi qu'avec l'occasion longuement attendue de réunir nos deux grandes familles.

Ce constat m'a d'abord attristée – j'ai trouvé injuste, après tous les obstacles que nous avions surmontés, que la signification de cette journée soit détournée au profit d'une grand-tante du côté du père de BJ à laquelle j'ai dû parler trois fois dans ma vie – enfin trois fois… vous me comprenez.

Après la première réunion avec nos parents au sujet du mariage, j'ai pleuré. Il faut dire que je suis tombée de haut. Quel était le rêve auquel je devais renoncer ? Vous n'allez pas le croire…

BJ et moi, nos amis – seulement les vrais –, sa famille, la mienne aussi, je suppose, quelque part dans un coin reculé de l'Angleterre, loin des regards indiscrets et des commentaires malvenus… Juste nous.

Ce soir-là, j'ai compris que je pouvais faire une croix dessus. D'abord, Bridget n'y serait pas – d'ailleurs, j'ignore toujours comment je vais neutraliser cette atroce réalité. En fait, d'une certaine façon, l'absence de Bridget rendait un tout petit peu plus acceptable l'idée d'un mariage en grande pompe. J'espérais que cela rendrait son absence moins criante. Cela mis à part, ma mère avait pris de l'avance et contacté *Vogue* pour une séance photo avec moi, *GQ* pour un shooting avec BJ. Quant au mariage, il serait couvert en exclusivité par *Vanity Fair.*

L'intimité n'était clairement plus une option. De plus, ainsi que BJ ne cesse de le souligner si grossièrement, nous avons quatre ou cinq amis, si bien que la liste des invités nous a échappé au profit des autres Parks et Ballentine.

À partir de là, nous avons commencé à chercher à Londres le lieu où se tiendrait la réception – vous imaginez bien que je n'avais aucune envie de me retrouver coincée à Pétaouchnok avec tout un tas de gens dont je me fous.

Nous sommes allés voir le *Four Seasons*. Nous sommes allés voir le Musée d'histoire naturelle – qui m'a beaucoup plu, vraiment, mais il m'a semblé que c'était l'endroit idéal pour le mariage de Christian et Daisy, s'ils parviennent un jour à régler leurs histoires, alors je ne l'ai pas réservé.

Le *Old Billingsgate* est très beau, mais, finalement, ça reste une salle de réception, vous voyez ce que je veux dire ?

Le *One Marylebone* est out, si vous voulez mon avis. Le *Savoy* est somptueux, le *Claridge* aussi, mais on nous y voit déjà régulièrement, ce qui leur ôte de leur magie…

Et puis BJ a fait une suggestion qui s'est révélée une évidence, et nous voici.

Le *Mandarin*.

Comme s'il existait un autre endroit à Londres où nous aurions pu célébrer notre mariage. Je veux dire… Oui, la cathédrale Saint-Paul, bien sûr, de fait, c'est notre paroisse.

J'ai d'abord eu un doute, ayant en tête un lieu plus traditionnel, et puis quand on nous a fait voir la salle, quand nous nous sommes retrouvés debout l'un en face de l'autre au bout d'une allée imaginaire, j'ai perçu une telle gravité dans l'air – quelque chose de sacré, presque. Le *Mandarin* représente tellement pour nous…

C'est étrange de me tenir comme ça avec lui. Pourtant, nous nous sommes probablement trouvés ainsi face à face des milliers de fois. Sans parler de nous tenir les mains. Mais à cet instant, à cet endroit… Oui, c'est ici.

BJ hausse les sourcils d'un air interrogateur, un sourire plein d'espoir sur les lèvres.

— Oui, validé-je.

— Oui !?

Son sourire s'élargit, et il tape deux fois dans ses mains avant de m'embrasser.

— Ils m'avaient dit que tu serais une mariée casse-couilles… N'importe quoi.

Mon visage se décompose.

— Pardon ? Qui a dit ça ?

— Euh… personne. (Il hausse les épaules.) Aucun de nos amis.

Je lui lance un regard réprobateur, mais il rit et m'embrasse encore.

— Viens.

Il m'entraîne hors de la salle, et nous allons payer l'acompte.

Voilà, c'est décidé : 5 juin, l'année prochaine.

Je sais, c'est dans longtemps… Mais l'été est fini, et qui veut se marier en hiver à Londres ? À la campagne, éventuellement, mais à Londres, quand il fait froid et que la neige se transforme en gadoue marron, c'est tout simplement dégoûtant.

Nous montons dans l'ascenseur pour regagner notre chambre. BJ me sourit, heureux, tout en rangeant le reçu de l'acompte.

— Plus moyen de faire machine arrière, maintenant, Parks.

Je lui décoche un regard entendu.

— Ce n'est pas nouveau, Ballentine.

Il pousse un « Ha ! », et je passe mes bras autour de son cou pour l'embrasser.

Soudain, la porte de l'ascenseur s'ouvre. BJ s'écarte et lâche un « Oh, merde… ».

Je fais volte-face et découvre Harley debout devant la porte ouverte.

Au cinquième étage du *Mandarin Oriental*.

— Harley, bredouillé-je en le regardant fixement.

Il lâche un éclat de rire froid.

— Magnolia, bonjour.

Il fait un pas à l'intérieur de la cabine et me serre dans ses bras. Si, si, je vous assure. C'est affreux, maladroit – je me fige. Il ne me prend jamais dans ses bras – qu'est-ce qui lui arrive, putain ?

BJ et moi sortons de l'ascenseur.

— Qu'est-ce que vous faites ici, tous les deux ?

BJ ne dit rien, mais je vois sa mâchoire se contracter. Il est bizarre. En colère, ou quelque chose.

Peut-être parce que Harley m'a prise dans ses bras ? Je ne sais pas.

Je lui adresse un sourire bref.

— Un repérage pour le mariage.

— Ah ouais ?

Je hoche la tête.

— On a réservé.

— Ici ?

Il incline la tête, un peu surpris.

— Pour la cérémonie.

Autre mimique de surprise.

— Intéressant. Pourquoi ?

— J'ai perdu ma virgi…

BJ plaque une main sur ma bouche.

— C'est sentimental…, s'empresse-t-il de répondre tout en m'entraînant à reculons dans le couloir.

Harley lève les yeux au ciel et s'avance davantage dans l'ascenseur.

— Et toi ? lui demandé-je, curieuse.

— Réunion, répond-il, laconique, avec un hochement de tête.

J'ouvre des yeux ronds.

— Au cinquième étage… ?

— J'avais besoin d'une chambre, ajoute-t-il en haussant les épaules.

— Pour quoi faire ? insisté-je avec une grimace.

— Tout tourne toujours autour du sexe avec toi…

Je croise les bras sur ma poitrine, agacée.

— Harley, ne dis pas « sexe ».

— Sexe, répète-t-il avec un sourire narquois tout en pressant le bouton de fermeture des portes.

BJ expire par la bouche et se met en route vers notre chambre.

— Bizarre, fais-je remarquer en lui emboîtant le pas.

BJ hoche la tête sans rien dire.

— Il m'a serrée dans ses bras.

BJ se tourne vers moi en grimaçant.

— Trop bizarre, ouais.

— Tu crois qu'il a une nouvelle maîtresse ?

— Quoi ? (BJ lâche un petit rire presque moqueur.) Non… Pourquoi ? Parce qu'il t'a serrée dans ses bras ? Parks, c'est ton père.

— C'est juste que ça n'a jamais été son truc.

BJ hausse les épaules.

— Il essaie peut-être de changer.

14

BJ

Putain, ça m'a trop foutu les boules de lui mentir comme ça.

Lui suggérer qu'elle est folle de trouver bizarre que son père la prenne dans ses bras… Qu'il aille se faire foutre : il a un geste affectueux envers sa fille, et la première chose qu'elle pense, c'est que c'est louche. Le pire, c'est qu'elle a parfaitement raison, c'était pas net, et c'est rien qu'un gros connard.

J'ai essayé de minimiser le truc direct… Je sais ce que vous pensez : il faut que je lui dise… Ouais, mais je ne peux pas, pas encore. Surtout pas maintenant. Depuis que je lui ai fait ce commentaire crétin au sujet de mon pouls, elle ne l'a pas repris. Et vous savez ce qu'elle n'a pas refait d'autre, depuis ? Dormir.

Ça doit faire dix jours qu'elle n'a pas fermé l'œil. Et je la vois sombrer au ralenti dans la folie. Elle est à un entonnoir de soutenir que la Terre est plate.

Elle est complètement parano, tout la fait flipper. La sécurité, la nourriture, son père qui trompe Marsaili. Elle m'a raconté qu'elle l'avait suivi toute une journée. J'ai failli tomber dans les pommes en l'apprenant. Elle aurait pu les voir.

J'ai été obligé de rire, de lui dire qu'elle était folle, qu'il ne se passait rien… Putain, je me retrouve à lui faire du *gaslighting* ! Et pour quoi ? Pour que son père puisse se taper sa mère sans que leur fille se rende compte de rien ? Quel merdier… Je suis un connard.

J'y ai pensé… Plusieurs fois, j'ai failli la faire asseoir, lui raconter… Mais elle refuse de consulter un psy.

Je lui propose régulièrement de m'accompagner chez Claire, et immanquablement elle me répond avec un grand sourire complètement faux : « Oh non, je me sens bien aujourd'hui, mais merci ! »

Honnêtement, je redoute sa réaction si elle découvrait ça maintenant.

Sans Bridget ou un thérapeute, c'est le mur assuré.

En plus, cette semaine, justement, elle est totalement en vrac.

Le manque de sommeil ne lui a jamais réussi. En général, elle pleure beaucoup. Son visage parfait se creuse, ses yeux s'assombrissent.

Sans le vouloir, elle se met à tout abréger dans ses messages, qui du coup sont truffés d'erreurs et on n'y comprend rien, putain.

Heureusement, son anniversaire approche, j'ai organisé une escapade loin de Londres avec le Pack Complet.

Henry lui a demandé s'il pouvait inviter Romilly, et Parks lui a demandé s'il avait parlé à Taura. Il a répondu non, donc elle a répondu non, à la suite de quoi ils ont eu leur engueulade annuelle… Putain, sérieux, j'en peux plus.

Je vais me coucher tôt ce soir parce que, quand elle ne dort pas, je ne dors pas non plus. Je veux dire, si, mais super mal. Au plus calme de la nuit, elle n'arrête pas de se tortiller, alors quand elle s'agite, c'est un cauchemar.

J'ai envisagé de glisser de la mélatonine dans son verre d'eau, ce soir. Elle en a vraiment besoin. Mais bon, éthiquement, ça m'a semblé limite, alors j'y ai renoncé, finalement.

En revanche, je lui ai préparé une tisane dont le goût l'a tellement révoltée qu'elle a recraché sa gorgée dans la soucoupe.

— Tu es fou ! (Elle m'a regardé, outrée, avant de repousser la tasse.) Inacceptable.

Il est presque 23 heures. Je me suis couché il y a à peu près trois heures dans l'espoir de dormir un peu, ce qui ne s'est pas produit, étant donné que je partage mon lit avec une putain de balle de massage vibrante. Frustré – c'est peu de le dire –, je décide d'envoyer un message à son père, qui me semble être le punching-ball idéal.

23:04

Harley Parks

Dis-moi que tu n'étais pas avec Arrie, l'autre jour.

OK.

Mec…

Ne m'appelle pas « mec »…

Qu'est-ce que vous foutez, putain ?

Occupe-toi de ton cul.

Je tape ma réponse, super vénère à présent, quand Parks se penche pour essayer de voir l'écran de mon téléphone.

— À qui est-ce que tu écris ? me demande-t-elle doucement.

— Personne.

J'éteins mon portable.

Elle se fige.

— Quoi ?

Je la regarde, lui décoche un bref sourire.

— Personne.

Elle arque un sourcil.

— Non mais, c'était forcément *quelqu'un*…

— Personne, répété-je en pressant mes lèvres contre les siennes en espérant qu'elle lâchera l'affaire.

Elle reste allongée sur le dos, les yeux au plafond. Ne dit rien pendant un long moment.

Je l'observe, essayant de deviner ce qui se passe dans sa tête.

Elle est bizarre. Est-ce qu'elle a vu ? Est-ce qu'elle a compris ?

Et puis elle dit quelque chose qui me sidère.

— Est-ce que tu me trompes ?

— Quoi ?

Elle se roule en boule sur le flanc, face à moi.

— Est-ce que tu me trompes ? répète-t-elle d'une toute petite voix.

J'ai l'impression d'avoir reçu un coup de pied dans la poitrine, je suffoque presque.

— Parks…

— Si c'est le cas, c'est pas grave…, s'empresse-t-elle de dire.

— C'est pas grave, si je te trompe ?

— Eh bien, non… (Elle soupire.) Mais je veux savoir, c'est tout.

Je roule sur le dos, les yeux au plafond, complètement flippé.

— Merde.

Elle me regarde toujours fixement, les yeux écarquillés. Elle a peur, maintenant.

— Réponds juste à ma question…

Je lui lance un regard noir.

— Tu peux me dire à quel moment j'aurais pu te tromper ?

Son regard s'assombrit.

— Tu as toujours su trouver le temps.

— Une fois ! crié-je en sautant du lit. Une seule fois !

Je secoue la tête, elle soupire sans rien dire.

Putain, je suis furieux. Ou blessé ? Peut-être blessé.

— OK, et avec qui je te trompe, alors ?

Elle s'assied et se tortille pour s'adosser contre la tête de lit, déglutit, nerveuse.

— Taura ? murmure-t-elle en repliant ses jambes sous elle.

— Putain, mais tu déconnes ?

Sa respiration s'accélère.

— Tu n'as toujours pas répondu à ma question.

Je la regarde, désespéré, me demandant lequel des deux en chie le plus, là tout de suite.

Je ne sais plus.

— Non, Parks…, grondé-je. Non, je ne te trompe pas, putain.

Elle hoche rapidement la tête.

— OK.

— Comment… ? Pourquoi tu…

— Je ne sais pas ! (Elle saute sur ses pieds à son tour.) Je ne sais pas ! J'ai senti un truc bizarre…

Je secoue la tête – d'une certaine façon, je n'arrive pas à y croire. Après tout ce qu'on a traversé ?

— Tu as senti que je te trompais ?

Elle souffle par la bouche, secoue la tête en baissant les yeux, l'air perdu.

— Dernièrement, je t'ai plusieurs fois senti nerveux, ou coupable, comme si tu me cachais quelque chose… Je ne sais pas…

Instantanément, je me sens complètement nerveux – et coupable, merde –, parce que son instinct ne l'a pas trompée, même si ses conclusions sont du grand n'importe quoi.

Je me gratte la nuque, détourne les yeux.

— Et c'est le premier truc auquel tu as pensé ?

— Oui, souffle-t-elle, visiblement gênée de l'admettre.

Je hoche plusieurs fois la tête.

— Il faut qu'on voie un psy ensemble, déclaré-je.

— Il est parfaitement normal que je doute parfois de toi !

— Ouais, bien sûr… Mais qu'est-ce que tu dirais d'essayer de te débarrasser de cette peur ?

— Ce que je ressens n'a rien d'anormal ! persiste-t-elle. Il faut juste que je réapprenne à te faire confiance…

— Et ça avance comment ? Tu me soupçonnes de me taper ta meilleure amie. Putain, l'ex de mon frère ! Et de Jo ?!

J'ai l'impression de me prendre une grosse baffe. Vraiment, ça me fout en l'air, parce que si elle me croit capable de lui faire une saloperie pareille – elle qui me connaît mieux que quiconque, qui m'aime plus que personne, alors putain… peut-être que je suis un connard ?

Je quitte la pièce, ne voulant pas qu'elle lise sur mon visage l'état de mon cœur.

Je me réfugie dans notre salle de bains – *notre* salle de bains. Même si à cet instant précis je la déteste, ça me semble encore miraculeux – que quelque chose soit à « nous ».

Je referme la porte et vais me planter devant le lavabo. Ouvre le robinet, m'asperge le visage d'eau froide, et là mon regard se pose sur quelque chose derrière moi.

La baignoire. Sous une bâche. Toujours fendue, toujours bousillée, toujours là. Pas mal, comme métaphore pour notre couple, non ?

J'entends la porte s'ouvrir.

— BJ ? lance une petite voix depuis le seuil.

Je me tourne vers Magnolia.

— Je suis désolée, souffle-t-elle, et je vois à ses yeux qu'elle est sincère. Je n'aurais jamais dû penser… Je suis juste fati…

— Je ne te ferais pas un truc pareil, déclaré-je en coupant l'eau. (J'avale ma salive, secoue la tête, me déteste une fraction de seconde.) Pas deux fois.

Elle hoche rapidement la tête.

— Non, je sais.

Je marche jusqu'à elle et noue mes bras autour de sa taille, me penche jusqu'à trouver son regard.

— Tu le sais ? Vraiment ?

Si j'ai l'air désespéré, je suppose que c'est parce que je le suis.

— Je… (Elle déglutit.) J'essaie.

Je hoche la tête. Je déteste ça, mais je peux difficilement exiger plus.

— Je voulais te demander… Je sais que, quand tu plaisantes à ce sujet, c'est un mécanisme de défense ou quelque chose dans le genre, mais… tu crois que tu pourrais arrêter ?

Elle cligne des yeux, confuse.

— Quoi ?

Je passe ma langue sur ma lèvre inférieure.

— Parks, ce que j'ai fait ne me paraîtra jamais drôle... Je suis bien conscient que je t'ai blessée, et que donc je ne peux pas vraiment te demander d'arrêter. Tu as évidemment le droit de te donner les moyens que tu veux pour le digérer... mais je te le demande quand même, parce que, chaque fois, ça me démolit.

— Oh, dit-elle doucement, les yeux baissés, avant de les relever vers moi en hochant la tête. OK.

Je lui adresse un sourire fatigué.

— Merci.

15

Magnolia

Pour mon anniversaire, nous partons en France. Nous prenons mon avion, parce que c'est le mieux. Il y a une chambre à bord. Non qu'elle ait jamais beaucoup servi à dormir, mais qui sait, cette fois… Je n'ai pas pris son pouls à BJ depuis deux semaines, et mon sommeil en a pâti : je passe mes nuits allongée les yeux ouverts, veillant à ce qu'il ne meure pas inopinément dans son sommeil.

De temps en temps, je m'assoupis, mais au bout de quelques minutes je m'éveille en sursaut, persuadée d'avoir laissé mon fer à lisser allumé et que l'appartement est en flammes.

Henry et moi sommes toujours en froid, ce qui, je suppose, vous dit tout ce que vous avez besoin de savoir au sujet de Romilly : oui, il tient à elle à ce point.

Quand elle est partie, c'est comme s'il avait mis tous ses sentiments pour elle dans une boîte. Il n'a pas essayé de les transformer, de tourner la page, juste… il les a pris tels quels dans son cœur d'adolescent de dix-sept ans, les a rangés dans cette boîte et s'est assis dessus.

À peine le couvercle a-t-il sauté qu'ils ont repris leur taille d'origine.

Il m'en veut d'avoir refusé qu'elle vienne. Ça m'aurait fait plaisir, parce que je l'apprécie sincèrement, mais… Taura. Et puis je n'ai pas *refusé* que Romilly se joigne à nous : j'ai posé comme condition qu'il parle d'abord à Taura. Et comme il ne l'a pas fait, eh bien, Romilly n'a pas pu venir.

Et puis, j'avais déjà eu un mal de chien à convaincre Taura de venir, en sachant que Jonah et Henry seraient là.

Je crois que BJ a été obligé de jouer le joker de la sœur morte, que je sais qu'il essaie de garder pour des circonstances très spéciales.

Gus nous accompagne, bien sûr. Il veille sur notre amie, ce qui est absolument nécessaire.

Henry s'est vraiment comporté comme un salaud. Il a prétendu qu'il ne lui devait aucune explication, mais je ne suis pas sûre d'être complètement d'accord. J'ai quand même mis Taura au courant pour Romilly. Étant donné la vitesse à laquelle ces deux-là récupèrent le temps perdu, il fallait que quelqu'un s'en charge. Ça m'a fait de la peine de la voir souffrir.

Mais Taura a fréquenté le même lycée que nous. Elle se souvenait de Romilly et de l'intensité de leur relation.

Elle a pleuré, s'est demandé ce qui se serait passé si elle n'était pas sortie avec Henry et Jonah en même temps. Je suis quasi certaine que les choses auraient été différentes – quand Henry s'implique, il ne le fait pas à moitié. Mais c'est vrai dans les deux sens : quand Henry coupe les ponts, il n'y a pas de retour en arrière possible. Bien sûr, je n'ai rien dit, ne tenant pas spécialement à ce qu'elle le sache alors qu'elle a déjà le cœur brisé.

Mieux vaut qu'elle croie Henry et Romilly unis par une force cosmique contre laquelle elle ne pouvait rien. Ça lui évitera la torture des « et si… ».

Assis près d'un hublot, Henry contemple les nuages, la mine sombre. Il donne plus l'impression d'être conduit vers un peloton d'exécution que de voler vers la Côte d'Azur.

Christian a essayé de lui parler tout à l'heure, mais il en a vite eu assez de son humeur de porte de prison et l'a abandonné pour se lancer dans une partie de *Halo* avec BJ et Jonah. Quant à moi, je le sens ramper dans mon dos, telle une ombre dans une allée obscure.

Menaçant, malveillant – mon pire cauchemar.

Tout à coup, il m'attrape par l'épaule, et j'ai l'impression d'étouffer, alors je me lève, m'excuse – même si je ne suis assise avec personne et ne participe à aucune conversation en particulier.

Je gagne la salle de bains aussi vite que je peux et verrouille la porte derrière moi.

C'est la pire prise de conscience de toute ma vie : il n'y a aucune corrélation entre le nombre de personnes qui nous entourent et l'intensité de notre sentiment de solitude.

Je crains d'être terriblement seule.

Seule avec mon chagrin, seule avec mes pensées, seule avec mon esprit. Juste… seule.

Je prends une profonde inspiration, expire, ferme les yeux aussi fort que je peux et attends qu'elle se manifeste.

— Qu'est-ce que tu prends comme place, me dit-elle en me donnant un coup d'épaule pour passer.

— Tu me traites de grosse ? rétorqué-je, sourcils froncés.

Et elle ne répond rien, se contentant de me décocher un de ces regards que BJ n'arrête pas de m'adresser depuis quelque temps – il ne sait pas que je les vois.

Elle croise les bras sur sa poitrine.

— Que c'est déprimant…

— Quoi donc ? demandé-je en faisant la moue.

Elle hausse les épaules, examine ses ongles comme s'ils avaient déjà croisé une manucure dans leur vie.

— Un avion plein d'amis, et toi, tu discutes avec ta sœur morte aux toilettes…

— Tu es ma personne préférée…, protesté-je d'une petite voix.

— Menteuse ! (Elle lève les yeux au ciel.) Ta personne préférée est assise à côté, bien vivante et en adoration devant toi. (Elle arque un sourcil.) Grand, les yeux clairs, un corps sculptural… Ça te rappelle quelqu'un ?

Je lève les yeux au ciel à mon tour.

— Vous êtes tous les deux mes personnes préférées.

— Tu ne me faisais jamais ce genre de déclaration débile, quand j'étais en vie…

— Eh bien… c'est parce que tu étais une chieuse de première, quand tu étais en vie.

— En parlant de chieuse… (Elle me décoche un regard suffisant – merde, qu'est-ce que je ne donnerais pas pour qu'elle m'en adresse encore !) Qu'est-ce qui t'a pris, l'autre jour ?

— Pardon ?

— BJ et Taura ?

Elle me regarde fixement, incrédule.

Je laisse tomber ma tête.

— Oh !

Elle secoue la sienne.

— Tu as dépassé les bornes.

Je me couvre les yeux des mains et soupire.

— Je ne sais pas ce qui m'a pris… Il était bizarre avec son téléphone.

— Il ne te ferait jamais ça…, assène-t-elle, sincère.

Je lui lance un regard appuyé, et elle reconnaît à contrecœur :

— Pas une deuxième fois.

— Autrefois, nous l'aurions cru incapable de le faire tout court.

— Je suppose. (Elle hausse les épaules.) Taura ne te trahirait pas non plus.

— Je sais.

— Elle t'adore.

— Je sais.

Je baisse le couvercle de la cuvette et m'assieds, puis lève les yeux vers l'endroit où j'imagine que se tient ma sœur.

— Alors, qu'est-ce que tu as fait, aujourd'hui ?

— Oh, tu sais… Je me suis baladée dans des prairies de nuages, j'ai joué avec des chiots…

— C'est vrai ?

—Non, Magnolia! siffle-t-elle. Je suis morte. Ceci est une construction de ton esprit qui t'aide à accepter mon absence.

Elle dit ça comme si ce n'était rien d'important, et puis elle porte le deuxième coup.

—Tu espères juste que me parler t'évitera de consulter un psychol...

—C'est parfaitement inutile, la coupé-je, et elle me dévisage, les yeux ronds, sceptique. Arrête de me regarder comme ça, ajouté-je en arrangeant ma coiffure.

Elle hausse les épaules.

—Arrête de parler à mon fantôme dans les toilettes.

Je lui lance un coup d'œil.

—Non.

Elle arque de nouveau un sourcil.

—Alors non.

—Ce que tu peux être emmerdante!

—Et toi..., rétorque-t-elle en me jetant un regard impitoyable parce que, rappelez-vous, ma sœur est – était – insupportablement intransigeante, tu as une image extrêmement rudimentaire de l'au-delà. Tu ferais peut-être bien de repenser ta conception de ce qui se passe après la mort, Magnolia.

Je regarde dans la glace le point où se trouve son reflet.

—Pourquoi est-ce que tu me dis ça?

—Parce que tu as peur.

Je tire sur mon collier Orbit en diamants et opale de chez Balint Samad.

—Absolument pas.

—Tu ne sais pas où je suis... Où est Billie... Tu ignores si nous sommes en sécurité...

—Arrête.

—... si nous continuons d'exister, sous une forme ou une autre...

—Arrête, répété-je, parce que ça fait mal, maintenant.

—... si tu nous reverras un jour...

— J'ai dit : arrête ! crié-je, et elle disparaît.

Je reste debout face au miroir, agrippant le bord du lavabo, repoussant les pensées qui risquent de me détruire, les images qui pourraient me faire voler en éclats.

Je me répète comme un mantra : elles sont en sécurité, elles existent quelque part, et je les reverrai.

Je fais couler de l'eau froide sur mes poignets un moment, puis sors des toilettes. À peine ai-je fait un pas dans la cabine que tous les regards se braquent sur moi. Dans les yeux de mes amis, je lis différents degrés d'inquiétude, et je me sens aussitôt gênée et idiote.

Je suppose que j'ai parlé trop fort. J'espérais que le bourdonnement de l'avion aurait avalé mes paroles, mais il semblerait que non, hélas.

BJ se lève et marche vers moi, l'air préoccupé.

— Ça va ? me demande-t-il doucement.

Je hoche la tête.

— Mmm.

— Tu as l'air fatigué.

— Oh… (Je hausse les épaules avec désinvolture.) Je vais bien. À peu près.

Un pli lui barre le front.

— Tu as dormi, cette nuit ?

Je lui adresse un sourire crispé, hoche la tête.

— Merveilleusement.

Merveilleusement mal.

Il m'entraîne à l'écart, les sourcils toujours froncés, inquiet.

— Combien d'heures ?

— Plein !

— Parks.

— Je ne sais pas…, soufflé-je en secouant la tête. Une ou deux, peut-être.

Il pousse sa lèvre supérieure de sa langue, puis soupire avant de me prendre la main et de placer mon index et mon majeur sur sa carotide. Je le sens alors tambouriner sous sa peau. Son pouls.

Régulier, constant – la preuve qu'il est en vie. Aussitôt, j'expire l'air que je n'avais pas conscience de retenir, puis ravale cette peur nouvelle et étrange qui s'agrippe à moi, même si je prétends le contraire.

Le regard de BJ s'adoucit.

— Ça te dirait qu'on aille s'allonger un peu ?

Je hausse les épaules avec désinvolture.

— Seulement si tu as besoin de te reposer. Moi, ça va.

Sa bouche s'étire en un petit sourire.

— Ouais. Je suis crevé.

Il me prend la main et me conduit dans la chambre.

Curieusement, me laisser sentir son pouls est l'un des gestes les plus romantiques qu'il ait eus pour moi dernièrement. Je regrette de m'être endormie à la seconde où nous nous sommes allongés, gâchant ainsi une belle occasion de faire autre chose. Je pose la tête sur son torse et me mets à compter les battements de son cœur au lieu des moutons – je crois ne même pas être arrivée à quinze.

Quand nous sortons de la chambre, nous sommes accueillis par un concert de sifflements idiots – quels gamins, franchement… Henry est le seul à rester de marbre. Nous sommes encore suffisamment fâchés pour qu'il refuse de participer à toute démonstration de gaieté à mon égard.

Entre parenthèses, je ne comprends pas très bien pourquoi il est venu, si c'est pour rester là à me faire la tête.

Entre BJ et son frère, je perçois pendant tout le trajet jusqu'à l'hôtel une hostilité qui me bouleverse bien plus que mes propres accrochages avec Henry – très rares, ils me stressent néanmoins énormément quand ils se produisent. BJ et Henry qui se disputent, c'est un peu comme quand BJ et moi nous disputons. Ils se connaissent trop bien. Il leur est très facile de faire mal à l'autre, et ils sont trop proches pour s'en priver.

— Tu as un problème ? demande BJ à Henry, qui n'a pas quitté des yeux ma main dans celle de son frère depuis que nous sommes montés en voiture.

Henry me lance un regard mauvais.
—Ouais. Elle.
Taura écarquille les yeux, atterrée, tandis que je me contente de lui adresser un regard agacé. BJ, lui, ricane.
—Pardon ? lâche-t-il d'un ton provocant, les sourcils arqués et la mâchoire déjà contractée.
—C'est elle, mon problème…, répète Henry sans cesser de me fusiller du regard.
—Regarde-la encore une fois comme ça, et tu vas voir…
—Mais ouais, c'est ça…, marmonne Henry. Que de la gueule.
—Les mecs…, intervient Jonah à voix basse. On se calme.
BJ pince les lèvres.
—Je n'ai rien dit…
Je pose doucement ma main sur son bras.
—Si… Mais tu n'es pas responsable. Laisse-le… (Je secoue la tête.) Ne lui adresse plus la parole, c'est tout.
—Putain, je suis quoi, exactement ? ricane Henry. Un fou furieux… ?
—Un connard furieux, en tout cas…, grogne Christian en lui jetant un regard en coin. Ça, c'est clair.
Henry brandit son majeur sous le nez de son meilleur ami, qui lui répond de la même manière.
—Laisse, dis-je à Christian, fatiguée – même si moins, physiquement. Ça va…
—Non, ça ne va pas ! aboie Henry.
BJ se penche en avant, furieux, et pointe le doigt vers son frère.
—Lève encore une fois la voix contre elle…
—BJ…, soupiré-je, mais Henry m'interrompt.
—OK, vas-y ! Quoi ? siffle-t-il en bombant le torse.
Je m'interpose.
—Tais-toi, dis-je en me redressant. Tu tiens absolument à être désagréable parce que j'ai refusé que Romilly t'accompagne, libre à toi. Mais laisse-moi te rappeler une chose : j'ai dit qu'elle pouvait

venir si tu parlais à Taura, ce que tu n'as pas fait, faisant preuve d'une lâcheté indigne de toi.

La bouche de Jonah forme un petit o.

— Et là..., continué-je en voyant Henry plisser les yeux et en plissant les miens, tu fais preuve d'une connerie indigne de toi.

— Hooou ! ricane Jo, mais il cesse dès qu'il croise le regard de Henry.

— BJ ne t'a pas dit non, Henry, c'est moi qui t'ai dit non. (Je croise les bras sur ma poitrine.) Donc si tu veux être énervé contre quelqu'un, énerve-toi contre moi, sauf que non, parce que c'est mon voyage d'anniversaire. (Je consulte à mon poignet la montre Panthère de Cartier que m'ont offerte les Ballentine.) Rentre chez toi si tu veux, je m'en fous. Tu n'as qu'à faire venir ton avion.

Henry recule la tête, contrarié, sourcils froncés.

— P...

— Non, le coupé-je, une main en l'air. Je ne veux plus t'entendre... Tu es désespérément ennuyeux.

— Putain, j'adore la voir s'énerver contre quelqu'un d'autre que moi, glisse BJ à Jonah.

Je le regarde sévèrement, et il m'adresse un grand sourire d'excuse.

Henry ne fait pas venir son avion pour rentrer à Londres – ça aurait été gênant et terriblement mesquin –, mais il se retranche dans sa chambre où il reste bouder toute la journée. On ne peut pas vraiment le lui reprocher, car les suites de l'*Hôtel de Paris Monte-Carlo* sont particulièrement belles... mais vous savez quoi ? La Méditerranée aussi, et c'est là que le reste de la bande passe la journée, plus précisément à bord du yacht que les Hemmes gardent toute l'année amarré dans le port.

Tout se passe plutôt bien entre Jonah et Taura. C'est même assez curieux, en fait, parce que je perçois des ondes de séduction entre eux – mais ils ont toujours été comme ça ensemble, c'est leur programmation par défaut. J'ai demandé son avis à BJ, mais, d'après lui, Jonah a un crush sur Bianca Harrington, même s'il l'ignore.

La troisième fois que je vois Jonah pousser Taura à l'eau, j'intercepte mon amie et lui demande si elle aimerait que quelque chose se passe avec Jonah. Elle me regarde bizarrement avant de répondre : « Non, Magnolia… (Elle secoue fermement la tête.) Il a clairement un crush sur Banksy. »

Et elle a l'air triste, mais moins que quand je l'ai mise au courant au sujet de Henry et Romilly. Je me rends compte que je ne suis peut-être pas la seule à me sentir seule, ici.

Nous rentrons à l'hôtel pour nous préparer avant d'aller au casino.

Pour ma part, je n'aime pas jouer, mais figurez-vous que BJ s'est découvert un don pour le black jack, ce que j'avoue trouver assez sexy.

En plus, je l'adore en smoking, donc toutes les occasions sont bonnes…

Il sort de la salle de bains, fraîchement douché, et laisse tomber sa serviette.

Je presse mes lèvres l'une contre l'autre, feignant de ne pas remarquer que je rougis, et vais l'aider à enfiler la tenue que j'ai choisie pour lui – il n'a évidemment pas besoin de mon aide, mais j'ai toujours aimé boutonner sa chemise et la rentrer dans son pantalon. Je trouve presque aussi sexy d'habiller quelqu'un que de le déshabiller.

Il m'observe, tête inclinée.

— Tu es heureuse ? me demande-t-il soudain.

Je recule, prise de court.

— Dans quel sens ?

— Dans tous les sens, Parks… (Il secoue la tête.) C'est tout ce qui m'intéresse.

Je le regarde, arque un sourcil.

— Tu devrais probablement t'intéresser à d'autres choses.

— Pas tant que tu ne seras pas de nouveau heureuse.

— Ah ! soupiré-je. Je crains que, cette fois, tu n'y puisses pas grand-chose.

— Arrête…, gronde-t-il en m'enfonçant malicieusement un doigt dans les côtes. Lily m'a toujours affirmé que je pouvais tout faire…

Je fais la moue, amusée.

— Tu n'imagines pas à quel point je suis heureux qu'on se marie.

Je passe mes bras autour de son cou.

— Moi aussi.

Il arque un sourcil.

— Tu es sûre que tu ne veux pas qu'on avance la date ?

— BJ… (Je laisse tomber ma tête en arrière.) Je ne peux pas me marier en hiver. Pense à ma robe, à la neige boueuse et…

— Parksy, franchement, je me fous complètement de ta robe…

Je le fais taire d'un regard.

— Ce n'est pas avec ce genre de réflexion que tu m'épouseras plus vite.

— J'ai envie qu'on se marie, point, insiste-t-il. Je t'achèterai une autre robe si la boue bousille la première.

— BJ… Honnêtement, je doute que notre vie change beaucoup une fois que nous serons mariés.

— Je ne sais pas. (Il hausse les épaules.) Il y a quelque chose qui me plaît vraiment dans ces conneries administratives…

— Ces conneries administratives ? répété-je en riant.

— Ouais.

Je lève les yeux au ciel.

— Comme c'est romantique !

Il plisse les yeux.

— Je t'épouserais tout de suite, si tu me laissais faire.

Et j'y réfléchis une seconde, parce que… ce serait le rêve. Lui, moi et nos meilleurs amis – mais nos familles ne s'en remettraient pas.

Je me contente donc de boutonner sa manche.

— Tiens-toi bien.

— Avec toi ? (Il me sourit.) Jamais.

16

BJ

On passe deux journées géniales à Monaco, même si Henry continue de se comporter comme un abruti fini.

Ça ne lui ressemble pas, je sais… D'ailleurs, je ne peux pas vraiment l'expliquer. Romilly a toujours eu un effet chelou sur lui.

Loin de moi l'idée de donner une mauvaise image d'elle. Ce n'est pas sa faute.

Dès qu'il est question d'elle, il n'y voit plus clair, vous comprenez ? Un peu comme moi avec Parks. Pas exactement pareil – rien n'est comparable –, mais ressemblant. J'essaie de vous donner une image pour que vous ne pensiez pas que mon frère est devenu un crétin sans raison.

Séance farniente autour de la piscine, on est tous là, même Henry, plongé dans une grille de sudoku… Taura essaie d'apprendre à Gus et Christian une chorégraphie TikTok, et Jo les filme parce qu'ils ont l'air de deux gros débiles. Parks et moi ? On bouquine tous les deux allongés sur un bain de soleil, sa tête sur mon torse. Je n'arrive toujours pas à le croire : c'est mon quotidien, maintenant.

On a enfin résolu nos problèmes, laissé tous les putains de drames derrière nous, et on est ensemble – je veux dire vraiment. Voilà à quoi je pense – et peut-être que c'était trop bon, que j'aurais dû me douter que ça ne durerait pas, mais non. Parfois, la vie est juste belle, et vous avez envie de vous prélasser dans le bonheur – en général, c'est justement le moment du retour de bâton qui vous défonce le crâne.

Et donc…

—Oh putain ! s'exclame Henry.

Jonah lève aussitôt les yeux. Il est au taquet, depuis quelque temps. Un peu bizarre, d'ailleurs.

—Quoi ?

Je suis du regard la direction qu'indique Henry du menton, et découvre Paili Blythe et Perry Lorcan debout devant nous, une serviette à la main.

—Merde, marmonné-je.

—Quoi ? demande Magnolia avant de tourner la tête.

—Magnolia ! s'écrie Paili en ôtant ses lunettes de soleil.

—Oh non, souffle Parks en secouant vivement la tête.

—Coucou ! lance encore Paili, pleine d'espoir.

—Non, répète Magnolia sans cesser de secouer la tête, et pouf, Henry apparaît à ses côtés.

Parks lève les yeux vers lui et avale nerveusement sa salive.

J'ai envie de vomir.

—Les garçons ! s'exclame Perry avec un grand sourire.

Christian et Gus croisent les bras sur leur poitrine.

—Quelle coïncidence incroyable ! s'émerveille Paili avant de lâcher un petit rire qui se veut désinvolte, sauf que nous nous connaissons depuis trop longtemps pour ne pas nous rendre compte qu'il sonne complètement faux.

Magnolia se tourne vers moi.

—Je veux partir.

Je hoche la tête.

—Ouaip.

Perry fait un pas vers elle.

—Parks…

—Tout de suite.

Elle lève vers Henry des yeux écarquillés.

—Écoute, Magnolia…, insiste Perry en inclinant la tête, l'air de trouver sa réaction disproportionnée.

—Non.

— Magnolia, intervient Paili, je suis terriblement désolée pour Bridget.

Henry a un mouvement de recul.

— J'hallucine, putain…

— Henry…, soupire Paili.

— Salut, lance Taura en s'avançant. Vous vous souvenez de moi ?

Paili pince les lèvres, mal à l'aise.

Je passe un bras autour de Parks.

Le regard de Taura saute de Paili à Perry, et elle leur adresse un sourire glacé.

— J'attends toujours des excuses.

Perry réprime un éclat de rire narquois.

— Des excuses pour quoi ?

— Ravie que tu poses la question ! (Taura frappe dans ses mains, puis se met à compter sur ses doigts.) Pour avoir menti sur mon compte. Pour avoir répandu de fausses rumeurs à mon sujet. Pour m'avoir tenue à l'écart de la meilleure amie que la vie me destinait. Pour avoir traîné mon nom dans la boue.

Perry lève les yeux au ciel.

— Ton nom traînait déjà dans la boue au lycée.

Jonah pointe un index menaçant vers lui.

— Putain, mec, le culot que tu as…

— Vous allez me présenter des excuses ou pas ?

Perry secoue la tête, imperturbable.

— Pas question.

Visiblement embarrassée, Paili ne dit rien.

Henry serre les poings. Je le vois chercher le regard de Christian pour vérifier qu'il peut compter sur lui si ça dégénère.

— Qu'est-ce qui t'est arrivé ? Je ne te reconnais pas…, lance Magnolia à son vieil ami.

— C'est à moi que tu demandes ça ? s'offusque Perry. Qu'est-ce qui m'est arrivé ? Voyons… Tu as découvert ce que tout le monde savait depuis des lustres, putain…

Henry secoue la tête, et Christian vient se placer à côté de lui.

— Pas tout le monde.

— Oh, tu parles, maintenant ? Je répète : on était tous au courant, sauf toi – et ces deux-là, apparemment.

— Pas tout le monde, donc, intervient Taura. Ça fait quatre personnes. Sur toute la planète. Cinq, en m'incluant, évidemment. Et cinq personnes, clairement, ce n'est pas grand-chose.

— Tu as foutu ma vie en l'air ! s'écrie soudain Perry avant d'incliner la tête vers Paili derrière lui. La sienne aussi.

Magnolia se lève, outrée.

— Je ne t'ai plus adressé la parole !

— *Personne* ne nous a plus adressé la parole ! rétorque Perry.

— Je n'y suis pour rien.

Paili lui lance un regard peiné.

— Le fait que tu ne nous parles plus a suffi.

Magnolia se tourne vers moi, incrédule, alors je me lève à mon tour.

— Suffi à quoi ?

— À faire de nous des parias ! crie Perry.

— Tu es sérieux ? (Parks le regarde en clignant des yeux.) Il y a eu beaucoup de torts, beaucoup d'erreurs commises, et tant de limites franchies, dont aucune – aucune ! – par moi.

Perry grimace et toise ma fiancée – si Henry le frappe maintenant, ça me va –, pince les lèvres.

— Mmm… Ce n'est pas tout à fait exact, pas vrai, mon chou ?

Paili tire sur sa manche.

— Arrête.

Magnolia secoue la tête, confuse.

— De quoi est-ce que tu parles ?

— Perry, arrête, répète Paili.

Parks reporte son attention sur elle.

Toutes les filles ont toujours eu tendance à obéir à Parks – mis à part Bridget. Et Daisy, je suppose. Dans une pièce remplie de femmes, Magnolia est généralement l'alpha. Je ne crois pas qu'elle le sache ; je crois qu'elle estime avoir toujours raison et avoir toujours d'excellentes idées – faux et faux. Disons qu'elle n'est pas le genre de personne qu'il est facile de contredire. Qui que vous soyez.

Magnolia se redresse et plante son regard dans celui de Paili. Honnêtement, si c'était moi qu'elle regardait comme ça, je ne ferais pas le malin.

— De quoi est-ce qu'il parle ? articule-t-elle lentement.

Paili soupire, lève les yeux au ciel. Déglutit. Déglutit encore une fois, comme si elle s'efforçait de ravaler la réponse. Elle tient deux secondes, et puis elle craque.

— C'est moi que la bouteille avait désignée…

Je souffle par la bouche, secoue la tête, tandis que Jonah lâche un « Ah ! » sonore.

— Putain, tu délires complètement…, dit-il.

— Absolument pas, proteste Paili. Et plusieurs fois, j'avais surpris BJ en train de me mater.

Je serre les dents. La salope ! Sans lui accorder un regard, je saisis le poignet de Parks et la fais pivoter vers moi.

Elle ne dit pas un mot – inutile, ses yeux suffisent. *Putain, de quoi elle parle ?*

J'arque les sourcils, disant sans le dire que Paili débloque.

— Je l'ai vu aussi, déclare Perry sans s'adresser à personne en particulier.

Là, Henry le bouscule violemment.

— Mon cul, ouais…

Perry se rattrape et se redresse.

— Tu cherches la baston, c'est ça ?

— Grave, gronde Henry. Allez, vas-y…

— Stop ! (Je pose une main sur l'épaule de Henry et me tourne vers Paili.) Il faut qu'on parle, tous les deux.

Magnolia, bouche bée, me dévisage comme si j'étais devenu fou.

De la tête, je lui fais signe de me suivre, mais elle secoue vivement la sienne, furieuse.

— Parks… (Je l'entraîne à l'écart et pose mes mains sur sa taille.) Il faut que je lui parle.

Les yeux écarquillés, elle me contemple sans rien dire.

Exaspéré, j'esquisse un geste vers Paili.

— Elle délire complètement, et il n'est pas question qu'elle salisse ce que cette nuit a vraiment signifié…

Parks fronce les sourcils, expire bruyamment par le nez – un tic qu'elle a quand elle se rend malgré elle à la raison.

Et puis elle croise les bras sur sa poitrine, ayant trouvé un autre motif d'être énervée.

— De quoi est-ce qu'elle parle ? La façon dont tu la regardais… ?

J'enfouis mon visage dans mes mains un instant et soupire.

— Les filles voient ce qu'elles veulent voir, Parks. (Je secoue la tête.) Il y en a qui m'envoient des messages sous prétexte que je les aurais matées dans je ne sais quelle boîte il y a quatre ans. Et, putain, je te jure que, quatre-vingt-dix-huit pour cent du temps, je ne les ai jamais vues de ma vie…

— Mais là, c'est différent ! (Elle tape du pied.) Tu as couché avec elle.

— C'est exactement pour ça qu'il faut que je lui parle. Reste avec moi, si tu veux…, lui dis-je.

— Je ne veux pas ! proteste-t-elle, plus fort qu'elle n'en avait eu l'intention devant tous ces gens. (Elle se ressaisit et reprend plus bas.) Je ne veux pas entendre ça.

— Parksy… Si tu ne veux pas que je lui parle, je ne le ferai pas… mais je crois que c'est important. Il est temps de mettre un point final à cette histoire…

— Merde, BJ ! (Elle me frappe le torse de son poing fermé, désemparée.) Comment se fait-il qu'il n'ait pas déjà été mis ?

Je plonge mon regard dans le sien.

— Parce que, après ce qui s'est passé, je me suis toujours débrouillé pour ne jamais me retrouver seul avec elle…

— Même après mon dép…

— Surtout après ton départ ! la coupé-je. Je ne voulais pas risquer que tu tombes sur une photo d'elle et moi, que tu croies que j'étais allé la retrouver dès que tu as eu le dos tourné… (Je secoue la tête, souffle.) Une fois, elle a essayé de me parler. Jonah a été obligé de la soulever du sol et de l'emporter loin de moi. Littéralement.

Ce souvenir aurait pu être assez drôle si je n'avais pas été complètement désespéré à ce moment-là.

Elle m'avait coincé un soir où je dînais avec les garçons dans un restau. Elle m'a chopé alors que je sortais des toilettes, et un connard a pris une photo – Christian, putain, mon pote, a explosé le téléphone (j'adore son sale caractère quand il est de mon côté). J'ai dit à Paili d'aller se faire voir, et elle s'est mise à pleurer, a continué d'essayer de me parler, du coup Jonah l'a prise sur son épaule et l'a sortie sur le trottoir.

— Je veux pouvoir fermer ce dossier, lui dis-je. Je ne veux pas me marier avec toi alors que cette merde traîne encore. On risque de marcher dedans toute notre vie…

Elle me jette un regard atterré.

— J'espère vraiment que non !

— Mais c'est une possibilité. Et si c'est le cas, je veux que ce soit bénin…

Son visage tressaille. Elle est blessée.

— Ce ne sera jamais bénin, pour moi.

Je soupire, lui prends la main.

— Ce n'est pas ce que je voulais dire. Je voulais dire : juste un mauvais moment. Que si nous la voyons, ça ne provoque aucun tremblement de terre, parce que le sujet est clos…

Elle lève les yeux vers moi.

J'incline la tête en direction de Paili.

— Je vais aller lui parler. Tu veux venir ?

Elle secoue la tête.

— Tu me fais confiance ?

Elle hausse faiblement les épaules.

— Je suppose.

Je pose un baiser léger sur ses lèvres, et elle repart vers nos amis en se tordant nerveusement les mains.

Je me tourne vers Paili et lui fais signe.

— Viens, il faut qu'on discute…

— Quoi ? proteste Henry.

— T'es malade ? renchérit Christian.

— Ça va, dit doucement Magnolia qui hoche la tête sans me quitter des yeux, m'assurant que tout va bien tout en me demandant si c'est le cas, parce que je suis le point d'ancrage qu'elle regarde quand elle cherche à retrouver son équilibre. Je lui fais confiance, annonce-t-elle à la cantonade, même si j'ai bien conscience que c'est une exagération.

— Courageux de ta part, commente Perry avec un petit sourire moqueur.

— Mmm. (Henry prend une profonde inspiration et lui décoche un sourire crispé.) Je te donne trois secondes pour la fermer et dégager. Après, je te fous mon poing dans la gueule…

Perry lève les yeux au ciel.

— Vraiment, Henry ?

— Trois.

— Je ne te savais pas si puéril, continue Perry en croisant les bras sur sa poitrine.

— Deux.

— Gros, si j'étais toi, je ne m'attarderais pas…, lui conseille Christian.

— Un, dit Henry en retroussant ses manches.

Magnolia se tourne vers moi, les yeux ronds, inquiète. Elle n'a pas envie d'assister à une baston.

— Paili ! lance Perry en s'éloignant, agacé. On y va.

Paili noue sa serviette autour de sa taille.

— Je vais parler avec BJ.

— Et toi… (Jonah se plante devant Perry.) Tu vas tracer ta route.

Perry lève les yeux au ciel.

— Nous venons à peine d'arriver.

— Eh ben, vous repartez. (Gus lui sourit froidement.) Allez, viens, je vais t'aider à faire vos bagages.

— Non… (Perry secoue la tête, vraiment énervé, cette fois.) Je…

— Ou alors, intervient Jonah avec un sourire excédé, si tu préfères, on peut aller nourrir les poissons… ?

Perry pousse un profond soupir, jette un dernier regard noir à Jo puis emboîte le pas à Gus.

Je me tourne vers Magnolia, qui ouvre des yeux si grands, si effrayés qu'on dirait des piscines dans lesquelles vous pourriez vous noyer.

— Je t'aime, lui soufflé-je.

Elle ne répond pas, se contentant de m'adresser un sourire nerveux. Henry passe un bras autour d'elle et l'entraîne vers le bar.

Je vais m'asseoir sur une chaise longue libre un peu à l'écart et fais signe à Paili de prendre place en face de moi.

Elle s'exécute. M'adresse ce sourire bizarre. Est-ce de l'espoir que j'y lis ? De la nervosité, aussi, peut-être… ? Je suis sur le cul. Comment trouve-t-elle une raison de sourire dans toute cette histoire ? En ce qui me concerne, impossible de penser à cette nuit sans avoir l'impression de replonger dans un cauchemar où je serais brûlé vif.

Tout s'y déroule au ralenti, impossible de l'arrêter, impossible de me défaire de la douleur que je ressens… C'est un de ces souvenirs qui me consument jusqu'à l'os quand je l'évoque. Pas juste parce que j'ai fait quelque chose qui, aujourd'hui, si je reprenais le temps d'y réfléchir, me ferait probablement vomir, mais à cause de la blessure que j'ai infligée à Parks, de la terrible sortie de route qu'a subie notre relation.

J'en parle de temps en temps avec Claire, surtout dans la mesure où je pense que ça reste un problème pour Magnolia. Claire m'a dit que ça le resterait tant que Parks ne l'affronterait pas, ce qui est vrai, je le sais. Juste, je ne sais pas de combien de marge de manœuvre je dispose avec elle, là…

De toute façon, cette partie-ci, c'est à moi de l'affronter.

Paili arque les sourcils et attend en se pinçant l'index.

—Écoute, Paili…, commencé-je. Je suis vraiment désolé pour ce qui s'est passé.

—Pas moi, dit-elle avec une assurance déconcertante. Je sais que je devrais, mais ce n'est pas le cas. Bien sûr, je suis désolée de lui avoir fait du mal (elle hausse les épaules), mais…

—Non. (Je secoue la tête.) Pas de « mais ». Sois juste désolée de lui avoir fait du mal.

Elle soupire et me sourit.

—J'ai l'impression… que toi et moi, on aurait pu être bien, ensemble.

Je secoue la tête.

—Non.

—Et je sais que tu es avec elle, maintenant…

Elle parle beaucoup avec ses mains. On dirait qu'elle a répété. Comme si elle avait déjà eu cette conversation mentalement…

—Paili…

Je secoue la tête, détourne les yeux, et là, croyez-le ou pas… elle me prend la main. Je me dégage brutalement. Cherche Magnolia des yeux pour voir si elle a surpris son geste, mais je ne la vois pas.

—Je n'essaie pas de créer des problèmes…, reprend Paili.

—Arrête.

—Mais il y a eu quelque chose entre nous, ce soir-là, poursuit-elle avec le plus grand sérieux.

—Paili, non… (Je secoue la tête.) J'étais hyper mal, quand c'est arrivé.

—Tu n'étais pas soûl, BJ ! proteste-t-elle. Je m'en souviens.

Je soupire, fatigué.

—Je te l'ai déjà expliqué. Je veux dire, j'étais vraiment dans un sale état. Juste… pas comme tu le penses.

—Alors explique-moi !

— Non. (Je lève les yeux vers elle.) Je ne… on est pas…
— Mais on a été.
— Plus maintenant, dis-je fermement.
— BJ… (Elle me lance un regard appuyé, incline la tête et tout le bazar.) Cette nuit a signifié plus que ce que tu t'autorises à le dire. Je sais que tu…
— Oh, putain…, soupiré-je, un poil stressé à présent. (Je couvre ma bouche de ma main. J'ai l'impression d'avoir ouvert la boîte de Pandore.) Tu délires complètement.
— Je sais ce que je dis ! insiste-t-elle. Je l'ai senti. Je te connais, je connais tes expressions et j'ai toujours…
— C'est… OK. (Je secoue la tête.) J'aurais pu coucher avec n'importe quelle fille cette nuit-là, Paili. Littéralement. Sans réfléchir. Ça n'a jamais rien eu à voir avec toi. Tu étais là, c'est tout.
Elle fronce les sourcils.
— Mais…
Je l'interromps d'un geste.
— Non, laisse-moi finir. Le pire, et je n'en suis franchement pas fier, c'est que je pense que je savais que tu avais un crush sur moi. Je le savais, mais je l'ai fait quand même. Je me suis comporté comme une merde, et je dois l'assumer. Mais j'ai besoin que tu comprennes – que tu comprennes vraiment – et que tu nous foutes la paix…
Elle laisse un peu tomber sa tête en arrière, et puis elle me regarde, nerveuse.
— Tu ne le penses pas…
— Si.
Son froncement de sourcils s'accentue.
— Je n'ai jamais eu le moindre sentiment pour toi, Paili, ni rien de même vaguement approchant. Je n'ai jamais repensé avec tendresse à ce qui s'est passé. Rien de positif ne me vient quand je pense à toi ou à cette nuit. Quand je te regarde, je vois… (Je fais la moue. Cherche une image adéquate.) Le truc que j'ai utilisé pour foutre ma vie en l'air.

Elle a un mouvement de recul.

— Le truc ?

Ça, ça ne lui a pas plu.

— Ouais.

— Tu t'es servi de moi, c'est tout ?

— Ouais. (Je hoche la tête. J'assume.) Je suis vraiment désolé…

Et là, elle me colle une gifle.

Impeccablement placée et dosée. Les larmes aux yeux, les joues roses de honte, elle se lève, me fusille du regard et s'enfuit… en bousculant Magnolia, que je découvre debout derrière moi.

J'ignore à quel moment de la conversation elle est arrivée…

Parks m'observe, sourcils froncés, probablement satisfaite que je me sois pris une baffe.

— Tu écoutes aux portes ? demandé-je en me frottant la joue.

— Moi, écouter aux portes ? Je vous espionnais ouvertement.

Je renifle, amusé.

— Excusez-moi… (Elle arrête un serveur.) Pourriez-vous nous apporter de la glace ? (Elle se tourne de nouveau vers moi et me touche doucement le visage.) Elle ne t'a pas raté.

— Je le méritais.

Elle hoche la tête.

— Sans doute, oui.

Je lui embrasse l'épaule.

— Ça va ?

— Non, pas vraiment. (Elle secoue la tête et je soupire, mais je suppose que c'est inévitable. Elle me passe une main dans les cheveux.) Et je t'aime quand même.

17

BJ

Je m'adosse à ma chaise au *Guinea Grill*, étire mes bras au-dessus de ma tête. Et là, sans prévenir, Henry me demande :

— Elle prend quoi, comme contraception, Magnolia ?

Je le regarde fixement en clignant des yeux.

— Hein ?

Il hausse les épaules.

— Quel est son moyen de contraception ? Au lycée, elle prenait la pilule…

— Comment tu sais ça, toi ?

Il lève les yeux au ciel.

— C'est ma meilleure amie.

— Alors demande-lui toi-même.

— Pas question… (Il secoue la tête.) Elle m'arracherait la tête.

J'émets un reniflement amusé, puis réponds.

— On met des capotes. Pourquoi ?

— Des préservatifs ?!

Je hoche la tête, contrarié.

— Ouais.

Au cas où vous vous demanderiez pourquoi, eh bien, elle souffre de migraines, maintenant, du coup elle ne peut plus prendre la pilule. Elle a tenté le stérilet, mais ça lui a fait péter un câble, alors ouais, on s'est mis aux capotes, en attendant de trouver autre chose.

— Pourquoi ? demandé-je encore.

— Eh bien… Disons que Romilly n'est pas hyper à l'aise avec tout ça. Du coup, je me renseigne.

— Ah ! (Je hoche la tête, puis lui décoche un coup d'œil.) Putain, qu'est-ce que tu nous as fait chier, à Monaco…

— Ouais, désolé, je sais… (Henry a un air de chien battu.) Romilly était dég de ne pas avoir été invitée.

Ça roule, entre ces deux-là. Marrant, mais leur relation n'est pas vraiment – enfin, pas uniquement – basée sur le sexe, si je comprends bien. Je dirais que c'est, genre… eh bien… ça leur ressemble, quoi ! Vous connaissez leur histoire ? Je ne me rappelle pas si on en a déjà parlé… Ils étaient meilleurs amis au lycée, comme Parks et Henry, mais avec l'attirance en plus, je suppose. Ils se sont rencontrés à Varley, Romilly venait d'une autre école primaire que la leur. Henry est tombé raide dingue direct. Ensuite, ils se sont tournés autour pendant des années sans qu'il se passe rien, je ne sais pas pourquoi. Je crois que Henry l'aimait tellement qu'il avait peur de tout faire foirer.

Mais un jour, il a pris son courage à deux mains et l'a embrassée. Après ça, pendant une courte période, ils ont été officiellement ensemble. Ils ont couché ensemble. Et puis son père, un pasteur complètement cinglé, l'a appris, et l'a renvoyée fissa aux États-Unis la semaine suivante. Ça a complètement démoli Henry. Il n'est plus jamais tombé amoureux… jusqu'à Taura.

Je lui adresse un sourire compatissant.

— Ça n'avait rien à voir avec elle.

— Je sais, mais…

— J'aurais dû te filmer et envoyer la vidéo à Romilly. Elle t'aurait passé un sacré savon.

Henry lève les yeux au ciel.

— Je n'étais pas si terrible que ça.

— Tu nous as sacrément fait chier, mec… (Je lui souris.) Sérieux.

Il boit une gorgée de vin.

— Elle adore Parks. C'était trop dommage.

—Et c'est réciproque, mais, gros… faut que tu comprennes. Taura compte énormément pour elle. C'est la première amie qu'elle se fait depuis des années…

—Je sais, soupire Henry. Mais Romilly et elle sont…

—Parks adore Romilly, Henry. (Je hausse les épaules.) Mais ne t'attends pas à ce qu'elle change de camp du jour au lendemain.

Mon frère me regarde fixement, pensif.

—Tu crois que je l'aime ? demande-t-il soudain, gêné, le nez dans son verre de vin.

Je renifle un petit rire.

—Ouais, mec…

—Sérieux ? insiste-t-il, un peu alarmé.

Je hoche la tête.

—Ouais.

Il fronce les sourcils.

—Tu trouves ça dingue ?

—Ouais… Mais bon… je ne suis pas très bien placé pour te mettre en garde.

—Et merde !

Henry est trop pragmatique pour l'amour.

Je ne suggère pas que c'est un robot, pas du tout – vous le connaissez : avec lui, c'est à la vie, à la mort. Mais il aime planifier, il aime que les choses soient quantifiables, il aime prendre son temps. Tomber amoureux – je veux dire, tomber, littéralement, sans avoir donné son accord… ce n'était pas prévu.

—Ce n'est pas quelque chose que tu peux contrôler, mec… Et tu n'y trouveras rien de logique non plus. Ça arrive, point barre. (Je hausse les épaules.) Un jour, tout va bien, tout est normal, et puis d'un coup, « bang ! »… (J'abats mon poing sur la table, et la femme assise près de nous me lance un regard désapprobateur. Aussitôt, je lui décoche un sourire d'excuse, qui semble l'amadouer un peu.) Tu es amoureux, tout part en vrille, et pourtant, bizarrement, c'est mieux.

Mes paroles n'ont pas l'air de réconforter mon frère autant que je l'escomptais. Il ne fonctionne pas comme ça.

— Mais... Je veux dire, vous... vous l'avez fait, pas vrai ?

Henry grimace.

— Quoi ?

— Eh bien, Romilly et toi, vous...

— Tu sais bien que oui, répond-il, agacé.

Je lève les yeux au ciel et précise :

— Récemment.

— Oh ! (Il fronce les sourcils.) Fous-moi la paix, ça ne te regarde pas.

— Donc oui.

— Ferme-la, grogne-t-il.

Je renifle.

— Tu l'aimes.

Il tend le doigt vers moi, contrarié. Il déteste qu'on lui mette la pression.

— Ferme-la !

Je pointe le menton vers lui.

— Tu as reparlé à Taura, depuis la dernière fois ?

— Non.

Il s'est enfin décidé à avoir une discussion avec elle dans l'avion au retour, pour essayer d'assainir l'atmosphère. Je crois que ça a marché : elle avait l'air plus sereine, après. Reconnaissante, peut-être ?

Il lui a annoncé que Romilly et lui étaient officiellement ensemble, qu'elle était super, qu'il espérait que ce n'était pas trop dur pour elle, qu'il comprenait si ça l'était et qu'il s'efforcerait d'être délicat, mais qu'ils n'allaient pas se cacher pour la ménager.

Il lui a rappelé qu'il avait dû encaisser de la voir avec son meilleur ami toute l'année dernière et que, du coup, il pensait qu'elle s'en remettrait.

Je ne sais pas comment ça va se passer, mais pour l'instant il y a du mieux.

Entre Taura et Jonah, tout va bien, ce qui, je suppose, en dit long sur ce qu'ils partageaient réellement.

Je me demande si Jonah aurait été intéressé par Taura, même un peu, si Henry n'était pas tombé amoureux d'elle. Ça a l'air moche, je sais, mais ça n'a rien à voir avec Taura… Jo est comme ça, c'est tout.

Il déteste perdre. Une fois qu'il a quelque chose, il lui est très difficile de renoncer à l'emprise qu'il a dessus – même s'il n'en veut plus vraiment. Je ne crois pas qu'il savait qu'il ne tenait pas vraiment à Taura, ni qu'il se doutait que son désir d'être exclusif avec elle a eu pour origine son désir à elle d'être exclusive avec quelqu'un d'autre.

Tout ça semble assez dramatique, mais il ne s'agit que de courants sous-marins.

Et puis, je n'en suis même pas sûr, et je doute que Henry le prendrait très bien. Du coup, ça restera une hypothèse.

Soudain, une splendide nana se plante près de notre table et embrasse mon frère sur la joue avant de s'asseoir sur ses genoux – on est un peu à l'étroit, au *Guinea*.

— Salut ! me lance Romilly avec un grand sourire.

— Hey. (Je lui souris.) Tu as passé une bonne journée ?

— Ouais. (Elle passe un bras autour des épaules de Henry.) J'essaie de trouver un endroit où vivre…

— Ah ouais ? (Je me penche et vole un verre à pied sur la table voisine, que je remplis de vin avant de lui tendre.) Des pistes ?

— Ouais ! (Elle hoche la tête.) Il y a ce super appart sur Kensington Square…

J'arque les sourcils. Voisins ? Cool…

— Il paraît qu'il y a un lit ridiculement grand mais super confortable, et des meubles très anguleux…

Henry se mord la lèvre et étouffe un éclat de rire dans son cou.

Je m'interdis de rire – je ne veux pas leur faire ce plaisir – et lève les yeux au ciel.

— Même pas en rêve !

Le visage de Romilly s'éclaire d'un grand sourire, mais presque aussitôt son expression devient plus grave.

— Comment va Magnolia ?

— Oh, tu sais…

Je hausse les épaules, ne sachant pas quoi dire.

— Mal ?

Nouveau haussement d'épaules.

— Ça dépend des jours.

— Elle a recommencé à ne pas manger ?

Je tourne la tête vers Henry et lui jette un regard noir – putain, le traître !

Il secoue vivement la tête.

— Je n'ai rien dit… Je te jure…

Romilly fronce les sourcils, presque vexée.

— *Panton nos postulo*, dit-elle en me regardant droit dans les yeux.

Je me laisse aller contre le dossier de ma chaise avec l'impression de remonter le temps. On a tous appris le latin, à Varley. Les établissements traditionnels adorent les langues mortes, c'est bien connu.

— Merde…, souffle Henry. Ça faisait des années que je n'avais pas entendu cette phrase.

Un code de notre groupe au lycée, quand on traversait une période particulièrement pourrie.

Romilly incline la tête et me sourit gentiment.

— J'étais là, la première fois, tu te rappelles ?

J'inspire profondément par le nez. Je n'y tiens pas particulièrement, en fait. Je risquerais de me mettre à chialer. Alors je serre les dents et bois une gorgée de vin.

— Ça va aller, leur assuré-je.

Même si je crains que ce ne soit un mensonge.

18

Magnolia

J'ai contemplé mon reflet dans le miroir.

La robe que j'avais choisie était incroyablement belle ; elle l'est toujours, même si mon cœur se serre chaque fois que j'y repense – bon, ces derniers temps, mon cœur se serre mille fois par jour. La robe, donc, a quelque chose de déchirant. Noire, bien sûr. Corset. Volants de dentelle de Chantilly. Divine. En tout cas, elle m'a semblé suffisamment ravissante pour rendre hommage à ma sœur et suffisamment intemporelle pour que les magazines ne se moquent pas de moi dans un an.

« Mais on s'en fout, de ce que tu portes… », objecteriez-vous, si vous étiez idiot. Tout le monde s'intéresse à ce que je porte tout le temps, et plus encore ce jour-là, pour cet événement en particulier. Ils m'attendaient au tournant. BJ a fait de son mieux pour me cacher les articles, mais j'ai entrevu un gros titre une semaine avant environ dans un kiosque. Le putain de *Daily Star* annonçait des funérailles dignes de la Fashion Week.

Qu'est-ce que ça veut dire, d'ailleurs ?

Dans une certaine mesure, les conjectures sur ma potentielle tenue à l'enterrement de ma sœur m'ont presque donné envie de porter un simple legging ou n'importe quoi d'atroce – je n'en ai pas, cela dit –, mais c'était important pour moi d'être bien habillée.

Ça ne l'était pas tant que ça, quand on y réfléchit, puisque ça n'aurait aucune conséquence directe. Ma tenue, quelle qu'elle soit, ne ramènerait pas ma sœur. Mais elle me donnait un tout petit peu l'impression de maîtriser quelque chose... notamment l'image qu'ils auraient de moi et, par conséquent, la façon dont ils me jugeraient – car ils me jugent, ils l'ont toujours fait. « Inconsolable, mais courageuse », a titré une revue quelques jours après que la nouvelle de la mort de Bridget s'est répandue. Qu'est-ce que j'ai donc fait de courageux, à part aller prendre un café en vitesse avec BJ à *Holland St. Kitchen* ? Intrépide, c'est sûr, carrément époustouflant, même. Je me nourris, ou équivalent, et je suis courageuse ?

Les médias font preuve d'indulgence à mon égard depuis son décès. Je leur suis sympathique, parce que je suis triste. Mon chagrin les fascine. Mais ils se trompent. Je ne suis pas triste, je suis anéantie. Je ne suis pas fascinante, je suis une coquille vide.

J'ai donc porté une robe splendide. Chaque fois que je la regardais, je sentais ma gorge se serrer en pensant au nombre d'articles dont elle ferait l'objet, aux commentaires sur mes chaussures, mon sac, mes bijoux – robe longue Giambattista Valli en dentelle de Chantilly à nœuds noirs, pochette Cloud noire de Jimmy Choo et bracelets de perles Mizuki, Sydney Evan et Sophie Bille Brahe. J'espérais que si ma tenue était suffisamment sensationnelle, je disposerais d'une minute pour pleurer ma sœur sans me sentir sous l'œil d'un microscope.

On a frappé à la porte de ma chambre. J'ai marmonné quelque chose, je crois, et la porte s'est ouverte : BJ et Henry se tenaient dans l'encadrement.

— Tu es rav..., a commencé BJ.

J'ai levé les yeux vers lui sans rien dire. Il a refermé la bouche et m'a souri tristement.

Smoking Shelton en laine et mohair noir, chemise en popeline de coton blanche et boutons de manchette ronds en onyx noir, le tout de chez Tom Ford, avec les derbies Chambeliss noirs en cuir à bordures en gros-grain Louboutin. Magnifique, comme toujours. J'ai habillé tout le monde, ce jour-là, vous le saviez ? Tout le monde. Les garçons m'ont laissée choisir leur tenue, de la tête aux pieds. Même Harley.

Henry a posé les mains sur mes épaules.

— Tu tiens le coup ?

Je me suis retournée pour lui faire face et lui ai répondu calmement :

— Non.

Il a soufflé, n'a rien ajouté. Qu'aurait-il pu dire ?

BJ a désigné du menton mes Hangisi 90 en satin noir Manolo Blahnik.

— Celles-ci ?

J'ai hoché la tête. Il est allé les prendre, s'est agenouillé pour me les enfiler sans me regarder – je crois qu'il était lui aussi sur le point de s'effondrer.

Deux coups à la porte, et Gus a passé la tête dans ma chambre.

— La voiture est là, ma belle.

Je me suis tournée vers lui, ai vaguement hoché la tête. Fixé sa veste en laine bleu marine Tom Ford, la chemise en coton bleu pâle ornée de cristaux Gucci et le pantalon ETRO à plis pressés que je l'ai envoyé se faire faire sur mesure. Je note en revanche qu'il m'a désobéi pour les boutons de manchette, optant pour les Mother-of-Pearl en or de chez Lanvin. *Intéressant*, me rappelé-je avoir pensé. *Ils sont exquis. Excellent choix.*

— Prête ? a demandé Marsaili derrière lui, des larmes dans la voix.

BJ s'est levé et a glissé sa main dans la mienne.

— Prête.

Il l'a serrée et m'a entraînée hors de ma chambre, puis au rez-de-chaussée, jusqu'à la voiture noire qui nous attendait. Mulliner, Bentley. BJ et moi voyageons à part, je ne sais pas pourquoi, mais j'en suis reconnaissante. Je n'étais déjà plus fan des voitures à ce moment-là. J'avais envisagé de m'y rendre à pied, mais, de l'avis général, je serais certainement arrivée en retard. Marsaili a proposé de marcher avec moi, de veiller à ce que nous soyons à l'heure, mais l'organisateur a fait remarquer avec raison que nous serions probablement suivies tout le long du chemin par des paparazzis, ce qui a suffi à m'en dissuader.

Je suis montée la première, BJ à ma suite. À peine assis, il m'a attirée contre lui, a passé un bras autour de mes épaules, attrapé ma main de l'autre, qu'il a embrassée pendant tout le trajet jusqu'à la cathédrale.

Nous n'allons pas souvent à l'église – pour ne pas dire jamais. Harley se considère comme agnostique, ce qu'il n'est pas – il est juste trop riche pour avoir besoin de réfléchir à l'éventuelle existence d'un Dieu, et jusqu'à la mort de ma sœur, la vie s'était montrée plutôt clémente à son égard.

« Les gens bien n'ont pas besoin d'un Dieu », l'ai-je entendu dire un jour à un rappeur.

Je doute que ça fonctionne comme ça. Mais si vous croyez en un Dieu, vous devez adhérer à son code moral. Se taper des mannequins, se défoncer, tromper sa femme, être un mari absent et un père lamentable n'apparaît dans aucun code. Moi, c'est ce qui m'a permis de tenir debout jusque-là. J'étais encore perdue dans ces réflexions quand je me suis aperçue que je me tenais sur les marches de la cathédrale. Et c'est exactement à ce moment précis que je me suis rendu compte que les dernières fois que je m'étais imaginée dans une église, c'était en train d'en descendre l'allée au bras de BJ.

Ce jour-là, j'ai effectivement descendu l'allée centrale d'une église au bras de BJ. Les circonstances étaient néanmoins fort différentes que dans ma projection.

Les funérailles ont été aussi magnifiques qu'atroces. Maman n'a pas plaisanté avec l'or. Il y en avait partout. Ainsi qu'un million de roses Vendetta blanches. Possiblement, littéralement un million. J'aurais été extrêmement surprise si le lendemain il était resté une seule rose blanche en Angleterre. Bridget n'est pas fan des roses, soit dit en passant. Sa fleur préférée, c'est la benoîte à trois fleurs – évidemment : bizarre et introuvable... Je suis presque sûre qu'elle l'aime parce qu'elle est la seule à connaître son existence. Pour la défense de ma mère, je n'aurais certainement pas décoré les allées de la cathédrale Saint-Paul avec des putains de benoîtes à trois fleurs – avec des roses non plus. Peut-être des roses Senlitsu, éventuellement ? Ou des renoncules ? Des amarantes vertes. Ça, ça aurait plu à Bridget.

Au lieu de ça, c'était une explosion de roses Vendetta. Il y avait également une espèce de vigne qui rampait depuis l'entrée vers l'autel – l'ensemble évoquait plus un mariage qu'un enterrement, ce que j'ai trouvé particulièrement cruel, étant donné que ma sœur, de toute évidence, n'assisterait pas au mien.

Près de son cercueil, sur un chevalet, était disposé l'agrandissement d'un portrait d'elle. Bridget déteste cette photo. Je le sais parce que c'est moi qui l'ai prise.

Il est ravissant, pourtant. Je ne dis pas ça parce que j'en suis l'auteure, mais parce que ma sœur *est* ravissante – ne lui répétez pas que j'ai dit ça. Elle ne l'aime pas, sous prétexte qu'on a l'impression qu'elle pose. Pardon : elle ne l'aimait pas. J'ignore comment les organisateurs ont mis la main dessus. Ce n'est pas moi qui la leur ai fournie, en tout cas.

Il faisait chaud pour la saison, ce jour-là – quel manque de délicatesse de la part du temps, vous ne trouvez pas ? On souhaite tellement qu'il pleuve, le jour d'un enterrement, la pluie est si merveilleusement mélancolique... Et pourtant nous nous tenions devant l'église, spectaculaire dans le soleil radieux, toute la haute société londonienne baignée d'une lumière dorée qu'aucun de nous ne mérite, à l'exception de ma sœur et BJ.

Tous ces gens présents, qui nous connaissent et connaissent notre famille sans nous connaître réellement, ils ne la connaissaient pas vraiment, justement. J'ai pourtant repéré les yeux humides de personnes que ma sœur aurait probablement considérées comme des inconnus – de vagues connaissances, au mieux. Leurs larmes ne coulaient pas pour elle, j'en mettrais ma main au feu.

D'abord, la cérémonie n'avait même pas commencé : j'ai remarqué leurs yeux brillants en gagnant ma place au bras de BJ. De toute façon, il était impossible qu'ils pleurent Bridget – à quel titre ?

Ils pleuraient parce que la mort fait peur, dérange et met en lumière certaines vérités que, sans la menace de la mortalité titillant nos consciences, nous ignorerions. Mais, à un enterrement, ces choses-là réclament toute notre attention. La perspective de la mort ne se contente pas de vous souffler dans la nuque, elle vous plaque carrément au sol.

J'ai pris place au premier rang avec ma famille, assise entre les deux garçons Ballentine. Le reste des Ballentine, ainsi que Taura, Gus et les Hemmes étaient assis derrière nous. Et puis le prêtre s'est levé pour conduire la pire cérémonie de toute l'histoire. BJ, qui n'avait pas lâché ma main depuis notre départ de Holland Park, l'a serrée pour faire bonne mesure.

Le service a commencé. Ils ont passé une chanson que je suis sûre que ma sœur n'a jamais écoutée, et le prêtre a évoqué sa vie comme s'il l'avait connue – ce qui n'était pas le cas, bien entendu.

Il a évoqué la mort avec cette légèreté typique des chrétiens, pour qui elle ne fait qu'un avec l'espoir. Bien sûr, la mort n'est pas la fin, Jésus s'est sacrifié pour que nous vivions ! Pourtant, ça n'a pas marché pour Billie, ni pour ma sœur, alors j'ai arrêté d'écouter. Je ne veux rien savoir des portes du paradis ni des bras des saints où nous les retrouverons. Je n'ai pas voulu l'écouter nous annoncer qu'elle était rentrée à la maison, qu'elle avait trouvé la paix, parce que sa maison, c'est ici, avec moi. Je suppose que je peux être agaçante, mais rien qui justifie qu'on meure.

Ma mère portait un voile noir, si follement dramatique que j'ai eu envie de le lui arracher – et aussi un peu parce que j'étais jalouse de ne pas y avoir pensé : merde, à quel autre moment de la vie a-t-on l'occasion de porter un voile noir ? Moi, manquer une opportunité pareille ! J'en ai voulu à Bridget, parce que c'est sa faute, tout ça, d'une certaine façon : si elle m'avait moins manqué, j'aurais peut-être songé au voile noir. Ou, je suppose, si elle n'était tout simplement pas morte, personne n'aurait eu besoin d'en porter un, et je ne me serais pas retrouvée au premier banc d'une église à fusiller ma mère du regard tout en me demandant à quel couturier elle avait demandé de le réaliser.

Voile ou pas, elle n'a pas pris la parole. Marsaili non plus. Elles se sont tenu la main, ce qui m'a paru bizarre. J'aurais tellement voulu que Bridget soit près de moi afin que nous disséquions ensemble cette scène insolite. Mais elle n'était pas là. Elle n'*est* pas là, devrais-je dire, j'imagine.

Harley n'a rien dit non plus, mais il s'est levé pour accompagner Stevie Nicks au piano pendant qu'elle chantait *Landslide*.

Allie a gagné le pupitre. Elle a évoqué leurs projets communs, les voyages qu'elles voulaient faire ensemble, un mémoire qu'allait lui écrire Bridget pour un cours qu'elle ne suivait plus, et elle s'est demandé comment elle expliquerait à ses professeurs d'université la baisse soudaine de ses résultats dans cette matière. Je me rappelle avoir pensé que Bridget devait vraiment adorer Allie pour faire ses devoirs à sa place, parce que je lui avais demandé pendant des années de m'aider avec les miens, ce qu'elle avait toujours refusé grossièrement. Allie a conclu en expliquant que jamais elle ne retrouverait une meilleure amie telle que Bridget, qu'elle ne prendrait même pas la peine d'en chercher une, que Bridget lui manquerait toujours…

Bushka n'a rien dit, mais je ne m'attendais pas à ce qu'elle le fasse. Par contre, je l'ai trouvée curieusement amorphe. Au point que j'ai fini par me convaincre que quelqu'un lui avait donné un calmant. En effet, elle était non seulement immobile, mais aussi muette. Elle n'a fait que fixer le cercueil en fronçant les sourcils. Comme s'il s'agissait d'une énigme qu'elle n'arrivait pas à résoudre.

Le service s'est poursuivi, l'orchestre a joué de nouveau – ah, rien à voir mais pendant que j'y pense : les invités ont bien chacun eu droit à leur mouchoir en laine et soie – et le prêtre s'est tourné vers moi.

— Je crois que Magnolia, la sœur de Bridget, souhaite partager quelques mots avec nous.

Il m'a adressé un sourire encourageant.

BJ m'a donné une petite pression rassurante sur le genou, et Henry m'a passé le paquet que je lui avais demandé d'apporter.

J'ai traîné le gigantesque portrait de moi que j'avais fait peindre en prévision du prochain anniversaire de Bridget, et l'ai placé près de son cercueil à côté de l'autre avant de gravir les marches menant au pupitre. Un murmure déconcerté a parcouru l'assistance.

— Hum. (J'ai jeté un coup d'œil au portrait avant de me tourner de nouveau vers l'assemblée.) Personne ne va comprendre, probablement, mais je l'avais commandé pour l'anniversaire de Bridget. Il s'agissait d'une partie de son cadeau d'anniversaire. Elle l'aurait détesté, alors je devais l'apporter.

Des petits rires ont fusé dans l'auditoire.

— Je suppose que c'était un peu notre truc. En langage Bridget, rien ne dit mieux « Bonjour, je t'aime » que « C'est la jupe la plus débile que j'aie jamais vue » ou un exposé assommant sur l'origine des toasts. (J'ai soufflé par le nez, et mes yeux ont rencontré ceux de BJ. Il m'a adressé un sourire encourageant.) Nous n'avons pas eu de très bons exemples dans ce domaine – comment aimer correctement… (Je me suis mordillé la lèvre inférieure, j'ai changé de pied d'appui, gênée.) Mes parents risquent de se sentir insultés, mais ce n'est pas mon intention.

J'ai secoué la tête, et aperçu Tom England ce faisant – quel mec bien ! – assis dans la foule avec ses parents, ainsi que Clara et son copain. Tom m'a adressé un sourire triste, et mes yeux se sont remplis de larmes que je me suis empressée de chasser d'un clignement de paupières.

— Ils sont divorcés, maintenant, cela dit, ai-je rapidement ajouté, comme si la terre entière n'était pas déjà au courant, comme si le putain de *Daily Mail* ne devait pas à leur séparation son chiffre d'affaires des dix-huit derniers mois. Je doute donc de leur apprendre quoi que ce soit en disant qu'ils ne se sont pas aimés correctement…

Un éclat de rire a de nouveau secoué l'assemblée, et pendant une seconde je me suis sentie coupable, car je n'avais pas eu l'intention de les embarrasser.

— Ils se sont néanmoins aimés dans les limites de leurs capacités, ai-je précisé.

Là, j'ai vu Henry remuer sur son siège, tête baissée, et BJ plaquer une main sur sa bouche, une lueur d'amusement dans l'œil qui n'avait rien à faire là.

— Ma mère boutonnait la chemise de mon père avant chaque réunion, chaque dîner, y compris les fois où je pense qu'elle savait que les dîners ou voyages étaient de nature extraconjugale… (Un autre murmure. Tant pis.) Elle boutonnait ses chemises. Elle l'a fait ce matin, d'ailleurs. Harley m'achetait tout ce que je voulais, ma mère aussi… Parce qu'ils se sentaient coupables ?

À ce stade, BJ avait plaqué ses deux mains sur sa bouche. Je me suis demandé si j'aurais dû écrire tout ça au lieu d'improviser. Sincèrement, parler en public ne m'a jamais intimidée. Et puis, d'ordinaire, c'est toujours le public qui parle de moi, alors quand j'ai l'occasion de prendre la parole pour dire ce qui me plaît, je ne me gêne pas.

— C'était probablement une manière facile d'acheter notre amour…, ai-je réfléchi à voix haute.

Il y a eu un autre murmure, et j'ai vu Lily tendre le bras et donner une tape sur le coude de Jonah – il a toujours été le plus irrévérencieux de la bande.

— Mais pour ce que ça vaut…, ai-je poursuivi d'une voix forte, j'aime le luxe, pas Bridget. Harley voulait toujours lui faire des cadeaux, mais ça ne l'a jamais vraiment intéressée. Parfois, elle lui demandait de donner plutôt l'argent qu'il lui réservait à des œuvres de charité, ce qui était quand même une forme de rébellion plutôt glorieuse, non ?

J'ai pris une profonde respiration avant de redresser les épaules.

— Vous saviez qu'on peut envoyer ses cendres dans l'espace, maintenant ? Ou en faire don à une association dédiée à la préservation des récifs coralliens ? Ou les transformer en feu d'artifice ? Vous pouvez aussi faire compresser vos cendres pour en faire un diamant. Porter une fille morte à son doigt… Curieux, vous ne trouvez pas ? Les récifs coralliens, ce n'est pas si mal… (BJ souriait de nouveau à ce moment-là. Dans ses yeux débordants d'amour brillait aussi un éclat malicieux face à l'idiote qu'il pense que je suis – un regard qu'il affichait, je présume, de la part de ma sœur.) Je veux dire, je ne déteste pas. Sauf qu'ils mélangent vos cendres à du ciment… (J'ai mimé le geste.) Dégoûtant, non ?

Un éclat de rire a échappé à Christian, suffisamment fort pour que je l'entende et pour que Lily lui donne une tape.

— Son corps… hum… (J'ai reniflé.) Son corps n'est pas dans ce cercueil. (Je l'ai désigné du doigt.) Pas pour de sinistres raisons. Bridget est toujours la fille la plus belle, la plus grincheuse du monde… D'ailleurs, ç'aurait été pour moi l'unique occasion de l'habiller sans subir ses commentaires désagréables. Mais je n'arrive pas à me décider sur la façon de disposer de son corps. Elle me l'aurait dit, elle. Mais, hum, elle est… (je m'éclaircis la voix) indisponible pour le moment… (À cet instant précis, j'ai dû me faire violence pour sourire, étant vraiment au bord de l'effondrement.) Il me revient donc de prendre cette décision seule, ce dont je suis incapable. D'où la boîte vide…

J'ai à nouveau désigné le cercueil du doigt.

— Combien d'amour avez-vous dans une vie ? C'est une question que je me suis déjà posée… D'après le *Sun*, j'en ai eu beaucoup trop, ce qui est vrai, d'une certaine façon. Mais, en fait, je n'en ai vraiment eu que deux.

J'ai évité les regards de Tom et Christian et contemplé le seul grand amour qui me restait.

— L'un des deux est assis ici aujourd'hui. Il tient la main de ma grand-mère. L'autre est mort et attend dans un réfrigérateur de Weymouth Street, parce que, merde, je n'ai aucune idée de ce que je dois faire. Je ne veux pas que les gens se lamentent sur la brièveté de son existence. Qu'ils s'attristent de ce qu'elle n'avait que vingt-deux ans – une chanson de Taylor Swift qu'elle prétendait détester mais adorait… Cela dit, ça ne fait quand même pas beaucoup d'années au compteur, pas vrai ? Et la mort de ma sœur est révoltante à plus d'un titre. L'une des pires choses, pour elle, j'imagine, pourrait être de susciter la pitié d'inconnus sous prétexte qu'elle a à peine vécu, qu'elle n'a pas eu le temps de laisser sa marque, de trouver le traitement du cancer, ou de mettre fin à la pauvreté, ou… Car elle l'aurait fait.

J'ai levé les yeux pour assener d'un ton sévère :

— Elle l'aurait fait, si le temps lui avait été accordé… Elle aurait fait tout ça. Elle aurait laissé un héritage dont les gens se seraient souvenus et pour lequel ils lui auraient rendu hommage pendant des siècles. Et je trouve intolérable – ça me donne presque envie de vomir, en fait – l'idée que, dans quelques années, vous ne penserez probablement plus à elle. Moi, oui.

Une larme m'a échappé. Je l'ai écrasée rapidement, mais j'ai aperçu un ou deux flashs. Le culot des gens, merde…

— Ma sœur était mon amarre, mon phare, elle m'a protégée quand toutes les autres personnes de ma vie m'ont abandonnée…

En larmes à présent, j'ai levé les yeux vers BJ pour m'aider à me ressaisir, mais il pleurait aussi, ce qui n'a fait qu'empirer la situation. J'ai donc dirigé mon regard vers Christian, parce que c'est un stoïque professionnel. Il a hoché la tête et m'a décoché un minuscule clin d'œil.

Je me suis essuyé le visage, j'ai pris une inspiration.

— C'était une sacrée emmerdeuse, mais une sœur merveilleuse, ai-je poursuivi entre le rire et les larmes avant de secouer la tête. Je ne vais rien dire d'inspirant… Je ne vais pas vous expliquer que, maintenant qu'elle n'est plus là, je vais vivre ma vie à fond. Je n'ai aucune idée de comment vivre à fond sans elle, je ne sais rien faire sans elle. (J'ai adressé à l'assemblée le sourire le plus courageux que j'ai pu, mais il a dû paraître terriblement faible, au mieux. À cet instant, j'étais complètement transparente, tel un prisme de verre et de chagrin.) Vous êtes tous venus ici pour enterrer la fille la plus brillante, la plus spirituelle de cette planète. Mais moi, j'enterre ma boussole.

19

BJ

Vous pouvez la prendre par n'importe quel bout, la réception qui a suivi la cérémonie a été une vraie prise de tête.

Je sais bien que vous n'attaquez pas ce genre de journée en vous attendant à vivre la plus sereine de votre vie, mais ça a été un beau merdier.

D'abord, les fêlures entre Henry, Jonah et Taura étaient largement apparentes à ce moment-là.

Et puis c'est le jour où j'ai surpris pour la première fois Parks en train de parler à Bridget. Elle était seule dans sa salle de bains. Elle ne s'est pas rendu compte que j'étais entré dans sa chambre. Entendant sa voix, j'ai jeté un coup d'œil par l'entrebâillement de la porte.

— Comment as-tu pu me faire ça ? a-t-elle demandé avant d'enfouir son visage dans ses mains et de laisser échapper un sanglot. Je ne sais pas quoi faire sans toi, a-t-elle ajouté.

Je m'apprêtais à entrer quand elle a légèrement tourné la tête vers la droite, comme si elle voyait vraiment quelqu'un.

— Bien sûr que non.

Je me suis tordu le cou pour voir à qui elle parlait – définitivement personne, on est d'accord ? J'ai vérifié encore en me demandant si c'était moi qui délirais… et puis elle a repris la parole.

— Non, je te dis ! Pourquoi est-ce que je te mentirais… ? (Elle a fait la moue.) Je ne suis pas dramatique ! (Silence.) Ça m'arrive, je suppose, bon… (Autre silence.) Non, je ne veux pas descendre. Je préfère rester ici avec toi.

J'ai hésité à entrer. Ça m'a semblé trop intime. Elle n'aurait plus su où se mettre si elle avait compris que je les avais vues – que je l'avais vue, en fait. Je déteste la faire se sentir mal de façon générale, alors évidemment, ce jour-là, c'était hors de question.

Je l'ai attendue dans le couloir. Quand elle est sortie de sa chambre, elle a écarquillé les yeux en me voyant, avant de m'adresser un sourire fatigué et d'aller se blottir dans mes bras, la tête contre mon torse. Je l'ai serrée fort, et elle a laissé échapper un petit sanglot avant de secouer la tête pour se ressaisir.

— Est-ce qu'on voit que j'ai pleuré ?

Elle espérait que je lui dirais « non », mais la vérité, c'était que ses yeux brillaient comme deux putains de cristaux. J'ai fait une grimace.

— Un peu.

Elle s'est essuyé le visage en reniflant.

— Tu as le droit de pleurer, tu sais…, ai-je fait remarquer.

— Non. (Elle a secoué la tête.) Je ne veux pas qu'on me voie comme ça.

J'ai froncé les sourcils, perplexe.

— Triste ?

— Vulnérable, a-t-elle répondu fermement.

— Parks…

— Ils s'en serviront contre moi, a-t-elle déclaré en arrangeant sa robe.

— Comment ?

Elle a haussé les épaules et s'est mise en marche.

— Ils trouvent toujours un moyen.

Elle a raison. Toujours.

J'ai trottiné pour la rattraper – elle est rapide, la petite – et lui ai pris la main alors qu'elle descendait l'escalier. Et qui se tenait en bas des marches ? Prise de tête numéro trois…

England.

L'ex, pas le pays.

À moins que… Putain, il y avait foule, en bas.

Parks était heureuse de le voir… On aurait pu s'attendre à ce que ça me foute les boules, mais non. Elle ne le regarde pas comme elle me regarde, moi, elle ne l'a jamais fait ; je suppose que c'était d'ailleurs ça, le problème – pour eux, pas pour moi.

Il lui a adressé un sourire éblouissant en la regardant s'approcher timidement de lui.

Elle n'a pas descendu les dernières marches afin que leurs yeux soient à la même hauteur – il est grand, le salaud !

— Tu es venu…

— Évidemment. (Il a émis un reniflement amusé.) Je n'allais pas rater les funérailles de la deuxième personne la plus effrayante que je connaisse…

Elle s'est redressée.

— Qui est la première ?

Son sourire s'est élargi.

— Je la regarde à cet instant précis.

Le visage de Parks s'est détendu. Elle est perdue quand quelqu'un lui en veut. Elle devient extrêmement mal à l'aise. Ça a dû l'anéantir que Tom ne lui parle pas pendant tout ce temps.

Il s'est penché pour me serrer la main et m'a adressé un sourire chaleureux.

— Je n'arrive pas à croire que tu es là…, a-t-elle soufflé en le regardant, bouche bée.

Il lui a pris la main et l'a attirée contre lui.

— Je n'arrive pas à croire que tu aies pu penser que je ne viendrais pas.

— Oh, vraiment ? (Elle s'est reculée et a levé les yeux vers lui avant de les tourner vers moi.) Tu trouves ça difficile à croire ? Alors dis-moi, comment vont vos si détestables tatouages assortis ?

Elle lui a décoché un sourire sec.

Il a lâché un « Ha ! » et m'a regardé.

— Très bien.

J'ai grimacé.

— Après trois séances de détatouage, le mien commence à s'éclaircir.

Tom m'a gratifié d'un regard malicieux.

— Traître !

J'ai haussé les épaules et incliné la tête vers Parks.

— On va se marier.

— Le traître persiste et signe. (Il a secoué la tête, feignant d'être déçu, mais un petit sourire étirait ses lèvres.) Je plaisante… Je suis heureux pour toi. (J'ai lu dans ses yeux qu'il le pensait.) Pour vous deux. Félicitations… Je suis sincère.

Parksy lui a souri.

— Merci.

Il a hoché la tête.

— Putain, il était temps, sérieux…

Gus a surgi derrière eux.

— Doux Jésus ! s'est-il exclamé en joignant les mains. Sois tranquille, mon cœur ! L'univers est de nouveau en harmonie !

Je me suis penché vers Parks et lui ai murmuré que j'allais passer aux toilettes, est-ce que ça irait si je la laissais une minute ? Elle a hoché la tête en souriant, puis s'est remise à discuter avec Tom et Gus. Je suis donc remonté. Trop de monde au rez-de-chaussée. J'ai eu envie d'être triste une minute, vous voyez ? En général, je me débrouille pour que la douleur qui me broie le cœur depuis la mort de Bridget reste au second plan, et ce jour-là, c'était essentiel. Mais elle était bien là, et j'ai eu besoin d'un moment seul avec mes émotions.

Ce qui nous amène à la raison numéro un pour laquelle cette journée a été une putain de prise de tête.

J'ai eu la bonne idée de vouloir me planquer dans une salle de bains que personne n'utilise jamais, et dont j'ai ouvert la porte sans réfléchir.

En tout cas, pas plus qu'eux qui ne l'avaient pas verrouillée. Surprise !

Arrie perchée sur le meuble du lavabo, la robe remontée autour de sa taille, Harley donnant de joyeux coups de reins.

— Putain, merde ! ai-je gueulé avant de claquer la porte.

Je suis resté planté devant, sous le choc.

Puis, la main sur la bouche, j'ai laissé mon cerveau passer la quatrième pour essayer de comprendre ce que ça pouvait impliquer.

S'agissait-il d'une liaison ? Concrètement, ouais, je pense. Mais… il avait trompé Arrie avec Marsaili, alors… est-ce que ça comptait comme une liaison ? Ou s'agissait-il de rétablir l'équilibre ? Et puis qu'est-ce qu'ils foutaient ? C'était un vrai truc, ou bien juste un coup rapide à un moment vraiment chelou ? Et comment…

La porte de la salle de bains s'est rouverte, et cette fois Harley est apparu dans l'encadrement en se raclant la gorge.

Arrie se tenait derrière lui, les joues et l'arête du nez rouges… exactement comme Parks quand nous…

J'ai mis les mains sur ma bouche, secoué la tête.

— Putain…

— Écoute… C'est arrivé comme ça.

J'ai secoué la tête de plus belle.

— Qu'est-ce qui est arrivé comme ça ? De quoi on parle… ?

— De rien ! s'est empressée de répondre Arrie en s'avançant tout en lissant sa robe. Ce n'était rien. D'ailleurs, ce n'est pas vraiment arrivé, puisque tu nous as interrompus ! a-t-elle ajouté comme après coup.

Je lui ai lancé un regard noir.

— Tu parles… Quelle… Je vous ai vus…

— BJ…, a commencé Harley.

— Ce sont ses funérailles ! Ses funérailles !

— Je sais ! a-t-il crié.

Arrie s'est raidie. Elle a touché son bras pour le calmer, puis s'est placée entre nous deux – probablement une bonne idée. Je n'aime pas qu'on me hurle dessus en général, et encore moins quand ça vient de salauds qui font n'importe quoi sans se préoccuper de foutre Parks en l'air.

— Ce n'est rien, a insisté Arrie en me suppliant du regard de laisser tomber. J'étais triste, je suis montée m'isoler un moment, il m'a suivie, nous nous sommes accidentellement embrassés…

— Vous vous êtes plus qu'accidentellement embrassés, ai-je objecté.

— C'est vrai. (Elle a hoché la tête solennellement.) Mais ça n'arrivera plus.

J'ai hoché une fois la tête en les regardant sévèrement.

— Y a intérêt, putain !

20

Magnolia

Gus, Taura et moi allons voir *Mamma Mia!* au Novello pour la énième fois – et j'y retournerai probablement la semaine prochaine... C'est une nouvelle façon de passer du temps ensemble, apparemment. Une idée de Gus.

Comme tout le monde, j'ai toujours aimé le West End, mais dans la limite du raisonnable – jusqu'à récemment.

Maintenant, j'adore franchement ce quartier.

Il n'y a guère d'endroits à Londres où les gens respectent mon intimité. Mais là, ma tranquillité est garantie, car ce n'est pas moi, le spectacle. Personne ne me regarde, et s'ils le font, les lumières s'éteignent.

Nous allons voir n'importe quel show, selon mon humeur. Si j'ai besoin de pleurer : *Les Misérables* ou *Miss Saigon*. Si ça va : *Wicked* ou *Mamma Mia!*, *Le Roi Lion*, éventuellement... Taura a envie d'aller voir celui consacré à Harry Potter, mais ça ne m'emballe pas plus que ça. Les critiques sont dithyrambiques, mais calmons-nous deux minutes, OK ?

Bref... C'est une activité que je peux faire avec mes amis qui n'exige pas grand-chose de moi. Je n'ai qu'à m'habiller, y aller et dire bonjour. J'ai à peine besoin de tenir une conversation, mis à part durant l'entracte, or, honnêtement, Taura et Gus s'en sortent très bien sans moi.

Ce soir, je suis heureuse de discuter avec eux. Je suis même plutôt d'humeur bavarde, en fait.

Rien de tel qu'écouter les dernières nouvelles de Gus et Jack et les derniers rebondissements de leur histoire tumultueuse pour me changer les idées. Gus prétend avoir tourné la page, mais je vois bien qu'il en est loin. Il est plongé dedans jusqu'aux genoux et le regrette, étant donné que Jack est toujours – soi-disant – accroché à Taj Owens.

Ils essaient d'être amis. En général, Gus n'a aucun mal à définir et respecter des limites. Mais avec Jack, c'est une autre histoire. D'abord, parce qu'il est d'une beauté infernale – il pourrait rivaliser avec BJ, et nous savons tous que ce n'est pas rien de dire ça, donc difficile de blâmer ce pauvre Gus. Aussi, je crois que Jack pourrait bien être « la » personne de Gus. Ce qui me contrarie énormément, parce que je crains parfois que celle de Jack ne soit Taj.

Il arrive, et c'est terrible, que la personne de votre personne ne soit pas vous. BJ a toujours été la mienne, mais parfois les gens changent et en changent. J'ai été celle de Christian, à une époque. Mais je ne le suis plus, c'est certain. Les cœurs peuvent aller de l'avant. Peut-être celui de Jack aussi ? Je serais tellement heureuse pour eux si ça arrivait.

— Oh, putain ! s'exclame soudain Taura, figée en plein milieu du trottoir face à une vitrine.

Mes chers amis ont accepté de rentrer à pied pour m'éviter un trajet en voiture, bien que cela représente un trajet d'une heure.

— Quoi ? demande Gus en s'arrêtant près d'elle. Merde !

Je suis leur regard. Il me faut quelques secondes pour distinguer, derrière la vitre, la couverture du *Sun* :

L'AMOUREUSE SECRÈTE DE BALLENTINE
AU LYCÉE BALANCE TOUT !

Je secoue la tête, entre dans la boutique et saisis un exemplaire sur le présentoir.

— Magnolia, soupire Taura. Honnêtement, ça va encore être de la merde…

— Ouais, mon chou… (Gus secoue la tête.) Ça n'en vaut pas la peine, c'est…

Je les ignore, feuillette le magazine jusqu'à trouver l'article. Une photo pleine page de BJ sur la gauche, et sur la droite la supposée copine secrète au lycée.

Allegra Fiscella.

L'expression de Taura se décompose quand elle la reconnaît.

— Merde !

Pendant des années, Allegra est restée obsédée par BJ. Tout le monde le savait. Pire qu'Alexis Blau, qui avait aussi un crush terrible sur lui.

Mais Allegra a saisi toutes les occasions, absolument toutes – jusque très récemment : juste avant que BJ me demande en mariage, j'ai entendu Henry raconter à Christian qu'ils étaient tombés sur elle dans un bar et qu'Allegra l'avait ouvertement dragué. Elle est complètement barge, mais, merde, qu'elle est belle ! Et précise… C'est assez effrayant.

> « Il adore qu'on l'embrasse dans le cou », confesse-t-elle avec un petit rire. « Son cou est vraiment sensible. Et il aime qu'on joue avec ses cheveux. »

Je fronce les sourcils. C'est vrai.

> « Au lycée, c'était difficile pour moi, parce qu'il passait la plupart de son temps avec Magnolia… »

— La plupart de son temps ? gronde Taura. Quand est-ce que vous n'étiez pas ensemble, au lycée ?

Elle se tourne vers Gus et ajoute dans un murmure :

— C'était assez chiant, d'ailleurs.

Je hausse faiblement les épaules.

— Elle raconte n'importe quoi, Magnolia…, insiste Taura d'une voix tendue. Tu le sais, n'est-ce pas ?

Je me tourne vers Gus. Il ne dit rien.
Je reprends ma lecture.

« Magnolia et moi étions presque toujours dans la même classe. Je l'aimais bien. Du coup je culpabilisais, parfois. Mais BJ et moi, on avait une connexion si spéciale, difficile à ignorer. Je logeais dans un autre bâtiment, mais il était assez simple de le faire entrer en douce dans ma chambre ou de le rejoindre dans la sienne. J'ai toujours adoré sa chambre – lit à colonnes, ces draps gris super agréables, dans un genre de flanelle. Il y avait une photo de Magnolia au mur près de son lit. Parfois, il la décrochait quand nous… » Elle n'achève pas sa phrase, et nous nous permettons de préciser qu'elle a l'air gêné, mais ne manifeste aucun remords.

— C'est vrai ? (Gus me regarde.) Ce qu'elle dit sur sa chambre ? Je crois que je vais vomir.
Je hoche la tête.

Quand nous lui demandons pourquoi elle rompt enfin le silence au sujet de leur liaison de plusieurs années, elle sourit tristement.
« Je pense que Magnolia mérite de savoir quel genre d'homme elle s'apprête à épouser. Que, pendant qu'elle prenait des cours de tennis, nous avions des rapports sexuels sous l'escalier de sa résidence. »

Mon sang se glace dans mes veines en lisant ces dernières lignes. Comme si j'étais tombée dans un lac, et que tout l'air avait été brutalement aspiré de mes poumons.
Je roule le magazine.
— Je le prends ! crié-je au vendeur.
— Eh ! Vous me devez 1 livre 10 ! grogne-t-il.
Taura lui lance un regard perçant.

— Elle vous fait déjà gagner assez d'argent comme ça, vous ne croyez pas ?

Dehors, j'arrête un taxi et saute dedans – je ne pense même pas à la peur que m'inspirent les voitures, davantage terrifiée par ce que je viens de lire.

Pendant tout le trajet, Taura me répète qu'Allegra a forcément tout inventé, mais Gus ne dit rien, ce qui n'est pas bon signe.

La suite du trajet s'effectue dans une sorte de brouillard, et je ne reviens vraiment à moi qu'en entrant dans le salon. BJ n'est pas seul. Les garçons sont là, ainsi que Romilly.

Je dois faire une drôle de tête, car il saute sur ses pieds et se précipite vers moi, mais j'étire le bras devant moi pour le maintenir à distance. Il fronce les sourcils, déconcerté, puis, apercevant le magazine dans ma main, il me l'arrache. Henry se lève à son tour et vient se poster à côté de moi, bras croisés, les yeux rivés sur son frère, perplexe.

Quand BJ voit la couverture, son visage se décompose.

— Parks…, soupire-t-il.

Jo saute sur ses pieds et vient regarder par-dessus son épaule.

— C'est vrai ? demandé-je en lui lançant un regard noir.

— Quoi ?

Il cligne des yeux.

— Est-ce que c'est vrai ? demandé-je plus fort en articulant exagérément.

Un silence oppressant s'abat sur la pièce.

BJ prend une profonde inspiration. Il a l'air de ne pas savoir comment réagir.

Moi, j'ai l'impression d'être debout au bord d'un précipice.

— Ben… (Il expire, balaie la pièce du regard, gêné.) Oui, j'ai couché avec elle.

— Et merde…, grogne Christian en enfouissant son visage dans ses mains.

BJ lui jette un coup d'œil par-dessus son épaule, furieux, puis se tourne de nouveau vers moi.

— Mais pas quand on était ensemble, toi et moi.

— Alors comment est-elle au courant pour la photo de moi près de ton lit ?

Il hausse les épaules.

— Elle a deviné ?

— Et les draps en flanelle ? lui demandé-je, mes yeux lançant des éclairs.

— Quoi ?

— Tes draps…, grondé-je. Comment a-t-elle su de quelle couleur ils étaient ?

— Aucune idée…

Il hausse de nouveau les épaules, cherchant du regard le soutien des garçons, mais aucun n'a l'air disposé à l'aider.

J'arque un sourcil.

— Et qu'ils étaient en flanelle.

BJ fronce les sourcils.

— Je n'ai jamais eu de draps en flanelle.

Je lui arrache le magazine des mains, fais défiler les pages jusqu'à l'article et pointe la citation du doigt.

Il lève les yeux au ciel.

— Oh, eh bien, merde ! Si le *Sun* le dit, ça doit être vrai. (Il me reprend le magazine, secoue la tête et se met à lire.) Je déteste les draps en flanelle. Ils tiennent beaucoup trop chaud. En plus, les chambres à Carver étaient surchauffées.

— Vrai, confirme Jonah.

Je lève les yeux vers Henry, qui hoche la tête. Bon.

— Mes draps étaient en jersey, m'assure BJ, le front barré d'un pli.

Je fais la moue, repense à son lit de la résidence, où j'ai passé bien des soirées, à ses draps, dans lesquels il m'enveloppait, et j'ouvre grand les yeux.

— Merde, c'est vrai, ils étaient en jersey.

Il m'adresse un signe de tête signifiant « Je te l'avais dit ».

Je croise les bras sur ma poitrine, pas encore disposée à le lâcher.

— Bon, mais alors comment elle sait, pour l'escalier ?

— Aucune idée… (Il hausse de nouveau les épaules, et pour être complètement honnête, connaissant son visage comme je le connais, je vois bien qu'il est sincèrement dérouté.) Je te l'ai dit… j'ai couché avec elle après. Peut-être qu'elle m'a demandé… je doute que j'aurais fait des mystères là-dessus dix ans après…

Henry croise les bras sur sa poitrine.

— Quand même, comment saurait-elle que tes draps étaient gris ?

BJ se tourne vers son frère, blessé par sa question, mais Henry se contente d'arquer un sourcil. Il attend.

— Je veux dire… (Jonah s'avance.) Moi, au lycée, je me la suis tapée plusieurs fois. On partageait notre chambre.

Je lance à Jo un regard soupçonneux.

— Tu as déjà menti pour le couvrir…

BJ fait claquer sa langue, secoue la tête – encore plus blessé –, l'expression de Jonah s'assombrit, et la tension monte dans la pièce.

— OK, mais là, je ne mens pas, putain !

Mon regard passe de Jonah à BJ.

— Donc elle ment ?

— Oui.

BJ hoche la tête, sûr de lui.

La colère commence à refluer en moi, et j'ai un peu l'impression de flotter, mais ça n'a rien d'agréable. Un peu comme quand vous êtes petit et que vous apprenez que le Père Noël n'existe pas.

J'essaie de prendre une inspiration, mais je crois que j'en prends quatre sans faire exprès.

— Pourquoi elle ferait ça ?

Il me regarde, exaspéré.

— Parce que les gens sont cons… (Son expression s'adoucit jusqu'à devenir triste, peut-être même légèrement effrayée. Je déteste quand il a peur.) Il faut que tu me croies, Parks… Je te jure… J'ai peut-être déconné par le passé, mais je ne suis pas un menteur. Je n'ai pas…

— OK, le coupé-je en hochant la tête.

— Je te le promets, insiste-t-il.

Je hoche encore la tête.

— OK. Désolée. (Je regarde les autres – mon cou est chaud, mes joues brûlantes.) Désolée, répété-je à leur intention avant de tourner les talons et de quitter la pièce.

— Salut, Taura, entends-je dire Romilly d'un ton nerveux.

— Salut…, répond Taura, tout aussi nerveusement.

Je me sens tiraillée, parce que je voulais tellement voir comment elles s'en sortiraient ensemble dans la même pièce… Mais pas autant que je veux me cacher des autres, parce que maintenant ils connaissent tous mon horrible secret : qu'en fait pas un jour ne passe sans que je m'attende à apprendre qu'il a recommencé.

— Eh… (BJ me rattrape, me saisit par le poignet et m'entraîne dans la cuisine. Il incline la tête.) Ça va ?

— Ouais… (Je secoue la tête.) Je suis désolée, c'était stupide. Je n'aurais pas dû…

— Non, c'est moi qui suis désolé. (Il plonge son regard dans le mien.) Je me doute bien que ça a dû être dur à lire.

Je hoche la tête.

Il passe ses mains dans mes cheveux, et je lève les yeux vers lui, découragée.

— Comment les gens peuvent-ils être aussi cruels ?

Il secoue la tête.

— Cette fille a toujours été complètement tarée, Parks… Tu te rappelles la fois avec mon polo de rugby ?

Je plisse les yeux, réfléchissant.

— Tu sais… Je ne trouvais plus mon polo de rugby. Bardwell était vénère. Et puis elle a débarqué au match, et qu'est-ce qu'elle portait… ?

— Oh, merde ! (Je cligne plusieurs fois des yeux.) J'avais oublié cet épisode.

— Ouais. (Il hoche la tête.) Elle était vraiment bizarre.

Aussitôt, je lui assène une tape sur le bras.

— Mais alors qu'est-ce qui t'a pris de coucher avec ensuite ?
— Ben… (Il hausse les épaules.) Elle est plutôt canon.
J'écarquille les yeux.
— Pardon ?
— Je veux dire… (Il secoue la tête, un petit sourire narquois sur les lèvres.) J'étais complètement perdu sans toi… J'étais… je suis devenu fou. J'ai totalement perdu les pédales…
Je le fusille du regard, essayant de ne pas sourire.
— Mmm.
Il passe ses bras autour de moi.
— Je t'aime.
Je me blottis contre lui.
— Je t'aime aussi.
Il ne dit rien pendant quelques secondes, puis souffle :
— Merci de me croire.

21

BJ

Les dîners hebdomadaires chez mes parents sont une tradition qui remonte à loin.

De toute façon, leur maison est le genre d'endroit où vous avez toujours envie de revenir. Je veux dire, c'est le cas de Londres en général, et de Belgravia en particulier – pour moi, en tout cas. Maison de ville de trois étages sur Cadogan Place, difficile de résister.

C'est là que j'ai vu Parks pour la première fois – j'espère qu'ils ne la vendront jamais, parce que, dans ce cas, il faudra que je l'achète.

Elle est dans la cuisine et aide maman à débarrasser – façon de parler. Disons plutôt qu'elle discute avec maman qui, elle, débarrasse. À un moment, elle finira par préparer un thé et s'asseoir sur le comptoir pendant que maman nettoie, mais elle est heureuse, et maman aussi, alors moi encore plus. Maman adore l'avoir à la maison, ça a toujours été comme ça.

Elle s'est toujours sentie responsable des filles Parks, je crois. Une fois qu'elle a compris qu'Arrie et Harley étaient des parents lamentables, elle s'est en quelque sorte donné pour mission de faire en sorte que Magnolia et Bridget se sentent chez elles à la maison.

Ils sont toujours proches, ne vous méprenez pas. Mes parents considèrent les siens comme comptant parmi leurs amis les plus chers. Mais vous pouvez avoir de très bons amis dont vous n'approuvez pas complètement le style de vie. Prenez Jo et moi, par exemple : je ne peux pas dire que je suis fan de son boulot, mais bon. C'est mon meilleur pote depuis qu'on a… je ne sais pas… onze ans ?

Ce soir, je suis sorti dans le jardin pour taper le ballon. En fait – soyons honnêtes –, je suis sorti parce que j'ai deviné à la tête de mon père que j'allais me prendre un savon pour avoir encore manqué le conseil d'administration.

Henry m'avait dit que notre père était furieux. « À quoi bon lui attribuer un siège s'il n'assiste jamais aux réunions ? » C'est exactement la question que je me pose – putain, par pitié, radiez-moi. Je n'en veux pas.

Je n'aurais pas dû m'éclipser – c'était une erreur de débutant. Si je veux qu'on me foute la paix, le seul bouclier dont j'ai besoin, c'est Parks. Si elle avait été avec moi, il ne serait jamais sorti – mais c'était sans issue, parce que si je m'étais trouvé dans la cuisine avec Parks et maman, il serait venu me proposer d'aller marcher un peu.

Donc je suppose que c'était inévitable – ça, ce qui s'annonce quand il sort de la maison et marche vers moi.

Il reste debout à l'autre bout de la pelouse et attend que je lui passe le ballon.

Je prends une inspiration. M'arme de courage.

Frappe.

— Alors comme ça, tu étais occupé, aujourd'hui ? demande-t-il en essayant d'avoir l'air détendu – je sais qu'il est furieux.

Je hoche tranquillement la tête.

— Ouais, Parks avait besoin de moi.

Pas entièrement vrai – je me sens super mal de mentir comme ça. Je me retrouve régulièrement à mentir, en ce moment, je ne sais pas pourquoi.

— Elle va bien ?

Je hausse les épaules. Pas très envie de parler de tout ça.

— Elle ne pouvait pas se passer de toi une heure ? insiste-t-il.

Je lui jette un coup d'œil.

La vérité, c'est qu'elle a travaillé presque toute la journée. Seulement, au lieu d'un fauteuil de bureau, elle a utilisé mes genoux.

Moi ? J'ai donné le feu vert pour des tuiles pour une maison que je rénove à Saint-Jean-Cap-Ferrat. Transféré de l'argent d'Ethereum à XRC pour voir ce qui se passe. Une journée chill, franchement.

J'aurais pu y aller. Juste… ce n'est pas pour moi.

— Être un bon mari, ce n'est pas seulement être physiquement présent, BJ.

Je lui lance un regard méfiant.

— Mais probablement la partie la plus importante…

— Une parmi d'autres. (Il hoche la tête sans me quitter des yeux. Puis il me renvoie la balle.) Comment vas-tu prendre soin d'elle ? Financièrement… ? précise-t-il.

Je le regarde un instant, sur le cul.

— Elle n'a pas vraiment besoin que je prenne soin d'elle sur ce point.

Il y avait cinq petits-enfants pour hériter la fortune de Bushka. Quatre, désormais. Alexeï a dit à Parks que, après la mort de Bridget, Bushka léguait l'héritage de Bridget à nos futurs enfants.

Je n'ai pas l'intention de piocher dedans, bien sûr, mais l'argent n'est pas une préoccupation pour nous.

— Et toi ? me demande papa.

— Ça va pour moi aussi.

Il me lance un regard entendu.

— Grâce à l'argent que je t'ai donné.

Je me frotte les yeux, fatigué – j'essaie de donner le change et fonce vers ce ballon que nous nous sommes renvoyé déjà un sacré paquet de fois.

— Que ton père t'a donné, papa… et que j'ai moi-même diversifié… (Je lui lance un regard.) Je touche des revenus passifs très élevés grâce à une vingtaine de propriétés. Mon portefeuille d'actions est solide. Je m'intéresse à des investissements dans des sociétés minières. Mes valeurs sont…

— En crypto, m'interrompt-il en me renvoyant un ballon latéral.

— Oui, en crypto.

— Dangereux.

— Le risque paie, répliqué-je en frappant le ballon. Beaucoup. En dividendes. C'est toi qui me l'as appris.

— Ai-je oublié de t'apprendre comment avoir une éthique professionnelle ? rétorque-t-il.

Je pose mes mains sur mon crâne, laisse tomber ma tête en arrière et expire longuement par la bouche.

— Merde, marmonné-je. (Je cligne des yeux plusieurs fois avant de le regarder de nouveau.) J'ai une bonne éthique professionnelle. Au lycée, je me levais tous les matins à 4 heures pour m'entraîner pendant deux heures. Ensuite, j'allais à mon entraînement de natation, et après les cours à mon entraînement de rugby…

Papa hoche la tête. Il ne peut pas nier les faits. Putain, je me suis démené au lycée.

— Et maintenant ? s'enquiert-il en me regardant attentivement.

— Je suis un des mannequins les plus demandés de mon agence, lui dis-je.

Et là, je le vois, je vois mon père se retenir de lever les yeux au ciel – tant mieux pour lui. Il s'est probablement froissé un muscle dans l'effort – je l'espère un peu, en fait.

— On ne peut pas te soupçonner de te tuer à la tâche, déclare-t-il.

Je ne réagis pas, même si ce sont des conneries.

N'importe qui ayant bossé comme mannequin le sait. Parfois, putain, c'est carrément dur. Alors est-ce que ça exige de grandes capacités intellectuelles ? Non. Mais siéger au conseil d'administration d'une chaîne de supermarchés non plus.

— Si tu t'investissais autant dans un emploi que tu le fais auprès de Magnolia, tu serais…

Je secoue la tête.

— Arrête.

Il continue.

— Et si tu arrives à la fin de ta vie et que tu n'as rien accompli ?

Mon regard s'assombrit.

— Précise le terme « accompli ».

Il lève les yeux au ciel. Il déteste qu'on joue sur les mots.

— BJ…

— Non… (Je pointe le menton vers lui.) Je suis sérieux. Dis-moi ce que tu entends par « accompli ». Qu'est-ce que tu estimes que je dois accomplir ? Quel est le problème si, à la fin de ma vie, je suis toujours heureux dans mon couple et que j'ai des enfants qui m'apprécient…

— Tu es en train de me dire que tu ne m'apprécies pas ?

— Eh bien, là tout de suite, pas vraiment, reniflé-je en levant les yeux au ciel.

Il a un léger mouvement de recul. Ça lui a fait mal. Ce n'était pas mon intention. Peut-être que si ? Je n'en sais rien.

— J'essaie simplement de t'aider, me dit-il.

— À être comme toi, complété-je. Je ne suis pas comme toi, papa. Henry oui, mais pas moi…

— Je ne cherche pas à te faire me ressembler, BJ, soupire-t-il. Je veux m'assurer que tu es prêt à affronter le reste de ta vie. Que tu seras à même de prendre soin d'elle… (Il esquisse un geste vers Magnolia, toujours dans la cuisine derrière la baie vitrée. J'avais vu juste. Elle est assise sur le plan de travail, une tasse de thé à la main.) Jusqu'à la fin de sa vie.

Je me tourne de nouveau vers lui, avec un peu l'impression qu'il vient de me frapper. Comme s'il suggérait quelque chose.

— J'ai pris soin d'elle toute ma vie, assené-je.

De nouveau, je le vois réprimer une grimace dubitative, et là, quelque chose se brise en moi.

— Tais-toi ! (Je pointe mon index vers lui. Je pourrais compter sur les doigts d'une main les fois où j'ai parlé à mon père sur ce ton.) C'est la vérité.

Il ne dit rien, se contente de me regarder fixement, alors je me détourne et rentre dans la maison, puis gagne la cuisine.

— On s'en va.

— Comment, mon chéri ? s'étonne maman en clignant des yeux.

Magnolia lève les yeux vers moi, perplexe.

— Tu te sens bien ?

Papa entre dans la pièce derrière moi. Il ne dit rien.

— Qu'est-ce qui s'est passé ? demande maman qui perçoit immédiatement la tension qui règne entre nous deux.

Elle nous scrute, sourcils froncés.

J'attrape la main de Parks.

— Viens…

— Hamish, qu'est-ce qui s'est passé ? répète maman.

Sans un mot, je l'embrasse sur la joue et entraîne Parks dans l'entrée.

— Merci pour le dîner ! leur crie-t-elle.

— BJ, mon chéri…, lance maman.

Je ne m'arrête pas.

— Non, laisse-le partir, entends-je dire mon père avant de refermer la porte d'entrée.

Je tiens toujours la main de Parks que j'entraîne – « tire » conviendrait probablement plus – dans la rue.

Au début, elle ne fait aucun commentaire, et puis…

— Qu'est-ce qui s'est passé ? finit-elle par demander.

— Rien, réponds-je sans la regarder. Tu veux qu'on s'arrête à *Muse* pour prendre un verre ?

— Non… (Elle s'immobilise.) Je veux que tu me dises ce qui s'est passé.

J'expire par la bouche et me tourne vers elle.

Je me sens plus triste que je ne le voudrais.

— J'ai pris soin de toi, n'est-ce pas ? dis-je direct, sans réfléchir, parce que je veux qu'elle me réponde oui.

J'en ai besoin.

— Quoi ? (Elle cligne des yeux, confuse.) Oui.

— Et je sais que j'ai foiré… (Je secoue la tête.) Mais tu vas bien. Je veux dire, nous deux, ça va…

— Oui.

Elle hoche la tête, fronce les sourcils.

— Et nous deux, on va continuer d'aller bien.

Elle hoche de nouveau la tête.

— Oui.

J'expire.

— C'est juste que je n'ai pas accompli grand-chose jusqu'ici.

Son visage exprime de nouveau l'incrédulité.

— Accompli… Comment ça ?

— Dans ma vie.

— BJ ! (Elle réprime un éclat de rire, pose ses deux mains sur mes hanches.) Qu'est-ce qui se passe ?

— Je ne peux pas… (Je secoue la tête, contrarié. Pas à cause d'elle – juste contrarié.) C'est difficile à expliquer.

Difficile à quantifier, en fait. Ce que j'ai accompli dans ma vie.

Elle. C'est elle. L'aimer. C'est tout ce que j'ai, et il me dit que, même ça, je n'ai pas été foutu de le faire correctement.

Tout le monde pose des jalons dans sa vie. Des balises qui permettent de se rappeler des choses, des moments. Des marques sur des troncs.

Elle est à moi. Ma vie entière est parsemée de souvenirs d'elle. C'est à travers elle que je vois le monde.

Jamais je n'ai pensé que ce n'était pas suffisant.

J'incline la tête, les yeux dans les siens.

— Tom et Julian… Ils te plaisaient parce qu'ils accomplissaient des trucs ?

Son regard s'assombrit.

— Quoi ?

— Rush… (Je hausse les épaules.) C'est un acteur…

Elle cligne des yeux.

— De quoi est-ce que tu parles ?

— Je ne fais rien ! lâché-je soudain, plus fort que je ne l'aurais voulu.

En fait, je n'avais pas prévu de le dire du tout.

Elle ouvre de grands yeux, stupéfaite. Triste, peut-être ? Qu'est-ce qu'elle est belle, putain !

— Ton père t'a dit ça ?

Je soupire, secoue la tête.

— Il m'a demandé comment je comptais m'occuper de toi.

— Financièrement ?

— Ouais.

Elle fait une petite grimace amusée.

— Je n'ai pas vraiment de problème de ce côté-là.

— Je sais.

Elle croise les bras sur sa poitrine.

— Il pense que je suis pauvre ?

Je renifle un petit rire.

— Non.

Elle baisse les yeux sur sa tenue, préoccupée.

— Est-ce que j'ai l'air pauvre ?

— Non… (Je lève les yeux au ciel.) On peut juste…

— Désolée. Bien sûr. (Elle hoche la tête.) Toi, est-ce que tu as l'impression de ne rien faire ? demande-t-elle prudemment.

— Je ne sais pas… Je… (Je secoue la tête.) Tout ce que j'ai fait avait à voir avec toi. Pendant tellement longtemps. Te récupérer. Faire en sorte que ça marche entre nous… C'est la raison pour laquelle je me levais le matin.

— BJ…, souffle-t-elle, et on dirait qu'elle va m'embrasser.

— Et maintenant je t'ai…, conclus-je en haussant les épaules.

Elle hausse les épaules à son tour.

— Tu m'as toujours eue.

— Tu vois ce que je veux dire.

— Pas vraiment…

Alors j'éclate de rire. Pas parce que c'est drôle, mais parce que je n'ai aucune idée de comment continuer de parler de ça, de la façon dont ces réflexions m'amènent à penser que je ne suis pas assez bien pour elle. Ce qui est vrai – mais je ne veux pas qu'elle s'en aperçoive. Alors je passe les bras autour de sa taille et l'attire contre moi. L'embrasse dans les cheveux.

— Désolé…

Je lui souris, espérant la distraire.

Mais non.

— BJ…

— Parks, tout va bien… Papa m'a retourné le cerveau… Je vais bien.

— BJ…

Je l'embrasse pour qu'elle arrête de s'inquiéter.

— J'ai dit : je vais bien.

22:17

Maman

BJ, mon chéri, tu vas bien ?

Oui, maman ♥

Ne fais pas attention à ton père, il est vieux jeu, c'est tout.

Je sais que le métier de mannequin est difficile, mon chéri.

Et tu y excelles.

Merci, maman.

Ça lui passera.

Je t'en prie, ne laisse pas cette dispute gâcher la croisière.

Promis.

Ne t'inquiète pas.

Merci.

Je t'aime !

Je t'aime aussi.

Au fait, je m'en fous qu'il pense qu'être mannequin est facile…

Si tu le dis, mon chéri.

22

Magnolia

Je réserve une chambre au *Mandarin* et charge Daniela d'aller chercher toutes les robes qui m'ont plu jusqu'à présent.

Choisir mes robes pour le mariage sans qu'aucune information filtre s'est révélé assez rocambolesque.

Je sais bien qu'ils finiront par le découvrir, mais j'aimerais que ça reste secret un moment, que BJ ne soit pas le dernier à la voir…

Chaque fois que j'entre dans une boutique, les réactions sont frénétiques – « C'est le créateur ? », « Qui porterez-vous ? », « Donnez-nous un indice ! » Imaginez le supplice que j'endure, moi qui adore faire les boutiques.

D'où mon idée d'envoyer Daniela chercher les robes qui m'intéressent et que j'essaierai loin des yeux fouineurs d'*OK! Magazine*.

Elle attend dans le couloir. Elle prétend que c'est pour s'assurer qu'il n'y a personne posté dehors, mais en fait, je crois qu'elle ne s'intéresse pas beaucoup à mes essayages, ce que j'apprécie, d'une certaine façon, tout en trouvant ça un peu bizarre et franchement troublant.

— Qu'est-ce que je fais là, exactement ? grogne Henry en s'adossant à la tête de lit tout en suivant des yeux Taura, occupée à suspendre une bonne quantité de housses dans la chambre. Je peux attendre dehors aussi ?

— Tu es mon témoin, lui dis-je sans même lui lancer un coup d'œil.

— Ton pote d'honneur, corrige-t-il, ce qui lui vaut un regard désapprobateur de ma part.

Taura réprime un petit rire et nous sert du champagne. Elle tend sa flûte à Henry en premier, ce que je trouve grossier, mais vu sa tête, il a l'air d'en avoir plus besoin que moi.

Henry désigne les robes d'un geste.

— Je suis un garçon ! gémit-il.

— Merde alors ! Sérieux ?

— Je confirme ! (Taura hoche gaiement la tête, jouant le jeu.) J'ai tout vu.

Henry nous fusille du regard, et je secoue la tête d'un air d'excuse.

— Je suis désolée, j'avais oublié qu'on était en 1956, à l'époque où les hommes n'avaient pas le droit d'en avoir quoi que ce soit à foutre des fringues…

— Mais je n'en ai rien à foutre ! gémit-il encore.

Je le toise sévèrement avant d'attraper une housse au hasard et d'aller dans la salle de bains – dont je laisse la porte entrebâillée, parce que je suis indiscrète et que je veux les entendre.

— Henry ! chuchote Taura d'un ton réprobateur.

— Désolé…, soupire-t-il, comme s'il se décevait un peu lui-même, ce que je trouve mignon de sa part. Pour ma défense…, lance-t-il plus fort à mon intention, Bridget aurait détesté aussi, donc en fait on peut considérer que je remplis parfaitement son rôle.

— Elle aurait fait semblant de s'intéresser, objecte Taura.

— Non, dit Henry d'une voix triste à présent. Elle s'y serait vraiment intéressée.

Sa remarque me donne envie de pleurer. Je ferme les yeux aussi fort que je peux et me dis que je lui parlerai plus tard.

— Ça m'intéresse vraiment, Parks, feint de s'enthousiasmer Henry. Vas-y, montre-moi.

— Tu es un bon garçon, entends-je Taura le féliciter.

— C'était convaincant ? demande-t-il fièrement, ce qui me fait rire un peu.

Je prends une grande inspiration.

— OK… (Je m'éclaircis la voix.) Je vais sortir. La robe que je porte est… ravissante, à mon avis, mais elle convient sans doute plus pour la réception que pour la cérémonie…

— Simple curiosité…, lance Henry. Combien de robes est-ce que… (J'entends un bruit sourd et un glapissement, puis mon meilleur ami se racle la gorge.) Peu importe… ! Probablement pas assez. Tu pourrais… porter douze robes que je penserais encore : « Merde, j'aimerais tellement qu'il y en ait pl… »

— Je t'en prie, tais-toi, le coupé-je, toujours depuis la salle de bains.

— Ouaip, OK.

— N'oubliez pas… (Je prends une profonde inspiration.) Ce n'est pas pour la cérémonie.

Et là j'entre dans la chambre vêtue de la robe Hunter d'Alon Livné. Corset, manches à épaules dénudées et longue traîne – très fine, limite transparente, tout en drapé de tulle. Absolument magnifique.

— Merde alors…, souffle Taura en me regardant.

— Putain ! lâche Henry, dont le visage se tord bizarrement. Tu es…

Il se tait.

Je le regarde, gênée, attendant la suite. Mais il ne dit toujours rien.

— Moche ?

Il secoue la tête, et il me semble apercevoir…

— Tu pleures ?!

— Non, ricane-t-il. Fais pas chier.

— Tu pleures ? insiste Taura en allant se planter juste devant lui. Il pleure !

Henry la repousse, et je ressens un certain soulagement en les voyant comme ça, complices.

Je retourne dans la salle de bains. Taura m'accompagne pour m'aider à enlever cette robe-ci et enfiler la suivante.

— Putain, il va avoir une attaque quand il te verra ! crie Henry.

— J'ai dit que ce n'était pas la robe dans laquelle je remonterais l'allée…

Henry grogne.

— *Vogue* couvre le mariage…, lui explique Taura en passant la tête dans la chambre. Il faut qu'elle ait plusieurs tenues.

— Bon, alors vas-y… (Henry se lève, l'air de se prendre un peu au jeu, maintenant.) Qu'est-ce que tu vas porter pour la cérémonie ?

Je souffle par le nez.

— Je ne sais pas encore.

Ça me stresse un peu, franchement.

— Il faut que ce soit énorme, précise Taura.

— Énorme, genre… bouffant ? demande Henry.

Taura lui lance un coup d'œil.

— Énorme, genre époustouflant.

Je soupire de nouveau et enfile la robe suivante.

Celle-ci, j'ai dû tirer quelques ficelles pour l'obtenir. Il s'agit d'une robe de bal à corset sculpté rose poudré de Zac Posen pour son défilé prêt-à-porter printemps 2014. La jupe est tellement volumineuse qu'on la croirait à crinoline, mais non, l'effet est dû à des kilomètres de taffetas de soie… écrasé, ai-je envie de dire. Elle est dramatique et splendide, et elle conviendrait parfaitement au genre de mariage que nous allons avoir.

— Tu sais, le mariage, c'est un peu un spectacle…, explique Taura à Henry.

— Eh bien, c'est des conneries, si tu veux mon avis, grogne Henry dans la chambre.

— Le mariage n'est pas pour nous, Henry, lui dis-je en m'efforçant de ne rien laisser paraître de la tristesse que cette idée éveille en moi.

— Alors il est pour qui, putain ?

Je passe la tête par l'entrebâillement de la porte et lui souris, comme s'il était idiot de ne pas connaître la réponse.

— Tous les autres.

Son expression se décompose un peu.

— Magnolia…

— Ce n'est pas grave, Henry. (Mon sourire s'élargit.) Bon, que penses-tu de cette merveille de chez Zac Posen ?

23

Magnolia

Quelques semaines après la mort de Bridget, en me réveillant un matin, j'ai filé au salon.

« Me réveiller » est un concept assez vague, je suppose, tout comme « m'endormir ». Depuis qu'elle est partie, le sommeil est devenu une expérience curieuse, pour moi. Cette portion de temps où mes yeux sont fermés n'est ni longue ni courte. Je ne me sens jamais reposée, je ne trouve jamais la paix. Je ferme les yeux, je me bats avec l'obscurité qui a pris ma sœur, et puis c'est le matin.

De plus, ce matin-là, quand mes yeux se sont ouverts, BJ n'était pas dans le lit.

J'ai trouvé ça bizarre – il n'avait pas quitté mon côté depuis que c'était arrivé. Et puis je l'ai entendu parler. Et j'ai reconnu d'autres voix, aussi. Deux de mes préférées.

Henry et Taura.

À ce moment-là, ils n'étaient pas encore en froid – peut-être que si ? La mort bouscule tout sur son passage, notamment les sentiments tenus trop longtemps en respect. Je me demande, rétrospectivement, si Taura avait commencé à perdre Henry avant qu'ils le sachent eux-mêmes.

Je les ai rejoints dans la culotte Miu Miu en satin gris nuage et le pull de BJ dans lequel je dors parce qu'il rend l'obscurité de mon sommeil un petit peu moins menaçante.

Ils se sont tous les trois tournés vers moi. Dans leurs yeux écarquillés, la même nervosité.

BJ a tapoté le canapé à côté de lui.

J'ai froncé les sourcils, mais obéi.

Henry a croisé mon regard, et j'ai senti ma gorge se serrer en lisant la tristesse dans le sien.

— Parksy. (BJ m'a pris la main avant d'expirer. Il s'est éclairci la voix. A de nouveau expiré.) Il faut qu'on parle.

— OK…, ai-je soufflé, sentant mon froncement de sourcils s'accentuer.

Henry a pris place sur la table basse en face de moi, Taura s'est agenouillée tout près et m'a tendu une tasse de thé.

J'y ai jeté un coup d'œil soupçonneux.

— Combien de sucres ?

Elle a fait la moue.

— Deux.

Merde ! J'ai cligné des yeux et les ai regardés tous les trois.

— Qu'est-ce qui se passe ? ai-je demandé, méfiante.

— Marsaili a rappelé. (BJ s'est éclairci la voix.) Ils… euh… Ils ont besoin de savoir ce que tu souhaites faire du corps.

Un pli a barré mon front.

— Quel corps ?

Ce n'était toujours pas réel.

Les commissures de ses lèvres se sont incurvées vers le bas.

— Celui de Bridget, Parksy.

Et là, de nouveau, ça m'a frappée de plein fouet, comme un train – elle est morte. Toujours ces maudits trains… Tous les matins, c'est comme une mise à jour de mon cerveau. Combien de temps est-ce que ça va encore durer ? me suis-je demandé. Quand est-ce que la réalité de sa mort va cesser de se répandre en moi comme des radiations, et devenir un fait établi, un bourdonnement permanent ? Quand va s'arrêter ce supplice ? Tous les matins, je me rappelle que ma sœur est morte comme si ça venait d'arriver, si bien que j'ai l'impression de la perdre de nouveau chaque fois que l'information me percute. Réponse : plusieurs mois. Il me restait des mois encore à subir le choc de sa perte, comme si j'étais un petit bateau et le chagrin la vague qui me fait chavirer.

Taura a posé sa main sur mon genou, les yeux brillants de larmes.

Comme tout le monde le sait, je ne suis pas une grande fan des contacts physiques, et Taura le sait. Mais, en l'occurrence, son geste m'a aidée à me sentir moins seule, et Bridget disait toujours que j'ai peur d'être seule, alors je l'ai accepté.

Les funérailles avaient déjà eu lieu – douze jours après sa mort. Ils avaient déjà essayé de nous pousser à disposer du corps auparavant, mais j'en avais été incapable – comment aurais-je pu ? Je n'arrivais même pas à assimiler qu'elle était morte, je n'avais pas encore accepté son absence…

Toujours pas, d'ailleurs.

BJ m'a pris le menton pour me faire tourner la tête vers lui.

— Tes parents ont pensé que tu aimerais décider, tu te souviens… ?

Je n'ai rien dit, me suis contentée de le regarder. Il était déjà complètement habillé. Sweat à capuche en coton gris avec logo imprimé Palm Angels, pantalon de survêtement Gucci imprimé étoiles et les Tasman noires de Ugg. Je l'adore en gris. Je me suis demandé s'il le portait exprès pour amortir le coup. Le gris lui va bien. Ç'a toujours été sa couleur.

Taura a essuyé une larme qui a trouvé le chemin de sa joue, et Henry incliné la tête, ému, et soudain je me noie, et rien de ce que les autres peuvent porter ne suffit à me faire remonter à la surface.

Je me suis tournée vers BJ parce que, presque toute ma vie, même quand plus rien n'avait de sens, je ne sais pas pourquoi, lui oui.

J'ai secoué la tête.

— Je ne peux pas… BJ, je ne…

— Tu n'es pas obligée, m'a-t-il dit en secouant la tête. Si c'est trop dur, tu n'es pas obligée de le faire.

Il avait l'air en colère, en fait. Je le voyais à sa mâchoire contractée, au pli qui lui barrait le front, à ses jointures blanches.

Sans réfléchir, j'ai posé ma main sur son bras, et ses traits se sont adoucis.

Henry a remué un peu avant de dire doucement :

— Mais tu veux que ce soient eux qui choisissent ?

Je l'ai regardé fixement tout en réfléchissant à la question qu'il venait de me poser.

J'ai vivement secoué la tête. BJ s'est penché vers moi et m'a embrassée sur la joue, avant de m'attirer contre le dossier du canapé.

— Bon. (BJ a reniflé, puis a passé un bras autour de mes épaules et enfoui son nez dans mes cheveux.) Les deux manières les plus communes de disposer d'un corps sont l'inhumation et la crémation…

J'ai regardé fixement mon thé sans le boire.

— Inhumation, a poursuivi Taura. Tu choisis un cercueil, tu choisis un cimetière et une pierre tombale. Le cimetière de Highgate est vraiment beau… (Elle m'a souri tristement.) C'est là que je veux être enterrée.

— Tu veux être enterrée ? me suis-je étonnée.

Elle a hoché la tête.

— Pourquoi ?

— Je ne sais pas. (Elle a haussé les épaules de façon assez désinvolte.) J'y vois une certaine dignité.

J'ai cligné des yeux.

— Pourrir dans une boîte ?

Elle n'a rien répondu.

BJ m'a pris la tasse – de toute façon, je n'y avais pas touché –, l'a posée sur la table près de Henry et m'a pris la main.

— L'autre option, a-t-il dit en la serrant, c'est de la faire incinérer.

J'ai failli me tordre le cou en tournant la tête vers lui.

— Tu veux que je mettre le feu à ma sœur ?

La tristesse a assombri son regard, et si je n'avais pas été moi-même perdue dans le néant de ma propre peine, j'aurais probablement vu que l'idée le terrassait aussi. Mais, à cette époque, la douleur des autres ne m'intéressait pas vraiment. C'est un peu difficile, quand elle ronge toute votre personne, toute votre âme.

— Ce sont les bactéries, vous saviez ? (Je les ai regardés.) Les bactéries qui vivent dans votre corps. Elles vous dévorent. C'est comme ça qu'on se décompose.

BJ a hoché la tête.

— On l'a vu ensemble, celui-là.

Henry a froncé les sourcils.

— Putain, vous regardez quoi, tous les deux ?

— National Geographic, avons-nous répondu en chœur, lui avec tendresse, moi d'une voix blanche.

Henry a fait la moue.

— Il y a des cercueils biodégradables qui se décomposent en même temps que le corps, du coup on devient de l'herbe ou des fleurs… (Il s'est penché pour m'effleurer le genou.) C'est assez chouette, non ?

J'ai haussé les épaules, pas très convaincue. Je me suis tournée vers BJ.

— Tu crois que je devrais la laisser simplement pourrir dans une boîte ?

Il m'a regardée longuement, légèrement voûté – lui qui est toujours si droit –, et puis il a secoué la tête.

— Parksy… Je crois que tu ne trouveras aucune façon satisfaisante de disposer du corps de ta sœur. (Il a tristement haussé les épaules.) Alors choisis plutôt celle qui te fera le moins mal, ou celle qui t'aidera le mieux à tourner la page.

— Qu'est-ce que je dois faire, à ton avis ? (Je me suis tournée vers Henry, lèvres pincées.) Qu'est-ce qu'elle ferait, elle ? leur ai-je demandé à tous, d'un ton presque suppliant.

Taura m'a souri faiblement, avant de sortir un carnet et un stylo de son sac.

— Elle établirait une liste de pour et de contre…

Et c'est ce que nous avons fait. Nous avons pris notre temps. Nous nous sommes retrouvés à googler des trucs complètement surréels – du genre des méthodes citées pendant la cérémonie, vous vous souvenez ? « Cendres compressées en diamant » – quelle métaphore ! Mais porter le cadavre de quelqu'un au doigt : ça fait un peu tueur en série, non ? Une part de moi aimait l'idée de cette proximité, de la savoir toujours auprès de moi, mais enfin… merde, vous imaginez ? Bridget en mourrait, c'est clair – si ce n'était pas déjà fait… Hum ! Bon, je veux dire qu'elle aurait détesté.

TRANSFORMER BRIDGET EN DIAMANT
Pour : Bridget détesterait ; elle serait toujours près de moi.
Contre : Il est très probable qu'elle viendrait me hanter.

Il y a une technique appelée « aquamation » qui consiste en quelque sorte à faire fondre le corps dans de l'eau chaude avec des produits chimiques qui le transforment en un liquide stérile qu'on peut conserver dans un bocal. Ça m'a semblé une solution intéressante, et ensuite nous avons regardé Big Manny, le scientifique d'Instagram, infliger ce traitement à une escalope de poulet, et Henry a vomi…

AQUAMATION
Pour : Plus écologique (Bridget apprécierait).
Contre : Super dégueulasse !

Il y a quelque chose qui s'appelle le « linceul de champignons ». Il s'agit d'un genre de costume contenant des spores de champignons qui vont accélérer la décomposition et, je ne sais comment, neutraliser plein de sales trucs qui s'accumulent dans votre corps, tels que le plomb et le mercure, toxiques pour l'environnement quand le corps les libère.

— Et si quelqu'un mange accidentellement les champignons ? a demandé Henry, gêné.

Taura a fait une drôle de tête. BJ a juré et s'est pincé l'arête du nez.

LINCEUL DE CHAMPIGNONS
Pour : Ça plairait probablement à Bridget.
Contre : un peu bizarre ; quelqu'un risque de la manger en omelette ; un fashion faux pas aussi affligeant que la garde-robe de Bridget ?

— Les cercueils en osier sont assez beaux, a suggéré Taura.

C'est vrai – ils ont quelque chose d'assez fantasque, et peut-être que ça aurait plu à Bridget, mais à l'époque il m'était un peu difficile d'associer de la fantaisie à la mort. Toujours, d'ailleurs.

CERCUEILS EN OSIER
Pour : Très jolis.
Contre : Ils me font penser à un panier de pique-nique.

Il y a aussi une nouvelle sorte d'enterrement qui consiste, en gros, à transformer votre cadavre en compost humain. L'idée m'a semblé tellement abjecte que j'ai refusé de la considérer et même de la noter.

Ensuite, il y a l'enterrement sous-marin. Mais je ne crois pas avoir jamais entendu ma sœur évoquer une seule fois l'océan dans sa vie. Enterré sous l'eau… ça paraît paisible, vous ne trouvez pas ? L'océan comme lieu de repos…

ENTERREMENT SOUS-MARIN
Pour : Calme ; assez charmant.
Contre : Impossible d'aller lui rendre visite ; un peu aléatoire ; et puis les requins ?

— Nous pourrions l'enterrer sous notre arbre, a offert BJ en arquant les sourcils.

— Notre arbre ?

Il a hoché la tête.

— Mais mes parents ne savent pas.

Il a haussé les épaules.

— On pourrait leur dire ?

J'ai vivement secoué la tête.

Il a fait la grimace.

— Quoi… Tu crois qu'on va avoir des problèmes ? Nous sommes fiancés… qu'est-ce qu'ils pourraient…

Mais j'ai secoué la tête avec davantage de véhémence, et il s'est tu.

Je ne saurais pas l'expliquer, mais j'ai senti que si mes parents apprenaient l'histoire de notre arbre, le lieu s'en trouverait gâché, et nous forcés à revisiter une époque, ce à quoi je n'étais pas prête. Ça ne m'a pas paru une bonne idée, point.

*

Nous avons continué nos recherches sur Internet encore un moment. Établir la liste aussi atroce que surréaliste des différentes façons de disposer du corps de ma sœur nous a probablement valu d'être fichés par le MI6. Pourtant, pour moi, cela restait complètement abstrait, étrange et irréel.

— Est-ce que ça veut dire que nous avons les résultats de l'autopsie ? ai-je demandé en contemplant la feuille devant moi.

BJ a secoué la tête, puis passé sa langue sur sa lèvre inférieure.

— Ils ont besoin de savoir ce qu'on va faire du corps avant de…

— Oh !

J'ai baissé les yeux sur mes ongles, me sentant encore plus mal qu'avant.

Taura m'a donné un petit coup de coude.

— Des idées, mon chou ?

BJ a porté ma main à sa bouche et l'a embrassée distraitement.

— On pourrait laisser décanter et décider demain ?

— Non, ai-je dit avec empressement. Je veux en finir. C'est juste que je n'arrive pas à décider quelle est la meilleure chose à faire…

— Il n'y a pas de meilleure chose à faire, a fait remarquer BJ d'une voix douce. On fera ce que tu voudras.

J'ai regardé Henry.

— Tu votes pour quoi ?

Il a secoué la tête, penaud.

— Mon opinion n'a pas d'importance.

— Elle en a pour moi.

Mon meilleur ami a hoché la tête une fois.

— Crémation.

J'ai interrogé Taura du regard.

— Highgate, a-t-elle répondu. Ou n'importe lequel des Magnificent Seven.

— Donc, dans les deux cas, il faut un cercueil. (Mon regard est passé de l'un à l'autre, tandis que je me mordillais la lèvre inférieure.) Vous savez, j'ai lu quelque part qu'un cercueil en chêne ralentit la décomposition pendant… très longtemps. Il faut à peu près cinquante ans au corps pour se décomposer normalement… (Ils ont tous froncé les sourcils.) À votre avis, c'est mieux ?

— Parksy, rien n'est mieux.

BJ m'a fait asseoir sur ses genoux, orientant mon corps de façon que je ne voie pas les autres et que j'aie l'impression qu'il n'y avait que nous dans la pièce. Il m'a regardée avec tellement d'amour que tout s'est apaisé.

Il a pincé les lèvres et dégluti.

— C'est la merde, point. OK ? (Il m'a de nouveau regardée avec tendresse.) Bridget ne devrait pas être morte, et tu ne devrais pas avoir à prendre une telle décision, pourtant on en est là. (Il a écarté quelques mèches de mon visage.) Voilà ce que je pense… Te connaissant, et connaissant le fonctionnement de ton cerveau, tu ne vas plus arrêter de penser à son corps dans une boîte. L'image ne va pas te quitter. Tu ne trouveras jamais la paix. Tu passeras ton temps à te demander à quel stade elle en est du processus de décomposition, et c'est ça que tu verras quand tu fermeras les yeux.

J'ai hoché imperceptiblement la tête. Bien vu.

De fait, je me posais déjà la question. Phase trois, à mon avis, s'ils ne l'ont pas embaumée – ils l'ont forcément embaumée, non ? Mon Dieu, le doute a déclenché en moi une vague de panique qui m'a aussitôt comprimé la poitrine…

J'ai pressé mes doigts sur mes yeux et expiré lentement par la bouche, m'efforçant de repousser l'image du corps de ma sœur verdissant dans un tiroir de la morgue.

— Donc tu penses que je devrais la faire incinérer ? ai-je demandé à BJ d'une voix tremblante.

Il a jeté un coup d'œil à Henry avant de poser de nouveau son regard sur moi, haussant doucement les épaules.

— Il me semble que cette option est la moins éprouvante, car elle laisserait moins de prise à ton cerveau pour ruminer.

— OK.

J'ai hoché la tête.

Il a hoché la tête en retour.

— OK.

24

Magnolia

Vous n'allez pas le croire. Devinez qui est de retour…

Daisy !

Seulement Daisy – au cas où vous vous poseriez la question. Pas Julian. Et ça n'a pas d'importance – je n'ai pas besoin de le voir, ni même envie. Je n'ai eu aucune nouvelle… Bref.

En tout cas, je suis très heureuse pour Christian.

Et pour nous, car ils ont apparemment repris les choses là où ils les avaient laissées, si bien que l'insupportable incertitude nous sera, semble-t-il, épargnée.

Ce soir, dîner du Pack Complet au *Scott's Richmond*.

Qui se trouve à Richmond, figurez-vous. C'est affreusement loin, mais BJ avait envie d'y aller, et je m'en fous un peu de quitter Londres tant que je ne quitte pas vraiment Londres.

Ah, et impossible de s'y rendre à pied.

Quand BJ et moi entrons dans le restaurant, les autres sont déjà arrivés – le Pack Complet + Daisy + Romilly.

Taura est assise près de Daisy. Il y a un siège vide à côté d'elle qui n'attend que moi afin de la protéger de Romilly.

Jonah émet un sifflement en me regardant depuis l'autre extrémité de la table.

Je baisse les yeux vers ma tenue. Minirobe Dolce & Gabbana à imprimé cerises ornée de faux diamants, avec le cardigan en cachemire Saint Laurent à sequins. À mes pieds, les sandales Balmain Ava noires ornées de cristaux et des collants Wolford à couture. Je tiens le Chanel CC Vanity Case avec la poignée sur le dessus. Dans mes cheveux, le serre-tête Tori rouge rembourré de Jennifer Behr.

— Quoi ?

— Si tu avais mis cette robe pour lui il y a deux ans et demi, tu nous aurais facilité la vie à tous.

BJ lâche un reniflement amusé et embrasse son meilleur ami sur le crâne.

— Oh… (Daisy se lève et me sourit.) Je n'en suis pas sûre.

Elle se jette à mon cou.

— Je suis si contente de te voir, lui dis-je en souriant.

Elle pose ses mains sur mes épaules.

— Magnolia, je suis tellement désolée pour Br…

— Oh, pfft !

J'agite la main comme si je ne voyais pas de quoi elle parlait. Comme si je n'étais pas obligée d'empêcher les gens de prononcer son prénom de peur que ma coquille ne se fendille sous la pression de mon chagrin.

— Au cas où tu n'aurais pas entendu (Henry me décoche un coup d'œil tout en se levant pour me serrer dans ses bras), elle a dit « Oh, pfft »…

Je lui rends son regard, en partie parce qu'il est le seul assez courageux et assez stupide pour dire quelque chose qui ressemble même vaguement à une blague au sujet de ma sœur.

Daisy me regarde fixement, complètement concentrée sur moi de cette façon bizarre bien à elle.

— Tu vas bien ?

Je cligne des yeux tandis que je le sens remonter à la surface à l'intérieur de moi. Mon grand, gros « non ».

Je prends une inspiration et m'apprête à lui donner la réponse convenable quand je m'aperçois que je n'ai aucune idée de ce que je dois dire. Je tire donc sur l'ourlet de sa minirobe sans manches Saint Laurent en denim noir.

— J'adore. Tu l'as choisie toute seule ?

— Si je l'ai choisie toute seule… ? grogne-t-elle, vexée. Putain, tu n'es pas Anna Wintour, non plus…

— Et tu devrais en être reconnaissante, rétorqué-je en lorgnant ses escarpins en cuir noirs à bride en T de chez Chloé. Assortir ces chaussures avec cette robe alors qu'elle appelle désespérément une paire de bottes hautes ? Anna Wintour te mangerait toute crue pour son petit déjeuner avant de te recracher à cause de tes Mary Jane.

Daisy me regarde fixement un instant avant de lâcher un petit rire, souriant comme si je lui avais manqué. Elle pointe le menton vers Taura.

— Change de place avec moi, lui lance-t-elle sans façon parce qu'elle est beaucoup plus autoritaire que moi – je sais, c'est difficile à croire.

— Tu ne veux pas t'asseoir à côté de ton mec ? lui demande Taura, un peu contrariée.

— J'ai déjà été assise à côté de lui, répond Daisy en haussant les épaules.

Christian pointe le menton vers elle.

— Toi aussi, tu m'as manqué, Daisy.

Nous nous asseyons, et tout le monde passe commande.

La nourriture a l'air assez bonne, mais, pour être honnête, je doute de manger beaucoup. J'ai commandé un demi-homard, ce qui est parfait, comme repas, parce que ça donne l'impression d'un plat copieux alors qu'en fait il ne reste pas grand-chose une fois qu'on a enlevé la carapace.

BJ m'observe quand le serveur pose mon assiette devant moi, et je prends une inspiration qui suggère peut-être que je m'arme de courage, mais pas du tout. Pourquoi, d'ailleurs ?

— Ça va ? me chuchote-t-il.

— Mmm ? (Je le regarde, sourcils arqués. Hoche la tête.) Oui. Je meurs de faim.

— Ah ouais ? (Il fronce les sourcils, puis secoue la tête.) Je veux dire… super.

Et là je me demande s'il sait – non pas qu'il y ait grand-chose à savoir, il ne se passe rien de spécial, seulement je ne suis pas très intéressée par la nourriture, ces temps-ci, c'est tout. On a plus ou moins d'appétit, c'est normal. C'est ce qu'ils nous ont appris à Bloxham House. Donc, de manière générale, en ce moment, je n'en ai pas. Pas de problème. Pas de quoi s'inquiéter, c'est juste une réaction au stress. Il y a des gens qui mangent quand ils sont stressés. Moi, c'est l'inverse.

BJ me regarde toujours fixement en fronçant légèrement les sourcils. Il affiche une expression étrange, indéchiffrable, avant de m'adresser un sourire forcé et de saisir brusquement ma tête et de l'attirer vers lui pour m'embrasser sur le front.

Il ne dit rien. Il en reste là. Juste un baiser, tandis que me gagne encore cette impression qu'il me ment ou qu'il me cache quelque chose.

Daisy me donne un coup de coude.

— Eh bien, vous incarnez à la perfection les fiancés comblés.

Je la regarde.

— De temps en temps.

— Ça te va bien, me complimente-t-elle. Vous deux – vraiment ensemble.

— Les choses sont comme elles sont censées être.

Elle hoche la tête un peu froidement, presque comme si je l'avais vexée.

Son regard se perd au loin, et je devine où il va.

Je me penche vers elle et lui demande dans un murmure :

— Où est-il ?

Elle plisse les yeux.

— Loin.

Je laisse échapper un petit soupir et détourne le regard.

— Quoi ? lâche-t-elle, sur la défensive – du Daisy classique.

— Rien.

Je secoue la tête.

— Si. (Le creux entre ses sourcils s'accentue.) Quoi ?

— Il n'a pas appelé, lui dis-je, et je vous assure que ma voix n'a pas tremblé. Quand Bridget…

— Il ne pouvait pas, me coupe-t-elle.

— Pourquoi ?

Je la regarde droit dans les yeux.

— Juste… (Elle détourne le regard.) Il ne pouvait pas.

J'incline la tête et plisse les yeux.

— Ton frère peut faire absolument tout ce qu'il veut. Littéralement.

— Magnolia… (Elle soupire.) Ses désirs ont rarement la priorité. (Daisy croise les bras sur sa poitrine, et par ce geste on dirait qu'elle le protège.) Crois-moi, la mort de Bridget l'a énormément touché…

Je lève les yeux au ciel parce qu'elle parle de lui comme si elle essayait d'éviter qu'il ne tombe en disgrâce, alors que je souhaite simplement savoir pourquoi quelqu'un pour qui j'ai cru que peut-être, possiblement je comptais un peu n'a pas eu un mot pour moi durant les pires mois de mon existence.

— Et pourtant !

Je lui décoche un regard noir.

Elle lève les yeux au ciel, agacée.

— Il va bien ? chuchoté-je.

— Ça dépend de ce que tu entends par là, répond-elle en me fusillant du regard.

Ce qui me fait me demander…

— Est-ce qu'il est triste ?

Elle arque un sourcil.

— À propos de quoi ?

Je me racle la gorge délicatement tout en jetant un coup d'œil par-dessus mon épaule afin de m'assurer que personne ne nous écoute. Je ne m'amuse pas à faire des cachotteries, j'essaie simplement de ne pas provoquer la Troisième Guerre mondiale.

— À propos de moi.

— Toi ? (Elle ricane et, sous le regard qu'elle me décoche, je me fais l'effet d'une fourmi.) Ce que tu peux être imbue de ta personne, putain…

Je me recule, choquée.

— Désolée, je…

— J'hallucine.

Elle secoue la tête, détourne les yeux, et je me retrouve à repousser la table pour me lever.

BJ se penche vers moi.

— Ça va ?

— Ouais. (Je hoche vivement la tête tout en espérant que mes yeux sont secs car, dans le cas contraire, il le remarquera.) Je vais juste aux toilettes.

Il donne une petite pression sur ma main, et je file.

Je m'en fous que Julian ne soit pas triste à mon sujet. Je n'ai pas passé les derniers mois à penser à ça. Et en fait, c'est sûrement juste moi qui réagis de manière stupide. Personne n'a élevé la voix sur moi depuis des mois. De toute façon, les seules personnes susceptibles de me crier dessus étaient Daisy et Bridget, et elles ont disparu toutes les deux à peu près simultanément, alors… je pense que j'ai juste besoin d'une petite période de réadaptation.

Christian crie de temps en temps, je suppose. Mais pas beaucoup, ces derniers temps.

Debout devant le miroir, j'arrange mon collier. Un pendentif en or et émeraude de chez 42 Suns.

Une fille debout devant le lavabo me reconnaît et me demande un selfie.

Nous en faisons un – elle est assez gentille –, et elle sort pile au moment où Romilly entre.

Celle-ci me regarde avec attention.

— Tu te sens bien ?

— Oui.

Je hausse les épaules comme si je n'avais pas été sur le point de pleurer quand une inconnue avait interrompu la spirale descendante de mes pensées.

— Elle est... brusque.

Bien sûr, elle fait référence à Daisy.

— Oui.

Je renifle.

Romilly se mordille la lèvre inférieure tout en m'observant.

— Henry m'a dit que tu étais sortie avec son frère ?

— Oh ! Hum... (Je ne comprends pas très bien pourquoi sa question me déstabilise.) Brièvement, je suppose.

Je ne sais pas pourquoi je me mets sur la défensive. De plus, je donne l'impression de mentir, ou presque, alors j'ajoute « Oui ».

— Tu l'aimais ? me demande-t-elle d'une voix douce.

Pendant un court instant, je fixe le lavabo que je m'aperçois que j'agrippe, puis je lâche un rire léger en secouant la tête.

— Tu connais Daisy. Elle peut se montrer cruelle...

Je hausse les épaules, et Romilly hoche la tête, sans cesser de me scruter, les yeux plissés. Elle m'a posé une question, j'ai entendu. Mais à quoi bon répondre ?

Je me racle la gorge et lève de nouveau les yeux vers le miroir.

— Elle est terriblement grossière, élevée par une bande de garçons – dont l'un est particulièrement perdu.

Je fais passer mes cheveux derrière mes épaules et me penche plus près de la glace en feignant de vérifier mon maquillage que je sais impeccable.

— Magnolia, qu'est-ce que tu fais ? Tu pleures, là-dedans... ? lance Daisy en ouvrant la porte des toilettes à la volée. Je n'ai plus le droit d'être méchante avec toi parce que ta sœur est morte ?

Romilly fronce les sourcils d'un air réprobateur. Quant à moi, je ne la regarde même pas quand je dis :

— Eh bien, j'apprécierais que tu te modères un peu, oui...

Daisy grogne.

Le pli entre les sourcils de Romilly se creuse davantage.

— Mais sinon, t'es pas obligée d'être méchante, du tout, non ?

Daisy se tourne vers Romilly et se renfrogne.

— Excuse-moi… (Elle secoue la tête.) Tu es qui ?

Romilly croise mon regard dans le miroir, et je me retourne pour faire face à Daisy, les bras croisés et la regardant de haut parce que je suis plus grande (même si elle est clairement plus dangereuse – mais je pars du principe qu'elle ne me tuerait pas, car, malgré le désintérêt soudain et indubitablement indélicat et légèrement blessant de son frère à mon égard, je crois savoir qu'il ne serait pas enchanté d'apprendre ma mort).

— C'est Romilly, expliqué-je à Daisy avant de pointer le doigt vers la salle. Elle était assise à notre table… C'est la copine de Henry.

Daisy cligne des yeux.

— Henry a une copine ?

Romilly semble vexée, maintenant.

— Christian n'a pas mentionné mon nom ?

— Je n'ai pas vu Christian pendant quatre mois. Nous n'avons… pas beaucoup parlé, depuis mon retour, déclare Daisy.

Je lève les yeux au ciel parce qu'elle essaie de faire croire qu'entre Christian et elle, c'est purement sexuel, mais je sais que ce n'est pas vrai.

— Bref… (Daisy lui décoche un sourire fugace.) Ravie. Tu peux partir, maintenant ?

— Non.

Romilly secoue la tête sans se laisser impressionner.

Daisy incline la tête vers elle.

— Elle est sérieuse ?

— Elle ne sait pas qui tu es.

Daisy fait une grimace.

— Tu ferais peut-être bien de le lui dire.

— Me dire quoi ? demande Romilly, agacée à présent.

— Vous voilà ! (Taura ouvre la porte des toilettes à la volée.) Pourquoi est-ce que vous m'avez laissée toute seule ? Le niveau de testostérone est monté d'un coup, là-bas.

— Désolée, m'excusé-je avec un petit sourire.

Taura nous regarde l'une après l'autre et fronce les sourcils.

— OK. Qu'est-ce qui se passe, ici, alors ?

Romilly secoue la tête.

— Aucune idée.

— Moi non plus. (Je hausse les épaules et décoche un regard en coin à Daisy.) Daisy disparaît pendant quatre mois et réapparaît programmée de nouveau en mode connasse.

Daisy lève les yeux au ciel.

— J'aimerais juste parler avec Magnolia seule à seule…, explique-t-elle à Taura, exaspérée.

— Pourquoi ? demandé-je en la gratifiant d'un sourire éclatant. Pour avoir le loisir de piétiner ce qui reste de mon âme ?

Daisy marmonne quelque chose et secoue la tête.

— Ça me dépasse. Comment se fait-il que tu n'aies pas été abandonnée à la naiss…

— Exactement mon propos, la coupé-je. Merci.

Taura indique la porte d'un mouvement de tête.

— Viens, dit-elle à Romilly.

— Qu'est-ce qu'elle est mauvaise…, commente Romilly à haute voix en sortant.

Taura hausse les épaules.

— Une fois que tu la connais un peu, ça va…

— « *Ça va* » ? grogne Daisy, outrée.

Taura l'ignore.

— Je ne sais pas…, dis-je quand la porte se referme, les bras croisés sur ma poitrine. Je n'aurais probablement pas été aussi aimable.

Elle passe sa langue sur sa lèvre inférieure et soupire.

— Désolée.

Je la regarde. D'un œil un peu noir.

— Cardigan oversize The Kids de Petar Petrov en maille bouclette, récité-je en le désignant du menton. En noir. Très bon choix. Il est parfaitement assorti au mal qui ronge ton âme.

— Magnolia ! gronde-t-elle en tapant du pied. Je suis désolée, OK ? Vraiment. Je me suis fait du souci pour toi.

Je fronce les sourcils.

— Pourquoi ?

Daisy émet un bruit de gorge.

— Tu ne peux pas simplement accepter un compliment ?

Je fais une grimace.

— C'était un compliment ?

Elle s'appuie contre le lavabo.

— Bon, peut-être pas.

Je m'adosse contre une cabine sans cesser de la fusiller du regard.

— Tu ne m'as pas fait le moindre signe quand elle est morte. (Je fais de mon mieux pour que ma voix ne trahisse pas la douleur insensée qui m'étreint.) Lui non plus.

— Je sais. (Elle soupire. Je dois reconnaître, par souci d'honnêteté, qu'elle semble sincèrement désolée.) On était…

— On était amies, Daisy.

Elle incline la tête tristement.

— On *est* amies, Magnolia.

— Merde alors ! (Je cligne des yeux.) Comment est-ce que tu parles à tes ennemis ?

Elle renifle, amusée, et détourne les yeux.

Moi, je continue de la regarder bien en face.

— Où est-il ?

Elle tourne de nouveau les yeux vers moi, et j'y vois une gravité que j'observais aussi dans ses yeux à lui.

— Je ne peux pas te le dire.

À l'époque où Julian et moi étions ce que nous étions, quoi que ce fût, chaque fois qu'il se passait quelque chose ou qu'il disait quelque chose que je ne comprenais pas, un étrange pressentiment me saisissait et mon cœur se serrait. C'est exactement ce qui se produit à cet instant.

— Il est en danger ?

— Non, répond-elle trop vite. Il est… Je ne sais pas. (Les yeux rivés au sol, elle fronce les sourcils, puis lève la tête pour me regarder.) Il était triste, au début.

— Ah oui ?

— Ouais.

Elle hoche la tête.

— À propos de moi ? demandé-je prudemment.

Elle hoche de nouveau la tête.

— OK.

Je fais la moue, ne sachant pas très bien quoi dire.

Aussitôt, elle se remet sur la défensive.

— Tu veux qu'il soit triste ?

— Absolument pas… Au contraire, je souhaite qu'il aille bien.

Elle passe sa langue sur sa lèvre inférieure et soupire.

— Moi aussi.

— Il va bien ? demandé-je doucement.

Elle me regarde et se redresse.

— Et toi ?

Je croise de nouveau les bras, un peu mal à l'aise.

— Au bout de combien de temps après la mort de tes parents est-ce que tu as été capable d'y penser comme à quelque chose de… normal ? demandé-je, et ma question la déconcerte. Je veux dire, au bout de combien de temps est-ce que tu t'es réveillée le matin en sachant qu'ils étaient morts, sans avoir à faire l'effort de t'en souvenir ?

— Oh…, lâche-t-elle tristement. Ça a pris des mois.

— Vraiment ?

— Ouais. (Elle hoche la tête.) Genre neuf ou dix.

— Tous les matins… (Je pince les lèvres.) Et dans la journée, tu sais ? Ça me tombe dessus sans prévenir… Pourtant, ça ne semble pas être le genre de chose qu'on oublie, mais je n'arrête pas d'oublier. Par exemple, je vois quelque chose sur Instagram et immédiatement je veux le lui montrer. Il y a tellement de captures d'écran dans mon téléphone de trucs que je veux lui envoyer… Parfois, je le fais…

— Les messages passent toujours ? s'étonne-t-elle.

Je baisse un peu la tête sans la quitter des yeux, et je sens mes joues rosir. Autant lui avouer. De toute façon, elle me considère déjà comme une débile absolue.

— Je garde son portable branché dans une chambre d'amis. La première fois que mon message n'a pas été distribué, j'ai détesté, alors je l'ai remis à charger.

Et je me suis tapé un message de son téléphone sans l'envoyer, pour avoir en permanence les trois points de suspension sur le mien, comme si elle était en train de me répondre.

— Magnolia…, soupire-t-elle.

— Parfois, je l'appelle et lui laisse un message. Je prétends qu'elle m'ignore, qu'elle est furieuse parce que j'ai acheté un manteau de vison chez The Row…

Elle fronce les sourcils.

— Je ne savais pas que c'était un vrai, m'empressé-je de lui expliquer. Pas avant d'être rentrée à la maison et de dire à BJ que je trouvais que 17 000 livres, ça faisait un peu cher pour un manteau en fausse fourrure et qu'il me traite d'idiote…

— C'est vrai, me coupe-t-elle en levant les yeux au ciel. Quelle idiote !

Je hoche une fois la tête.

— C'est ce qu'a toujours pensé Bridget.

Elle renifle un petit rire.

— Eh bien, c'était la plus intelligente de vous tous.

Je lui lance un regard noir.

— Et t'inclure dans le lot ? Non… ?

Elle hausse les épaules.

— Je suis moi-même plutôt brillante.

Je lève les yeux au ciel.

— Magnolia… (Elle me regarde sérieusement.) Ton cerveau est en train de défaire des trajectoires neuronales qu'il a empruntées toute ta vie. Nous pensons aux gens par habitude. L'année durant laquelle je n'ai pas parlé à Julian, je pensais quand même à lui tous les jours… comme un réflexe.

— Vraiment ? demandé-je, alors que je sais que c'est vrai.

Pas un jour n'est passé à New York sans que je pense à BJ. Je pensais à lui tous les jours depuis mes quinze ans. Impossible d'arrêter du jour au lendemain. Je ne voulais pas, de toute façon.

En fait, penser à lui était pratiquement un exercice. Son odeur, la sensation de ses mains sur mon corps. J'étudiais mentalement la manière dont ses cheveux retombaient sur son front. C'était un véritable supplice, ce qui en dit long sur lui et moi, je suppose.

Je crois qu'inconsciemment je savais qu'arrêter de penser à lui revenait à le laisser partir. De la même façon, je garde le contact de ma sœur épinglé sous celui de BJ en haut de la colonne de conversations sur mon iPhone.

Je ne laisse pas ma sœur partir.

15:41

Papa

Je suis désolé pour l'autre soir.

De quoi ?

Je t'ai fait de la peine.

Tu es désolé de m'avoir fait de la peine ?

Oui.

Mais pas pour ce que tu as dit ?

BJ, je ne t'ai rien dit de méchant.
Tout ce que je veux, c'est que tu sois heureux.

OK.

25

Magnolia

De Kensington, il faut presque deux heures en voiture pour rejoindre Varley, qui se trouve dans le Kent. Dans le district de Douvres, pour être précise.

Hamish y a été pensionnaire, et je crois que c'est pour ça que nous avons tous fait notre secondaire là-bas.

Nous avons tous fait notre primaire à Dwerryhouse. C'est là que j'ai rencontré Henry. Mes parents étaient – comme vous pouvez l'imaginer – parfaitement inutiles quand il s'agissait de prendre ce genre de décision. Quand ils ont su que Henry irait à Varley, Harley a passé un coup de téléphone et m'y a inscrite aussi.

Lilian était tellement triste que ses garçons partent en pension… Je me rappelle une conversation pendant un dîner, quelques semaines avant que Henry et moi y fassions notre rentrée. Elle avait les larmes aux yeux, inconsolable à la perspective de son départ.

Je me souviens d'avoir observé mes parents. Ma mère hochant la tête comme si elle comprenait, comme si elle avait eu ne serait-ce qu'un soupçon d'instinct maternel, comme si je ne voyais pas le soulagement sur son front à la perspective d'être un peu moins responsable de l'une des personnes dont elle s'occupait et se préoccupait déjà si peu de toute façon.

— Elle va adorer, a annoncé Harley à la tablée, même s'il ne m'avait jamais posé la question et que je n'en étais absolument pas sûre. N'est-ce pas, ma chérie ?

Je lui ai décoché un bref sourire et j'ai hoché la tête avant de baisser le regard sur mon assiette. Henry m'a donné un coup de coude.

Je me rappelle avoir pensé qu'il serait là, lui, au moins.

Mes parents avaient convenu avec Lily qu'elle m'y conduirait avec les garçons et Jemima – qui était en seconde à cette époque. C'était étrange – en fait, ça m'a blessée qu'ils ne veuillent pas m'y conduire eux-mêmes.

C'était un moment important, vous comprenez... En tout cas pour moi. Entrer au collège, dans un pensionnat... Visiblement, eux, ça ne leur faisait ni chaud ni froid.

Le sujet a été abordé pendant le dîner.

— À quelle heure est-ce qu'ils doivent y être ? a demandé distraitement maman.

— Sept heures. (Lily lui a souri.) Normalement, c'est plus tard – 8 h 30 le lundi, mais le jour de la rentrée, c'est 7 heures.

Harley s'est frotté la tête à cette idée et a pointé le menton vers maman.

— Il lui faut une voiture avec chauffeur.

Assis en face de moi, BJ m'a regardée. Il s'asseyait toujours de l'autre côté de la table par rapport à moi pendant les repas. Plus tard, il m'a expliqué que c'était plus pratique pour me regarder – mignon. Limite psychopathe, mais mignon.

Il avait douze ans à l'époque, et moi à peine onze. Il n'a rien dit, mais il a eu l'air triste pour moi.

Il me serait impossible de compter le nombre de fois au cours de ma vie où un membre de la famille Ballentine nous a regardées tristement, Bridget et moi.

— Je la conduirai, s'est empressée d'offrir Lily en me souriant rapidement.

— Formidable !

Harley a tapé dans ses mains. Affaire réglée.

*

Le matin de la rentrée est arrivé, et, croyez-moi, il n'y a pas eu de fanfare pour fêter l'événement.

Mes parents étaient sortis la veille. Maman cuvait dans son lit, allongée à plat ventre. Harley n'était même pas rentré.

Je suis allée dire au revoir à maman, et elle m'a dit : « Fantastique, bien joué… Tu veux bien être gentille et m'apporter un café quand tu reviens ? »

Alors j'ai demandé : « Quand je reviens… vendredi ? »

Et elle a répondu : « Vendredi, samedi. Mes jours préférés. T'aime. »

Je suis donc descendue. Marsaili était debout, bien sûr. D'abord parce que c'était son boulot à l'époque, et ensuite parce qu'elle n'était pas encore devenue une traînée.

Elle m'a préparé mon petit déjeuner. Elle était émue que je parte. Je m'en suis rendu compte parce qu'elle pleurait en me préparant mon porridge – que je n'allais pas manger parce qu'il était trop tôt pour que j'avale quoi que ce soit, mais surtout parce que des larmes étaient tombées dedans. Dégoûtant !

J'étais dans le vestibule à attendre que les Ballentine passent me chercher quand… qui ouvre la porte d'entrée et titube à l'intérieur ? Mon père.

Cinq heures moins dix un lundi matin, le regard trouble et la chemise déboutonnée.

— Salut ! a-t-il lancé joyeusement en me voyant.

— Tu es rentré pour me dire au revoir ? lui ai-je demandé, un grand sourire aux lèvres.

— Hum. (Il a froncé les sourcils.) Tu vas où, déjà ?

J'ai dégluti.

— C'est ma rentrée au collège.

— Exact. (Il a hoché la tête.) Ouais, exactement, je suis rentré pour ça – ouaip !

Il m'a tapoté le bras.

— Amuse-toi bien.

J'ai levé les yeux vers lui.

Un moment dévastateur à bien des niveaux.

Je savais déjà, probablement inconsciemment, que mes parents ne ressemblaient pas aux autres. Je voyais bien comment se comportaient Hamish et Lily avec les garçons, Rebecca Barnes et, encore à l'époque, Jud Hemmes avec Christian – des adultes qui faisaient leur boulot de parents sans manifester une indifférence absolue à l'égard de leur progéniture. Je l'ai noté quelque part dans ma tête de la même façon qu'on remarque la couleur d'une voiture passant en marge de notre champ de vision. Mais ce matin-là, c'est la couleur d'une voiture qui allait me passer dessus que j'ai remarquée.

— Appelle-moi quand tu es là-bas ? a-t-il lancé d'un ton interrogateur, comme s'il n'était pas certain de ce qu'il était censé dire dans ces circonstances. (Il a froncé les sourcils, pensif.) Tu as un téléphone ?

J'ai hoché la tête. Marsaili m'en avait acheté un. Un iPhone 3GS.

Elle en avait acheté deux autres pour Bridget et elle, pour qu'on puisse se parler. iMessage n'existait pas encore à l'époque, tout était vert – dégoûtant –, mais à ce moment-là nous l'ignorions.

— Parfait. (Harley a hoché la tête.) Alors à très vite, ma chérie.

Il m'a donné une petite tape sur le dessus du crâne et il a monté les marches quatre à quatre. Je l'ai suivi des yeux en me demandant consciemment, après l'avoir fait inconsciemment toute ma vie, pourquoi ils avaient pris la peine de nous avoir.

— Coucou, a dit une petite voix du haut des escaliers.

— Oh, salut.

J'ai levé les yeux vers ma petite sœur – si petite avec ses neuf ans.

Elle a dévalé les marches, mais pas les dernières afin d'être plus grande que moi.

— Tu as peur ? a-t-elle demandé.

— Non.

Je l'ai fusillée du regard.

— OK, super.

Elle a hoché la tête.

— Ça va, lui ai-je dit alors qu'elle n'avait pas posé la question.

— Je sais. (Elle a de nouveau hoché calmement la tête.) Henry sera là. Et Paili.

— Et Christian, lui ai-je rappelé, parce que, à ce moment-là, je l'« aimais ».

— Et BJ, a-t-elle ajouté, ce qui lui a valu un regard incrédule de ma part – à cette époque, il ne m'intéressait absolument pas.

— Ça va aller ? lui ai-je demandé en lançant un regard circulaire dans notre grande maison.

— Oui. (Elle a hoché fermement la tête.) Génial. Ça va être plus calme, je suis trop contente.

Je l'ai fusillée du regard une nouvelle fois.

— Ce n'est pas gentil.

Elle m'a lancé le regard dont elle m'a gratifiée toute ma vie chaque fois qu'elle voulait me montrer que je ne l'impressionnais pas.

— Tu sais, Magnolia, dans le monde, il y a des filles qui mourraient pour avoir la chance d'étudier.

Neuf ans, et déjà tellement agaçante.

— Littéralement… (Elle m'a gratifiée d'un regard insistant.) Elles meurent pour aller à l'école…

— Oui, mais…

— Et puis, qu'est-ce que tu as peur de quitter, de toute façon ? (Elle a levé les yeux vers le premier étage où venait de monter Harley.) Ce n'est pas comme si on les voyait.

J'ai froncé les sourcils.

— Toi.

— Ne t'en fais pas, ça va aller pour moi.

— Je sais bien, ça va toujours bien pour toi. Mais pas moi…

Elle a levé les yeux au ciel.

— Je ne serai pas si loin que ça, Magnolia.

— Je n'en ai rien à faire de toi…, ai-je grondé d'une voix agacée, même si bien sûr que si. Je ne… Ce n'est pas ce qui me… (J'ai soufflé.) Tu seras là quand je rentrerai vendredi ?

Elle a hoché la tête.

— Oui.

— Promis ?

Elle a hoché la tête.

— Tu t'assureras que Marsaili prépare un hachis parmentier ?

Bridget a levé les yeux au ciel.

— OK.

— Et toi, Allie et moi, on regardera la finale de « Big Brother » ensemble ?

Yeux au ciel.

— Oui.

— Tu promets que tu ne la regarderas pas avant sans moi… ?

— Promis.

Alors la sonnette a retenti. Marsaili a poussé un petit cri dans la cuisine, et Bridget a gloussé en la regardant traverser le vestibule à toute vitesse et ouvrir la porte en grand.

BJ se tenait sur le seuil.

— Bonjour, a-t-il souri.

Elle lui a tapoté les cheveux – un peu plus dorés à l'époque – et a descendu les marches pour rejoindre Lily, qui pleurait aussi, debout à côté du coffre. Elles sont tombées dans les bras l'une de l'autre et se sont mises à discuter.

J'ai baissé les yeux : Henry me saluait de la main dans la voiture.

— Bonjour, m'a dit BJ avec un grand sourire.

— Salut, ai-je répondu en souriant nerveusement.

— Prête ?

— Oui, ai-je menti.

— Ce sont tes affaires ?

Il a désigné ma valise.

J'ai hoché la tête.

— Je m'en occupe, a-t-il dit en se penchant, avec un sourire pour ma sœur. Salut, Bridget.

Elle a souri timidement.

— Salut, BJ.

Ma sœur et moi avons échangé un regard, puis j'ai suivi BJ en bas du perron.

Il s'est arrêté un instant.

— Tu veux aller lui dire au revoir ?

— Pas vraiment. Non, ai-je refusé.

Il a froncé les sourcils, croyant que je faisais preuve de méchanceté envers elle, mais elle a souri parce qu'elle savait que non.

Vous voyez bien, je n'ai jamais voulu dire au revoir à ma sœur. Ce n'est pas maintenant que ça va changer.

26

BJ

ÇA ARRIVE CHAQUE FOIS QUE JE SORS SANS ELLE. C'EST dingue, d'ailleurs : notre relation n'est ni un secret ni une rumeur. On est inséparables, en plus, mais bizarrement, j'ai plutôt l'impression que ça amplifie le phénomène.

J'entre avec Henry à *Boisdale*, où on rejoint les Hemmes à la table qu'ils y occupent toujours, au fond dans un coin. En traversant la salle, on croise des filles qui nous matent comme si on était le dessert.

Je leur décoche un sourire bref car la célébrité exige de maintenir un équilibre délicat. Vous ne pouvez pas vous montrer désagréable, ni les ignorer purement et simplement, parce que vous avez besoin des fans – c'est-à-dire de filles comme celles-ci. Du coup, il faut montrer que vous les voyez, être suffisamment disponible pour entretenir leur intérêt, mais pas trop si vous voulez protéger votre vie privée.

Je sens une drôle d'énergie entre les garçons depuis quelque temps. Ça n'a rien à voir avec Henry et Jonah. Tout est oublié, figurez-vous. Putain, entre Christian et moi d'abord, et Henry et Jonah ensuite, les cinq dernières années ont fait l'effet d'une tornade de merde.

C'est derrière nous, le soleil brille de nouveau, etc., mais l'ambiance a changé.

Je n'irais pas jusqu'à dire qu'il y a un froid, mais ce n'est plus comme avant. Je ne sais pas…

Ce soir, je commande un hamburger. J'en ai besoin. Je saute sur toutes les occasions d'en avaler, avant de rentrer chez moi pour retrouver un frigo rempli de jus d'herbe et de thé détox.

Jo commande un cigare, et on l'imite tous. Je sais que je vais me prendre un savon – si elle ne veut pas que je mange des hamburgers, je doute qu'elle apprécie que je fume des cigares, mais vu que j'en rapporterai l'odeur de toute façon, autant fumer.

J'essaierai de passer sous la douche avant qu'elle n'ait l'occasion de me renifler, lui dirai que c'étaient les garçons si elle me demande. Je ne veux pas qu'elle s'inquiète…

Je regarde Henry et pointe le menton vers lui.

— Tu aimes ce que tu fais ?

— Quoi ?

Il fronce les sourcils.

— Est-ce que tu aimes ce que tu fais ? répété-je. Avec papa.

Il hausse les épaules.

— C'est un boulot.

— Mais est-ce que ça te plaît ? insisté-je en croisant les bras sur ma poitrine.

Henry plisse les yeux.

— J'ai appris que vous vous étiez engueulés.

— Quoi ? intervient Jo, sourcils froncés. Encore ton père ?

— À quel sujet ? demande Christian.

Je décoche un regard agacé aux deux frangins avant de répéter les griefs paternels :

— Je ne fais rien de ma vie.

Christian hausse les épaules.

— Tu m'as l'air de remplir convenablement tes journées.

— Et puis qu'est-ce que ça veut dire, en fait ? lance Jonah, pensif.

— Nous y voilà…, soupire son frère en levant les yeux au ciel.

— Je suis sérieux, insiste Jonah. Qu'est-ce qu'on fout ? (Il hausse les épaules.) C'est trop con.

Je le regarde, perplexe.

— De quoi tu parles ?

Il tire une bouffée de son cigare et hausse encore les épaules.

— Tout ce que les gens font, ils le font soit par amour, soit pour le pouvoir, soit pour l'argent.

— Ou le sexe, ajoute Christian.

Jo hoche la tête et pointe l'index vers lui.

— Ou le sexe.

Je coule un regard vers Henry. Je ne suis pas trop.

— OK, dis-je en considérant Jo avec perplexité.

— Mon moteur à moi, c'est le pouvoir. (Jonah hausse les épaules. Il a prononcé le mot « pouvoir » sur le même ton que s'il avait commandé une autre bière.) C'est tout ce qui m'intéresse… C'est le premier truc auquel je pense en me réveillant le matin.

Il me sourit brièvement, et je me demande si c'est vrai. La première chose à laquelle il pense le matin, c'est le pouvoir ?

— Donc, en ce qui me concerne, reprend-il, c'est ce vers quoi tend mon existence. Mais toi… (il me désigne du doigt) tu t'en tapes.

— Et toi, tu es défoncé, fait remarquer Henry en observant notre ami.

— Ouais. (Jonah hoche la tête.) Mais ce n'est pas le sujet.

Henry et moi échangeons un regard. Jonah prend de la coke un mardi soir ? Ce n'est pas bon signe.

— De quoi tu parles, mec ? lui demande Henry.

Christian ricane.

— Je dis juste que tout ça, c'est pour que dalle.

Il vide son verre d'un trait. Son regard est un peu flou, maintenant que j'y prête attention. Putain, pourquoi je n'avais rien remarqué ?

— Si tu choisis la voie du pouvoir, BJ – ou de l'argent –, tu développeras l'entreprise de ton père, il sera fier de toi pendant une minute et ensuite il mourra…, annonce-t-il.

Henry recule la tête.

— Désolé, continue Jonah en nous regardant. Mais c'est vrai, il va mourir, comme tout le monde. Et alors la fierté disparaîtra, et tu te retrouveras à te demander : « Putain, mais pourquoi j'ai fait tout ça ? »

Henry hausse les épaules, s'efforçant de suivre Jonah dans ses divagations.

— Eh bien, il aura fait prospérer une entreprise, qu'il léguera à ses enfants, et…

— Pour que ses enfants se retrouvent à se torturer à leur tour parce qu'ils n'auront pas envie de faire ce que lui n'avait déjà pas envie de faire au départ…, marmonne Jonah avant de hausser les épaules. Et je suis bien placé pour le savoir… Je veux dire, je ne veux pas faire ce que je fais, et je le fais quand même, déclare-t-il – je m'aperçois qu'en fait il fixe le vide derrière moi. Je mourrai même probablement en le faisant…

— Jo…, dit Christian en fronçant les sourcils, un peu inquiet.

Je pose ma main sur son épaule.

— Qu'est-ce qui se passe ?

Jonah me regarde en clignant des yeux.

— Mmm ? (Il secoue la tête.) Rien.

Il me donne une claque sur l'épaule et parvient à sourire.

— Il y a plein de choses dans le monde dont tu peux tomber amoureux, BJ. Je suis foutu. (Il tend le doigt vers Christian.) Il est foutu. (Désigne mon frère.) Potentiellement foutu, à confirmer. Mais toi… (Il pointe le menton vers moi.) Il fut un temps où tu as probablement été le plus mal barré de la bande, mais aujourd'hui, c'est toi qui as tout compris.

27

MAGNOLIA

À L'OCCASION DE L'ANNIVERSAIRE DE LILY, HAMISH A LOUÉ un yacht fabuleux pour une croisière en famille (Ballentine-Parks) autour de la Corse.

C'est encore tendu entre BJ et son père. J'ai demandé à Henry si nous devrions intervenir, et il m'a répondu grossièrement : « Je sais que ça va horriblement te coûter, mais essaie de ne pas t'en mêler. » Je dois néanmoins reconnaître que, n'étant pas spécialiste des relations père-fille, je le suis encore moins quand il s'agit des liens entre un père et son fils.

La distribution des cabines s'est révélée assez catastrophique pour Allie et Maddie : étant actuellement célibataires, elles doivent en partager une (est-il nécessaire de préciser que Madeline a fait un scandale ?). Les garçons, tous deux en couple (et susceptibles, comme leur père l'a formulé avec une grande subtilité, de « s'envoyer en l'air toute la semaine »), ont chacun la leur.

Les quatre dernières reviennent respectivement à maman et Bushka, Harley et Mars, et bien entendu Lily et Hamish.

La maison est pleine – pardon, le bateau. Le navire ? Quand est-ce qu'un bateau devient un yacht ? Et quelle taille doit mesurer un yacht pour être considéré comme un navire ? Hum…

Bref, nous sommes nombreux.

Les deux premiers jours ont été idylliques. Dignes d'un spot publicitaire, tant ils ont frôlé la perfection. En ce qui me concerne, ladite perfection vole en éclats chaque fois que quelqu'un évoque

Bridget, avec cette légèreté et cette évidence qu'on réserve aux gens qu'on aime. Alors son nom reste en suspension dans l'air, et tout le monde se tait. Seuls BJ et Henry osent me regarder, comme si ma douleur était blessante ou trop grande et trop brillante pour qu'on la regarde dans les yeux.

Je me force à leur offrir un sourire rassurant, et puis je me lève et vais aux toilettes – tous croient que j'ai une grippe intestinale, mais je parle juste à ma sœur.

Elle me trouverait bien prétentieuse de me référer au canotier Cordobes d'ELIURPI en l'appelant mon « *yacht hat* », et elle me pourrirait si elle apprenait que j'ai apporté quinze maillots de bain pour une croisière de six jours – mais j'aime avoir le choix, et puis vous avez vu la dernière collection de Magda Butrym ? Sérieusement, tout le monde devrait m'applaudir de m'être limitée à quinze.

Tout à l'heure, Allie et moi nous sommes retrouvées seules sur l'un des ponts. Nous n'avons guère parlé, mais sa compagnie m'a apaisée. Ça m'a fait du bien de sentir l'ampleur de son chagrin contre le mien, tels deux ballons géants qu'on remplit d'eau peu à peu, jusqu'à ce qu'ils éclatent, trempant tous les gens autour – ce qui n'est pas pour aujourd'hui.

Aujourd'hui, c'est sports aquatiques.

Hamish adore programmer des tas d'activités : parachutisme ascensionnel, ski nautique, wakeboard, jet-ski, etc.

Au cours d'une de ces journées d'activités sur l'eau, il y a quelques années, Lily m'a accidentellement donné un coup de genou dans la tête. Nous étions sur un bateau banane. J'ai failli me noyer. J'ai perdu connaissance et commencé à couler. C'est Jonah qui a plongé et m'a remontée.

Le cher garçon… Ça l'avait beaucoup secoué, lui faisant presque revivre l'accident de sa sœur. D'après BJ, cela avait peut-être réparé une blessure en lui, après toutes ces années à culpabiliser de ne pas l'avoir sauvée. Ce jour-là, quelque chose s'est relâché en lui, et BJ a dit qu'il ne l'avait plus vu comme ça depuis longtemps.

Tout ça pour dire que désormais Lily et moi maintenons une distance respectueuse entre nous et les bateaux bananes.

Mes parents ne se gênent pas, en revanche, parce qu'ils sont à peu près aussi prévenants et perspicaces qu'un paquet de chips.

— C'est assez incroyable, non ? déclare Lily, les mains sur les hanches.

Elle porte la jupe portefeuille midi Gucci en coton blanc à imprimé floral bordée de bleu marine, et les escarpins Belle Vivier bleu marine ornés d'une boucle de chez Roger Vivier. Ces derniers ne conviennent pas vraiment à bord d'un yacht, si vous voulez mon avis, mais ici, l'élégance passe avant tout. C'est moi qui les ai choisis à son intention. Elle observe mon père, pris en sandwich entre Marsaili et ma mère sur un bateau banane.

— Sans doute, oui, dis-je en les regardant.

De façon générale, j'évite de les complimenter, mais je fais une exception.

BJ les observe aussi. Il a l'air en colère contre eux, mais ce n'est pas nouveau.

Il y a régulièrement des tensions entre Harley et lui.

Quand nous avons commencé à sortir ensemble, je sais que BJ en avait une peur bleue – mais il a vite compris que le seul adulte de ma vie qu'il devait vraiment redouter, c'était Marsaili.

Marsaili dirigeait la maisonnée d'une main de fer. Parfois.

C'était elle qui fixait les règles – les règles cohérentes, en tout cas.

Car il arrivait à Harley d'en établir, durant les rares et brefs moments (imprévisibles, aussi) où l'envie lui prenait de se comporter comme un père. Parfois, il était celui qui faisait tourner la bouteille de Grey Goose, et puis de temps à autre, pour une raison que je ne m'expliquais pas à l'époque, pas plus aujourd'hui, d'ailleurs, il décidait soudain qu'il n'était pas correct que je dorme chez BJ, alors que j'avais dix-sept ans. Il lui est arrivé de sonner chez les Ballentine à 3 heures du matin et d'exiger que je rentre à la maison avec lui.

BJ adorait le foutre en rogne. Imaginez que votre fille adolescente sorte avec BJ ? Le cauchemar !

Je suis peut-être responsable de cette dynamique entre eux.

Il m'est arrivé quelque chose quand j'étais plus jeune. Personne n'est trop au courant à part BJ. Je pense que c'est la raison du départ bancal de leur relation. Je n'aurais probablement pas dû en parler à BJ, ce que j'ai fait avant qu'on soit vraiment ensemble, pendant nos fameuses vacances à Saint-Barth. Je ne sais même pas pourquoi je lui ai raconté. Il m'a posé une question, et c'est sorti tout seul. Mais comment aurais-je pu deviner à l'époque que nous serions ensemble pour toujours et que cela donnerait une nuance passive-agressive à ses rapports avec mon père pour les décennies à venir ?

Je me souviens d'une scène, l'année de mes dix-sept ans. Nous assistions au mariage d'un des chanteurs avec lesquels Harley travaille souvent. BJ et moi étions ensemble, et il nous a accompagnés. À un moment de la soirée, Harley a surpris BJ une main sous ma robe, la bouche dans mon cou. Harley s'est raclé la gorge bruyamment et a attendu que nous le remarquions.

BJ s'est tourné vers lui, le regard voilé, et lui a lancé : « Yo, mec. » Là, Harley a pété un câble. Il a balancé BJ contre un mur, son avant-bras sur sa gorge. Quelqu'un a pris une photo et l'a vendue – les journaux se sont jetés sur l'histoire.

« Tempête à Gangsta's Paradise », a titré le *Sun*, il me semble.

Débile et carrément raciste, étant donné qu'il n'y avait pas un seul gangster en vue et que je ne crois pas que Harley ait produit cette chanson.

En bref, ils ont toujours eu tendance à se comporter comme des imbéciles, et je ne suis donc ni alarmée, ni surprise, ni même méfiante quand je remarque l'expression de BJ alors qu'il observe mon père dans l'eau, assis entre son ex-femme et la nouvelle, même s'il donne l'impression de vouloir lui coller son poing dans la figure.

— Vraiment incroyable, souffle Lily sans les quitter des yeux. Certains couples, une fois séparés, ne peuvent même plus se trouver dans la même pièce… Tu connais nos amis Vrille et Tommy Thurstan ? Quand elle a découvert que Tommy l'avait trompée, mon Dieu… Sachant qu'ils sont tous les deux invités à votre mariage, tu n'imagines pas le casse-tête du plan de table – j'ai l'impression d'organiser un sommet de l'OTAN… Et puis… (elle esquisse un geste vers mes parents, filant sur un bateau banane au large de la côte amalfitaine) il y a ces trois-là, raisonnables, fonctionnels et…

Je lui lance un regard.

— Je n'irais pas jusque-là…

Lily me donne une tape sur le bras qu'elle accompagne d'un regard malicieux.

— Viens avec moi…

BJ m'attrape la main sans prévenir. Il a les traits crispés… Mais, après tout, je le trouve toujours un peu tendu en ma présence, depuis quelque temps.

— Où ? demandé-je en adressant un sourire d'excuse à sa mère.

— Allons nager avec Henry et Romilly, dit-il en m'entraînant vers l'autre extrémité du yacht.

Nous trouvons les tourtereaux sur la plage arrière en train de se peloter, comme ils n'ont pas cessé de le faire depuis le début de la croisière.

— Les mains en l'air pour qu'on puisse les voir ! lance BJ.

Henry s'écarte de Romilly, sur laquelle il était allongé à même le pont, décoche à son frère un regard quelque peu abattu et soupire en roulant à côté d'elle.

— Tu peux parler ! se moque-t-il. Ton index et ton majeur ont disparu durant presque toute ta seizième année sur cette planète, mec.

Romilly lui donne une tape, BJ ricane et je grimace.

— Quelle remarque inconvenante, Henry ! (Je le gratifie d'un regard noir auquel il répond par un grand sourire satisfait.) D'une grossièreté choquante.

— Non, Magnolia… (Henry secoue la tête.) Ce qui a été d'une grossièreté choquante, c'est les commentaires en direct que tu as essayé de partager avec moi la première fois que c'est arrivé.

Je le fusille du regard, bouche bée, mais BJ sourit jusqu'aux oreilles.

— Je m'en suis tiré comment, alors ?

Henry lève les yeux au ciel.

— Elle a vu le monde en couleurs pour la première fois.

— Ce n'est pas ce que j'ai dit ! m'écrié-je.

— Et qu'est-ce que tu as dit, alors ? demande BJ en souriant comme le chat qui a trouvé la crème.

Je croise les bras et lui passe devant.

— Ça ne te regarde pas…

— Je crois que tu vas te rendre compte que si…, me lance-t-il.

Mais je l'ignore et m'allonge près de Romilly et Henry. Nous passons l'heure suivante à rire et bavarder au soleil, et nous devons former une scène digne d'un montage Instagram qui pourrait s'intituler « Un été à l'italienne ». Je suis heureuse et détendue, l'esprit léger pendant une minute – un peu comme avant. Libérée de mon nouveau compagnon de tous les instants, le chagrin. C'est encore plus dur quand il se glisse de nouveau en moi, dès que le jour commence à baisser.

Le soleil descend peu à peu derrière l'horizon, et je tombe dans le bain glacé du souvenir de ma sœur.

Je m'empresse de m'excuser, et BJ m'adresse un sourire triste parce qu'il me connaît. Il est le seul à pouvoir voir à un kilomètre que les nuages ont envahi mon ciel.

*

— Pourquoi tu ne me parles que dans les toilettes et les salles de bains ? me demande le fantôme de ma sœur alors que je me tiens devant le lavabo de celle de notre cabine.

Je réponds qu'elle est l'incarnation d'une cuvette, et je me sens tout de suite mal et retire ce que je viens de dire.

— Tu aimes les bateaux, au moins ?

— Ils sont socialement limités, concédé-je. Mais nous ne sommes pas très loin de la côte. Si je sature, je demanderai simplement à un des garçons de me raccompagner à terre à la rame.

Elle me regarde avec un petit sourire un peu méchant.

— BJ a tellement de chance… Tu es si facile à vivre…

Je lève les yeux au ciel sans un mot, examine mes ongles, me débrouillant pour qu'elle voie ma bague de fiançailles, comme dans une sorte de jeu de pouvoir auquel elle serait parfaitement indifférente, de toute façon : je ne crois pas que ça l'ait intéressée un jour de se marier, et certainement pas avec BJ.

— Comment se passe l'organisation, d'ailleurs ? s'enquiert-elle.

Je hausse les épaules, ne sachant pas quoi répondre. Ça avance, voilà. Je crois que j'y participe, d'ailleurs. Je ne me rappelle pas vraiment. C'est triste et flou, sans elle.

— Tu comptes remonter l'allée au bras de papa ?

Je lève les yeux vers elle, légèrement déstabilisée par sa question.

— Je suppose.

Pour être honnête, je n'y avais pas pensé. C'est à l'homme au bout de l'allée que je me suis toujours intéressée, pas à celui qui me mènera jusqu'à lui.

— Ce ne serait pas convenable autrement, si ? lui demandé-je.

Elle hausse les épaules.

— Tu pourrais remonter l'allée seule, me dit-elle. Tu ne lui appartiens pas. BJ ne lui a pas versé de dot pour avoir ta main…

— Tu ne trouves pas que les traditions ont du charme ?

— La seule question importante, c'est si toi tu leur trouves du charme. (Elle hausse de nouveau les épaules.) D'une certaine façon, papa nous a cédées il y a longtemps.

— Cela impliquerait qu'il nous ait revendiquées à un moment…, fais-je remarquer en lui lançant un coup d'œil entendu.

Elle lève les yeux au ciel.

— Nous avons partagé de bons moments avec eux…

— Ah ouais ? Je ne vois pas de quoi tu parles.

28

Magnolia

Je vois très bien, en fait.

Ces moments ont été rares, mais ils ont ponctué épisodiquement ces deux décennies.

Je n'ai pas beaucoup de souvenirs de mes parents heureux ensemble ni d'images de notre famille affichant un bonheur digne de figurer dans un album photo. Pas comme celle de BJ – une vie où, si vous pouviez vous tenir à l'orée du temps, fermer les yeux et tourner sur vous-même avant de pointer le doigt au hasard, quel que soit l'endroit où vous vous arrêteriez, quelles que soient l'année et les circonstances, Lily et Hamish formaient un couple uni, des parents cohérents et équilibrés qui aimaient la compagnie de leurs enfants.

La vie de la famille de BJ est comme un magnifique édredon en patchwork, un assemblage de carrés traditionnels et classiques, alors que celle de la mienne évoque les bribes de souvenirs qui vous viennent une nuit où vous êtes terrassé par l'alcool.

Complètement ratés pour la plupart, mais à l'occasion, transperçant la désolation, il y a ces flashs brillants cinématographiques.

« Tes parents sont assez marrants », m'a dit BJ une fois. J'avais quinze ans, nous étions allés à *Cirque le Soir*, où nous étions tombés sur ma mère et mon père, respectivement bourrée et défoncé.

Il y a eu un moment amusant où nous nous sommes tous vus en même temps – tous pris la main dans le sac.

J'avais donc quinze ans, BJ seize, nous n'avions clairement pas l'âge légal pour être là, mais bon, est-ce que mes parents auraient dû se trouver dans le club où nous étions entrés en douce ? Probablement pas.

Une chose pareille ne se serait jamais produite avec les parents de BJ – pas une fois même en un million d'années. Lily préférerait mourir plutôt que de mettre un pied sur Ganton Street après la tombée de la nuit un week-end. Ce que je veux dire, c'est que peut-être que Harley et Arrie aussi faisaient quelque chose de mal. Le temps s'est arrêté : les yeux écarquillés, BJ et moi regardions fixement mes parents, leurs yeux à eux brouillés par tout l'alcool et la coke qu'ils avaient pris avant notre arrivée.

Et là, Harley a secoué la tête, souri et passé un bras autour des épaules de BJ. Ma mère a tapé dans ses mains et a serré Jonah et Henry contre elle. Je crois même qu'elle a embrassé Christian sur la bouche. Telle mère, telle fille, je suppose ?

BJ était déjà un peu en froid avec Harley à cette époque à cause de ce truc que je lui avais raconté, mais il a suivi le mouvement. N'étant pas censé savoir, il ne pouvait rien dire.

Ce soir-là, c'est la première fois que je l'ai vu en quelque sorte accepter Harley, s'abandonner au chaos, essayer d'y trouver son compte.

Cette soirée est un bon exemple de la façon dont ça pouvait être amusant quand nos parents ne se comportaient pas comme des parents. En feuilletant rapidement le livre de ma vie et de celle de Bridget, vous découvrirez de très nombreux exemples de combien il peut être dangereux et/ou traumatisant d'avoir des parents qui ne remplissent pas leur rôle. Mais je crois avoir établi ce fait. Ce que vous ignorez peut-être, ce sont les histoires que je conserve bien plus près de mon cœur, les quelques souvenirs magiques que je garde de moments où l'on aurait dit que a) ils s'aimaient vraiment et b) j'avais une famille normale.

*

C'était un samedi soir. Il était tard. J'avais seize ans. Uber Eats n'existait pas encore. BJ et moi venions juste de finir ce que font souvent les adolescents quand on les laisse livrés à eux-mêmes dans une chambre dotée d'un lit incroyablement douillet. Affamés, nous sommes descendus demander à Marsaili de nous préparer quelque chose, pour découvrir qu'elle avait pris sa soirée.

— Quel culot ! (J'ai cligné des yeux en contemplant le réfrigérateur rempli de nourriture que je n'avais aucune idée de comment préparer.) Quelle irresponsabilité !

J'ai levé les yeux vers BJ, atterrée.

— Pas vraiment. Je veux dire, tes parents sont à l'étage, Parks…

J'ai levé les yeux au ciel.

— Comme s'ils savaient cuisiner !

Il a affiché un petit sourire narquois.

— Viens, ai-je marmonné avant de le traîner jusqu'à la chambre de Bridget.

Allie et elle étaient allongées côte à côte sur son lit à lire en silence, comme les deux adorables petites *nerds* qu'elles étaient.

— Tu savais que Marsaili était partie et qu'il n'y a rien à manger !

J'ai regardé fixement ma sœur, incrédule.

— Ouais, elle est rentrée en Écosse pour le week-end…

— POUR LE WEEK-END ? ai-je crié.

Bridget a levé les yeux au ciel.

— C'est l'anniversaire de son père.

— Ça va être sa veillée funèbre à elle dans une minute si je ne mange pas quelque chose.

Bridget m'a lancé un regard hostile comme le font les sœurs.

— Tu n'aimes même pas manger…

BJ a passé un bras autour de moi, et je lui ai rendu son regard.

— Si, parfois.

— J'ai faim aussi, a-t-il dit avec un haussement d'épaules, ce qui a motivé ma sœur à agir – très contrariant.

— Nous avons dîné il y a trois heures, a fait remarquer sa sœur, perplexe.

— Peut-être, Allie, mais j'ai déjà tout brûlé ! a-t-il rétorqué, très content de lui.

Allie a froncé les sourcils.

— En faisant quoi ?

BJ m'a désignée du pouce, et nos sœurs ont froncé le visage.

— Bon, allons-y…, a soupiré Bridget en menant la charge dans le couloir conduisant à la chambre de nos parents, dont elle s'est contentée d'ouvrir la porte à la volée sans frapper.

Et les voilà – je n'entrerai pas dans le détail, mais il est certain qu'ils étaient en train de passer un très bon moment, et que, s'il s'était agi d'un film, des gens auraient payé très cher pour le voir.

Mais il ne s'agissait pas d'un film ; pourtant, quelqu'un (eux) s'apprêtait aussi à le payer très cher, mais de façon assez différente.

— DÉGUEU ! a hurlé Bridget en se plaquant les mains sur les yeux.

Je me suis blottie contre BJ et me suis couvert le visage de ses mains.

— Vous avez des montagnes de fric et vous n'êtes pas foutus de vous acheter un verrou ? leur ai-je crié.

Il y a eu des gesticulations maladroites pour se séparer, accompagnées des grognements contrariés de mon père et des gloussements de ma mère tandis qu'ils essayaient tous les deux de se couvrir d'un drap.

— Répugnant ! a encore crié Bridget.

— Il est 21 heures ! ai-je hurlé.

BJ s'est mis à rire près de moi tandis que Harley trottinait vers nous, un drap noué autour de la taille. Il a écarté vivement les mains de BJ de mon visage et a planté son regard dans le mien.

— Et quand est-ce que tu voulais qu'on le fasse, alors ?

— Je ne sais pas, ai-je dit en haussant les épaules. Une fois ? En 1997 ?

Il a levé les yeux au ciel tandis que ma mère venait se placer à côté de lui, enveloppée dans un autre drap. Elle était très belle. Je me souviens d'avoir pensé ça. Elle rayonnait de cette manière curieuse et spéciale qu'on a après avoir fait l'amour avec quelqu'un qu'on aime vraiment, une chose que j'ignorais jusqu'à l'année dernière, quand j'ai couché avec des garçons que je n'aimais pas vraiment et avec lesquels je n'avais pas ce rayonnement magique que je n'ai jamais eu qu'avec BJ, et peut-être très, très rarement avec un des autres, mais probablement pas.

Elle a tendu la main et frotté affectueusement le bras de mon copain, ce qui n'a pas manqué de nous faire lever les yeux au ciel, Harley et moi – même si je reconnais qu'il était difficile de le lui reprocher, étant donné que si tous les autres corps de la planète sont composés à soixante pour cent d'eau, Baxter James Ballentine est constitué de soixante pour cent de soleil, alors si l'occasion se présentait de toucher le bras du soleil, bien sûr que vous la saisiriez.

— Et une autre fois en 1999, a ajouté Bridget.

— Ou bien… ! (J'ai croisé les bras.) Uniquement entre 1 heure et 3 heures du matin, après m'avoir droguée pour que je sois complètement inconsciente.

— Seigneur…, a soupiré Harley.

— Inconsciente ! ai-je hurlé.

BJ s'est appuyé au chambranle de la porte et a regardé mon père, le sourire insolent que j'aime tant dansant sur ses lèvres.

— Pourquoi tu te mets dans cet état, Parksy ? (Il a baissé les yeux vers moi.) Après tout, on faisait la même chose il y a une demi-heure…

Harley a pointé un doigt d'avertissement vers lui.

— BJ ! s'est exclamée Allie en se couvrant les oreilles.

— Ce n'est pas exactement ce que nous avons fait.

Bridget a secoué la tête d'un air dubitatif.

— Je ne suis pas sûre que tu devrais dire ça non plus.

— Vous pouvez tous regagner vos chambres, a grondé Harley en montrant l'extrémité du couloir, mais sans lâcher BJ du regard.

— Oh, vous n'aviez pas fini ? a demandé gaiement BJ. Vous avez besoin d'une minute ?

— J'ai besoin d'une minute pour enfoncer ta putain de tête dans…

— Harley…, ai-je soupiré en levant les yeux au ciel.

— Papa, m'a-t-il corrigée.

— Si tu le dis… (J'ai haussé les épaules.) Je ne te ressemble pas du tout.

Si, en fait. Un peu. Je ne sais pas pourquoi j'ai dit ça. Pour le provoquer, peut-être ?

Bridget a soufflé par la bouche.

Harley a fait une drôle de tête. Je l'avais vexé…

— Tu me ressembles énormément.

— Non…, ai-je rétorqué, les sourcils arqués. Bridget, oui. Moi, je lui ressemble…

J'ai désigné maman.

Il a levé les yeux au ciel, exaspéré.

— Tu crois que tu dois la couleur de ta peau à ta mère qui est blanche comme un nichon ?

— Chéri…, a protesté ma mère, déçue. Ne dis pas « nichon », c'est très vulgaire.

— Ouais, Harley…, ai-je renchéri. Ne sois donc pas si vulgaire.

BJ a passé son bras autour de moi sans rien dire, mais il a haussé un sourcil et lui a décoché un sourire très content de lui.

— Putain, gamin, tu vas dégager, oui ?

— Non. (J'ai secoué la tête.) Il dort ici, ce soir.

Les yeux de mon père lançaient des éclairs.

— Dans une chambre d'amis.

Bridget a ricané, et j'ai levé les yeux au ciel.

— OK, ai-je gloussé, amusée par cette idée idiote.

Harley s'est tourné vers ma mère.

— Il dort dans la chambre d'amis, on est d'accord ?

Ma mère lui a lancé un regard appuyé, et Harley a secoué la tête puis agité un doigt menaçant devant mon copain.

— Je vais te faire ravaler ton putain de sourire…

— Excuse-moi… (Je me suis placée entre mon père et BJ.) Tu as menacé mon copain genre quatre fois depuis le début de cette conversation, alors que c'est toi, celui qui est en train d'avoir des rapports S-E-X…

— Avec ma femme ! a-t-il crié.

— Dégueu, a grondé Bridget au moment où je lui décochais un regard écœuré et marmonnais : « Dégoûtant… »

Je me suis tournée vers ma mère.

— Ça avait l'air assez inconfortable…, ai-je dit prudemment.

Harley a continué de secouer la tête en expirant, dans ce qui était, je crois, une tentative désespérée de retrouver son calme.

— Quel cauchemar !

Ma sœur a eu un air gêné.

— Ouais, tu te sens bien ?

Allie s'est tournée vers sa meilleure amie et a pris la parole avec bien plus d'autorité en la matière que je suis sûre qu'elle en a vraiment, encore aujourd'hui. Mais bon, c'est une Ballentine, après tout.

— Il y a des gens qui aiment ça, tu sais, a-t-elle expliqué à Bridget.

BJ s'est dévissé le cou pour faire les gros yeux à sa petite sœur.

— Mais pas toi, hein ?

— Effectivement.

Ma mère a hoché la tête, et je lui ai lancé un regard sévère.

— Effectivement ? (Tout mon visage s'est froncé.) Tu as effectivement aimé ça ?

Harley a paru offensé.

— Bien sûr qu'elle a aimé.

BJ m'a donné un coup de coude malicieux et a incliné la tête dans la direction de ma chambre.

— Tu veux… ?

Harley a fait mine de l'étrangler.

— Je vais te…

— Oh… (BJ a secoué la tête.) En fait, mec, ce n'est pas vraiment notre truc.

Il a encore gratifié Harley d'un de ses grands sourires suffisants, ravi de sa blague, contrairement à Harley qui a fait un pas menaçant vers lui. Je me suis interposée.

— Pousse-toi, m'a-t-il dit.

— Non.

Harley a pointé le menton vers mon copain, debout derrière moi.

— Largue-le.

— Non plus.

Harley a laissé échapper un grognement avant de se couvrir les yeux de ses mains et de souffler de nouveau.

— Qu'est-ce que vous êtes venus faire dans notre chambre ?

— On a tous faim, ai-je répondu avec une petite moue.

Un autre soupir de Harley.

— Ouais… (BJ a hoché la tête avec désinvolture.) Parks et moi, on vient de se dépenser à donf, et on…

Il n'a même pas réussi à terminer sa phrase sans éclater de rire, mais ça n'a pas empêché Harley de lui sauter dessus. BJ l'a esquivé et s'est mis à courir comme un fou dans le couloir.

— En fait, chéri, a lancé ma mère à son mari, ta femme aussi a faim.

BJ a levé les pouces à l'intention de mon père.

— Bien joué ! s'est-il exclamé, hilare, sans cesser de courir.

S'est ensuivi le grognement numéro trois de la soirée de Harley Parks – ou était-ce le quatrième ? J'ai perdu le compte. Il y en a eu tellement. Il adore être exaspéré. Marsaili a toujours soutenu que, sans l'exaspération, il ne ressentirait jamais aucune émotion. Eh bien, il semblerait qu'elle ait raison.

Harley a regagné leur chambre d'un pas furieux.

— Allez nous attendre dans l'entrée, a-t-il ordonné en pointant le doigt en direction de l'escalier.

Maman et lui se sont habillés (heureusement), puis nous nous sommes tous empilés dans la Range Rover et il nous a emmenés chez *McDonald's*.

Le contexte est essentiel, non ? Les bons souvenirs de nous quatre sont des atolls isolés vers lesquels j'ai nagé et manqué de me noyer, à bout de forces. Les bons moments partagés avec sa famille formaient en revanche pour BJ tout un continent. Peut-être est-ce pathétique que l'un des souvenirs les plus tendres que Bridget et moi ayons avec nos parents soit celui-ci. Peut-être pas. Peut-être que ce n'est pas grave ?

Parce que si vous n'écoutez que cette histoire et la considérez pour ce qu'elle a été sur le moment, si vous oubliez que, deux semaines plus tard, j'ai surpris Harley en train de rouler une pelle à cette gamine de « X Factor » dans un club où il ignorait que je me trouvais, si vous vous concentrez sur le fait que, ce soir-là – ce samedi soir, spécifiquement –, il s'est montré un mari attentif, un père présent et, de façon générale, une personne assez amusante… peut-être nos parents n'étaient-ils pas si mal, après tout.

29

BJ

À BORD DU YACHT, LES JOURNÉES S'ÉCOULENT SANS ACCROC. Super chill.

On lézarde au soleil, descend dans des ports, mange dans des bons restaurants… J'ai un peu du mal à suivre ce que Parks mange, parce qu'on nous apporte souvent de grands plats où chacun se sert, ou des antipasti.

En revanche, tout à l'heure, j'ai eu moins de mal à suivre ses pensées quand elle m'a regardé commander.

J'ai choisi les crevettes *fra diavolo*, et elle a cligné des yeux genre quarante fois.

Je me suis penché vers elle.

— Ça va ?

Elle s'est empressée de hocher la tête.

— On ne dirait pas…, ai-je murmuré, et le serveur est passé à Henry.

— C'est juste que beaucoup de gens sont allergiques aux fruits de mer…

— Mmm. (J'ai hoché la tête, sourcils froncés, perplexe, avant de me désigner du doigt.) Mais moi, non. Toi non plus.

— Mais on peut le devenir à n'importe quel moment de sa vie, sans prévenir.

J'ai plissé les yeux.

— Mais ce n'est pas le cas.

— Comment le sais-tu ?

J'ai poussé ma lèvre supérieure de ma langue.

— Parce que je ne suis pas allergique aux fruits de mer.

Elle a croisé les bras et détourné le regard.

J'ai laissé tomber ma tête en arrière et contemplé le plafond de cet antique restaurant qui a probablement assisté à de nombreuses disputes de couple au cours de ses cent cinquante ans d'existence. Je me suis demandé combien avaient éclaté à cause d'une allergie aux fruits de mer hypothétique et totalement inexistante.

J'ai passé mon bras autour de ses épaules.

— Tu veux que je commande autre chose ?

— Non ! (Elle m'a regardé.) Ce serait exagéré.

Elle a ri nerveusement. Je déteste la voir nerveuse, alors j'ai effleuré ses lèvres des miennes et j'ai commandé un poulet *cacciatore*.

Mis à part quelques petites tensions du genre, ça a été cool.

Cool de quitter Londres – je persiste : on est tellement mieux loin de Londres. En Italie, personne n'en a rien à foutre de nous.

Magnolia qui accompagne ses parents quelque part à Londres, ça fait généralement la une. Ici, tout le monde s'en tape.

À propos, Harley et Arrie sont un peu trop détendus… J'ai surpris des mains baladeuses, des regards échangés à la dérobée, ce genre de conneries.

Hier soir, j'ai dit à son père de se tenir. Il a poussé cette espèce de grognement guttural qui revenait à me traiter d'imbécile qui s'inquiète pour rien ou je ne sais quoi. Le truc, c'est qu'il n'a jamais été prudent. Il ne fait attention à rien. Jamais. On pourrait même presque en déduire qu'il le fait exprès – dans la plupart des domaines de sa vie, en tout cas. Et j'ai le regret d'affirmer qu'il est particulièrement inconsidéré quand il est question de la fille de ma vie.

Dans les moments comme celui-ci, je dois faire un effort surhumain pour ne pas lui dire que je sais ce qu'il a fait. Ce qu'il lui a fait. J'ai toujours eu envie de le lui balancer à la gueule, de lui mettre mon poing dans la tronche, mais leur relation est déjà suffisamment compliquée comme ça.

Elle le déteste… officiellement. En tout cas, elle éprouve à son égard un ressentiment d'une intensité surréelle, et ce, sans savoir quoi que ce soit de sa dernière connerie en date. Alors je ne veux pas en rajouter, putain, lui en rajouter à elle, parce que bien sûr qu'elle ne le déteste pas vraiment. Elle se comporte comme si c'était le cas, en fait des tonnes, mais je doute que, à part moi, il existe une autre personne dans le monde qui puisse lui faire autant de mal que lui.

C'est bien pour ça que ce qui va se produire est complètement la merde.

*

La nuit tombe. Nous avons passé la journée sur une plage près de Fiordo di Furore. Parks me rend fou, à brunir à vue d'œil. Ses yeux sont de plus en plus brillants – elle est resplendissante, au point que, à deux reprises aujourd'hui, je l'ai regardée, j'ai ri et j'ai dû aller nager.

On regagne tous le yacht pour le coucher du soleil. Ensuite, on monte sur le pont supérieur – Henry, Romilly, elle et moi. Les filles ont déjà bu quelques coupes de champagne – à une époque, ça n'aurait pas eu grande importance, mais aujourd'hui, il ne reste plus grand-chose d'elle, si bien que l'alcool monte vite.

Elles essaient de danser le Dougie. Pour la fille d'un célèbre producteur de musique, son manque de rythme est alarmant.

Je me marre avec Henry, tout va bien, et puis je commets une erreur – même si ce n'est pas entièrement ma faute : j'entraîne Parks jusqu'à la rambarde pour admirer le coucher de soleil. Elle n'a jamais raffolé des couchers de soleil. Moi, je les adore, je les ai toujours trouvés romantiques, alors elle les regarde avec moi pour me faire plaisir.

Je rentre un peu la tête dans les épaules, pose mon menton dans le creux de son cou, et on s'emboîte comme si l'on était sculptés dans la même pierre. Je savoure quarante-cinq secondes de ce sentiment de paix rare, merveilleux, facile, et puis je sens son corps se tendre contre le mien.

— Putain de merde ! s'étrangle-t-elle, et je n'ai pas besoin de regarder pour deviner ce qu'elle a vu.

Son père et sa mère, un peu comme nous au même instant. Son corps à lui carrément pressé contre celui d'Arrie. Pas moyen de faire passer ça pour une démonstration d'amitié. Ni même comme la manifestation d'un reste d'intimité, ou de promiscuité insouciante dans laquelle on peut glisser accidentellement avec un ex. Là, c'est indubitablement sexuel.

Le menton de Harley ne repose pas dans le creux de son cou, en revanche, mais ils n'ont pas été sculptés dans la même pierre, putain.

Sans prévenir, Parks tourne les talons et dévale l'escalier.

Je me couvre les yeux, souffle « Merde… » avant de me lancer à ses trousses.

Elle court vite, vous vous rappelez ? Quand je la rejoins, plantée à deux mètres de ses parents, elle est déjà en train de crier :

— Qu'est-ce que c'est que ce bordel ?

Harley et Arrie se retournent d'un bond, et les yeux de son père se posent sur moi avant de s'assombrir.

— Tu lui as dit ?

Il me fusille du regard, et sa fille se retourne vers moi, les yeux écarquillés par l'angoisse.

— Tu savais ?

Je ferme les yeux une fraction de seconde. *Connard !*

— Non…, réponds-je à son père en lui lançant un regard assassin.

Puis je me tourne vers Magnolia et hoche une fois la tête.

— Oui, lui dis-je avant d'expirer lentement – quoi qu'il soit en train de se passer, ça me soûle déjà. Elle vous a vus… Putain, vous ne vous cachez même pas !

Henry et Romilly nous ont rejoints.

— Tu savais, répète-t-elle d'une voix éteinte.

— Parksy, écoute…

Son front se plisse tandis qu'elle passe en revue mentalement les derniers mois.

— Quand je vous ai trouvés tous les trois dans son bureau le jour de mon anniversaire…

Je hoche la tête.

— Je venais de les surprendre en pleine action.

— Ce n'est pas possible…

Elle fronce les sourcils, et je vois bien qu'elle a les larmes aux yeux.

— Magnolia…

Sa mère fait un pas vers elle.

— Allez vous faire foutre…, siffle Parks en pointant le doigt vers ses parents.

Puis elle se tourne vers moi, dévastée.

— Tu m'as menti ?

— J'essayais de…

— Depuis quand est-ce que tu sais ?

Je me tourne vers ses parents. Son père évite mon regard – cette merde ! Le gros balèze ne fait plus le malin, maintenant. Je me tourne de nouveau vers Parks.

— Cinq mois.

— La vache…, souffle Henry.

J'entends Romilly réprimer une exclamation. Parks ? Elle n'émet pas un son. Elle inspire brièvement. Elle a mal. Je savais qu'elle aurait mal – j'espérais juste que ça n'arriverait pas.

— Comment as-tu pu ne pas me le dire ? me demande-t-elle d'une toute petite voix de toute petite fille.

La voix de la fille dont je suis tombé amoureux.

— Ne pas te dire quoi ? s'enquiert Marsaili derrière nous.

Magnolia se fige, le regard fixé sur ses parents, mais spécialement sur Harley.

Il lui lance un regard, inspire fort par le nez.

— Ma chérie…

Magnolia se tourne vers Marsaili.

— Il te trompe, annonce-t-elle. Avec elle. (Elle désigne sa mère d'un mouvement de la tête avant de fusiller de nouveau son père du regard.) C'est très shakespearien, franchement.

Sa remarque semble méchante. Comme si elle remuait le couteau dans la plaie pour le plaisir. Moi, je sais qu'elle le fait pour ne pas pleurer.

Le temps s'arrête. J'ai été à la place de Harley. L'esprit en panique, à essayer d'anticiper de quel côté le ciel va vous tomber sur la tête.

Comme si vous vous apprêtiez à lire la dernière phrase du chapitre dans lequel vous vivez à cet instant.

Et puis…

— Je le savais, murmure Marsaili en secouant la tête. Je le savais ! Tu m'as traitée de folle ! Tu as dit que je… (Elle n'achève pas sa phrase, regarde Harley bien en face.) Comment as-tu pu ?

— Marsaili…, soupire-t-il en se frottant les yeux. Écoute, jamais je n'ai eu l'intention de…

— Et toi… (Marsaili dirige son regard vers l'ex-femme de son mari, derrière lui.) Je te faisais confiance, je t'ai laissée entrer chez nous…

— Je t'avais laissée entrer chez nous d'abord, rétorque Arrie du tac au tac, et sans la moindre trace de remords dans la voix.

— Marsaili, commence Harley, je suis dés…

« Clac ! » Gifle de Marsaili.

— Que se passe-t-il ? demande ma mère en s'avançant sur la terrasse. Seigneur ! ajoute-t-elle presque aussitôt en comprenant la situation.

Marsaili fait volte-face et se sauve. Instinctivement, Harley se précipite derrière elle, puis s'immobilise. Pause. Tourne la tête et lance un regard à Arrie par-dessus son épaule. Il lui adresse un petit sourire triste, puis part à la poursuite de sa femme.

Là-dessus, Parks détale. Je me lance à ses trousses.

— Magnolia ! lui crie ma mère, mais elle ne s'arrête pas.

Mon frère s'élance derrière nous.

— Parks ! appelé-je.

— Laisse-moi tranquille ! crache-t-elle sans se retourner en gagnant au pas de charge la poupe du yacht.

— Tu vas où ?

— Je quitte le navire, dit-elle, furieuse, les mains sur les hanches, cherchant une issue.

— On est en pleine mer Tyrrhénienne…

— Tu parles ! (Elle lève les yeux tout en décrochant un canot de son support.) On est à peine à plus de deux kilomètres de Vettica Maggiore.

Je lui lance un regard, feignant de ne pas être le moins du monde impressionné par cette démonstration de force.

— Tu comptes escalader les falaises ?

— Peut-être !

Elle me gratifie d'un regard méprisant tout en continuant de traîner le canot sur sa rampe. J'ai la vague impression que la nuit va être longue.

— Bon, je t'accompagne… Laisse-moi juste…

— Non ! gronde-t-elle.

J'ai un léger mouvement de recul.

— Pourquoi non ?

— Parce que tu es un menteur !

Je cligne des yeux.

— Quoi ?

Elle se redresse, plante son regard dans le mien. Elle est ravagée.

— « J'ai peut-être déconné par le passé, mais je ne suis pas un menteur »… C'est, genre, ton mantra, je me trompe ?

Je souffle par la bouche.

— Magnolia…

Elle croise les bras. Ça s'annonce mal.

— Alors ? Tu es les deux : un enfoiré et un menteur ?

Ça fait mal, je dois avouer. Je le sens dans mes tripes. J'ai failli rétorquer que c'était un coup bas, mais peut-être que non…

Je serre les dents.

— Dis-le-moi, toi.

Elle me fixe un moment de son regard noir, et puis d'un coup il y a cet éclat familier dans son œil, et là je sais que j'en ai pour la nuit, parce qu'elle se détourne sans un mot et pousse le canot dans l'eau avant d'y grimper maladroitement.

Je lâche un grognement. Fais passer par-dessus ma tête la chemise Dolce & Gabbana qu'elle m'a achetée – putain, pas moyen que je me fasse en plus engueuler parce que je l'ai mise dans l'eau salée – et plonge.

— Parks ! l'appelé-je en nageant pour la rejoindre. Arrête-toi !

Elle continue de ramer – heureusement, pas très bien.

Au bout de deux minutes, elle a perdu les deux pagaies. Elle reste assise dans la lumière déclinante, bras croisés, sans bouger.

Je nage jusqu'à l'une des pagaies – l'autre a coulé, un cadeau aux dieux de la mer –, m'en saisis, la tire jusqu'au canot et la jette à l'intérieur.

Je pose mes bras sur le bord du canot et la regarde sous le ciel qui s'assombrit rapidement.

— Tu as fini ?

— Non, boude-t-elle.

— OK. (Je hoche la tête.) Ça t'ennuie si je monte à bord quand même ? Il y a des requins…

Elle ouvre de grands yeux.

— Tu plaisantes ?

Je hausse légèrement les épaules.

— Ils se nourrissent à la tombée du jour, donc…

Elle hurle et se rue vers moi, me hissant à bord de la petite embarcation, et je m'effondre sur elle, trempé, mais, encore une fois, assez impressionné par les effets de ses séances de Pilates.

Nos yeux se trouvent, et je la regarde – le plus beau visage du monde –, repousse quelques mèches derrière ses oreilles.

Je la vois s'adoucir un peu – malgré elle. Elle veut une dispute. Alors elle me repousse et se redresse en croisant de nouveau les bras.

J'essaie de me retenir de sourire, parce que c'est une emmerdeuse et que je ne veux pas qu'elle sache que, la plupart du temps, je trouve ça drôle – je crains que, si elle l'apprenait, elle ne laisse libre cours à ses tendances mégalos.

— Et voilà, tu viens de foutre en l'air ma jupe midi en georgette de soie de chez Des Phemmes !

— Tu survivras.

— Tu m'as menti, riposte-t-elle.

Je hoche la tête, désolé.

— Ouais.

Elle me lance un regard noir.

— Pourquoi ?

Je déglutis, envisage d'amortir le choc, et décide de ne pas lui mentir encore une fois.

— J'ai pensé que tu ne serais pas capable d'encaisser…

— Tu me trouves si mal en point ? demande-t-elle, visiblement vexée.

— Franchement, Parks ? (Je fronce les sourcils.) Ouais.

Elle a un mouvement de recul.

— Pas du tout.

— Si, mais rien d'anormal, vu la situation. Je ne voulais pas que tu l'apprennes alors que tu ne peux pas en parler avec Bridget…

À l'évocation du nom de sa sœur, son visage se décompose, comme toujours désormais. Les commissures de ses lèvres s'inclinent vers le bas, alourdies par une tristesse dont je ne peux la libérer.

— Mais j'aurais pu en parler avec toi.

— Ouais… (Je hoche la tête, lui prends la main.) Je suppose. Désolé… J'essayais de te protéger. Ton père n'a jamais été très doué pour ça, ajouté-je en suivant du doigt la cicatrice sur son poignet datant de l'accident.

— Non. (Elle la regarde fixement, un pli lui barrant le front.) Pas vraiment.

De la tête, je désigne le yacht.

— On y retourne ?

— Non.

Moue boudeuse.

Je hausse les épaules.

— Bon. Il ne nous reste qu'une pagaie, et je viens de perdre mon téléphone au fond de l'eau, donc…

— BJ ! soupire-t-elle.

Je désigne de nouveau le yacht derrière nous.

— Rentrons. On fait nos bagages, on dort à bord, et demain matin, quand on arrive à quai à Arienzo, on rentre en avion.

— D'accord. (Elle fronce les sourcils, me tend la pagaie, se blottit contre moi comme si elle avait froid alors que je suis trempé.) Mais j'attends de toi que tu fasses barrage de ton corps si mon père essaie de me parler.

Je l'embrasse sur le crâne.

— J'ai l'habitude.

30

Magnolia

— C'est qui, la meuf qui te suit partout ? demande Daisy en désignant Daniela du menton.

— Oh… (J'agite la main.) Juste ma très présente assistante.

— Elle t'assiste à un dîner avec deux copines… ?

— Elle nous a conduites ici, explique Taura.

— Il est, genre, 21 heures, insiste Daisy, perplexe.

— Je sais… (Je hausse les épaules.) Elle fait des horaires incroyablement bizarres. Longues journées. Parfois, elle dort à la maison ! J'oublie un peu qu'elle est là.

— Ouais. (Taura boit une gorgée de son cocktail.) Elle est vraiment furtive.

Daisy observe Daniela encore un instant avant de secouer la tête comme pour chasser une pensée.

— Bref… Comment va Marsaili ?

C'est une bonne question, à laquelle la réponse est : pas très bien.

Elle s'est installée au *Savoy*. Je suis désolée pour elle, parce qu'on m'a trompée, moi aussi, mais je la soupçonne de penser n'avoir que ce qu'elle mérite.

Il ne s'agit peut-être que d'une projection de ma part. J'estime en effet qu'on récolte ce que l'on sème – non ? Je n'en ai fait part qu'à mon fiancé, dans un murmure, sous la couette, pour que personne ne m'entende. Néanmoins, je me demande si c'est aussi ce qu'elle ressent, parce qu'elle a beau avoir le cœur brisé, elle ne se plaint pas de Harley, ne traîne pas son nom dans la boue, bien qu'il le mérite.

Je la trouve assez résignée.

— Triste… (Je hausse les épaules.) Elle s'est installée à l'hôtel. Je crois qu'elle se sent stupide.

Daisy prend une longue gorgée de vin.

— Elle devrait. Qui a trompé…

Taura lui donne un coup de pied sous la table, et elle se rend compte de ce qu'elle vient d'insinuer.

— Enfin, euh… (Elle secoue la tête avec véhémence.) Putain ! Désolée… Il a changé, tu sais, genre, il…

Je hoche la tête et souris d'un air détaché, comme si cette pensée ne me broyait pas le cœur. J'agite les mains pour qu'on change de sujet parce qu'en fait, tout bas, au plus noir de la nuit, la mauvaise part de mon cerveau craint qu'elle n'ait raison.

Taura me fait une grimace.

— Magnolia, je vais être franche…

— OK ?

Je fronce les sourcils, inquiète.

— Si ce n'était pas ton père…

— Oh ! grondé-je avant de lui lancer le petit pain que je n'ai pas mangé.

Il rebondit sur elle et tombe au sol. Bon, eh bien, maintenant, je ne peux plus le manger, de toute façon.

Daisy fronce le nez.

— Désolée, mon chou, soupire Taura. Mais merde, c'est vrai, il est canon.

Je lève les yeux au ciel.

— Arrête.

Daisy pince les lèvres comme pour s'empêcher de parler, et puis elle craque.

— OK, elle a raison, il est vraiment hyper bien foutu, en plus…

Je soupire.

— Pas du tout.

— Si, approuve Taura.

— En tout cas… (Je scrute mes ongles.) C'est une merde.

— C'est bien possible. (Daisy hoche la tête.) Mais il n'avait pas été élu célibataire de l'année avant de se marier ?

Je lève les yeux au ciel.

— Ça ne veut rien dire…

— À mon avis, si…, insiste Daisy, songeuse. Esthétiquement, au moins…

— Je parie que c'est un excellent coup au lit, déclare Taura, les yeux perdus au loin, quelque part où je ne veux jamais aller.

Daisy se mord la lèvre inférieure et hoche lentement la tête, pensive.

— Ouais. Il dégage une énergie…

— Daisy ! (Je la regarde, courroucée.) Je te prie instamment d'arrêter, ou je serai forcée de te décrire en détail ce que ça fait de tailler une pipe à ton frère.

— Oh… ! (Taura écarquille les yeux, ravie.) Je peux moi-même apporter des précisions.

— Je… (Je fais une grimace.) Je déteste cette idée.

Mon estomac se tord bizarrement, peut-être pas de jalousie, mais quelque chose d'approchant qui n'a probablement rien à faire là. J'esquive mentalement cette information, n'étant pas d'attaque pour l'affronter.

Taura hausse les épaules, et Daisy nous lance un regard noir.

— Bon, je vous déteste toutes les deux, alors…

Nous continuons dans le même registre un bon moment. C'est quand même bizarre, non, que ces deux-là soient mes amies ?

Une fille qui, au mieux, m'était absolument indifférente quand j'étais au lycée, et que, au pire, j'ai détesté pour quelque chose qu'elle n'avait même pas fait. Et une autre dont le frère *et* le copain sont sortis avec moi.

— Qu'est-ce qu'on va faire d'elle ? (Daisy désigne Taura.) C'est une vraie épave.

— Seulement pour les affaires du cœur, soupire Taura en vidant son verre de vin.

Je vois là une belle occasion de changer de sujet.

— Est-ce qu'on connaît un célibataire ?

— Ton père…, suggère Daisy avec une grimace.

Je pose un doigt sur sa bouche pour la faire taire.

Taura s'étrangle un peu sur sa gorgée, et Daisy me regarde en battant des cils.

— J'ai déjà tué des gens, tu sais…

Je lève les yeux au ciel.

— Je t'assure.

— OK, dis-je en riant. Moi aussi.

— Mmm… (Daisy plisse les yeux.) Sauf que briser le cœur d'un homme n'est pas exactement la même chose que le tuer.

— Et heureusement ! Sinon, on aurait un petit Jack l'Éventreur sur les bras ! s'exclame Taura.

— Tais-toi…, marmonné-je.

— Pour que ce soit clair, Magnolia… (Daisy me regarde bien en face, les yeux écarquillés.) J'ai *vraiment* tué des gens.

— Daisy… (Je lui touche délicatement le bras.) Tu devrais probablement doser davantage cette plaisanterie. Un peu d'humour de niche ne fait de mal à personne, mais en l'occurrence tu risques d'éveiller l'attention de la police…

— Je l'ai déjà ! déclare-t-elle d'une voix assez forte, et je tressaille face à son obstination humoristique.

Mais, honnêtement, elle me tend une belle perche.

— Tu fais allusion à Tiller ? Parce que justement, je…

— Stop ! (Daisy secoue la tête.) Attends. Tu es sérieuse ? (Son regard va et vient entre Taura et moi.) Comment est-ce que tu as pu être proche de mon frère et ignorer ce que nous faisons… ?

— Merde alors ! (Je lève les yeux au ciel, un peu agacée, à force, que mes tentatives pour faire avancer cette conversation ne cessent d'être éludées.) Vous êtes tellement dramatiques, tous les deux ! Ce doit être de famille…

— Exact. (Daisy hoche la tête.) Le crime aussi.

Taura rit à présent, et je lève les yeux au ciel.

— Daisy…

— Magnolia ! (Daisy me dévisage, effarée.) Franchement, c'est… hallucinant. Comment tu fais ? Tu portes des lentilles roses ?

Taura hoche la tête.

— Elle a un don pour nier l'absolue évidence.

— À propos de dons et d'évidences ! (Je lève le doigt en l'air.) Tiller a un cul… AÏE ! (Quelqu'un – Taura – vient de m'assener un coup de pied sous la table.) Qu'est-ce qui te prend ?

— Désolée… (Taura secoue la tête.) Ignore-la, Daisy… Elle boit l'estomac vide, et voilà le résultat…

Le regard de Daisy saute de l'une à l'autre.

— Il se passe quoi ?

— Eh bien… (Je me penche, le menton dans la main.) Je me disais juste que, maintenant que tu es rentrée… ce qui est tellement formidable, soit dit en passant, j'adore t'avoir de nouveau parmi nous – en dépit de tes plaisanteries macabres très bizarres… Bref, c'est fantastique que tu sois de retour. Et que Christian et toi ayez repris les choses là où vous les aviez laissées…

— OK…, dit-elle, soudain méfiante.

— Avec Christian, c'est hyper sérieux, pas vrai ? Tu l'aimes à la folie ?

Les yeux de Daisy se tournent brièvement vers Taura, puis reviennent sur moi.

— Oui… ?

— Et tu es tellement équilibrée, continué-je en souriant. Une fille adorable et généreuse qui souhaite le meilleur aux gens qui lui sont chers…

Elle plisse les yeux.

— Mmm.

— Et tu aimes beaucoup Taura ?

— Euh… Ouais ?

— Et elle est, eh bien, si seule et si malheureuse sans… AÏE ! (Taura m'a encore balancé un coup de pied.) Tu veux bien arrêter avec ça ? Tes chaussures sont incrustées de cristaux. Étant donné ton héritage et le mien, c'est presque un crime raciste !

— Tu vas la fermer ? siffle Taura entre ses dents.

— Oh, ne t'inquiète pas… (Je balaie l'air de ma main.) Toutes les familles ont leur mouton noir. Bon, bien sûr, le vôtre était probablement noir jusqu'à l'âme, néanmoins…

— Je ne te demande pas de la fermer là-dessus ! s'écrie Taura en me regardant d'un air désespéré.

— Oh ! (Je hoche la tête d'un air entendu.) Non.

Le regard de Daisy passe de l'une à l'autre, perplexe. Elle attend.

Je m'éclaircis la voix.

— Je pense que Tiller et Taura iraient merveilleusement ensemble… Pas toi ?

Je gratifie Daisy de mon sourire le plus éblouissant.

— Hum…

Le visage de Daisy se crispe.

Taura saisit la main de Daisy.

— Je l'ai suppliée de ne pas… Je suis tellement désolée. (Taura secoue la tête.) Ignore-la. Elle est folle – complètement barge ! Elle… Tu as pris ton médoc, aujourd'hui ?

— Eh bien, oui, figure-toi. Je te remercie de t'en inquiéter… mais pas de te montrer aussi grossière.

Daisy fronce les sourcils, curieuse.

— Quel médoc ?

— Vyvanse.

— Ah, ouais. (Daisy hoche la tête, pensive.) Bien sûr…

— Oui, oui… (Je lève les yeux au ciel.) Apparemment, mon TDAH est évident pour tout le monde, avec le recul, bla-bla… Projetons-nous, maintenant. Taura et Tiller – tu les imagines ensemble ?

— Non ! gronde Taura. Tais-toi. Désolée… Je suis tellement désolée, je…

— Un peu. (Daisy plisse les yeux.) Ouais… ?

Taura regarde Daisy, sidérée.

— Quoi ?

— J'aime beaucoup Tiller. (Daisy hausse les épaules.) Je lui souhaite d'être avec quelqu'un de merveilleux, et je ne connais pas de fille plus géniale…

L'expression de Taura s'adoucit.

Et là je me racle la gorge.

— Hum. Eh bien…

Daisy lève les yeux au ciel et me regarde d'un air affligé.

— Tu es épuisante.

— Je veux dire… (D'un geste, je me désigne.) Je suis juste là…

— Je sais qui sera ma prochaine victime, marmonne Daisy pour elle-même.

— Quelle imagination tu as…, soupiré-je avec une petite moue indulgente.

Elle lève les yeux au ciel avant de se tourner vers Taura.

— Je serais très contente pour Tiller et toi.

Taura la regarde fixement, un peu ébahie.

— Sérieux ?

Daisy lui adresse un sourire que je sens un peu forcé, mais son effort est admirable. Je la trouve incroyablement mûre pour son âge. J'avais vingt-deux ans quand Christian et elle ont commencé à sortir ensemble, et j'étais follement amoureuse de BJ. Ça ne m'a pas empêchée de grincer des dents quand j'ai su qu'ils étaient ensemble, et elle était pour moi une inconnue, pour ainsi dire.

Chapeau bas !

— Ouaip, répond Daisy.

31

BJ

J'AI MANGÉ UN MORCEAU AVEC MADDIE ET CETTE AMIE À ELLE avec laquelle elle m'a demandé de discuter de mannequinat. Elle s'appelle Dylan. Assez jolie. Elle a un de ces visages de mannequin, vous voyez ? Pas du tout classique, un peu anguleux, définitivement intéressant, très haute couture – le genre de traits que les filles trouvent magnifiques et qui laissent les hommes assez indifférents.

Elle a été repérée par une agence et veut mettre toutes les chances de son côté.

Maddie m'a téléphoné l'autre jour pour me demander de la rencontrer. J'ai décliné, mais ma sœur a rétorqué : « Dommage. Je lui ai déjà dit que tu étais d'accord, alors ne sois pas désagréable. » Tu m'étonnes que je préfère Allie.

Enfin bref. Je suis attablé dans un café bio sur Westbourne Grove.

Dylan est plutôt cool, en fait. En général, en notre présence, à Henry et moi, les copines de Maddie se contentent de nous fixer avec des yeux de merlan frit, mais celle-ci a l'air à peu près normale. En arrivant, j'ai serré Maddie dans mes bras et l'ai embrassée sur la joue. J'ai voulu faire la même chose avec sa copine, sauf qu'elle a tourné la tête du mauvais côté et que j'ai failli l'embrasser sur la bouche. Bon, ce n'est pas bien grave – sauf que ça m'est déjà arrivé avec une autre copine de Maddie et qu'ensuite elle m'a collé au train pendant un an et demi, putain. Parks n'était pas hyper contente. Dylan, elle, s'est contentée de rire. J'ai ri, Maddie a ri, et on s'est assis.

Je discute avec les filles depuis vingt minutes quand la sonnerie de mon téléphone retentit.

Je baisse les yeux sur l'écran : mon prénom préféré s'affiche.

Dans toute ma vie, il a dû y avoir qu'une année durant laquelle elle ne m'a pas appelé. En dehors de ça, la normale, c'est genre cinq coups de fil par jour, à moins qu'on ne se soit disputés, ce qui nous arrive – vous en savez quelque chose… Elle m'a toujours beaucoup appelé. Vous pourriez croire du coup que je m'y suis habitué, mais non. Et j'espère que ça n'arrivera jamais.

Je mets un AirPod et décroche.

— Hey.

— Salut. (J'entends son sourire.) Où es-tu ? Je viens de rentrer…

— Oh, tu as fini plus tôt ?

— Ouais, soupire-t-elle. En quelque sorte. J'ai juste eu envie de travailler de la maison.

— Désolé… Je suis avec Maddie et son amie Dylan.

Je décoche un sourire rapide aux filles.

— Ah, dit-elle. Où ça ?

— *Daylesford*. Celui de Notting Hill.

Ce n'est pas moi qui ai choisi, au fait, mais ça fait du bien de sortir manger sans Parks et de ne pas avoir à lui mentir sur le restau.

— Oh, tu pourras me rapporter du bouillon d'os ?

— Ouaip.

Ce n'est pas comme si je lui mentais souvent, au fait. Juste, tous les lundis, au déjeuner, je vais manger un hamburger chez *Patty&Bun*. J'ai commencé il y a un peu plus d'un mois, c'est tout. Je ne peux pas le dire à Parks, elle péterait les plombs – me soutiendrait que les ruptures d'anévrisme sont contagieuses et que je pourrais en choper une en mangeant un cheeseburger. Après lui avoir menti tant de fois sur les filles avec qui je couchais, dissimuler ma consommation de frites ne me paraît pas trop grave. Attention, je n'adore pas. Je préférerais ne pas mentir du tout, mais ça me fait du bien d'avoir un moment à moi le lundi. J'ai besoin de sentir que je m'appartiens toujours, que je ne suis pas devenu une putain de marionnette qui se nourrit comme un lapin parce que je suis amoureux d'une dictatrice des légumes.

— Tu as envie de sortir, ce soir ? me demande-t-elle.

— Non. Je préférerais rester à la maison.

Honnêtement, je n'en peux plus. Je suis fatigué de réfléchir à la façon de nous rendre où nous voulons aller sans prendre de voiture, fatigué de vérifier qu'elle avale quelque chose, fatigué d'essayer de trouver la manière de la protéger des conneries de ses parents. Sortir, en ce moment, c'est trop.

— OK, dit-elle d'une voix où je crois percevoir du soulagement.

— À tout à l'heure.

Je raccroche en adressant un sourire d'excuse aux filles.

— C'était le boulet ? lance Maddie avec un sourire moqueur.

Je lève les yeux au ciel.

— Comment as-tu fini avec Magnolia Parks, au fait ? demande Dylan en me jetant un coup d'œil par-dessus son smoothie aux fruits rouges.

Je fais une grimace.

— Je n'ai pas « fini » avec elle. On est ensemble depuis toujours.

— Pas toujours, objecte ma sœur.

Je croise les bras et m'adosse contre ma chaise.

— En moyenne, si.

— Pourquoi « en moyenne » ? s'étonne la copine.

Merde, je ne sais pas. Parce que j'ai construit ma vie autour d'elle ? Parce que toutes les choses qui m'ont défini – sauf deux, peut-être – ont eu à voir avec elle et que, putain, honnêtement, une vie sans elle, quelle qu'elle soit, ne m'intéresse absolument pas ? Ce que je n'ai pas l'intention d'expliquer à cette quasi-inconnue.

— On a été ensemble longtemps, précisé-je à la copine. Même quand on n'était pas ensemble, on l'était.

Ma sœur lève brièvement les yeux au ciel.

— En moyenne…

— Non. (Je secoue la tête.) En définitive.

32

BJ

Ça n'a pas été facile, mais j'ai fini par la convaincre d'aller voir ses parents.

Elle n'était pas emballée, c'est le moins qu'on puisse dire. Ça m'a coûté un sac Hermès, mais j'ai réussi à – comme elle l'a dit – la traîner jusqu'à Holland Park.

— Pas si terrible, Parks.

— Émotionnellement, si, a-t-elle rétorqué, impassible.

Elle a probablement raison. Je ne crois pas qu'elle essayait d'être drôle, mais j'ai quand même failli éclater de rire. Je me suis retenu, de peur qu'elle ne pique une crise.

Son père n'a pas arrêté de me tanner pour que je la convainque de leur parler, surtout depuis que la presse people s'en est mêlée. Honnêtement, je n'ai pas apprécié. Comme si j'étais complice de leur liaison, comme si on était de mèche et que ces derniers mois à couvrir leur merde n'avaient pas été l'enfer pour moi.

Au final, ce n'est pas pour lui que je l'ai fait, mais pour Arrie.

— Je t'en prie, BJ, m'a-t-elle supplié au téléphone l'autre soir. Je ne peux pas la perdre aussi.

Je ne suis même pas sûr qu'elle était sincère, mais je n'ai jamais perdu d'enfant.

En fait, si, je crois. Mais c'est un peu différent. Ils ont eu du temps avec Bridget. Nous, non. Je ne sais pas ce qui est le pire…

De toute façon, je ne suis pas certain qu'on puisse faire des comparaisons, quand il s'agit de perdre quelqu'un.

J'en suis venu à comparer ce chagrin à une noyade. On se noie, point. Se noyer plus ou moins, ça n'existe pas. Ça peut durer plus ou moins longtemps, éventuellement. Parfois, après avoir été privé d'oxygène, votre cerveau se met à fonctionner différemment. Vous pouvez perdre la vie – les conséquences peuvent être plus ou moins graves, mais la noyade elle-même, la douleur, c'est de l'eau que vous ne pouvez pas respirer.

Ça a été assez intense. La médiatisation, les photographes, l'intérêt du public face à la nouvelle de possibles retrouvailles entre ses parents, et bien sûr la réaction de Magnolia par rapport à tout ça.

En fait, c'est complètement dingue de se trouver de ce côté des conneries que les gens balancent à votre sujet – et, croyez-moi, leur imagination n'a pas de limites. Ce n'est pas la première fois qu'on y a droit, Parks et moi, évidemment. Parfois, les journalistes extrapolent à partir d'un tout petit morceau de vérité. Le reste du temps, ils jouent du pipeau.

Une fois, ils ont raconté que Parks était enceinte d'Edward, enfin l'acteur de *Twilight*. Ils n'étaient même pas amis. On s'était rencontrés dans un club un soir – j'étais là. En plus, elle a toujours préféré Jacob, guère sensible au charme de cet homme-enfant victorien au teint pâle et maladif. Mais bon, quelqu'un a pris une photo sous un certain angle, a prétendu quelque chose alors que rien à voir, et c'était parti. On est entourés d'illusionnistes. Rien n'est vrai, même quand c'est vrai. Même quand ils rapportent une vérité, comme là, avec ses parents, on patauge dans les mensonges.

On mesure leur créativité aux gros titres : « Magnolia ravie par les retrouvailles de ses parents » ou « Magnolia l'entremetteuse ! Comment la *it-girl* préférée des Anglais s'est servie de la mort de sa sœur pour pousser ses parents dans les bras l'un de l'autre ».

Que de la merde ! Mais tout le monde s'en tape. Et ça fait la une quand même.

Magnolia a collé un smiley d'un côté de l'urne de Bridget, et un émoji mécontent de l'autre. Elle tourne l'urne régulièrement – en fonction de l'humeur supposée de Bridget ou de la sienne, ça reste à déterminer.

Quand nous sommes partis, il faisait la gueule.

— Magnolia, ma chérie ! roucoule sa mère en nous ouvrant la porte de la maison de son ex-mari, maison que, je suppose, elle n'a jamais vraiment quittée. Je suis si heureuse de te voir…

Arrie se penche pour embrasser sa fille sur la joue, mais Parks l'esquive et entre.

Arrie soupire, un peu découragée, mais une seconde seulement. Elle cligne des yeux, et le malaise disparaît. Elle trouve mon regard, son visage s'éclaire, et elle m'embrasse sur la joue à la place.

— BJ !

Elle m'adresse un sourire chaleureux, que je lui rends. J'ai toujours eu un faible pour elle, je n'y peux rien. Elle m'évoque une version plus confuse et blanche de l'amour de ma vie. Elle a les mêmes yeux, ce qui suffit à justifier mon allégeance. Ajoutez à ça que la même fille nous manque, et Arina Parks peut faire ce qu'elle veut de moi.

Harley marche vers Magnolia en souriant, mais elle passe devant lui sans lui accorder un regard, bras croisés, et se laisse choir dans le « fauteuil du boss » du salon de réception.

Je ne crois pas que ce soit officiel, soit dit en passant. C'est juste comme ça que Bridget et elle ont toujours appelé ce siège. Le meuble en lui-même a changé un nombre incalculable de fois au cours de nos vies, mais le pouvoir que confère sa position reste légendaire chez les Parks. C'est assise là qu'Arrie a négocié son plus gros contrat avec Harrods. La rumeur court que Harley a signé avec le plus grand artiste du monde assis dans ce fauteuil. Les filles jurent que Bushka était assise là quand elle s'est entretenue avec un agent du MI6 et lui a donné des informations qui ont permis d'empêcher un incident impliquant le KGB – qui sait, franchement ? Ce qui compte, c'est que même leurs parents y croient, parce que quand Harley voit qu'elle s'y est installée, il lève les yeux au ciel et se rabat sur une place moins prestigieuse.

Parks croise les mains sur ses cuisses et se tourne vers ses parents. Les yeux plissés, digne, elle attend, genre parrain de la mafia, et je me demande pendant une fraction de seconde à quel point le temps qu'elle a passé avec Julian – même si bref – a pu déteindre sur elle.

Personne ne disant rien, Magnolia arque un sourcil.

— Vous m'avez convoquée, je me trompe ?

— Convoquée ? (Harley ricane.) Tu n'es pas le fantôme des Noëls passés, bordel !

Magnolia fait la moue, pensive, puis déclare :

— Il me semble pourtant que la visite d'un esprit de Noël pourrait faire des merveilles sur ton âme.

Il lève les yeux au ciel.

— Mon âme se porte très bien.

— Oh, tu as raison. (Magnolia lui décoche un regard sarcastique.) Tu es l'incarnation de la santé émotionnelle.

Son père se frotte le visage avec lassitude.

— Nous sommes tellement heureux que vous soyez venus…, intervient Arrie en nous souriant, mais essayant surtout de capter le regard de sa fille.

Magnolia croise les bras sur la table.

— J'ai accepté uniquement parce qu'on m'a promis un sac Kelly Picnic en osier.

Ses parents me jettent un coup d'œil, se demandant probablement lequel des deux devra régler cette facture de 80 000 livres.

— Je passerai le chercher chez *Sotheby's* plus tard.

Harley arque les sourcils, l'air soulagé. Quel connard ! Je crois bien que c'est lui qui va raquer.

— Je sais ce que tu penses, ma chérie…, dit Arrie d'une voix plus sage et maternelle que je ne lui ai entendue depuis des années. Ne t'inquiète pas, ils avaient signé un contrat de mariage.

— Ce n'est pas à ça que je pensais, rétorque Parks.

En venant, Magnolia m'a effectivement demandé : « Tu crois qu'ils avaient signé un contrat de mariage ? » Mais j'aimerais rester fiancé, alors je me mords la langue.

Parks se tourne vers son père et lui demande d'une voix sinistre :

— Est-ce que tu envisages vraiment de divorcer ? Encore ?

Harley cligne des yeux, se penche en avant.

— Eh bien… J'y pense, oui.

Magnolia émet un petit rire moqueur, secoue la tête.

— Ton avocat doit être traumatisé ! Merde, moi, ça me rend dingue, en tout cas…

Harley expire lentement par le nez, feint de ne pas être affecté par la déception de sa fille à son égard – il l'est, parce qu'on est tous mortels et que, je ne sais pas pourquoi, l'axe de rotation de la Terre semble se déplacer un peu quand elle est fâchée contre vous.

— Je n'ai pas de comptes à te rendre, Magnolia, décrète-t-il, ce qui me semble aussi courageux que stupide.

Elle se penche à son tour, plisse les yeux.

— Bien sûr que si… Elle nous a élevées.

— Élevées…, répète-t-il en levant les yeux au ciel.

Deuxième connerie en moins de dix secondes.

— Parfaitement, reprend Magnolia d'une voix claire. Il ne s'agit pas de je ne sais quelle chanteuse américaine prometteuse. Je répète, elle nous a élevées. Et ensuite tu te l'es tapée, tu l'as épousée, faisant d'elle une femme dépendante, avant de la baiser de nouveau, mais d'une façon complètement différente, cette fois…

— Je n'ai pas l'intention de la laisser sans rien…, la coupe Harley.

— Donc tu la laisses ? demande Magnolia, sourcils arqués.

— Je… (Harley secoue la tête.) Je ne sais pas ! Tout ceci est nouveau… Nous… (Il croise le regard d'Arrie.) Nous réfléchissons.

Magnolia s'adosse à son siège… Se jette en arrière, plus exactement. Boudeuse comme une adolescente.

On prétend que les stars restent mentalement figées à l'âge où elles sont devenues célèbres. Ce qui signifie qu'elle est coincée à treize ans, Arrie à dix-neuf et Harley à vingt-deux. Tu parles d'un bordel.

— Vous êtes trop vieux pour ces conneries, assène Magnolia, furieuse.

— Nous ne sommes pas si vieux, proteste Harley.

— Vous êtes assez vieux, insiste Magnolia en examinant ses ongles.

— J'ai quarante-cinq ans, fait remarquer Arrie avec un sourire.

— Et moi quarante-huit, ajoute Harley.

— C'est bien ce que je dis. (Sourcils froncés, Magnolia se tourne vers moi, comme si j'allais trancher et traiter ma future belle-mère de vieille peau.) Beurk ! conclut-elle en fronçant le nez pour le plaisir de les contrarier, jeu auquel elle excelle.

Harley lui décoche un sourire plein d'ironie.

— T'avoir chez nous est toujours un plaisir.

— Il y a donc un « nous » ? demande Magnolia en désignant ses parents d'un geste.

Et même si c'est malgré elle et que, clairement, elle crèverait si quelqu'un s'en rendait compte, je l'entends, moi, cette… je ne sais même pas comment l'appeler… tendresse inquiète, peut-être. Une sorte de peur sous-jacente, à contre-courant de la question qu'elle vient de poser.

Et là, son père répond exactement ce que je redoutais.

— Merde, Magnolia ! Tu peux nous donner une minute pour tirer tout ça au clair… ?

— Non ! s'écrie-t-elle en sautant sur ses pieds, parce que, tous les deux, ils se disputent comme on le faisait, elle et moi – passant du rez-de-chaussée au quatre-vingt-dix-neuvième étage en pressant un seul bouton. Je ne peux pas ! Tout ça aurait dû être tiré au clair avant ma naissance ! Au lieu de ça, vous continuez de vous comporter comme des gosses alors que vous avez deux enfants !

Et là, tout le monde se raidit, même moi, parce que le corps de Bridget est au milieu de toutes les pièces dans lesquelles on entre, en ce moment, aucun de nous n'étant prêt à l'enterrer.

— Un enfant ? corrige Magnolia en fronçant les sourcils, pensive. (Elle se tourne vers moi.) Deux enfants ?

— Deux enfants, répond fermement Harley. (Il passe sa langue sur sa lèvre inférieure plusieurs fois.) Magnolia, je comprends que ce soit difficile pour toi. Pour moi aussi…

— Ah bon ? En quoi ? demande-t-elle d'une voix forte, et je ne crois pas qu'elle remarque le geste d'Arrie qui essuie une larme sur sa joue. Explique-moi ! Personne ne t'a forcé. Tu l'as fait tout seul !

Arrie lui sourit gentiment et déclare :

— Tu sais qu'il n'était pas tout seul, ma puce. Je suis responsable aussi.

Drôle de moment pour intervenir, franchement. Couillu, mais bizarre.

Parks lui jette un regard en coin.

— Bien sûr que je le sais. (Elle se redresse.) Je doute que tu aies envie d'entendre ce que j'ai à dire sur toi…

Arrie hoche bravement la tête, cette folle.

— Si.

Je pose doucement la main dans le bas du dos de ma fiancée.

— On ferait peut-être mieux d'y aller, Parksy…

— Ne dis pas de bêtises, BJ. (Arrie m'adresse un sourire qui se veut courageux, mais où perce sa peur.) Je suis certaine que j'ai entendu pire.

Je presse ma main sur ma bouche, parce que, putain, j'en doute. Je la vois s'accumuler dans son regard, depuis la mort de Bridget, cette colère diffuse, ce ressentiment à leur égard.

— OK. (Magnolia hoche la tête. Sa voix est calme, mais je connais ce regard. Il est dur. Elle se tient de nouveau au bord d'une falaise.) Tu es pathétique. Il t'a trompée, et maintenant – quoi ? Vous êtes de nouveau ensemble ? Tu es désespérée à ce point ?

Et je l'aime – vous savez à quel point –, mais putain… elle est vraiment aveugle, parfois… Il ne lui vient même pas à l'esprit que… vous savez… Elle ne le voit pas. Qu'elle est sa mère, et moi son père.

Tout le monde s'en rend compte, sauf elle. Les yeux d'Arrie restent fixés sur le même point au sol, mais ceux de son père glissent vers moi, et je lui renvoie un regard noir. Je n'aime pas l'insinuation, venant de lui.

Ce qu'il a fait est pire, et, en ce qui me concerne, ce n'est arrivé qu'une seule fois, alors qu'il a trompé Arrie un nombre incalculable de fois.

D'ailleurs, ça a été curieux à observer. Parks pense que ses parents se sont mariés par convenance, dans la mesure où ils menaient des vies presque séparées depuis longtemps maintenant, mais je pense que, pour Arrie, c'était un réflexe de survie.

Je l'ai déjà dit : elle a les mêmes expressions que Parks. Je vois la façon dont son visage s'éclaire quand Harley entre dans une pièce, dont elle se redresse quand il passe près d'elle, dont ses épaules se contractaient quand elle le voyait toucher Marsaili, comme pour se préparer à encaisser un coup… Harley, en revanche… Je suis incapable de lire ses pensées ou ses émotions. Ce mec est un mystère, putain. Je l'ai toujours vu tromper Arrie, d'une manière ou d'une autre, et la femme pour laquelle il finit par la quitter est la nounou de leurs filles ?

Arrie lève les yeux vers Harley de la même façon que Parks lève les siens vers moi. Elle cherche à être rassurée. Lui n'a jamais été cohérent dans sa manière de la traiter, en tout cas pas ces dernières années, mais aujourd'hui il lui adresse un regard apaisant, un discret signe de tête – pas un mot n'est échangé, mais je vois que ça la tranquillise.

Magnolia est trop remontée pour s'en rendre compte, ou bien refuse de risquer de se laisser attendrir. Elle a un don pour le drame et un désir exacerbé de justice. J'ignore ce qui lui paraît le plus injuste ici – que Marsaili se retrouve seule, que sa mère récupère son père, que celui-ci reste impuni malgré toutes ses conneries, que ses parents essaient de résoudre leurs problèmes de couple alors qu'elle a atteint l'âge adulte, ou que tout ça arrive alors que Bridget n'est plus là.

Probablement tout ça à la fois, mais surtout le dernier point.

Je glisse ma main dans celle de Parks et l'entraîne vers la porte.

— À très vite, OK ? lancé-je à ses parents en leur souriant d'un air d'excuse.

Son père hoche la tête, se force à sourire bien qu'il n'en ait clairement aucune envie.

Magnolia s'arrête devant la porte d'entrée et jette à ses parents un regard furieux par-dessus son épaule.

— Je ne compterais pas trop là-dessus.

33

Magnolia

Pour être tout à fait honnête, je l'ai évitée.

C'est mal de ma part, je le sais. Égoïste. Ce que je suis, soit dit en passant. Surtout quand il s'agit de me préserver émotionnellement. Bridget me le reprochait tout le temps, et je sens monter dans ma poitrine une sorte de colère brûlante à l'égard de ma sœur. Je lui en veux tellement d'être morte et de ne pas être à mes côtés pour gérer les deux fléaux que nous avons été obligées d'appeler « parents ».

Au début, elle ne voulait voir personne. Juste cette sœur aînée venue d'Écosse – l'Emmerdeuse. Elles se sont terrées plusieurs semaines dans sa chambre d'hôtel.

J'ai appelé deux fois, mais c'est la sœur qui a décroché.

Elle m'a quand même envoyé un message, ce qui est quelque chose, je suppose. Ou pas.

Deux semaines après les faits, elle finit par me prier de venir la voir à l'hôtel où elle s'est installée.

Seulement moi. Pas BJ. Une requête spécifique que j'ai moyennement appréciée, mais BJ m'a dit de ne pas m'en formaliser et d'y aller, qu'il m'attendrait dans le hall, ce qu'il fait, parce qu'il est comme ça.

L'amour est tellement étrange, n'est-ce pas ? La dernière fois que j'ai vu Marsaili, c'était à bord d'un yacht au large de la côte amalfitaine, sous la caresse du soleil couchant et celles de mon père, avec aux joues ce charmant éclat rosé qui vous illumine quand vous êtes amoureux et pensez que tout va bien. J'ai du mal à la regarder dans les yeux quand elle m'ouvre la porte, tant la différence est frappante.

Pâle, cheveux ébouriffés, les yeux cernés et rouges à force de larmes que, j'en suis tous les jours davantage persuadée, mon père ne mérite pas qu'on verse pour lui…

Elle ouvre donc la porte et a à peine le temps de me tirer à l'intérieur avant de fondre en larmes de nouveau.

— Tu me trouves idiote ? me demande-t-elle sans me regarder, le visage enfoui dans un mouchoir.

Je m'assieds au bord du lit et secoue la tête.

— Bien sûr que non.

— Si, tu le penses.

Elle hoche la tête et marche vers moi.

— Non ! insisté-je avant de marquer une pause sans le vouloir. Eh bien… un tout petit peu, mais…

— J'ai tout gâché. (Elle renifle.) Et pour quoi ? Pour qu'il coure la retrouver ? Pour qu'il me détruise aussi ?

— Marsaili… (Je lui prends la main.) Tu n'es pas détruite, tu es juste…

— Une idiote ?

Je me tais. Peut-être que ce n'est pas gentil de ma part, mais je ne sais pas quoi répondre. Il y a deux ans, j'aurais soutenu avec ardeur qu'elle n'avait que ce qu'elle méritait, mais ici, maintenant, alors que le temps, la vie, la distance se sont écoulés, je ne suis pas certaine que qui que ce soit mérite de se sentir stupide, même s'il l'est.

Je suppose que l'amour vous transforme en idiot.

C'est l'un de ses effets les plus regrettables.

— C'est lui, l'idiot, lui dis-je. Et mille autres choses encore pires. Il l'a toujours été.

Elle hoche rapidement la tête, comme si l'entendre mentionner lui faisait mal. Je n'ai même pas prononcé son nom, juste évoqué son comportement ou je ne sais quoi… J'ai de la peine pour elle, car c'est une douleur que je connais bien, et je crois que vous ne pouvez la ressentir que si vous aimez quelqu'un de cette façon terrible et vraie. À aucun moment je n'ai pensé à elle aimant mon père, à mon père l'aimant ou même à mes parents s'aimant de façon sincère. Cela m'a toujours paru abstrait, distant, une sorte d'amour en deux dimensions, un peu en retrait, un sentiment qui ne serait pas viscéral, qui ne se sentirait pas jusque dans les os, qui ne serait pas relié au sol dans la rudesse du grand amour comme celui que BJ et moi ou Christian et Daisy partageons, un amour pour lequel nous avons creusé la terre. Nos mains sont sales, mais nous avons cultivé quelque chose de spécial. Mais, en observant son visage à présent, je me demande s'ils ne partageaient pas aussi un amour véritable.

— Quant aux médias… C'est dur, mais ça va passer, la rassuré-je. Ils sont atroces au début, c'est tout…

Marsaili hoche la tête et s'essuie le nez avec un autre mouchoir.

— Je sais aussi qu'on a l'impression que ça ne s'arrêtera jamais. Ce sont des monstres. Je te promets que ce n'est pas moi qui les ai mis au courant…

— Je sais. (Elle pose sa main sur la mienne.) Je sais que tu n'y es pour rien.

— Je te le promets, dans dix jours, le duc aura prétendument une liaison avec la marquise de Cholmondeley, ou Rush et moi nous serons enfuis pour nous marier en secret ou je ne sais quoi, et ils passeront à autre chose, ils arrêteront de parler de toi, et tu pourras remettre le nez dehors…

— Magnolia, ma chérie… (Elle prend ma main et se rapproche de moi, ouvre la bouche pour dire quelque chose, mais rien ne vient. Elle fronce brièvement les sourcils, comme surprise elle-même par son silence. Elle pince les lèvres et réessaie.) Je vais rentrer quelque temps en Écosse.

— Oh ! Pour le week-end ?

— Non. (Elle incline la tête, plisse les yeux.) Je… Je préfère ne pas rester à Londres, pour l'instant. Tes parents ne font pas preuve de subtilité… et je… les médias… je… (Elle me sourit furtivement.)

Tu es beaucoup plus forte que les gens le disent, Magnolia, j'espère que tu le sais.

Pour sa défense, la presse s'est déchaînée.

Pas de quartier : c'est allé de « La nounou a eu ce qu'elle méritait » à « Arrie Parks vs Marsaili MacCailin : tout ce que vous avez besoin de savoir sur le plus gros scandale d'Angleterre ».

Et ça a été intéressant : il y a eu deux camps. Tout le monde n'est pas désolé pour Marsaili, et tout le monde ne se réjouit pas pour ma mère.

Sur certaines couvertures de magazines, je me retrouve au milieu d'un montage : il y a des photos de ma mère et de Marsaili de part et d'autre d'un portrait de moi, et Harley dans un coin. « Une famille déchirée », claironnent-ils.

Ça, au moins, c'est vrai. Encore plus vrai pourrait être ce titre : « Les Parks – Une famille dont les coutures craquent une par une ».

Si Bridget était le fil qui nous maintenait tous ensemble, chaque jour qui passe sans elle, un point saute. J'ignore combien il en reste.

Moins que je le pensais, visiblement, à en croire les récents événements.

— Bon. (Je fronce les sourcils.) Et quand reviens-tu ?

Elle avale sa salive, mal à l'aise.

— Je ne sais pas très bien.

Je fais la moue.

— Tu n'as pas pris de billet de retour ?

— Je prends ma voiture, m'annonce-t-elle avant de laisser un blanc. Et mes affaires.

— Attends… (Je cligne des yeux.) Tu repars vivre en Écosse ? Tu me laisses ?

— Non, ma chérie !

Elle pose son autre main sur la mienne, et je me dégage rapidement.

Elle pince les lèvres et me lance un regard appuyé.

— Je rentre dans ma famille pour souffler un peu… Tu imagines bien à quel point la situation est pénible…

— Il va voir ailleurs ! C'est son truc ! m'exclamé-je en haussant frénétiquement les épaules.

Elle secoue la tête.

— Eh bien, moi, ça ne me va pas.

— Ça t'allait, avant ! rétorqué-je.

Elle me décoche un regard peiné.

— Désolée, m'empressé-je de m'excuser. (Je n'avais pas l'intention d'être méchante. C'est sorti tout seul. Je regarde mes ongles.) Tu t'en vas, alors…

C'est plus une constatation qu'une question.

— Pour l'instant, dit-elle sur un ton qui me suggère qu'elle cherche à me tranquilliser.

— Et moi ? demandé-je avec l'impression d'avoir de nouveau sept ans et d'essayer de convaincre Harley de lever les yeux de son journal pour voir la robe que j'ai choisi de mettre pour sa fête.

— Magnolia…, soupire-t-elle. Tu as vingt-quatre ans, tu es indépendante, tu as BJ…

— Et Bushka ?

Elle me sourit tristement – elle adore Bushka.

— Elle va me manquer, mais tout ira bien pour elle.

Et là, je commence à me sentir bizarre. Ça m'arrive de temps en temps : j'ai l'impression qu'un rapace me dévore l'estomac de l'intérieur. Ou qu'un éléphant me piétine la gorge. Ça vous arrive aussi ? Mais je crois qu'en fait je vais très bien et que je suis juste un peu dramatique. Les rapaces qui mangent les entrailles et les pachydermes debout sur les gorges vont et viennent, c'est la vie, c'est tout. Les parents et les nounous vont et viennent aussi, et tout va bien. Oui, tout va bien.

— OK. (Je déglutis et redresse les épaules.) C'est super. Profites-en bien.

— Magnolia… (Elle pousse un soupir.) Tu es bien placée pour comprendre mon besoin de quitter Londres dans une situation pareille.

— Absolument. (Je hoche la tête avec emphase tout en me levant.) Alors amuse-toi bien en Écosse.

— Ma chérie…

Elle soupire, tend une main vers moi, mais je m'écarte d'un pas.

— Je vais bien, répété-je, même si elle ne m'a rien demandé. (Je marche vers la porte.) Je suis heureuse pour toi. Tu mérites absolument une pause après ces deux dernières années d'inactivité. Être une femme entretenue doit être épuisant…

Elle fronce les sourcils.

— Magnolia…

Je lui jette un coup d'œil par-dessus mon épaule.

— Au revoir, Marsaili.

34

BJ

Magnolia a encore plus mal pris la fuite de Marsaili que je m'y attendais. Probablement plus mal que ce à quoi s'attendait Marsaili elle-même.

J'ai essayé d'en discuter avec elle, d'amortir le choc – je lui ai rappelé qu'elle aussi était partie quand elle avait appris pour Paili et moi, mais mon argument n'est pas très bien passé.

— Tu ne comprends pas, a-t-elle protesté en croisant les bras. Tu as des parents qui t'aiment, toi.

Elle lâche ce genre de conneries de temps en temps, depuis toujours. C'est un peu dur. Ça ne laisse aucune place à mes éventuels problèmes avec mes parents, vu que, en comparaison des siens, ce sont des saints. Mais les saints sont des êtres humains, et les êtres humains merdent. Mais bon, ça ne sert pas à grand-chose de parler d'eux avec elle. Elle les voit baigner dans le même halo doré qui m'enveloppe et pour lequel, dans l'ensemble, je lui suis très reconnaissant, conscient néanmoins que, à certaines occasions, cela me désavantage.

Le départ de Marsaili, s'il s'agit bien de ça – peut-être qu'elle reviendra, je ne sais pas –, est une forme d'abandon pour Parks.

Magnolia aime partir avant qu'on la quitte. Elle a toujours été prête à se défiler avec tout le monde, sauf moi et le Pack Complet.

Quoique.

Parfois, quand Jonah ou Christian ne répondent pas assez vite à un de ses messages, elle me demande s'ils sont fâchés contre elle.

Je réponds que non, et elle insiste systématiquement : « Tu es sûr ? » Je réponds : « Ouais. » Elle va quand même imaginer un scénario où Jonah lui en voudrait pour quelque chose qui n'est pas arrivé, et elle va passer l'heure et demie suivante à mettre au point un plan pour le rayer définitivement de sa vie, jusqu'à ce que Jonah lui réponde : « Salut ! Désolé, je n'avais pas mon portable sur moi. » Elle m'adresse alors un sourire penaud, comme si elle était idiote (elle l'est), mais je sais bien que sa réaction ne relevait pas du caprice.

Sa mère pouvait disparaître deux semaines avec des copines sans l'appeler une seule fois. Elle partait sans même lui laisser un mot. Au mieux, Arrie prévenait Marsaili. Au pire, on l'apprenait dans les journaux grâce aux paparazzis.

Magnolia jetait un coup d'œil à un cliché où l'on voyait Arrie verser du champagne directement dans la bouche d'un prince belge et émettait un petit « Mmm » avant de détourner les yeux.

Avec son père, c'était à peu près la même merde. Souvent absent, il mentait beaucoup, découchait régulièrement, et rien ne la surprenait… Mais je voyais bien que son attitude l'affectait. Plus que l'irresponsabilité de sa mère. Cette tristesse bizarre qui la submergeait parfois comme une vague pendant une seconde avant de disparaître.

Les filles et leur père, hein… Mayer avait raison dans sa chanson *Daughters*. Mères, soyez bonnes avec vos filles. Mais, pères, tenez-vous, putain.

Je ne lui ai jamais posé la question, mais je crois la connaître suffisamment pour ne pas avoir besoin qu'elle me le confirme… Travailler comme mannequin, elle l'a fait pour son père. Ou à cause de lui peut-être. C'était enraciné dans quelque chose qui avait à voir avec lui.

Elle s'est fait spotter peu de temps après qu'on a commencé à sortir ensemble.

Par une agente de New York que, clairement, se tapait son père. Harley l'avait emmenée avec Bridget à je ne sais quelle soirée de remise de prix. Il a fait tout un show sur le tapis rouge devant les photographes, et l'Angleterre a tout gobé. Le père de l'année, sourire éblouissant en enlaçant ses filles. « Les plus jolies +1 de la soirée », l'a cité *OK!*

Elle est rentrée de ce voyage avec un putain de *smile.*

— BJ, devine !

Elle s'est jetée sur mes genoux dans la salle commune de Carver Hall.

Elle était partie une semaine. L'établissement ne faisait pas de cadeau si vous manquiez les cours, à moins, bien sûr, que votre père ne soit célèbre et ne fasse des donations énormes.

— Quoi ?

J'ai glissé une mèche derrière son oreille.

— Ford veut que je signe avec eux ! s'est-elle exclamée, ravie.

J'ai fait une grimace.

— Qui ça ?

— L'agence de mannequins ! (Elle a levé les yeux au ciel comme si j'étais débile.) À New York !

— Pas possible ! (J'ai posé une main sur sa hanche, l'autre sur sa cuisse.) Je veux dire… ouais. Bien sûr, cool…

Et je l'ai embrassée. Beaucoup. J'en ai fait des tonnes. J'adorais être son mec au lycée. J'adorais être ce couple à Varley. Aujourd'hui, je me marre en y repensant. Putain, qu'est-ce qu'on devait être chiants ! Tellement amoureux, tellement exaspérants…

Et vous savez quoi ? Je mentirais si je prétendais que ça ne m'a pas plu, au début. Que ma copine soit mannequin.

Quel gamin de seize ans n'aurait pas trouvé ça cool ?

Elle a toujours été menue. Petits os, corps fin. Juste une personne de taille moyenne avec de très longues jambes.

Il n'a pas fallu longtemps pour que son alimentation s'en trouve affectée. Au début, c'était seulement avant un shooting ou un défilé, et puis finalement ça a été tout le temps. Surtout quand elle perdait pied.

Elle a décroché des tonnes de campagnes. Ce visage, cette peau sur ce corps d'ado qu'elle avait ? Le rêve des grandes maisons.

C'est à peu près à ce moment-là que ça a commencé. Cette fascination pour elle. De fille de célébrités, elle en est devenue une elle-même. Environ un an après ses débuts sur les podiums, j'y ai aussi fait mes premiers pas, et là ça a pris carrément de l'ampleur. Moi, ça ne me déplaisait pas. Je l'ai fait pour m'amuser, pour passer plus de temps avec elle. On était souvent réservés pour les mêmes boulots. J'aimais bien voyager avec elle, aller dans des endroits bizarres, juste nous. Mais elle, plus elle avait de contrats, plus elle stressait, plus, naturellement, elle prenait du retard en cours, ce qu'elle ne s'autorisait pas non plus, du coup elle en faisait trop. Submergée par l'impression de perdre le contrôle dans tous les aspects de sa vie, elle a découvert qu'elle pouvait maîtriser une chose : son apparence.

Elle avait quinze ans la première fois qu'elle s'est retrouvée à Bloxham House. Ce ne sont pas ses parents qui l'ont forcée à y aller. Pas Marsaili non plus – même s'il lui arrivait d'aborder le sujet avec moi : elle me demandait si j'étais inquiet, si elle devrait l'être aussi… Je ne savais pas quoi répondre, j'avais peur de trahir Parks en en parlant, alors je n'ai rien dit pendant longtemps. En plus, impossible de faire admettre à Magnolia qu'il y avait un problème. Mais il y en avait un. Je le savais. Il pouvait se passer plusieurs mois sans qu'elle ait ses règles, elle avait facilement le vertige, buvait un verre et roulait sous la table. Un jour, à la piscine de Varley, elle s'est évanouie. Elle a failli se noyer. Mme Hurtwood, la responsable de leur résidence, a contacté elle-même Bloxham House après ça. Elle m'a expliqué qu'il y avait bien des façons de trahir quelqu'un qu'on aime, et que laisser cette personne se faire du mal en était une.

C'est moi qui l'ai emmenée. Avec papa. Harley l'a fait venir dans son bureau avant qu'elle parte, lui a dit qu'il était fier d'elle. Il voulait dire fier d'elle parce qu'elle se faisait aider, mais parfois je pense qu'elle a cru qu'il parlait d'elle en général. Ça l'a probablement mise sur la mauvaise voie.

Après le 3 décembre, elle a cessé de travailler autant. Elle n'avait tout simplement plus la même motivation. Elle a continué un peu, une grosse campagne ici et là, mais, en gros, elle a arrêté.

Sur le coup, j'ai cru qu'on en avait fini avec cette saloperie de TCA, mais en fait, après, chaque fois qu'elle était stressée, ou qu'on se disputait, ou que quelque chose merdait avec ses parents ou sa sœur, chaque fois que la situation lui échappait, ça recommençait. Je ne crois pas que c'était conscient : elle perdait simplement l'appétit. En général, ça ne durait pas longtemps. Du moins les dernières années. Mais là, ça fait quoi… cinq mois que Bridget est morte ? Vous avez déjà regardé la personne que vous aimez dépérir sous vos yeux ?

Moi, oui. Plusieurs fois, maintenant.

8:33

Daisy Haites

Ça m'a fait plaisir de te voir.

Merci.

« Moi aussi, ça m'a fait plaisir de te voir, Magnolia. »

OK.

Arrête !

Tu m'adores.

OK.

Mais si !

Bien malgré moi.

Au mieux.

Honnêtement, j'ai subi ta présence comme le supplice de la baignoire.

Ça m'a l'air rafraîchissant.

Ça ne l'était pas.

Tu es comme un oignon…

Tellement de couches.

S'il te plaît, ne cite pas Shrek.

« Shrek » ? Qu'est-ce que c'est ?

Je te déteste.

??

35

BJ

Je vais manger un morceau avec Henry chez *Goodman*, celui de Mayfair. On a dû arriver un peu avant le coucher du soleil, vers 20 heures. On est fin août, la nuit tombe encore assez tard. Et on a pris notre temps. Le crabe de Brigham est un incontournable, de même que l'entrecôte de bœuf wagyu australien. Ils servent aussi du Pappy Van Winkle 23 ans d'âge qui, si vous buvez du whisky (et vous devriez), est un must. C'est ce que nous faisons : deux verres avant de ressortir tranquillement sur Maddox Street et de remonter vers Grosvenor.

Henry me soûle avec sa première dispute avec Romilly. Il lui a dit ce qu'il pensait de son père, ce qui, honnêtement, me semble de bonne guerre. Ce mec est un sale con, mais encore une fois : les filles et leur père… Je veux dire – il ne faut pas jouer avec le feu. C'est ce que je suis en train d'expliquer à Henry quand il me donne une claque sur le torse en pointant le menton vers une silhouette sur le trottoir d'en face.

Je fronce les sourcils, plisse les yeux. On dirait… Impossible. Mais si.

Bushka.

Dehors, seule. À 22 heures passées.

Bon. J'ai bien conscience qu'on n'est pas exactement dans un quartier craignos de Londres. Avec les ambassades qui bordent la place, elle ne risque pas grand-chose. Mais je n'aime pas la voir comme ça. D'ailleurs, je n'avais jamais vu Bushka errant seule dans les rues avant.

Carrément choquant.

— Bushka ! l'appelé-je en traversant à toute vitesse, Henry sur les talons.

Elle ne m'entend pas, alors j'appelle de nouveau. En m'approchant, je vois bien qu'elle n'est pas dans son état normal. Elle a l'air d'être un peu désorientée.

— Ksenyia…

Je lui touche le bras, et elle sursaute avant de me reconnaître.

— Oh ! (Elle soupire, soulagée. M'agrippe le bras des deux mains.) BJ. (Elle me sourit, puis se tourne vers Henry et se hisse sur la pointe des pieds pour l'embrasser.) Henry.

— Qu'est-ce que tu fais là ? demande mon frère avec un sourire rassurant démenti par le pli qui lui barre le front.

Bushka souffle par le nez et regarde autour d'elle.

— Je suis sortie boire verre, et je…

Elle n'achève pas sa phrase, regarde autour d'elle.

— Me suis perdue ? proposé-je.

Elle fronce fièrement les sourcils.

— Me suis trompée de rue ? suggère Henry.

C'est pour ça que tout le monde l'adore : il est tellement attentionné, putain !

— *Da.*

Elle hoche la tête.

— Tu étais toute seule ? lui demandé-je en ôtant ma veste en peau de mouton Mastermind World pour la lui poser sur les épaules.

— Нет. (Elle secoue la tête.) J'étais avec Arina et Harley. (Elle fronce les sourcils, marmonne quelque chose en russe.) Я не знаю, куда они пошли.

Je croise le regard de Henry.

— Bon, on ne va pas rester ici toute la nuit. (Je lui souris.) Viens à la maison boire un verre, OK ?

Elle hoche la tête, l'air toujours perdu. Je ne pense pas lui servir à boire une fois à la maison, parce qu'il y a des chances qu'elle soit déjà un peu bourrée – difficile à dire. En vérité, depuis que je la connais, Bushka a toujours été un peu alcoolique.

Henry arrête un taxi, et je l'aide à y monter.

En nous voyant arriver, Parks lève les yeux, puis cligne des paupières, surprise de voir sa grand-mère.

— Regarde qui on a trouvé !

J'adresse à Magnolia un grand sourire crispé accompagné d'un regard appuyé.

Son visage tressaille.

— Quelle charmante surprise ! s'exclame-t-elle en se précipitant vers nous. Trouvé ? articule-t-elle au-dessus de la tête de Bushka.

— Grosvenor Street, murmure Henry. Elle errait toute seule.

Magnolia écarquille les yeux, alarmée. Elle me lance un coup d'œil avant de se concentrer sur sa grand-mère, contrariée.

— Qu'est-ce que tu faisais toute seule dehors ?

— J'étais pas ! (Bushka la contourne en traînant les pieds et va se servir un verre de vodka sur la desserte.) J'ai dîné.

— Toute seule ? s'étonne Magnolia en arquant un sourcil.

Bushka presse un citron dans son verre.

— Нет.

— С кем ? demande Parks en passant au russe.

— Parents, répond Bushka sans la regarder en prenant un glaçon.

Magnolia fronce les sourcils.

— Les miens ?

Bushka tourne le visage vers elle. Son expression est difficile à déchiffrer, quelque part entre la gêne et la tristesse. Elle hoche la tête une fois.

J'entends la respiration de Magnolia s'accélérer. Elle serre les mâchoires et pince les lèvres.

— Они тебя оставили ?

— Нет, répond encore Bushka.

Parks plisse les yeux.

— Ты врёшь ?

Je ne comprends pas grand-chose. Au fil des années, je n'ai appris que quelques mots de russe grâce aux filles. Parks parle de mentir, je crois.

— Я не вру ! s'exclame Bushka, les yeux légèrement écarquillés, sous le coup d'une émotion que je ne parviens pas à identifier. Пожалуйста, забудь об этом, моя дорогая.

Là, je pige que dalle, à part « ma chérie » à la fin.

Magnolia croise les bras sur sa poitrine, visiblement énervée.

— Très bien, dit-elle. Tu dors ici.

— Je rentre à la maison, assène Bushka.

Magnolia jette un coup d'œil par-dessus son épaule et lui adresse un regard entendu.

— Ты останешься здесь сегодня вечером.

Bushka tourne brièvement les yeux vers moi avant de suivre sa petite-fille d'un air penaud dans la chambre d'amis.

Dix minutes plus tard environ, j'entends l'eau couler dans la douche, et Parks ressort à toute vitesse, sourcils froncés. Elle se plante devant nous, les mains déjà sur les hanches, et son regard impatient passe de Henry à moi.

— Parle, ordonne-t-elle. Vite ! Raconte.

— Elle était seule, l'air paumé…

Je hausse les épaules, ne sachant pas quoi ajouter. Putain, je suis aussi paumé qu'elle.

— C'est dingue, merde !

Elle secoue la tête, horrifiée.

Je lui touche le bras, souris.

— Elle va bien, Parksy.

— Ce n'est pas le problème, rétorque-t-elle sèchement.

Elle a raison, bien sûr.

— Ouais. Je suppose. Qu'est-ce que tu veux faire ?

Elle souffle – grogne, pour être plus précis –, pensive.

— Qui est la personne la plus effrayante que nous connaissions ? nous demande-t-elle.

— Toi, réponds-je, et elle lève les yeux au ciel.

— Julian, propose mon abruti de frère.

Magnolia hoche une fois la tête et sort son téléphone, que je m'empresse de lui prendre des mains. Elle me fusille du regard, et je secoue fermement la tête.

— Non. Nous n'appellerons pas nos ex chefs de gang, au moins jusqu'à demain matin.

— Mais…

Regard d'avertissement.

— Pas de mais, Parksy.

— Tu n'as même pas d'ex chef de gang ! me rappelle Henry d'un ton taquin.

J'expire bruyamment par le nez.

— Moi non plus, d'ailleurs, fait remarquer Magnolia. Il est marchand d'art, c'est tout.

Henry me jette un regard en coin avant de tousser.

— Bien sûr, lui dis-je en hochant la tête, ne voulant pas la contrarier davantage.

La taille de ses œillères est sidérante. Mais je ne m'en plaindrai pas, en bénéficiant moi-même fréquemment.

— Bref. (Je pose mes mains sur ses épaules.) L'important, c'est que Bushka est ici, qu'elle va bien, et…

— … que mes parents sont des sauvages ?

Henry hoche lentement la tête, et je pince les lèvres avant de soupirer :

— Ouais, ça aussi.

36

Magnolia

— Pas mal, ta tenue, me dit le fantôme de ma sœur alors que j'examine mon reflet dans le miroir.

Crop top en maille à découpes et jupe plissée en cuir verni rouge, les deux de chez Balmain, avec le manteau noir à simple boutonnage Gucci brodé GG.

— Pas mal ? (Son audace m'exaspère.) Merci bien ! Nous savons tous que « pas mal » est le qualificatif que je préfère.

Bridget me lance un regard appuyé.

— Tu ne crois pas qu'on se fout un peu de ce que tu portes ? Tu vas juste démolir nos parents…

Je redresse le menton, arrange mes cheveux, ramenant quelques mèches derrière mes oreilles.

— Ce que je porte a toujours de l'importance.

— Eh bien… (Elle se perche sur le meuble de la salle de bains et examine ses ongles – je me demande bien pourquoi, d'ailleurs. Nous savons tous qu'ils ne sont pas manucurés. Autant contempler un jardin composé en tout et pour tout d'une pelouse.) Ça, c'est parce que tu as une conception biaisée d'à peu près tout, au lieu d'une compréhension claire de la réalité.

Elle me gratifie d'un sourire sceptique.

Je fronce les sourcils.

— J'ai une compréhension claire de la réalité.

— Tu parles à une fille morte dans un miroir, objecte-t-elle.

Je la dévisage, blessée. Traîtresse ! Comment a-t-elle pu me laisser seule ici comme ça ? Elle lève les yeux au ciel, ce qui, en langage Bridget, est une façon de s'excuser, plus ou moins, sans avoir à le dire. Lever les yeux au ciel et changer rapidement de sujet.

— Tu es sûre que c'est une bonne idée ? demande-t-elle, et je hoche la tête.

— Nous en sommes certaines.

— « Nous » qui ?

— Toi et moi. Je parle aussi pour toi…

Là, je parie qu'elle arque les sourcils.

— Il faudra me passer sur le corps…

La garce ! Je la fusille du regard.

— Tu as compris ma blague ? me demande-t-elle, contente d'elle.

— Bridget…

— Désolée… (Encore les yeux au ciel.) Écoute, ils le méritent.

— De toute évidence.

Je fixe mon reflet dans le miroir.

— Juste… (Bridget hausse les épaules.) Imagine que ça se passe mal, que ça te rende encore plus triste et que ça empire la situation ?

Je tourne la tête vers elle, sourcils froncés.

— Quoi ?

Et là elle agite vaguement la main vers moi.

Je lâche un petit rire. Maintenant, j'ai envie de me disputer avec elle – merde, nos disputes me manquent tellement. Peu importe la raison. Les vêtements, le temps qu'elle met à répondre quand je lui téléphone, le pop-corn (sucré ou salé – moi salé, elle sucré), les garçons avec qui je suis sortie, n'importe quoi – je donnerais cher pour pouvoir me disputer encore une fois avec elle, pour pouvoir l'entendre marmonner une de ses remarques sarcastiques et horripilantes.

On oublie combien respirer est précieux…

On frappe à la porte, puis elle s'entrouvre.

— Prête ? me lance BJ avec un sourire gentil.

— Ouais.

Il pointe le menton vers moi.

— Tu es splendide.

Je me redresse et lui adresse un grand sourire.

— Splendide ! Tellement mieux que « pas mal » !

Il sourit, perplexe.

— Qui t'a dit que tu étais « pas mal » ?

— Oh, Br… (Je me reprends.) Personne.

Son expression change, triste, prudente, peut-être.

— Bien. (Il passe son bras autour de mon cou et m'entraîne vers la porte.) La prochaine fois que tu parles à Personne, salue-la de ma part.

Daniela nous emmène en voiture, car il pleut des cordes. J'ai essayé d'expliquer à BJ que les probabilités d'avoir un accident étaient plus élevées par temps humide, mais il a objecté que, si nous faisions le trajet à pied, il était également plus probable que je fonde en larmes à mi-chemin en voyant l'eau bousiller mes Joplin 105 en cuir suédé noir. Or, je peux être butée, mais pas aux dépens d'Aquazzura.

Serrés sous un parapluie, nous nous tenons en bas des marches qui montent vers la maison de mon enfance. Phillimore Gardens, en face de Holland Park. BJ et moi parlons régulièrement de l'acheter à mes parents un jour pour pouvoir la garder, même si, franchement, je ne sais pas pourquoi. Ce n'est pas là que nous sommes tombés amoureux, pas vraiment, mais BJ s'y est attaché, curieusement, et je suppose que, à un moment, moi aussi.

Nous ne sommes pas tombés amoureux dans cette maison, mais une grande partie de l'amour dans lequel nous sommes tombés a eu lieu entre ses murs. Désormais, en l'absence de Bridget, ils semblent terriblement froids et vides. Il n'y a aucun lien entre les deux pensées, mais la façon dont cette maison me fait penser à elle annule tout ce que je pourrais lui associer de positif. Et ce n'est pas que penser à elle me fait du mal, je pense à elle tout le temps toute seule. Mais sa chambre n'est plus sa chambre. Quand je l'ai forcée à s'installer à Grosvenor Square avec Taura et moi, ma chambre est devenue une chambre d'amis, mais est restée plus ou moins en l'état. En revanche, Marsaili a transformé celle de Bridget en atelier de couture, sous prétexte qu'elle bénéficiait – je la cite – d'une « incroyable orientation à l'ouest ».

Je lui ai demandé ce qu'une orientation à l'ouest avait à voir avec la couture, mais Bridget a dit que peu importait, puisqu'elle n'y vivait plus (« Grâce à toi, Magnolia »), que c'était leur maison à 38 millions de livres et qu'ils pouvaient bien aménager sa chambre en atelier de couture si ça les chantait. Je l'ai suppliée de protester, mais c'est une discussion que je n'ai pas remportée, même si, en fin de compte, j'avais raison : ça importait.

Maintenant, le seul lieu de pèlerinage dont je dispose pour ma sœur, c'est la chambre dans laquelle je n'ai plus mis les pieds depuis la nuit de sa mort, dans notre ancien appartement d'Upper Grosvenor. De toute évidence, je n'y vis plus, mais je l'ai acheté à son propriétaire. J'avais besoin de le conserver. Parfois – le lundi matin, en général –, je passe déposer des fleurs devant la porte de sa chambre, n'ayant aucun endroit où déposer mon chagrin, mis à part l'urne contenant ses cendres que je garde chez moi, ce qui est aussi une chose que j'ai dû accepter, contre mon gré ; si vous vous souvenez bien.

BJ incline la tête vers la porte d'entrée avant de serrer ma main qu'il n'a pas lâchée depuis que nous sommes partis de chez nous.

Daniela reste dans la voiture.

Je m'apprête à sonner, mais BJ sort une clé et ouvre la porte, non sans m'avoir d'abord décoché un clin d'œil furtif.

Ses clins d'œil ont un effet magique. Je l'ai toujours soupçonné. Ils ont le pouvoir de vous rendre plus courageux – et plus stupide, aussi. J'ai fait des centaines de trucs discutables juste parce que BJ m'avait fait un clin d'œil et que mon estomac avait dégringolé de trois étages dans mon ventre. J'espère qu'il m'en fera toujours. À supposer que « toujours » signifie vraiment quelque chose. La vie est si fragile. Nous sommes tous en train de mourir, en fait. Peut-être au ralenti, mais quand même. Je lui ai acheté plein de vitamines afin de le maintenir en bonne santé le plus longtemps possible. Les meilleures – LYMA, Elysium, Thorne et Verso –, et il ne les prend presque jamais. Alors, de temps en temps, je les broie et en parsème son assiette quand il ne regarde pas. Henry prétend que c'est sans doute illégal, mais je lui dis « Tais-toi », genre, ça m'étonnerait.

Bushka aussi est en train de mourir.

Pas littéralement. En tout cas pas que je sache. Comme tout le monde, j'entends, même si ça risque de venir un peu plus vite pour elle. Ce qui ne veut pas dire qu'aucun de nous n'est susceptible de partir avant – Bridget en est la preuve. La mort ne fait pas de prisonniers, n'est-ce pas ? Elle ne fait pas de distinction, elle saisit les occasions qui se présentent.

Voilà pourquoi je suis sidérée que mes parents aient pu laisser Bushka errer seule dans Londres. Elle est la cible idéale, avec son Birkin, ses boucles d'oreilles en diamant de trois carats, sa bague de fiançailles en diamant poire de neuf carats qu'elle n'a jamais enlevée et qui me fait penser que son mari, c'est-à-dire mon grand-père – que je n'ai jamais connu puisqu'il est décédé bien avant ma naissance, quand ma mère était encore assez jeune –, était probablement un oligarque. C'est un peu gênant, mais n'oubliez pas que je suis aussi à moitié noire, alors, s'il vous plaît, ne tuez pas le messager génétique.

Vous voyez le tableau : le sac à main, les boucles d'oreilles, le solitaire et le manteau en vison de 20 000 livres. (Pas la peine de vous énerver. Bushka est russe, elle doit avoir mille ans, vous croyez vraiment qu'elle va renoncer à porter son manteau de fourrure ? Voyons...) Vingt-deux heures passées, une vieille femme seule... Je veux me persuader que Londres est une ville tranquille parce que nous y vivons et que j'ai besoin qu'elle le soit, mais bien sûr que ses rues peuvent être dangereuses. La criminalité monte en flèche, des cambriolages aux agressions en passant par les meurtres et les attaques à l'arme blanche – par chance, elle se trouvait à Mayfair, mais il y a des méchants partout.

D'ailleurs – j'ouvre la porte à la volée –, je suis sur le point de m'entretenir avec deux d'entre eux.

— Oh, ma puce ! s'exclame ma mère en se levant du canapé où elle est allongée. Qu'est-ce qui nous vaut le plaisir ?

Je regarde autour de moi, confuse.

— Est-ce que tu vis ici ?

Elle agite la main.

— Je passais dans le quartier.

Elle marche vers BJ, l'embrasse sur la joue.

— Vous êtes venus discuter de l'organisation du mariage ? demande-t-elle, tout excitée.

Mon visage tressaille.

— Non…

BJ fronce un peu les sourcils et fait un pas vers ma mère.

— Arrie, on est là pour parler de ce qui s'est passé l'autre soir avec Ksenyia.

— Oh… (Ma mère agite de nouveau la main avec désinvolture.) Elle va bien…

— Oui, heureusement. Mais pas grâce à toi.

— Qu'est-ce qui se passe ? lance mon père en sortant de son bureau, un sourire plein d'appréhension aux lèvres.

Ma mère esquisse un geste vers moi.

— Magnolia et BJ venaient juste vérifier que Bushka va bien.

— Ah ! (Mon père hoche la tête.) Elle se porte comme un charme. Elle est dans sa chambre.

BJ fronce les sourcils, le visage fermé.

— Tu veux bien nous raconter ce qui s'est passé ?

Harley prend une profonde inspiration, visiblement agacé.

— Il y a eu un malentendu…, intervient ma mère.

Je pince les lèvres.

— Tu veux parler de celui où vous deviez vous occuper d'elle et vous ne l'avez pas fait ?

— On se calme…

Harley me lance un regard d'avertissement.

BJ se tourne vers moi, et nos yeux se rencontrent. « Toi ou moi ? », demande-t-il en silence. Je préférerais que ce soit lui, mais il convient probablement que je m'en charge.

Je prends une profonde inspiration et me redresse.

— À son âge, Bushka est presque comme un enfant. Écoutez… (Mon regard saute de l'un à l'autre.) Vous avez fui vos responsabilités avec Bridget et moi, mais vous ne pouvez pas le faire avec elle. C'était différent pour nous, nous pouvions compter l'une sur l'autre, et puis nous avions Marsaili. Bushka n'a personne.

Ma mère fait une grimace, comme si je l'avais blessée.

— Occupez-vous d'elle. Ou envoyez-la chez Alexeï… En tout cas, vous ne pouvez pas la négliger.

Mon père réprime un ricanement.

— Je n'ai jamais négligé quoi que ce soit de toute ma vie…

— Exactement. Tu n'as jamais négligé la moindre *chose*…

Mon père se rembrunit. Pourtant, je n'essayais même pas activement de l'insulter en disant ça.

— Tu es prodigieusement efficace, Harley. Et incroyablement talentueux, ça ne fait aucun doute… Mais tu t'es montré négligent à bien des égards.

Le pli entre ses sourcils s'accentue.

— Absolument pas.

— Tu as peut-être coché toutes les cases de toutes les listes que tu as dressées. Mais je ne suis apparue sur aucune, et elle non plus… (Je pointe le menton vers ma mère et me prépare à bousculer un peu Harley.) En tout cas, pas jusqu'à ce que tu en épouses une autre…

Harley tend un index vers moi.

— Fais attention à ce que tu dis…

BJ vient se placer devant moi et carre les épaules.

— Et toi, range ton doigt.

— Ah ! (Mon père hoche calmement la tête.) Tu es enfin l'homme de la situation…

BJ expire et secoue la tête tout en adressant un petit sourire à mon père.

— Oh, en ce moment, on l'est tous à côté de toi, mec…

Harley a un mouvement de recul.

— Putain, tu oses me parler comme ça chez moi ?

— Ouais. (BJ hoche la tête, imperturbable.) Mais on peut aller dehors, si tu veux…

— OK !

— Non. (Je m'interpose entre eux et jette un coup d'œil à BJ pour lui signifier d'arrêter, puis me tourne de nouveau vers Harley.) Si quelqu'un doit te faire mal, ce sera moi…

Harley lève les yeux au ciel.

— Car j'ai bien l'intention de vous dire le fond de ma pensée. (Je regarde mes parents.) Et vous méritez de l'entendre. Mais ne vous inquiétez pas : je ferai preuve de modération… (Je prends une autre profonde inspiration.) Franchement, je n'attends plus grand-chose de vous. Ni séparément ni ensemble. (Je me tourne vers Arrie et la fusille du regard.) J'ai cru cependant, et je me suis peut-être trompée, que tu aurais au moins la décence de t'occuper de ta mère âgée.

Elle ouvre la bouche pour protester, mais je lève la main pour la faire taire.

— De toute évidence, ni l'un ni l'autre n'était très motivé pour prendre soin de Bridget et moi quand nous étions petites, mais aujourd'hui… Bushka a besoin qu'on s'occupe d'elle. C'est peut-être l'occasion pour vous de prouver que vous n'êtes pas complètement méprisables.

Ma mère me regarde fixement, bouche bée.

— Tu nous trouves méprisables ?

Je cligne des yeux et me tourne vers BJ.

— Je n'ai pas été claire ?

BJ secoue lentement la tête.

— Très claire.

Harley pousse sa lèvre inférieure de sa langue et secoue la tête.

— Je sais que tu as du mal à voir plus loin que ton nombril, mais là, il ne s'agit pas…

— Effectivement. Il s'agit de ma grand-mère, que BJ a trouvée errant seule dans les rues à 22 heures…

— OK… On va se calmer un peu avec cette histoire. Elle marchait dans Mayfair, pas sur Dorset Street…

— Mais bien sûr… (BJ lui lance un regard appuyé.) Parce que c'est ça, le problème.

— Magnolia, ma chérie…, soupire sa mère. Il faut que tu comprennes… Tout ce qui s'est passé avec Bridget nous a…

Je ne la laisse pas finir sa phrase.

— As-tu vraiment l'intention de mettre sur le compte de la mort de Bridget le fait d'avoir abandonné ta mère pour aller t'envoyer en l'air ?

Harley me regarde.

— D'où tu sors ça, putain ?

Je le foudroie du regard.

— Une intuition… et l'expérience.

Mes parents échangent un regard, et je devine que j'ai raison. J'aurais préféré me tromper, mais il est clair que ce n'est pas le cas.

— Donc, explique-moi… En quoi était-ce la faute de Bridget ? demandé-je en fronçant les sourcils. Je suis très curieuse de savoir comment tu vas retomber sur tes pieds…

Ma mère pousse un soupir.

— Je n'ai pas dit que c'était sa faute. J'ai dit qu'après tout ce qui s'est passé, nous sommes à fleur de peau et…

Je l'interromps de nouveau.

— Oui, les couleurs sont plus vives, la nourriture plus savoureuse… *Carpe diem*, bien sûr, c'est très bien. не облажайся.

— Bien sûr que non, rétorque-t-elle en anglais.

— Tu as déjà commencé, assené-je avant de tourner les talons pour partir.

BJ me rattrape au petit trot et passe de nouveau son bras autour de mes épaules.

— Ça va mieux ?

Je prends une inspiration tremblante.

— Non.

Pas du tout.

37

Magnolia

Lundi matin, je décide de rester travailler à la maison. Sans raison particulière, vraiment. Juste une envie.

Le ciel était couvert quand je me suis réveillée – c'est plus difficile de sortir du lit.

BJ est beau quel que soit l'éclairage. Mais il y a quelque chose avec les hommes en gris… Quand j'ai ouvert les yeux, il était en train d'ouvrir les rideaux (les fiancés sont les meilleurs réveils) et baignait dans la lumière du ciel gris derrière lui. Nous avons fait l'amour parce que je suis humaine, et ensuite je n'ai plus eu très envie d'aller au bureau.

BJ a passé la tête dans la douche.

— J'y vais…

— Où ça ? lui ai-je demandé avec un sourire.

— Je vais faire un tour à la salle de sport, ensuite je veux passer chez *Hatchards* chercher un livre, et puis je vais peut-être aller déjeuner.

— Oh, avec qui ?

Une infime hésitation que je ne remarque pas sur le coup, n'ayant aucune raison de me méfier.

— Jonah, a-t-il répondu.

— OK… (J'ai effleuré ses lèvres sèches de ma bouche mouillée.) À plus tard.

— Le Pack Complet vient dîner, on commandera.

Là-dessus, il est parti, et ma matinée s'est déroulée à peu près comme prévu.

Un Zoom avec un photographe avec lequel nous travaillerons le mois prochain, deux e-mails, et ensuite, j'ai surtout feuilleté des numéros de *Vogue* et *Harper's Bazaar*, et épluché Net-A-Porter en quête de pièces qui m'intéresseraient.

Je saute le petit déjeuner, mais Daniela m'apporte un café bien que j'aie décliné son offre. Elle me l'a fourré dans la main, accompagné d'un regard presque menaçant, avant de filer dans la cuisine ranger des provisions qui venaient d'être livrées.

Pour qui ? Je n'en ai aucune idée.

Du lait, du thé et du sucre. C'est tout ce dont j'ai besoin. Et cette eau que je fais venir par caisses de Nouvelle-Zélande. 1907. Elle est parfaite. Essayez-la. Je l'adore. Je ne peux plus en boire d'autre, maintenant.

Et de l'Évian, bien sûr. Mais pas pour la boire – jamais ! Pour me nettoyer le visage.

Oh, et du Perrier. Pas pour boire non plus (même si, en cas d'absolue nécessité, je suppose que ça passe) : pour se laver les cheveux, c'est formidable. Et ne me regardez pas comme ça, ce n'est pas ma faute. L'eau du robinet est affreusement dure à Londres... Vous ne croyez quand même pas que je vais exposer ma peau à de l'eau calcaire ? Et ne commencez pas avec l'environnement et le plastique, parce que, bien entendu, je les commande toutes dans des bouteilles en verre.

Vers l'heure du déjeuner, je sors faire un tour. Je préviens Daniela que je vais marcher un peu dans le parc. Elle me lance un regard entendu et répète « parc » en dessinant des guillemets dans l'air, car nous savons toutes les deux que ça veut juste dire que je vais emprunter l'itinéraire le plus agréable jusqu'à *Selfridges*.

Je suis convaincue que si j'achète le petit sac Chanel rose corail en cuir verni et métal doré, les nuages qui se sont accumulés dans ma tête aujourd'hui s'éparpilleront, et que je serai de nouveau capable de me concentrer.

Je lui précise qu'elle n'est pas obligée de m'accompagner, que je peux y aller seule, mais elle m'ignore et enfile sa veste.

C'est curieux, j'ai un mal fou à faire en sorte que Daniela cale son pas sur le mien. Elle part toujours devant, même quand je suis en train de lui parler.

Au début, j'ai cru avoir affaire à une marcheuse particulièrement dynamique, mais BJ m'a fait remarquer que j'en étais une moi-même, et que donc, pour que quelqu'un parvienne à me distancer, c'est soit qu'il est en train de faire son jogging, soit qu'il le fait exprès.

J'appelle BJ sur le chemin pour voir s'il veut qu'on déjeune ensemble, mais il me dit qu'il est déjà en route pour retrouver Jo.

Chez *Selfridges*, après m'être acheté le sac, je me rends chez les hommes (Daniela sur les talons) pour choisir quelques vêtements pour BJ.

Deux chemises à imprimé monogramme de chez Balmain, une noir et blanc et une dans des tons bruns, et puis le sweat-shirt en coton noir Undercover à lettres patchées, parce qu'il dit : « Un loup ne sera jamais un animal de compagnie ». C'est peut-être vrai, mais j'aime quand même le loup.

Je suis en train de passer en revue les vêtements chez Off-White quand le visage de Jonah Hemmes apparaît devant moi, fendu d'un grand sourire idiot.

— Oh, salut ! lancé-je gaiement.

Il me dépose un gros baiser sur la joue.

— Salut, Parksy.

— Qu'est-ce que tu fais ici ?

Il lève les yeux au ciel.

— Tu sais, il m'arrive de m'acheter des vêtements tout seul…

— Mais tu dois être terriblement en retard…

Il fronce les sourcils.

— En retard où ?

— Pour ton déjeuner avec BJ.

— Je ne déjeune pas avec BJ.

— Si. Je viens juste de lui parler.

Jonah réfléchit – se demandant s'il a oublié –, puis il secoue la tête et me regarde prudemment.

— Parks, il n'a jamais été question que je déjeune avec BJ aujourd'hui.

Tout à coup, j'entends mon sang bourdonner dans mes oreilles, et sous ma peau, autour de mes côtes, c'est tout chaud. Un son aigu me vrille les tympans. J'essaie de prendre une longue inspiration, mais ne parviens qu'à en prendre trois courtes et hachées.

— Hé… (Jo me saisit par les épaules et me tire derrière un portant afin que nous soyons moins exposés aux regards.) Ne panique pas. On ne sait rien. Il pourrait être en train de t'acheter un cadeau. D'essayer un smoking pour le mariage…

— Alors pourquoi tu n'es pas au courant, au moins ?

Il arque les sourcils et me décoche un regard malicieux.

— Peut-être que je le suis…

— Jonah, tu m'as menti une fois. Pendant trois ans. Au sujet de quelque chose que j'étais parfaitement en droit de savoir… (Je déglutis et inspire brièvement.) S'il te plaît, ne recommence pas.

Il hoche rapidement la tête.

— OK. Bon… Regarde où il est.

— Quoi ?

— Vous partagez vos positions, non ?

— Oui, mais Bridget a dit que ce n'était pas sain et que ça nous rendait codépendants.

— Vous l'êtes déjà, alors…

— Et quand on s'est fiancés, BJ et moi, Henry a dit que si je vérifiais où il était chaque fois que nous ne sommes pas ensemble, ça en dit long sur ma confiance en lui. (Ma vue se trouble un peu.) Et j'ai vraiment envie de lui faire confiance.

— Tu es sûre ?

— Eh bien, pas là tout de suite. (Je fronce les sourcils.) Mais j'ai l'impression que c'est exactement le genre de circonstances où je devrais essayer, non ?

Jonah hoche la tête comme s'il comprenait, sauf qu'il ne comprend pas – comment pourrait-il ?

— Passe-moi ton téléphone…

Il tend la main vers moi.

— Quoi ?

Il hausse les épaules.

— Tu ne veux pas trahir sa confiance, parfait. C'est moi qui vais le faire… Passe-moi ton téléphone.

Son argument me soulage un tout petit peu, alors j'obéis. Il ne me demande même pas mon code, il le tape directement.

— Comment est-ce que tu…

— On connaît tous ton mot de passe, m'explique-t-il sans lever les yeux. Tu es tellement prévisible, c'est insensé.

Je fronce les sourcils.

— Il est tout près, annonce Jonah.

— Quoi ?

Je cligne des yeux.

— James Street. (De la tête, il désigne la porte.) On y va.

Je demande à Daniela de rentrer avec mes achats, et nous nous mettons en route.

J'espérais un peu que Jonah passerait le trajet à me rassurer, mais il avance sans un mot, pâle et tendu. Absolument tout le monde adore BJ – il est foncièrement adorable –, mais personne ne l'aime autant que Jonah et moi.

Jonah l'aime inconditionnellement. Pour lui, il est prêt à mentir – j'en sais quelque chose –, à se battre, à faire n'importe quoi. Il le couvre cent pour cent du temps. Il voit toujours le meilleur chez lui. Alors si Jonah fronce les sourcils comme il le fait actuellement, je suis foutue.

Voilà où j'en suis de mes réflexions.

De *Selfridges*, nous atteignons James Street en à peine cinq minutes en marchant vite.

Jonah a toujours mon téléphone, dont il consulte l'écran régulièrement.

— On y est presque, m'annonce-t-il.

Dans d'autres circonstances, ça aurait pu devenir mon nouveau passe-temps. Car figurez-vous qu'espionner les gens est incroyablement amusant. Bien entendu, dans ces circonstances, je ne m'amuse pas particulièrement, mais je ressens une excitation difficile à nier.

Elle retombe rapidement quand je me retrouve devant un bar à hamburgers – *Patty&Bun* ? – dont j'essaie de distinguer l'intérieur par la vitre.

Debout à côté de moi, Jonah scrute aussi la salle, sourcils froncés.

BJ est assis à une table avec une inconnue. Assez jolie. Genre mannequin.

Mon cœur se serre.

— Appelle-le, m'ordonne Jonah d'une voix sinistre sans lâcher son meilleur ami du regard.

Il me tend l'appareil, il a déjà lancé l'appel.

Nous le surveillons tous les deux à travers la vitrine.

BJ saisit son téléphone et lève un doigt à l'intention de la fille. « Une seconde », le vois-je lui dire.

— Allô ? dit-il en décrochant.

— Salut, articulé-je faiblement.

— Salut !

Il sourit un peu.

Je m'éclaircis la voix et essaie de sembler aussi normale que possible.

— Où es-tu ?

— Je déjeune, tu te souviens ?

— Ah oui, m'empressé-je d'acquiescer. Avec qui, déjà ?

Je le vois froncer les sourcils, puis il répond :

— Oh… Pourquoi ? Qu'est-ce qui se passe ?

— Avec qui, BJ ?

Et là, il lève les yeux pour balayer la salle du regard, et il me repère de l'autre côté de la vitre en compagnie de la personne avec laquelle il est censé déjeuner.

— Merde…, bredouille-t-il. Parks…
— Va te faire foutre !
Et je raccroche.

38

BJ

Qu'est-ce qu'elle court vite, merde…

Je n'ai jamais été foutu de la semer de toute ma vie. Vous n'imaginez pas ce que ça peut être énervant d'être avec quelqu'un comme elle. Une putain de sprinteuse qui déteste courir alors qu'elle pourrait profiter de ses capacités pour faire de l'exercice. Non, le seul moment où elle court, c'est pour se faire la malle. Qu'elle soit ce genre de coureuse-là tout en étant impossible à battre physiquement est super frustrant. J'essaie quand même. Je me lance à ses trousses, mais la perds sur Oxford Street au milieu de la foule.

J'ai failli le faire, au fait. Lui dire la vérité. Ce matin, quand elle m'a demandé où j'allais, il m'a semblé que le moment était venu de cracher le morceau… Trop bizarre. Je n'en avais jamais ressenti le besoin. Lundi dernier, ça ne m'a même pas effleuré l'esprit. Mais aujourd'hui, j'ai eu une intuition, et je l'ai ignorée.

L'univers envoie des signes de temps en temps, pas vrai ? Il vous donne des indices, des petits coups de coude… Pendant une seconde, j'ai failli tout lui balancer : « En vrai, je vais me faire un hamburger, aujourd'hui. » Et puis j'ai pensé à la façon dont ses sourcils se sont incurvés quand elle m'a vu manger un champignon de Paris frit, l'autre jour – elle ne me jugeait pas, elle flippait. C'est irrationnel, je le sais – putain, elle est malade, en quelque sorte. Mais bon, ce n'est pas nouveau…

Et puis elle est déjà tellement stressée, je n'ai pas voulu en rajouter. Du coup, je me suis retrouvé à lui dire que j'allais déjeuner avec Jonah à *Mildreds*, et elle était contente.

Merde, je déteste quand elle a peur. Comme avec le champignon. Comme quand j'ai bu un vin qui n'était pas bio l'autre soir au dîner. Le lendemain matin, j'ai eu la gueule de bois et, désespéré, j'ai commandé un Sausage McMuffin – putain, c'était surréel, soit dit en passant. L'angoisse dans ses yeux... C'est une peur sans fondement, parce que réellement, le truc qui la fait flipper, c'est la mort, voilà. Elle n'arrive pas à accepter que les gens qu'on aime meurent. Bon, ça peut se comprendre.

Alors elle la contourne, puisqu'elle ne peut pas contrôler la mort. La bouffe, si. Elle le fait depuis longtemps. Pour elle, c'est quelque chose de facile à diaboliser et à utiliser comme arme contre la vraie cause de son angoisse.

Elle a eu l'air d'avoir peur quand elle m'a vu.

Une peur d'un genre différent, qui trouve ses racines ailleurs, aussi. Merde !

Je ne suis pas allé à *Patty&Bun* pour retrouver Dylan, au fait. On s'est rencontrés par hasard. Elle est entrée pour déjeuner, j'étais tout seul, elle aussi, elle a demandé si elle pouvait s'asseoir et j'ai dit oui. Pourquoi j'aurais refusé ? C'est ce qu'on appelle avoir la poisse. Je veux dire, quelles étaient les chances que je tombe sur elle et que Parks tombe sur Jo ? Je sais ce que Magnolia s'imagine.

Elle prétend m'avoir pardonné et avoir tourné la page, mais ce pardon est une couche de glace super fine à la surface d'un lac hyper profond.

D'abord, je suis allé chez nous. Je me demande bien pourquoi – parce que je suis un abruti et que j'ai espéré qu'elle viendrait m'y retrouver pour discuter au lieu de courir se réfugier chez quelqu'un d'autre. Non, évidemment. Pas son genre.

Je l'ai appelée je ne sais combien de fois, mais elle a fini par éteindre son portable.

Du coup j'ai appelé Jonah, mais il ne m'a pas répondu non plus, ce qui, au moins, m'indique qu'elle est avec lui, en sécurité.

Je suis mon intuition et me dirige vers chez lui.

Jonah a fini par quitter Park Lane. Pas par choix, mais parce que Christian lui a dit qu'il ne voulait pas de mon ancienne chambre sous prétexte que – je le cite – c'était « dégueu, putain ! », et qu'il a forcé son frère à bouger.

Ça valait probablement mieux pour lui.

Les maisons se chargent d'énergie. Celle-ci a rempli son rôle, celui de témoin d'une époque.

Les « années perdues », comme les appelle Jonah.

Mais elles sont derrière nous, et il est temps de passer à autre chose.

Ils se sont installés à Harcourt House sur Cavendish Square. Comme de vrais adultes et tout le bordel.

Je m'engouffre dans le métro – à cette heure de la journée, aller de Kensington au nord de Marylebone en taxi peut prendre entre vingt minutes et une heure, alors que c'est direct par la ligne rouge.

Je ne le prends pas souvent, malheureusement. C'est clairement le moyen de transport le plus rapide dans Londres. Mais vous imaginez Magnolia Parks dans le métro ?

Je descends à Oxford Circus, ressors dans la rue et remonte Regent Street, tourne à droite sur Margaret Street que je suis jusqu'à la place.

Un peu moins de trente minutes.

Je frappe à la porte de mon meilleur pote.

Avant New York, elle craquait tout le temps, comme si elle patinait sur de la glace si fine qu'elle ne cessait de tomber au travers. Ça a encore été le cas, ce jour-là, près des vestiges archéologiques avec Taura et Jo, et cette fois où l'on a rencontré Paili dans la rue. Mais depuis, non, pas vraiment. Parfois, je le vois sur son visage : elle découvre un article pourri sur moi dans un magazine people, par exemple, et je sens que la glace est encore sur le point de céder sous ses pieds. Mais finalement, non, elle ne flanche pas. Elle tient bon.

Mais cette fois-ci, elle est dessous, complètement immergée, et les conditions étaient – malheureusement – réunies pour que l'eau gèle de nouveau et se referme sur elle comme un piège.

Je vais devoir briser la glace à coups de poing pour l'en sortir.

Ça s'agite, derrière la porte. J'entends la voix étouffée de ma fiancée, celle de Jonah qui répond quelque chose, et ensuite des bruits de pas qui s'éloignent en vitesse et une porte qui claque quelque part.

Celle-ci s'ouvre en grand.

J'ignore le regard furibond de mon pote et le pousse pour entrer.

— Magnolia ? appelé-je en passant d'une pièce à l'autre. Parks, s'il te plaît… Laisse-moi t'expliquer…

Jonah renifle.

Je pointe un doigt vers lui pour lui signifier de la fermer.

— Parks ? lancé-je encore en me dirigeant vers la porte fermée de la chambre de Christian.

Je tourne la poignée et ouvre la porte d'un coup – je ne sais pas ce que je m'attends à trouver… elle roulée en boule sur son lit, lui la tenant dans ses bras, un putain de vieux cauchemar se jouant sous mes yeux, mais non. Elle n'est pas là.

Lui non plus.

— Christian n'est pas là, me confirme Jonah d'un ton bourru.

Je tourne la tête vers lui sans rien dire et prends la direction de sa chambre.

Je frappe deux coups avant d'ouvrir la porte. Elle est là.

Je passe ma langue sur ma lèvre inférieure et souffle par le nez.

— Parks…

— Non, coupe-t-elle.

Je m'avance vers elle en secouant la tête.

— Je sais ce que tu crois…

— Vraiment, Sherlock ? se moque Jo derrière moi. Putain, t'es balèze, dis donc !

— Ouais… (Je fais volte-face et vais me planter devant lui.) Et toi, tu sais que dalle, alors je te conseille de la fermer et de me laisser parler à ma fiancée, putain !

Il arque les sourcils et recule la tête.

Il n'aime pas qu'on élève la voix avec lui. Mais je m'en tape, en fait. Je me tourne de nouveau vers Parks.

— Bon, écoute… (Je fais un pas vers elle.) J'ai foiré.

— Qui est-ce ? me demande Magnolia avec un regard noir.

— Personne, littéralement… (Je secoue la tête.) Une copine de Maddie. Mais on n'était même pas ensemble au restau…

— Putain, mec, tu vas prendre cher…, gronde Jonah en avançant.

— Ferme-la, putain ! crié-je.

— Nous t'avons vu !

Magnolia saute sur ses pieds. Debout sur le lit, elle nous domine tous les deux.

— Je n'étais pas avec elle ! répété-je, exaspéré.

Jonah secoue la tête.

— Bizarre de t'accrocher à ça. On a des yeux, mec.

Je lève les miens au ciel.

— On s'est rencontrés par hasard…

Magnolia me toise d'un air furieux et méprisant.

— Quelle coïncidence, en effet !

— Je t'ai parlé d'elle, Parks… (Je la regarde.) Dylan. L'amie de Maddie. Celle qui veut être mannequin…

— Dylan, l'ami ou l'amie, avec -e ? J'ai pensé qu'il s'agissait d'un garçon, et tu t'es arrangé pour que je le croie ! s'écrie Magnolia, les poings serrés.

— Pas du tout !

— Si ! Bien sûr que si ! Tu m'as bien eue !

Je secoue la tête, déconcerté.

— Tu as décidé toute seule du genre d'un prénom…

— Tout le monde sait que Dylan est plus courant pour un garçon !

Jonah émet une sorte de bruit dubitatif et secoue la tête.

— Euh, je ne sais pas… Et puis, si quelqu'un disait « Truc, qui est pote avec Magnolia »… on pourrait songer à Taura, ou à Henry ou moi, ou…

Elle l'interrompt et me fusille du regard.

— Tu as suggéré qu'il s'agissait d'un garçon.

Je lève les yeux au ciel.

— J'ai dit qu'elle s'appelait Dylan… parce qu'elle s'appelle Dylan.

Toujours debout sur le lit, Magnolia croise les bras et me toise.

— Alors pourquoi tu m'as menti pour aller déjeuner avec elle ?

Je soupire et la regarde tristement.

— Je ne te mens pas pour aller déjeuner avec elle, je te mens pour pouvoir manger des hamburgers.

Elle fronce les sourcils.

— Quoi ?

Je l'attrape par la taille et la soulève, la pose sur le sol.

— J'ai tellement la dalle, putain…

Elle cligne des yeux, agacée.

— Quoi ?

— Tout le temps, Parks. Je crève de faim. Je n'ai pas envie de manger d'artichaut à la vapeur… (Je secoue la tête.) J'ai envie de poulet frit, d'une pile de pancakes au café néerlandais du bout de la rue, j'ai envie de pouvoir commander tous les plats du *Smoky Boys* sans avoir peur de te faire pleurer…

Elle expire un peu d'air et hausse les épaules.

— OK…

— Non, pas « OK ». (Je secoue la tête.) Clairement, tu ne vas pas bien.

Elle lève les yeux au ciel et se détourne légèrement.

— Si.

Je la force à me faire face de nouveau.

— Écoute… J'ai parfaitement conscience que ce que tu traverses est absolument infernal, Parks, et je suis tellement désolé… (Je prends une inspiration avant de poursuivre.) Je sais que manger comme ça t'aide à sentir que tu maîtrises quelque chose au milieu de ce déluge de merde…

— Non… (Elle pousse un soupir qui ressemble à un rire.) Je ne… Ce n'est pas…

— Je crois que si.

Elle hausse de nouveau les épaules.

— Eh bien, tu te trompes…

— Ah oui ? (Je lui adresse un regard appuyé et pointe le menton vers elle.) Qu'est-ce que tu as mangé, aujourd'hui ?

— Un café…

Je hoche la tête, attendant la suite.

Elle fait la moue, réfléchit.

— Des olives. (Elle hausse les épaules.) Plusieurs variétés de raisins… Des… céréales et des pommes de terre… sous une forme assez liquide…

Je lui jette un regard réprobateur.

— Tu as bu un martini…

— C'est très nourrissant, m'assure-t-elle.

— Tu parles !

— Je bois le mien avec quatre olives, donc c'est pratiquement une salade…

— Ce n'est pas drôle. (Je secoue la tête et me couvre les yeux.) Je ne peux pas revivre ça, Parks…

Elle écarte ma main de mon visage.

— Je vais bien, affirme-t-elle, mais je secoue la tête.

— Tu pèses ce que tu manges, tu comptes le nombre de fruits rouges que tu mets dans un smoothie…

Derrière moi, j'entends Jonah soupirer.

— Magnolia…

Et là, ses épaules se voûtent un peu, un voile de tristesse assombrit son visage, et j'ai les boules qu'elle se sente mal à cause de moi.

Je penche la tête vers elle.

— On est déjà passés par là au lycée, Parks. Je ne peux pas recommencer…

— Je n'essaie pas de perdre du poids ! proteste-t-elle en tapant de son petit pied sur le sol.

— Tu as dû perdre dix kilos facile, alors que cinq ça aurait déjà été trop…

Elle me désigne d'un geste.

— Tu n'as pas perdu de poids alors que tu manges comme moi…

— Parce que, après avoir avalé tes putains de légumes, j'attends que tu regardes ailleurs pour me faire une grosse tartine, comme n'importe quelle personne normale…

Elle me regarde sévèrement.

— J'espère que tu prends du pain essène…

Je secoue la tête. Je ne veux plus lui mentir.

— Non. J'adore le pain de mie du supermarché.

Elle écarquille les yeux, paniquée.

— Est-ce que tu sais le mal que te fait la farine blanche ?

— Parks, ce n'est pas la farine blanche qui a tué Bridget. C'est un anévrisme…

Elle me lance un regard noir.

Je presse mes paumes sur mes orbites pendant un instant, expire et la regarde de nouveau.

— Je suis désolé. Je n'aurais pas dû dire ça.

Elle me regarde, les yeux remplis de larmes.

À ce moment-là, Jonah m'adresse un petit signe de tête et sort discrètement en refermant la porte derrière lui.

— Je n'aurais pas dû te mentir, ajouté-je. Je suis désolé.

— Tu promets qu'il ne s'est rien passé ?

Je passe mes mains dans ses cheveux, secoue la tête.

— Il ne s'est rien passé. (Je l'embrasse sur le crâne.) Promis.

9:46

Henry

J'ai appris ce qui s'était passé.

Tu vas bien ?

Ouais, je crois.

J'ai eu peur.

J'imagine.

Il ne te le referait pas.

Sûr ?

Sûr.

39

Magnolia

C'est l'anniversaire de ma mère, et elle a réservé le restaurant du *Ritz*. Je ne m'en suis rendu compte qu'en arrivant – je croyais qu'il s'agissait d'un dîner en famille avec quelques amis.

BJ m'adresse un regard rassurant quand nous entrons dans la salle – il s'arrête sur le seuil, me regarde calmement, incline la tête et plisse les yeux.

Aussitôt, tous les gens dont j'aurais souhaité qu'ils ne soient pas là, et même ceux dont la présence m'indiffère, disparaissent comme ils l'ont toujours fait et comme j'espère qu'ils le feront toujours.

« Tu vas y arriver », me dit son sourire.

Je hoche rapidement la tête.

Il m'effleure la joue de sa main et se presse contre moi – discrètement, mais fermement –, et je déglutis avec difficulté.

— Le soleil brille ? me demande-t-il.

— De plus en plus.

J'ai du mal à le regarder droit dans les yeux. Il est tellement beau.

Un magazine anglais a réalisé une étude de nos visages, un jour. Par rapport au nombre d'or, mes traits se situent entre 90 et 95 %, mis à part mes sourcils (97,98 %) et mes yeux (98,2 %). Mais BJ ? Toujours au-dessus de 99 %. Sa bouche est 99,87 % parfaite – je le savais déjà. En fait, après des années d'observation, de recherches et de collecte de données, je suis en mesure de confirmer que ces chiffres sont légèrement en dessous de la réalité. L'expérience prouve que la bouche de BJ est 100 % parfaite.

Il passe la langue dessus, et son sourire s'élargit.

— Bien, dit-il en hochant la tête pour conclure notre moment, et le monde entier reparaît.

Nous pénétrons dans cet enfer si singulier conçu par ma mère.

La tenue de BJ est bien trop informelle pour l'occasion, notamment parce que nous ignorions que nous assistions à une réception. Bomber Brunello Cucinelli noir et brun à logo appliqué, tee-shirt en cachemire blanc de la collab Zegna x The Elder Statesman, avec le pantalon de survêtement en cuir à monogramme PA de chez Palm Angels. Et des Vans, bien entendu.

C'est l'avantage d'un physique comme le sien. Il sublime tout ce qu'il porte. Il aurait pu être en sweat-shirt, il aurait quand même été l'homme le plus séduisant de la soirée. Mais je suis heureuse que ce ne soit pas le cas, ça aurait été légèrement gênant.

— Prépare-toi, murmure BJ, la bouche contre mon oreille alors qu'un vautour mondain descend sur nous en piqué.

Verity Colson. Issue de la classe moyenne supérieure, c'est presque une marginale, et elle est désespérée de le faire oublier. Elle est excessivement avide, aussi. En tout cas, elle est loin d'être aussi riche que les gens présents dans cette salle, ce qui n'a pas la moindre importance, en tout cas pas pour moi – il faut dire que personne ici n'est aussi riche que moi, à part peut-être Charles Philip Arthur George, mais il ne compte pas vraiment, puisqu'il est lui, ce que j'entends dans un sens à la fois positif et négatif… Bref, je soupçonne Verity, en revanche, d'y avoir toujours attaché beaucoup d'importance. L'argent frais a cet effet curieux. Les nouveaux riches ont toujours beaucoup de choses à prouver – surtout à eux-mêmes, je crois. Pour des raisons stratégiques, elle aime être vue en compagnie de certaines personnes, connaître sur elles autant de détails que possible, qui suggèrent une intimité qu'elle ne partage pas réellement. Elle porte des vêtements dont la marque est visible, soucieuse que vous sachiez qu'elle a les moyens de les acheter. On a souvent l'impression que Fendi lui a vomi dessus. Mais pas ce soir : elle arbore la robe Midnight de Jenny Packham, vous savez, la rose dégradée ? Ce n'est pas un mauvais choix – la longueur est un peu agaçante, sur Verity, mais c'est peut-être parce que Verity est agaçante, et ce, quelle que soit la longueur de sa robe.

— Magnolia, mon chou !

Elle m'embrasse brièvement sur la joue.

— Verity… (Je parviens à sourire.) Bonsoir.

Elle se hisse ensuite sur la pointe des pieds pour embrasser BJ. Ce baiser dure bien plus longtemps que pour moi et semble (curieusement) sensiblement plus sensuel.

BJ me lance un regard paniqué par-dessus sa tête, et je réprime un éclat de rire.

— Quelle fête !

Elle balaie l'assemblée du regard, heureuse d'en faire partie.

Ce qui me dépasse, honnêtement.

Elle n'est pas proche de ma mère. En fait, je crois que ma mère la déteste. Dans un épisode de *Newport Beach*, Anna dit à Seth : « Les filles veulent que les garçons qui ne sont pas intéressés par elles leur courent après », et je crois que ça vaut aussi pour ma mère. Elle veut l'attention de gens qui ne lui en accordent aucune. J'en ai fait la remarque un jour à Bridget, et elle m'a regardée longuement avant de dire : « Ouais, je vois le genre. »

J'adresse à Verity un sourire cordial.

— En fait, nous ignorions qu'il s'agissait d'une fête.

— Oh, là, là ! (Elle se fend d'une grimace gênée en nous regardant.) Comme c'est embarrassant.

— Pas vraiment…

BJ hausse les épaules, imperturbable, mais je devine à son imperceptible froncement de sourcils qu'il est un peu agacé, à présent.

— Et vous deux ! roucoule-t-elle en nous touchant les bras – je baisse les yeux vers sa main. Ensemble, enfin !

Le froncement de sourcils de mon fiancé s'accentue.

— À ce stade, ça doit faire quarante ans qu'on est ensemble, mais bon…

— Oh, tu sais bien ce que je veux dire !

Elle agite une main et lui jette un regard comme s'ils étaient meilleurs amis et qu'il était idiot. Puis elle se tourne vers moi et m'adresse un sourire éblouissant et si frémissant d'envie que j'en ai presque de la peine pour elle, mais presque seulement, car elle enchaîne :

— Alors ? Heureuse de devenir sa petite femme ?

Mon visage tressaille.

— Pardon ?

— Sa petite femme ! répète-t-elle.

— Pourquoi répètes-tu cette expression ridicule ? (Je secoue la tête et croise les bras sur ma poitrine pour me protéger de sa vulgarité.) Qui t'a invitée ?

— Moi.

Nous tournons la tête et découvrons Brooks Calloway qui me sourit bêtement.

BJ souffle.

— Oh, merde !

— Ballentine.

Brooks pointe le menton vers BJ, puis se penche pour m'embrasser sur la joue.

Je lève une main pour l'arrêter.

— Ce n'est pas nécessaire.

— Magnolia. (Il hoche la tête, fait une petite grimace.) Toujours aussi chaleureuse, à ce que je vois.

Je lui adresse un sourire pincé.

— Que fais-tu ici ?

— Moi ? (Il se désigne d'un geste, et je hoche la tête.) Oh, j'ai été invité.

— Par qui ? insisté-je.

Brooks plisse les yeux.

— Ton père.

Je lance un regard perplexe à BJ avant de me tourner de nouveau vers lui.

— À quel titre ?

Je cligne des yeux, mais lui décoche un autre sourire bref parce que je suis bien élevée.

— Euh… (Le regard de Brooks passe de BJ à moi.) Je bosse pour lui.

BJ recule la tête.

— Tu quoi ? demandé-je.

Brooks hausse les épaules et émet un reniflement amusé.

— Je suis, genre, son assistant personnel.

— Son assistant personnel ? répété-je en clignant des yeux.

— Ouais.

Il hoche la tête, très content de lui.

Je regarde BJ, déroutée, et il hausse les épaules.

Je sens mon visage s'allonger tandis que je me remémore l'époque où nous sommes sortis ensemble, ou appelez ça comme vous voulez, et je le dévisage en plissant les yeux.

— Excuse-moi, mais tu ne travaillais pas dans la finance ?

Il hoche la tête.

— Mais j'ai toujours eu une passion pour la musique, tu te rappelles ?

Je fais la moue et secoue la tête.

— Je crains que non.

— Mais si ! (Il hoche vivement la tête.) C'est d'ailleurs pour ça que je m'étais intéressé à toi…

Je cligne des yeux.

— Oh… !

BJ, le menton rentré, lui lance un regard d'avertissement.

— Putain, tu vas t'en manger une, toi…, gronde-t-il.

Je me tourne vers lui et secoue la tête.

— Non…, lui dis-je en lui prenant la main. Il s'est servi de moi, je me suis servie de lui.

Brooks acquiesce courtoisement, puis incline la tête.

—Simple curiosité… comment t'es-tu servie de moi ?

—Eh bien, de toute évidence, j'étais terriblement amoureuse de BJ tout le temps où nous avons été… bref…

—Ensemble… ? propose Brooks.

—Si tu veux. (Je hausse les épaules.) Tu m'as en quelque sorte servi de… dernière ligne de défense.

—Je vois. (Il hoche la tête, pensif.) Eh bien, c'est de bonne guerre. Et ça a marché pour toi…

Il nous décoche un sourire indifférent.

Je croise les bras sur ma poitrine, prise d'un léger sentiment de malaise.

—Dites-moi, reprend Brooks en faisant tourner son verre de vin. Je me suis toujours posé la question… vous vous envoyiez en l'air, tous les deux ?

BJ ricane.

—J'aurais bien voulu…

Brooks nous regarde.

—Je croyais… vu que nous, non…

—Vous n'avez jamais couché ensemble ? répète Verity d'une voix forte.

BJ lui lance un regard exaspéré, tandis que je choisis de l'ignorer.

—Non, je… (Je secoue la tête.) J'étais incapable ne serait-ce que d'imaginer le faire avec quelqu'un d'autre. Avec lui non plus, d'ailleurs ! ajouté-je en désignant BJ, comme si cela pouvait amortir un peu le coup.

Brooks se tourne vers Verity.

—Ne te méprends pas, nous avons fait d'autres choses…

—OK… c'est… (Je guide son verre de vin jusqu'à sa bouche et le force à boire.) Ça suffit.

BJ presse ses mains sur ses orbites.

—Une dernière question… Simple curiosité, comme tu dis… Est-ce que mon père sait que tu m'as trompée ?

Brooks incline de nouveau la tête.

— T'es sérieuse, là… ?

— Littéralement et techniquement, je pense que tu conviendras que… oui. Tu m'as trompée. (Je lui adresse un sourire pincé.) Avec cette autre fille qui n'était pas moi.

Il souffle par le nez, un peu vexé.

— Tu n'avais aucun sentiment pour moi…

— Je m'en fous… Et je me fous que tu m'aies trompée… (Je le gratifie d'un regard hautain.) Voyons… J'étais amoureuse de BJ… Tout ce qui m'intéresse, c'est si Harley savait quand il t'a embauché.

Brooks serre les dents, réfléchit. Je pourrais le traiter de bien des choses, mais il ne m'a jamais menti. Il est même impitoyablement honnête, parfois.

Il hoche la tête.

— Ouais, Harley est au courant.

— Formidable… (BJ me prend la main sans un mot.) Merci, dis-je à Brooks.

Il tressaille, déconcerté.

— À un de ces quatre ?

— Eh bien… (Je secoue la tête.) Pas si tu sors avec une femme qui emploie des expressions comme « petite femme », non…

— OK… (BJ dissimule un éclat de rire sous une quinte de toux, et m'entraîne.) Désolé… ouais… à un de ces quatre, leur lance-t-il avant de me décocher un regard qui m'annonce que je vais avoir des problèmes. Magnolia, elle a employé des termes qui ne t'ont pas plu, elle n'était pas en train de faire le trottoir.

— Honnêtement, je crois que j'aurais préféré.

Il émet un reniflement amusé.

— J'en conclus que je ne serai jamais ton « jules » ?

Un frisson me parcourt tout entière. Je secoue la tête.

— Je crois que mon clitoris vient de se ratatiner complètement et définitivement…

— Tu veux que je vérifie ? me demande-t-il avec un sourire malicieux.

— Pour être franche, l'idée ne m'enchante guère, dit la voix de sa mère derrière nous. Et Magnolia, ma chérie (elle me touche légèrement l'épaule), ne dis pas « clitoris ».

— Et que devrait-elle dire à la place ? s'enquiert Hamish pour la taquiner.

— Oh, vous êtes là…

Je me jette au cou des parents de BJ.

Hamish regarde autour de lui.

— J'avais cru comprendre qu'il s'agissait d'un dîner dans l'intimité organisé pour quelques amis proches.

— Eh bien… (Je hausse les épaules.) Je soupçonne ma mère d'ignorer ce que le mot « intimité » signifie…

— Magnolia…, murmure Lily en me donnant une tape sur le bras, tout en réprimant un rire.

— Ça expliquerait tellement de choses.

Elle me décoche un regard faussement sévère.

— Sois sage.

— Tu es très en beauté, maman, la complimente BJ en se penchant pour l'embrasser.

Hamish tend la main à son fils, qui la considère un moment avant de la serrer à contrecœur.

Je me tourne vers Lily et baisse les yeux sur la robe Victoire de Maticevski en crêpe drapé rose blush.

— Tu l'as choisie toi-même, Lilian ?

Elle hoche fièrement la tête.

— Oui !

— Oh ! (Je l'examine de haut en bas.) Je suis extrêmement impressionnée. Splendide.

À partir de là, nous évitons plusieurs membres de la famille royale – proche et élargie –, ainsi que trois célébrités avec lesquelles BJ a couché et un joueur de rugby français avec qui j'ai flirté, à l'époque où j'aimais rendre BJ jaloux.

Quand elle nous aperçoit, ma mère en fait des tonnes. Elle nous serre dans ses bras, s'extasie devant ma robe, mes chaussures – au moins, quand elle dirige son adoration pour moi sur les vêtements que je porte, je trouve ça crédible.

Ma robe est sublime et mes chaussures fabuleuses, c'est un fait. Elles me font également office de gilet de sauvetage, puisque ma tenue me fournit un sujet de conversation avec les trois personnes devant lesquelles ma mère se donne en spectacle en notre compagnie – et je vous prie de croire qu'elle nous exhibe.

Aussi loin que je me souvienne, ma mère s'est davantage souciée de l'image de notre famille que de son état réel.

Tout au long de ma scolarité, j'ai dû me soumettre presque à chaque période de vacances à une séance photo pour un article portant sur le genre de femme qu'était ma mère. Je trouve étrange qu'elle ait toujours mis tant de soin à forger son image publique, mais se soit laissé photographier topless à bord d'un yacht, une bouteille de champagne à la main et peut-être un joint dans la bouche – et vous savez quoi ? Les gens en redemandaient.

« Bravo ! disait le public. Nous adorons qu'une femme puisse avoir ces deux facettes ! » Croyez-moi, c'était une expérience assez curieuse de voir l'Angleterre célébrer publiquement la négligence maternelle.

La seule fois où ils lui sont tombés dessus, c'est l'année dernière, après le divorce – elle est un peu partie en vrille, et la perception que les gens avaient d'elle aussi. Ils ont eu du mal à encaisser qu'elle enchaîne les histoires avec des hommes de l'âge de ses filles, figurez-vous.

Cependant, depuis Bridget, elle est de nouveau dans les bonnes grâces du peuple anglais. Je pourrais même dire qu'il l'adore.

Parfois, ça me rend jalouse. Je ne comprends pas qu'avec moi ils puissent passer d'un extrême à l'autre comme ils le font, tandis qu'elle parvient à conserver presque sans efforts les faveurs de la presse people.

Pourquoi est-ce qu'elle peut être photographiée après s'être écroulée, ivre, devant la porte d'un club à trente-huit ans et être fêtée comme « la mère la plus cool d'Angleterre », alors qu'une photo prise après que je suis tombée en sortant d'une voiture, ivre, à dix-sept ans, m'a valu d'être étiquetée « l'enfant terrible de la famille Parks » ?

— Tu crois que c'est parce que je suis noire et pas elle ? ai-je demandé tristement à BJ à l'époque.

L'article poursuivait en détaillant quelques-unes de mes frasques de l'année précédente, ainsi que mes notes, encore satisfaisantes mais pas aussi bonnes qu'avant. Bien sûr, personne ne savait ce que j'avais vécu cette année-là. Et honnêtement, même s'ils avaient été au courant, je doute que ça aurait changé quoi que ce soit. Ils ont toujours aimé parler de moi, et la façon dont cela m'affecte n'a visiblement aucune importance.

Dans sa chambre chez ses parents, BJ a passé son bras autour de ma taille. On était en décembre, il allait bientôt avoir dix-neuf ans, et son beau visage s'est tendu à cette idée.

— Non… (Il a caressé mes lèvres des siennes.) Impossible. Tu es parfaite.

Moi-même, je suis peut-être assez loin d'être parfaite, mais ma peau ? Ma peau est d'une couleur caramel chocolaté de rêve.

Plus tard, Bridget m'a expliqué qu'ils étaient cruels avec moi parce que je suis facile à détester. (Ou bien peut-être parce que je qualifie la couleur de ma peau de « caramel chocolaté de rêve ».) (Les gens ont tendance à ne pas aimer que vous soyez séduisant et que vous le sachiez, ce que je suis et ce que je sais.) (Comme c'est curieux. Je pourrais dire à quelqu'un : « Je suis douée avec les chiffres, mon cerveau peut réaliser des calculs très compliqués à une vitesse hallucinante », et il répondrait quelque chose du genre : « Oh, je suis bien content pour vous, vous êtes adorable, petite *nerd* des maths. » Mais si je disais : « Je suis assez jolie », il répondrait : « Va te faire foutre, espèce d'idiote prétentieuse ! », même si les deux sont des qualités.)

BJ et Bridget se sont un peu disputés après, mais j'ai compris ce qu'elle voulait dire.

— C'est un coup bas, a fait remarquer BJ en fronçant les sourcils depuis le seuil de la chambre de ma sœur.

Allongée sur le lit de Bridget, je suis plongée dans un énième article sur une récente séance de shopping parisienne, au cours de laquelle j'aurais dépensé 500 000 livres.

— Oui, peut-être, a concédé Bridget. Mais il faut dire que c'est assez détestable.

— Je n'ai pas dépensé autant ! ai-je protesté.

Plutôt 200 000 livres, en réalité, le reste m'avait été offert. Mais je ne pouvais pas le dire non plus. Les gens normaux n'adorent pas l'idée que les gens riches reçoivent des choses gratuitement.

— Tu es trop jolie, trop mince et trop amoureuse. (Bridget a haussé les épaules.) Évidemment qu'ils vont essayer de te démolir.

Ça fait un moment qu'ils ne m'ont pas démolie. Probablement à cause de Bridget. Je suppose que je devrais en être reconnaissante.

Cela dit, l'image de BJ et moi heureux est une source de fascination pour tout le monde, dans cette salle, et je n'y trouve aucune raison d'être reconnaissante. J'ai l'impression que nous sommes des poissons rouges dans un bocal. Nous finissons par nous replier dans un coin avec Bushka et ses parents. De toute façon, c'est la meilleure façon de passer ce genre de soirée, à mon avis. Malheureusement, la tension entre Hamish et BJ est palpable. Je vois bien que leur dispute pèse beaucoup à BJ – et je ne veux pas paraître insensible, mais ça casse un peu l'ambiance à notre table de planqués.

Hamish fait plus d'efforts pour converser avec son fils que mon père n'en a fait de sa vie pour discuter avec moi, et d'accord, BJ lui répond, c'est vrai, mais presque par monosyllabes.

Au moment où je crains que Lily ne fasse une crise cardiaque, tant la tension entre son mari et son fils la stresse, quelqu'un donne de petits coups de fourchette sur sa flûte à champagne. Je lève les yeux.

C'est mon père, debout près de ma mère. Il porte un costume Gucci vert foncé en laine et mohair, un pull en cachemire crème à col cheminée de chez Fedeli, et les derbies en cordovan caramel Bruno Cucinelli. Il est très séduisant, et ça m'agace.

Il baisse les yeux vers ma mère et lui sourit.

— Merci à tous d'être venus célébrer l'anniversaire d'Arrie ce soir. C'est tellement merveilleux de vous avoir ici avec nous. Arrie, Magnolia, Ksenyia et moi-même sommes sincèrement reconnaissants pour le soutien dont vous nous avez entourés ces derniers mois…

Je rive les yeux au sol, ne voulant croiser le regard de personne, ce qui leur ferait penser que je l'ai un jour reçu ou souhaité – faux et faux. BJ passe son bras autour de moi et me serre contre lui.

— Je voulais profiter de l'occasion pour faire une petite annonce. Bien entendu, Magnolia et BJ Ballentine vont – enfin (Harley tourne le regard vers nous et décoche un clin d'œil faussement complice à BJ) – s'unir en juin prochain. Vous êtes tous invités, bien sûr, et nous en sommes infiniment ravis.

— Tous invités ?

Je lève les yeux vers BJ, horrifiée. Il pince les lèvres.

— Magnolia sera la mariée la plus ravissante, poursuit-il en me souriant. Ou la deuxième plus ravissante…

Là, je fronce carrément les sourcils, parce que… c'est quoi, ce bordel ? Quelle grossièreté ! Pourquoi… ? Et puis ça me tombe dessus – je sais ce qu'il va dire. Merde.

Je sens BJ se raidir contre moi.

— Arrie et moi renouvellerons nos vœux l'été prochain, annonce Harley à l'assistance, et aussitôt fusent des « oooh » et des « aaah ».

Ma mère brandit sa main gauche. Une nouvelle bague de fiançailles brille à son doigt. Elle laisse échapper un petit cri d'excitation.

Je reste complètement immobile. Mes yeux s'arrondissent et je fixe mes genoux, tandis qu'un tonnerre d'applaudissements retentit dans le restaurant.

La tête me tourne. Tout d'un coup, je suis prise de vertige. Le contour de mon champ de vision se brouille. Je me lève. Je n'en ai pas eu l'intention, pourtant je suis sur mes pieds… Peut-être que je chancelle un peu, car maintenant BJ est à côté de moi. Un bras autour de mes épaules, l'autre sur mes hanches, il me maintient debout.

La pièce se met à tournoyer – à tanguer ? Je vais m'évanouir. Ou est-ce une crise d'angoisse ?

BJ dit quelque chose que je n'entends pas. Il secoue la tête, l'air à la fois agacé et inquiet. Ses yeux sont tristes, son expression sérieuse.

Il me guide hors de la salle. Une fois dans le hall, il se place devant moi, pose les mains sur mes épaules et me regarde dans les yeux.

— Respire profondément…

Je ne me rends pas compte que je le fais, mais ce doit être le cas car il hoche la tête et dit : « Bien, encore… Continue. » J'obéis. Cette fois, je sens l'air frais entrer dans mon nez et descendre dans mes poumons, mon ventre qui se gonfle.

BJ hoche de nouveau la tête, passe la langue sur sa lèvre supérieure.

— Bien…

— Ma chérie ! appelle ma mère en marchant rapidement vers nous.

— Non…

Je secoue la tête, ne regarde que BJ.

— Arrie… (BJ lui lance un regard appuyé.) Donne-lui une minute.

— Mais…

— Juste une minute, insiste-t-il d'une voix douce mais ferme.

— Magnolia ! s'écrie mon père qui apparaît à son tour, sourcils froncés. Tout va bien ? Que se passe-t-il ?

C'est cette dernière phrase qui me fait basculer.

Je prends une grande inspiration, et c'est comme si quelqu'un remontait une manivelle dans mon dos. Je lève les yeux vers mon père.

— Tu es fou, lui dis-je.

Il a un mouvement de recul.

— Quoi ?

— Cliniquement, peut-être, ajouté-je en hochant la tête.

Harley a l'air déconcerté. Il regarde BJ, puis ma mère, avant de se tourner de nouveau vers moi.

— Tu peux répéter ?

— Vous plaisantez ? (Je les regarde tous les deux.) C'est comme ça que vous me l'annoncez ?

— C'était une surprise, ma puce ! (Ma mère me sourit comme si j'étais stupide.) Nous voulions te faire une surprise !

Je la regarde fixement un moment, incrédule.

— Vous pensiez que ça me ferait plaisir ?

Elle hausse timidement les épaules, relève le menton.

— Peut-être.

— Pourquoi est-ce que ça me ferait plaisir ?

— Oh, je ne sais pas…, raille Harley. Parce que nous sommes heureux ?

— Oh… (Je lève les yeux au ciel.) Eh bien, si vous êtes heureux alors… super !

Harley secoue la tête, la mâchoire serrée.

— Qu'est-ce qui ne va pas, cette fois ?

— Tu as embauché un ex qui m'a trompée pour qu'il soit ton – et je cite – assistant personnel ?

— Eh bien… (Harley fait une grimace.) Est-ce qu'il t'a vraiment trompée, finalement ?

Je le regarde, bouche bée.

— Je veux dire…, continue-t-il, on ne peut rien te reprocher, étant donné que tu l'épouses… (Il désigne BJ d'un geste.) Mais BJ était tous les soirs dans ton lit.

— Avais-tu vraiment besoin de l'embaucher, lui ?

Harley secoue la tête et me toise.

— Le choix de mes employés ne te concerne pas.

— Tu ne pouvais pas simplement… engager quelqu'un d'autre ?

— Non. (Il hausse les épaules, indifférent.) Je le voulais, lui.

Je hoche la tête, comme si je comprenais.

— Et tu fais toujours ce que tu veux.

— Oui, dit Harley d'une voix forte.

Suffisamment forte pour que quelques regards curieux se tournent vers nous et pour que BJ s'avance d'un pas vers lui.

— Oui, répète-t-il un peu plus bas.

J'émets un petit reniflement faussement amusé.

— Est-ce qu'il t'arrive d'arrêter de ne penser qu'à toi ?

— Je ne sais pas… (Il hausse les épaules.) Et toi ?

— Répète un peu, lui dit BJ, et cette fois il se met carrément devant moi.

— Eh ! se moque mon père. Le voilà, son garde du corps attitré !

Il agite les sourcils à l'intention de BJ, et son attitude est plus menaçante que provocante. Ils n'en sont jamais venus aux mains, tous les deux. Pas une seule fois durant toutes ces années. Mais il m'a semblé plusieurs fois qu'on n'était pas passés loin, au point que je me demande ce qui arriverait s'ils le faisaient.

Mon père n'est pas exactement petit – un mètre quatre-vingt-trois contre un mètre quatre-vingt-neuf pour BJ –, et il est indéniablement costaud. Je veux dire vraiment, vraiment costaud. Mais – malheureusement – BJ se bat incroyablement bien. Je l'ai vu tant de fois à l'œuvre, dans la vraie vie ou sur le terrain de rugby. Je crois ne lui connaître que deux défaites. Mais contre mon père… je peine à imaginer ce qui pourrait se passer. Connaissant Harley, il serait prêt à tout pour gagner. Cela dit, cela fait des années que BJ attend l'occasion de lui mettre son poing dans la figure. Peut-être que toute cette énergie contenue le ferait passer à la catégorie de poids supérieure.

En fait, je ne pense pas que ça arrive, mais la tension entre eux monte très vite, depuis quelque temps.

Harley pointe un index vers BJ.

— C'est toujours que de la gueule avec toi.

BJ fait un pas vers lui, le menton rentré, les narines dilatées.

— Fais attention, mon pote. (BJ secoue la tête.) Je te mets un pain dans le hall du *Ritz* quand tu veux.

Je fais volte-face, pose une main sur le torse de mon fiancé et secoue la tête. Il parvient à détourner les yeux de mon père pour les poser sur moi. Sa respiration est agitée, sa mâchoire contractée.

Je me tourne de nouveau vers Harley auquel je lance un regard noir.

— Tu es incroyable.

— Incroyable, vraiment ? (Il recule, amusé.) Je croyais que j'étais méprisable.

— Tu es les deux.

Il soupire, fatigué.

— Magnolia, je ne savais pas que tu tenais à Brooks…

— Je ne tiens pas à Brooks ! grondé-je. (Quel culot !) Je n'ai jamais tenu à Brooks… Seulement, le fait que tu l'engages est significatif et manifeste un grand problème chez toi…

— Chez moi ? s'esclaffe-t-il. Vas-y, je t'écoute.

— Tu ne réfléchis jamais à la façon dont tes actes et tes choix pourraient affecter les personnes qui t'entourent.

Il lève les yeux au ciel.

— Par exemple embaucher un de mes ex. Ou t'envoyer en l'air avec mon agente dans la chambre voisine de la mienne à New York quand j'avais quinze ans. Ou ce que ça a pu nous faire, à Bridget et moi, que tu… te tapes notre putain de nounou !

Ma mère ne sait visiblement plus où se mettre.

— Magnolia, je sais que ça a été difficile pour toi, mais à l'échelle de ma vie, Marsaili n'a été qu'une passade que je…

Je ne le laisse pas poursuivre.

— Tu as foutu nos vies en l'air pour une passade ?

Ma mère se perd dans la contemplation du sol en marbre. Elle est triste. Je crois que parler de tout ça lui fait mal. Harley ne dit rien. Il se contente de me fixer – d'un regard furieux, faut-il préciser. Il respire fort. On dirait qu'il me déteste.

Mais vous savez quoi ? Pareil.

— Va te faire foutre ! lui lancé-je.

Et nous partons.

40

BJ

Je vous jure, une remarque de plus de Harley et je lui pétais la gueule.

Quelques jours ont passé déjà – merde, cette soirée, quel désastre, pas vrai ?

Magnolia est montée dans la voiture – un peu un exploit, je dois dire, mais il pleuvait et elle portait des chaussures en cuir suédé –, et puis elle a dit qu'il fallait qu'elle appelle Marsaili.

Je lui ai demandé si c'était vraiment ce qu'elle voulait faire, là tout de suite, et elle m'a répondu qu'elle n'avait jamais eu moins envie de faire quoi que ce soit, mais qu'elle ne voulait pas que Marsaili l'apprenne dans les journaux.

Elle lui a donc téléphoné aussitôt arrivée à la maison. C'est le genre de trucs désintéressés qu'elle fait parfois et dont elle ne veut que personne la sache capable. J'étais fier d'elle. Elle est restée au téléphone avec Marsaili jusqu'à ce que celle-ci s'apaise, et quand enfin elles ont raccroché, Parks a posé la tête sur mon torse et a pleuré jusqu'à ce qu'elle s'endorme.

Vous savez à quel point c'est rare qu'elle s'endorme sans s'être douchée ?

Ça a dû lui arriver, genre, deux fois. De toute sa vie.

Quand elle s'est réveillée le lendemain matin, elle s'est empressée de souligner que nous avions dormi sur le canapé, et que donc, je cite, « cela n'instaurait aucunement un nouveau régime sans douche dans notre relation ».

Ce matin-là, Bushka a débarqué et déclaré qu'elle s'était dit que nous aimerions l'emmener petit-déjeuner. C'est ce que nous avons fait, et depuis, elle n'est pas vraiment partie.

Il faut d'ailleurs que j'en parle à Parks.

Quelques jours plus tard, donc, j'ai fait asseoir Magnolia et me suis installé en face d'elle avant de lui prendre les mains.

— J'aimerais qu'on discute de quelque chose.

— Oh… (Elle s'est penchée vers moi.) OK. Tout va bien ?

— Ouais, super… (J'ai hoché la tête.) Je t'aime.

— D'accord…

Elle m'a souri, déconcertée.

— Alors… voilà… (J'ai réfléchi un instant.) Tes parents sont nuls à chier.

— Oui, je suis au courant, merci.

— Il faut qu'on prenne Bushka.

— Pardon ?

J'ai arqué les sourcils.

— Ici.

Elle m'a imité.

— Ici quoi ?

— Il faut qu'elle s'installe ici… (J'ai levé les yeux au ciel.) Chez nous.

Magnolia a cligné des yeux.

— Tu veux qu'elle reste vivre avec nous ?

— Ouais.

J'ai haussé les épaules.

Magnolia a secoué la tête.

— Bushka n'est pas un chien errant, BJ !

— Je sais… (J'ai de nouveau haussé les épaules.) Cela dit… finalement… elle erre un peu…

Parks a plissé les yeux, croisé les bras sur sa poitrine, tiraillée.

— BJ… (Elle a inspiré profondément par le nez.) Toi et moi, on vient juste… (Les yeux brillants, elle a dégluti et m'a regardé d'un air triste et coupable.) Je viens juste… de t'avoir. Je n'ai pas envie de te partager.

J'ai pris une grande inspiration à mon tour et j'ai hoché la tête parce que je comprenais – je ressentais un peu la même réticence.

— Je sais. (Je lui ai touché le visage.) Mais c'est la chose correcte à faire, Parks. En plus, toi et moi, on a l'éternité devant nous. (Je me suis penché pour presser ma bouche sur la sienne.) Et puis, vu la descente qu'elle a, son foie ne tiendra pas longtemps…

— BJ !

Elle a éclaté de rire et m'a donné une tape sur le bras.

— Je plaisante… Je l'adore. Je veux qu'elle vive ici. Il le faut.

— Bon, alors ce n'est probablement pas le moment d'avoir un chiot, a-t-elle soupiré.

J'ai reculé la tête, surpris.

— Oh que si ! C'est toujours le moment d'avoir un chiot.

— Tu es ridicule.

Elle a levé les yeux au ciel.

— De temps en temps seulement, ai-je dit avant de l'embrasser.

Deux jours passent, et on en discute encore une fois pour être sûrs qu'on est toujours d'accord. Je mentirais si je prétendais que je n'ai pas un peu l'impression de faire un sacrifice. J'ai attendu cinq ans pour être avec Parks, et depuis qu'on s'est retrouvés, on prend coup sur coup, putain… Elle et moi, on était prêts à être chill, vivre ensemble, nous marier, être heureux… Vous voyez le tableau ?

Mais c'est la bonne chose à faire. Aucun doute là-dessus.

J'apporte tous les trucs préférés de Bushka. Du caviar de béluga, des lavosh, ces biscuits salés dont elle raffole, et le R.D. 1985 de chez Bollinger.

Bushka saute presque de joie en découvrant le butin, qui me vaut de la part de sa petite-fille un regard désapprobateur quand elle s'assied à côté de moi.

Je pointe le menton vers elle pour lui donner la parole.

— Bushka. (Magnolia pose son menton dans sa paume.) Il y a quelque chose dont nous aimerions te parler.

Bushka lève les yeux tout en pelletant autant de caviar sur un biscuit que la gravité le lui permet.

— *Da ?*

Parks s'éclaircit la voix et me fait un sourire rapide.

— Nous aimerions que tu viennes vivre avec nous.

— Что ?

Le regard de Bushka, perplexe, passe de l'un à l'autre.

— Мы хотим чтобы ты жил с нами, lui répète Magnolia. Voilà… (Elle repasse à l'anglais.) Cette chambre d'amis deviendra ta chambre, et…

— Нет.

Bushka secoue la tête.

Magnolia la regarde fixement, contrariée.

— Comment ça, non ?

— S'il te plaît… (Je touche la main de Bushka.) On a envie que tu restes avec nous… On s'amuserait tellement…

Bushka me sourit tendrement et tapote ma main de la sienne.

— Tellement gentil et bon, me dit-elle avant de se tourner de nouveau vers sa petite-fille. Мой ангел… (« Mon ange » – celui-là, je le connais.) Cette gentillesse pour moi est trop…

— Formidable ! (Magnolia se redresse et lui sourit.) Bien, je vais contacter l'entreprise de démé…

— Нет.

— OK, d'accord… (Magnolia lève les yeux au ciel.) Daniela va contacter l'entreprise de déménagement…

— Non, refuse Bushka en levant les yeux au ciel à son tour. Je déménage pas ici.

Magnolia la regarde, vexée.

— Почему ?

— Я возвращаюсь в Россию.

Je les regarde l'une après l'autre, attendant que l'une des deux traduise.

— Quoi ?

Magnolia fronce les sourcils.

Bushka souffle par le nez et se tourne vers moi pour me sourire avec douceur.

— Je vais vivre avec Alexeï.

— Non, proteste Magnolia.

— Bushka…, commencé-je.

— Pourquoi ? (Magnolia se lève.) Ta place est à Londres !

Bushka secoue la tête.

— Ma place est Russie.

Magnolia scrute sa grand-mère, perplexe, le regard presque noir.

— Pourquoi est-ce que tu fais ça ?

— Ça me fait très heureuse que tu me veux ici… Je rendrai visite, lui assure-t-elle en désignant d'un geste la chambre d'amis que nous venons de lui proposer. Ce sera ma chambre encore, vous la garder, faire un sanctuaire pour moi…

— Eh bien…, la coupe Magnolia, sourcils froncés. J'en doute, puisque tu ne veux p… (Je lui pince le bras tout en venant me placer près d'elle.) Aïe !

Elle lève les yeux vers moi, outrée.

— Je commande pancarte qui dit « Chambre de Bushka ».

— Au néon ! m'exclamé-je, juste pour embêter Parks. Magnolia adore les néons !

— Bushka, soupire Magnolia, tu n'es pas obligée de partir.

— *Da.* (Elle hoche la tête.) Si, c'est l'heure. Alexeï demande depuis des années, et je dis toujours нет, mais maintenant c'est bon.

— Pourquoi maintenant ? s'enquiert Magnolia en faisant la moue.

— Теперь вы знаете, почему.

Magnolia secoue la tête, les larmes aux yeux.

— Пожалуйста не оставляй меня с ними.

Magnolia renifle, et Bushka a l'air triste. Elle saisit de nouveau la main de sa petite-fille et la serre.

— Я не. (Bushka lui adresse un sourire tendu, puis hoche la tête vers moi.) Je te laisse avec lui.

Cette manifestation de confiance me donne l'impression d'être adoubé.

J'incline la tête et baisse les yeux vers Bushka.

— Au moins, reste ici jusqu'à ton départ…

— Bien, oui. (Bushka hoche la tête.) Ils font tellement sexe.

— Non…

Magnolia commence à secouer la tête.

— Si, insiste Bushka. Comme animaux. Bang, bang, bang, toute la journée.

Magnolia fronce tout son visage.

— Mais votre sexe, poursuit Bushka, ça va !

— Oh, tant mieux…

Je regarde Parks, les yeux écarquillés.

— Vous êtes jeunes, nous explique Bushka. Amusez-vous. C'est bon, orgasme, oui ? (Elle me tapote le bras, comme pour me féliciter pour mon bon travail.) Bien.

— Je retire ce que j'ai dit… (Magnolia secoue la tête.) Tu peux partir.

— Je vais dans ma chambre, maintenant, annonce Bushka en l'ignorant.

— Pas ta chambre ! lui crie Magnolia tandis que sa grand-mère disparaît dans le couloir.

— Si, si ! lancé-je à mon tour.

Je me tourne alors vers Parks. Je lis la tristesse et la peur dans ses yeux. Je m'apprête à la serrer contre moi quand Bushka réapparaît à petits pas pressés et jette ses bras autour de la taille de Magnolia par-derrière.

— Спасибо, lui dit-elle.

« Merci ».

Magnolia hoche rapidement la tête, ne voulant pas que sa grand-mère la voie pleurer.

— Je t'en prie.

Bushka serre brièvement ma main et repart vers sa chambre.

Nous nous rasseyons à table, Parks et moi, mais elle ne mange pas grand-chose après ça.

Juste une bouchée. Une seule. Pas difficile à compter. Je ne devrais pas la surveiller comme ça, je sais, mais je le fais sans y penser. Merde, ça lui a fichu un coup. Elle est bouleversée.

Elle pense que tout le monde la quitte. Il faut dire que ça commence à faire beaucoup.

Je la soulève de sa chaise et l'attire sur mes genoux.

Je la garde comme ça quelques minutes, mon menton sur son épaule. Je la laisse fixer le vide, penser ce à quoi elle est en train de penser.

— Ça va ? finis-je par lui demander.

— Mmm ? (Elle tourne la tête vers moi. Nous sommes si près l'un de l'autre que sa bouche effleure la mienne, même si nous ne nous embrassons pas.) Oh, oui, formidable ! (Elle hoche la tête.) Super !

Je lui souris tendrement.

— Elle était tellement heureuse qu'on le lui propose…

— Ouais. (Parks hoche la tête, évite mon regard au début, puis elle le croise. Merde, elle est triste. Je déteste quand elle est triste.) Mais elle part quand même.

— Ouais. (Je repose distraitement mon menton sur son épaule.) C'est mieux pour elle.

Magnolia me regarde, dubitative.

— Tu crois ?

— Ouais. (Je hoche la tête.) Alexeï est super. Il va trop bien s'occuper d'elle.

Elle hoche la tête, se perd dans la contemplation du mur.

— Mais elle ne sera plus là.

— Je sais.

Elle regarde toujours le mur, et je la vois monter en elle, sa vieille angoisse… La peur de l'abandon, les amis. Quelle saloperie !

Je pose ma main sur son visage, le tourne vers moi. Lui dis la seule chose qui me vient à l'esprit.

— Je ne vais nulle part.

41

BJ

Soirée mecs. Jonah était comme un fou à l'idée qu'on sorte ensemble. On est en route pour *Tramp*.

J'ai d'abord dit que je ne pouvais pas, que Parks avait probablement besoin de moi, mais il a eu l'air triste, et ça ne lui ressemble pas.

Jonah ne se laisse pas facilement démoraliser. Si mon absence lui met le moral à zéro, c'est clairement qu'il y a un problème. Donc j'y vais.

Nos soirées mecs ont évolué.

Avant, on allait dans des clubs. Maintenant, on se fait un restau ou on se retrouve dans un bar, et la dynamique est chelou. Il n'y a pas si longtemps, la soirée aurait consisté à lever des meufs qu'on ne connaissait pas. Désormais, le programme a changé, vu que les trois quarts d'entre nous sont maqués.

Sauf ce soir : il a été très clair très vite que Jonah avait l'intention de se mettre une mine et de se taper une fille.

La relation de Henry est trop récente, et lui-même trop à la botte de Romilly pour rester dans ces conditions. Quand il capte l'énergie de la soirée, il ne s'éternise pas.

— Tu viens ? me propose-t-il en se levant.

Je secoue la tête.

— Je vais rester un peu. Je veux être sûr que Jonah ne fait pas n'importe quoi.

Il jette un coup d'œil à Jo, occupé à emballer la meuf numéro quatre de la soirée, puis me lance un regard entendu.

— Bonne chance.

Je me tourne vers Christian. On lâche tous les deux un ricanement un peu débile.

— C'est bizarre, dit-il. Tu ne trouves pas ? De sortir sans elles.

— Ouais, un peu.

— On est foutus, non ? demande-t-il en riant un peu.

— Ouaip, complètement. (Je hoche la tête.) Comment ça va, avec Daisy ?

— Trop bien… (Il hausse les épaules.) Elle est top.

C'est vrai. Elle est géniale. Traîner avec elle, c'est vraiment tranquille. On voit bien qu'elle a un frère, qu'elle a grandi entourée de mecs. Pas de chichis, pas de bla-bla. Elle dit les choses cash.

Christian me fixe pendant un petit moment, les yeux plissés. Il réfléchit avant de parler.

— Julian est à Londres.

Je lève les yeux.

— Quoi ?

— Il vient de rentrer.

— Oh…

Je hoche la tête, m'assure que ça ne se voit pas trop que j'ai un peu les boules.

— Tant mieux pour lui.

Je hausse les épaules.

Christian m'observe encore quelques instants sans rien dire, puis détourne les yeux.

Julian est rentré ?

Merde !

Ça me contrarie plus que je l'aurais voulu. Ma soirée est foutue.

Je regarde où en est Jo (il attaque la cinquième fille) et nous commande une autre tournée. On discute d'un documentaire complètement ouf sur les tempêtes qu'on a vu tous les deux. La Terre est dingue.

Christian est en train de me raconter l'épisode sur les volcans qu'il vient de regarder quand je sens un corps se glisser près du mien.

Je tourne la tête – c'est une fille. Ses yeux sont braqués sur moi.

Et son regard est, je veux dire… intense, pas de doute.

— Bonsoir, susurre-t-elle en battant des cils.

Je me tourne vers Christian, grimace.

— Salut ?

— Tu te souviens de moi ? demande-t-elle en inclinant la tête.

Je pousse ma lèvre supérieure de ma langue et fronce le visage.

— Euh, non ? (Je lui décoche un bref sourire.) Je devrais ?

Elle pince les lèvres et plisse malicieusement les yeux.

— On a couché ensemble.

— Oh, merde…

Je pousse un soupir qui ressemble à un rire. Me tourne de nouveau vers Christian pour qu'il vienne à mon secours, mais il se contente de hausser les épaules.

— Désolé… (Je secoue la tête.) J'ai couché avec beaucoup de filles.

Elle lève les yeux au ciel, feignant d'être offensée.

— Comme c'est romantique !

— Je n'essaie pas d'être romantique.

— Ah non ?

Elle m'adresse un sourire aguicheur.

En fait, maintenant que je fais attention, je me souviens d'avoir couché avec elle, et je me rappelle pourquoi.

J'ai couché avec elle parce qu'elle ressemble un peu à Parks.

Je n'arrive jamais à déterminer si c'est mieux ou pire quand elles ressemblent un peu à Parks.

Pire, je suppose. Je veux dire, tout est pire.

La même couleur de peau que la fille de ma vie, les cheveux presque pareils, mais pas aussi beaux, des yeux bruns au lieu de verts, la bouche moins bien – mais j'en avais pas mal profité sur le coup. Je n'ai pas pensé une seule fois à elle pendant ni après.

Je me demande si elle me foutrait la paix si elle savait.

Je relève le menton et la toise un peu.

— Tu sais qui je suis ?

Elle lève brièvement les yeux au ciel comme si ma question était débile.

— Évidemment.

— Alors tu sais que je suis avec quelqu'un.

Je lui lance un regard incisif.

— Mmm, fait-elle en balayant la salle du regard avant de hausser légèrement les épaules. Je ne la vois pas.

Je fronce les sourcils à présent. Ça y est, elle me gave.

— Je ne vais pas la tromper…

— Tu l'as déjà fait, me rappelle cette conne.

Christian et moi avons un mouvement de recul.

— Casse-toi…, s'esclaffe Christian en secouant la tête, sidéré par son audace.

— Une seule fois, précisé-je, même si je n'ai absolument pas à me justifier.

Et vous savez ce qu'elle fait ? Elle se penche vers moi, me regarde droit dans les yeux et lâche :

— Je ne dirai rien. Ce sera notre secret.

Et elle saisit ma main et la pose sur sa taille.

Je la considère probablement pendant une seconde avant de me dégager. Secoue la tête.

— Je ne veux pas partager de secrets avec toi.

— Tu es sûr ? demande-t-elle d'une voix sensuelle.

Putain, là, j'ai eu ma dose.

— Ouais, OK. (Je hoche la tête et me plante bien face à elle.) Écoute ça. Je t'ai baisée parce que tu ressembles à la fille que j'aime depuis toujours.

Elle se fige. Je continue.

— Elle ne voulait pas de moi, à l'époque, mais maintenant si, alors putain, pourquoi tu crois que je voudrais retourner avec toi une seconde quand elle m'attend à la maison ?

Je hausse les sourcils, attends qu'elle dise quelque chose, mais elle ne le fait pas, évidemment.

Par contre, elle semble sacrément humiliée, et elle ne s'éternise pas.

Ça fait du bien.

Christian fait une grimace gênée mais me donne une claque dans le dos, comme pour me féliciter. On essaie de reboire un coup après ça, mais le cœur n'y est plus, en ce qui me concerne. J'ai envie de vomir.

Ça arrive encore de temps en temps. Ce n'est pas la première fois. Des filles tentent leur chance – même si les journaux parlent de notre mariage tous les jours, putain ! En général, elles m'abordent, j'arrête le truc, elles se barrent.

Mais cette fille, ce soir, a carrément insisté, et je me demande vraiment ce qui lui a fait croire que la voie était libre.

Je ne sais pas comment me débarrasser de cette réputation de connard infidèle une bonne fois pour toutes.

Ç'a été vrai autrefois, ça ne l'est plus.

C'est fini pour moi, d'enchaîner les meufs.

Maintenant, putain, j'ai envie de vomir chaque fois que je vois une fille avec qui j'ai couché, ou que Parks voit une fille avec qui j'ai couché. J'ai envie de balancer mon poing dans un mur chaque fois que quelqu'un me rappelle que je l'ai trompée.

Je checke Jonah une dernière fois, et je préviens Christian que je rentre.

Un avantage de ne pas être avec Parks, c'est que je peux prendre la voiture avec chauffeur.

Je veux dire, ouais, marcher, c'est cool – ses jambes n'ont jamais été aussi canon, ce qui n'est pas peu dire –, mais les trajets en bagnole, putain…

Et ce soir, je ne conduis même pas – merde, ça me manque.

Quand j'entre dans le salon, elle lève les yeux vers moi. Assise sur le canapé, des magazines étalés autour d'elle, elle tient une pile de Post-it et un feutre Sharpie.

— Tu rentres tôt ! s'exclame-t-elle en me souriant.

Je hoche la tête et marche vers elle.

— Ouais.

Elle me scrute un instant et se lève.

— Ça va ?

— Ouais. (Je hoche rapidement la tête.) À peu près.

Elle fronce un peu les sourcils.

— Non, en fait… pas vraiment.

Elle me rejoint, m'effleure la taille.

— Qu'est-ce qui s'est passé ?

Je presse mes mains sur mes yeux et souffle.

— Je suis tombé sur une fille avec qui j'ai couché il y a longtemps…

— OK…

Elle fronce les sourcils.

Je passe ma langue sur mes lèvres, nerveux. J'ai les boules de lui raconter, comme si j'avais fait quelque chose de mal.

— Elle m'a fait des avances, dis-je rapidement.

— Oh…

Je déglutis.

— Elle a pris ma main, l'a posée sur elle.

— Où ça, sur elle ?

— Taille.

Magnolia hoche une fois la tête.

Je cherche son regard.

— Je lui ai dit de dégager.

— Bien. Et ensuite ?

— Ensuite je suis rentré.

— Pourquoi ? demande-t-elle doucement.

— Je ne sais pas. (Je hausse les épaules.) C'était trop bizarre. Je n'avais plus envie d'être là-bas. (J'agrippe sa taille.) Je déteste sortir sans toi.

— Mmm.

Elle hoche la tête distraitement, sans me regarder. Son visage est bizarre. Pâle, peut-être ?

— Tu te sens bien ? demandé-je en l'examinant.

— Mmm ? (Elle me regarde. Ses yeux sont écarquillés – elle fait semblant.) Oui, bien sûr.

Je souffle par le nez.

— Désolé.

Elle me lance un bref regard inquiet.

— Pourquoi ?

Je secoue la tête et hausse les épaules.

— Je suis désolé, c'est tout.

— OK.

Elle m'adresse un sourire forcé avant d'avaler nerveusement sa salive.

— Je t'aime, lui dis-je.

— Je t'aime aussi, me répond-elle, mais la façon dont elle me le dit me laisse un drôle de goût dans la bouche.

Elle retourne s'asseoir sur le canapé. Je l'entends respirer, la vois froncer les sourcils et se mordre distraitement la lèvre inférieure…

Et là je le vois, ce truc que je déteste : la part de son esprit où le doute survit. Un éclair de suspicion qui s'allume derrière ses yeux.

Elle déglutit encore. Se tord un peu les mains.

À tel point qu'elle s'assied dessus et reste comme ça vingt secondes avant de recommencer son manège.

Je ne peux pas regarder ça… Je déteste voir à quel point ce que j'ai fait il y a toutes ces années la fout toujours en l'air, alors j'enlève ma chemise et vais prendre une douche.

Je sais qu'elle va me suivre. C'est plus fort qu'elle. Son cerveau ne supporte pas les doutes qui traînent.

Je me demande combien de temps encore elle en aura, et si je vais devoir passer ma vie à les balayer.

Cinq minutes s'écoulent avant qu'une petite voix retentisse de l'autre côté de la porte de la douche.

— BJ ?

— Ouais ?

J'ouvre la porte et baisse les yeux vers elle, sourcils froncés.

— Parksy… (Je secoue la tête.) Tu sais que je ne te ferais jamais ça, n'est-ce pas ?

Et vous savez quoi ? Elle ne répond pas. Elle ne bouge même pas un muscle.

Je sens un poids me comprimer la poitrine.

— Tu le sais ?

Cette fois, elle hoche la tête, mais elle n'a pas l'air d'être convaincue.

— Parks…, soupiré-je. Sérieux.

— OK.

Elle hoche la tête.

Je me frotte la bouche. J'ai envie de vomir.

— Tu me crois ?

— Ouais, bien sûr, répond-elle automatiquement.

Et puis, en sortant, elle me fait un sourire timide et effrayé. Elle ne s'en rend pas compte, mais je le vois, juste là, rampant sous la surface près de nous – le monstre qui se nourrit de sa deuxième pire angoisse. Autrefois, elle occupait la première place. Grâce à Bridget, elle a été détrônée, mais de peu.

— Parks ! lancé-je.

Elle se retourne vers moi.

— Oui ?

— Je te promets. Il ne s'est rien passé.

11 : 17

Julian

Salut, petite.

Tiens, tiens !

Regardez qui voilà.

Je suis rentré.

OK…

Je peux te voir ?

Je suis fiancée.

Je sais.

Je peux te voir ?

Pourquoi ?

Dis oui, c'est tout.

Non.

Je sais que tu as envie de me voir aussi.

Non.

Si.

Allez…

Quand ?

Dis-moi.

Mardi.

OK.

Dans une semaine. 14 heures.

Ah… OK.

Où ?

Daylesford.

Marylebone ?

Notting Hill.

Tellement directive…

?

Ça m'avait manqué.

Arrête.

Ha, ha !

D'accord.

Julian, est-ce que tout va bien ?

Je te vois mardi. 😘

42

Magnolia

Je ne lui en parle que le lundi soir. Pas parce que j'hésitais à le lui cacher, mais parce que je redoutais sa réaction et que je déteste me disputer avec lui.

— BJ ? dis-je en roulant vers lui dans notre lit.

— Mmm ?

Il ne lève pas les yeux de son livre. *Starry Messenger*, de Neil deGrasse Tyson.

— Julian m'a écrit.

— Quoi ? marmonne-t-il sans enregistrer ce que je dis.

Puis je vois derrière ses yeux l'information arriver à son cerveau. Alors il referme son livre et se tourne vers moi.

— À quel sujet ?

Je prends une inspiration et hausse légèrement les épaules.

— Il m'a demandé qu'on se voie.

— OK. (BJ hoche la tête.) Qu'est-ce que tu as répondu ?

Je fais la moue.

— Oui.

Il pousse sa lèvre inférieure de sa langue et hoche la tête.

— OK.

— OK ? répété-je, sourcils arqués.

— Ouais, je suppose. (Il hausse les épaules.) Tu n'as pas besoin de ma permission…

— Je sais…, dis-je rapidement, parce que… c'est vrai.

Il hausse de nouveau les épaules.

— Alors…

— Je voulais juste être honnête.

— Bien sûr. Merci. (Il fait la moue.) Qu'est-ce qu'il veut, à ton avis ?

Je secoue la tête.

— Je n'en sais rien, figure-toi.

BJ me dévisage avec curiosité.

— Tu n'avais pas eu de nouvelles de lui ?

— Non… (Je secoue la tête.) Pas depuis son départ.

Il recule la tête, surpris.

— Même pas quand Bridg…

— Non.

BJ secoue la tête. Ça semble le contrarier, curieusement. Et puis il m'attire contre lui et effleure ma bouche de la sienne.

— Je te fais confiance, me dit-il.

Mais je me demande s'il n'y a pas une toute petite part de lui qui semble penser autrement.

43

Magnolia

Alors, est-ce que je m'habille en pensant que je vais retrouver Julian Haites et que je veux lui faire le même effet qu'autrefois ?

C'est possible, oui.

Est-ce que ça fait de moi une mauvaise personne ? Je l'ignore. Est-ce que ça fait plutôt de moi juste une personne comme les autres ? Peut-être. Les deux ?

C'est difficile, quand quelqu'un vous a considéré d'une certaine façon pendant longtemps, de sentir qu'il vous voit différemment le jour où vous le retrouvez enfin. Je n'aime pas particulièrement que mon image change dans les yeux de mon entourage, et encore moins dans ceux de Julian. Cette idée provoque en moi un malaise que je ne devrais probablement pas ressentir.

Car ça n'a rien d'anodin. Je le sais. Jusqu'à quel point ? C'est la question que tout le monde se pose. Bridget a toujours soutenu que j'ai un besoin constant de regards masculins, du fait de la négligence dont a fait preuve notre père à notre égard, théorie qui, je dois l'accorder à ma sœur, semble s'être confirmée, dans une certaine mesure. Je me suis toujours demandé pourquoi nous étions si différentes sur ce point. Pourquoi est-elle aussi équilibrée et moi si… moi ?

Je porte le pull Leni à torsades crème de chez SEA, rentré dans la minijupe Saint Laurent noire à boucle en forme de mors, sous le manteau Loro Piana en cuir et peau de mouton réversible et à double boutonnage couleur cognac, avec les bottes Piper 90 mm en cuir suédé caramel de Gianvito Rossi et la barrette nœud en velours du même brun que le reste. Parce que je sais que ça lui plaira et que je veux retrouver dans ses yeux l'éclat qui y brillait dès qu'il m'apercevait, au point qu'il m'arrivait de penser qu'il m'aimait bien, même si je suis loin d'en être sûre, puisqu'il était capable de changer totalement d'attitude d'une seconde à l'autre, devenant froid, éteint – complètement indifférent. Et la façon dont ça s'est terminé entre nous ? Limpide, non ?

Daniela m'accompagne à pied jusqu'au *Daylesford*, ce qui représente à peine vingt minutes de marche depuis l'appartement. D'ordinaire, j'essaie de lui faire la conversation, mais pas aujourd'hui. Je suis trop nerveuse. Je ne sais pas pourquoi.

C'est idiot.

Je scrute l'intérieur depuis la rue, mais ne le vois pas. J'entre. Ne le voyant toujours pas, je m'avance vers le fond.

Je monte ensuite l'escalier, et là, de la dernière marche où je m'arrête pour observer l'étage, je le repère.

Dans l'angle au fond à droite, pas tout à fait caché.

Il est aussi grand que dans mon souvenir – plus, même, peut-être.

Les gens ont tendance à grandir dans nos souvenirs, non ? Je croyais qu'il en irait de même avec Julian.

Que je m'apercevrais que, après l'avoir considéré comme une sorte de sauveur – au début du moins –, je lui avais prêté une présence imposante.

Finalement, je n'avais pas tant exagéré que ça.

Si je devais repenser à cette fameuse soirée et à la scène dans le couloir, dans le club de Jonah – ce que je ne fais pas, à quoi bon… Mais si je devais me remémorer ce que j'ai ressenti en voyant Julian occupé avec cette fille alors qu'il était censé être là avec moi, je le comparerais avec ce qu'on pourrait éprouver en voyant quelqu'un prendre votre tasse préférée pour boire un thé avant de la casser exprès.

Il porte la veste en jean doublée sherpa de Levi's sur un tee-shirt Acne en coton gris foncé à logo, le pantalon cargo noir de chez Daily Paper et les sneakers Tournament en cuir noir de chez Common Projects.

Il est assez hâlé. Il boit un café en consultant son téléphone. Je suis peut-être restée une seconde de trop à le regarder, par habitude – ou peut-être parce que c'est un peu comme voir un fantôme, à moins que ce ne soit parce que c'est un plaisir de le regarder, tout simplement… En tout cas, il lève la tête et balaie la salle du regard comme on le fait quand on se sent observé, et puis ses yeux trouvent les miens.

Il me sourit paresseusement et se lève tandis que je marche vers lui.

— Salut, dit-il, ravi.

Je lui souris brièvement.

— Bonjour.

Il fait une grimace et lève les yeux au ciel.

— Arrête tes conneries… (Il m'ouvre les bras.) Viens là tout de suite.

Il m'enveloppe presque complètement. Je ne lui rends pas son étreinte avec autant d'exubérance, parce que je me sens un peu fragile dans ses bras.

Il me sourit encore, puis ses yeux tombent sur Daniela, derrière moi.

— Qui est-ce ?

— Oh… (Je secoue la tête.) Je suis désolée. Voici Daniela. Mon assistante.

Julian lui tend la main.

— Julian. (Il lui sourit.) Bonjour.

— Bonjour.

Elle hoche la tête.

— Daniela, auriez-vous la gentillesse de nous accorder une minute ?

— Bien sûr.

Et elle s'éloigne en quête d'une table où elle s'installe.

Julian se tourne de nouveau vers moi.

— Assieds-toi, me dit-il.

Je m'exécute. En face de lui.

Il me regarde un moment sans un mot, puis son visage s'éclaire de ce sourire que je ne comprends pas très bien. Le genre que vous feriez peut-être face à un Rubik's Cube qui vous résiste.

— Quoi ?

Je fronce les sourcils, et il secoue la tête avant de détourner les yeux.

— Rien… (Il émet un reniflement amusé.) Juste cette tête débile que tu fais.

Je fronce encore plus les sourcils, vexée, cette fois.

Il pointe le menton vers moi.

— J'aime bien.

D'un geste vague, il désigne mes vêtements.

— Ah oui ?

Je souris en baissant les yeux vers ma tenue.

J'en étais sûre.

— Ouais… (Il hoche la tête, me scrute bien trop attentivement à mon goût. J'avais oublié combien je me sens transparente sous son regard.) Tu vas bien ?

— Oui. (Je hoche la tête et lui offre mon sourire tout public.) Merveilleusement.

Il secoue la tête, l'air sérieux.

— Ne te fous pas de moi.

— Pas du tout…

Je hausse les épaules avec désinvolture.

Et là il me dévisage encore un moment, plisse un peu les yeux.

— Menteuse !

Je me sens toute petite, et je déteste ça.

Je prends une rapide inspiration et le fusille du regard, brièvement submergée par une vague de ressentiment à son égard, comme s'il était à l'origine de ce désastre, et pas juste la personne qui, assise en face de moi, me forçait à regarder ledit désastre droit dans les yeux.

J'aurais cru assez rare que quelqu'un descende ici de son plein gré. Au minimum, il faudrait que la descente soit contrôlée, de manière à savoir où vous êtes et comment vous êtes arrivé là. En ce qui me concerne, la mort est une vallée dans laquelle on m'a poussée… sans mon accord, au milieu de la nuit, et je n'ai aucune idée de comment escalader les parois pour en sortir. Voilà comment je me sens. Mais comment voulez-vous que je dise ça à haute voix ? Impossible. Cela irait complètement à l'encontre de mon éducation anglaise. Je carre donc les épaules et relève le menton.

— J'ai connu mieux, l'informé-je à la place.

Il me regarde fixement sans rien dire pendant quelques secondes, puis il tend la main vers ma chaise.

— Viens là… (Il me tire vers lui comme il le faisait autrefois et me serre contre son torse.) Merde, je suis désolé…, murmure-t-il en secouant la tête. Je suis tellement désolé.

Et il a vraiment l'air de l'être, en fait.

Je me recule et lève les yeux vers lui – lui et son foutu complexe du sauveur qu'il se trimballe.

— Ce n'est pas ta faute.

Il laisse échapper un rire creux et hoche la tête. Il a l'air au bord des larmes. Il pince les lèvres.

Il aimait beaucoup Bridget.

— Je suis toujours désolé.

Je lui lance un regard noir.

— Tellement désolé que tu m'as ignorée pendant des mois ?

— Je ne t'ignorais pas, j'étais…

— Quoi ?

J'arque les sourcils.

Il se passe la langue sur la lèvre inférieure et détourne les yeux.

Je hoche calmement la tête.

— J'ai beaucoup apprécié.

— Qu'est-ce que tu aurais voulu que je fasse ? demande-t-il en haussant les épaules.

— Oh, je ne sais pas. Que penses-tu d'un bon vieux classique, du genre : « Je suis désolé que ta sœur soit morte » ?

— Je ne savais pas quoi dire.

Je le regarde d'un air désapprobateur.

— N'importe quoi aurait été mieux que rien du tout, Julian. Littéralement.

Il hoche la tête, résigné.

— Désolé, dit-il, et cette fois ça sonne faux.

Je prends une grande inspiration par le nez, agacée.

— Pourquoi m'as-tu demandé de venir ?

Il me dévisage un instant, ouvre la bouche pour parler, mais aucun mot ne sort.

Il déglutit, puis exhale.

— Je voulais juste voir si tu allais bien.

Je lui jette un regard impatient et agite les mains devant moi comme si je me présentais à sa vue.

— Tu sais que c'est tout à fait inapproprié de poser cette question à quelqu'un…

— Seulement si ce quelqu'un est au bord du gouffre, objecte-t-il avant de me dévisager de nouveau. C'est ton cas ?

— Quoi ?

Je le fusille du regard, sur la défensive.

— Est-ce que ça va ? Est-ce que tu es au bord du gouffre ? Totalement anéantie… ? Choisis.

Il s'impatiente. Il en a assez de mes conneries. Il en a toujours eu assez de mes conneries, cela dit.

Je lève les yeux vers lui. Malgré moi, je sais qu'ils lui laissent lire ma douleur.

— Non. Oui. Et oui.

Il penche tristement la tête façon « ta sœur est morte ».

— Ça te va d'aller faire un tour en voiture ?

— Ah… (Je lui adresse un sourire d'excuse.) Je ne suis pas très portée sur les voitures, ces temps-ci.

Il soupire et presse sa main contre sa bouche, triste et stressé par un millier de choses que je ne comprendrai jamais, je suppose.

— Je ne laisserai rien t'arriver, m'assure-t-il en se levant.

Il laisse tomber sur la table une petite liasse de billets qui couvre plus que largement le café qu'il a bu.

— Oh, tu es agent de la circulation, maintenant ? dis-je avec un sourire en coin.

Il baisse les yeux vers moi, me prend la main et me hisse sur mes pieds.

— Parks, il ne t'arrivera plus jamais rien.

Je lui souris faiblement.

— Tu ne peux pas me le promettre.

— Si, je peux, insiste-t-il, solennel. Et je le fais. Sur ma vie. (D'un signe de tête, il indique la porte.) En route !

Il se met en marche.

— Pourquoi ? demandé-je en lui emboîtant le pas, même si je ne suis pas tout à fait certaine d'en avoir envie.

Il hausse les épaules.

— Trop d'yeux, ici.

Je regarde autour de nous.

— Et alors ?

— Alors ton cœur est déjà pris. (Il jette un coup d'œil par-dessus son épaule, vers deux filles d'à peu près mon âge qui chuchotent en nous dévorant des yeux.) Tu as vraiment envie d'être dans le *Daily Mail* demain ?

De nouveau, il désigne la sortie de la tête.

— Je suis dans le *Daily Mail* tous les jours, fais-je remarquer.

— Je n'en doute pas. (Il hoche la tête en ouvrant la portière arrière de son Escalade noire, qui n'est pas la même que celle qu'il avait avant, qui m'était très familière. Puis il me regarde en louchant malicieusement.) Mais tu as vraiment envie d'être dévorée par la bête ?

Je renifle, ou bien je souffle, je n'en suis pas sûre – en tout cas, je croise les bras. À cet instant, Daniela se matérialise à côté de moi. J'avoue que je l'avais complètement oubliée.

— Et Dan…

— Elle peut s'asseoir devant, me dit-il avant de lui ouvrir la portière passager.

Elle grimpe sans hésiter. Il referme la portière derrière elle et se tourne vers moi, les sourcils arqués. Il attend.

Je lève brièvement les yeux au ciel, et il me soulève pour me faire entrer dans la voiture, puis grimpe derrière moi.

Je m'installe dans le coin où je m'asseyais toujours, et lui de l'autre côté, face à moi.

Ça, c'est différent. Autrefois, il s'asseyait près de moi, mais aujourd'hui ce ne serait pas convenable. J'apprécie son tact.

Il presse un bouton près de son accoudoir, et une vitre remonte entre nous et les sièges avant. Il attend qu'elle soit entièrement fermée pour tourner les yeux vers moi.

— Comment vont les préparatifs du mariage ?

— Oh… (Je hausse les épaules.) Bien.

Son visage tressaille.

— Ça ne va pas, vous deux ?

— Si… (Je m'empresse de secouer la tête.) Tout va très bien. Le mariage est… (Je n'achève pas ma phrase.) Le mariage… c'est autre chose.

Je lui adresse un sourire crispé.

— Tu te dégonfles ? demande-t-il, un sourcil arqué.

Je le fusille du regard.

— Non ! (J'arrange ma jupe en m'efforçant de ne pas paraître vexée.) Je suis gonflée à bloc et comblée à tous les niveaux !

Il grimace.

— Beurk !

Je lève les yeux au ciel et il m'imite.

— Alors quoi ?

Je fais une petite moue.

— Eh bien, le mariage n'a juste… pas grand-chose à voir avec nous.

— Quoi ?

— J'en ai eu la confirmation quand ils ont invité Camilla Parker Bowles.

Il hoche la tête, compatissant.

— Un coup dur, pour une inconditionnelle de Lady Di.

— Comme nous devrions tous l'être, lui rappelé-je, hautaine. La « princesse des cœurs ».

Il me regarde.

— Je crois que tu lui as peut-être piqué ce titre, petite.

Je réprime un sourire et secoue la tête.

— Ne fais pas ça.

— Quoi ? demande-t-il alors qu'il le sait parfaitement.

Je lui lance un regard sévère.

Il lève de nouveau les yeux au ciel et se cale contre son dossier. Là, il expire longuement, comme s'il avait retenu sa respiration, ce dont je ne m'étais pas aperçue.

— Bon, alors… Il faut que je te pose une question, commence-t-il, une expression solennelle sur le visage.

— Oh ! (Je me redresse et, soudain, je me sens nerveuse – pourquoi est-ce que je me sens nerveuse ?) OK.

Il laisse tomber sa tête en arrière et fixe un moment le plafond de la voiture, souffle encore. Attendez… Serait-il nerveux, lui aussi ? Mais pourquoi ? Ça ne lui arrive jamais.

Et là, silence… qui dure de longues secondes. Je ne les ai pas comptées parce que j'ignorais que j'aurais besoin de le faire, mais le temps qui s'écoule entre l'annonce de la question et la question elle-même me donne l'impression d'avoir passé plusieurs années sur le fil du rasoir.

Finalement, il tourne son visage vers moi, passe sa langue sur sa lèvre inférieure et déglutit.

— Est-ce que tu m'aimais ?

Je recule la tête et je cligne des yeux à toute vitesse.

J'avale ma salive, secoue la tête, puis le regarde, les yeux ronds, complètement prise au dépourvu.

— Pourquoi est-ce que tu…

— Disons que j'ai besoin de tourner la page.

— Quelle page ? (Je fronce les sourcils.) Tu as toujours dit que nous n'étions pas ensemble.

— Et tu as toujours soutenu que si.

Je lève les yeux au ciel et lâche un petit rire creux.

— Pourquoi est-ce que tu me demandes ça ?

— Je ne sais pas…, répond-il, une expression tendue sur le visage. J'ai juste besoin de savoir comment classer cette histoire dans mon esprit.

— Cette histoire ! répété-je – j'ai peut-être crié un peu. Quelle histoire ?

— Nous.

Je fais la moue en le fusillant du regard.

— Il n'y a pas de « nous », asséné-je – c'est ce qu'il m'a toujours répété.

Il émet un reniflement agacé, sachant pertinemment que je le cite. J'adore retourner les mots d'un homme contre lui-même.

Julian passe lentement sa langue sur sa lèvre inférieure.

— Bien sûr, qu'il y avait un « nous », dit-il à la vitre avant de se tourner de nouveau vers moi.

Ses yeux ressemblent à une planète-océan.

Je déglutis et expire lentement, le menton complètement rentré, maintenant.

— Eh bien, alors… (Je secoue la tête.) Je ne sais pas. Comment veux-tu nous classer ?

Il presse sa main sur sa bouche et fixe le sol de la voiture. Il n'y a rien à voir. Il est immaculé. Quelqu'un vient manifestement d'y passer l'aspirateur.

Julian Haites se redresse et me regarde droit dans les yeux. Son torse ne se soulève pas encore avec effort, mais ça ne saurait tarder.

— Tu es la seule personne que j'aie jamais aimée, Magnolia.

Je m'entends réprimer un tout petit cri, et je le regarde, bouche bée.

— Tu aimes Daisy, objecté-je tout bas.

Je ne sais pas ce qui me prend – c'est tout ce qui me vient.

Il secoue la tête, et son front semble peser lourd.

— Pas comme je t'aime.

Je lui jette un coup d'œil un peu effrayé.

— Aimais. N'est-ce pas ?

Il hoche aussitôt la tête, passe sa langue sur ses lèvres.

— Bien sûr.

Je détourne les yeux et observe derrière la vitre les couleurs pastel qui défilent près de nous.

Je ne sais même pas où nous allons. Où sommes-nous ? Knightsbridge, je crois. Je cherche une plaque de rue, mais je ne vois que des maisons. Voilà, je reconnais. Ennismore Garden Mews. Une rue tellement charmante. Je l'ai toujours adorée. Je me concentre sur la maison de ville rose devant laquelle nous passons, et j'intime à mes yeux d'arrêter de me piquer. Une boule dans ma gorge me donne du fil à retordre.

— Tu savais ? me demande Julian à voix basse.

Je me tourne vers lui. Il est assis là, penché en avant sur son siège, les mains sur les cuisses, les yeux plus grands que je ne lui ai jamais vus, et alors je sens quelque chose de mouillé glisser de ma paupière.

Je m'empresse de l'essuyer et croise les bras sur ma poitrine pour créer une sorte de barrière entre nous, parce qu'il me semble que c'est la chose à faire.

— Non. (Je secoue la tête. J'inspire de l'air qui reste coincé à mi-chemin dans ma poitrine.) Tu t'es tapé une autre fille devant moi.

— Ouais, dit-il en baissant les yeux sur ses mains.

— Tu as fait ça alors que tu m'aimais ?

— Ouais, dit-il à ses mains.

Je presse mes doigts contre ma lèvre et prends une courte inspiration.

— Pourquoi ? finis-je par demander.

Il soupire, secoue la tête.

— C'est difficile à expliquer.

Je hoche lentement la tête, acceptant ce destin si curieux et tordu qui est le mien.

— Décidément, un leitmotiv chez les garçons qui m'aiment, non ?

Il se désigne du doigt.

— Pas un garçon.

— Ah ? J'ai cru.

Il hausse les épaules.

Je lui lance un regard noir.

— Tu ne vas pas m'achever avec un « Je n'ai jamais voulu te faire souffrir… » ?

— Non… (Il secoue la tête.) Je voulais te faire souffrir.

— Oh ! D'accord. Beau travail, alors. Tu as réussi ton coup.

Il pousse un soupir – que de soupirs…

— Tu n'as pas répondu à ma question.

— Je ne sais pas si tu mérites ma réponse, rétorqué-je avec arrogance.

— Je ne la mérite pas. (Il secoue la tête.) Sûr et certain. Mais j'en ai quand même besoin.

Je le regarde, fronce les sourcils tout en poussant presque un gémissement.

Combien d'amour avez-vous dans une vie ? Merde. C'est indéniable, maintenant, n'est-ce pas ? J'en ai eu trop. Qui n'ont rien eu à voir entre eux. Ils m'ont tous fait ressentir des choses différentes. J'ai aimé ces hommes différemment.

BJ, je l'aime incontestablement. Comme s'il était le soleil. Éblouissant, brillant, libre, inévitable. Il est la force qui régit la galaxie que je suis. Il crée mes courants, détermine les climats et les saisons. Je sens sa chaleur sur mon visage, et quand il part, il fait plus froid. Il est au centre de tout, et ma gravité lui est loyale, inconditionnellement.

Christian, je l'ai aimé. Profondément. Je sais que, rétrospectivement, il peut ne pas le croire, mais ici et maintenant, je peux avouer que je l'ai aimé. Je ne dirais pas que cet amour était pur. Il était douloureux et complexe, mais réel. Je l'ai aimé comme on aime l'infirmière qui nous injecte de la morphine après une opération. Il m'a aidée, il a endormi ma souffrance, il m'a accompagnée pendant toute ma traversée vers la récupération.

Et puis Tom, qui a toujours mérité bien davantage que ce que je pouvais lui donner. Je l'ai aimé comme vous aimez la main qui plonge dans l'eau pour vous ramener à la surface quand vous êtes en train de vous noyer.

C'était en quelque sorte éthéré et onirique, un amour un peu hors du temps, à la dérive.

Mais Julian…

Assise à l'arrière de sa voiture, je lève les yeux vers lui. Il attend ma réponse.

Je n'avais jamais vu la peur dans son regard. Ça ne lui ressemble pas. Je déteste.

Je me mords la lèvre inférieure et hoche la tête.

— Oui.

Je renifle.

Je l'aime comme vous pourriez aimer une étoile.

— Oui, tu m'as aimé ?

Je hoche la tête.

— Oui.

Ses yeux deviennent bizarres, comme voilés… Il cligne deux fois des paupières et puis il s'écrie : « Putain ! » bien trop fort pour prétendre rester discret.

Je recule la tête et me raidis.

— Merde. (Il souffle, secoue la tête.) Putain…

Je l'observe, légèrement horrifiée.

— Ça va…

— Dis-le.

— Quoi ?

— Tu peux, s'il te plaît ? Le dire ? demande-t-il. Maintenant. À voix haute… (Il secoue la tête pour lui-même.) Juste pour que je t'aie entendue le dire une fois.

J'ouvre la bouche pour protester, mais étant incapable d'expliquer pourquoi, je m'arrête et le regarde droit dans les yeux.

— Je t'aimais.

Il hoche la tête, ferme les yeux un instant puis expire lentement.

— J'ai besoin de savoir… (Il tourne de nouveau son visage vers moi, le regard triste à présent.) Est-ce que j'aurais eu une chance ?

C'est une étoile. Pas une étoile filante. Pas une de ces météorites qui se consument en pénétrant dans l'atmosphère. Les étoiles sont indéniablement magnifiques, un peu magiques. Elles n'apparaissent que la nuit. On peut facilement les ignorer. Dans un ciel qui en serait rempli, il peut être difficile de les distinguer les unes des autres. Elles n'affectent pas vraiment notre vie quotidienne. Vous pouvez les voir une nuit et pas la suivante, et ça n'aura pas de conséquences, réellement, mis à part que, peut-être, le ciel sera un peu moins enchanteur ce soir-là. Une étoile est une étoile.

— Dans ce monde-ci ? (Je le regarde avec douceur.) Avec BJ ? (Je secoue la tête.) Je suis désolée.

— C'est… (Il s'interrompt, émet ce rire creux que je déteste un peu. Il ne lui va pas. Son rire normal est si merveilleux.) Ça va. (Il hoche la tête.) C'est bon à savoir, en fait…

— Je suis désolée, répété-je.

Il secoue de nouveau la tête.

— Non, ne le sois pas.

Mais, voyez-vous, le truc avec les étoiles, c'est que dans une autre galaxie, elles sont des soleils.

— Si ce n'était pas lui, ce serait toi, ajouté-je pour le meilleur et pour le pire.

Il souffle de nouveau par la bouche et croise mon regard.

— Dans une autre vie, hein ?

Je hoche la tête et lui souris faiblement.

— Je t'y retrouverai.

Maintenant, écoutez, et ne vous méprenez pas, je ne vis pas dans cette galaxie et je ne le souhaite pas – je n'ai rien d'une exploratrice intrépide, j'habite dans celle-ci et je choisis d'y rester. Ce que nous choisissons a de l'importance. Je décide de rester plantée sur cette planète jusqu'à ce que je meure – heureuse –, mais il serait négligent de ma part de ne pas au moins reconnaître que, dans un univers aussi immense et étendu que celui où nous vivons, il y a d'autres galaxies que celle où j'ai choisi de m'installer. La galaxie naine du Grand Chien, la plus proche. C'est là que se trouve Julian, je crois. À vingt-cinq mille années-lumière de nous, et remplie d'un milliard d'étoiles.

— Il te traite bien ? demande Julian en me regardant, et je m'aperçois que nous remontons ma rue.

— Très.

Je hoche la tête.

— Bien.

Il m'adresse un sourire rapide avant de déglutir.

— Ça va ?

— C'est une question terriblement inappropriée…, dit-il en me citant.

Je l'ignore.

— Réponds-moi.

La voiture s'est arrêtée devant notre immeuble.

Il renifle.

— Écoute… J'ai su que je me mettais au lit avec un tigre à la minute où je t'ai vue.

Je le regarde.

— Tu attendais juste de bondir pour me dévorer vivant, putain…

— Jamais je ne te dévorerais !

— Juste mon cœur, hein ? dit-il d'un ton malicieux.

— Julian…

Je fronce les sourcils, un peu blessée, même si l'idée que je serai toujours celle qui fait souffrir m'inquiète.

— Je plaisante ! s'exclame-t-il, mais je vois bien qu'il est sérieux.

J'ouvre vivement la portière et descends.

— Attends… (Il sort de la voiture à son tour et pointe l'entrée du menton.) Une fois que tu auras passé cette porte, tu n'es plus personne pour moi…

— Oh !

Je fronce les sourcils.

— La copine de mon pote, au mieux.

— Je déteste le mot « pote ».

— Je m'en tape.

— Et je ne suis plus vraiment sa copine…

— Exact.

— Et puis, est-ce que vous êtes vraiment amis, tous les deux ?

J'incline la tête, la main sur ma hanche.

— Eh bien, merde… (Il commence à secouer la tête.) Ça va être plus facile que ce que je croyais.

Je fais une petite moue.

— Quoi ?

— Me remettre de toi.

Je le regarde, les yeux de nouveau écarquillés.

— Ça *va* être plus facile ?

Il soupire et fait un pas vers moi.

— Ce n'est pas au passé, petite. C'est au présent.

Ses yeux bleu nuit brillent de larmes un instant, mais il pousse sa lèvre supérieure de la langue et les ravale.

— Et je suis désolé pour tout ce qui s'est passé… (Il secoue la tête.) J'ai fait ce qu'il m'a paru nécessaire, et je ne le regrette pas parce que tu es là où tu dois être. Quitte à devoir renoncer à toi, autant que ce soit lui. C'est un putain d'emmerdeur, mais c'est un mec bien.

Je lui souris tendrement.

— Je sais.

— C'est juste…

Il se rapproche encore de moi. Je ne sais pas comment. Vous m'auriez demandé, je vous aurais répondu qu'il n'y avait plus d'espace entre nous. Juste une galaxie ou deux, je suppose. Il se mord la lèvre inférieure, les yeux plongés dans les miens.

— Tu seras toujours au présent, pour moi, me dit-il juste avant de prendre mon visage dans ses mains et de presser sa bouche sur la mienne.

C'est un baiser étrange. Ni imposant ni invasif, mais intense. J'y sens du désespoir, un peu de tristesse. Il m'est agréablement familier, et la sensation de son pouce sous ma pommette tandis qu'il tient mon visage exactement là où il le veut, comme autrefois, c'est comme une serviette chaude en sortant de la douche. Il y a une certaine application dans ce baiser, une finalité, aussi – comme il se doit. Je ne sais pas combien de temps il dure – une seconde ? Cinq ? Impossible à dire. Mais c'est Julian qui s'écarte.

Il se penche de façon que nos yeux soient au même niveau.

— J'en ai fini avec toi, maintenant, OK ? me dit-il, et je hoche la tête comme une écolière. Et tu me laisses vivre.

Je hoche encore la tête, les yeux un peu ronds.

Il semble lutter avec un sourire tout en me regardant.

— Ça va ?

— Je… (Je hausse les épaules.) Je ne sais pas à quoi je m'attendais aujourd'hui, mais pas à ça…

— Ouais… (Il rit et hausse les épaules.) Désolé, c'était une conversation égoïste. Mais j'avais besoin de l'avoir.

— Tu es beaucoup de choses… mais égoïste n'en fait pas partie.

Il hoche la tête, m'adresse un sourire aussi tendre que fugace.

— Allez, va…

Il pointe le menton vers l'immeuble.

Daniela descend de la voiture – j'avais un peu oublié qu'elle était là, honnêtement. Je la suis dans le hall.

— Et vous n'avez pas intérêt à tout faire foirer, tous les deux ! me lance Julian.

Je me tourne et lui adresse un hochement de tête docile, et il lève la main pour me saluer sans un mot.

44

BJ

— Salut, lance Parks d'un ton hésitant en rentrant après son rendez-vous avec Julian.

— Hey. (Je lui fais un signe de tête depuis l'autre extrémité de la pièce. Elle paraît nerveuse, serre son index dans sa main.) Ça va ?

— Mmm. (Elle pince les lèvres, fronce les sourcils.) Ouais. Non. Clairement.

— Ouais ? répété-je.

— Non… (Elle secoue la tête et se précipite vers moi, les yeux écarquillés de peur.) BJ, il m'a embrassée.

Je l'observe un moment sans rien dire, passe ma langue sur ma lèvre inférieure, puis hoche la tête.

— Je sais.

— Quoi ?

Elle cligne des yeux.

— Je vous ai vus… (J'incline la tête.) Par la fenêtre.

— Oh !

Elle se recroqueville un peu.

Je peux vous dire que ça m'a fait bizarre.

Si vous m'aviez demandé, avant que ça arrive, de vous décrire mon pire cauchemar, ce scénario aurait occupé une des cinq premières places, facile. Et puis c'est arrivé et je n'ai pas eu envie de la tuer, ni de me battre avec lui – ou même avec elle.

J'ai juste voulu entendre ce qu'elle me dirait, les rôles étant inversés.

La vérité, apparemment.

Je lui adresse un petit sourire, effleure sa joue.

— Mais merci de me l'avoir dit.

Elle me regarde prudemment.

— Tu n'es pas énervé ?

Je secoue la tête.

— Non.

— Triste ?

— Non plus.

Elle se met à rire, un peu déconcertée.

— Jaloux ?

Je renifle, amusé.

— Si, mais… (Je hausse les épaules.) Rien d'extraordinaire.

Elle semble perplexe. Blessée, peut-être ? Putain, ce que les filles peuvent être compliquées…

— Vraiment ? s'étonne-t-elle d'une petite voix.

Je lui attrape le poignet et l'attire contre moi.

— Écoute… Il a compté pour toi, et je comprends… plus ou moins. (Je marque une pause, parce que je déteste cette partie.) Et il a été là pour toi à un moment où j'aurais dû l'être, donc non, je ne vais pas… m'énerver. Au contraire, en fait. Et puis je sais qu'il tenait à toi…

Je hausse les épaules. Personne ne me l'a dit, pas besoin, ça crevait les yeux.

Elle fait passer son poids sur l'autre pied, et je crois voir un voile de tristesse passer sur son visage.

— Bon, j'avoue, j'ai un peu l'impression qu'on m'arrache les tripes quand j'y pense, mais… (Je hausse de nouveau les épaules.) C'était juste un baiser.

Parks fronce un peu les sourcils, puis elle s'éclaircit la voix avant de me regarder droit dans les yeux.

— Juste pour que ce soit clair… Si tu embrasses une autre fille, ma réaction ne sera en aucun cas aussi détendue.

— Compris.

J'émets un reniflement amusé, hoche la tête.

— Je serai le contraire de raisonnable ! ajoute-t-elle.

— J'ai pris note de cette différence de traitement, Parksy.

Elle croise les bras tout en me dévisageant, sourcils froncés.

— Tu es vraiment OK ?

Je fais « oui » de la tête, les mains sur sa taille.

— Ouaip.

Elle fait la moue.

— Pourquoi ?

J'efface un sourire d'un coup de langue avant de lui jouer mon atout.

— Parce que tu vas te marier avec moi.

— Oh, dit-elle simplement, et puis un sourire timide se dessine enfin sur ses lèvres. Je suppose que c'est une bonne raison, effectivement.

Je recule la tête, espiègle.

— Tu supposes ?

Elle passe ses bras autour de mon cou en riant.

— Définitivement, absolument, complètement, irrévocablement, oui.

— Je préfère ça. (Je plisse les yeux.) Tu crois qu'on devrait fêter cette conclusion ?

Elle pince les lèvres.

— Je crois que c'est plus ou moins ce que nous faisons depuis une dizaine d'années…

— Ouais, mais… (Je hausse les épaules.) Peut-être encore une fois pour faire bonne mesure.

Elle lève brièvement les yeux au ciel, feignant d'être agacée au lieu de secrètement ravie.

Je pointe le menton vers elle.

— Allez, Parksy. À poil !

Elle obéit en silence. Voilà qui ne lui ressemble pas. Elle ne se tait presque jamais, ne fait presque jamais ce que je demande, ce qui, d'une certaine façon, donne de la gravité au moment.

La déshabiller n'a pas perdu sa magie – j'ignore si ça arrivera un jour. On pourrait s'y attendre, après tout ce temps, je sais bien. Peut-être que chaque obstacle surmonté sur le chemin qui nous a menés jusqu'ici a donné encore plus de lustre à son image dans mon esprit – une raison supplémentaire pour ne rien regretter, parce que putain…

Je ressens la même chose que la première fois que je l'ai déshabillée. J'avais seize ans. Ses yeux sur moi, comme des piscines attendant que vous y plongiez – plongiez, sautiez, glissiez, tombiez, peu importe, on s'y noie tous.

Seize ans. Nous couchions ensemble, déjà. Dingue. Probablement trop jeunes. Ça lui est clairement monté à la tête… Elle s'est crue bien plus âgée qu'elle ne l'était vraiment. Facile d'avoir cette impression aussi quand on est en pension, loin de chez soi. On se sent seul parce que, eh bien, on l'est, en fait. Et puis, je veux dire, c'était plus ou moins la seule chose à faire dans un pensionnat mixte perdu dans la cambrousse. Des filles en uniforme ? Allez, qu'est-ce que vous vouliez qu'on fasse d'autre, franchement ?

On sortait ensemble depuis pas très longtemps. À l'époque, ça nous semblait énorme, mais c'était juste après les vacances de Noël, donc ça ne devait pas faire plus de quatre mois.

Il y a quelque chose chez Parks… comme un truc qui fait que vous avez peur de la casser ? D'abord, physiquement, elle est assez menue, mais il m'a toujours semblé – surtout quand elle était plus jeune – que je la tenais comme on tient une fleur, délicatement, de peur d'écraser ses pétales.

La faire venir dans ma chambre ce soir-là a été mission impossible. Ce n'était pas la première fois, mais, une semaine plus tôt, la rumeur avait couru qu'une fille de l'année au-dessus de la mienne était tombée enceinte et qu'elle avait dû partir avoir le bébé en Suisse parce que son père était baron et que les nobles sont complètement tarés. Tous les profs et les surveillants étaient en alerte, ce qui, évidemment, rendait ce genre d'expédition clandestine beaucoup plus amusant.

Je l'ai fait entrer dans ma chambre en douce après avoir évité une armée de profs. Elle était la récompense. Elle a toujours été la récompense.

Elle était allongée sur le dos, sur mon lit – j'avais foutu Jo dehors –, moi à côté d'elle. On s'embrassait. C'était tout ce qu'on avait fait jusque-là.

De ses petites mains audacieuses – elle a toujours été plus courageuse que moi pour ce genre de trucs –, elle s'est mise à déboutonner ma chemise d'uniforme en me regardant droit dans les yeux – ces yeux que j'adore depuis que je suis gamin. J'en étais encore un, je le sais. Mais je l'ignorais à ce moment-là. Arrivée à mon dernier bouton, elle m'a enlevé ma chemise et l'a jetée par terre. Ensuite, elle s'est rallongée sur le dos, les bras de chaque côté du corps, et elle a levé les yeux vers moi.

J'ai plissé les yeux.

— Qu'est-ce que tu fais ?

Elle a haussé les épaules, faussement innocente.

— Parksy…, ai-je dit en la regardant.

— BJ…

Elle m'a rendu mon regard, et je me suis mis à rire. J'ai fait glisser ma main sur sa jambe, jusque sous sa jupe, parce que… genre, j'allais pas le faire.

— Je ne sais pas si nous sommes prêts.

Je ne sais pas pourquoi je lui ai dit ça. J'en avais envie. Je ne crois même pas qu'à ce moment-là je pensais au truc qui s'était passé avec Sadie. Je l'ai refoulé pendant trop longtemps, je crois. Je ne m'autorisais pas à y penser, et les rares fois où ça m'arrivait, c'était quand les souvenirs déboulaient dans un bruit de tonnerre sans que j'aie eu mon mot à dire. Mais là, il ne s'agissait pas de ça. Je n'y pensais pas, je n'avais pas peur, je ne ressentais aucune pression. Je ne me qualifierais pas de prudent, mais disons que Parks ne l'est absolument pas. Elle n'avait jamais été plus âgée qu'elle ne l'était à ce moment-là, et avec une vie de négligence parentale calée sous le bras, elle donnait l'impression d'un curieux et terrifiant mélange à la fois d'indépendance et, disons, de profond désir d'appartenance – en tout cas, c'est ce que j'ai vu. J'ai senti à quel point elle avait besoin de moi, j'en ai ressenti tout le poids du haut de mes seize ans.

— Nous sommes prêts, m'a-t-elle assuré, absolument pas prête.

— On n'a… rien…

Ma voix s'est éteinte, et je lui ai lancé un regard entendu.

— Oh !

Elle a fait la moue.

À l'époque, je détestais déjà la décevoir. Je ne sais pas comment elle se débrouille, putain. J'en ai discuté tellement de fois avec les garçons, qui, comme moi, essayaient de se libérer du sort qu'elle nous a jeté. Ce n'est même pas qu'elle fait des scènes – si, elle en fait –, elle m'en fait depuis six ans, maintenant, et je m'en fous complètement. C'est autre chose. C'est comme trébucher devant une statue de Jésus, marmonner « merde » et ensuite se sentir gêné ; ou l'impression d'être un pervers parce qu'on pelote une fille et qu'il y a un animal dans la pièce. Le jour où je meurs, je parie qu'en me voyant arriver devant les portes du paradis, saint Pierre, son registre à la main, baissera les yeux vers moi, grimacera et dira : « Ah, vous êtes le pauvre imbécile qui est tombé amoureux d'une demi-déesse ! Ah, là, là, c'est bon, entrez. »

Donc me voilà en train de l'embrasser vraiment, vraiment intensément, bien plus que prévu. Je voulais juste qu'elle soit heureuse. En plus, il ne pouvait rien se passer puisqu'on n'avait pas de capote.

J'ai donc déboutonné son chemisier avec beaucoup moins de patience que celle dont elle avait fait preuve avec moi – j'ai cru que j'allais prendre feu littéralement quand il s'est ouvert et que je l'ai vue en soutien-gorge pour la première fois.

— Il te plaît ? m'a-t-elle demandé gaiement.

Elle n'a jamais eu peur de gâcher les moments.

— Beaucoup, ai-je répondu d'une voix plus rauque que d'habitude.

— Est-ce que tu aimerais aussi me l'enlever ? m'a-t-elle proposé joyeusement.

J'ai dégluti, hoché plusieurs fois la tête avant de pouvoir répondre.

— Oui.

Et nous voici dans l'appartement que nous partageons enfin, et elle me regarde avec les mêmes yeux énormes que cette nuit-là dans ma chambre en pension, les mêmes que ceux avec lesquels elle me regarderait tous les jours ou presque jusqu'à ce que tout parte en couille. De temps en temps, je me demande à quoi ressemblerait ma vie si elle avait des yeux normaux, mais bon…

Je tire sur son pull pour le lui enlever tout en la poussant jusqu'au mur derrière elle.

Je colle tout mon corps contre le sien, aussi lourd que je peux. Elle passe ses bras autour de mon cou, et là, sans un mot ni un regard – juste des centaines de moments comme celui-ci à notre actif et une mémoire musculaire qui, je l'espère, résistera à l'épreuve du temps –, elle saute pour entourer mes hanches de ses jambes, au moment où je m'apprête à l'y hisser.

Curieusement, elle ne passe pas une plombe à défaire ma chemise. Figurez-vous qu'elle tire sur le col et arrache les boutons. Je baisse un instant les yeux pour les regarder rebondir et s'éparpiller sur le sol, puis lui lance un regard perplexe.

Combien de fois l'ai-je vue manquer de respect à un vêtement ? Je crois que, avant, elle insulterait le pape.

— Tu es sûre que ça va ? m'esclaffé-je.

— Je les recoudrai plus tard, dit-elle en tirant sur ma chemise Nahmias.

Je lui jette un coup d'œil.

— Tu ne les recoudras jamais…

— Non, concède-t-elle en riant.

Je baisse de nouveau les yeux vers le sol.

— Tu essaies de te prouver quelque chose ?

Elle fait une grimace.
— Comme quoi ?
— Je ne sais pas…
Je hausse les épaules. Un truc par rapport à Julian, peut-être ? Je ne veux pas le dire tout haut.
— Non… (Elle me regarde, sur la défensive.) Et toi ? Est-ce que tu essaies de te prouver quelque chose ?
— J'essaie de me prouver quelque chose depuis que j'ai six ans, putain…
— Ouais ? (Elle cligne des yeux, les mains dans mes cheveux.) Quoi ?
— Que je suis assez bien pour toi, ris-je.
Aussitôt, son visage se fige en une expression sérieuse. Elle repose les pieds au sol et me regarde droit dans les yeux.
— Tu plaisantes ?
— Ouais… (Je hausse les épaules, tends les mains vers elle.) Je fais l'imbécile. Remonte…
Je lui mets une main au cul, mais elle la chasse d'une tape, les sourcils toujours froncés.
— Tu es sérieux ?
Je pousse un petit soupir et lève les yeux au ciel.
— Non…
Elle arque les sourcils. Elle ne lâchera pas.
— C'est juste que, parfois… (Je lève de nouveau les yeux au ciel, me balance sur mes pieds parce que je me sens vraiment con.) Je me demande pourquoi tu m'as choisi.
— Pourquoi je t'ai choisi ? répète-t-elle, perplexe. Je ne t'ai pas choisi. Je n'ai jamais eu le choix.
Je renifle, amusé, pas très sûr de ce que je dois en conclure.
— C'est une bonne chose ou une mauvaise ?
— Les deux, probablement.
J'expire par le nez et incline la tête. Elle agite la main vers moi.
— Toi qui entres dans le salon à Saint-Barth, torse nu, large d'épaules, tout à coup… Tu étais si follement beau… si cool…

J'ai juste… (Elle se tait. Réprime un sourire qui me fait me sentir mieux.) BJ Ballentine. Comme si j'avais eu le choix.

Je déglutis sans la quitter des yeux.

— C'est écrit dans les étoiles, soufflé-je.

Elle hoche la tête en signe d'approbation.

— Quelque chose comme ça.

Puis elle passe son doigt sous l'élastique de mon boxer et l'abaisse sur mon ventre, et je lui décoche un sourire en coin. Elle enlève alors son soutien-gorge – un noir corbeille de chez Fleur du Mal. Celui-là aussi, je le connais, encore un que j'ai choisi. Elle fait glisser les bretelles sur ses épaules, comme si elles étaient en soie, et il atterrit doucement à mes pieds. Je déglutis, la regarde en ouvrant de grands yeux.

Elle incline la tête, croise les bras sur sa poitrine, l'air agacé.

— Tu vas rester comme ça toute la journée ou tu comptes faire quelque chose ?

— Oh…, m'esclaffé-je. Je compte faire quelque chose.

Et là, je l'attrape et l'emporte jusqu'au fameux canapé sur lequel elle dit qu'on ne peut pas baiser, rien que pour lui prouver le contraire.

Malheureusement, elle a raison. Il n'y a aucune prise. Chaque fois que je m'enfonce en elle, elle glisse de plus en plus loin.

À ce niveau, elle rit à gorge déployée, et même si je préférerais ne pas trouver ça drôle, ça l'est, parce que avec elle tout l'est, et je suppose que c'est pour ça que vous décidez de passer votre vie avec quelqu'un. Alors je la soulève, la jette sur mon épaule et l'emporte dans notre chambre.

J'envisage un instant de la jeter sur le lit sans ménagement, mais je n'arrive pas à me débarrasser de cette impression qu'elle est comme des pétales dans ma main. Alors je la dépose lentement, doucement, et la revoilà sérieuse.

En appui sur mes coudes, je me place au-dessus d'elle. Elle tend la main et suit le contour de ma mâchoire du bout du doigt. Je ne bouge plus, je la laisse faire, laisse grandir son impatience – ce n'est pas bien long, elle résiste à peu près aussi bien qu'un gamin qui fait la queue à Disneyland. Elle me débarrasse de mon jean. Un bleu clair qu'elle m'a acheté chez Rag & Bone. Je ne fais toujours rien, me contente de rester au-dessus d'elle.

Et là je la vois prendre une grande inspiration, et je sais ce que ça veut dire, parce que ça arrive tout le temps : je vais me prendre un savon. Alors je le fais. Je fonds sur elle, puis je l'embrasse et entre de nouveau en elle tout en même temps parce que, putain, je suis bon à ça.

En général, mais surtout avec elle. Elle et moi, on est bons à ça.

Ça n'a rien à voir avec ce que j'ai pu ressentir avec les autres. Quand je suis avec Parks, je me trouve. Le reste du temps, je suis perdu.

Vous voulez une métaphore ? OK, la voici.

Je viens d'une famille unie, tout le monde le sait. Mes parents sont super, je n'ai jamais manqué de rien. Et pourtant, elle est le seul foyer que j'aie jamais voulu avoir.

Son corps en est les murs, son cœur le plafond.

Je vivrai ici pour toujours.

*

— Jonah pense qu'on est shakespeariens, annoncé-je un peu après, les yeux dans le vague.

On est allongés sur notre lit, emmêlés dans les draps.

La tête sur mon torse, elle me jette un coup d'œil.

— Nous avons eu nos moments…

Je passe ma langue sur mes lèvres, essaie de ne pas avoir l'air nerveux quand je demande :

— Est-ce que tous les couples de Shakespeare sont condamnés ?

— Non ! s'empresse-t-elle de protester en se redressant. Enfin, quelques-uns…, concède-t-elle. Les plus célèbres, oui, mais pas les moins connus – Bénédict et Béatrix, Orlando et Rosalinde, le duc et Viola…

— Parfois, je me demande si l'obscurité aide.

— Je suis certaine que oui. (Elle hoche la tête, réfléchit un moment, puis lève les yeux vers moi, le menton posé sur ma poitrine.) Je pourrais m'évanouir dans l'obscurité avec toi.

— Ouais ?

Je souris.

— Avec grand plaisir, ajoute-t-elle.

Je la tire vers moi pour l'embrasser de nouveau, et au bout d'une minute elle s'écarte.

— BJ ?

J'écarte des cheveux de son visage.

— Ouais ?

— Je crois qu'il est important que tu saches que, même si je ne t'aimais pas de la façon si stupide et gênante dont je t'aime, si, hypothétiquement, j'avais le choix… je te choisirais.

45

Magnolia

Aujourd'hui, expédition chez *Selfridges* avec les garçons. Ma mission : les chausser pour le mariage. En fait, j'aurais préféré venir seule. Je connais leurs pointures, et la plupart du temps ils ne font que me retarder. Parfois, leur présence est utile, mais pas aujourd'hui.

BJ n'arrête pas de me répéter qu'il va porter des Vans avec son smoking (« Si je porte un smoking ! »), et je suis à deux doigts de l'assassiner.

Des Vans avec un smoking ? C'est une blague ?

Je ne sais pas pour qui il se prend. En tout cas, je lui ai fait remarquer qu'il n'était pas Seth Cohen, putain, ce à quoi il a rétorqué : « Ouais, ben, heureusement. » Ce qui m'a énervée aussi, car Seth Cohen était le meilleur personnage masculin de cette série – avec Sandy (vous voyez bien : *daddy issues*). Donc bref, je suis partie devant afin de manifester mon mécontentement, et depuis BJ sélectionne des accessoires au hasard mais tous plus hideux les uns que les autres en expliquant qu'ils iront très bien avec son smoking. Il prétend les acheter. Je sais qu'il plaisante – jamais il ne mettrait les mules Gucci à mors en cuir doublées de fourrure, qui, honnêtement, ressemblent à un Chia Pet.

Merde alors ! Je viens juste de comprendre que ce sont des graines de chia qu'on fait germer dans les Chia Pets. Comme celles qu'on mange ! Le glow up absolu… D'une plante crépue à un petit déjeuner chic ! C'est pratiquement l'intrigue d'un film de Jennifer Garner.

— C'est joli, ça !

BJ brandit une écharpe Kapital en patchwork de gaze, tweed et feutre imprimés.

— Repose ça ! (Je la lui arrache des mains.) Nous sommes en public !

BJ a un sourire moqueur.

— Quel mélange…

Je jette un coup d'œil horrifié au foulard.

— Personne ne te demande de le manger, Magnolia, me fait remarquer Henry.

— Du feutre qui touche de la gaze ! Ça ne te pose pas de problème ?

Je considère mon ami, sidérée.

— J'adore, m'assure-t-il avec un sourire agaçant.

— Ooh ! m'extasié-je devant une cravate Brunello Cucinelli (la blanc cassé en maille lin et coton mélangé). Bien entendu, ce n'est pas l'esprit, mais elle est tout à fait exquise.

— Les cravates sont out, m'annonce Jonah, et je lève les yeux au ciel.

— Toujours à la page, hein ? marmonne Christian à son frère en lui glissant un regard narquois.

— En fait, elles ont été très présentes sur les podiums des défilés automne/hiver 2022.

— Sur les femmes, précise BJ en arquant un sourcil à l'intention de Jonah.

Et j'avoue que je suis un tout petit peu fière de lui.

— La mode devient de plus en plus fluide…, expliqué-je aux garçons, et je suis sur le point de me lancer dans mon TED Talk sur les pantalons Yves Saint Laurent de 1966 quand je repère une connaissance errant chez Casablanca.

— Tiller ! l'appelé-je, enchantée.

— Magnolia.

Il sourit, mais je dois admettre qu'il a l'air moins ravi que moi.

— Quel plaisir de te voir !

Je me précipite vers lui.

Il sourit, pris au dépourvu.

— Quel enthousiasme… Merci…

Je lui souris.

— Comment vas-tu ?

— Très bien… (Il hausse les épaules.) Bien, ouais. Et… et toi ?

Son regard va se poser sur Christian derrière moi. Il lui adresse un signe de tête bref. Christian lui répond par un sourire glacial, limite hostile.

Les hommes !

— Merveilleusement, oui. Merci. (Je lui prends des mains la chemise qu'il tient et plisse les yeux vers lui.) Toi ? Un homme Casablanca ? Vraiment ?

— Fous-lui la paix, Parks…, lance BJ, et même si je ne suis pas en train de le regarder, je sens des yeux au ciel attachés à cette phrase.

— Quel est le problème avec Casablanca ? demande Tiller.

— Rien du tout ! m'empressé-je de dire. C'est estival, c'est Amalfi, c'est fun, c'est coloré – j'adore. Seulement, je ne t'ai jamais vu autrement qu'en jean large, Converse et tee-shirt gris.

Il fronce légèrement les sourcils.

— Il m'arrive de porter des tee-shirts noirs.

— Oh ! (Je hoche la tête.) J'en prends bonne note.

Tiller me regarde bizarrement.

— Je me trompe peut-être, reprends-je, même si j'en doute sérieusement, mais j'ai l'impression que Off-White serait peut-être plus ta vibe.

— Ou Sandro, propose BJ.

— Sandro ! s'exclame Henry, perplexe, en se tournant vers son frère. Putain, leurs fringues sont trop tape-à-l'œil !

Jonah agite sous mon nez une de leurs chemises à l'imprimé qu'on pourrait qualifier de psychédélique rose, rouge et blanc.

— Subtil…

Je lance à Jonah un regard désapprobateur avant de me tourner de nouveau vers Henry.

— Je ne sais pas, Henry… C'est vrai, ils n'ont pas peur d'inclure une couleur pop de temps à autre, mais en général ils s'en tiennent aux silhouettes classiques, et leur collection d'été comporte beaucoup de teintes neutres, telles que le crème, le bleu marine, et… Oh ! Je parie que tu serais magnifique en bleu marine. (Je me tourne de nouveau vers Tiller.) Ils t'ont mis dans leur calendrier, au fait ?

— Quoi ?

Il secoue la tête, confus.

Je chasse d'un clignement de paupières la pensée du calendrier.

— Tu sors avec quelqu'un, en ce moment ? lui demandé-je à la place.

— Euh…

Il fronce les sourcils, lève les yeux vers BJ, derrière moi.

Je lui arrache son iPhone des mains.

— Je vais ajouter le numéro de Taura à tes contacts… Ton code ?

— Euh, pardon ?

Il écarquille les yeux à présent, toujours aussi perplexe.

— Magnolia…, soupire BJ.

— Chut ! lui dis-je. Code ?

— Je…

— Code, Tiller. Allez, on se dépêche ! (Je soupire en posant une main sur ma hanche.) Je n'ai pas toute la journée. Bon, je pourrais avoir toute la journée, je suppose. Je n'ai aucun engagement terriblement urgent, et je viens de boire un matcha glacé… Tu aimes ? Un peu herbeux, mais parfois la dose de caféine contenue dans un café peut me faire parler… (Je croise son regard.) Et parler et parler et parler et p…

— Cinq-neuf-cinq-neuf, lâche-t-il, légèrement paniqué.

— Mec… (BJ lui lance un regard réprobateur.) La boulette…

Le regard de Tiller saute de BJ à moi.

— Je… Pourquoi… ?

Jonah avance la tête.

— Parce que tu l'encourages à le faire avec d'autres gens…

— OK. (Je rends son téléphone à Tiller, ignorant les autres.) Tu as son numéro.

— Très bien. (Il hoche la tête.) Pourquoi ?

Je plisse les yeux et lui fais un petit sourire.

— Et si tu utilisais tes capacités de déduction pour résoudre cette énigme, monsieur le détective…

Il lève les yeux au ciel et se balance d'un pied sur l'autre, gêné.

Il se racle la gorge et jette un coup d'œil à Christian, qui, un peu à l'écart, ne nous prête pas vraiment attention.

Tiller baisse la voix.

— Est-ce que quelqu'un a des nouvelles de Dai… ?

— Pourquoi ? le coupé-je. Tu as encore des sentiments pour elle ?

— Non.

Je me penche vers lui.

— Tu es sûr ?

— Oui.

Je me penche encore un peu, les bras croisés sur la poitrine.

— Tu sais, je suis exceptionnellement douée pour amener les gens à me raconter leurs secrets. Souvent, ils me disent des choses quand je veux qu'ils le fassent, juste comme ça… je ne sais pas pourquoi… hop, ça sort… d'un coup… et ils balancent tout. À mon avis, c'est parce que…

— Parce qu'elle ne ferme pas son clapet, sinon…, intervient Henry, les bras croisés sur sa poitrine.

Je le fusille du regard.

— Tu es un grossier personnage.

— Et toi, une emmerdeuse. (Henry me rend mon regard et se tourne vers Tiller.) Henry, enchanté.

— Tiller. (Il tend la main à Henry, qui la serre. Puis Tiller se tourne de nouveau vers moi.) Et je ne… Eh bien, je tiens beaucoup à elle, mais ce n'est plus…

Je souris, ravie.

— C'est parfait alors, non ?

Je donne une tape sur son téléphone.

Il me lance un regard appuyé.

— Tu es acharnée.

— C'est vrai, admets-je. Tu finiras par trouver ça attachant.

— Non…, dément BJ en secouant la tête, exactement au moment où Henry fronce le nez et dit : « J'en doute », que Christian – d'assez loin – lance : « Jamais », et Jonah : « Plutôt l'inverse, c'est usant. »

Je fais volte-face et leur fais les gros yeux, furieuse.

— Et pourtant vous êtes tous là un mercredi à me suivre dans *Selfridges* comme des canetons, alors que je ne vous avais absolument pas demandé de venir.

— Pas la peine d'être désagréable…, marmonne Jonah en s'éloignant.

Je me tourne vers Tiller.

— Appelle-la ! lui dis-je.

— OK.

Il hoche la tête et rit.

— Et ensuite appelle-moi pour me raconter comment ça s'est passé.

— Je ne… (Il secoue la tête et s'éclaircit la voix.) Ça, non. Je préfère être franc.

— Dieu tout-puissant ! (Je me tourne vers BJ.) Je donne, et je donne, et tout ça pour quoi…

— C'est « donne et donne », ou « pousse et pousse »… ? demande Henry.

— Tu joues avec le feu, aujourd'hui, toi, lui dis-je en lui agitant mon index sous le nez.

Henry le dégage d'une tape, imperturbable.

— Oh non, j'ai trop peur.

Il lève les yeux au ciel.

— Euh… (Tiller pointe le doigt dans la direction opposée à la nôtre.) Je vais… mais, heu… merci pour ça.

Il agite son téléphone.

— Oh, je t'en prie ! (Je lui souris.) Appelle-la !

— OK.

Et de nouveau il rit et lève les yeux au ciel.

22:56

Taura

Qu'est-ce que tu as fait ?

Aujourd'hui ?

Eh bien, je me suis réveillée un peu après 9 heures.

J'ai bu un matcha.

Avec des fraises. J'adore !

Tu as déjà goûté ?

Est-ce que tu as donné mon numéro à Tiller ?

Qui t'a dit ça ?

Lui.

Ah…

Eh bien, alors, oui !

Pourquoi ?

Il t'a écrit ?

Il m'a appelée.

!!!!

FORMIDABLE !

Ce que tu peux être intrusive…

Je sais, tu adores, non ?

Merde !

Ouais, c’est vrai, en fait.

J’aimerais détester, mais j’adore,
parce qu’on se voit la semaine prochaine.

OHHHHHH MYYYYYYYY GOD !

La ferme !

Où est-ce que vous vous retrouvez ?

Dans un bar.

Tu ne sais pas encore lequel ou tu ne me le dis pas parce que tu as peur que je débarque en plein milieu de votre date ?

La seconde option.

46

Magnolia

Certaines mauvaises journées peuvent être sournoises.

Je parle de celles qui prennent un malin plaisir à vous laisser croire que vous êtes en sécurité. Les menaces se fondent dans le décor, se perdent dans la paisible banalité, si bien que vous êtes persuadé que tout va pour le mieux alors que le couperet va tomber.

Déjeuner avec Henry, Romilly, Christian et Daisy. Pas de BJ – il a un shooting pour Loewe.

Nous sommes au *Petersham*, à Covent Garden, et l'après-midi s'annonce tout à fait divin.

Daisy a enfin renoncé à se comporter comme une brute avec Romilly. Je n'irais pas jusqu'à affirmer qu'elle l'a complètement acceptée, mais elle répond – de mauvaise grâce – à ses questions et admet son existence.

J'ai dit à Romilly de ne pas se laisser impressionner, que Daisy finirait par se calmer, qu'elle m'avait détestée pendant des années et que, désormais, de toute évidence, elle m'adore – en quelque sorte… selon les jours.

Alors que Henry, Romilly et Christian discutent d'un documentaire sur les volcans, Daisy se penche vers moi et murmure :

— Mon frère m'a dit qu'il t'avait vue…

— Oui.

Elle me dévisage un moment.

— Ça va ?

Je lui adresse un sourire détendu.

— Oui, bien sûr…

Elle plisse les yeux.

— Il n'a rien fait… ? Il ne s'est rien passé ?

Je fais la moue, hésite à lui raconter. D'abord, je meurs d'envie de répéter à quelqu'un ce qu'il m'a dit – OMG, cette déclaration ! Ensuite, imaginez être la seule femme que Julian Haites ait jamais aimée. Quel honneur ! Mais, même si cet honneur m'a été accordé – assurément, c'en est un –, peu importe : un nom, deux lettres, fréquemment et éternellement le drame de mon existence, pour le meilleur et pour le pire, ma pensée préférée.

De plus, je n'ai pas vraiment envie que quelqu'un d'autre apprenne ce qu'éprouve Julian pour moi. Je détesterais lui causer de l'embarras ou lui faire de la peine. Donc, même si l'envie de tout raconter à sa sœur bouillonne en moi comme du champagne dans une bouteille qu'on aurait agitée, je me contente de secouer la tête.

— Non. (Je lui souris brièvement.) Il voulait juste me saluer.

— Qui ça ? demande aimablement Romilly.

— Personne, répond sèchement Daisy. Occupe-toi de tes affaires.

Henry fusille Daisy du regard, puis passe son bras autour de Romilly.

— Daisy…, soupire Christian.

Elle lève les yeux au ciel.

— OK, désolée.

— Tu sais que je n'ai jamais couché avec Christian, n'est-ce pas ? offre Romilly.

Daisy la toise depuis son extrémité de la table, mais Romilly poursuit.

— Je veux dire, ton attitude envers moi est tellement passive-agressive…

— Agressive-agressive, tu veux dire…, la coupé-je, ce qui me vaut un regard noir de Daisy.

— On dirait que tu marques ton territoire. Comme si je voulais te prendre ton mec… Rassure-toi, ce n'est pas le cas.

Je secoue la tête.

— En fait, il s'agit de son attitude par défaut.

— Va te faire foutre ! gronde Daisy. Pas du tout.

Je lève les yeux au ciel.

— Bien sûr que si…

— Vis-à-vis de toi, peut-être… Parce que tu voulais mon mec. Et pas que, si je puis me permettre. Mon frère aussi. Tu es sortie avec les deux, non ?

— OK…, soupiré-je. Quelle nécessité de lancer de telles accusations… ?

Henry et Christian éclatent de rire.

— Ce ne sont pas des accusations. Je n'ai fait qu'exposer les faits.

Je hausse les épaules avec désinvolture.

— Bla… bla… bla.

Le portable de Romilly bipe.

Elle saisit l'appareil et ouvre le message.

Aussitôt, l'expression de son visage change. Visiblement alarmée, elle oriente l'écran vers Henry, qui se redresse, tétanisé.

Ses yeux se posent sur moi.

— Quoi ? lui demandé-je.

Il déglutit.

Daisy nous regarde l'un après l'autre, sourcils froncés.

— Qu'est-ce qui se passe ?

Mais ni Henry ni Romilly ne répondent, si bien qu'elle arrache le portable des mains de Romilly et se fige à son tour.

Je me creuse les méninges. De quoi peut-il bien s'agir ? Un énième scandale à propos de mes parents, probablement… Ils se sont remariés… Arrie se demande si elle est enceinte… Ma mère a surpris Harley avec une autre femme… Je me prépare, levant déjà les yeux au ciel.

Christian se penche et scrute impatiemment l'écran par-dessus l'épaule de Daisy. Puis il tourne le regard vers moi en se mordillant la lèvre supérieure.

— Magnolia…, commence-t-il d'un ton prudent.

Je sens immédiatement mon estomac se nouer.

Tout le temps où il a été amoureux de moi, Christian ne m'a jamais appelée Parks. En effet, à l'époque, contrairement à aujourd'hui où ils le font tous, c'était surtout BJ qui m'appelait par mon patronyme. Quand il souhaitait souligner que je n'appartenais pas à BJ, dans les moments où il ne voulait surtout pas m'associer à lui, Christian m'appelait par mon prénom.

Il ne l'avait pas fait depuis très longtemps.

Je le regarde fixement – Christian, pas Henry – parce que, pendant longtemps, l'infidélité de BJ a été notre ciment, le flou artistique qui rendait notre relation acceptable à nos yeux, le mur capitonné qui nous isolait du monde extérieur.

Je ne peux pas regarder Henry, parce que je sais. Le pli qui barre le front de Christian me dit tout.

Je tends ma main ouverte.

— Passe-moi le téléphone.

Christian expire lentement par le nez, tiraillé, puis il déglutit et me le tend.

Je ne suis pas sûre de ce qui m'attend – BJ et une fille, ça, c'est sûr.

Mon cerveau projette le diaporama des pires scénarios : BJ et Paili, encore ? BJ et Taura ? BJ et Bridget ? BJ et ma mère ?

Mais rien à voir.

Il ne s'agit de rien de tout ça, et pourtant j'ai des fourmis dans les doigts, un trou dans la poitrine, là où mon cœur est censé se trouver, et mon estomac s'est décroché.

C'est la fille de l'autre jour. Celle des hamburgers. La fille « avec qui il n'était pas ». Il y a cinq ou six photos.

Je ne reconnais pas l'endroit – *Daylesford Organic*, peut-être ? Celui de Westbourne Grove. La main de BJ est sur ses reins, il est penché et effleure sa bouche de la sienne. Elle a les deux mains sur ses avant-bras et lève les yeux vers lui. Il a l'air heureux.

— On ne peut pas être sûrs, fait remarquer Daisy, la première à ouvrir la bouche.

— Arrête, grogne Christian.

— Ne tirons pas de conclusions hâtives…, ajoute Romilly.

Daisy hoche la tête.

Le regard de Henry passe de l'une à l'autre.

— Ah oui ?

— J'ai tiré des conclusions hâtives avec ta sextape, fait remarquer Daisy à Christian.

Il lui lance un regard légèrement exaspéré.

— Daisy, j'ai fait une sextape. Il n'y avait aucune conclusion à tirer…

— Ouais, mais… Ce n'était pas ce que je pensais.

Christian ouvre des yeux ronds.

— Tu ne pensais pas que c'était une sextape ?

— Si, mais…

— Donc c'était exactement ce que tu pensais, conclut Christian, bien décidé à avoir le dernier mot.

Sentant monter la crise d'angoisse, je m'efforce de suivre leur échange. Personne ici ne pourra m'aider à en sortir – les mains du seul garçon qui en est capable se baladent sur les reins d'une autre fille.

J'ai besoin de ma sœur. Elle saurait quoi faire.

— Toilettes, soufflé-je.

— Pardon ? demande Henry en se tournant vers moi.

— J'ai besoin d'aller aux toilettes. Tout de suite.

— OK. (Daisy repousse sa chaise pour se lever.) Je t'accompagne.

— Non ! J'ai besoin d'être seule.

Je sens leurs yeux braqués sur moi – inquiets.

— Je vais bien, les rassuré-je.

— Tu es sûre ? demande doucement Romilly.

Déjà en route vers les toilettes, je lance sans me retourner :

— J'ai dit : je vais bien.

Je verrouille la porte derrière moi et j'ai tout juste le temps d'atteindre la cuvette avant de vomir.

Vomir à cause de BJ… voilà qui est curieusement familier.

Je l'aime tellement que j'ai l'estomac retourné chaque fois qu'il déconne, ce qui n'est pas rare, franchement.

Cette constatation me fait vomir le reste de mon déjeuner – pourquoi faire les choses à moitié ? Je m'essuie la bouche, jette le papier dans la cuvette et tire la chasse.

Debout face au miroir, je l'attends.

Une minute passe. J'ai peur qu'elle ne vienne pas. Alors je ferme les yeux et guette sa présence.

— Magnolia, dit-elle en me contemplant de ses yeux tristes.

— Oh non…

La panique m'envahit.

— Magnolia…, répète-t-elle.

— Bridget…

Elle incline la tête.

— Essaie de rester calme…

— Dis-moi que ce n'est pas vrai.

— Ce n'est pas vrai, soupire-t-elle.

Je la regarde droit dans les yeux, essayant de trouver dans son regard quelque chose à quoi me raccrocher.

— Tu me mens ?

— Voyons… (Elle balaie la pièce des yeux.) Toi et moi, ici, c'est un mensonge.

— Arrête…

— Qu'est-ce que tu fabriques ici à me parler ? insiste-t-elle en secouant la tête.

— Ne fais pas ça, Bridget…

Elle esquisse un geste vers la porte.

— … alors que tes amis sont là, bien vivants, réels. Ils veulent t'aider…

— Tu es réelle…

— Non, pl…

— Je t'ai dit d'arrêter ! la coupé-je.

Alors le silence s'abat sur la pièce. Elle est partie.

— Magnolia ? appelle Henry d'une voix hésitante de l'autre côté de la porte.

— Personne ! m'écrié-je automatiquement.

Pause.

— Quoi ?

— Rien.

Je secoue la tête pour moi-même. Quelle idiote !

— Parks, il y a un peu de monde, ici…

Je scrute mon reflet dans la glace, essaie de m'arranger un peu.

— Pourquoi ?

— Je ne sais pas… Peut-être qu'ils t'ont vue partir en courant ? Ou qu'ils ont vu les photos…

— Oh ! (Je déglutis.) D'accord.

— Christian t'attend devant avec la voiture.

Je me précipite vers la porte et l'entrouvre.

— Je ne veux pas monter dans une voiture !

— Crois-moi, Parks, tu ne veux pas marcher non plus.

— Oh…

Je baisse les yeux.

Henry ôte son blouson – bomber en cuir Gucci à panneaux verts et bleu marine – et m'en couvre la tête avant de sortir mes lunettes de soleil Sicilian Taste (Dolce & Gabbana) de mon petit tote noir Diana (Gucci).

Il les glisse sur mon nez avant de m'offrir sa main.

Je la regarde fixement un instant avant de la prendre.

— Poker face, assène-t-il en hochant la tête. Ne leur donne rien.

Ensuite, il m'escorte hors du restaurant – de sous le blouson, je perçois quelques flashs. Sur le trottoir, il y a deux photographes. Daisy en écarte un sans ménagement.

Henry me pousse dans la voiture, et Christian démarre sur les chapeaux de roue.

47

BJ

C'EST MON PÈRE QUI M'A APPELÉ. PAS PARKS. PAS MON FRÈRE. Pas mes meilleurs potes. Mon père.

— Qu'est-ce qui se passe, BJ ? me demande-t-il sévèrement.

Je suis en séance photo depuis ce matin et n'ai pas arrêté de la journée. Du coup, je n'ai pas encore vu ses vingt-cinq appels en absence, ni les quatre mille commentaires sur mon dernier post Instagram, où je me fais éreinter pour une saloperie que je n'ai pas commise. Je n'ai pas encore vu non plus les messages paniqués de la pauvre copine de Maddie me demandant ce qu'elle doit faire.

Je secoue la tête, même si papa ne peut pas me voir.

— Je ne sais pas… De quoi tu parles ?

— Les photos ! s'exclame-t-il, agacé.

Je marque une pause. Merde !

— Quelles photos ?

Putain ! Il doit y en avoir des millions que je n'aimerais pas voir larguées dans la nature. Les « années perdues » qu'évoque toujours Jonah en rigolant ? Eh bien, ce n'est pas qu'une image. Des jours – des semaines, même – ont disparu. Effacés de ma mémoire. Par exemple, je n'ai aucune idée de ce que j'ai fait durant les mois qui ont suivi le départ de Parks pour New York. Je sais seulement que je me suis perdu, que j'étais défoncé presque en permanence et que j'ai envoyé des photos à des filles, en général pas dans des moments de grande lucidité. Pas des tonnes, mais quand même. Une sextape ? C'est possible. Aucune idée. Après qu'elle est partie, j'étais sur un bateau qui prenait l'eau de toutes parts. Quitte à couler, j'ai peut-être décidé de m'amuser.

— Toi et cette blonde, dit papa.

Je secoue de nouveau la tête.

— Quelle blonde ?

— Je n'en sais rien ! (Il s'impatiente.) Elle ressemble à l'amie de Maddie…

Je me fige.

— Quoi ?

— Elle ressemble à l'amie de Maddie, répète-t-il. Tu sais, celle avec les sourcils biz…

— Il faut que j'y aille.

— BJ…

— À plus, papa.

Et je lui raccroche au nez.

J'ouvre mon téléphone. Putain de merde !

Ce sont des photos de la fois où j'ai retrouvé Maddie et Dylan dans un café. Vous vous rappelez, on a failli s'embrasser sur la bouche… Ça nous a fait rire. Mais putain, la photo ne pardonne pas. Le moment capturé paraît intime. Ils ont éliminé Maddie…

Putain, les connards ! Je fixe la photo, je suis sur le cul. Pourquoi faire un truc pareil, merde !?

J'essaie d'appeler Parks. Je tombe direct sur son répondeur.

Merde !

J'annonce au photographe qu'il faut que j'y aille, désolé – il restait des fringues à prendre en photo, il est furieux –, que j'appellerai Jonathan Anderson moi-même pour m'excuser.

Je cours comme un malade jusqu'à ma voiture. Aussitôt installé au volant, je sors de nouveau mon téléphone.

J'essaie une nouvelle fois de l'appeler – répondeur, encore.

Putain…

J'essaie mon frère. Ça sonne, il ne décroche pas.

J'essaie Jo. Idem.

Christian. Il refuse l'appel.

Ma peau commence à me picoter, à chauffer partout juste sous la surface.

J'ai l'impression qu'on me bourre le ventre de coups de poing.

Je consulte la fonction localisation de son téléphone.

Vue pour la dernière fois il y a trois heures chez… Henry.

Je démarre en trombe.

Du White Studio sur St Katharine's Dock où avait lieu la séance photo à chez Henry à cette heure de la journée, je devrais en avoir pour… trente-cinq minutes, peut-être ?

Il y a trois heures ? Son téléphone doit être éteint.

Putain, j'ai envie de gerber pendant tout le trajet.

D'abord, parce que je sais qu'elle a vu les photos. Pourquoi aurait-elle éteint son portable, sinon ? Je l'imagine découvrant ces putains de clichés, l'impression de bonheur et de tendresse qui s'en dégage… Il faut que je la voie, que je lui explique. C'est déjà partout ? Le cauchemar !

« Bad Boy Ballentine a encore frappé ». « Magnolia Parks, la fiancée abandonnée ». « Magnolia Parks – Anéantie, encore une fois ».

Au moins, le dernier titre doit dire la vérité.

Ensuite vient la partie qui me terrifie : elle y croit.

Mon frère et mes deux potes ? Putain, y en a pas eu un pour me téléphoner ?

Mon cerveau tourne à plein régime – une chose à la fois, me dis-je. Va retrouver Parks, explique-lui. Une fois qu'elle me verra, elle écoutera. J'espère…

J'arrive chez Henry un peu plus d'une demi-heure plus tard, comme prévu. Je laisse ma caisse en double file avec les warnings – rien à battre – et me précipite dans l'immeuble.

Après avoir gravi les six étages quatre à quatre, je me jette pratiquement sur la porte que je martèle du poing.

Elle s'ouvre… Julian Haites est debout sur le seuil. Putain !

Je reste bloqué un instant.

— Qu'est-ce que tu fous là ? (Je le pousse pour entrer, puis me tourne pour lui faire face et lui poser une question dont je redoute la réponse.) Elle t'a appelé ?

— Non, gronde-t-il.

— Alors qu'est-ce que tu fais ici ?

— On était ensemble, lance Jonah derrière moi.

Je me retourne et balaie la pièce du regard.

Eh ben, il y a du monde. Les deux Haites, les deux Hemmes, Henry, Romilly et Taura. Pas de Parks.

— Elle aurait dû m'appeler, cela dit, déclare Julian en me toisant.

Je fais un pas vers lui.

— Ah ouais ?

— Ouais. (Il hoche froidement la tête.) Je me ferais un plaisir de m'occuper de toi…

Je bouscule légèrement Julian.

— Ah ouais ?

— Yo… (Jo bondit entre nous et me repousse.) Fais pas le con !

Je dégage la main de Jonah d'une claque et regarde autour de moi. Je commence un peu à paniquer.

— Elle est où ? (Mon regard se pose sur mon frère.) Henry ? Je n'ai rien fait…

— Tu sais quoi ? Je ne te crois pas.

— On a vu les photos, intervient Christian.

— Elles ont été retouchées ! crié-je.

— Bien sûr. (Henry lève les yeux au ciel.) Paili aussi, je suppose ?

Je me rue sur mon frère et le bouscule violemment.

— Ferme-la, putain !

Ensuite je me lance à la recherche de Parks.

Les filles restent debout là, mal à l'aise. Romilly chuchote quelque chose à Henry, qui secoue la tête et me fusille du regard.

Je n'arrive pas à croire que je me retrouve encore dans cette situation. Deux fois en une semaine ?! Et combien de fois est-ce qu'elle va croire le pire de moi ? Combien de temps encore est-ce que je vais devoir prouver que je ne suis pas ce mec-là ?

— Magnolia !

Je tambourine à la porte de la chambre de mon frère. Je sais qu'elle est là.

Je l'entends pleurer.

Je frappe plus fort. L'appelle.

— Il est temps que tu dégages, crache Julian derrière moi.

Je fais aussitôt volte-face et le regarde droit dans les yeux, impassible.

— Et toi, il est temps que tu fermes ta gueule.

— Elle ne veut pas te voir.

— Tu sais l'autre truc qu'elle ne veut pas ? (Je carre les épaules.) Toi.

Je le regarde encaisser le coup, qui a porté comme je l'espérais. Ne le plaignez pas. Il est temps qu'il se casse une bonne fois pour toutes.

Il secoue un peu la tête, lève les yeux au ciel, feignant l'indifférence.

Je pointe le menton vers lui.

— Tu crois qu'elle ne me l'a pas dit… ?

— Quoi ?

— Que tu l'as embrassée.

J'entends les autres réprimer des exclamations.

La mâchoire de Julian se décroche légèrement. Bien content d'avoir le dessus une minute, je décide de sonner le début du deuxième round.

— Tu l'as embrassée, et elle est rentrée retrouver qui, après ?

Julian détourne les yeux, serre les dents. Alors j'enchaîne – si ça se termine à coups de poing, ça me va.

— Tu l'as embrassée, et avec qui elle a fait l'amour, juste après ? (J'arque les sourcils.) Ce n'est pas toi qu'elle veut, c'est moi.

— Je le sais bien, mec. (Julian me toise, exaspéré.) Alors pourquoi tu n'arrêtes pas de tout faire foirer ?

— Je n'ai rien fait foirer !

— Tu pourrais partir ? dit une toute petite voix derrière moi.

— Parks…

Je tends la main vers elle, mais elle tressaille et s'écarte.

Julian vient se planter entre nous et pose sa main sur mon épaule.

— Ne la touche pas…

— Lâche-moi…

Je le repousse et lui balance un coup de poing dans la mâchoire en un seul mouvement rapide.

Il porte la main à sa bouche, baisse les yeux vers ses doigts – tachés de sang – et émet un reniflement amusé.

— Tu as envie de mourir ?

Honnêtement, un peu.

Et là, il me saute dessus et me plaque au sol.

Nous renversons une table, causant un bordel terrible, brisons un vase – il me balance quelques pains, moi aussi, et puis les garçons nous séparent. Taura et Romilly sont blotties l'une contre l'autre. Magnolia, en larmes, s'est réfugiée derrière Daisy, qui crie soudain :

— Ça suffit !

Julian et moi nous immobilisons d'un coup avant de nous tourner vers elle.

— Dégagez, ordonne-t-elle. Tous les deux. Dehors !

— Daisy…, commence Julian en se levant. Je…

— Va-t'en ! insiste-t-elle en le fusillant du regard. Allez ! (Elle secoue la tête et baisse la voix avant de poursuivre.) Qu'est-ce que tu fais ici, d'ailleurs ?

— Je…

Mais elle lui coupe de nouveau la parole.

— Tu l'as embrassée ? (Elle lui jette un regard sidéré.) Tu es malade ou quoi ? Reprends-toi.

Julian soupire, secoue la tête, réduit au silence par sa petite sœur qui n'a pas l'intention de le laisser en placer une.

— Et toi… (Elle se tourne vers moi. Ses yeux lancent des éclairs.) Tu ne crois pas que tu en as assez fait ?

— Je n'ai rien fait du tout ! protesté-je, suffisamment fort pour que tout le monde m'entende, Parks comprise, ce qui ne l'empêche pas de retourner s'enfermer dans la chambre de mon frère.

Daisy me regarde longuement.

— Si ce que tu dis est vrai, à ta place, je me dépêcherais de le prouver.

48

BJ

— Yo…, lance Jonah en me rattrapant dans le hall de l'immeuble.

— Quoi ? grogné-je.

— C'est vrai, ce que tu as dit ? demande-t-il, sourcils arqués. Les photos sont photoshoppées ?

— Évidemment, putain ! Enfin, Jo… Je n'ai pas…

— OK. (Il hausse les épaules.) Je te crois.

Je lui décoche un regard exaspéré.

— Tu ne pouvais pas me croire là-haut ?

— Moi, on s'en tape, gros. Il n'y a qu'une seule personne que tu dois convaincre…

— Je sais, mais…

— C'est mal barré, BJ. C'est la même nana que la fois où tu lui as menti. Qu'est-ce que tu veux qu'elle croie ?

Je soupire, secoue la tête.

— Je sais bien, mais putain, c'est n'importe quoi !

Il lève les yeux au ciel, et je me demande s'il me croit vraiment.

— Explique.

— Maddie était là aussi.

— Quoi ?

Je me passe nerveusement les mains dans les cheveux tandis que nous marchons vers ma voiture.

— Ils l'ont éliminée de la photo. (Je m'installe au volant, lui sur le siège passager.) Qu'est-ce que je fais ? J'appelle Maddie ?

(Je le regarde.) Ou la fille ? Je pourrais lui demander de venir ici...

— À ta place, j'éviterais.

— Alors Maddie ?

— Parks sait qu'elle pourrait mentir pour toi.

Exact.

Je laisse tomber ma tête en arrière, fixe le plafond de ma voiture.

— Putain, je fais quoi, alors ?

Jo souffle bruyamment par le nez, pensif.

— Voyons... D'où sort la photo ?

Je hausse les épaules.

— D'un article du *Daily Mail.*

Il hausse les sourcils, intéressé.

— Il est signé ?

On passe les minutes suivantes à chercher l'identité de l'auteur – un bien grand mot –, un putain de branleur du nom de Ian Audley. Les bureaux du *DMGT* se situent à Northcliff House à Kensington. Pas très loin de là où on est, en fait. J'ai également déniché une photo de lui. On va pouvoir lui rendre une petite visite.

Le gars est à peu près comme on peut l'imaginer. Trapu, des cheveux bizarres qui ne se décident ni pour le brun, ni pour le blond, ni pour le roux... Pas gros. Un peu négligé. Le genre de personne qu'on imagine bien prendre son pied à démolir les gens comme moi.

Sur le chemin, Jonah téléphone au *DMGT* pour vérifier qu'il s'y trouve encore. Il est déjà parti. Ensuite – un peu flippant –, Jonah envoie un message à je ne sais qui, et dans les trois minutes nous avons l'adresse perso du mec à Hackney, notre nouvelle destination.

Putain, on en a pour une heure et demie. J'hallucine. Ne me demandez pas comment, on est quand même arrivés avant lui.

On frappe à sa porte, pas de réponse. Il a dû s'arrêter quelque part pour boire un verre et fêter cette journée de travail honnête.

Jo fait le tour des fenêtres et scrute l'intérieur. Personne. Rien n'indique non plus qu'il vit avec quelqu'un – pas très surprenant, je suppose. Le type gagne sa croûte en mentant. Ce n'est pas l'idéal pour construire une relation.

On est fin novembre et la nuit tombe vite. Je n'ai pas pris mon manteau. Le chauffage de la voiture a beau être allumé, ça caille.

Jonah me lance un coup d'œil.

— Tu as une sale gueule.

— Ouaip, dis-je en gardant les yeux braqués devant moi.

Il m'examine attentivement.

— Ça va ?

Je me tourne vers lui et reste un instant sans répondre.

— Pas vraiment, gros. Tout le monde me prend pour un connard. Notamment… (je compte sur mes doigts) mon meilleur pote. Mon autre meilleur pote. Mon frère. Ma fiancée. Mon père. Toutes les filles de ma connaissance, apparemment. Et…

— BJ…

— Franchement, j'ai les boules. J'ai merdé une fois, OK, mais depuis je n'ai pas arrêté d'essayer de prouver que je ne suis pas ce mec-là. Et pour quoi ? (Je hausse de nouveau les épaules.) Je n'ai rien fait, et je continue d'être considéré comme un salaud.

Jonah hoche tristement la tête.

— Je suis désolé.

Nous restons un moment en silence, le regard perdu de l'autre côté du pare-brise.

Une minute passe, peut-être un peu plus…

— Eh, ce serait pas lui ? s'exclame soudain Jonah.

Ouaip, bingo ! L'homme descend la rue à petits pas rapides, emmitouflé dans un manteau, tenant dans la main un sac à dos comme un attaché-case.

Jonah saute sur le trottoir. Je le suis.

— Yo, appelle-t-il.

L'homme baisse les yeux et accélère l'allure.

— Yo ! lance de nouveau Jo. Je te parle.

Audley tourne la tête vers Jonah.

— Je ne veux pas de problèmes.

Jo grimace.

— Dommage, parce qu'un raz-de-marée de merde te fonce dessus.

— Ian Audley ? demandé-je en marchant vers lui.

— Qui êtes-vous ?

Il plisse les yeux dans la pénombre, perplexe.

Je vais me placer dans la lumière d'un lampadaire, et ses yeux s'écarquillent quand il me reconnaît.

— Voilà ! le félicite Jonah.

Le regard d'Audley oscille de Jo à moi.

— Qu'est-ce que vous voulez ?

— Ce que je veux ? répété-je en le toisant. (Je me force à paraître amusé, au lieu d'anéanti.) Vivre en paix quelque part à la campagne avec ma future épouse, loin des regards indiscrets et des connards dans ton genre. Malheureusement, c'est peu probable…

Il se passe la langue sur les lèvres.

— J'ai écrit un article, c'est tout.

— Non, mec, tu as foutu ma vie en l'air. (Je secoue la tête.) Ma nana pleure et refuse de me voir parce qu'elle croit que je l'ai encore trompée. Mon frère est furieux contre moi, mes potes ne me croient pas non plus, tout ça parce que j'ai merdé une fois ! Il y a quatre ans ! Et toi, parce que tu étais en rade d'infos croustillantes, tu as décidé d'éliminer ma sœur de la photo pour donner l'impression que je fais quelque chose que je ne suis pas du tout en train de faire !?

Audley me considère en secouant la tête, comme s'il n'y pouvait rien.

— C'est déjà parti à l'impression.

— Eh bien, désimprime ! m'exclamé-je. Annule tout !

— Ça ne marche pas comme ça !

Je suis sur le point de péter un câble quand Jo m'écarte pour passer. Il saisit Audley par le col et le plaque violemment contre ma voiture, son avant-bras en travers de sa gorge.

— Yo, BJ… À ton avis, il faut être tordu à quel point pour prendre son pied en répandant des saloperies sur de parfaits inconnus et en faisant pleurer des filles avec des conneries balancées sur Internet ? Tu crois que ça donne la grosse tête ?

Jonah arque un sourcil tout en accentuant sa pression sur la trachée du type.

Audley commence à suffoquer.

— Jo…

Je lui jette un coup d'œil. Honnêtement, il me fait un peu flipper. Ça n'était jamais arrivé.

Jonah accentue encore sa pression. Le journaliste se débat vraiment, à présent.

— Jo !

Il m'ignore.

— Écoute… Si mon pote n'était pas là (Jonah incline la tête vers moi), je n'en resterais pas là. Tu as de la chance…

Il le libère, et l'homme reste un moment plié en deux, essayant de reprendre son souffle en se tenant la gorge.

— Alors, Ian… Tu comptes te montrer un peu plus coopératif, maintenant ?

Audley hoche la tête, clairement effrayé.

— BJ.

Jonah me fait signe que c'est mon tour.

— OK. Sache que je ne vais pas me contenter de poursuivre le putain de torchon débile pour lequel tu bosses. Je ne vais pas te louper non plus. Toi… (Je pointe le doigt vers lui.) Je vais te tomber dessus d'une force… Je n'ai qu'à te regarder pour savoir que j'ai déjà bien plus que toi, mais je vais quand même tout te prendre. Tu m'entends ? Tout…

— Je publierai une rétractation, débite-t-il à toute vitesse.

— Mmm. Et ?

— Et des excuses publiques.
— Quoi d'autre ?
— Qu'est-ce que vous voulez d'autre ?
— Tu as les originaux des photos ?
— Sur mon téléphone, ouais.

Je réfléchis une seconde, puis donne une tape sur le toit de ma voiture.

— Monte.
— Non… (Audley secoue la tête.) Je n'irai nulle part avec vous…
— Ian…, lance Jo sur un ton d'avertissement.
— Fais ce qu'on te dit. Tu vas aller expliquer à ma fiancée que tu n'es qu'une merde prête à raconter n'importe quoi pour vendre son torchon. Tu vas t'excuser d'avoir menti et de l'avoir fait souffrir.

Le journaliste ouvre la bouche pour protester, mais Jonah secoue la tête, ouvre la portière arrière et le pousse sans ménagement à l'intérieur.

Le trajet du retour est beaucoup plus rapide. Trente minutes, je dirais.

Audley ne dit rien. Il a l'air de faire la gueule, comme si on le dérangeait.

Remarquant son expression contrariée, Jo se tourne vers lui.

— Dure journée, hein, mon pote ?

Audley le foudroie du regard.

— Les gens comme vous se croient tout permis, lâche-t-il en se tournant vers la vitre.
— Les gens comme nous ? (Je lui jette un coup d'œil dans le rétro.) Marrant… Il y a un mois, je suis allé déjeuner avec ma petite sœur et son amie. Ce matin, je suis allé travailler, et quand je suis rentré chez moi, tu avais foutu le feu à mon couple. Et pour quoi ?
— Si votre couple prend feu, ce n'est pas ma faute, rétorque le journaliste, très sûr de lui.

— Tiens donc… (Jo renifle, amusé.) C'est quoi, ton problème, avec lui ? demande-t-il en me désignant du menton. Il s'est tapé une fille que tu aimais bien ?

Audley lève les yeux au ciel avant de se tourner de nouveau vers la vitre.

— Je pourrais vous faire arrêter pour voie de fait, dit-il à Jonah.

— OK. Voyons comment ça se passe.

— Je pourrais !

— Bien sûr. (Jo hoche la tête, imperturbable.) Je veux dire, j'éviterais, si j'étais toi, mais vas-y, fais-toi plaisir. On verra bien ce qui se passe…

Je jette un regard à mon ami, mais il garde les yeux sur la route, le visage fermé.

— Je faisais juste mon boulot.

— Putain, tu te fous de nous… ! (Je frappe le volant du poing.) On est des vraies personnes, mec. J'ai une vraie copine à la maison qui verse de vraies larmes à cause de tes mensonges, putain !

Il garde le silence un instant.

— Si elle y croit, c'est parce que vous l'aviez déjà fait avant.

— Oh, merci beaucoup, Einstein ! raille Jonah en levant les yeux au ciel.

Je fusille Audley du regard dans le rétroviseur.

— Imagine que tu fais un truc une fois, une seule fois, quand tu as vingt ans et que tu es en train de passer un sale moment, et que, ensuite, chaque fois que l'occasion se présente, les gens déroulent cette erreur devant toi comme un putain de tapis sur lequel tu dois marcher. Sauf qu'il n'y a pas que moi qui dois marcher dessus – ma mère aussi, ma grand-mère, ma fiancée… Tu sais ce que ça lui fait, chaque fois qu'il y a un faux scoop sur moi et je ne sais quel putain de mannequin que je n'ai jamais vu de ma vie ? Quand vous pondez un article sur une nana que j'aurais mise enceinte au lycée ? Ça la fout en l'air ! Elle est réelle. Je sais que, pour les raclures comme toi, elle n'est qu'une sorte d'idée vague et lointaine, mais elle existe vraiment.

Il examine ses mains en silence, puis tourne de nouveau la tête vers la vitre.

Quand nous arrivons chez Henry, nous prenons l'ascenseur, cette fois.

Je martèle sa porte de mes poings. Il l'ouvre à contrecœur.

Tout le monde est parti, excepté Romilly.

— Elle est là ?

Je l'écarte pour passer, balaie le salon du regard.

Mon frère hoche la tête, et Jonah pousse Ian dans l'appartement.

— C'est qui, ce mec, putain ? s'exclame Henry.

— Magnolia ? appelé-je. Parks !

— Chambre d'amis…, indique Romilly, ce qui lui vaut un regard désapprobateur de la part de Henry.

J'ouvre la porte à la volée – je ne frappe pas, n'attends pas qu'elle m'invite à entrer, car je ne devrais pas avoir à le faire.

Elle est adossée à la tête de lit, les bras autour de ses jambes repliées. La pièce est plongée dans la pénombre, mais ses yeux brillent comme l'étoile du matin, et ses paupières sont rouges d'avoir pleuré.

— Hey, soufflé-je.

Elle ne dit rien.

Je saisis Audley par le col et le pousse dans la chambre.

Elle le considère quelques instants, perplexe, puis me regarde de nouveau d'un air réprobateur.

— Dis-lui qui tu es, lancé-je en le poussant encore.

— Je… (Il s'éclaircit la voix.) Mon nom est Ian Audley. C'est moi qui ai écrit l'article du *Mail*, aujourd'hui.

Magnolia se redresse immédiatement.

Henry tourne brusquement la tête vers lui, puis vers moi.

J'arque les sourcils avec impatience.

— Et ?

Audley soupire.

— Et j'ai retouché les photos…

Magnolia saute du lit.

— Comment ? gronde-t-elle tout en gardant ses distances.

Audley se balance d'un pied sur l'autre. Gêné, peut-être.

— Il y avait une autre fille avec eux… (Il hausse les épaules.) Si je l'avais laissée, il aurait été assez évident qu'il ne s'agissait pas d'un rendez-vous amoureux…

Parks plisse les yeux.

— Comment est-ce que vous vous y êtes pris ?

Il a l'air coupable, à présent. Le contraire aurait été difficile, avec ces yeux verts qui vous transpercent comme ça.

— Je l'ai carrément coupée sur certains clichés. Photoshoppée sur d'autres.

Magnolia se tourne vers moi – enfin.

— C'était qui ?

— Maddie.

Elle regarde le journaliste.

— Vous avez trafiqué l'image pour donner l'impression qu'ils s'embrassaient ?

Il secoue la tête.

— Non.

Alors elle se tourne de nouveau vers moi, les yeux ronds.

— C'était un accident, Parks… Je me suis penché pour l'embrasser sur la joue… Elle s'est tournée dans le même sens que moi, et je l'ai embrassée à la commissure des lèvres…

Elle me regarde fixement un instant, puis de nouveau Audley.

— Vous avez les originaux ?

Il hoche la tête, lui tend son portable.

Elle les passe en revue rapidement, et je vois la colère se dissiper et se transformer en tristesse.

Ensuite, elle enfouit son visage dans ses mains et fond en larmes.

C'est peut-être la première fois de nos vies que je la regarde pleurer sans réagir.

Audley me jette un coup d'œil gêné – les garçons me regardent, attendent que j'intervienne, mais je ne bouge pas parce qu'elle me prend pour un salaud et que c'est dur à avaler.

Le moment s'étire… Elle pleure, le visage toujours enfoui dans ses mains. Personne ne bouge, personne ne dit rien. Ça dure une bonne minute, je pense.

Je suis incapable de bouger. C'est comme si j'avais les pieds coulés dans du ciment.

J'ai envie de la prendre dans mes bras, bien sûr – mais je n'ai pas l'impression de pouvoir. Ou de devoir ? Je devrais être furieux contre elle, putain. Je le suis un peu, maintenant qu'elle connaît la vérité.

Elle se ressaisit, prend plusieurs grandes inspirations.

Elle s'essuie les joues puis regarde le journaliste, lui fourre son portable dans les mains et lui colle une gifle.

Je recule, surpris. Je ne l'avais jamais vue frapper personne d'autre que moi. Cool.

— Comment osez-vous ? lui dit-elle en secouant la tête.

— Je suis désolé, je…

— Vous pensez que nous ne sommes que des pions ? l'interrompt-elle. À disposition pour vos commentaires et vos mensonges ?

Audley la regarde sans répondre, l'air aussi ébloui que terrifié, émotions que je ressens souvent en sa présence. Bienvenue au club, ducon !

— Sortez ! ordonne-t-elle.

Le journaliste se détourne pour partir, mais Jonah le retient par le bras.

— Yo… (Il plonge son regard dans le sien.) Tu sais qui je suis, pas vrai ?

Le type hoche la tête.

— Oui.

— Alors n'oublie pas qu'ils sont sous ma protection.

Audley hoche la tête et s'en va en claquant la porte derrière lui.

Magnolia prend une profonde inspiration et se tourne vers Romilly et les garçons.

— Vous voulez bien nous laisser ?

Ils hochent tous la tête et sortent de la chambre en refermant la porte derrière eux. Aussitôt, elle se précipite vers moi.

Je n'ai pas franchement envie de la prendre dans mes bras, mais je le fais. Par habitude, sans réfléchir. Mes mains se posent sur sa taille, et ses bras se glissent autour de moi.

— Merde…, murmure-t-elle. BJ, je suis désolée.

Je me contente de hocher la tête sans rien dire.

Elle secoue la tête.

— Je suis tellement désolée… (Elle cligne des yeux pour chasser ses larmes.) J'ai juste… J'ai eu peur et j'ai paniqué et…

— Je sais.

— Je suis désolée, répète-t-elle encore.

Elle ne s'est jamais excusée autant de fois depuis qu'on se connaît.

— Ouais…

Je pose mon menton sur le sommet de son crâne. Ne dis rien pendant quinze bonnes secondes, et puis ça m'échappe, en quelque sorte.

— Tu vas toujours croire le pire, quand il s'agit de moi ?

Elle s'écarte et lève les yeux vers moi.

— BJ…

— Je te pose la question très sérieusement. J'ai besoin de savoir.

Elle secoue la tête.

— Je ne pense pas toujours le pire.

— Si.

Elle se fige entre mes bras, ses yeux ne me quittent pas.

— Est-ce que tu es en train de rompre avec moi ?

Je laisse tomber ma tête en arrière, exaspéré.

— Non… (Je m'éloigne d'un pas.) Je t'ai dit pour toujours quand j'avais seize ans et je le pensais, mais… (Je laisse échapper l'air que j'ignorais que je retenais.) Merde, Parks… je ne peux pas continuer comme ça…

Elle cligne des yeux, effrayée.

— Comme ça comment ?

— Comme ça… (J'agite une main entre nous.) Cette putain de danse, là, qui m'oblige à te prouver que je suis assez bien pour toi parce que, même quand je ne fais pas tout foirer, je reste un connard…

— Tu n'as rien à me prouver, surtout pas ça, me dit-elle très sérieusement.

Je m'écarte d'elle et secoue la tête, agacé.

— Tu ne m'as même pas appelé, Parks ! Tu as vu les photos, tout gobé, et éteint ton téléphone. (Je me rends compte à quel point je me sens trahi.) La semaine dernière, je t'ai vue embrasser ton ex sur le trottoir et je n'ai pas moufté…

— Je ne l'ai pas embrassé, clarifie-t-elle. C'est lui qui m'a embrassée.

— Je n'ai pas moufté, putain ! crié-je en secouant la tête. Je n'ai posé aucune question, je n'ai pas insisté, parce que j'ai confiance en toi…

— J'ai confiance en toi, assène-t-elle, boudeuse.

— Tu parles…

Elle croise les bras. On dirait qu'elle a peur… Merde, je déteste quand elle a peur.

— Donc… Alors… Qu'est-ce que tu es en train de dire ?

Je passe ma langue sur ma lèvre supérieure.

— Je dis qu'on a besoin d'aide.

Elle fronce les sourcils. C'est son tour de reculer d'un pas.

— Quel genre d'aide ?

Je la regarde fixement pendant une seconde avant de répondre, parce que je sais comment elle va réagir.

Je le dis quand même.

— On a besoin de voir un psy.

— Non…

Elle secoue la tête, recule jusqu'au mur.

— Si.

Je hoche la tête et marche vers elle.

— Non !

— Si ! (Je suis debout devant elle à présent.) Je t'aime, Parks. Je t'aime et je veux être avec toi… je ferais n'importe quoi pour être avec toi.

Son regard s'adoucit un peu.

— S'il te plaît, fais-le pour moi, la supplié-je.

Elle pousse un grognement, croise les bras sur sa poitrine et balaie la pièce du regard.

Elle semble prise de court, perdue, presque.

Elle tourne de nouveau les yeux vers moi.

— Tu penses que je suis folle ?

— Oui, dis-je fermement. Tout le temps.

Elle lève les yeux au ciel, et je lui décoche un sourire.

— Bon… et de quoi est-ce que je devrai parler ?

— De tout.

Elle fronce les sourcils.

— De ma sœur ?

— De tout.

— Billie ?

Son froncement de sourcils s'accentue.

Je la regarde.

— De tout, Parks.

Elle pousse un soupir, les mains sur les hanches à présent, puis s'adosse contre le mur derrière elle.

— Tu es en train de me dire que si je n'y vais pas, tu rompras avec moi ?

Je secoue la tête.

— Jamais je ne te dirais une chose pareille.

— Alors quoi ?

Je fais un pas vers elle, lui prends la main et la garde dans la mienne.

— Je suis en train de te dire qu'être avec toi comme nous le sommes aujourd'hui me fait du mal.

— Oh ! (Son visage se décompose. Ses yeux se remplissent de larmes.) Tout ça parce que j'ai cru un putain d'article du *Daily Mail*…

— Pas seulement.

Je lui caresse la joue et lui adresse un sourire encourageant, mais en échange elle me regarde de ses yeux ronds et déglutit.

— Ça fait un moment qu'on en a besoin, Parksy.

Elle me regarde fixement encore quelques instants avant de se laisser glisser contre le mur et de s'asseoir par terre dans la pièce toujours plongée dans la pénombre.

Son regard reste un moment perdu dans le vide, puis elle lève les yeux vers les miens.

— J'ai peur.

Je m'assieds près d'elle.

— De quoi ?

— Et s'ils vendent encore tous mes secrets à un magazine ?

Je soupire.

— C'est peu probable.

— C'est déjà arrivé !

— Et c'est pour ça que je doute que ça se reproduise !

— Bon… (Elle croise les bras.) Et s'il s'avère que je suis terriblement dysfonctionnelle… ?

— Tu l'es, affirmé-je avec un hochement de tête catégorique.

— Et s'ils disent que je suis dans un sale état ?

— Oh, ils le diront, réponds-je sans cesser de hocher la tête.

— Et si tu…

Je la fais taire d'un regard.

— Tu crois vraiment que je vais apprendre quelque chose sur toi dans le cabinet d'un psy ? Je t'aime depuis toujours.

Je l'attire sur mes genoux, presse ma bouche sur l'arrière de son crâne.

— J'en ai besoin, Parksy. (Je la serre un peu plus fermement.) S'il te plaît ?

Elle appuie la tête contre mon torse, et j'entends sa respiration se caler peu à peu sur la mienne.

Et puis sa petite voix perce l'obscurité.

— D'accord.

49

Magnolia

Nous nous réveillons le lendemain matin en entendant la porte de la chambre d'amis s'ouvrir. De toute évidence, nous avons dormi là – sur le sol, contre le mur.

BJ porte sa main libre – celle qui ne me tient pas – à son cou et se masse, pendant que je cligne des yeux vers Henry, qui nous observe en plissant les paupières.

— Intéressant…, lâche-t-il.

Je me frotte les yeux, fatiguée.

BJ fait craquer son dos et se redresse légèrement en me maintenant contre lui.

— Qu'est-ce que vous fabriquez par terre ? demande son frère, bras croisés.

— On s'est endormis, on dirait.

— Par terre ? (Henry fronce les sourcils.) Juste à côté d'un lit vide ?

— Ouais.

BJ hausse les épaules, épuisé.

Son frère lève les yeux au ciel.

— Eh ben, si ce n'est pas une belle métaphore sur votre relation…

— B'jour ! chantonne Romilly dont la tête apparaît derrière Henry. Oh, par terre… ?

— Mmm.

BJ bâille.

— Sexy ! (Elle hoche la tête d'un air approbateur.) Un petit déjeuner, ça vous dit ?

Je me redresse et lui souris.

— Ouais… Il faut juste qu'on passe un coup de fil, d'abord.

BJ se tourne vers moi.

— On doit appeler qui ? Putain, mon cou me fait un mal de chien.

Je le masse.

— Tu pensais à un psychologue en particulier ou…

Il hoche la tête.

— Ouais…

— OK. (Je lui adresse un petit sourire nerveux.) Alors prends rendez-vous.

— Très bien.

Il me rend mon sourire, la nervosité en moins, et effleure ma bouche de la sienne.

— Maintenant, ajouté-je.

— Oh, eh bien, il est… (Il consulte sa montre – la Rolex Submariner en acier avec la lunette et le cadran vert Hulk – et grimace.) Sept heures du matin, donc…

Je fronce le nez.

— Quoi ?

BJ lance un coup d'œil à Henry et Romilly, avant de se tourner de nouveau vers moi.

— Eh bien, elle n'est pas encore arrivée à son cabinet…

— Je rêve ! (Je croise les bras. Cette histoire me plaît de moins en moins.) Qu'est-ce que c'est que ce médecin ?

— Elle est psychologue…

J'arque un sourcil réprobateur.

— Qui ne décroche pas son téléphone à 7 heures du matin ?

— Ouais. (BJ renifle, amusé.) Je crois qu'on appelle ça poser des limites.

Je lui lance un regard soupçonneux.

— Je crois qu'on appelle ça donner un avertissement.

21:13

Henry

Donc, Taura et le policier…

Mmm ?

Il se passe vraiment un truc ?

Je crois, oui.

Ils ont échangé des messages.

C'est OK pour toi ?

Ouais.

Ouais, bien sûr.

Un peu bizarre d'assister aux débuts…

Mais je suis content pour elle.

Super !

C'est un mec bien ?

Très bien, je crois.

Cool.

50

Magnolia

— Je n'ai pas l'impression de leur devoir quoi que ce soit, fais-je remarquer à BJ en tenant sa main entre les miennes.

— Non, je suis d'accord… Tu ne leur dois rien du tout, Parks. (Il fait la moue.) Mais à mon avis ce serait quand même bien qu'ils sachent.

— Pourquoi ?

Ma question est probablement inutile, étant donné que nous sommes déjà en route pour Holland Park pour leur parler du 3 décembre. Daniela marche derrière nous, comme d'habitude.

Nous nous sommes donné le temps de réfléchir avant de prendre cette décision. En fait, nous avons hésité pendant des mois. Mais le sujet a resurgi la semaine dernière, et nous allons les voir pour leur dire, même si je ne suis pas persuadée qu'ils méritent de le savoir. D'après BJ, il faut que je les mette au courant. Or, je m'efforce justement d'être plus accommodante – il semblerait que j'aie la réputation d'être difficile, parfois.

— Parce que tu es leur fille… (Il me jette un coup d'œil.) Et que tu as vécu ce truc énorme, et…

— Et ça ne leur a fait ni chaud ni froid, le coupé-je.

— Ils ne savaient pas. Et puis, mes parents sont au courant, et on va être amenés à en parler chez la psy…

Je lève de nouveau les yeux vers lui, légèrement paniquée à l'idée que le monde apprenne son existence. Je me demande ce que les gens diraient – ou plutôt j'imagine sans mal le soupir de soulagement collectif à l'idée que le destin lui ait épargné d'être la fille de Problème Parks et Bad Boy Ballentine.

— Ah oui ?

— Oui. Je veux dire... Je lui en ai déjà parlé de mon côté, donc...

— Oh !

Il s'arrête.

— C'est toi qui décides, Parksy. Rien ne nous y oblige... On peut se contenter de déjeuner avec eux...

— Pour rien ? (Je le dévisage, horrifiée.) Tu es fou !

Il renifle, amusé, secoue sa tête parfaite et se remet en route.

— On pourrait aussi rentrer.

— Je préfère cette idée.

— Mais si ça ne tenait qu'à moi...

Il me décoche un regard un peu arrogant que je trouve assez sexy, et difficile à ignorer, du coup. De plus, me sentant fragile en ce moment, je préfère qu'on me dise ce que je dois faire – mais gardez ça pour vous.

— ... je leur raconterais.

Je glisse ma main dans la poche de son bomber à boutons Gucci caramel imprimé équestre.

— C'est parce que tes parents sont gentils...

— Et si tu donnais aux tiens une chance de l'être ?

Je souffle par le nez et regarde droit devant moi.

— Ils vont me décevoir.

— Eh bien, on pourra aussi en parler en thérapie ! dit-il gaiement.

Ne me voyant ni rire ni sourire, il reprend plus sérieusement :

— C'est une possibilité, en effet.

Alors je lui pose la question qui tourne en boucle dans mon esprit depuis le début. Ma voix sonne curieusement bas, presque étranglée.

— Et s'ils la gâchent ?

Il me dévisage un moment sans rien dire. Il a l'air fatigué, tout d'un coup.

— Impossible.

*

C'est la première fois que nous retournons à Holland Park depuis le départ de Bushka pour Moscou.

Elle va bien, au fait. Elle nous appelle sur FaceTime presque tous les matins aux aurores.

Je parie qu'elle choisit de nous avoir au réveil parce que BJ dort en sous-vêtements et qu'elle espère se rincer l'œil. Elle m'a raconté qu'oncle Alexeï suivait de près sa consommation de vodka. Comment lui reprocher dans ces conditions de compter sur l'apparition de mon fiancé presque nu pour illuminer sa journée ?

Une fois devant chez mes parents, je sonne, même si j'ai encore la clé. À chaque visite, cette maison me fait un peu moins l'effet d'un foyer.

Un homme nous ouvre – je ne le reconnais pas, mais ça n'a rien d'étonnant : depuis que ma mère est revenue, il y a eu beaucoup de changements parmi le personnel.

J'ai fait part à Bridget de mon scepticisme face à cette curieuse tentative de nouveau départ – comme s'ils se débarrassaient du plus de témoins de la « passade » possible.

Je n'ai pas vraiment eu de nouvelles de ladite passade, d'ailleurs. Seulement le strict minimum. D'après BJ, elle a certainement besoin de temps. Je me sens néanmoins encore assez blessée.

On nous escorte jusqu'à la salle à manger, où a été servi un véritable banquet : un cochon de lait, tous les légumes possibles et imaginables, quatre sortes de salades et pas loin d'une vingtaine de petits pains différents.

BJ ouvre des yeux ronds à cette vue, et ma mère fait son entrée vêtue d'un kimono. Elle vient nous embrasser, un sourire chaleureux aux lèvres.

— Merde alors… (J'examine la table couverte de plats.) Nous dînons bien tous les quatre ?

— Oui… (Ma mère suit mon regard.) Vous croyez qu'il y aura assez ?

BJ émet un reniflement amusé.

— Assez pour tenir quinze jours, oui.

— Oh… (Ma mère balaie l'air de la main.) Je n'ai jamais eu à organiser les repas, et maintenant que Marsaili est partie…

BJ et moi échangeons un regard perplexe.

— Ça fait pourtant un certain temps que Marsaili ne travaille plus pour toi, Arrie.

— Je sais bien, soupire ma mère en s'asseyant, une expression déroutée sur le visage. Mais elle continuait de s'en occuper. Peut-être culpabilisait-elle ?

— Eh bien, réponds-je en haussant les épaules, on peut dire que ça lui a réussi, non ?

— As-tu de ses nouvelles ?

— Oui, mens-je.

Je veux qu'elle nous croie aussi proches qu'autrefois, qu'elle s'imagine que nous nous téléphonons tous les jours – en fait, j'en saurais plus en faisant une recherche sur Internet.

Je peux quand même dire qu'elle s'est réfugiée à Plockton, dans sa famille. Elle ne travaille pas – et, étant donné la prestation compensatoire qui se profile, elle n'aura plus jamais besoin de le faire.

Elle a pourtant l'intention de reprendre une activité. Précisément, elle prévoit de retourner à l'université afin d'obtenir un diplôme d'enseignement.

Bien entendu, elle ne fréquente personne, étant séparée depuis trente secondes, et même si je la mettrais volontiers dans le même sac que certains adultes complètement dérangés avec lesquels j'ai grandi, elle est la moins folle et probablement la plus saine. Apparemment, elle ne souhaite même pas rencontrer quelqu'un.

Quand j'ai dit « Pareil », elle n'a pas paru apprécier ma plaisanterie, et elle a dit : « Magnolia… »

— Elle va bien, assure BJ à ma mère.

Il est tout simplement la personne la plus merveilleuse de cette planète.

Son ton a clos la discussion, suggérant que ce n'était pas un sujet que ma mère et moi devrions aborder, tout en étant suffisamment chaleureux pour qu'Arrie ne se sente pas insultée.

Il est doué pour traverser les champs de mines que sont toutes les conversations dans ma famille.

Je suppose que c'est une bonne raison pour épouser un homme – et aussi l'amour, évidemment.

Mon père entre dans la salle à manger.

— Ah ! s'exclame-t-il en m'adressant un sourire suffisant. La voilà ! Tu es revenue crier un peu ?

Je lui lance un regard narquois.

— Eh bien, ce n'était pas le but de cette visite, mais maintenant que tu nous as rejoints, mieux vaut ne pas écarter complètement cette possibilité.

BJ me donne un petit coup de coude pour me signifier de me taire et me fait asseoir sur la chaise à côté de la sienne.

Puis il tend la main à mon père qui la serre.

— Servez-vous, dit Harley en désignant la table.

Aussitôt, un autre membre du personnel de maison inconnu apparaît avec deux bouteilles de vin. Nerveuse, je lui demande de me servir des deux.

— Alors ? Qu'est-ce qui nous vaut le plaisir ? demande ma mère, souriante.

Je prends une grande inspiration que je bloque sans m'en apercevoir.

BJ attrape ma main sous la table et prend la parole à ma place.

— On voulait vous parler de quelque chose.

Il leur adresse un sourire hésitant.

— OK, dit mon père en fronçant les sourcils.

Il repose sa fourchette sur son assiette et attend.

Je lève les yeux vers BJ et déglutis.

Il se désigne du doigt d'un air interrogateur ; je hoche la tête.

Il me sourit doucement, passe un bras autour de moi et se tourne de nouveau vers mes parents.

— OK, bon… (Il se mordille les lèvres.) Au lycée, Parks et moi…

Sa voix s'éteint quand il croise le regard de mon père, qui affiche déjà une expression réprobatrice.

— Elle est tombée enceinte, reprend BJ, avant de s'empresser de secouer la tête et de corriger : Enfin, nous deux…

L'attitude de mes parents change immédiatement.

Harley est sous le choc. Quant à ma mère… je n'arrive pas à déchiffrer son expression.

— Tu as avorté ? demande Harley.

Je secoue la tête.

Son visage se crispe tandis que son regard passe de BJ à moi, mais je le remarque à peine, car je ne quitte pas BJ des yeux.

Ce qui vient ensuite a toujours été la partie la plus douloureuse pour moi.

Parler de la vie que nous avions imaginée alors, combien tout est devenu difficile pendant si longtemps après…

— On avait un plan. On allait la garder…

— *La* garder ? intervient ma mère avec la même expression indéchiffrable.

Tristesse ? Fascination ? Les deux ? Botox ? Rien ? Je prends toutes vos suggestions.

— Ouais, dit doucement BJ. Elle.

— Qu'est-ce qui s'est passé, alors ? nous presse Harley sans ménagement.

— Nous ne savons pas…, lui dis-je. J'ai fait une fausse couche à quinze semaines.

La mâchoire de ma mère se décroche, et je parviens enfin à lire son expression. Je crois qu'elle est anéantie.

— Qui l'a su ? demande Harley en repoussant son assiette intacte.

— Seulement la mère de Christian, réponds-je.

— On peut savoir pourquoi ?

BJ passe sa langue sur ses lèvres et lui adresse un sourire prudent.

— Elle est discrète.

— D'accord. (Mon père hoche la tête.) Marsaili ?

Je me rapproche de BJ en me tortillant.

— Non.

Il y a un silence. Je suppose qu'ils s'efforcent d'assimiler tout ce qu'ils ignoraient à notre sujet, cette nouvelle information les obligeant probablement à modifier l'image qu'ils ont de nous.

Ma mère me regarde fixement pendant un long moment avant de prendre enfin la parole.

— Pourquoi n'es-tu pas venue nous trouver ?

Elle semble… blessée ?

Je secoue la tête sans comprendre.

— Pourquoi est-ce que je l'aurais fait ?

— Parce que nous sommes tes parents ! s'exclame-t-elle en se levant.

— Et donc ?

— Moi aussi, j'ai été enceinte. Moi aussi, j'ai eu peur…

— Quand ?

Je secoue la tête, exaspérée.

Elle prend une inspiration saccadée et agite vaguement la main vers moi.

— J'aurais pu t'aider…, poursuit-elle tristement avant de pousser un profond soupir.

J'ignore si c'est sur elle-même qu'elle s'apitoie, ou si elle est désolée pour nous deux.

— Eh bien… (Je hausse les épaules.) Tu étais en plein dans ta phase baronne, à l'époque, donc…

— Ne t'avise pas de la punir de ne pas avoir été là, alors que c'est toi qui n'es pas venue nous trouver… (Harley pointe le doigt vers moi.) Nous aurions pu t'aider.

— On pensait pouvoir gérer seuls, lui répond fermement BJ.

— Ah ouais ? (Mon père recule la tête.) On dirait que ça n'a pas été concluant…

Plutôt cruel, vous ne trouvez pas ? Étant donné ce qui s'est passé.

En fait, je me demande si mon père n'est pas tout simplement un homme cruel en général.

BJ ne dit rien. Il se contente de regarder fixement Harley, peut-être sous le coup de la même révélation que moi. On peut porter bien des casquettes, avoir bien des qualités, mais rien ne vous détruira aussi vite que l'orgueil.

Harley arque un sourcil impatient.

— Tu vas rester assis là sans rien dire après m'avoir annoncé que tu as mis ma gamine en cloque… ?

— Qu'est-ce que tu voudrais que je te dise, Harley ? (BJ le regarde, imperturbable.) C'était il y a dix ans…

— Cannes, dit soudain ma mère.

Je cligne des yeux.

— Oui.

— Tu pleurais tellement…

Le soir où BJ et moi sommes rentrés après avoir disparu plusieurs jours… à Cannes, vous vous souvenez ? Mes parents étaient furieux. J'ai pleuré pendant des heures… Ils ont été obligés de l'appeler.

— Oui.

Ma mère me regarde et secoue imperceptiblement la tête.

— Magnolia, je suis tellement désolée.

BJ s'éclaircit la voix et lui sourit.

— Tous les ans, on va à Dartmouth…

— Ah ? Pourquoi ?

— Eh bien… (Je fronce légèrement les sourcils.) Elle n'est pas enterrée là-bas, puisque… nous n'avons pas… C'est arrivé très vite…

— Après l'intervention…

— L'intervention ? répète mon père en fronçant les sourcils.

— Quinze semaines, répète BJ.

— Elle a dû avoir besoin d'un curetage, lui explique ma mère.

— Après, on est juste partis, reprend BJ, et je vois combien il lui coûte de le dire. (J'ai toujours regretté cette partie.) On a posé une pierre au pied d'un arbre dans le jardin.

— Quel arbre ? demande Harley.

— Celui près du lac, lui dit ma mère en nous regardant. Je l'ai vue.

Je hoche la tête.

— Pourquoi ? demande-t-elle.

J'émets quelques « hum » sans parvenir à me décider, et BJ grimace.

Je jette un coup d'œil à Harley.

— La réponse ne va pas te plaire.

— Essaie quand même.

— C'est là qu'elle a été… conçue.

BJ réprime un sourire.

Harley hoche la tête. Il ne saute pas de joie, c'est certain, mais curieusement il ne fait pas de remarque désagréable.

Je cherche son regard, tente de lui faire comprendre combien ce lieu est important pour moi, sacré, même. Mais il ne saisit pas, il ne m'entend pas… Le contraire m'aurait étonnée. Nous ne savons pas nous parler, même avec des mots. Je détourne donc les yeux et regarde ma mère à la place.

— C'est le seul endroit où nous pouvons nous recueillir.

— Elle est morte le 3 décembre. (BJ passe son bras autour de moi.) Papa et maman nous accompagnent, cette année. On aimerait beaucoup que vous veniez aussi.

— « On aimerait beaucoup »… (J'incline la tête.) C'est un peu exagéré, mais…

Ma mère m'interrompt.

— Nous y serons.

51

BJ

La discussion avec ses parents s'est mieux passée que prévu, mais ça n'a pas empêché Parks d'être assez nerveuse pendant plusieurs jours ensuite.

Elle n'est jamais allée consulter un psy de sa vie – je sais, putain, c'est dingue, mais après tout moi non plus avant de commencer avec Claire.

À Varley, il y avait bien sûr une psychologue scolaire. Une femme très bien, assez ouverte et perspicace. C'est elle qui a suivi Magnolia au fil des années. Dans le cadre du programme externe de Bloxham House, Parks devait régulièrement faire le point avec elle. Magnolia l'aimait bien. Moi aussi. Elle était vraiment sympathique. Le seul truc, comme on l'a appris à nos dépens, c'est qu'elle était accro aux jeux d'argent.

Elle a fini par divulguer à des magazines people la baisse des résultats de Magnolia, certaines aventures extraconjugales de Harley et le fait qu'on couchait ensemble.

Évidemment, après ça, Magnolia n'a plus jamais voulu entendre parler d'aller voir un psy. Ce qui peut se comprendre.

Elle était tellement stressée la veille au soir de notre première séance que je lui ai mis d'office un comprimé de mélatonine dans la bouche et lui ai dit d'avaler. Après ça, elle n'a pas fait long feu. Elle a dormi sept heures à peu près, un record, en ce moment.

Ce matin, je tourne l'urne du côté du smiley souriant pour lui donner du courage, comme Bridget le faisait avec nous.

Mais quand je sors de la douche, le smiley fait de nouveau la tronche.

Elle me pince distraitement le doigt pendant tout le trajet en voiture jusqu'au cabinet à Belgravia. Ce n'est pas trop long, vingt minutes environ. Daniela est au volant. C'est une excellente conductrice, soit dit en passant. Rapide, sûre, d'une efficacité étonnante, presque déroutante, même dans les bouchons.

Quand nous arrivons, Magnolia se précipite à l'intérieur, chaussée de ses lunettes de soleil et coiffée d'un foulard.

Sans un mot pour la réceptionniste, elle va directement s'asseoir dans un fauteuil loin des fenêtres.

— Ballentine, pour la docteur Ness, dis-je à la femme à l'accueil, même si elle sait qui je suis – qui nous sommes, je suppose.

D'abord, parce que ce doit être la millième fois que je viens. Ensuite, parce qu'elle appartient à la tranche d'âge et à la catégorie de personnes qui s'intéressent aux gens comme nous. Ou juste à nous.

En tout cas, elle ne m'a jamais fait me sentir mal à l'aise, et mes visites au cabinet n'ont jamais fuité dans les médias.

Je vais m'asseoir près de Parks, qui se mordille nerveusement les ongles tout en scrollant sur son téléphone sans prêter la moindre attention à ce qui défile sur l'écran.

Je l'embrasse sur la joue, et elle lève les yeux vers moi, me décoche un bref sourire avant de commencer à taper du pied comme une folle. Elle n'a pas pris son Vyvanse ce matin. Je le sais parce que ça la rend super bavarde.

La porte du cabinet s'ouvre, et Claire apparaît sur le seuil.

— BJ, Magnolia… (Elle nous sourit avec chaleur.) Je vous en prie, entrez.

Je me lève, offre ma main à Parks – qui s'en saisit – et la guide à l'intérieur.

Claire ferme la porte derrière nous. Je prends place sur le canapé. Parks s'assied (ridiculement) près de moi.

Elle lorgne la psychologue comme vous pourriez le faire d'un extraterrestre qui s'apprête à vous soumettre à un interrogatoire.

—Magnolia, commence Claire. C'est un plaisir de faire enfin votre connaissance. Je suis Claire Ness.

—Bonjour, dit rapidement Magnolia en lui adressant un sourire fugace.

—BJ. (Claire me regarde.) Heureuse de vous voir. Comment allez-vous ?

—Pas mal. Je veux dire, mis à part les derniers bobards du *Daily Mail*.

Elle hoche vivement la tête.

—Oh, terrible. Je suis vraiment désolée. Mais tout va bien maintenant, n'est-ce pas ?

Elle tourne son regard vers Parks, qui lève les yeux vers moi sans répondre.

Je lâche un éclat de rire et hoche la tête.

—On y travaille.

—Bien. (Claire s'adosse à son fauteuil, satisfaite.) Et comment s'est passée votre matinée ?

—Bien, ouais…

Je hausse les épaules, jette un coup d'œil à Parks pour lui laisser la parole si elle le souhaite.

Mais non.

Je m'éclaircis la voix.

—On a bu un café au lit, j'ai lu un peu, elle a bossé un peu, et puis on s'est mis en route pour ici.

—Vous êtes venus à pied ? demande-t-elle.

—En voiture.

Magnolia me lance un regard en coin.

—Vous êtes venus en voiture.

Claire adresse un sourire chaleureux à Magnolia qui la regarde fixement sans le lui rendre.

—Oui ? finit-elle par lâcher, clairement sur la défensive.

Claire incline la tête délicatement.

— BJ m'a dit que vous n'aimiez pas vous déplacer en voiture.

Magnolia la regarde fixement un moment.

— Vous aimeriez ça, vous, si vous aviez été percutée par une voiture sur Vauxhall Bridge ?

— Non, concède la psychologue. Je suppose que non.

Parks croise les bras et s'écarte un peu de moi, contrariée.

— Marcher, c'est bon pour la santé, de toute façon, décrète Magnolia sans s'adresser à personne en particulier.

Claire approuve d'un hochement de tête.

— La santé est-elle importante pour vous ?

Parks me jette de nouveau un coup d'œil, nerveuse. Je lui décoche un sourire rapide et, d'un clignement de paupières, lui indique que tout ira bien et que je suis là.

— Je suppose, finit-elle par répondre en haussant les épaules avec détachement.

— Comment cela se traduit-il dans votre quotidien ?

Parks lève les yeux au ciel, comme si la question était stupide.

— Je ne sais pas... Je bois beaucoup d'eau, prends des tonnes de vitamines, je fais de l'exercice presque tous les jours...

— Vous mangez bien..., affirme Claire, mais d'un ton interrogateur.

Parks n'apprécie pas. Elle n'est pas idiote. Elle me fusille du regard.

— Si je comprends bien, tu viens ici pour te plaindre de moi...

— Je parle de toi, rectifié-je avant de hocher la tête. Parfois, ouais. Tu as été ma « raison d'être » pendant longtemps.

Son regard s'adoucit.

— Il s'est fait du souci pour vous, explique Claire.

— Je vais bien.

— Tu ne vas pas bien, objecté-je prudemment.

Magnolia lève de nouveau les yeux au ciel et s'écarte encore un peu de moi. Je ne sais pas si elle s'en rend compte.

— Magnolia... (Claire se penche en avant.) Vous avez traversé un nombre effroyable d'épreuves pour quelqu'un d'aussi jeune.

— Je ne suis pas si jeune…

Magnolia fusille Claire du regard. Je comprends alors que la route sera longue. Si elle prend la mouche parce qu'on lui dit qu'elle est jeune, putain, on n'est pas rendus.

— Je ne suis ni trop jeune ni pas assez, assène-t-elle d'un ton suffisant.

En vraie pro, Claire poursuit sans se laisser démonter.

— Vous avez eu une vie compliquée… Je suis seulement là pour vous aider à entreprendre ce courageux voyage et à assimiler tout ça.

Magnolia s'adosse au canapé, croise les bras et foudroie la psychologue du regard.

— Il y a vraiment des gens à qui ce genre de discours fait de l'effet ?

Un éclat amusé brille un instant dans les pupilles de Claire.

— Oui…

Parks lève les yeux au ciel et saute sur ses pieds.

— Eh bien, alors bonne chance ! Vous êtes une idiote. (Elle se tourne vers moi.) Allons-y !

Je la retiens par le poignet.

— Parks…

— BJ, j'ai essayé ! gémit-elle. Je déteste ça, elle est folle…

— Pourquoi ? (Je grimace.) Elle n'a pas vraiment dit grand-chose, encore…

— Alors pourquoi est-ce qu'on la paie ? proteste-t-elle, exaspérée – elle se rattrape à n'importe quelle branche pour ne pas avoir à déballer sa merde. Franchement, c'est jeter de l'argent par les fenêtres…

Je lâche un reniflement amusé.

— Une fois, je t'ai vue essuyer du vin renversé sur une table avec un billet de 500 livres.

Elle fronce le nez et se tourne vers Claire.

— Je n'avais pas de serviette.

— Parks… (Je lui lance un regard appuyé.) Tu étais d'accord. Tu dois essayer, au moins.

— OK, d'accord… Mais on ira voir quelqu'un d'autre qui…

— BJ est venu me voir parce que votre sœur me l'a adressé, intervient Claire.

Magnolia se fige.

— Quoi ?

La docteur Ness lui sourit avec bienveillance.

— Bridget était une de mes étudiantes. Je dirige le département de psychologie de l'Imperial College.

— Oh!

Magnolia se rassied, pose ses mains sur ses cuisses.

— Bridget m'avait prévenue qu'elle allait m'envoyer l'ex de sa sœur et qu'il était – je la cite – « vraiment stupide, mais assez génial ».

Le visage de ma fiancée se fend d'un sourire comme je ne lui en ai pas vu depuis le mois de mai.

Elle reste un moment à l'ombre des mots de sa sœur, puis se tourne vers moi.

— Tu savais ?

— Je m'en suis douté. (Je lui souris.) J'ai trouvé dans ma boîte aux lettres un bon pour dix séances de thérapie, accompagné d'une lettre vaguement menaçante…

Elle fronce les sourcils, intéressée.

— Qu'est-ce qu'elle disait ?

— Je préfère que ça reste entre moi et ta sœur vaguement menaçante.

Parks plisse les yeux, mais elle paraît ragaillardie.

— Je suis là pour aider, dit Claire.

Parks lui lance un regard soupçonneux.

— Et vendre mes secrets au *Sun*…

Claire hoche une fois la tête.

— BJ a mentionné que vous aviez eu une mauvaise expérience au lycée…

Magnolia m'adresse un regard plein de reproche.

— Il semblerait que BJ mentionne beaucoup de choses.

— BJ comprend l'intérêt d'une analyse, rétorqué-je.

Elle me tire la langue, mais ça n'a rien de malicieux. Je devine qu'elle est contrariée, qu'elle m'en veut même un peu, mais ne sait pas comme l'exprimer autrement dans ce contexte, ce qui me fait rire, même si, bien entendu, j'aurais mieux fait de m'abstenir.

— Et donc à quel point exactement connaissiez-vous ma sœur… ? demande Magnolia d'une voix forte pour me faire taire.

— Bridget comptait parmi les étudiants les plus brillants auxquels j'ai eu le plaisir d'enseigner, répond Claire.

— Vous n'alliez pas me dire le contraire…, réplique Parks en lui lançant un regard en coin.

— C'était une bûcheuse infatigable.

Magnolia hausse les épaules.

— Je sais.

Claire hoche la tête, pense à Bridget.

— Une jeune femme d'une grande sagesse, vraiment…

— C'est de famille, glisse Parks avec un petit sourire.

— Pas du tout ! protesté-je.

Énième regard noir de ma fiancée aujourd'hui.

Magnolia prend une inspiration et se tourne vers Claire.

— Est-ce qu'elle parlait beaucoup de moi ?

Claire réfléchit à sa question et sourit.

— Elle se montrait très protectrice. De temps à autre, quelqu'un dans la classe essayait de lui soutirer des informations sur vous, lui posait des questions ou faisait des commentaires. Elle ne mordait jamais à l'hameçon… (Elle secoue la tête.) Elle savait vous protéger.

— Je sais, dit Magnolia en contemplant ses ongles.

— Cependant, elle parlait avec beaucoup d'autorité des liens traumatiques…, ajoute Claire, ce qui me fait éclater de rire.

Parks aussi.

C'est un rire étrange chez elle comme chez moi, en fait. Quelque part entre sincèrement amusé et absolument anéanti.

Ses yeux se remplissent de larmes, qu'elle s'empresse d'essuyer en adressant un bref sourire d'excuse à Claire pour ce débordement d'émotion.

Je passe un bras autour d'elle.

— Tu vois, Parksy. Nous sommes entre de bonnes mains. (Je l'embrasse sur la joue.) Une psy choisie par Bridget en personne.

17:54

Taura

Comment ça s'est passé avec la psy ?

Bien.

Ah ouais ??

Tu as aimé ?

Bien sûr que non.

Je ne suis pas folle.

Ouais, enfin…

Chut !

Quand est-ce que vous vous retrouvez ?

Ce soir.

🤩🍀🌸🦃✨✨🌈🎇🎆🍆

Appelle-moi tout de suite après.

Qu'est-ce que tu vas mettre ?

Je ne sais pas encore.

Tu plaisantes, bien entendu ?

😬

J'arrive.

Tu veux que je t'habille ?

Non, BJ.

Quoi ?

Bien sûr que je veux que tu m'habilles, abrutie !

Oh !

Merde, Taura,
tu aurais dû me donner le temps de me préparer.

Qu'est-ce que ça aurait changé ?

J'aurais sélectionné des pièces.

J'aurais fait un moodboard.

Et créé une palette de couleurs.

Tu m'en avais fait une, en seconde,
parce que j'avais mis de l'eye-liner bleu
et tu m'avais dit que tu trouvais ça choquant.

On n'était même pas amies.

Je ne sais pas. Vu que je suis la seule à t'avoir dit
que c'était fatal pour ton teint,
j'étais peut-être ta seule amie, en fait.

Je suis là dans un quart d'heure.

OK, d'accord.

Tu es maquillée, au moins ?

Espèce de sauvage !

52

Magnolia

Le 3 décembre arrive, et, pour la première fois depuis notre premier 3 décembre, je ne me sens pas complètement anéantie. Curieux, non ?

Ça reste une journée atroce. Comme tous les ans, je me réveille en silence. BJ me tient la main plus longtemps qu'il ne le ferait un dimanche ordinaire, et nous parlons moins que nous le ferions pendant un trajet en voiture de quatre heures ordinaire. Mais il me semble que mon impression est différente aujourd'hui parce que le poids de cette journée est réparti entre nous et plusieurs de nos proches.

Remonter le temps et analyser tous les 3 décembre passés pour me demander ce qui aurait été différent si nous nous étions confiés à nos familles à l'époque n'a pas grande utilité. Si nous avions craqué ce soir-là, celui où j'ai tellement pleuré que Bridget a dû appeler BJ, si, au lieu de supporter ce fardeau seuls, nous leur avions raconté ce que nous avions perdu, ce qui nous était arrivé, ce qui aurait pu advenir…

Est-ce qu'ils nous auraient envoyés voir un psy ? BJ aurait-il pu affronter ce que lui avait fait cette horrible fille, de sorte que, quand il l'aurait revue à cette soirée fatidique où je n'étais pas, rien ne serait arrivé ? Est-ce que nous aurions simplement vécu heureux, etc., nous épargnant toutes les épreuves que nous avons traversées, toute cette souffrance ? Ou bien est-ce que surmonter ces obstacles était nécessaire pour arriver là où nous en sommes aujourd'hui ?

Sérieusement, il ne sert pas à grand-chose d'y penser. Mais je me le demande quand même, tandis que nous roulons sur la M5 et que BJ écoute et chante toutes ses chansons de Billie Holiday préférées.

Parmi nos parents ou figures parentales désormais au courant de ce qui s'est passé, Lily est celle qui en a été le plus affectée – ce qui ne m'a pas spécialement étonnée. Lily et Marsaili, en fait, mais Marsaili a réagi différemment.

Quand je le lui ai raconté, elle m'a dit qu'elle avait l'impression de m'avoir abandonnée.

Elle était consternée que j'aie vécu cette épreuve toute seule, ce qui m'a énervée puisque je ne l'ai pas traversée seule, j'étais avec BJ.

D'après elle, je ne me serais jamais retrouvée enceinte si elle avait été plus attentive – si elle n'avait pas été aussi occupée à faire des plans pour retrouver mon père en douce… Je lui ai fait remarquer que même si tout cela était incroyablement douloureux, je ne changerais le passé pour rien au monde. Sauf la partie où nous la perdons.

Elle a décliné mon invitation à se joindre à nous aujourd'hui, ne se sentant pas la force d'affronter mes parents.

Bushka est venue de Moscou. Henry et Romilly sont en route.

BJ gare la voiture devant la maison de Dartmouth. Je n'en suis qu'à moitié sortie quand Lily me saute dessus pour me serrer dans ses bras, manquant de me renverser.

Elle vient très souvent depuis qu'elle sait. À tel point que nous plaisantons désormais sur son éventuelle liaison avec M. Gibbs – ça nous amuse, parce qu'il doit avoir mille ans –, mais surtout Hamish et elle se sont mis en quête d'une propriété dans les environs. Quand je lui ai suggéré qu'ils déménagent, elle a objecté : « Comment pourrais-je quitter Londres, quand c'est là que sont tous mes bébés ? » Ce à quoi Henry a répondu : « Ouais, sauf que tes bébés ne sont plus des bébés », et Lily a conclu : « Aujourd'hui, c'est ton frère le chouchou. »

*

— Maman…

BJ lève les yeux au ciel en détachant sa mère de moi, si bien qu'elle se jette plus ou moins dans ses bras à la place, juste un instant, avant de poser ses mains sur nos joues, une expression tendre et triste sur le visage.

Elle a organisé un déjeuner dans la serre à côté de l'arbre. Quand nous nous mettons en marche, je vois depuis le chemin qu'elle l'a merveilleusement décorée et qu'il y a bien trop à manger pour neuf. Dix, avec M. Gibbs, à qui Lily répète qu'il doit absolument se joindre à nous. J'espère qu'il le fera. Il s'est montré si bon avec BJ et moi, et toujours avec la discrétion et la délicatesse qui le caractérisent.

Mes parents, bien sûr, arrivent bons derniers.

— On a raté la sortie, explique Harley avec un sourire d'excuse.

Henry se penche vers moi et me glisse :

— C'est comme ça qu'on dit, maintenant ?

— Magnolia, ma chérie. (Ma mère me serre dans ses bras, étonnamment émue. Ses yeux effleurent ma tenue.) J'adore ! Zimmermann ?

— Saint Laurent. (La minirobe en crêpe dos nu à pois noir et blanc.) Et le manteau 101801.

En noir, bien sûr. Elle hoche la tête d'un air approbateur avant de se jeter au cou de BJ.

Il me regarde longuement avant de m'adresser un clin d'œil et de passer un bras autour de ma mère pour l'entraîner vers l'arbre.

Mon pas se règle accidentellement sur celui de mon père, et ni lui ni moi ne prononçons un mot pendant une bonne minute.

— Est-ce que ça va ? me demande-t-il sur un drôle de ton et un peu sans crier gare.

— Quoi ? (Je le regarde.) Pourquoi ?

Il fronce les sourcils.

— Oh… (Je secoue la tête pour moi-même.) À cause d'aujourd'hui ?

Clairement mal à l'aise, il acquiesce et hausse les épaules en même temps – la paternité, c'est vraiment son truc. Je lui adresse un sourire rapide.

— Oui, ça va, lui dis-je en luttant contre l'envie de détaler retrouver Henry.

J'aimerais tant. Mon ami ne me demanderait pas si ça va. Il se contenterait de me prendre la main au cas où ça n'irait pas. Mais je ne file pas me réfugier auprès de Henry, je marche à côté de mon père, dans une sorte de silence étrange et un peu pathétique.

Le jardin n'a jamais été aussi charmant, plein de vie en cette journée de fin d'automne, et vibrant de tons pastel. BJ a demandé à M. Gibbs d'installer deux ruches autour de l'arbre, et bien qu'il fasse trop froid en cette saison pour qu'aucune abeille soit sortie, leur simple vue, là, sous notre arbre, me semble incroyablement poétique.

BJ dépose des magnolias sur la nouvelle pierre portant son nom, posée à côté de l'ancienne – qui reste ma préférée, parce que c'est la nôtre et que nous n'avons eu qu'elle pendant tout ce temps.

Pourtant, j'éprouve un certain réconfort à la vue de son nom. Je ne l'avais jamais vu écrit complètement. Billie Ballentine.

Romilly y dépose des hortensias et des roses Pink Mayra parce que ce sont mes favorites, puis Hamish pose une chevalière Ballentine sur la pierre, ce qui fait pleurer Lily. BJ va la prendre dans ses bras.

Je sens ma gorge se nouer, mais je ne veux pas pleurer devant les autres. C'est à cet instant que je m'aperçois que, même si c'est adorable et qu'ils nous démontrent tous leur soutien par leur présence, je ne suis pas sûre d'être à l'aise.

Je crois que, en ce qui concerne mon chagrin vis-à-vis de Billie, je souffre du syndrome de l'imposteur. C'est quelque chose dont je ne m'étais jamais préoccupée jusqu'ici, quand personne ne savait, quand je pouvais porter sa perte dans mon cœur en silence, seule. Maintenant qu'elle existe hors de mon cœur, je prends conscience de ce à quoi doit ressembler mon chagrin de l'extérieur.

Pendant nos années de séparation, cette journée a été l'unique moment d'intimité que BJ et moi avons réussi à maintenir entre nous. Je sens mon cœur se serrer un peu d'être ici maintenant, et que ce ne soit pas juste lui et moi comme autrefois. Je me demande s'il ressent la même chose. Alors je croise son regard. Il me considère un moment sans rien dire, son bras toujours autour de sa mère… Nos yeux ne se quittent pas, et il m'adresse un sourire plein de tendresse mêlée à notre tristesse ancienne et à notre espoir tout neuf.

« Ça va ? », me demande-t-il sans me le demander.

« Je ne sais pas », lui réponds-je sans répondre.

Il embrasse sa mère sur la joue avant de me rejoindre pour passer ses bras autour de ma taille et m'attirer contre lui.

Il s'enroule autour de moi de cette façon que je ne cesserai jamais d'aimer – il m'enveloppe complètement, ce qui n'est possible, j'en suis certaine, que quand vos corps ont grandi ensemble comme les nôtres. Je ne vois plus que lui. Il incline imperceptiblement la tête sans un mot. M'offre cette parenthèse d'intimité qui me réconcilie avec la présence des autres.

Nous restons comme ça un long moment. Personne ne dit rien, personne ne bouge un muscle. C'est juste lui et moi. Nous n'échangeons aucune parole mais partageons tout, pleurant cet être minuscule que nous avons à peine eu et la vie que nous projetions de lui donner. Ses yeux se voilent comme ils le font toujours en cette journée – les miens aussi, mais je crois que je pleure presque tous les jours, ces derniers temps, alors ça ne veut peut-être rien dire.

Il m'adresse un sourire qui me dit qu'il m'aime mais que nous devrions peut-être rejoindre les autres, et je fronce un peu le visage parce que ça me contrarie.

Il renifle, amusé, puis bouge de façon à me tourner face aux autres.

Il pose son menton sur mon crâne. Hamish nous regarde.

— Vous voulez dire quelque chose ?

BJ secoue la tête.

— Non.

Je pense que parfois les gens oublient que « douleur indicible » n'est pas seulement une expression, mais aussi une vérité que nous avons portée au fond de nous de longues années.

Hamish hoche la tête à l'intention de son fils, puis regarde Lily.

— Le jardin est magnifique, ma chérie.

— C'est vrai, Lily, lui dis-je. Merci.

BJ approuve d'un signe de tête.

Elle nous sourit.

BJ se met en route vers la serre sans me lâcher.

— Maman, est-ce que tu veux que je te donne la liste de tous les endroits de la propriété où nous avons fait des galipettes, pour que tu y dresses des arches fleuries ?

— Non, grogne Harley en secouant la tête.

Il marche en tenant la main de ma mère.

— Chut, mon chéri, lui dit Lily. Tu n'as jamais eu de rapports sexuels de ta vie.

BJ plisse les yeux.

— Et comment est-ce que tu expliques les circonstances qui nous ont réunis ici ?

— D'accord, concède Lily en levant les yeux au ciel. D'accord, mais juste cette fois-là.

— Tu ne les as pas surpris, une fois ? s'en mêle Henry.

— À deux reprises, ajoute Hamish. La neige… Tu te rappelles ?

— Non… (Elle secoue la tête.) Ce n'est pas arrivé.

— Et puis pendant le gala…, insiste Henry.

Romilly me regarde en ouvrant de grands yeux.

— Vous vous êtes envoyés en l'air à un gala ?!

— Avant le gala…, précisé-je. Enfin, presque…

Romilly plisse les yeux, intriguée.

— Vous vous êtes presque envoyés en l'air, ou on vous a presque surpris ?

Mon père lève les yeux au ciel.

— Quelle importance ?

— Eh bien, si c'est la première option…, commence Romilly. Henry l'interrompt.

— C'est le cas.

— Oh… (Elle me décoche un regard, les sourcils arqués, alors que nous entrons dans la serre.) Explique-moi comment vous pouviez être presque en train de vous envoyer en l'air…

— Eh bien…, dis-je en m'asseyant – notre adorable Lilian a même fait un plan de table. Je n'arrive pas à me rappeler s'il était déjà en moi ou pas…

— STOP ! lance mon père très haut et très clair, avant de sortir son téléphone et de s'éloigner pour prendre un appel.

— Beau travail, BJ ! (Henry tambourine des mains sur les épaules de son frère aîné.) C'est ce qu'on appelle faire une forte impression…

BJ le repousse avant de me jeter un regard plein de reproches en prenant place en face de moi.

— Tu t'en souviendrais…

— Mais ce n'est jamais arrivé, mon chéri, lui rappelle Lily. Alors tout va bien.

Lily a fait appel à *The Hampstead Kitchen* pour le déjeuner, et honnêtement, tout a l'air délicieux. Cette table champêtre, verdoyante, débordante de nourriture, semble parfaitement à sa place dans la serre.

J'ai l'intention de m'en tenir à quelques crudités et une sauce, mais, surprenant le regard de Hamish sur mon assiette et ne souhaitant pas qu'il se pose des questions, je me sers un peu de poulet et de salade de figues.

Au bout de quelques minutes, Harley revient parmi nous, un grand sourire aux lèvres.

— Excellentes nouvelles…, annonce-t-il en nous regardant, ma mère et moi. Elle ne veut rien négocier…

— Vraiment ? (Ma mère le regarde en clignant des yeux.) Elle accepte toutes les conditions ?

— Toutes.

Mon père hoche la tête, satisfait. Tellement, en fait, qu'il me décoche un sourire ravi, comme si nous étions de mèche.

Ma mère fronce les sourcils.

— Comme c'est curieux !

Mon père hausse les épaules et s'assied près de BJ.

— Une bonne chose de faite.

Et je n'avais pas l'intention de réagir, mais un tout petit rire moqueur m'échappe. Pendant une fraction de seconde, j'espère qu'il ne l'a pas entendu, mais si.

Les yeux de Harley se posent sur moi.

— Quoi ?

— Rien.

Je secoue la tête, ne tenant pas à provoquer un esclandre devant Lily et Hamish.

Ma famille a quelque chose d'un peu pathétique, en comparaison avec celle de Lily et Hamish, si parfaite et si unie. Et je sais qu'ils connaissent très bien mes parents, qu'ils les ont vus dans presque tous leurs états, mais parfois, au fond, j'ai peur qu'ils ne découvrent comment mes parents et moi sommes capables de nous comporter les uns envers les autres, ou que Hamish n'apprenne ce que mon père pense vraiment de moi, et qu'alors ils ne me jugent soudain un peu moins digne de leur fils.

— Vas-y, ça m'intéresse..., insiste Harley, sourcils arqués.

Le regard de BJ passe de mon père à moi, déconcerté.

— Je n'ai rien dit, réponds-je avec un sourire apaisant.

— Mon cul ! (Le silence s'abat sur la tablée – Lily, Bushka, M. Gibbs... et autour les serveurs, et même les canards dans la mare.) Que signifiait ce ricanement ?

Je le foudroie du regard.

— Oh, je trouve simplement merveilleux que tu aies entubé une autre femme... Vraiment formidable.

Harley recule la tête.

— Putain, mais c'est quoi, ton problème ?

— Pardon ?

Je le fixe en clignant des yeux.

— Peut-être devrions-nous prendre un moment pour respirer, suggère Lily d'une voix enjouée – mais ses yeux sont ronds d'inquiétude. C'est un grand jour, beaucoup d'émo…

Du doigt, mon père lui intime de se taire.

— Lily…

BJ serre les poings, Henry contracte la mâchoire et Hamish se redresse légèrement. Ce sont vraiment des hommes bien, vous ne pensez pas ?

— Tous les jours…, articule lentement Harley. Tous les jours, il y a un truc qui ne va pas, putain ! Avec toi, c'est une prise de tête après l'autre… Alors, qu'est-ce qui se passe, cette fois ? demande-t-il, exaspéré. C'est quoi ton problème, maintenant ?

— C'est toi, mon problème ! m'écrié-je soudain.

— Parks…, dit doucement BJ.

Mais le moment de l'affabilité de façade est terminé. Harley est debout à présent.

— Moi ? beugle-t-il. Je t'ai tout donné ! Tout ce que tu me demandais…

Je saute sur mes pieds et le foudroie du regard.

— Sauf l'unique chose que j'ai jamais vraiment voulue de toi !

Il arque un sourcil.

— À savoir ?

— TOI ! hurlé-je, si fort que l'écho de mon cri se répercute dans l'air autour de nous, jusque sous la terre et dans les feuilles des arbres de toute la propriété.

Choqué, il recule.

— Tout ce que je voulais, c'était toi… !

Mon père lâche un petit ricanement, secoue la tête.

— Tu parles !

— C'est la vérité… Toute ma vie, j'ai cherché ton approbation ! Ça m'a définie ! J'aurais fait n'importe quoi pour attirer ton attention ! N'importe quoi… (Je le regarde en clignant des paupières pour chasser les stupides larmes que j'ai refoulées toute la journée pour pouvoir les verser une fois seule avec BJ.) Tous les week-ends, je t'attendais pour pouvoir dîner avec toi, et tu ne rentrais jamais.

Harley lève les yeux au ciel.

— À l'époque du lycée, tu passais tous tes putains de week-ends avec lui… (Il désigne BJ d'un geste.) Pour ce qui est de dîner… De qui tu te moques… (Il renifle.) Avec tes troubles du comportement alimentaire…

Autour de la table, tout le monde réprime une exclamation stupéfaite, voire horrifiée, à l'exception de ma mère, peut-être, qui reste assise sans mot dire, les yeux baissés vers ses mains sagement posées sur ses cuisses.

— Te nourrir en compagnie de ton père ne faisait pas exactement partie de tes priorités, Magnolia.

Il ponctue sa phrase d'un petit rire, dans une vaine tentative de briser la tension.

Je secoue la tête.

— Si, je t'assure. Mais ça ne l'était pas pour toi.

Il lève dédaigneusement les yeux au ciel.

Je le dévisage en fronçant les sourcils, et puis je pousse un soupir que j'ai peut-être retenu toute ma vie.

— Je crois que tu es tout simplement un très mauvais père, dis-je enfin.

Cette déclaration semble aspirer tout l'air de la pièce. Un silence pesant s'abat dans la verrière. Tout le monde ici sait très bien que je me suis débattue avec cette réalité pendant des années, incapable de trouver le courage de l'affronter, mais jamais suffisamment aimée non plus pour pouvoir lâcher prise.

Il me semble que ma remarque a résonné bizarrement. Mon ton ne traduisait guère d'émotion – ou pas d'émotion du tout ? Comme si je m'étais contentée d'énoncer un fait.

— En quoi suis-je un mauvais père ? me demande Harley d'une voix blanche.

— Harley…, intervient ma mère en levant les yeux vers lui.

Sans la regarder – son regard reste braqué sur moi (je crois que, de toute ma vie, je n'avais jamais autant capté son attention) –, il adresse à Arrie un imperceptible signe de tête.

— Voyons. (Je joins les mains dans un claquement et sens les autres nous regarder avec un mélange de fascination et de terreur. Tous attendaient – redoutaient, plutôt – cette confrontation depuis des années.) Inversons la question, OK ? proposé-je en lui souriant poliment. Et si tu me disais en quoi tu es un bon père ?

J'arque les sourcils et attends.

Il lève les yeux au ciel, agacé et vexé.

— Je t'ai offert tout ce dont tu avais besoin et tout ce que tu as jamais voulu…

— Pas tout, le coupé-je.

— Ah non ? (Il incline la tête.) Explique-moi de quoi tu as manqué…

— D'un père.

Ça le désarçonne un moment, je le vois bien. Il cligne plusieurs fois des yeux, puis lâche un petit rire creux.

— Magnolia, tu es tellement…

— Et tu sais quoi ? le coupé-je encore. Là tout de suite… tu avais une carte tellement facile à jouer que c'en est douloureux… Tellement évidente pour tout le monde, si seulement ça avait été ne serait-ce qu'en partie vrai…

Harley arque les sourcils et attend.

— Tu aurais pu me dire que tu m'aimes.

BJ gigote sur sa chaise. Je ne le regarde pas, mais je sens ses yeux sur moi. Il est triste. Inquiet.

Harley lève de nouveau les yeux au ciel.

— Magnolia…

Je secoue la tête.

— Juste là, maintenant, il ne t'a même pas traversé l'esprit de me le dire.

Il pousse sa lèvre supérieure de sa langue, l'air contrarié.

— Bien sûr que… (Il renifle, comme s'il trouvait tout cela ridicule.) Bien sûr que je t'aime.

Il hausse les épaules, et je ne peux m'empêcher de lever les yeux au ciel, ce qui ne fait qu'accroître sa colère.

— Il y a bien d'autres façons d'aimer quelqu'un que de le répéter toutes les deux minutes, putain ! (Il tend son doigt vers moi.) Grâce à moi, tu as une très belle vie…

— Tu peux la reprendre, lui dis-je en haussant rapidement les épaules. Je n'en veux plus.

— Oh, OK. Donc je te reprends tout mon argent ? demande-t-il sur un ton de défi.

Je le foudroie du regard. L'atmosphère est incroyablement tendue… Lily serre son verre à vin si fort que j'ai peur qu'il ne se brise et la blesse.

— Je n'ai pas besoin de ton argent, répliqué-je en pointant le menton en avant. J'ai le mien.

— Ouais, se moque Harley. Et d'où tu le sors ?

— De mes grands-parents, rétorqué-je en levant les yeux au ciel. Exactement comme toi…

— Je me suis fait tout seul, gronde-t-il comme un avertissement.

— Pas du tout…, protesté-je avec désinvolture. On ne t'a jamais fait de faveur, c'est tout…

Il contracte la mâchoire et me lance un regard noir.

— Tu n'as toujours été qu'une sale petite ingrate…

BJ se lève, se tourne face à mon père et lui touche doucement l'épaule.

— Ceci est un avertissement.

— Toujours…, continue Harley sans me quitter des yeux, pas même pour signifier à BJ qu'il l'a entendu. Au moins, Bridget était reconnaissante. Elle avait la tête sur les épaules et les pieds sur terre.

À présent, Henry est aussi à mes côtés. Il ne dit rien, il est là, c'est tout.

Vous savez, je sentais la tension monter depuis quelque temps maintenant. J'avais perçu un changement dans l'atmosphère, exactement comme on sent la pluie dans l'air avant de la voir ou de la sentir sur sa peau.

Je savais que j'allais bientôt recevoir un coup dévastateur. On aurait pu s'attendre à ce que je cherche à l'éviter, mais je ne peux pas, parce que c'est comme palper une blessure – bien sûr, ça fait mal, mais au moins c'est réel, concret, et trop intrigant pour qu'on arrête. C'est comme de savoir qu'en ouvrant une porte vous allez délivrer un horrible monstre assoiffé de sang. Vous avez presque besoin de savoir à quoi ce monstre ressemble, de peur de passer votre vie à vous demander ce qui se serait produit. Et vous l'ouvrez…

— Tu sais, quand il m'a appelé… (Harley désigne BJ du menton.) Pendant une seconde, avant qu'il me dise ce qui venait de se passer, j'ai su… j'ai senti que l'une de vous… que quelque chose était arrivé. (Il réfléchit à voix haute, les yeux plissés, perdu dans ses souvenirs.) Et il y a eu une fraction de seconde pendant laquelle je n'ai pas su de laquelle de vous deux il s'agissait, et quand il a prononcé le nom de Bridget, je n'ai ressenti aucun soulagement en apprenant que toi, tu allais bien.

J'ouvre des yeux ronds et sens ma mâchoire se décrocher.

Il hausse les épaules, découragé.

— J'aurais préféré que ce soit toi.

*

Et là, BJ le plaque au sol.

Je crois que Harley ne s'y attendait pas – la férocité avec laquelle il est renversé le prend au dépourvu. Lily pousse un cri avant de se couvrir la bouche de la main, et Bushka se met à jurer en russe. Henry me fait passer derrière lui. BJ arrive à placer trois ou quatre coups de poing avant que Harley le repousse et saute sur ses pieds. Il halète, le nez et la bouche en sang.

Harley lance un regard un peu fou à Hamish.

— Tu n'as rien à dire, Hamish ?

Les yeux de Hamish s'assombrissent tandis qu'ils oscillent de Harley à BJ.

— Henry, dit-il en se tournant vers son cadet, va donc donner un coup de main à ton frère.

Harley renifle. Il secoue la tête, crache un jet de sang avant de s'essuyer vaguement la bouche en foudroyant BJ du regard.

— J'ai envie de te mettre mon poing dans la gueule depuis longtemps…

BJ hoche froidement la tête.

— Pareil, vieux.

Harley fait signe à BJ de s'approcher.

— Alors viens…

BJ hausse les épaules, imperturbable.

— Je t'ai déjà frappé trois fois.

— Quatre, corrige Henry, juste derrière lui.

— Quatre… (BJ hoche la tête avec arrogance.) Allez, je te laisse tenter ta chance.

Harley ricane avant de balancer son poing que BJ esquive sans difficulté. Il décoche un regard à Harley qui doit le rendre fou, avant d'éviter un autre coup. Mais le troisième – un uppercut – atteint BJ, le projetant en arrière. Henry rattrape son frère, le remet sur pied. Harley rayonne de satisfaction. Ensuite, ça va très vite.

Harley ne risquait pas de le savoir, n'ayant jamais fait l'effort d'assister à aucun événement lié à l'école, mais, sur le terrain de rugby, BJ et Henry étaient indomptables. Tous les joueurs des équipes adverses savaient que si vous cherchiez un des frères, les deux vous tombaient dessus.

BJ doit mettre quatre secondes à reprendre ses esprits. Puis, sans se concerter, Henry et lui chargent mon père.

— Mon Dieu ! s'écrie ma mère, les yeux écarquillés d'horreur.

— Hamish ! hurle Lily en enfouissant son visage dans ses mains. Fais quelque chose !

Je reste plantée là, tétanisée, avant de m'agripper à Romilly et Bushka qui observent la scène, bouche bée.

— Hamish ! crie encore Lily. Arrête-les !

Ils sont en train de mettre la branlée du siècle à mon père. C'était à peu près équitable entre BJ et Harley, mais il n'a aucune chance de l'emporter face aux deux frères. Aucune chance de placer un coup.

— Arrêtez ! hurle ma mère en se précipitant sur les garçons. Je vous en prie, arrêtez !

Elle saisit BJ par le bras. Il croise brièvement son regard – c'est comme une décharge électrique qui le ramène à la réalité – et retient le poing de Henry qui aurait sans le moindre doute fracturé le nez de mon père.

Harley se relève, défait, débraillé, et me lance un regard noir, comme si c'était contre moi qu'il se battait.

Je suppose qu'il a affronté mon mandataire.

— Je pensais tout ce que j'ai dit ! me crache-t-il.

Ma mère laisse échapper un minuscule sanglot dont je ne sais pas quoi faire.

— Un mot de plus à ta fille et je te jure que je t'éclate, gronde BJ.

— Fous le camp de chez moi…, grogne Harley.

BJ lève les yeux au ciel.

— Va te faire foutre…, rétorque-t-il, plein de mépris.

Harley attrape la main de ma mère et l'entraîne vers le jardin en secouant la tête à l'intention de tout le monde – à mon intention, en fait.

Du doigt, il désigne la pierre dédiée à notre fille.

— Je vais abattre cet arbre, me dit-il, déterminé, avant de s'en aller.

Bushka se lance à ses trousses en l'insultant en russe. Elle pleure tellement que j'ai du mal à comprendre ce qu'elle lui crie, à part un « Отвали » et un « Ты сын шлюхи ». Hamish se précipite derrière elle, redoutant peut-être, comme nous tous, que Harley ne soit tellement hors de lui qu'il trouve le moyen de dire aussi des horreurs à une vieille dame.

J'attends aussi longtemps que je peux avant de laisser échapper un sanglot si déchirant que je n'arrive pas à croire qu'il vienne de moi.

Mes jambes se dérobent. BJ me retient dans ma chute et s'assied sur le sol de la serre en me tenant dans ses bras.

Sa mère, son frère, Romilly, ce cher M. Gibbs et même le traiteur nous entourent, baissant vers moi des yeux ronds, horrifiés, malheureux.

Et je pleure trop pour pouvoir le formuler à voix haute, mais j'entends Lily le chuchoter à son fils.

— BJ, et s'il venait pour l'arbre ?

Le visage de BJ se fige, tendu et effrayé, mais il ne dit rien – que pourrait-il répondre ? À ce stade, on peut s'attendre à tout de la part de Harley.

M. Gibbs pose une main sur l'épaule de Lily.

— Je ne le laisserai pas franchir la grille.

53

BJ

Parks et moi, on dort à Dartmouth, ce soir-là. Henry et Romilly aussi. Une fois le calme revenu, maman et papa sont repartis avec Bushka.

Putain… ?!

Je ne sais pas quoi lui dire. Face à cette manifestation ultime de la différence fondamentale entre nos expériences familiales, je me sens complètement démuni.

Parce que, merde… qu'est-ce qu'on peut bien dire après ça ?

Qu'il ne le pensait pas ? C'est probable. Harley est juste un putain de gros connard incapable d'assumer ses erreurs. Se sentant pris en faute, il a sorti l'artillerie lourde.

J'ai assisté à nombre de leurs disputes, j'ai vu des échanges dégénérer avec des effets boule de neige catastrophiques, mais aujourd'hui, c'était un putain de cataclysme.

Il a frappé pour la mettre KO.

Je l'ai portée dans la maison, après. Elle était complètement flippée. C'est pour ça qu'on est restés. Ce n'était pas le plan, au départ. Mais elle a peur qu'il ne revienne pour abattre l'arbre.

Je ne crois pas qu'il le ferait. À mon avis, c'était une menace en l'air – cruelle, impitoyable, d'une méchanceté et d'une brutalité sans nom, mais vide.

Mais il y a quand même une part de moi qui se demande : et si… ? Il avait cette lueur folle dans l'œil – je l'ai reconnue, je l'ai eue moi aussi. Magnolia, les amis… Elle est capable de vous rendre dingue – pas besoin d'être amoureux d'elle pour ça, clairement. Il y a un truc terriblement agaçant chez elle, qui vous rend dingue et vous fait parler et agir comme tel. Revenir armé d'une tronçonneuse semble entrer dans cette catégorie, mais je n'ai pas envie de prendre le risque. Alors on reste.

Je l'emmène à l'étage, dans la chambre dont nous aimons tant la serrure. Je passe devant le lit sans m'arrêter. Je sais qu'elle a besoin d'une douche. Dans la salle de bains, je la fais asseoir sur le bord de la baignoire, m'agenouille devant elle… Je me sens mal. J'ai envie de vomir en repensant à ce qu'il lui a dit.

Je ne sais pas quoi faire. Ni comment neutraliser les paroles de Harley. Je voudrais m'assurer qu'elle sait que ce sont des conneries, qu'il ment – qu'elle n'est aucune des choses dont il l'a traitée, et qu'elle reste même la meilleure personne que je connaisse.

Elle reste assise, voûtée, la tête basse, les mains sur les cuisses.

La dernière fois que je l'ai vue aussi avachie, elle était inconsciente, putain. Vous savez à quel point il faut blesser quelqu'un comme elle pour qu'elle se laisse aller comme ça ?

Je glisse ma main dans la sienne et cherche son regard.

— Je n'arrive pas à croire qu'il t'ait dit ça.

Elle cligne des yeux, hébétée.

— Vraiment ?

— Vraiment. (Je hoche la tête.) C'est tellement… (Je secoue la tête, souffle par le nez.) C'est n'importe quoi, Parks. Sérieux. C'est…

— Tu veux bien me raconter le jour où tu as su que tu m'aimais ? m'interrompt-elle soudain.

Je me redresse.

— Quoi ?

— Le jour où tu as su que tu m'aimais…, répète-t-elle. Tu peux me raconter ?

— Pourquoi ? (Je fronce les sourcils, dérouté.) Tu sais…

Elle avale sa salive et regarde au loin, pensive. Se pince la main distraitement, alors je serre ses doigts doucement pour lui signifier d'arrêter.

Elle tourne de nouveau les yeux vers moi. Elle a une expression bizarre. Pas triste. Ni heureuse, clairement... Résignée, peut-être ?

— Chaque fois que nous sommes avec tes parents, toujours, il y a des choses qu'ils font... ces petites... (elle inspire, secoue la tête) attentions qui passent presque inaperçues, à travers lesquelles ils te disent qu'ils t'aiment.

Je la regarde sans comprendre.

Elle fait la moue tout en cherchant un exemple.

— La manière dont ta mère incline la tête quand elle te regarde ; ou ton père qui te montre quelque chose qu'il a vu sur Internet dont il pense que ça pourrait t'intéresser ; ou l'obstination de ta mère à te faire manger ; la façon dont ton père essaie toujours d'aller taper le ballon dans le jardin avec toi... Je sais qu'ils t'aiment sans qu'ils aient besoin de prononcer un mot. Mais si je demandais à Lily de me dire à quel moment elle a su qu'elle t'aimait, elle me répondrait sûrement à la seconde où elle a posé les yeux sur toi, voire un peu avant. (Elle se redresse, le menton légèrement pointé en avant, m'adresse un sourire bref et déglutit de nouveau.) Ce moment-là n'existe pas pour moi.

— Parks..., ai-je à peine le temps de dire avant qu'elle m'interrompe en secouant la tête.

— Je ne sais pas s'ils m'aiment...

— Mais si... (Le contraire est inenvisageable.) Forcément...

— Pourquoi forcément ?

— Parce que...

— Parce que quoi ? demande-t-elle calmement.

Je lève les yeux vers elle, elle que j'ai aimée presque toute ma vie. Je trouve fondamentalement incompréhensible que quelqu'un qui le pourrait ne l'aime pas, et je vois la brûlure de ce qu'il lui a dit commencer à ramper lentement sur elle, comme une ombre qui avance quand le soleil se retire.

Je m'assieds sur le sol en face d'elle, le dos contre le meuble du lavabo, et prends une grande inspiration.

— Eh bien, je t'ai aimée de bien des manières au cours de nos courtes mais interminables existences…

Elle sourit un peu.

— Du haut de mes six ans, tu étais la fille de quatre ans la plus canon…

Elle secoue la tête.

— Terrible début. Vite, recommence.

— Ouais. (Je ris.) Je ne sais pas ce qui m'a pris…

Elle réprime un éclat de rire. Je la contemple sans essayer de déguiser la douceur qui habite mon regard et que je dissimule d'ordinaire pour éviter d'avoir tout le temps l'air débile.

— Tu étais complètement nulle au foot, Parks… Mais tu as décrété que tu aimais bien mon visage, et ça m'a épaté parce qu'à la seconde où j'ai vu le tien, il m'a complètement obsédé…

Sa bouche s'étire en un petit sourire.

— J'ai souffert en silence pendant des années, après ça. Je me rappelle, tu m'as offert un ballon de foot signé Beckham au Noël suivant. J'étais tellement heureux que je suis monté à l'étage pour te trouver quelque chose en plus de ce que maman avait pu t'acheter. Je t'ai donné un collier de maman que j'avais pris dans son tiroir. Tu étais super contente, mais il venait de chez Cartier et maman a voulu le récupérer…

Elle se met à rire.

— Je m'en souviens.

— Marsaili t'a obligée à le lui rendre, et tu as pleuré.

Parks rit toujours.

— Ce jour-là, je me suis promis de ne plus jamais te faire pleurer, ce que j'admets avoir foiré… Mais je me rappelle cette sensation. Je la sens toujours. Toi, heureuse à tout prix. Voilà mon objectif.

Je hoche la tête.

Elle se laisse glisser jusqu'au sol et s'assied devant moi. Les yeux écarquillés, elle attend la suite.

— Le jour de ta rentrée à Varley, tu étais nerveuse. Ce sont mes parents qui t'ont conduite. La veille au soir, j'ai avoué à papa que je t'aimais. J'avais quoi… treize ans ? Je lui ai demandé ce que je devais faire, et il m'a fait un sourire hyper énervant, maintenant que j'y repense… (Je ris, secoue la tête.) Merde, c'est clair ! J'y ai encore droit de temps en temps…

— Qu'est-ce qu'il a dit ? murmure-t-elle en repliant les jambes et en serrant ses genoux dans ses bras.

— Il a dit : « Je crois qu'on devrait miser sur le long terme. » Je lui ai évidemment demandé ce que ça voulait dire, et il m'a répondu : « Accompagne-la jusqu'à la voiture demain matin. » C'est ce que j'ai fait.

Ce souvenir-là ne me fait pas sourire. Elle avait l'air trop triste, trop effrayée.

Je reprends en grimaçant.

— J'en ai vraiment bavé à l'époque, parce que tu avais un gros crush sur Christian… Ça me rendait malade. Voilà pourquoi Saint-Barth comptera toujours parmi les endroits que je préfère au monde. Peut-être que la lumière est différente, là-bas, je ne sais pas. En tout cas, tu m'as enfin remarqué, putain…

Je ris, et elle me regarde avec de grands yeux.

— J'aurais pu mourir heureux, après ces vacances. La sensation que j'ai eue, le fait que tu veuilles être avec moi ensuite… C'était complètement planant… Je veux dire, merde… j'ai tout essayé, toutes les drogues qui ont croisé ma route…

Elle fronce les sourcils – ce n'est pas son sujet favori.

— Aucune ne m'a autant fait tripper que la fois où je t'ai pris la main quand on courait pour échapper à maman avec le champagne… Je t'ai tirée derrière un mur et je t'ai lâchée, et tu as regardé ma main comme si tu étais contrariée que je ne tienne plus la tienne. Et ensuite tu as fait un pas vers moi.

Sa bouche se tord, elle a les yeux aussi ronds que ce soir-là.

— Et tu m'as embrassé, lui dis-je comme si elle ne le savait pas déjà.

Je lui souris comme je l'ai fait à ce moment-là, genre hyper content de moi.

Parks rit.

— Je t'aimais. C'était différent, parce que j'avais désormais l'impression que tu m'appartenais vraiment.

— C'était le cas.

Je tends la main, touche son visage.

— Ça l'est toujours… Ensuite on est retournés en cours, on a commencé à sortir ensemble en vrai. Pour la première fois de ma vie, je me suis senti comme un homme – genre, avec des responsabilités. Enfin ! Le jour de la rentrée, Jonah n'a pas arrêté de me répéter de la jouer cool avec toi, et putain, j'ai été assez con pour l'écouter…

Je la regarde, comme si elle ne le savait pas déjà. Comme si elle ne m'avait pas fait la peau ensuite parce que, après Saint-Barth, je ne lui ai pas adressé la parole pendant une semaine. Selon la personne à qui vous posez la question, c'est une exagération. Jonah était catégorique, je ne devais surtout pas avoir l'air trop intéressé. « Avec les filles comme elle, tu ne dois pas montrer que tu as un crush, BJ », me disait-il, sachant parfaitement que j'avais été amoureux d'elle toute ma vie.

Par terre, dans la salle de bains de Dartmouth, Parks lève les yeux au ciel et attend la suite.

— Mais je me rappelle t'avoir regardée descendre de voiture dans ton uniforme et avoir pensé… (Je passe ma langue sur mes lèvres et hoche la tête.) « Putain, ça va vraiment être une année géniale. »

Elle rit encore, les joues roses.

— En fait, ça a vraiment été une vie géniale.

Elle se rapproche un peu en se tortillant. Elle veut être plus près, mais ne veut pas que j'arrête.

— Billie m'a fait t'aimer d'une façon encore différente, continué-je. Ça a été un déclic, tu sais ? Si tu m'avais posé la question avant, je t'aurais répondu que je t'avais toujours aimée comme…

je ne sais pas… genre amants maudits, un peu. Mais après ça… (Je lui souris, fatigué par le souvenir de cette journée-là – cette journée-ci –, neuf ans plus tôt.) Je voulais passer toute ma vie avec toi. Follement. Désespérément.

Je hoche la tête, et elle m'imite.

— Quelque chose a changé entre nous. Avant, nous n'aimions déjà pas ne pas être ensemble, mais après, ça nous faisait mal. Par exemple, tu rentrais chez toi le samedi soir…

— Quand ? m'interrompt-elle, indignée par cette idée.

— Oh… (Je hausse les épaules.) Parfois.

Elle lève les yeux au ciel.

— Très rarement.

— Très rarement, ouais. (Je hoche la tête.) Mais quand ça arrivait, quand tu rentrais chez toi, c'était comme si… J'avais mal et chaud dans les bras… dans tout le corps, tu sais ? Comme quand tu as pris un coup de froid…

— Oh !

Elle déglutit.

Je la regarde un moment sans rien dire, hésitant à lui raconter la suite. Et puis je me lance.

— Notre rupture a été énorme, pour moi, lui dis-je, et elle a instantanément une expression nerveuse. Ça a été une espèce de révélation, mais dans le genre déflagration, qui m'a mis à terre. J'ai compris non seulement à quel point je t'aimais et à quel point j'étais mieux quand j'étais avec toi – en fait, j'ai compris que je n'étais rien sans toi, putain ! –, mais aussi que je ne me remettrais jamais de toi… (Je hausse les épaules, résigné.) Et ça a été…

Je n'achève pas ma phrase. Je repense à cette époque, à ce que j'ai ressenti. Complètement flippant, voilà ce que ça a été. Pendant une longue période, j'ai légitimement douté qu'on réussisse à se retrouver, elle et moi, et j'ai su que je devrais me contenter de vivre en l'aimant de loin.

— J'ai essayé, vraiment essayé de tourner la page… Je n'ai pas pu. Et tu vois. (Je la regarde.) Je suis toujours là.

Elle hoche rapidement la tête comme pour s'en convaincre.

— Toujours là.

Je prends ses mains dans les miennes.

— Je regrette de ne pas être capable d'énumérer toutes les fois où je t'ai dit « je t'aime » sans mots… (Elle pousse un petit soupir et je cherche ses yeux.) Mais je crois que, à ce stade, tu verras que je t'aime dans tout ce que je fais, tout ce que je suis…

À quatre pattes, elle vient s'installer sur moi, la tête contre ma poitrine.

— Au cas où ça ne suffirait pas, si tu veux, je peux juste te répéter tous les jours, les yeux dans les yeux, que je t'aime et que ton père est un connard.

7:24

Lilian

Ma chérie, je suis désolée qu'il t'ait dit tout ça.

Ne t'inquiète pas! Je vais bien.

C'était monstrueux de sa part.

Il a juste dit des bêtises, Lily. Je vais bien.

Je t'aime ♥♥♥♥♥

Moi aussi ♥

Tu es formidable.

Je sais.

Et très drôle!

Je sais.

Et beaucoup plus forte que tu ne le crois.

Merci ♥

Et sans aucun doute la plus belle fille du monde.

Tu as trois filles…

À vrai dire, ma chérie, si tu refais le compte,
tu découvrirais que j'en ai quatre.

54

BJ

Assis en face de moi, Jonah fronce les sourcils, furieux. Il secoue la tête.

— C'était déjà arrivé ?

— Non… (Je me frotte la nuque.) Pas vraiment. À part peut-être quand il a failli se battre avec Tom… (Je hausse les épaules. L'épisode de la lampe, vous vous rappelez ?) Et encore une autre fois.

Jo plisse les yeux.

— Quelle autre fois ?

Elle devait avoir dix-sept ans. On était sortis en boîte – impossible de me rappeler laquelle. *Cirque Le Soir*, peut-être ? Bref. Parksy avait déjà pas mal bu avant. À l'intérieur, on est tombés sur son père. Avec une autre femme.

— Genre, vraiment avec ? demande Jonah en croisant les bras.

— Ouais. Parks a commencé à crier, elle a dégainé son portable et s'est mise à prendre des photos et à les filmer. Elle l'a menacé de les montrer à sa mère et de les envoyer à la presse… Tu vois le genre…

Jo renifle, amusé.

— Mais Harley lui a arraché son téléphone des mains et l'a balancé dans le seau à glace…

— Marrant. (Jonah glousse, puis secoue la tête comme pour lui-même.) Mais non.

— Je ne sais pas exactement ce qui l'a fait basculer, mais elle s'est mise à lui hurler dessus comme jamais. Genre : « Tu n'es qu'un connard ! », « Tu es le pire père du monde ! » Et là il est venu se planter juste devant elle, et il lui a balancé hyper froidement : « Probable. Et j'assume. De toute façon, je n'ai jamais voulu être père. »

— Merde…, souffle Jo.

Tu m'étonnes ! Entendre quelqu'un confirmer à voix haute ce que vous avez toujours redouté ? La merde totale.

Elle n'a rien dit. Elle s'est contentée de le regarder fixement, et puis elle est partie en courant, comme d'habitude.

Putain, qu'est-ce qu'elle aime piquer des sprints… Au moins, ça ne m'est pas réservé…

Je regarde fixement Jo, hoche lentement la tête.

— Après, ça a été un peu n'importe quoi… Elle a picolé jusqu'au black-out… Quand elle s'est réveillée le lendemain matin (je prends une grande inspiration, soulagé de me décharger de ce poids), elle ne se souvenait de rien.

Son visage tressaille.

— Quoi ?

Je hausse les épaules.

— Elle avait complément zappé la scène.

— Tu ne lui as jamais raconté ?

— Pourquoi je lui répéterais les saloperies que son père lui a balancées il y a des années ?

— Tu ne crois pas qu'elle a le droit de savoir ?

— Non… Qu'est-ce que ça lui apporterait ? Moi, ça me rend malade, alors que ça ne me concerne même pas. Je ne veux pas qu'elle le sache.

Son front se plisse davantage tandis qu'il réfléchit.

Jonah aussi a une relation bizarre avec son père. Après la mort de Remy, Jud s'est plus ou moins mis aux abonnés absents. Il n'est pas parti, mais il n'est pas resté non plus, en tout cas pas d'une manière qui compte. Un peu avant le coma de Barnes, il a commencé à sortir de son bureau, reprenant peu à peu sa place dans la famille. Mais c'est dur pour Christian et Jonah. Ils font comme si de rien n'était, mais on ne me la fait pas. J'ai eu bien des occasions de voir de près les ravages causés par des parents défaillants. Même si Barnes a certainement amorti le coup, ça reste un coup.

Jo grimace.

— L'autre jour… Et maintenant ça… Tu crois qu'il le pensait ?

— Non. (Je secoue la tête, sûr de moi.) Je le sais à cause de ce qui s'est passé dans le club. Il était avec ce top model des années 2010, tu sais, l'Américaine avec les putains de jambes et les gros seins…

— Oh ouais, elle.

— J'ai bien vu qu'il avait les boules. Il a senti qu'il perdait la face devant la meuf, et il est parti en live.

Harley est orgueilleux. Il l'a toujours été. Bridget avait raison – la fierté est dangereuse. Le genre de défaut qui semble ne nuire qu'aux autres, mais qui pourrait signer votre perte. Peut-être qu'elle le savait à cause de Harley. Je n'ai jamais pensé à lui poser la question.

Le lendemain matin, il est monté voir Parks dans sa chambre. Tandis qu'il restait sur le seuil, penaud, elle l'a toisé comme le font les filles avec leur père. L'air hautain, elle a lancé « Quoi ? », comme elle l'aurait fait n'importe quel autre jour… Harley m'a jeté un regard déconcerté, j'ai décoché un regard perplexe à Parks…

— Quoi ? m'a-t-elle demandé en fronçant les sourcils, aussi déroutée que nous, à présent.

— Rien.

Harley a froncé les sourcils.

— Tu t'es bien amusée hier soir ?

— Non. (Elle a haussé les épaules et cligné des yeux d'un air innocent avant de se redresser.) On est allés dans un club, et puis on est rentrés à la maison.

Combien de gosses de son âge peuvent dire à leurs parents qu'ils sont sortis en boîte sans que ceux-ci manifestent la moindre contrariété ?

— Quel club ?

Il a plissé les yeux, essayé de la provoquer.

— Je ne sais plus… (Elle a haussé les épaules, agacée.) Pourquoi ?

Il a esquissé une moue perplexe – avait-elle vraiment tout oublié ? Serait-ce son jour de chance ? Il l'a dévisagée encore un instant, attendant de voir le vernis se craqueler, ce dont elle ne le laisserait jamais être témoin, même si c'était le cas. Mais non. Il n'y a pas de fissure en elle – elle est sans défaut.

Face au visage lisse et imperturbable de sa fille, Harley s'est complètement détendu.

— Pour rien, a-t-il dit, soulagé, avant de tourner les talons et de disparaître dans le couloir.

Je me suis tourné vers elle.

— Je vais me chercher un jus de fruits… Tu veux quelque chose ?

— Un smoothie, s'il te plaît, m'a-t-elle répondu. Un vert !

J'ai hoché la tête.

— Mais tu peux faire en sorte qu'il ait plutôt un goût de fraises et de bananes, mais avec les valeurs nutritionnelles du céleri, de l'épinard et de la spiruline… ?

Je me suis arrêté et lui ai jeté un regard sévère – vous êtes obligé, parfois, sinon elle vous rend fou. Après quoi, je me suis lancé aux trousses de son père.

— Yo ! ai-je crié à Harley du haut de mes dix-neuf ans.

Il a fait volte-face, un sourcil arqué.

— C'est à moi que tu parles ?

— Putain, c'était quoi ce bordel, hier soir ?

Il a levé les yeux au ciel comme si j'étais stupide.

— On a un peu trop bu tous les deux…

J'ai rentré le menton dans ma poitrine et l'ai regardé droit dans les yeux.

— Ce que tu lui as dit…

— Oh, allez, je ne le pensais pas… Elle ne s'en souvient même pas.

— Elle, non, mais moi, oui.

Il a haussé les épaules avec indifférence.

— J'ai l'impression que tu vas devoir vivre avec…

— Et tu ne lui as jamais raconté ? me demande encore Jo.

— J'essaie de la préserver un peu… Bref. Ce qu'il lui a dit l'autre jour, c'était mille fois pire.

— Comment elle va ? demande mon pote, préoccupé.

— Pas top. (Je hausse les épaules.) Enfin si… Je ne sais pas.

Je secoue la tête. Difficile d'être beaucoup plus cohérent, vu le bordel.

Je pointe le menton vers lui.

— Et toi ? Quoi de neuf ?

— Pas grand-chose… (Jo boit une gorgée de son cocktail.) On a fêté l'anniversaire de Banksy, l'autre soir.

— Ouais ?

Jonah hoche la tête.

— Elle était contente ? demandé-je.

— Ouais.

Nouveau hochement de tête.

— Elle est toujours avec ce connard de prof ?

Il secoue la tête, l'air contrarié.

Intéressant…

Je veux dire, pas « intéressant » vraiment, plutôt carrément prévisible. Mais une manifestation de contrariété chez Jonah est un événement.

— Tu te souviens de l'ex ?

Je plisse les yeux, réfléchis.

— L'ex ? Genre, celui à qui on a…

… pété la gueule. Mais je n'ai pas l'intention de finir ma phrase.

C'était un connard aussi.

Mis à part Jo, Bianca Harrington a des goûts de chiottes en matière d'hommes.

— Ouais… (Il me lance un regard.) Ils se sont remis ensemble.

Je fais une grimace.

— Tu déconnes ?

Jonah souffle par le nez. Il a l'air stressé. Genre vraiment. Je ne suis pas sûr qu'il s'en rende compte, en revanche.

— *Ensemble* ensemble ? dis-je, même si évidemment – je ne suis pas complètement débile, je veux juste voir comment il réagit si je le provoque un peu.

Il me lance un regard noir.

— Je sais pas.

— Mais ça te dérange… ?

— Quoi ? grogne-t-il. Non…

Il secoue beaucoup la tête, je trouve.

Il renifle, moqueur, lève les yeux au ciel, etc., histoire de me prouver qu'il n'est pas amoureux alors que bien sûr que si – faut pas me prendre pour un con.

— Ça me dérange comme ça me dérangeait quand tu couchais avec toutes ces connes, rien de plus…

Je plisse les yeux.

— Bien sûr.

— Ferme-la !

Je hausse les épaules.

— Je n'ai rien dit.

Jo balaie l'air de la main et soupire. Il a l'air de nouveau tendu, mais différemment.

— De toute façon, je n'ai pas le temps pour ces conneries…, ajoute-t-il comme pour lui-même.

Je crois que ça lui a échappé. C'était à peine une pensée. En tout cas, je ne pense pas qu'il avait l'intention de la partager.

— Qu'est-ce qui se passe ? lui demandé-je en l'examinant plus attentivement.

— Quoi ? (Il cligne des yeux, comme s'il se réveillait d'une transe.) Rien.

Je vois bien qu'il ment.

— Jo… Qu'est-ce qui se passe ?

Il me regarde longuement – un peu chelou… Je sens qu'il va cracher le morceau. Ça bouillonne sous la surface. Il ouvre la bouche pour parler, puis fronce les sourcils, secoue imperceptiblement la tête.

Mon meilleur ami souffle par le nez.

— Rien.

18:31

Gus W

Hey. J'ai appris pour ton père…

Comment ?

Pas d'importance.

Donc par Taura.

Ouais.

lol

Ça va ?

Pourquoi tout le monde
me pose cette question tout le temps ?

Je ne sais pas.

Parce que c'était horrible ?

Je vais bien.

Sérieux ?

Oui.

Ça ne te ressemble pas…

Tu lui as parlé depuis ?

Non.

Mais ça ne veut pas dire grand-chose.

Il n'a jamais été mon premier choix
quand j'ai envie de discuter.

Et lui, il t'a parlé ?

Non plus.

Tu le connais…

Il adore en faire des tonnes
et ne laisse jamais passer l'occasion
de créer du drama.

Bien sûr.

Je crois que c'est de famille…

55

Magnolia

— Alors… (Claire m'adresse son sourire de psychologue. Vous voyez de quoi je parle. Chaleureux, mais réservé, bienveillant, mais pondéré, etc.) Comment se sont passées ces dernières semaines ?

— Formidable. (Je lui renvoie un bref sourire éblouissant.) Super. Vraiment merveilleux.

BJ s'agite dans son siège à côté de moi, mais se tait.

— C'était le 3 décembre, dit-elle.

Je n'autorise même pas une seconde mon visage à trahir la douleur que cette journée éveille en moi. À la place, je lui adresse un nouveau sourire savamment maîtrisé.

— C'est exact.

— Aimeriez-vous partager un ressenti au sujet de cette journée ?

Je me redresse imperceptiblement.

— Non.

Elle hoche la tête et écrit dans son cahier.

J'ai tellement l'impression d'être jugée quand ils prennent leurs notes. Pas vous ?

— BJ m'a dit que votre père et vous aviez eu des mots…

— Mmm… (Je feins de fouiller dans ma mémoire, comme s'il s'agissait de quelque chose que je devais faire un effort pour me rappeler, quelque chose qui ne tournait pas en boucle dans ma stupide tête depuis.) Oh, ça… ? (Je hausse les épaules avec légèreté.) Une bagatelle !

Elle incline la tête. Quelle condescendance…

— J'ai cru comprendre qu'il avait eu des paroles assez désobligeantes à votre égard.

Je hausse de nouveau les épaules, parfaitement détendue. Comme si les mots de mon père n'avaient fait que m'effleurer, tel du sable soulevé par la brise océane.

Je l'ai mentionnée plus haut – la douleur indicible. Je ne peux en fait pas évoquer ce qui s'est passé à voix haute. J'ignore pourquoi. Peut-être parce que raconter la scène reviendrait à la revivre.

Elle comporte tellement d'aspects détestables et terrifiants… Le fait qu'il ait proféré de telles horreurs, qu'il les ait dites devant BJ, devant sa famille, de sorte que tous ces gens, dont je suppose qu'ils le soupçonnaient déjà de ne pas me porter dans son cœur, en ont désormais la hideuse et absolue confirmation.

Je repousse mes cheveux derrière mes épaules.

— Les chiens aboient, Claire…

Elle a l'air triste pour moi, et c'est probablement sincère. Mais je ne veux pas de sa sincère tristesse. Ni de sa pitié. Je n'ai besoin de rien venant d'elle ou de toute personne âgée de plus de quarante ans.

— Les mots peuvent vraiment blesser, insiste-t-elle avec dans la voix une gentillesse qui ne m'intéresse pas.

Je la regarde d'un air qui suggère qu'elle me semble un peu désespérée, principalement parce que je crois, ou plutôt je me demande, si ce n'est pas moi qui le suis, en fait.

— Claire, les gens mentent et disent des horreurs sur moi depuis des années. On me met en pièces depuis que j'ai quinze ans… (Je lui offre un sourire éblouissant.) Je vais bien.

BJ se frotte distraitement la bouche de la main.

— Bien. (Elle hoche la tête, m'adresse un sourire bref avant de se pencher de nouveau sur son cahier pour écrire autre chose. Typique. Elle prend une grande inspiration tout en consultant ses notes, puis expire par le nez.) Et comment ça va, avec Bridget ?

Je jette un coup d'œil à BJ avant de me tourner de nouveau vers elle.

— Comment ça « avec Bridget » ?

— J'ai cru entendre que vous aviez du mal à la laisser partir ?

Je fusille BJ du regard.

— Ah oui, vous avez cru entendre ça ?

— Vous lui envoyez des messages écrits, audio… Ses cendres sont au pied de votre lit…

— De temps en temps…

Je lève les yeux au ciel.

Elle me fait un sourire encourageant.

— Et où les mettez-vous, sinon ?

Parfois, sur le canapé à côté de moi. Ou sur mon bureau pendant que je travaille. Mais je sens que ces réponses risquent de me compromettre, alors je croise les bras sur ma poitrine et essaie une autre tactique.

— À part au pied du lit, où pourrais-je les mettre ?

— Sur une étagère ? suggère-t-elle. Dans un placard, dans…

— Dans un placard ? la coupé-je. Bridget déteste les placards, c'est bien connu. Son style vestimentaire aurait dû vous mettre la puce à l'oreille. Sérieusement, son dressing ressemble à un clip de Macklemore…

— Détestait, me corrige Claire avec une certaine fermeté.

BJ tend la main et la pose sur mon genou.

Je cligne des yeux.

— Au passé, me dit-elle. Bridget *détestait* les placards.

— D'accord. (Je hausse les épaules.) Peu importe.

Claire me regarde fixement un moment avant de lâcher son stylo et de poser ses mains sur ses cuisses.

— Parlez-vous toujours à votre sœur, Magnolia ?

Je me tourne brusquement vers mon fiancé et chasse sa main d'une tape.

— T'es pas croyable…

— Parks…

Je secoue la tête.

— Tu cafardes ?

— Non, je ne c… (Il lève les yeux au ciel.) Elle était ma psychologue en premier.

— Et tu m'as emmenée la voir !

— Je sais ! (Il hoche la tête.) Mais je lui avais raconté avant notre première séance ensemble que ma fiancée parle à sa sœur morte dans la salle de bains…

— Pourquoi ? demandé-je.

— Je ne sais pas… (Il recule la tête et hausse les épaules d'un air sarcastique.) Ça m'a semblé important.

— En quoi ? demandé-je encore, la mâchoire serrée.

— Tu plaisantes ou quoi ? s'exclame-t-il avant de cligner des yeux, énervé à présent. Merde, Parks…

Il enfonce ses mains dans ses cheveux, ce dont j'aurais voulu qu'il s'abstienne, parce que j'aime tellement ses cheveux que voir quelqu'un d'autre que moi – même si c'est lui – les toucher me rend jalouse. Il en a tellement, ils sont tellement épais, et puis ils sont toujours ébouriffés… Et c'est complètement naturel ! J'ai vérifié ! Au lycée, j'étais persuadée que BJ se levait plus tôt pour se coiffer, ce qu'il niait formellement. J'ai voulu en avoir le cœur net. Un soir, j'ai installé une caméra dans sa chambre à la résidence pour le filmer – à son insu, évidemment, puisque l'idée était de le prendre en flagrant délit. Imaginez ma consternation quand j'ai découvert qu'il était tout simplement parfait au réveil. Imaginez encore ma consternation quand, en revenant en arrière dans l'enregistrement, j'ai accidentellement surpris Jonah et… Laissez tomber, nous n'en parlons jamais.

— Ça a toujours été toi et moi, Parks, dit BJ en me regardant. Si tu es heureuse, je suis heureux. Si tu es brisée, je suis brisé. Si tu es triste, je suis triste.

— En fait, il s'agit… (Claire s'éclaircit la voix.) Nous appelons ça de la codépendance.

— Hum. (Je lui décoche un regard désobligeant.) Mauvais timing, Claire…

— C'est rarement considéré comme une bonne chose, ajoute-t-elle, imperturbable.

Je la foudroie du regard.

— Pour l'amour du ciel, Claire, vous voulez bien essayer de sentir la vibe ?

Je pointe le pouce vers elle tout en jetant à BJ un regard perplexe. Aussitôt il adresse un regard désolé à Claire – sérieux, quel lèche-bottes !

— Continue…, lui dis-je en agitant la main avec impatience.

— Si tu n'arrives pas à tourner la page vis-à-vis de Bridget, moi non plus, déclare-t-il. Si tu vis avec ta sœur morte, moi aussi, Parksy. J'ai le droit d'en parler…

— Mais faut-il vraiment que ce soit à elle ? (J'ai baissé la voix et incline la tête vers Claire aussi discrètement que j'en suis capable.) Elle n'a aucun savoir-vivre, on pourrait presque croire qu'elle a grandi dans une forêt…

— J'ai fréquenté Bassett House, figurez-vous, annonce-t-elle.

Je lui jette un regard soupçonneux.

— Si vous le dites…

— C'est la vérité.

Je fais la moue.

— Admettons.

— Magnolia… (Elle souffle par la bouche, comme si je l'agaçais – sérieusement, cette femme est-elle dotée ne serait-ce que d'une once de professionnalisme ?) Il semble que toutes les figures d'autorité que vous avez eues dans votre vie vous aient soit déçue, soit trahie, soit abandonnée…

Je me tourne vers BJ, absolument horrifiée.

— Quelle grossièreté…, lui chuchoté-je.

— Je ne suis pas une figure d'autorité, poursuit-elle d'une voix sévère. Je ne prétends pas remplacer votre mère. J'essaie de vous aider à vous frayer un chemin parmi les blessures qu'on vous a manifestement infligées tout le long de votre vie…

— Qu'entendez-vous par « manifestement » ? demandé-je sur un ton de défi.

BJ renifle, amusé.

— Eh bien… (Elle se racle la gorge.) Votre grand-mère est partie, la femme qui a veillé sur vous toute votre enfance aussi, votre père vous a rejetée, votre mère semble incroyablement passive…

Je m'agite, mal à l'aise, et murmure sans m'adresser à personne en particulier :

— Supposer ça de quelqu'un comme ça est tout simplement atroce…

Ma remarque ne la décourage pas.

— Vous organisez votre mariage tout en étant aux prises avec un TCA qui dure depuis dix ans et en conversant avec votre sœur morte dans les toilettes…

Je les regarde tour à tour.

— Vous dites beaucoup « morte », aujourd'hui, tous les deux…

— Parce qu'elle est morte, Parksy, me dit tristement BJ.

Je le regarde comme s'il venait de me gifler. Je cligne des yeux, efface cette phrase et pense aux ravissantes mules en cuir à imprimé majolique Dolce & Gabbana repérées durant ma séance de scrolling matinale. Exquises. Vraiment spéciales.

— Est-ce que vous l'avez déjà dit à voix haute, Magnolia ? demande Claire en inclinant de nouveau la tête.

Je croise les bras sur ma poitrine.

— Dit quoi ?

— Qu'elle est morte, répond Claire d'une voix neutre.

Je pince les lèvres et déglutis.

— Non.

La voyant saisir son stylo et se préparer à écrire, je secoue rapidement la tête.

— Mais pour aucune raison qui mérite d'être consignée sur votre cahier secret !

Claire jette un coup d'œil à BJ avant de tourner de nouveau les yeux vers moi.

— Il n'a rien de secret…, proteste-t-elle. C'est juste…

— Montrez-le-moi, alors ! m'exclamé-je en lorgnant la page depuis mon fauteuil.

— Non. (Claire lève imperceptiblement les yeux au ciel, mais repose son stylo. Puis elle prend une profonde inspiration, et ses traits se détendent.) Magnolia, pourquoi ne l'avez-vous encore jamais dit ?

Je hausse les épaules.

— Pour des raisons parfaitement normales…

— Par exemple… ?

— Par exemple… (Je lève les yeux au plafond, me creusant les méninges.) Je ne veux pas mettre les gens mal à l'aise…

— Mal à l'aise vis-à-vis de quoi ?

— … Vis-à-vis de ce qui est arrivé à ma sœur.

— Qu'est-il arrivé à votre sœur ?

Je me passe la langue sur les lèvres et hausse les épaules.

— Nous avons eu un accident de voiture.

— Oui… ?

Je fais la moue.

— Ensuite, elle a eu mal à la tête.

— OK…

Elle arque les sourcils, attendant la terrible suite.

Je croise de nouveau les bras.

— Et ensuite elle a eu un anévrisme, dis-je en haussant les épaules, comme si ça glissait sur moi comme de l'eau sur les plumes d'un canard.

— Que s'est-il passé après, Magnolia ? demande Claire doucement.

Je prends une inspiration.

— Elle… (Ma voix se brise, et je fronce les sourcils parce que, vraiment, ce ne sont que des mots. J'avale ma salive, prends une nouvelle inspiration.) Elle… euh…

Je fusille Claire du regard, serrant si fort les poings que je sens mes ongles pénétrer dans mes paumes. J'expire tout l'air de mes poumons, jusqu'à ce que mes côtes touchent mon diaphragme. Une douleur commence à irradier depuis le centre de ma poitrine, différente de celle que j'éprouve en l'absence de ma sœur. Quel répit fascinant : remplacer la douleur par une autre.

Allez-y, je prends… Merde… je vous en supplie. Je manque d'air, la poitrine me brûle – une souffrance superficielle, mais qui me distrait de celle que je ressens en permanence désormais.

— Elle est morte, répond BJ à ma place.

Le visage de Claire tressaille imperceptiblement. Ses yeux glissent vers BJ, et quand ils se détachent de moi, je chasse d'un battement de cils une larme que je ne souhaite pas qu'elle voie.

— Oui, souffle-t-elle. Et j'en suis sincèrement désolée.

Je n'en suis pas tout à fait sûre, soit dit en passant. Claire pourrait être une sadique qui prend son pied en appuyant là où votre cœur a mal et en vous regardant vous tordre de douleur. Si j'étais sadique et intelligente (ce qui est requis, je suppose, pour être diplômé en psychologie et à la tête du département concerné à l'Imperial), je choisirais un boulot qui me permette de faire souffrir plein de gens, avec habileté et discrétion, exactement comme elle est en train de le faire avec moi.

Dans le doute, je me contente donc de la regarder fixement sans un mot.

Elle se penche en avant et m'observe. Un pli triste lui barre le front.

— Votre sœur était une jeune femme exquise d'une grande intelligence, pleine de promesse et de… mordant.

Je souris malgré moi.

— Et, bien que vous sentiez le poids incroyablement personnel de son absence dans votre vie, je peux vous assurer, Magnolia (elle incline de nouveau la tête, mais je dois reconnaître que c'est très légèrement moins énervant cette fois-ci), que sa perte affecte l'humanité entière. Le monde est indubitablement moins beau sans elle.

Je hoche la tête. Nous sommes d'accord là-dessus. BJ porte ma main à sa bouche et l'embrasse en silence.

Claire repose son cahier sur la table d'appoint à côté d'elle avant de se tourner de nouveau vers moi.

— Est-ce que vous accepteriez de faire quelque chose pour moi ?

Je lui lance un regard soupçonneux.

— Je serais tentée de dire non…

Elle sourit, un peu amusée.

— J'aimerais que, cette semaine ou la suivante, vous alliez dans la chambre de Bridget dans votre ancien appartement et que vous regardiez ses affaires.

Je fronce le visage.

— Pourquoi ?

— Parce que ça va faire sept mois que personne n'y est entré…

— Et alors ?

— Alors Bridget est morte, Magnolia, observe-t-elle d'une voix neutre. Vous avez réussi à éviter cette réalité durant ces derniers mois, mais elle est morte. Et nous avons besoin que vous commenciez à l'accepter.

Je croise les bras et lui lance un regard plein de défi.

— Et si je ne suis pas prête à le faire ?

— Vous ne l'êtes pas. (Elle hausse les épaules.) Ce n'est pas grave. Ce n'est que le début.

23:42

Bridget

Elle n'arrêtait pas de répéter que tu es morte.

Non, mais sérieusement, c'est dingue, non ?

Quelle grossièreté !

Et puis, franchement morbide…

…

56

BJ

Aujourd'hui, j'ai vu Claire tout seul. Elle m'a passé un savon parce que j'avais fini la phrase de Parks, l'autre jour.

Bon, pas un savon. Claire n'est pas ma mère. Mais elle m'a expliqué que je devais « laisser Magnolia affronter seule la douleur causée par la perte de sa sœur ». Que l'en protéger ne faisait que prolonger le processus. Mais bon, c'était quand même difficile à regarder. J'ai eu envie de vomir. Ouais, je sais : Magnolia n'a jamais su gérer ses émotions. Pendant presque toute sa vie, elle a réussi l'exploit, par la seule force de sa volonté et un brin de négligence, d'éviter d'affronter toutes les plus pénibles. Je sais que ce n'est pas sain, bla-bla-bla, qu'il est temps que ça change, qu'elle a juste besoin d'un coup de main, que personne ne peut le faire à sa place… Mais putain, c'était rude.

Après ma séance, je dîne avec Henry. Il trouve Jonah et Christian bizarres. Je suis d'accord avec lui. Moi non plus, je ne les ai jamais vus comme ça.

On est potes depuis toujours, pas vrai ? En gros. Et Jonah et moi, on a toujours été honnêtes l'un envers l'autre. Il y a évidemment des trucs dont il n'a jamais voulu me parler, pareil pour moi, mais dans l'ensemble on ne se cache rien.

Les activités des Hemmes ? Sérieusement, ça ne m'a jamais dérangé. Je n'ai jamais senti qu'on était différents. Je suppose qu'ils ont réussi à compartimenter leurs vies. C'est pour ça qu'il n'y a jamais eu de malaise. Mais depuis quelque temps, je ne sais pas… Je sens un truc chelou dans l'air. Quelque chose a changé.

C'est peut-être dans ma tête.

Après le dîner, je rentre à la maison. Daniela m'ayant assuré qu'elle vérifierait que Parks mange un morceau, je prends mon temps.

Je fais le trajet à pied plutôt qu'en voiture. Un peu par habitude, mais aussi parce que j'aime bien marcher, maintenant – ne le dites pas à Parks, elle a déjà suffisamment la grosse tête. Ça me prend à peu près cinquante minutes – une bonne trotte.

Dans l'ascenseur, je presse le bouton de notre appartement, et soudain je l'entends.

Des sanglots désespérés.

Mon cœur s'arrête de battre.

— Magnolia ! crié-je.

Je ne sais pas si elle peut m'entendre d'ici. Les pleurs continuent. Elle ne s'arrête même pas pour reprendre son souffle. Dès que les portes s'ouvrent, je bondis hors de la cabine et m'élance en criant son nom plusieurs fois – ne me demandez pas pourquoi. Ni pour qui – elle ou moi ? J'ai besoin qu'elle sache que j'arrive, et j'ai besoin de savoir qu'elle va bien – ce que j'ignore, en tout cas pendant une dizaine de secondes.

Je suis le son jusqu'au salon où je la trouve assise par terre devant un carton plein de bordel. Elle lève vers moi des yeux énormes et terrifiés, sans cesser de pleurer.

— Eh… (Je m'agenouille près d'elle et l'attire sur mes genoux.) Qu'est-ce qui se passe ?

Elle enfouit son visage dans mon cou et continue de sangloter.

Je regarde autour de moi en quête d'indices. Le carton… Y a quoi dedans ? Des livres, un journal, peut-être ? Des fringues…

Merde, ce sont des affaires de Bridget.

— Parks ? (Je m'écarte un peu pour voir son visage. Ses yeux sont tout rouges. Je passe mes pouces sous ses paupières.) Parle-moi.

Elle prend plusieurs grosses inspirations étranglées, lève les yeux vers moi et me dit, la lèvre inférieure tremblante :

— Je ne suis qu'une montre assemblée dans le désert par un aveugle !

Je fronce les sourcils, sidéré. Puis j'aperçois le livre posé près d'elle.

— Oh merde…, soupiré-je en laissant un peu tomber ma tête en arrière avant de la regarder de nouveau. Qui t'a conseillé de lire Richard Dawkins ?

Elle enfouit son visage dans ses paumes et se remet à pleurer. J'écarte ses mains et la force à me regarder.

— Je l'ai… trouvé… dans la… chambre de Bridget ! m'explique-t-elle entre deux sanglots.

J'ignorais qu'elle y allait aujourd'hui. Je lui avais dit de me prévenir afin de l'accompagner. J'aurais dû m'y attendre. Sa bonne humeur, sa désinvolture tout à l'heure auraient dû me mettre la puce à l'oreille. Elle n'avait pas l'intention d'y aller avec moi. Je ne sais pas pourquoi. Elle voulait me prouver quelque chose ? Se prouver quelque chose ? Qu'elle va bien, même si ce n'est clairement pas le cas ?

— Je comprends maintenant pourquoi elle était tout le temps grincheuse, me dit Parks en s'essuyant le nez sur sa manche. C'est sans espoir.

— Quoi donc ? demandé-je prudemment. La vie ?

Elle hoche la tête, et son menton menace de se remettre à trembler.

— Et après ?

Je lâche un petit rire, pas parce que je trouve ça drôle – je suis soulagé, peut-être ? Heureux qu'elle aille bien – pas hyper bien, mais suffisamment. Je la serre contre moi.

— Ce n'est pas si mal, murmuré-je.

— Tu parles ! proteste-t-elle, mais d'une voix étouffée car elle parle dans mon cou. C'est horrible.

— Parksy… (Je l'écarte, pose la main sur sa joue.) Ne t'inquiète pas… Ce n'est qu'une théorie…

Elle me lance un regard appuyé.

— Assez convaincante…

— L'évolution ? (Je cligne des yeux.) Ouais, c'est clair.

— Donc il a raison ? (Elle hausse les épaules, et je vois qu'elle a de nouveau les larmes aux yeux – mais bon, ils sont rarement secs, en ce moment.) Rien n'a de sens, parvient-elle à articuler avant de se remettre à sangloter, le visage enfoui dans ses paumes.

— Hey… (Je secoue la tête et écarte de nouveau ses mains.) Je n'ai pas dit ça.

Je passe mes doigts dans ses cheveux et la regarde avec douceur – si je suis calme, elle s'apaisera peut-être un peu.

Elle renifle et s'essuie le nez sur le col de mon tee-shirt avant de relever les yeux vers moi.

— C'est pour ça que tu pleurais, après ta dispute avec ton père ?

— Je ne pleurais pas… (Je lève les yeux au ciel.) Et non.

— Si, tu pleurais, décrète-t-elle. À propos du sens de la vie, tu te rappelles ?

— Oui, je me rappelle… J'étais en colère contre lui, parce qu'il a prétendu que je n'avais rien fait de ma vie…

— Oh…, couine-t-elle. C'est tellement triste !

Et elle fond en larmes, recroquevillée sur mes genoux.

Je garde le silence un instant, réfléchissant à la question que je m'apprête à lui poser, me demandant si c'est bien sage – non, probablement pas. Je me lance quand même.

— Parks… (Je me racle la gorge et lui coule un regard prudent.) Tu as tes règles ?

Elle se redresse brusquement.

— Excuse-moi !?

J'ouvre la bouche pour dire quelque chose, mais rien ne sort. J'opte pour un sourire forcé à la place.

— Je te trouve très sensible, c'est tout, finis-je par marmonner en grimaçant.

Elle me décoche un regard exaspéré et se laisse glisser sur le sol, mettant de la distance entre nous.

— Désolée si je viens de me rendre compte que la vie n'a pas de sens et qu'il n'y a pas d'espoir, et que…

— Je connais le sens de la vie, la coupé-je en haussant légèrement les épaules.

Elle lève les yeux au ciel.

— Bien sûr que non !

— Si.

— Eh bien, vas-y, alors… (Elle croise les bras, un sourcil arqué.) Dis-le-moi.

— Pas question. Tu triches.

— Pas du tout… (Elle fait la moue, vexée.) Ne sommes-nous pas une seule et même personne, BJ ? Quel est l'intérêt du mariage, si…

Je lève les yeux au ciel.

— On n'est pas encore mariés, lui rappelé-je.

Elle m'enfonce le doigt dans les côtes.

— Donne-moi un indice…

Je réprime un sourire.

— La réponse est juste sous ton nez…

— Allez, dis-le-moi ! soupire-t-elle, découragée.

Je m'éclaircis la voix.

— « Penser que quelqu'un d'autre a la responsabilité de donner un sens et un but à votre vie a quelque chose d'infantile… La vision vraiment adulte des choses consiste, au contraire, à comprendre que notre vie est aussi riche de sens et aussi merveilleuse que nous décidons de la faire. »

Elle fronce de nouveau les sourcils.

— Quoi ?

Du menton, je désigne l'exemplaire de *L'Horloger aveugle* auquel elle se cramponne comme si sa vie en dépendait.

— Finis-le, Parksy. On trouvera une solution…

Elle me lance un regard agacé.

— Je croyais que tu avais déjà la solution…

Je l'attire de nouveau sur mes genoux.

— Alors je t'aiderai à la trouver aussi. (Je presse ma bouche contre la sienne et souris.) Parce que tu es un peu longue à la détente, apparemment.

Elle hoche rapidement la tête, déglutit, me sourit brièvement, mais son esprit est ailleurs, je le vois.

Happé par ses pensées en spirale comme ça lui arrive parfois. Depuis toujours.

— Eh, Parks… (Je lui touche de nouveau la joue parce que, ben, je ne peux pas m'en empêcher.) Tout va bien se passer.

Elle me regarde tristement.

— Mais comment tu peux le savoir ? (Elle hausse les épaules, découragée.) Il y a tellement de choses horribles qui arrivent tout le temps… Des gens meurent. Des bébés aussi. Les aveugles ne reçoivent jamais de montre…

Je fais la moue et la regarde en plissant les yeux.

— Ouais, c'est clair… (Je me racle la gorge.) Dis-moi, tu l'as vraiment lu, le livre, ou tu l'as juste… ouvert à n'importe quelle page ?

Elle ne m'écoute pas. Je le sais, parce que si elle m'avait entendu, elle m'aurait donné une tape sur le bras, au moins. Au lieu de ça, elle me regarde, les yeux dans le vague.

— BJ… (Tout d'un coup, elle fait le point sur moi, parfaitement sérieuse.) Et si on meurt et que…

Elle secoue la tête, cligne des yeux sans achever sa phrase, comme si elle avait trop peur de prononcer les mots qui lui trottent dans la tête.

Elle avale sa salive, prend une inspiration tremblante.

— Et s'il n'y avait que le néant, noir et vide ?

Je lui souris doucement et hoche la tête.

— Je te retrouverais, Parksy. (Je la serre dans mes bras.) Et on flotterait dans le néant noir et vide ensemble.

00:41

Bridget

Franchement, tes lectures sont nullissimes.

« Au moins, je lis, moi… »

Voilà ce que tu vas me dire,
je sais, alors ne te fatigue pas.

Ça ne te ferait pas de mal de choisir un roman
sympa et léger de temps en temps.
Journal d'une princesse, par exemple.

Essaie.

…

57

BJ

Je déjeune avec mes parents, aujourd'hui. Je ne sais pas pourquoi.

Disons que ça fait un moment qu'on ne s'est pasvus, que c'est maman qui me l'a demandé et que j'ai du mal à lui dire non, vu que c'est la meilleure…

C'est encore tendu entre papa et moi. Je me suis senti un peu à poil en arrivant au restau sans Parks. Je ne me sers pas d'elle comme d'un bouclier, mais je sais que mes parents… enfin mon père, plutôt, n'abordera aucun sujet qui fâche en sa présence. Surtout pas en ce moment.

Ça ne commence pas trop mal. On discute d'abord de tout et de rien, ils me donnent des nouvelles des filles – Jemima a un nouveau mec, Madeline veut encore changer de cursus et Allie va mieux : elle envisage d'entreprendre le voyage qu'elle avait prévu de faire avec Bridget, mais ce n'est pas encore la fête. Plutôt normal, je trouve. Votre meilleure amie meurt brutalement. Comment est-ce qu'on se remet de ça ? Et puis, le monde ne s'arrête pas de tourner pour autant, ce qui est plutôt dur à découvrir à vingt-trois ans. Ça semble tellement injuste – et ça l'est, non ?

Parks et moi, on l'a appris jeunes. Perdre quelqu'un, c'est comme emplafonner un mur. Ça vous arrête net. Mais c'est un grain de sable dans l'engrenage du monde, qui continue sa rotation comme si de rien n'était.

Mais ce n'est pas à cause d'Allie que maman me tanne pour déjeuner depuis des semaines. Ils ne s'inquiètent pas pour Allie. Allie a des parents qui s'occupent d'elle.

Ils s'inquiètent pour Parks.

Ça fait vingt ans que mes parents se chargent de s'inquiéter pour les deux sœurs. Parks et Bridget ont intégré la famille avant que Parks et moi devenions ce que nous sommes. Maman s'est fait un sang d'encre au sujet de Magnolia – pas seulement à cause de Harley (beaucoup à cause de lui), mais aussi pour le reste.

— Comment va-t-elle ? me demande-t-elle une fois le plat servi.

— Pas génial. (Je hoche la tête, ajoute un bref sourire sur la fin.) Triste. Elle se pose plein de questions.

— Sur la vie ? demande papa.

— Ouais.

— Eh bien…, sourit maman, qui ne s'en pose pas ?

— Lui. (Je désigne mon père de la tête.) Apparemment, il a tout compris.

— Pas tout, proteste mon père en buvant une gorgée de café. Il me manque encore deux, trois détails.

Je lui lance un regard agacé.

— Si tu le dis.

— J'ai eu une liaison, lâche-t-il soudain.

Je le regarde, les yeux écarquillés.

Putain… quoi ?

— Hamish…, soupire maman.

Je me tourne vers elle. Putain, j'y crois pas. Comment peut-il… Comment peut-il lui faire du mal ?

Je ne dis rien, le regarde. Mes pensées défilent à la vitesse de la lumière.

Il a eu quoi ?

Mon père se tourne vers ma mère et me désigne d'un geste.

— Il faut qu'il sache.

Maman me regarde, le visage tendu. Je n'arrive pas à lire son expression. Elle est triste, je crois ? Pour elle-même ? Pour moi ? En général ?

Elle hoche la tête à l'intention de mon père, qui poursuit :

— C'était il y a déjà plusieurs années…

— Quand ? demandé-je d'une voix coupante.

Je suis en colère.

— Tu étais au lycée.

— Putain… (Je secoue la tête. Regarde maman.) Tu savais ?

— Bien sûr, dit papa en levant les yeux au ciel.

— Bien sûr, me répond maman en même temps sur un ton agacé.

Je soupire. Soudain, je comprends mieux pourquoi elle l'a si mal pris quand elle a su que Parks et moi, on s'était séparés la première fois parce que je l'avais trompée.

— Maman…

— Ça va, mon chéri. (Elle me sourit, digne et fière – putain, c'est une lionne.) Vraiment.

— Mais comment… ?

Je la regarde. Ça n'a pas de sens. Je n'ai rien capté ! Comment ai-je pu ne pas m'en rendre compte ?

— Ça a été dur pendant un temps, mais tout finit par passer…, explique-t-elle avec un petit haussement d'épaules. On s'accroche, et on guérit.

Je ne pensais pas pouvoir la respecter davantage, vu qu'elle compte déjà parmi mes modèles, mais si, en fait.

Je me tourne de nouveau vers papa, la mâchoire contractée.

— Avec qui ?

— Mon assistante, répond-il sans hésiter. On ne peut pas faire plus cliché… (Il m'adresse un sourire hésitant que je ne lui rends pas.) Un souvenir gênant.

Je plisse les yeux.

— Pourquoi ? (Je le regarde comme s'il s'agissait d'un inconnu.) Ça n'a aucun sens… (Je secoue de nouveau la tête.) Tu étais tellement amoureux.

— Je *suis* tellement amoureux, corrige-t-il.

— Mais…

— Tu l'étais aussi quand tu as trompé Magnolia, non ? me lance-t-il sur le ton qu'il aurait employé pour me demander si je veux un ou deux sucres dans mon café.

— Ouais, mais…

— J'ai commis une erreur, BJ. C'est tout, vraiment. Je me suis rapproché d'une femme plus que je n'aurais dû…

— Et toi, quoi… ? Ça ne t'a pas posé de problème ? demandé-je à ma mère.

— Bien sûr que si. (Elle lève les yeux au ciel, comme si j'étais ridicule.) Mais je lui ai pardonné.

Je me tais, essayant d'empêcher de s'écrouler des pans de ma vie qui soudain me font un peu l'effet de mensonges. À moins que… Peut-être que tout est pareil ? Peut-être que rien n'a besoin de changer ? J'aurais dit le contraire, mais plus les années passent, plus j'aime la personne que j'aime, plus je suis sûr que… je ne sais pas… que je ne la laisserais pour rien au monde. Peu importe ce qu'elle pourrait faire.

Je secoue la tête et me tourne vers lui.

— Pourquoi est-ce que tu me racontes ça maintenant ?

— Parce que je veux descendre du piédestal sur lequel tu m'as mis, répond-il, imperturbable.

— Ah ouais ? (Je lève les yeux au ciel.) Et elle était où, ta putain de confession, il y a cinq ans ? Quand j'étais démoli à cause de ce que j'avais fait ?

— BJ, nous n'avons appris la raison de votre rupture que plus tard…

— Mais tu ne m'as rien dit non plus à ce moment-là ! Pourquoi ? Tu étais trop content que je me sente comme une merde ?

Mon père expire lentement par le nez.

— Le fait que tu te sentes comme une merde n'avait rien à voir avec moi.

Maman fronce les sourcils.

— Hamish…
— C'est la vérité, Lily. C'est parce qu'il ne fait rien de sa vie…
— Oh, putain… (Je soupire.) Encore… !
— Oui, encore, dit-il, trop fort au goût de ma mère. (Il ne crie pas, mais il a clairement haussé le ton.) Franchement, qu'est-ce que tu as accompli ?!

Maman soupire et lui lance un regard qui ressemble à un avertissement.

— Hamish…
— Elle ! crié-je – et là, c'est vraiment un cri. (Quelqu'un lâche ses couverts à une table voisine, et les conversations s'interrompent autour de nous, mais je m'en tape.) Ma relation avec elle, voilà ce que j'ai accompli. (Je hausse les épaules comme si j'étais désolé, sauf que je ne le suis pas.) Être avec elle est la seule chose que j'aie vraiment désirée, et j'ai réussi. Elle est le foyer que j'ai passé des années à construire. Et je n'ai aucun regret…, assené-je avant de m'interrompre et de me corriger. Enfin si, mais…

Je lève les yeux au ciel. Bien sûr que si.

Je hausse de nouveau les épaules à l'intention de mon père, ignore l'expression de ma mère – une sorte de tristesse inquiète, le malaise qui l'envahit chaque fois qu'il y a des tensions dans la famille. La voir triste me fout en l'air, mais, dans ces circonstances, tant pis.

— Qu'est-ce que je suis censé avoir accompli ? demandé-je à papa. Et à qui dois-je rendre des comptes ? À quoi ça doit ressembler, ce… truc que je suis censé avoir accompli ? Qui doit l'approuver ?

J'arque les sourcils et attends qu'il résolve ce grand mystère.

— C'est quoi ? Un diplôme ? Un doctorat ? Tu aurais aimé que je sois avocat ?

Papa soupire.

— Non…
— Alors quoi ? insisté-je sur un ton presque menaçant. Quelle est cette chose à laquelle tu tiens tant et que, clairement, je ne fais pas ? Tu aurais voulu que je bosse dans un bureau ?

— Non…

Je le regarde fixement, hoche la tête.

— Je vais bien, papa. (Je hausse les épaules.) Les coups d'un soir, la drogue, c'est fini, j'ai arrêté. Je suis avec la fille que j'aime, on va se marier, et à la seconde où elle m'y autorisera, je l'emmènerai quelque part où personne n'en a rien à foutre de nous, et on vieillira ensemble et…

— J'adore ton projet, mon chéri, s'empresse d'approuver maman.

Elle est sincère, mais je vois bien qu'elle cherche surtout à détendre l'atmosphère.

Je prends une respiration et lui souris brièvement.

— Merci, maman, dis-je, fatigué.

Plus fatigué que je n'en avais l'intention ou que j'en avais conscience.

— Hamish ? Tu n'as rien à dire… ?

Mon père ouvre la bouche, mais je flippe trop, maintenant. Je préfère ne pas l'entendre. Je n'ai pas envie qu'il me dise que c'est une idée pourrie, ou qu'elle n'acceptera jamais et que c'est encore un projet voué à l'échec.

— Il faut que j'y aille, annoncé-je en poussant sur la table pour reculer mon siège.

— BJ…, soupire mon père.

— J'ai promis à Parks d'aller la chercher à la sortie de son boulot.

— On t'accompagne…, dit-il d'une voix plus aiguë que d'habitude – pas nerveuse, pas triste non plus, mais quelque chose.

Je secoue la tête.

— Vaut mieux pas… (Je lui souris.) Elle n'est pas d'humeur sociale, en ce moment.

Mon père hoche la tête, comme s'il comprenait. Ou bien comme si j'étais un petit con. Au choix.

Je me penche et embrasse maman.

— Vous venez dîner cette semaine, mon chéri, n'est-ce pas ?

Elle me lance un regard plein d'espoir.
Je hoche la tête.
— Ouaip.
Et je file.

23:19

Taura

Tu crois en Dieu ?

Quoi ?

Dieu.

Est-ce que tu y crois ?

Mmm.

Merde !

Peut-être ?

Pourquoi ?

Je me demandais, c'est tout.

OK.

Ça va ?

Ouais.

Et tu crois qu'il est plutôt du genre Patek Philippe ou Swatch Watch sel de la terre ?

Qui ça ?

Dieu.

Évidemment.

Je ne suis même pas convaincue qu'il s'agisse d'un « il ».

Oh, OK…

Logique.

Alors peut-être plutôt Cartier ?

Quoi ????

Laisse tomber.

58

Magnolia

Aujourd'hui, séance psy. La dernière avant les fêtes de fin d'année. Nous avons d'abord parlé de Billie et de BJ et moi, mais, depuis quinze minutes, cette femme s'escrime à me faire revenir sur ce qui s'est passé avec Harley. J'ai dit que je m'en fichais, et elle s'est efforcée de me prouver le contraire. Dans quel but, franchement ? Pourquoi s'acharne-t-elle ? Ne m'obligez pas à émettre des hypothèses…

Ça sent le sadisme, c'est tout ce que je dirai.

— Vous êtes en colère, affirme-t-elle.

J'espère vraiment qu'elle n'a pas passé toutes ces années à l'université pour en arriver à cette conclusion, parce que putain… un peu évident, non ?

Il est bien entendu hors de question que je l'admette. Je lui adresse un sourire poli qui, j'espère, la fait un peu enrager.

— Je ne suis pas en colère.

— Vous l'avez internalisée.

Je la toise.

— Je n'ai rien internalisé.

Si, bien sûr. Plein de trucs, je le sais, mais les gens comme nous disposent rarement du temps nécessaire pour décompresser.

— Magnolia… (Elle me regarde sérieusement.) Votre père vous a dit qu'il aurait préféré que vous soyez morte…

BJ s'agite à côté de moi. Il me prend la main.

— Mmm.

J'esquisse un bref sourire.

— Et vous ne ressentez rien ?

Je hausse les épaules avec désinvolture.

— Je n'ai pas dit ça.

— Eh bien… (Elle s'adosse à son fauteuil.) Que ressentez-vous ?

Comme je ne réponds pas, elle insiste.

— Vous ressentez forcément quelque chose, Magnolia. N'importe quoi…

— Vous voulez que je sois triste ? sifflé-je. Vous vous sentiriez mieux ? Parce que, franchement, je n'en ai rien à foutre. Il n'a jamais été un bon père, donc quand il m'a dit ça, je n'ai rien perdu ni rien découvert. Je n'ai pas eu de révélation fulgurante sur le genre d'homme qu'il est vraiment. Il a *toujours* été lamentable.

J'ai un peu élevé la voix. Ma professeure de savoir-vivre aurait désapprouvé.

Je me racle la gorge et ramène mes cheveux parfaitement coiffés derrière mes oreilles.

— Il a toujours été un père lamentable, répété-je, calmement cette fois. Il l'a juste été en public, pour changer.

Elle hoche la tête, pensive.

— Est-ce qu'il l'a toujours été à ce point ?

— Oui, répond BJ, trop vite – sans hésitation.

Je me tourne vers lui et lui fais les gros yeux.

— Non…

Je secoue la tête.

— Magnolia…

Il m'appelle par mon prénom… Il ne plaisante pas.

Je continue de secouer la tête, parce que je sais ce qu'il veut raconter, mais je ne suis pas d'accord. Je refuse d'en parler. C'est toujours là, avec lui. Depuis qu'il sait, c'est comme s'il gardait le doigt sur la détente, attendant juste le bon moment pour appuyer.

Mais il n'y a pas de bon moment. Les dégâts causés par une telle révélation seraient irrémédiables. Quel intérêt ?

Je lance un regard noir à BJ.

— Ne fais pas ça.
Il soupire.
— Parks…
— BJ ! S'il te plaît, non…, supplié-je.
Il expire par le nez, lève à peine les mains pour me signifier qu'il abandonne, tandis que le regard de Claire saute de l'un à l'autre, curieux, peut-être aussi un peu alarmé.
Pas de quoi, pourtant.
C'est du passé.
— Vous n'avez pas répondu à ma question…, dit Claire d'une voix douce au bout d'un moment.
Il est tout à fait prévisible, voire inévitable, qu'au cours de nos vies d'humains vivant en compagnie d'autres humains, ils nous déçoivent, nous trahissent, nous blessent ou ne soient pas à la hauteur de nos espérances. Je suppose donc que la vraie question est : à quel point ?
À quel moment une quantité normale d'erreurs humaines prévisibles franchit une limite et devient inacceptable ?
Combien de liaisons ? Combien de mannequins dans des bars ? Combien faut-il d'anniversaires, de spectacles de danse et de dîners en famille ratés pour arriver à trop ?
Quand est-ce que l'absence de quelqu'un cesse d'être compréhensible et que la merditude fait son entrée ?
Je regarde Claire, sourcils froncés, réfléchissant à ce qu'elle me demande.
A-t-il toujours été aussi horrible ?
J'ouvre la bouche pour dire quelque chose, mais rien ne vient alors je me contente de hausser les épaules.
— Oui, répond doucement BJ, une expression résolue sur le visage. Toujours.

Nous rentrons à pied. BJ tient mes mains dans la sienne, il ne dit rien.
Je suppose qu'il est contrarié parce que je ne l'ai pas laissé raconter ce qu'il voulait raconter, mais ce n'est pas à lui de le faire.

Je ne dis rien non plus, même si je devrais peut-être. Faire une thérapie est épuisant, vous ne trouvez pas ? Je me sens vidée.

Ensuite, mon cerveau déroule une quinzaine de pensées en quelques secondes.

Est-ce que j'ai bu de l'eau, aujourd'hui ? Juste un peu. J'ai la bouche sèche… mais ça pourrait être un effet de mon médicament… Est-ce que je l'ai pris ? Je crois que oui. Il faut que je télécharge une de ces applications qui vous rappellent de prendre vos médicaments. Ou simplement que je programme une alarme. Je devrais peut-être aussi en avoir une pour l'eau ? Et m'acheter une bouteille. Givenchy en fait une qui me plaît beaucoup. Je vais en commander une en arrivant à la maison. Je me demande si Daniela a commandé ma caisse de 1907. Pourquoi l'eau est-elle si mauvaise à Londres ? Elle est tellement dure, tellement agressive pour la peau et les cheveux. Ce qui me fait penser… je dois prendre rendez-vous avec George Northwood pour réfléchir à une coiffure pour le mariage. Oh, merde… Il faut vraiment que je choisisse ma robe pour la réception. Je n'arrive pas à me décider entre la Galia Lahav et la Giambattista Valli.

— Mon père a trompé ma mère, lâche BJ sans prévenir, me prenant complètement au dépourvu.

Je m'arrête net.

Je cligne des yeux, essayant d'assimiler ce qu'il vient de dire, mais l'information glisse sur mon cerveau. Absolument impossible, putain ! Non.

Je me tourne et le regarde droit dans les yeux en fronçant les sourcils.

Il ne dit rien, se contente de hocher la tête.

Je prends ses mains dans les miennes.

— Quand ?

Il soupire.

— Il y a plusieurs années.

— Ta mère est au courant ?

— Ouais. Elle était là quand il me l'a dit.

— Quand est-ce qu'il te l'a dit ?

Il hausse les épaules, enfonce les mains dans les poches de son bomber à capuche Saint Laurent, le crème en peau de mouton, et se remet en marche.

— L'autre jour, au déjeuner.

— Je suis désolée de ne pas avoir été là…, soufflé-je.

J'ai des picotements sur toute la peau tellement je me sens coupable. Il faut que je sois terriblement égocentrique en ce moment pour n'avoir rien remarqué chez lui.

— Non… (Il secoue la tête et baisse les yeux vers moi, me sourit.) Ça va… Je crois que ça va.

Avisant mon expression confuse, il précise :

— Pas dans ce sens-là. (Il me prend distraitement la main.) Je veux dire que, eux, ça va…

— Et toi ? demandé-je en scrutant son visage en quête d'indices.

Aussitôt, un pli barre son front. Je déteste quand ça arrive. Bon, en fait, honnêtement, pas tant que ça parce que, putain… il est tellement beau… Tout le temps, dans tous ses états, même submergé par des émotions qui pèsent lourd sur lui.

— Je le croyais… (BJ soupire, hausse les épaules comme s'il se sentait stupide) parfait.

Je hausse les épaules à mon tour et souris.

— Tel père, tel fils.

Il fait une petite grimace – presque d'excuse.

— C'est de famille…

— Oui, lui dis-je fermement. Exactement.

Il m'adresse un petit sourire, hoche la tête, mais je perçois de la tristesse ou de la résignation dans son expression.

— Je pensais à la perfection, clarifié-je sans lâcher sa main. Pas à l'infidélité. La perfection est de famille chez les Ballentine.

BJ lève les yeux au ciel, serre un peu les dents.

— Il n'est pas parfait.

J'arque les sourcils.

— Parce qu'il a commis une erreur ?

Il fait une petite grimace gênée, et le voir ainsi me déstabilise complètement.

— Ce n'est pas arrivé qu'une seule fois, Parks.

Je ne vais pas mentir. Cette partie de la vérité me fait mal. J'ai l'impression qu'on m'écrase un peu à l'intérieur. Je me mordille la lèvre.

Pauvre Lily, merveilleuse Lily ! Si gentille, si douce… Pas étonnant qu'elle ait été bouleversée en apprenant la raison de notre rupture.

BJ déglutit.

— Je ne sais pas pourquoi elle est restée avec lui, dit-il en regardant par terre.

— Oh, je sais, moi, déclaré-je avec beaucoup d'assurance.

Je vois son visage s'éclairer un peu.

— Ah ouais ? (Il renifle.) Vas-y, je t'écoute.

— Eh bien, la perfection n'est pas exemptée d'humanité, affirmé-je en me redressant. Tu as commis tellement d'erreurs, fait tellement de choses stupides, et tu…

Il plisse les yeux.

— Où veux-tu en venir avec ça… ?

Je lève les yeux au ciel, impatiente.

— Tu restes parfait. (Je hausse les épaules d'un air détaché.) Pour moi. Parce que tu fais d'autres choses qui peut-être, à une plus grande échelle – celle de la vie…

Ma précision lui fait lever les yeux au ciel.

— J'avais compris, merci.

— La façon dont tu m'aimes et tout ce que tu as passé nos vies à faire pèsent bien plus dans la balance de mon cœur que n'importe laquelle de tes erreurs. Peut-être qu'à une époque tu nous as arrachés l'un à l'autre, mais nous ne nous sommes pas recollés ensemble avec du ruban adhésif à paillettes pour éblouir la galerie. Nous tenons ensemble grâce à du fil de pêche et du fil blanc que nous sommes les seuls à voir.

Il fait un pas vers moi. Il sourit un peu, maintenant.

— Comme quoi ?

— Comme quand tu as commandé ma bague de fiançailles la semaine où je t'ai dit que je restais à Londres. Et l'année dernière, le soir où tu m'as ramenée chez moi parce que j'étais triste et soûle et que j'avais besoin de toi, même si tu avais une fausse copine…

Il hausse légèrement les épaules et pince les lèvres.

— C'était ma vraie copine…

Je lève les yeux au ciel.

— Si tu le dis…

Il lâche un petit rire, secoue la tête.

— Et toutes les fois où tu m'as défendue face à mes parents, où tu t'es battu pour moi. Et le fait que tu me laisses prendre ton pouls alors que tu trouves ça bizarre…

— C'est bizarre.

— Le fait que nous marchions, là, maintenant, au lieu de prendre la voiture, continué-je sans lui prêter attention. Que tu m'apportes des tasses de thé tous les matins au lit avec la bonne quantité de sucre selon la journée. La façon dont tu me regardes quand tu crois que je ne te vois pas. Ta force, durant la pire journée… (Il me sourit tendrement.) Et puis pendant l'autre pire journée, ajouté-je en lui adressant un petit signe de tête. Si tout ça ne fait pas de toi un homme parfait (je hausse les épaules), c'est que la perfection n'existe pas. Et si elle existe, et que ce n'est pas ça, alors je n'en veux pas. Tu es tout ce qui m'intéresse, le seul homme avec qui je veux m'engager.

Sa bouche se tord malicieusement tandis qu'il s'approche de moi et glisse ses mains sur ma taille.

— J'aime penser…, commencé-je, et puis je me tais un instant parce qu'il est possible que je sois un peu enivrée par l'attention qu'il m'accorde et par ses yeux dorés (OK, pas vraiment dorés). Ou au moins j'espère beaucoup, d'une façon lumineuse, scintillante, brillante, en quelque sorte, que Lily est encore avec ton père parce qu'il l'aime comme toi tu m'aimes.

Le regard de BJ s'adoucit encore.

— Impossible.

Je prends son visage dans mes mains et lui souris tendrement avant de lui dire ce que je vais dire.

— Ils ont failli perdre un enfant, rappelle-toi.

Il tressaille, frappé par cette pensée.

— Peut-être, continué-je sans bouger mes mains, qu'ils s'y connaissent aussi en liens traumatiques…

59

BJ

En plus d'être reparti aussi vite qu'il est venu, Noël, cette année, a été bizarre. Pour deux raisons.

D'abord, on n'a pas vu les Parks du tout. On est restés avec ma famille. D'ordinaire, Noël, chez les Ballentine, c'est la grosse teuf. Tout ce que la famille compte de membres, même vagues, même éloignés, se retrouve chez mes grands-parents à Much Hadham. Mais pas cette année.

Henry, maman et moi décidons que ce serait probablement trop éprouvant pour Parks. Entre Bridget, le mariage et ses parents, même dans notre famille dont les Parks sont des intimes depuis très longtemps, elle risque de susciter une certaine fascination dont on préfère tous la préserver. Donc, célébration en petit comité chez maman. Et papa.

Ce qui m'amène à la seconde raison de l'étrangeté de l'édition de cette année. Je n'ai toujours pas envie de parler à papa. Henry non plus – je l'ai mis au courant. Mais les filles ne savent pas, et maman ne tient pas à ce que ça change. Du coup, on est obligés de lui parler, et c'est trop chelou.

Maman a pleuré. Elle a dit que ce n'était rien, qu'elle était juste fatiguée et que faire cuire un jambon était difficile, mais rien n'est difficile pour elle, c'est une putain de magicienne. Je sais qu'elle se sent mal parce qu'on est tous de mauvaise humeur.

À part cette histoire, donc, c'était le premier Noël sans Bridget pour tout le monde. De la merde. Il n'y a pas d'autre façon de le dire. Son absence s'est fait sentir à chaque instant – pendant le dîner, au moment d'ouvrir les cadeaux, pendant qu'on regardait des films de Noël…

Parks a à peine prononcé un mot de toute la journée. Elle s'est contentée de me suivre d'une pièce à l'autre comme ma petite ombre. Même à la salle de bains, une fois.

— J'ai juste besoin de pisser…, lui ai-je dit en pointant les toilettes.

— Oh !

Elle a légèrement froncé les sourcils, contrariée que mes fonctions corporelles élémentaires l'empêchent de rester à mes côtés.

J'ai reniflé, amusé, et l'ai tirée dans la salle de bains.

J'ai pressé ma bouche contre la sienne et lui ai adressé un regard d'excuse avant de me dépêcher de faire ce que j'avais à faire.

Elle ne pouvait pas rester seule aujourd'hui. Même pas une seconde.

Je me suis lavé les mains, les ai séchées, l'ai assise sur le meuble du lavabo, un bras de chaque côté d'elle.

— Il fait quel temps, Parksy ?

Elle a posé une main sur ma joue et souri tristement sans rien dire. J'ai embrassé sa paume, et on est restés là jusqu'à ce que Madeline cogne à la porte et nous crie de nous trouver une chambre.

Pour le 31, nous sommes allés à Madère avec Henry, Romilly et Bushka. Sans déconner, ça a été le meilleur réveillon de ma vie.

Tranquille, sans drama. J'ai ri et bu du champagne en compagnie des filles de ma vie et de mon frère.

Maman m'avait tendu plein de perches, espérant qu'on les inviterait. Jamais je n'avais pas invité ma mère à un événement où je savais qu'elle voulait venir, mais j'étais incapable de me coltiner mon père à ce moment-là. J'ai donc esquivé, même si je me suis senti complètement merdeux.

C'est à peu près à cette période que le nombre de coups de fil et de messages que je recevais d'elle est passé de un ou deux par jour (plutôt sain) à une quinzaine.

Ça fait beaucoup – trop. Il n'y a personne au monde à qui j'ai envie de parler quinze fois par jour. Merde, je crois même que si Magnolia me téléphonait quinze fois par jour, je la bloquerais. Mais je ne peux pas bloquer ma mère – ça se fait pas.

Henry m'a appelé il y a quelques jours pour me dire que je devais absolument parler à papa pour calmer maman. Apparemment, elle s'était aussi mise à le harceler. Il avait eu sa dose et me priait, « putain de merde », d'arranger ce bordel. Dans le cas contraire, il serait obligé de changer de numéro, et toute l'inquiétude maternelle se canaliserait sur moi seul. Je crois que je préfère crever plutôt que de risquer que maman m'appelle trente fois par jour. En attendant, je suis en route vers le *Colbert*, sur Sloane Square, où je retrouve papa pour le déjeuner.

Je m'assieds en face de lui. Je ne dis pas grand-chose avant d'avoir commandé un verre de Château de Pibarnon 2017. Il prie le serveur de lui apporter la même chose, et je comprends qu'il essaie de faire amende honorable – les vins minéraux aux arômes de cuir et de terre comme celui-ci n'ont pas sa préférence.

Il me regarde sans rien dire pendant un moment, assez stoïque.

— Ça va ? finit-il par me demander.

— Ouais. (Je hausse les épaules.) Pourquoi ?

— À cause de ce que tu as appris sur moi l'autre jour.

Je fais la moue.

— Ouais… (Je hausse de nouveau les épaules.) Je… Je ne sais pas. Je suppose. (Je me gratte la nuque.) Je ne peux pas dire que ça m'ait plu.

Je ne vais pas mentir. C'est bizarre. Voir votre père comme un homme respectable toute votre vie, pour finalement apprendre que c'est un connard, comme vous…

Il émet un reniflement amusé.

— C'est compréhensible.

Il intercepte la serveuse et me fait signe de commander. Je prends le poulet parce que les Français le préparent toujours bien, et lui un croque-monsieur, parce qu'il est incapable de choisir autre chose s'il y en a au menu.

Il s'adosse à sa chaise.

— Est-ce que tu as des questions ?

Tu parles ! Genre un million, putain…

Je hoche la tête.

— Ça a duré combien de temps ?

— Quatre mois, à peu près, dit-il, parfaitement calme.

J'ai un mouvement de recul.

— Merde alors !

Papa hoche la tête. Son attitude me sidère – je ne dirais pas qu'il s'en tape, mais en tout cas il n'a pas du tout l'air gêné.

— Comment a réagi maman quand tu le lui as dit ?

— Elle était dévastée. (Mon cœur se serre.) Le pire jour de ma vie. Après… (Il me désigne d'un geste, et je me demande si Parks n'avait pas vu juste.) Ça a été affreux de la voir comme ça. (Son regard se perd au loin, dans ses souvenirs. Puis il tourne les yeux vers moi.) Je m'en suis horriblement voulu.

— Alors pourquoi tu l'as fait ?

Il souffle par la bouche, réfléchit. Secoue un peu la tête.

— Je… Honnêtement, je n'en sais rien. Et je n'ai aucune excuse. C'est arrivé, c'est tout… Elle était séduisante, agréable, disponible – ce qui ne signifie pas que ta mère n'était pas toutes ces choses-là. (Il se tait, regarde de nouveau au loin.) Je n'ai pas arrêté d'aimer ta mère pendant ce temps-là. Jamais. Mais je crois que j'ai commis l'erreur de considérer mon couple comme allant de soi. (Il prend une inspiration, expire.) Et puis, tout d'un coup, au milieu de la monotonie de la vie quotidienne, il y a eu ce feu d'artifice d'émotions. J'ai agi sur une impulsion.

Il avale une gorgée d'eau, et, pour la première fois depuis le début de cette conversation, je crois percevoir le sentiment de honte que j'espérais observer chez lui.

— J'ai continué de suivre cette impulsion pendant un temps.

Je bois une gorgée de vin.

— Pourquoi ?

Il réprime un sourire et pointe le menton vers moi.

— Tu me croirais si je te disais qu'être le P.-D.G. d'une chaîne de supermarchés n'est pas aussi excitant qu'il y paraît ?

J'ai envie de rire, mais je ne lui accorde qu'un ricanement bref.

Il secoue la tête, fait la moue.

— Je ne sais pas… Ce que tu as dit l'autre jour, BJ… Ça m'a beaucoup donné à réfléchir.

J'attends, curieux.

— Je suis un connard, lâche-t-il soudain.

Pris au dépourvu, je préfère me taire. Il continue.

— Honnêtement, je suis impressionné, BJ. J'ai passé tellement de temps à faire du souci pour toi, à craindre que tu n'ailles encore une fois trop loin, que tu perdes Magnolia, que tu mettes ta vie en danger…

Il se tait, et la douleur tord brièvement ses traits. Je me sens coupable. J'ai l'impression d'être un mauvais fils.

Il reprend :

— Je ne me suis pas rendu compte, je suppose… J'étais trop distrait par l'inquiétude, trop occupé à imaginer à quoi ta vie aurait dû ressembler. À tel point que je me suis planté, tout simplement. (Il hausse les épaules, impuissant.) Et je n'ai pas vu que, en fait, tu vas très bien.

Je le regarde, à court de mots. Mes parents nous ont toujours encouragés, quoi que nous fassions, ils ont toujours cru en nous et nous l'ont toujours dit. Pourtant, à un moment, vers mes vingt ans, l'idée que je me faisais de ma vie et l'image que mon père en avait ont divergé, devenant de toute évidence une source de tensions entre nous.

— En fait, je trouve ta philosophie de vie admirable. Tu as raison. Même si je ne peux pas te promettre que je ne m'inquiéterai pas. Je déteste les cryptomonnaies. Quant aux NFT… Bon sang, je ne comprends pas…

— Papa…

Je lève les yeux au ciel ; je le lui ai expliqué des milliers de fois.

— C'est du délire, BJ !

Je hausse les épaules.

— Parks a vendu la photo de notre premier baiser en NFT à un homme d'affaires chinois pour, genre, un demi-million de livres…

Son visage se plisse entièrement.

— Je ne… Quoi ?

Je pousse un grognement.

— Jonah l'avait filmé. Un jour, elle a voulu prouver à Henry l'absurdité des NFT et… Bref, c'est une longue histoire qui n'a pas beaucoup d'intérêt, sauf, je suppose, que Parks a finalement admis qu'elle avait tort et qu'elle avait un fan trop chelou à Beijing.

Papa n'est pas enthousiasmé par l'anecdote, mais cette fois je crois que c'est parce qu'il s'inquiète pour elle.

Il se passe la langue sur les lèvres et soupire.

— Je suis ton père, BJ…

La sonnerie de mon téléphone retentit, mais je refuse l'appel.

— Je m'inquiéterai toujours pour toi… (Je reçois un message.) Je vais toujours me demander si tu vas bien, si tu as assez d'argent pour vivre, m'assurer que tu ne manqueras de rien quand je ne serai plus là, mais…

Et là je reçois un autre message. Et un autre. Et un autre.

Je finis par consulter mon téléphone pour vérifier que tout va bien. Là, je sens mon cœur se serrer.

— Merde ! murmuré-je. Il faut que j'y aille.

Je sélectionne un message et l'envoie à Taura.

Papa fronce les sourcils.

— Tout va bien ?

— Mmm… (Je secoue la tête sans quitter l'écran des yeux.) Il faut que je parle à Parks…

Mon téléphone recommence à sonner. C'est Taura.

— Ouaip, dis-je en me levant. Je suis en route… Non, vas-y aussi… Je te retrouve là-bas…

Je raccroche, me tourne vers mon père qui me dévisage d'un air soupçonneux.

— C'était le coup de fil pour avoir une excuse pour partir ?

— Quoi… ? Non, papa… Merde ! Sérieux, je…

— Ah… (Il s'empresse de secouer la tête.) J'ai juste…

Je lève les yeux au ciel.

— J'hallucine !

Il s'adosse à son siège, l'air sérieux.

— Qu'est-ce qui se passe alors, BJ ?

Je pousse ma lèvre inférieure de ma langue et soupire.

— Quelqu'un a parlé… (Je me passe les mains dans les cheveux tandis que mon père essaie de comprendre de quoi je parle.) Le trouble du comportement alimentaire de Magnolia… c'est partout.

Il affiche aussitôt une expression inquiète. Il l'adore. Il l'a toujours adorée.

De la tête, il m'indique la porte, et je file prendre le métro.

C'est bien plus rapide qu'un Uber, à cette heure de la journée. Moins d'une demi-heure plus tard, je suis à la maison.

Je dois m'ouvrir un chemin dans la marée de photographes en faction devant notre immeuble. Je croise le regard du portier. Il a l'air désolé et fatigué pour moi – et super soûlé. J'ai mis mes lunettes de soleil afin qu'ils ne voient pas mon visage, parce que c'est pour ça qu'ils sont là : choper une photo sous un certain angle qui leur permettra de raconter ce qu'ils veulent et vendre leur histoire.

Une fois chez nous, je les trouve dans notre chambre – Taura va finir par creuser un trou dans le sol à force de faire les cent pas, Parks assise au bord du lit, les yeux écarquillés, nerveuse.

— Hey…, dis-je en entrant dans la pièce.

Elle saute sur ses pieds dès qu'elle me voit et se jette dans mes bras.

— Ça va ? lui demandé-je.

Elle s'écarte et me regarde.

— Comment ils l'ont su ?

— Aucune idée… (Je secoue la tête.) On va régler ça.

— C'est trop tard, souffle-t-elle, les yeux brillants de larmes. C'est déjà partout.

— Où, exactement ? (Je me tourne vers Taura.) Qui en a parlé ?

— Tout le monde, répond Taura, atterrée.

Magnolia se couvre le visage de ses mains avant de se rasseoir.

— Parksy… (Je m'agenouille devant elle.) Écoute, te faire ça… c'est dégueulasse, mais il n'y a aucune honte à avoir…

— Bien sûr que si ! J'ai vingt-cinq ans. Je souffre d'un trouble du comportement alimentaire depuis que j'ai quinze ans. Les articles le disent tous…

Elle me met son téléphone sous le nez.

Un des torchons habituels a consulté un soi-disant expert, lequel insinue qu'il est très curieux qu'elle continue de souffrir de boulimie après toutes ces années.

« On ne peut que se poser la question : comment se fait-il qu'elle en souffre encore ? », interroge-t-il.

Ce n'est pas de la boulimie, au fait. Elle déteste vomir. Elle ne le ferait jamais exprès.

En revanche, pour ce qui est de manger mal ou de ne pas manger du tout… alors là, c'est une pro.

Ça montre à quel point ces gens sont des merdes. Ils se foutent de ce qu'ils écrivent. Ils n'ont même pas besoin de donner des infos exactes. Il leur suffit d'être indécents.

Je secoue la tête. Ce qui me rend dingue, surtout, c'est que ce sont eux, les responsables. En partie du moins.

Elle ne souffrait d'aucun TCA avant qu'ils la hissent sur leur piédestal et lui consacrent leurs couvertures, titrant : « Le plus beau corps depuis Elle ». Avant ça, sa beauté ne suscitait pas spécialement l'intérêt. Elle savait qu'elle était jolie, bien sûr. Au lycée, les mecs s'intéressaient à elle. Mais je ne crois pas qu'elle y prêtait attention. Elle ne mesurait pas encore les avantages d'un physique comme le sien. Elle n'avait pas encore compris qu'elle pouvait s'en servir.

Ensuite, elle a signé avec Ford, puis Storm. À la même époque, la carrière d'Arrie a redécollé, Harley cartonnait. Un soir, on était sortis avec le Pack Complet – elle avait quinze ans, moi seize –, et un photographe a pris des photos super mignonnes de nous, un peu par hasard. Vraiment du basique – moi debout sur la chaussée, elle sur le trottoir, ses bras autour de mon cou, mes mains sur sa taille, on riait, on discutait, on s'embrassait… – des trucs de gosses, quoi. Sauf qu'on a le physique qu'on a, et puis on portait des sapes cool. Quelqu'un a publié les photos, et ensuite tout le monde les a publiées, et la fascination est née.

Elle ne s'est pas allongée sous l'œil du microscope. Ils l'ont assommée et l'ont traînée dessous.

C'est eux qui lui ont infligé ça. En l'idéalisant, pour ensuite la jeter au sol et la piétiner. En publiant des photos d'elle ivre en train de manger des frites – elle ne mangeait pas pendant une semaine, après. En prenant de mauvaises photos d'elle – vous savez à quel point c'est dur de rater un portrait de Parks ? Il faut vraiment le vouloir. Essayez, vous verrez. Pas facile. Ils la photographiaient au restaurant, bouche ouverte au milieu d'une bouchée – des monstres, putain… –, pour pouvoir écrire des trucs du genre : « Vous voyez, elle est comme nous, en fait ! »

Et c'est faux. Elle vaut bien mieux, et ils le savent. C'est pour ça qu'ils sont… obsédés par elle ou je ne sais quoi. On peut croire que j'exagère, parce que je suis son mec, mais même pas. Putain, c'est l'enfer ! Je vois bien dans quel état ça la met. J'aimerais tellement que ça cesse.

Les médias, le public – appelez-les comme vous voulez –, ils l'adorent et, dans le même souffle, la mettent en pièces. Et quand la première expérience que vous avez de l'amour se situe quelque part entre l'adoration qu'affichent vos parents pour la galerie et leur indifférence dans l'intimité, qu'est-ce que vous faites ? Comment est-ce que vous assimilez ça ?

— Parksy… (Je tiens son visage dans mes mains.) Yo, personne ne peut aller mieux à ta place, ça, c'est vrai, mais tu n'as aucune raison d'avoir honte. Moi, je n'ai pas honte…

— Ça ne compte pas. (Elle lève les yeux au ciel.) Tu n'as jamais honte de moi…

J'ouvre des yeux ronds.

— J'ai tout le temps honte de toi. La semaine dernière avec Tiller… ? (Je secoue la tête.) C'était trop les boules…

— De quoi vous parlez ? demande Taura, sourcils froncés.

— De rien ! s'empresse de répondre Parks, sauf que je dis en même temps : « Elle l'a forcé à lui donner le code de son téléphone. »

— Magnolia…, grogne Taura.

Magnolia nous regarde avec une parfaite indifférence, typique d'elle en ces circonstances. Cligne des yeux. Hausse les épaules.

Il y a un silence. Taura plisse les yeux.

— Tu t'en souviens ? Tu me le passes ?

Je pointe un doigt menaçant vers elle – ah, les meufs…–, puis secoue la tête en m'efforçant de ne pas trahir mon amusement. Me concentre de nouveau sur la petite créature pleurnicharde devant moi.

— Parks, tu me fous la honte en permanence et je t'aime quand même, mais ça… (Je fais un geste vers l'ombre qui revient la coller chaque fois que la vie la met à terre.) Non. Et ceux qui publient ces saloperies sont des malades. Ça prouve qu'ils n'ont aucune idée de l'enfer que c'est, à quel point ça conditionne une vie…

Transforme une vie… fout en l'air une vie… prend une vie.

— Je ne sais pas qui est le responsable… (De la tête, je désigne l'article sur son téléphone.) Ce qui est sûr, c'est que c'est une raclure.

Elle soupire, secoue la tête.

— Peu importe, BJ, parce que maintenant tout le monde sait. Ils vont en parler pendant des mois, prendre des photos de moi en train de manger, analyser mon alimentation, scruter mon corps pour voir s'il change, et…

— Ouaip. (Je hoche la tête.) C'est vrai.

Pas la peine de mentir.

Je prends sa main, la serre dans la mienne.

— Ce sont des salauds. Et cette situation dit tout à leur sujet et rien sur toi, Parks…

Je la regarde un instant, cette fille que j'aime plus que tout et qui se fait de nouveau malmener par les mêmes putains de connards qui parlent d'elle et de nous par habitude, sans raison ni mérite… Elle prend une grande inspiration, la lèvre tremblante, puis me sourit courageusement. Taura lui confisque son téléphone, la déconnecte sur tous les réseaux sociaux et désinstalle Safari avant de le lui rendre.

Parks ne dit rien, mais lui adresse un regard reconnaissant. J'aurais voulu que Taura ne sache pas faire tout ça, mais elle y a déjà été amenée et le sera encore. Ça me rend dingue. C'est comme si un feu s'allumait en moi. Un feu qui se nourrirait de rage, un feu qui aurait soif de sang.

Je sors mon téléphone.

— Yo, lance Jonah à la deuxième sonnerie. Putain, gros… Je viens de voir… J'allais t'appeler. Comment elle va ?

Je m'écarte un peu et jette un coup d'œil à Parks par-dessus mon épaule.

— Pas génial, dis-je à voix basse avant d'entrer dans la salle de bains. Tu sais si c'était lui ?

Je balaie la pièce du regard. Ce n'est toujours pas fini, mais ça se voit moins. La bâche a dégagé. Notre femme de ménage a décrété qu'elle ne la supportait plus et que l'entrepreneur tardait trop. Elle a nettoyé la baignoire, comme si elle fonctionnait. De toute façon, ni Parks ni moi ne prenons de bains.

— Je ne sais pas. Je vais vérifier… (Jo baisse la voix.) Tu veux que j'aille lui rendre une petite visite ?

— Ouais, dis-je par réflexe avant de me taire et de réfléchir – je n'avais jamais eu besoin de prendre un moment pour réfléchir avec Jonah, mais là oui. Ne fais rien de… trop stupide, disons.

— Mais un peu stupide ?

— Ouais. Un peu. La situation s'y prête.

— OK. Je m'en occupe, dit-il avant de raccrocher.

17:28

Marsaili

Je suis affreusement navrée, Magnolia.

Je n'arrive pas à le croire.

Est-ce que ça va ?

Je ne sais pas.

Pas vraiment.

Est-ce qu'on en parle vraiment partout ?

Oui.

BJ est avec toi ?

Oui.

Bien.

Vraiment, ça me rend malade.

Qui a publié ça ?

Je suis atterrée.

♥

60

Magnolia

— Pourquoi est-ce que tu es toujours habillée de la même façon ? demandé-je au reflet de ma sœur dans le miroir.

— Hum. (Elle soupire en affichant une expression d'ennui.) Parce que tu fais une fixation sur mes derniers moments, et que c'est ce que je portais…

— Une fixation ? (J'esquive l'allusion à ses derniers moments.) Eh bien, eh bien… il semblerait qu'on ait la grosse tête, aujourd'hui, semble-t-il.

Elle lève les yeux au ciel.

— Personne ne te force à me faire apparaître tous les jours dans une salle de bains…

Je fronce les sourcils.

— Tu préférerais porter autre chose, alors ?

— Je suis morte, Magnolia. Je m'en fous de mes vêtements.

Je tape du pied, puis me lave les mains sans raison.

— Pourquoi tout le monde n'arrête pas de répéter ça ?

— Quoi ? demande Bridget. Que je suis morte ?

Je fais la moue dans le miroir, et elle hausse les épaules avec indifférence.

— Parce que je le suis…

Je passe ma langue sur mes lèvres et contemple ma french manucure impeccable avant de secouer la tête et de lever les yeux vers le fantôme de ma sœur.

— Ça ressemble à quoi ?

— Quoi ?

Je lui décoche un regard impatient. Elle devrait suivre, non ? N'est-elle pas devenue… magique, ou divine, ou je ne sais quoi ?

— Le paradis.

Elle hausse les épaules.

— Je ne sais pas.

— Comment ça, tu ne sais pas !

Elle me lance un regard agacé.

— Parce que *tu* ne sais pas…

Je l'ignore.

— Est-ce que c'est très blanc et lumineux ?

Elle pousse un soupir.

— Tu veux que ce soit blanc et lumineux ?

— Non… (Je ramène mes cheveux derrière mes épaules.) Pas nécessairement.

— Alors comment tu aimerais que ce soit ? me demande-t-elle à contrecœur.

Je me retiens de toutes mes forces de pleurer.

— Réel, dis-je en me redressant.

Son visage affiche une expression un peu triste. Et inquiète.

Mais tout le monde est un peu triste et inquiet pour moi, en ce moment.

— Bref. (Je secoue la tête. M'éclaircis la voix.) Nous n'avons pas vraiment abordé le sujet – Harley, je veux dire. Tu te rends compte de ce qu'il m'a dit ?

— Oh… (Elle hausse les épaules.) Pas très surprenant…

— Bridget ! grondé-je.

— Tu ne l'as jamais appelé papa, me fait-elle remarquer.

Je la fusille du regard.

— Je n'arrive pas à croire que tu me dises ça…

— Il n'est pas question de moi, Magnolia. (Elle m'adresse un regard exaspéré.) Je n'existe pas. Je suis toi… Donc, clairement, tu penses que c'est ta faute.

Je déglutis.

— Et ça l'est ?

— Ça l'est ? répète-t-elle en haussant les épaules.

J'ouvre la bouche pour rétorquer quand j'entends BJ m'appeler.

— Parks ! (Il ouvre la porte de la salle de bains.) Ta mère est là.

Je ris.

— Elle est bien bonne !

— Non… (Il lève les yeux au ciel.) Ce n'est pas une blague.

— Oh…

Je fronce le visage.

Ça alors !

BJ me regarde, penche la tête – j'en profite pour admirer la ligne parfaite de sa mâchoire. Il se force à sourire, mais il y a de la préoccupation dans son regard, et je sais qu'il sait que j'étais en train de parler avec ma sœur.

— Qu'est-ce qu'elle veut ?

Il fait une grimace perplexe et hausse les sourcils, puis me tend la main – vous avez déjà vu ses mains ? En plus de tous les tatouages qui parlent de moi, qui nous racontent et que vous connaissez – il est en train de se faire enlever au laser les deux abeilles mortes sur le dos de sa main droite, parce qu'il m'arrive de me mettre à pleurer, si je les regarde trop longtemps –, il s'est fait tatouer MKJP sur son annulaire gauche. Sur le moment, je m'y suis opposée, objectant que nous n'étions pas encore mariés. Il m'a fait remarquer que je portais une bague, et qu'il devrait aussi en avoir une. Je lui ai proposé la chevalière de ma famille, mais il m'a expliqué qu'il voulait quelque chose de permanent, arguant qu'il n'avait jamais cessé de m'aimer pendant vingt ans et qu'il n'allait pas arrêter maintenant. Il s'est aussi fait tatouer le nom de ma sœur sur le dos de la main gauche, en bas, près du pouce. J'ai toujours aimé que ses mains soient couvertes de moi, tels des rébus – tout son corps, bien sûr, mais surtout ses mains, qui ont touché tant d'autres femmes. J'espère qu'elles ont eu l'impression de faire l'équivalent sexuel du saccage de Notre-Dame en 1831 par des émeutiers. La profanation d'un lieu sacré dont elles n'auraient jamais dû s'approcher au départ.

Mis à part les raisons évidentes pour lesquelles je pourrais aimer ses mains (treize, actuellement, et je n'ai pas fini de compter), je les ai toujours aimées juste pour leur forme. Les belles mains ont quelque chose d'incroyablement sexy, vous ne trouvez pas ? Je ne sais pas très bien pourquoi. Celles de BJ sont grandes, mais pas ridicules. Les doigts sont forts sans être épais. Ses ongles courts – il les ronge. Pas par nervosité. Il soutient que nos dents sont les coupe-ongles naturels que Dieu nous a donnés. À Bridget qui lui avait judicieusement fait remarquer un jour : « Et tes pieds, alors ? », il avait rétorqué qu'elle était « dégueulasse ».

Je serais incapable de vous dire si je les aime autant à cause de ce que je ressens quand il les pose sur mon visage ou quand il me tient par la taille. Pour moi, ce sont des espèces de portails spatio-temporels : grâce à elles, je peux revenir à mes quinze ans ou me projeter à quatre-vingt-cinq ans, car je sais qu'elles me procureront les mêmes sensations. C'est vrai, les mains sont probablement une partie assez banale du corps humain, mais l'argument ne vaut plus rien une fois que Baxter James Ballentine vous a touché.

Je saisis donc cette main que j'aime et le laisse me conduire jusqu'à ma mère.

En me voyant, elle m'adresse un sourire d'une gaieté si exagérée qu'il en est presque sinistre.

— Bonjour, ma chérie !

Je reste debout devant BJ. Elle s'approche pour m'embrasser. Je ne bouge pas. Ne réagis pas.

— Je voulais passer depuis Dartmouth…

— Ah oui ?

Je recule contre BJ pour me donner du courage. Il enroule un bras autour de ma taille.

— Ça fait plusieurs semaines, Arrie…, fait-il remarquer d'un ton curieusement froid.

Il ne s'est presque jamais montré hostile à l'égard de maman. Il a toujours eu un faible pour elle, dont j'ai même pu être jalouse autrefois. Taura soutient que c'est parce que nous avons les mêmes yeux, elle et moi.

— Noël est passé, insiste-t-il. On n'a eu aucune nouvelle.

— Eh bien… (Elle incline la tête et nous regarde.) À notre décharge, nous non plus…

Je ne dis toujours rien.

— Qu'est-ce que tu aurais voulu qu'elle vous dise ? continue BJ.

Ma mère soupire, et, d'une certaine façon, même l'air qu'elle expire semble diplomatique. Elle lui adresse un sourire d'excuse avant de baisser les yeux vers moi.

— Il s'est passé beaucoup de choses, ces dernières semaines…, ajoute BJ.

— Tu vas bien, ma chérie ? me demande-t-elle, sourcils arqués.

Je me passe la langue sur les lèvres.

— À propos de quoi, maman ?

Elle hausse imperceptiblement les épaules.

— Ton père, ma chérie.

BJ resserre son étreinte – j'ignore s'il s'en rend compte. J'essaie de ne pas penser au temps qu'elle a laissé passer avant de se décider à venir me voir.

— La semaine dernière, les journaux ont annoncé que je souffre d'un trouble du comportement alimentaire depuis dix ans. Tu n'as même pas cherché à prendre des nouvelles…

— Voyons. (Elle me lance un regard entendu.) Ce n'était pas exactement un scoop, ma puce…

Je hoche la tête, comme si je comprenais.

— J'ai perdu ma sœur, j'ai perdu un bébé, ma grand-mère est repartie en Russie, ma nounou est repartie en Écosse parce que… (Je fais un geste vers elle.) Tu sais… Je vous ai vus, Harley et toi, enchaîner les liaisons, rompre, vous remettre ensemble. On m'a arraché le cœur pour le donner en pâture aux gens. J'ai perdu deux de mes meilleurs amis, j'ai quitté le pays. Les médias m'ont mise en pièces, et pas une fois jusqu'ici tu ne m'as demandé comment j'allais.

Elle se racle la gorge, nerveuse, puis avale sa salive.

— Et comment vas-tu ?

Je la regarde, cligne plusieurs fois des yeux avant de secouer rapidement la tête.

— Je suis désolée pour la vulgarité de mes paroles… Ce n'est pas quelque chose que je dirais en temps normal, mais je n'ai tout simplement aucune idée de comment le formuler autrement…

Elle fronce légèrement les sourcils et attend.

— OK…

— Hum… (Je plisse les yeux.) S'il te plaît, je t'en conjure, par pitié… va te faire foutre !

Elle exhale et lève les yeux vers BJ.

— BJ, chéri, tu veux bien nous laisser une minute ?

Je secoue la tête.

— Non.

Elle lève brièvement les yeux au ciel, mais pas par agacement. Insécurité, plutôt ?

— Magnolia, je…

— Quoi que tu me dises, je le lui répéterai, de toute façon.

Elle plisse les yeux, contrariée que les choses ne se passent pas comme elle le souhaite, mais j'arque les sourcils d'un air de défi et j'attends.

— Très bien…

Elle recule de quelques pas et s'assied dans le fauteuil derrière elle.

Je reste debout. Je n'ai aucune intention de lui faciliter la tâche.

Elle pousse un soupir et place ses mains jointes – exactement comme on l'enseigne dans les écoles de bonnes manières – sur ses cuisses. Elle m'adresse un regard prudent.

— J'étais très jeune quand je t'ai eue, commence-t-elle. J'étais à Londres depuis quelques années, mais ma carrière n'avait pas encore décollé…

Je hoche la tête, ennuyée.

— Je sais.

— Et j'ai rencontré ton père, et j'ai tout simplement pensé qu'il était l'homme le plus délicieux…

— Difficile à croire, la coupé-je.

BJ me tapote discrètement le dos du doigt, au moment où ma mère me lance un regard noir. Le même que je réserverais à quelqu'un qui critiquerait BJ.

— Il était tellement beau et talentueux et riche et…

— Mère, la coupé-je encore, sceptique. Ta famille devait peser pas loin d'un billion de livres.

Elle hausse les épaules.

— Je n'ai pas eu accès à mes comptes avant mes vingt et un ans…

— Tu avais quel âge… ? demande BJ.

— Dix-neuf ans, quand j'ai rencontré Harley. (Elle se tourne de nouveau vers moi, l'air presque suppliant.) Ma chérie, il faut que tu comprennes que je suis tombée follement amoureuse de ton père et que je n'ai jamais cessé de l'aimer…

Je fronce le visage.

— Tu n'as pas eu une liaison qui a duré plusieurs années avec Hugh Grant, après ma naissance ?

— Oui, mais…

— Et pourquoi les gens suggèrent-ils parfois que Taye Diggs est mon père ?

Elle secoue la tête.

— Parce que nous avons fait un shooting ensemble une fois, et qu'il est magnifique, et que tu es ma…

— Et dans les années 1990, il me semble que le bruit a couru que j'étais la fille de Tupac ?

— Oui. (Elle lève les yeux au ciel.) C'est vrai. Mais il est mort avant ta naissance… Encore une de ces rumeurs idiotes et absurdes dont j'ai été victime…

— Bien sûr, oui, mais… (Je hoche la tête.) On pourrait douter que tu aimes follement Harley depuis que vous vous êtes rencontrés… Mais je t'en prie, continue…

Elle se racle de nouveau la gorge.

— Vois-tu, ma chérie, je ne dirais pas que tu as exactement été une « grossesse désirée »…

— Oh… (Je lève les yeux au ciel.) Tu m'en diras tant !

Elle avale sa salive et se passe la langue sur les lèvres avant de me regarder avec de grands yeux.

— En tout cas, pas pour ton père.

Vous savez, pendant une grande partie de ma relation avec Harley, je me suis appliquée à résoudre l'énigme de notre aversion mutuelle. J'ai essayé en vain de comprendre pourquoi nous sommes comme nous sommes, pourquoi il est comme il est. La meilleure image qui me vient pour décrire mes efforts, c'est celle de ces machines à sous avec les trois rouleaux. Mon cerveau tournait et tournait indéfiniment, des diamants et des couronnes et des sept défilant à la vitesse de la lumière sans jamais s'arrêter sur aucune combinaison…

Soudain, j'ouvre des yeux ronds, et je sens le bras de BJ autour de ma taille se relâcher très brièvement avant de me serrer encore plus fort.

Ma mâchoire se décroche.

— Maman !

— Arrie…, soupire BJ.

— Je sais… (Elle secoue la tête, désolée.) Mais j'étais si jeune ! Et je l'aimais, et je voulais être avec lui ! dit-elle comme si c'était une excuse suffisante. Juste lui… ! Il fréquentait tellement d'autres femmes. Je voulais qu'il arrête…

— Donc tu l'as piégé ?

Elle secoue rapidement la tête.

— Je ne l'ai pas vu comme ça sur le moment, mais…

Elle n'achève pas sa phrase, pince les lèvres.

Je pousse l'intérieur de ma joue avec ma langue, pensive, puis demande :

— Tu l'as obligé à rester avec toi ?

— Il me l'a proposé. Il tenait à se comporter honorablement.

— Tu l'as forcé à devenir père…

Je hoche lentement la tête et là… ding-ding-ding… trois cerises se sont alignées.

— « Forcé » n'est pas le mot qui convient, objecte-t-elle sur un ton de politicienne, avant de se redresser, une expression presque fière sur le visage. Il s'est montré à la hauteur de la situation.

— Ah… (Je jette un regard sincèrement surpris à BJ.) Vraiment ? C'est comme ça que tu vois les choses ?

Ma mère souffle par le nez.

— Magnolia, ma chérie… Je comprends que nous t'avons déçue à de nombreuses reprises au cours de ta vie, mais vraiment, tu as une existence très agréable…

— OK, d'accord. Ouais, absolument… Il y a des aspects de ma vie qui sont tout à fait charmants, concédé-je. Mais est-ce que, quand tu regardes en arrière et que tu repenses à lui comme mari pour toi, ou comme père pour Bridget et moi, il t'arrive de te dire : « Franchement, il a fait du beau boulot » ?

Sa bouche se tord d'une façon qui m'aurait peut-être attristée si je n'avais pas été trop occupée à me sentir trahie. Ce qui est curieux. J'ignorais que je lui accordais suffisamment de crédit pour qu'elle ait le pouvoir de me trahir.

— Non, souffle-t-elle. Je suppose que non.

Et puis le silence s'installe.

La combinaison s'affiche, certes, mais à présent la machine crache des pièces de monnaie dans tous les sens. Elles me glissent entre les doigts, se déversent sur le sol…

— Il est au courant ? demande BJ au-dessus de moi, sa voix me tirant de mon hébétude.

Ma mère hoche la tête, et BJ expire par la bouche.

Il m'embrasse distraitement sur le sommet du crâne. À moins que ce ne soit intentionnel – aucune idée. Je ne le regarde pas. Je le saurais, si je le regardais.

— C'est pour ça que tu acceptes ses infidélités, poursuit-il.

Ma mère redresse les épaules, relève le menton.

— J'ai eu moi-même des liaisons…

Je n'arrive pas à savoir si elle est sur la défensive ou si, curieusement, elle en tire une certaine fierté. Je l'observe tout en m'efforçant d'assimiler les implications de ses révélations.

Jusqu'à présent, j'avais toujours cru être un « bébé oups ».

Le produit de l'insouciance d'un couple de jeunes gens célèbres qui aimaient faire la fête et s'envoyer en l'air. Un soir, ivres, ils avaient oublié de mettre un préservatif et – oups ! Me voilà.

Telle était l'histoire que j'avais inventée autour de ma conception. Rien de fantastique, mais je suppose qu'elle a son charme… Bien sûr, il y manque le sens des responsabilités de deux personnes réellement impliquées l'une envers l'autre et qui ont décidé d'avoir un enfant, de l'élever et de l'aimer ensemble. C'est dans ces circonstances que BJ a été conçu, au fait. Évidemment. Avec de l'amour, mais aussi de bonnes intentions et de grandes espérances. Peut-être que ça manquait un peu chez mes parents, mais au moins il y avait quelque chose d'un peu rock'n'roll à être un enfant de l'amour et de la passion.

Hélas, j'apprends finalement que l'origine de mon existence ne tient ni à l'un ni à l'autre.

— Donc, il n'a jamais voulu m'avoir…

C'est autant une question qu'une affirmation. Et puis je me surprends en train de hocher la tête et d'ajouter rapidement :

— Je m'en doutais un peu…

J'adresse un sourire bref à ma mère. Par cette précision, j'essaie d'atténuer l'aspect pathétique de la situation, mais il est évident que ça ne suffit pas : je sens une pitié angoissée irradier de mon fiancé, lui, si aimé, si équilibré. Je ressens la même chose que quand je regardais les soigneurs lui remettre l'épaule en place sans analgésique pendant un match de rugby afin qu'il puisse continuer de jouer.

Cela dit, je ne sais pas comment nous allons rafistoler cette épaule-ci.

Ma mère réfléchit un moment. Je ne demande pas pourquoi. Nous connaissons tous la réponse à cette question, à ce stade de la conversation. Mais cela me frappe un peu qu'il ne lui ait pas traversé l'esprit de me mentir afin de me ménager. Le fait que ça n'entre pas en ligne de compte en dit long sur notre famille. Maintenant que c'est révélé, il n'y a pas de retour en arrière possible. Pourquoi mentir ?

— Je crois, commence-t-elle prudemment, qu'il a pu te trouver difficile, parfois, parce que – et tu n'y es absolument pour rien, ma chérie (j'ai droit à un bref sourire d'excuse) – tu incarnais le piège que je lui avais tendu.

Je m'étais déjà demandé avant ce que ça faisait de prendre une balle.

Pas à un endroit stupide comme le bras ou la jambe, ce qui ferait juste mal, bien entendu… Non, je pensais à un coup mortel… Eh bien, ça a l'air intéressant.

À la tête, vous êtes mort, clairement. C'est instantané, indolore… À moins que votre agresseur ne rate son coup. Ça arrive de temps en temps, non ? Des gens qui survivent après avoir reçu une balle dans la tête – ils peuvent vivre normalement à condition qu'elle ne bouge pas.

Une balle en pleine poitrine… ce doit être autre chose, non ?

Vous pensez que ça fait quoi ?

Rien, peut-être ? C'est tellement, tellement grave, il n'y a tellement pas d'issue possible que votre cerveau sait qu'il ne faut pas vous laisser sentir.

Je ne ressens rien en entendant ça. C'est bizarre, non ? En tout cas, pas au début.

C'est dingue, le TDAH, en fait. La vitesse à laquelle tourne mon cerveau en permanence – quand on parle d'hyperactivité, ce n'est pas physique, ce n'est pas moi qui saute partout et rebondis contre les murs, ce sont les centaines de pensées qui rebondissent sur les murs dans ma tête.

Et dans certains cas, c'est merveilleux. Je perçois des choses qui échappent à la plupart des gens ; je suis très minutieuse. Je repère facilement les détails, mais aussi les schémas récurrents. Je crois être assez intelligente, franchement. J'aime ma façon de penser. Quand on m'a diagnostiqué mon TDAH, ça ne m'a pas attristée. Au contraire, ça a donné du sens à beaucoup de choses chez moi, et sur nous, sur comment je suis, comment je peux être et pourquoi... Ça a répondu à des tas de questions.

Mais ça a ses mauvais côtés. Toutes ces pensées... Parfois, c'est comme le supplice du waterboarding. Juste... un tissu qui enveloppe mon cerveau, et un déluge de pensées qui se déversent sur ma bouche et mon nez, m'interdisant de respirer sous peine de m'étouffer...

Encore un sujet sur lequel je réfléchis beaucoup. Je suis le plus gros jackpot du Powerball du monde. Mes pensées sont les boules qui dansent dans cette machine à tirage en verre, et puis le bras mécanique brandit une boule isolée au hasard, qui glisse dans le tube vers le devant de mon esprit.

Tout bien considéré, l'attitude de mon père avec moi est assez compréhensible. Mais si ma mère a fait exprès de tomber enceinte et a décidé de m'avoir pour garder mon père, où était-elle ? Si elle me voulait, où était-elle ? La raison en conclurait qu'elle ne me désirait pas réellement, et que mon existence n'était que l'objet du contrat qu'elle l'a obligé à signer.

Il y a quelque chose d'impossible à transmettre dans le fait de ne pas avoir été désiré par ses parents. Une sorte de brûlure difficile à décrire à quelqu'un qui ne l'a pas ressentie.

La désolation dès l'entrée dans le monde, je pense. Parce que c'est... anti-darwinien. Les humains sont programmés pour aimer leurs petits afin d'assurer la continuité de l'espèce. Et si les personnes qui auraient dû vous aimer ne peuvent pas ou ne le font pas ou ne veulent pas – qu'est-ce que ça dit de moi ?

Maintenant, je le sens. De ma trachée à mes bronches tertiaires et jusque dans mes bronchioles – tout l'air qui entre en moi s'évapore sur-le-champ. C'est comme si quelqu'un avait mis un film plastique sur mon visage et que je haletais désespérément en quête d'oxygène, mais il n'y en a pas – tout l'air du monde a disparu.

BJ s'en aperçoit – je ne sais pas comment. Il me fait pivoter face à lui et plonge son regard dans le mien.

Il touche mon visage, le prend dans ses paumes et m'adresse le regard le plus sérieux qu'il m'ait jamais adressé de toute notre vie.

« Je t'aime », me dit-il dans notre langage.

Je pose mes mains sur les siennes et m'imprègne du seul amour dont je n'aie jamais vraiment douté. Alors je sens mes poumons se remplir de nouveau de l'air qu'ils ont trouvé.

Tout a un sens à présent. Pourquoi Bridget était sa préférée, pourquoi ils s'entendaient nettement mieux. Elle était prévue. Désirée. Pas un piège à ours sur la cheville de sa vie.

Arrie soupire.

— C'est ma faute, dit-elle.

Elle se lève et fait un pas vers moi, mais BJ tend une main pour l'arrêter, ce qu'elle fait.

Elle pousse un petit hoquet de suprise.

— BJ…

— Non, Arrie.

Il secoue la tête, puis se tourne de nouveau vers moi, plonge son regard dans le mien.

Elle se rapproche néanmoins.

— Ce qui s'est passé à Dartmouth, ma puce… Il a déversé sur toi des années de frustrations refoulées. La plupart de ses reproches m'étaient adressés, mais…

— Mais il s'est trompé de cible, achève BJ avec un regard noir.

Elle hoche la tête.

— Oui, admet-elle. Il parle toujours trop vite. Et tu le connais, ma chérie, il veut toujours avoir le dernier mot… (Elle passe sa langue sur ses lèvres, secoue la tête.) Il serait affreusement désolé s'il savait combien tout cela t'a affectée…

— Ah ouais ? lance BJ. C'est pour ça qu'il est là, et pas toi ?

— S'excuser n'est pas son fort.

BJ hausse les épaules.

— Alors pourquoi est-ce qu'elle lui pardonnerait ?

— Je vais bien, dis-je à BJ assez soudainement, et il me semble que ma voix le confirme de façon plutôt convaincante.

Je peux de nouveau respirer, il y a de l'air dans mes poumons, mes pensées volent à la vitesse de la lumière – mais qu'y a-t-il d'autre de nouveau ? Quand vous avez des parents comme les miens, le rejet se produit et vous le tenez dans votre main pendant une minute terrible et douloureuse. Et ensuite vous le pliez et vous le rangez dans un placard de la taille du dôme du Millénaire. Peut-être qu'un jour c'est ce qui vous tuera, mais pas aujourd'hui.

BJ incline la tête.

— Parks…

— Je t'assure, BJ. Ça va. (Je hausse les épaules et, ce faisant, imagine toutes les choses qui m'écrasaient il y a un instant en glisser.) Harley n'a rien dit que nous ne le soupçonnions pas de penser…

— OK. (Il hoche la tête, la mâchoire contractée.) Alors moi, ça ne me va pas. La façon dont il t'a parlé, c'était n'importe quoi… Je ne le permettrai pas. (Il foudroie Arrie du regard.) Et à toi non plus.

Je lui touche doucement le bras.

— Je crois que ta réaction, sur le moment, a été assez claire. Il a dû voir dans tes yeux qu'il avait dépassé les bornes…

Je lui souris faiblement, et son expression s'adoucit une fraction de seconde avant de s'assombrir de nouveau quand il se tourne vers ma mère.

— Et dans les tiens, Arrie, qu'a-t-il lu ?

— BJ, mon chéri, soupire-t-elle. S'il te plaît, sois patient avec lui… Il vient de perdre sa fille…

— Celle qu'il aimait, clarifié-je à l'intention de BJ avec un sourire dédaigneux, mélange de bravade et de désespoir.

— Ma puce…, soupire ma mère.

— Ça va, répété-je en secouant la tête. Tout va bien. Ce n'est pas grave. C'était même instructif, en fin de compte.

Elle fronce les sourcils, dubitative.

— Tu es sûre ?

— Mmm.

— Vraiment ? insiste-t-elle, entre l'espoir et la méfiance.

Je hausse les épaules. Je n'ai plus grand-chose à lui offrir.

Elle pince brièvement les lèvres, pensive.

— Je ne voudrais pas que ça… tu sais… (Elle m'adresse un sourire d'excuse.) Pendant le mariage… il ne faudrait pas que ce soit gênant, pour toi, pour lui…

Les yeux de BJ lancent des éclairs, mais ma mère continue.

— Ou que quelqu'un décide d'évoquer un sujet qui pourrait…

— Oh… (Je la coupe d'un hochement de tête.) Tu es venue parce que tu te préoccupes de sauver les apparences.

— Non ! (Elle secoue vivement la tête.) Non, ma chérie. Non, tu te trompes. Je suis venue pour t'aider à le comprendre…

— Parce que tu le connais si bien, c'est ça ? (Je lève les yeux au ciel.) Cela explique que votre couple ait toujours été tellement exemplaire.

Elle relève le menton.

— Tu lui ressembles bien plus que tu ne le penses…

Je recule légèrement la tête comme si elle m'avait giflée.

— C'est peut-être la chose la plus cruelle qu'on m'ait jamais dite.

— Vous pouvez être sans pitié quand vous vous sentez attaqués.

— Exactement comme un ours brun, commenté-je. Je ne dirais pas pour autant que nous nous ressemblons…

BJ réprime un sourire.

Elle hausse les épaules, découragée.

— Je voulais juste te donner une idée du contexte…

Je hoche la tête.

— J'apprécie.

Elle avale sa salive, une lueur d'espoir dans les yeux.

— Vraiment ?

— Mmm… ? (Je fronce un peu les sourcils, presque gênée qu'elle veuille tellement obtenir mon approbation.) Oui. Je suppose…

Tu as fait quelque chose de terrible qui nous a condamnés à une vie de souffrance, mais… oui, je suppose que j'apprécie… en quelque sorte… ta démarche.

Elle pousse un soupir de soulagement.

— Eh bien… tant mieux. (Elle sourit presque.) Je… Pour être honnête, je suis assez soulagée de me libérer de ce poids. (Elle lâche un petit rire.) Ça a été lourd à porter pendant vingt-quatre ans…

— J'ai vingt-cinq ans, lui fais-je remarquer.

BJ pose ses mains sur les épaules d'Arrie et la guide vers l'ascenseur.

— OK, Arrie. Eh bien, ça a été… (Il lui offre un sourire crispé.) Ouais…

Et c'est tout. Il se contente d'appuyer sur le bouton d'appel.

Les portes s'ouvrent. Avant de monter, elle se penche vers mon fiancé et lui murmure quelques mots à l'oreille.

Il la regarde, une expression sérieuse sur le visage, et hoche une fois la tête.

Les portes se referment, et il se tourne vers moi, l'air préoccupé.

— Ça va ? me demande-t-il en ouvrant les bras.

Je vais m'y réfugier, exactement comme vous entreriez dans une église – un peu brisé et en quête de votre salut.

Je hoche la tête sans rien dire.

— Regarde-moi…, souffle-t-il, un doigt sous mon menton pour incliner ma tête en arrière et trouver mes yeux. Ne fais pas semblant. Tu es sûre ?

— Ouais… (Je secoue la tête.) Je ne sais pas.

— C'était énorme…

Je hoche encore la tête.

— Je suppose.

— Tu supposes ? (Il cligne des yeux.) Merde, Parks… Sympa de sa part d'établir le contexte, comme elle dit, mais franchement…

— Je crois que ça va…, le coupé-je. Je crois qu'en fait ça a débloqué quelque chose.

— Comment ça ? s'exclame-t-il, dérouté.

— Je ne sais pas… (Je hausse les épaules, essaie de comprendre moi-même.) Peut-être que savoir qu'il n'a jamais voulu de moi est moins douloureux que de croire qu'il m'a désirée et n'a plus voulu de moi.

— Ah… Donc c'est mieux ?

— Je n'en suis pas certaine. En tout cas, je ne crois pas que ce soit pire.

61

BJ

— Prends soin d'elle, d'accord ? m'a glissé Arrie l'autre soir avant de partir.

— Toujours, l'ai-je rassurée.

Une requête lourde de sens, à mon avis. Est-ce que c'était une abdication ? Une sorte de transfert de responsabilité ? Ou encore une façon de reconnaître qu'elle sait très bien que, même si elle essayait, Magnolia ne la laisserait plus être une mère pour elle ?

Quand je rentre à la maison ce soir, je trouve Magnolia assise en tailleur sur le canapé, au milieu d'un étalage de magazines de mariage dont dépassent une multitude de Post-it.

Elle finit d'écrire quelque chose sur un bloc-notes avant de lever les yeux vers moi et de m'adresser un sourire distrait, comme s'il n'y avait rien de plus normal que de me voir dans notre salon. Je reste là un instant à savourer cette sensation.

Ça semble ordinaire ? C'est parce que ça l'est.

J'aspire à mener une vie banale avec elle depuis que j'ai dix-sept ans. Enfin, ici, maintenant, au bout de presque dix ans, j'y suis parvenu.

Une banalité toute relative, soit dit en passant. J'ai quand même dû repousser dix paparazzis pour pénétrer dans mon immeuble. Quant à Parks, elle est toujours en isolement, privée de réseaux sociaux, où les hyènes se déchaînent encore. On s'en fout, parce qu'elle est là, assise sur un canapé qu'elle a choisi pour nous deux, dans l'appartement que j'ai acheté pour nous, et dont le titre de propriété est à nos deux noms.

Je la rejoins, dépose un baiser sur le haut de son crâne, puis m'assieds dans le fauteuil en face d'elle.

— Tu as passé une bonne journée ?

— Ouais… (Elle hausse les épaules.) J'ai travaillé de la maison. J'ai eu quelques réunions… Et là, je suis dans l'organisation du mariage… Tu préfères lequel ?

Elle me montre deux photos de services de table identiques.

Je la regarde en plissant les yeux.

— Il y a un piège ?

Elle fronce les sourcils.

— Non.

Je désigne les photos du menton.

— Ils sont pareils…

— Tu plaisantes ?

— Euh… (Je me mordille les lèvres, soudain conscient de marcher sur des œufs.) Ouais… oui !

— BJ… (Elle lève les yeux au ciel.) Les couleurs des assiettes sont complètement différentes.

Je lève les yeux au ciel à mon tour et lui arrache le magazine des mains afin de les examiner.

Beaucoup d'or sur les deux. Ça, OK. Un avec des fleurs.

— Eden Turquoise et Aux Rois Or, me dit-elle – même si je n'ai rien demandé. (De manière générale, le fait que je ne pose pas de questions ne la décourage jamais de m'abreuver d'explications.) Maison Bernardaud.

Je lève les yeux vers elle.

— C'est la vibe que tu veux ?

Elle hausse les épaules.

— C'est parfait pour le *Mandarin*, non ?

Je hoche la tête, examine de nouveau les photos.

Cette fois, on soupire en même temps. Je lève les yeux vers elle et lui souris faiblement.

Elle cligne des yeux.

— Tu n'aimes pas ?

— Bien sûr que si… Ils sont magnifiques…

Elle hoche la tête sans conviction.

— De toute façon, il n'est pas vraiment question de nous, pour cette journée, alors… Choisis, toi. Je n'arrive pas à me décider.

— Celui-ci. (Je désigne le service qui tire plus sur le bleu.) J'ai un faible pour les fleurs.

Ça la fait sourire.

— Ah oui ?

Elle abandonne ses magazines et trouve son chemin jusqu'à mes genoux.

— Ouais. Je les adore.

Elle se blottit contre moi.

— Qu'est-ce que tu as fait, aujourd'hui ?

— J'ai eu une autre séance de détatouage.

Ragaillardie, elle jette un coup d'œil par le col de ma chemise avant de lever de nouveau les yeux vers moi, ravie.

— Il est presque parti !

— C'est sur la bonne voie.

— Est-ce que tu te sens idiot, maintenant ?

Je lève les yeux au ciel – il faut faire gaffe, avec elle… si vous cédez un tout petit peu de terrain…

— Ça m'arrive.

— Tu fais bien.

Je cale mon menton sur son épaule.

— Ça te dit qu'on sorte dîner ? proposé-je, l'air de rien.

Comme je l'aurais fait avec n'importe qui. Comme si je n'appréhendais pas sa réponse à ma question parfaitement anodine…

Tu parles ! Derrière se planquent les dix photographes qui l'attendent en bas.

— Mmm… (Elle fait mine de réfléchir.) Non.

Je hoche la tête, m'efforçant de ne pas laisser paraître ma déception, encore moins mon inquiétude – ça n'aide jamais.

J'écarte des cheveux de son visage.

— Tu as mangé, aujourd'hui ?

Son regard part sur la gauche, pensif, puis elle fait la moue et hausse les épaules.

— Non.

Je hoche de nouveau la tête, déglutis.

— Ce serait peut-être pas mal ?

— Je ne sais pas…, soupire-t-elle en se levant pour aller rassembler les magazines étalés sur le canapé. À quoi bon ?

Elle lâche ça sur un ton neutre et en s'adressant au canapé.

— Pardon ?

Elle se tourne vers moi en serrant contre sa poitrine sa pile de magazines et l'exemplaire de *L'Horloger aveugle* de sa sœur.

— Ça revient à arroser une plante dans une fusée qui va bientôt se retrouver en panne de carburant et qui – va savoir pourquoi – poursuit tout de même sa route vers l'obscurité infinie, débite-t-elle.

Ses yeux écarquillés évoquent des flaques de peur.

Putain, je vous jure, si je tombe sur Dawkins dans la rue, je lui fous mon poing dans la gueule.

— Tu l'arroserais, toi ? me demande-t-elle.

Sa question est sincère.

J'expire.

— Ouais, probablement…

— Pourquoi ?

Je marche vers elle, lui prends sa pile de magazines des mains, ainsi que ce putain de bouquin, les pose sur la table basse et pose ma paume sur sa taille.

— Parce que personne ne sait ce qu'il y a de l'autre côté de l'obscurité, Parksy.

Elle me regarde, une expression tourmentée sur le visage.

— Peut-être rien.

— Ou peut-être tout… Parks, pourquoi ne pas profiter pendant que tu peux ? Et si tout l'intérêt, c'était de chérir la vie que tu as… ?

— Mais à quoi bon ? (Elle fronce les sourcils, désemparée.) À quoi bon, si au final on vit jusqu'à ce que l'on meure, et ensuite plus rien…

— OK. Imaginons que la vie, c'est ça, Parks… Imaginons que tout ce qu'on a, ce sont des moments comme celui-ci, sur cette planète qui tourne follement dans l'espace… Même si c'est vrai, eh bien, c'est la seule chose tangible que nous ayons. Donc ton devoir vis-à-vis de l'univers, Parks, c'est de prendre soin… de ça.

Du doigt, je lui tapote la poitrine. J'attends qu'elle dise quelque chose, mais rien ne vient.

J'inspire par le nez, expire… soupire ? Je suppose.

— Et si tu n'y vois pas une raison suffisante de prendre soin de toi… considérons la situation autrement. Tu m'aimes ?

— Bien sûr.

— Combien ?

Elle fait la moue.

— Infiniment.

— Ça me fait du mal. Tu me fais du mal, Parks… quand tu fais ça… quand tu ne prends pas soin de toi…

— BJ, m'interrompt-elle, sourcils froncés.

— Non, écoute… (Je la tiens plus fermement.) Un jour, j'aimerais que tu te nourrisses parce que tu as décidé de prendre soin de toi. Que tu veilles sur ta santé parce qu'elle est ce que tu possèdes de plus précieux. Mais en attendant ce moment, si tu m'aimes comme je sais que tu m'aimes… fais-le pour moi.

Elle soupire et détourne les yeux. Alors je prends son visage dans mes mains et l'oblige à me regarder.

— Parks, ton bien-être est étroitement lié au mien. Je me casse le cul pour aller bien. Et vraiment je… (Je secoue la tête. J'ai une boule dans la gorge, un peu comme si j'allais pleurer.) J'ai besoin que tu ailles bien, tu comprends ?

— D'accord, répond-elle en hochant imperceptiblement la tête.

Je lui laisse un instant avant de réessayer.

— On peut commander quelque chose, s'il te plaît ? demandé-je prudemment. Ce que tu veux.

Elle hoche la tête. Je sors mon téléphone, ouvre l'appli Uber Eats, cherche *Kensu Kitchen* et attends. Elle pince les lèvres, réfléchit.

— Sushis, finit-elle par dire.

Je l'embrasse dans les cheveux, souris – je la connais si bien – et commande nos rolls préférés.

62

BJ

Depuis cette discussion, Parks fait de réels progrès.

Le lendemain matin, on est sortis boire un café, et ensuite elle est allée à son bureau assister à une réunion.

Je suis resté à me balader autour de Hanover Square en l'attendant. Après, on a marché jusqu'à *Liberty* et on a fait un peu de shopping.

Les paparazzis nous ont suivis, mais on s'y attendait. J'avais pris mes AirPods. On en a mis chacun un, et je lui ai passé une playlist que j'aurais pu intituler « Allez tous vous faire foutre » ou « Bande de cons ».

Ça n'a pas complètement couvert leur raffut, mais au moins ça l'a fait rire.

Séance psy, aujourd'hui. Une semaine s'est écoulée depuis la publication des fameux articles, et je sais que Claire va mettre le sujet alimentation sur le tapis, vu qu'on n'en a jamais vraiment parlé.

Elle a commencé par des questions générales et prévisibles – quand ça a débuté, quand j'ai remarqué quelque chose pour la première fois, comment elle se sentait, quels étaient les déclencheurs, combien de fois elle a suivi un traitement…

Là, Magnolia se contente d'un « hum », alors je réponds à sa place.

— Deux fois.

Elle pince les lèvres.

Je la regarde, dérouté.

— Trois, corrige-t-elle en regardant Claire.

Je recule la tête.

— Trois ? Quand ?

Elle affiche une expression gênée. Pousse un drôle de petit soupir, comme si elle était nerveuse.

Elle déglutit. Ouaip, elle est nerveuse.

— Quand j'étais avec Christian.

— Quoi ?

Elle prend une profonde inspiration, se passe la langue sur les lèvres.

— Eh bien, après notre rupture, j'ai traversé une période assez difficile…

— C'est-à-dire ?

Elle croise les bras, évite mon regard.

— J'ai été hospitalisée deux jours sous contrainte à Weymouth Street…

— Parks…

— Ensuite, Christian m'a emmenée à Bloxham House où j'ai été obligée de rester un mois.

— Merde… (Je me couvre le visage des paumes. Une vague de nausée familière monte en moi.) Pourquoi tu ne me l'as pas dit ?

Elle me regarde en se tordant les mains. Elle paraît soudain toute petite.

— J'ai eu peur que ça t'énerve.

Je hausse un sourcil.

— Quelle partie ?

Elle déglutit.

— Tout.

— Bingo !

— Eh bien, en fait… (Elle croise les bras, contrariée.) Je ne vois pas pourquoi.

— Ah non ?

Je croise les miens.

— Après tout, ça n'avait rien à voir avec toi…

Je l'interromps.

— Si tu es en danger, ça me concerne, Parks !

Elle lève les yeux au ciel.

— Je n'étais pas en danger !

— Tu t'es retrouvée à l'hôpital, seule, parce que tu n'es pas capable de prendre soin de toi-même.

Elle me lance un regard noir.

— Je n'étais pas seule.

Je serre les dents. Inspire.

— Il t'a accompagnée ?

— Oui.

Expire. Putain ! Évidemment.

Et je sais quand. Je sais exactement quand…

Je ne voyais pas beaucoup Parks à cette époque. C'était encore trop tendu entre nous. J'ignorais quand elle était là, pas là, je n'attendais rien de sa part.

Les premiers mois après notre séparation, il lui arrivait souvent de se cacher, de toute façon, parce que sortir de chez elle, c'était l'enfer sur terre.

Chaque fois qu'elle était vue en compagnie d'un homme – Henry, Christian, Jonah, des chanteurs avec qui son père travaillait, absolument n'importe qui, en fait –, les médias annonçaient qu'elle était de nouveau en couple. Bref, on ne la voyait pas beaucoup. Mais je n'ai jamais fait le rapprochement avec ses absences à lui.

Il y a eu un mois, au cours de l'année qui a suivi notre rupture, où Christian a quasiment disparu. On a tous pensé qu'il sortait avec une fille dont il ne voulait pas qu'on connaisse l'identité, ou bien qui vivait super loin… Est-ce que Henry l'a su ? Évidemment… Putain, il ne m'a rien dit ? Même après qu'on s'est remis ensemble ? Tu parles que j'ai les boules.

— Tu n'as pas pensé à venir me trouver ?

Parks fait une grimace.

— Pourquoi est-ce que je l'aurais fait ?

— Parce que je suis moi ! m'exclamé-je, peut-être trop fort : Claire recule sur son siège.

Magnolia lui jette un coup d'œil, puis recommence à faire comme si elle n'était pas là.

— Et alors ?

— Alors il n'y a rien que je ne ferais pas pour toi ! dis-je avant de secouer la tête et de marmonner : Mais je suppose que ça ne devrait pas m'étonner…

— Qu'est-ce que ça veut dire, au juste ?

Je la regarde en me demandant si c'est le moment d'en parler… Je sais qu'il faudra le faire un jour ou l'autre, mais là, elle est complètement sur la défensive, les yeux vitreux.

— Rien.

Je détourne le regard. Suspends les hostilités.

— Si… (Elle secoue la tête. Clairement, elle n'a pas l'intention d'accepter cette trêve.) Tu voulais manifestement ajouter quelque chose. Quoi ?

— Rien, Parks.

Claire se penche, un sourire bienveillant aux lèvres.

— BJ, c'est peut-être un bon moment pour…

— Non, la coupé-je d'un ton décidé.

Le regard de Magnolia passe de Claire à moi.

— Un bon moment pour quoi ?

— Rien. Laisse tomber.

— Dis-moi, insiste-t-elle, sourcils froncés.

Je continue de secouer fermement la tête.

— Non.

Après, la séance part un peu en sucette. C'est la merde. Parks n'ouvre plus la bouche, et moi je suis trop vénère pour continuer comme si de rien n'était. On s'en va avant la fin.

Dans la rue, on échange à peine deux mots. Je finis par lui dire que je dois aller retrouver Jonah, ce qui est faux, mais j'ai besoin d'air.

Elle ne s'en formalise pas. Elle est donc en colère et a besoin d'air aussi.

Après m'avoir salué d'un sourire pincé, elle prend le chemin de la maison, Daniela sur les talons.

Quand je rentre à l'appart, l'heure du dîner est passée et elle est déjà au lit – les cheveux relevés, toutes les éditions internationales de *Vogue* de ce mois-ci étalées autour d'elle. Elle colle des Post-it aux pages qui l'intéressent, coche des vêtements. Je jette un coup d'œil à l'urne de Bridget – l'émoji fait la gueule. Pas très surprenant, je suppose.

Je reste sur le seuil, et elle lève les yeux vers moi sans bouger la tête.

Toujours en rogne, donc.

— Hey, lancé-je.

— Hey, répond-elle avant de baisser de nouveau les yeux vers son magazine.

Je soupire et enlève mon tee-shirt en gagnant la salle de bains. Je prends une douche alors que je n'en ai même pas envie parce que je vais me marier avec une putain de psychopathe. Ensuite je me lave les dents, enfile un pantalon de jogging et grimpe dans le lit.

J'y suis depuis une seconde quand ça arrive – je m'y attendais. Elle est prévisible – ne veut pas l'être, essaie de ne pas l'être, mais, putain, même ses efforts pour ne pas être prévisible sont prévisibles.

Elle se fige. Je devine son expression sans avoir à la regarder – sourcils froncés, nez pincé, petite moue.

— De quoi est-ce qu'elle parlait ? demande-t-elle après une minute de silence.

Je soupire sans rien dire.

Elle tourne légèrement la tête vers moi, mais toujours sans me regarder.

— Je t'ai posé une question.

— Et je t'ai déjà dit de laisser tomber.

— Non ! réplique-t-elle sèchement en me regardant à présent. La dernière fois que tu as refusé de me dire quelque chose que je voulais savoir, tu t'étais tapé ma meilleure amie, alors parle…

Quel coup bas, putain !

— Non.

— BJ…

Je lui adresse un regard d'avertissement.

— Ça suffit, Parks…

Elle lève les yeux au ciel, repousse la couette et saute du lit.

— Comme tu voudras…, lance-t-elle en s'enfuyant dans le couloir.

Je souffle, vénère. Putain, typique.

— Tu vas où, merde… ? (Comme elle ne répond pas, je saute du lit à mon tour et me précipite derrière elle.) Je te parle… !

Elle fait volte-face.

— Oh, tu me parles maintenant ? (Elle cligne des yeux.) C'est amusant, parce que moi, je ne te parle plus…

— Très bien… (Je hoche froidement la tête.) Tu veux vraiment savoir ? Après tout, pourquoi pas ?

Elle hausse les épaules.

Je la regarde.

— Prête ?

Elle me décoche un sourire impatient et impertinent.

— Je suis en colère contre toi.

Elle renifle, amusée.

— Tu es en colère contre moi ?

— Ouais.

— Puis-je te demander pourquoi ?

— Parce que tu me quittes toujours, réponds-je du tac au tac.

— Quand est-ce que je t'ai quitté ? s'enquiert-elle, effarée.

— Merde alors…, ricané-je. Tu as l'embarras du choix…

Elle fronce les sourcils, confuse.

— Je ne t'ai jamais quitté.

Je la regarde fixement, incrédule.

— Ah non ? (Je laisse échapper un soupir qui ressemblerait un peu à un éclat de rire si l'on n'y entendait pas à quel point tout ça me tue. Je fais un geste vers elle, debout dans le couloir.) Tu viens de le faire…

Elle lève les yeux au ciel et pousse un soupir exaspéré.

— Je suis en colère contre toi ! Je n'avais pas envie de dormir avec toi…

— Eh ben, ça craint ! crié-je. (Je ne devrais pas. Je n'ai pas envie d'être le genre d'homme qui crie sur sa femme, mais je le fais quand même.) On ne se quitte pas, Parks… En tout cas, moi, je ne te quitte pas…

— Mais de quoi tu parles, putain ? (Les mains sur les hanches, elle me regarde d'un air renfrogné.) Quand est-ce que je t'ai quitté ?

— Paili.

— Quoi ?!

— Paili, répété-je en la fusillant un peu du regard malgré moi. Tu m'as quitté quand tu as appris pour Paili…

Sa mâchoire se décroche, ses yeux se plissent.

— Tu plaisantes ? souffle-t-elle en arquant un sourcil. Tu m'en veux parce que je t'ai quitté quand j'ai appris que tu avais couché avec ma meilleure amie ?

Je hoche la tête.

— Oui.

Elle lève les yeux au ciel.

— N'importe quoi…

— Si les rôles avaient été inversés, Parks… je serais resté.

Elle croise les bras, sur la défensive.

— Tu parles…

— Sérieux. (Je passe ma langue sur ma lèvre inférieure.) Si tu étais venue me voir et m'avais dit que tu avais couché avec Christian, ce que…

Elle serre les poings et crie :

— Je n'ai jamais couché avec Christian !

Je la regarde comme si je ne la croyais pas – je la crois, mais j'ai juste envie de l'emmerder.

— Mais imaginons que oui… (Je hausse les épaules.) Imaginons que tu l'aies fait à une fête, un soir, bourrée. Qu'ensuite tu sois venue me le dire… Ouais, ça m'aurait complètement foutu en l'air.

Ouais, je l'aurais probablement assassiné… mais je ne t'aurais pas quittée… Pour rien au monde.

À ce stade, elle n'a plus besoin de lever les yeux au ciel, puisqu'ils restent rivés sur le plafond.

— Tout ça, ce sont des hypothèses, objecte-t-elle. C'est trop facile. Tu n'as aucune idée de ce que tu aurais fait à ma place…

— Si, je le sais… Partir, c'est ta réponse à tous nos problèmes, pas la mienne…

Elle fait ce truc, parfois – elle cligne des yeux, blessée, tout en se redressant, le menton rentré… vénère ou je ne sais quoi.

Je prends conscience de ma respiration – courte. Je suis en colère. Et puis, honnêtement, je flippe.

— Parks, tu sais ce que ça fait d'aimer quelqu'un comme je t'aime et de toujours te demander si cette personne va rester avec toi ? (Je la regarde et croise les doigts pour ne pas paraître trop pathétique.) Tu sais comment je me sens ?

Immobile, elle me dévisage, sourcils froncés, tout en expirant par le nez. Puis elle avale sa salive, marche jusqu'à moi et passe ses bras autour de mon cou.

— Je vais rester, BJ, murmure-t-elle.

Je baisse les yeux vers elle. Ma poitrine se soulève et s'abaisse toujours avec difficulté.

— Ouais ?

Elle hoche rapidement la tête, les yeux ronds.

— Oui, dit-elle d'une petite voix.

Je pointe le menton vers elle.

— Prouve-le.

Elle fronce de nouveau les sourcils et déglutit.

— Comment ?

Je hausse les épaules.

— Reste, c'est tout.

14:12

Christian

Yo, faut qu'on parle.

Et merde !

Qu'est-ce que j'ai fait, encore ?

Bloxham House.

Oh…

Ouais. Merde.

OK, bien sûr.

Une bière, ça te dit ?

Lamb and Flag ?

Dans une heure.

63

Magnolia

Nous dînons avec Taura et Tiller, ce soir. C'est notre première sortie tous les quatre – trop mignon. Mais c'est surtout la première fois que je les vois *ensemble* ensemble… Ils sont adorables. Ils ont plein de petites attentions l'un pour l'autre, et de façon très naturelle : il lui tire sa chaise, lui sert de l'eau ; elle crache son chewing-gum dans un papier et le lui propose pour qu'il y crache le sien… Très synchros sur des choses banales. Or, plus le temps passe, plus je me rends compte que ce sont justement ces petits détails qui font une relation.

Je crois que, désormais, mon objectif dans la vie va être d'être normale.

BJ passe la commande pour tout le monde – sexy… En fait, je crois que c'est surtout pour m'éviter de devoir le faire devant une salle remplie de curieux cherchant à savoir ce que je mange. J'en aperçois plusieurs, le téléphone en main, prêts à me photographier. Ils ne font preuve d'aucune discrétion.

J'observe Taura et Tiller, fascinée.

Elle est absolument splendide – ce n'est pas nouveau. Sa couleur de cheveux naturelle est le châtain clair, mais elle joue souvent avec le blond ou, à l'inverse, choisit des nuances foncées. Dernièrement, elle a opté pour le blond platine ; au cours de notre meilleure-amitié relativement jeune, je l'ai également vue brune, et je dois reconnaître qu'elle est spectaculaire dans les deux cas, ce qui me contrarie un peu. Je suppose que son teint le permet.

Olive, saupoudré de taches de rousseur délicates. Et puis elle a ces grands yeux noisette – couleur qu'elle doit à son père, allemand – en amande, presque des yeux de chat – comme ceux de sa mère, qui est moitié malaise, moitié singapourienne. C'est une chanteuse assez populaire à Singapour, figurez-vous, dotée d'une voix fabuleuse. Et d'une beauté à couper le souffle – évidemment telle mère, telle fille.

Quant à Tiller – merde… Heureusement que je ne l'ai pas eu dans le collimateur au cours de mes « années perdues » à moi. Je me serais jetée sur lui.

Sourire éblouissant qui remonte presque jusqu'à ses yeux bleu vif, mis en valeur par ses cheveux blonds ondulés et sa peau mate.

Ils sont tout simplement…

— Vous formez un couple très séduisant, décrété-je en croisant les bras sur ma poitrine. Si j'étais moins sûre de moi, je me sentirais presque menacée.

— Tu n'es pas si sûre de toi que ça, tempère BJ en buvant une gorgée d'eau.

Je le regarde comme s'il était ridicule.

— Bien sûr que si !

Taura et BJ échangent un regard dubitatif.

Atterrée, je me désigne d'un geste.

— Je suis magnifique.

— On est bien d'accord. (BJ hoche vivement la tête.) Tu es à tomber, mais…

— Mais quoi ? m'exclamé-je, furieuse.

Tiller a l'air mal à l'aise.

— Mais… ! intervient Taura d'une voix forte, avant de se racler la gorge et de reprendre plus doucement. On devine chez toi une certaine peur de l'abandon… Parfois.

Je lève les yeux au ciel.

— Pfft ! On l'a tous.

— Pas moi, déclare Tiller au moment où BJ dit : « Peut-être avec toi, mais c'est tout… » et Taura : « Moi, ça va. »

Je les regarde tour à tour, irritée.

— Vraiment, Taura ? Aucune peur de l'abandon à l'horizon, même quand ta mère part en tournée à Singapour et vit sa vie rêvée de chanteuse sans toi ?

Tiller se penche par-dessus la table et hoche lentement la tête.

Taura éclate de rire puis hausse les épaules avec légèreté.

— Non… elle m'appelle très souvent.

Je lève encore les yeux au ciel avant de regarder ailleurs et de marmonner quelque chose au sujet de son cœur de pierre.

Tiller nous observe un moment, comme s'il essayait de comprendre la dynamique de notre petit groupe et de rattraper son retard. Je suppose qu'il a effectivement quelques trous à combler.

— Et comment vous vous êtes connus, tous ?

— Eh bien… (Je m'éclaircis la voix, puis désigne BJ.) Nous sommes fiancés.

Tiller lève les yeux au ciel.

— Oui, je sais.

— Nous étions tous au lycée ensemble, lui explique Taura. Magnolia et moi étions dans la même promo…

— … mais nous n'étions pas vraiment amies, précisé-je.

— Ah bon ? lâche Tiller.

— Mais pas non plus « pas amies », ajouté-je, pensive. (Je n'avais rien contre elle, mais à l'époque je me fichais complètement des gens qui n'appartenaient pas à notre groupe.) C'est difficile à croire, mais je n'étais pas particulièrement sociable, en ce temps-là…

— Tiens donc !

Il hoche la tête, tandis que Taura et BJ répriment un éclat de rire. Je fronce les sourcils et me tourne vers BJ, un peu vexée.

— Je me suis montrée tout à fait charmante à ton égard, je te signale…

— Si ce n'est trop…, glisse-t-il à Taura.

Je le foudroie du regard.

— C'est vrai. (Tiller hoche la tête d'un air approbateur.) Mais quand on s'est assis tout à l'heure, une fille est venue parler à Taura.

Tu n'as rien dit, mais tu l'as fusillée du regard tout le temps où elles ont discuté.

Je me tourne vers BJ.

— Je souriais, non ?

Il fait mine de réfléchir, puis répond :

— Tu as dû oublier d'activer tes zygomatiques.

— On peut dire ça comme ça, commente Tiller, et les deux autres sourient.

— Oh, eh bien… (Je le fusille brièvement du regard.) Tu es nouveau, toi, alors… silence.

— Charmante, donc !

Tiller me décoche un sourire malicieux. Je lève les yeux au ciel, un peu énervée contre lui, mais pas trop parce que putain qu'il est beau – je suis humaine, vous savez. (D'ailleurs, pendant que vous êtes là, dites-moi : qu'est-ce que vous pensez du fait que je trouve sexy qu'un homme soit méchant avec moi ? Non, en fait, laissez tomber. Et pas un mot à Claire.)

Tiller se tourne vers Taura.

— Et vous êtes proches depuis combien de temps ?

— Un an et demi, à peu près, répond Taura.

— Enfin… (J'agite une main entre Taura et BJ.) Bien entendu, ces deux-là ont été proches longtemps avant.

Le visage de Tiller tressaille.

— Oh… Vous avez…

— Magnolia…, soupire Taura.

— Putain, Parks…, grogne BJ au même moment.

Je fais une grimace.

— Oh, oh…

J'écarquille les yeux, penaude, à l'intention de mon amie, ce qui ne l'empêche pas de me transpercer d'un regard noir.

Elle prend sa respiration comme si elle se préparait à dire quelque chose, mais Tiller la devance.

— Pas grave… (Il secoue la tête.) C'est juste que nous n'avons pas… (Il n'achève pas sa phrase et nous regarde BJ et moi, encore que le coup d'œil qu'il lance à BJ est désormais teinté de gêne. Enfin, il déglutit et se racle la gorge.) Nous n'avons pas encore eu la fameuse conversation… sur les ex.

— Eh bien, si ça peut aider, nous savons tous que tu as couché avec Daisy…

— Magnolia ! gronde BJ.

Je me tourne vers lui. Il secoue vivement la tête et me décoche un regard sévère.

— Et… !

Je me tourne de nouveau vers Tiller, un grand sourire d'excuse aux lèvres.

— Et merde… Quoi encore ? soupire Taura.

— Si ça peut dissiper un peu le malaise, surtout entre ces deux-là, continué-je en désignant mon fiancé et ma meilleure amie, moi aussi, j'ai vu Taura nue.

— OK…

Tiller émet un petit rire et coule un regard en coin à Taura.

— Elle est canon, poursuis-je en hochant la tête. Elle a un très beau corps. Et des seins étonnamment gros…

Tiller sourit d'un air entendu et appréciateur, puis jette un autre coup d'œil à Taura.

— Oui, je les connais. Je suis un grand admirateur.

Taura se couvre la bouche des deux mains et efface un sourire amusé et gêné.

Ensuite, plus personne ne dit rien pendant, disons, douze secondes, ce qui est terriblement long, alors je lâche :

— Les miens ne sont pas très gros.

— Oh, putain…

Taura enfouit son visage dans ses paumes et Tiller se met à rire, tandis que BJ passe son bras autour de moi et louche dans le bustier de ma minirobe Balmain en sequins noir et or.

— Ils sont bien.

Je me tourne vers lui, légèrement vexée.

— Bien ?

— Non…

Il s'empresse de secouer la tête.

— Non, ils ne sont pas bien ?

— Si ! s'exclame-t-il, désespéré.

Je fais la moue.

— Si, ils sont juste bien ?

— Merde, s'esclaffe-t-il en se grattant la nuque. Parfaits ! Ils sont parfaits ! C'est ce que je voulais dire.

Taura fait une grimace et marmonne :

— Ben, t'en auras mis du temps…

— Tout à fait d'accord avec toi, Taura. (Je me tourne vers BJ.) Tu aurais aimé qu'ils soient plus gros ? demandé-je en croisant les bras, feignant d'être beaucoup plus énervée que je ne le suis en réalité.

Il réfléchit.

— Dépêche-toi de répondre ! souffle Taura d'un ton menaçant.

Je réprime un sourire.

BJ expire.

— J'aimerais… qu'on… change de sujet.

— Moi aussi, approuve Taura.

— Je ne sais pas. Ça m'intéresse assez…, dit Tiller.

— Quoi ? Les petits seins de Magnolia ? demande Taura en pointant le doigt vers ma poitrine.

— Non…, s'empresse de répondre Tiller.

— Ce n'est pas très gentil…, en rajoute Taura.

Mais elle sourit, ravie de le voir tout empêtré, à présent.

Tiller regarde BJ sans cesser de secouer la tête.

— Je ne…

— T'inquiète, mec… Elles sont infernales.

— Eh oui, concédé-je. Et assez plates, apparemment.

— Parle pour toi…, rétorque Taura, une lueur amusée dans l'œil.

Tiller se frotte la tempe.

— J'ai un peu mal à la tête.

— Oh, non… (Je tends la main et lui touche le bras.) Ça nous ferait tellement du bien si tu pouvais… enfiler ton uniforme de pompier et…

— Parks…, grogne BJ, hilare.

— Il est agent de police, proteste Taura.

— Enquêteur à la NCA, la corrige Tiller.

— Enquêteur à la NCA ? Mais… attends… vos uniformes sont nuls…

Il me considère un instant avant de secouer la tête.

— Nous n'avons pas d'uniforme.

— C'est bien ce que je dis.

Tiller soutient mon regard, puis sa bouche s'étire en un sourire narquois – j'ai le sentiment qu'il va très bien s'intégrer dans notre groupe, pas vous ?

Puis il se laisse aller en arrière contre son dossier et jette un coup d'œil à BJ et Taura.

— Alors, vous deux, quand est-ce que vous…

— Ça fait des années… (Taura secoue la tête, un peu nerveuse.) C'était stupide… il était amoureux de Magnolia, c'était un cauchemar entre eux et…

— Tu sais… (J'appuie mon menton dans ma paume.) À un moment, j'ai cru que BJ m'avait trompée avec Taura, mais c'était faux. (Pause dramatique.) Il avait couché avec mon ancienne meilleure amie, Paili, qui…

— … est une conne, intervient Taura.

— Absolument. C'est elle qui m'avait dit que BJ avait couché avec Taura. Du coup, j'ai détesté Taura pendant très longtemps.

Le visage de Tiller paraît se chiffonner sous le poids de toute cette information. Il semble l'analyser, en quête de la réponse à l'unique question qu'il a posée et que, bien entendu, ni Taura ni moi ne lui avons fournie.

— Ça doit faire quatre ans, précise BJ avec un bref hochement de tête qui pourrait être un genre de code entre mecs pour « Désolé de m'être tapé ta meuf ».

Tiller soutient son regard un instant, puis hoche la tête à son tour.

— Vous êtes tous très…

Il agite vaguement les mains vers nous.

— Voyons… (Je lâche un petit rire.) Eux, oui. (Je pointe le doigt vers Taura et mon fiancé.) Dans notre groupe, je n'ai couché qu'avec BJ.

— Ouais, acquiesce BJ, un peu moins sûr de lui. Et Julian.

Je fronce le nez.

— Julian ne fait pas exactement partie de notre gr…

— Et Christian, ajoute gaiement Taura.

— Alors, figure-toi…, commencé-je.

— Attends ! me coupe Tiller, les yeux ronds. Toi et Christian ?

Je lève les mains, secoue la tête.

— Non, non…

— Si, si, dit BJ en m'imitant.

Manifestement, il a très envie de passer la nuit sur le canapé terriblement inconfortable qu'il aime tant… Je pointe un index menaçant vers lui. Une fois certaine qu'il va se taire, je me tourne de nouveau vers Tiller et lui souris en agitant dédaigneusement la main vers ces deux idiots.

— En fait, j'apprécierais beaucoup que, en tant que groupe d'amis disposés à mûrir et avancer ensemble, nous votions une motion visant à classer Christian et notre expérience sexuelle commune dans la catégorie des tentatives infructueuses…

Tel le juge avec son marteau, BJ abat son poing sur la table, tandis que Taura lance :

— Motion rejetée !

— Pourquoi ? boudé-je. Franchement, comment est-ce que vous définiriez vraiment, définitivement et de façon concluante le sexe… ?

Taura s'exclame « P dans V ! » en même temps que BJ crie : « Pénétration ! » Je lève les yeux au ciel et grogne.

— J'aurais dû m'y attendre, venant de deux dépravés comme vous…

Taura me décoche un regard appuyé. Aussitôt, je me tourne vers Tiller et lui adresse un sourire éblouissant.

— Je veux dire… (Je m'éclaircis la voix.) Dans le genre traînée, elle est absolument charmante.

— … et on va arrêter le champagne, glisse BJ en me confisquant ma coupe.

Tiller rit et pousse sur la table pour en éloigner sa chaise.

— Je vous prie de m'excuser…, annonce-t-il à la cantonade, mais il effleure le bras de Taura en lui souriant – adorable.

Une fois qu'il est hors de portée d'oreilles, je me penche au-dessus de la table et saisis la main de mon amie.

— Vite, vite ! chuchoté-je d'un ton pressant. Est-ce que vous avez couché ensemble ?

— Magnolia… (Taura lève les yeux au ciel.) Quelle commère…

Je l'ignore.

— Donc oui, en déduis-je.

— Parks…

BJ arque un sourcil. Et voilà, je vais encore avoir droit à un sermon soporifique au sujet de mon indiscrétion et de l'importance de me mêler de mes affaires et de respecter l'intimité des gens.

— Tu ne peux pas…

— Ouiiii ! piaille Taura, aux anges. C'était incroyable !

— Cool…

BJ hoche la tête d'un air appréciateur, et je le fusille du regard.

— Un chouïa pervers.

Il lève les yeux au ciel.

— J'ai dit « cool ». Je ne lui ai pas demandé de m'envoyer une photo de ses pieds.

Taura fronce les sourcils.

— Tu es branché pieds, maintenant ?

Il pousse un soupir exaspéré.

— Non.

— Incroyable comment, exactement ? demandé-je en arquant les sourcils et en jetant un coup d'œil vers les toilettes pour m'assurer qu'il n'est pas déjà en train de revenir.

— Genre… (Elle secoue la tête, les joues roses et les yeux rêveurs.) Cent sur dix…

Je joins les mains, ravie.

— Est-ce qu'il est aussi beau nu que je l'imagine ?

— D'accord… (BJ me lance un coup d'œil.) Et c'est moi le pervers…

— Sculptural, soupire Taura en ignorant BJ.

— Vous savez, je suis pas trop mal gaulé, moi non plus…, fait-il remarquer, mais nous ne lui prêtons aucune attention.

— Merveilleux… (Je hoche la tête à l'intention de mon amie, emballée.) Et qu'est-ce qu'il aime ?

Taura fronce les sourcils.

— Comment ça ?

— Qu'est-ce qu'il aime manger ? Indien, italien… ? rétorqué-je, pince-sans-rire. Au lit, Taura, merde ! Suis un peu.

BJ me regarde avec des yeux ronds avant d'agiter de nouveau un doigt menaçant.

— Putain, Parks, il faut vraiment que tu arrêtes. Tu ne peux pas…

— Oh…, l'interrompt Taura, et il soupire en basculant la tête en arrière. Hum… Il est doux, mais clairement il aime contrôler la situation…

Je fais la moue, pensive.

— Vanille ?

— Ouais.

— Oh…

BJ fronce les sourcils, consterné, mais elle secoue rapidement la tête.

— Non, je crois que ça me plaît…

— Oh ! (Je la regarde, surprise.) Merde alors…

— Arrête…

Mais je continue :

— Toi, adepte de la sexualité vanille, c'est énorme.

— Eh bien… (Son regard passe de moi à BJ.) Il est énorme, donc ça aide.

Je plisse les yeux.

— C'est-à-dire ? demandé-je d'un ton soupçonneux.

— Ah non…

Taura secoue la tête comme si, cette fois, j'allais trop loin.

— Oh, allez ! minaudé-je. Si tu veux, je peux te dire comment BJ s'en sort…

Elle nous regarde, gênée.

— Il s'en sort très bien, je le sais…

BJ et moi échangeons un high-five sans nous regarder. Taura lève les yeux au ciel.

— Bon, dis-le-moi…, insisté-je.

— Pas question !

— Allez…

Et là, BJ pousse un soupir et presse ses paumes sur ses paupières.

— J'y crois pas…

— Quoi ? nous exclamons-nous à l'unisson, Taura et moi.

Il secoue la tête, le regard perdu au loin.

— Je viens juste de m'apercevoir que j'allais devoir assister à des réunions parents-profs avec toi, un jour.

Je pointe le menton en avant.

— Eh bien, voilà qui est tout à fait déplacé.

Il m'adresse un regard malicieux.

— C'est ce qu'on verra.

Puis il fait signe au sommelier pour parler vin.

— Bon ! (Je joins les mains, donne un coup de pied à Taura sous la table et me penche de nouveau vers elle.) Choisis un légume de forme oblongue…

— Non ! rugit-elle.

— Une carotte ? suggéré-je en guettant sa réaction – rien. Une courgette ? proposé-je encore. Un épi de maïs au beurre ?

— Arrête…, soupire-t-elle.

— Une aubergine ? continué-je, imperturbable.

Elle me lance un regard affligé.

— Magnolia…

— Oh non, Taura, ne me dis pas qu'il ressemble à un navet ?

— Qu'est-ce qui ressemble à un navet ? s'enquiert gaiement Tiller en se rasseyant.

— Rien ! glapit Taura, au moment où je crie « Salut ! » avec un sourire à l'enthousiasme exagéré, j'en conviens.

— Coucou ! babillé-je. Tu es revenu ? Si vite ! Quel système digestif efficace tu dois av…

Taura me donne un coup de pied sous la table. Je gémis et cesse de sourire comme une débile. Tiller nous regarde, perplexe, mais déjà un peu amusé.

— Vous parlez de quoi ?

— Hum… (Je fais la moue.) De légumes…

— Quoi ? demande BJ en rejoignant la conversation.

— Tiller…, commencé-je en lui souriant plaisamment.

— Non…

Les yeux de Taura lancent des éclairs. Je l'ignore.

— Parmi les légumes suivants, avec lequel dirais-tu que tu as le plus d'affinités… ?

— Je vais te tuer ! me chuchote-t-elle.

Tiller me dévisage, intrigué.

— Une sorte de parenté, si tu préfères…

— Tu n'existes plus…, articule mon amie de l'autre côté de la table.

— Hum… (Je m'éclaircis la voix.) Carotte… courgette… épi de maïs… aubergine… concombre…

— Un concombre, m'interrompt BJ en hochant la tête pour lui-même. Mais genre, un grand. Pas de ceux vendus dans les petits paquets. Et pas à température ambiante. Super froid et frais. Et puis pas un gringalet… un gros, vous voyez. Bien ferme.

Taura ricane, et BJ nous regarde d'un air soupçonneux avant de comprendre. Alors il lève les yeux au ciel et secoue la tête, son visage parfait peinant à dissimuler à quel point il nous adore.

Je tends la main et donne un petit coup à Tiller.

— Choisis.

— Je suis désolé, s'excuse BJ. J'ai honte pour elle…

— C'est sympa, les courgettes…, proposé-je à Tiller et Taura.

— Ça fond trop à la cuisson…, objecte Taura.

Je fais une grimace.

— Qu'est-ce que ça veut dire ?

Tiller nous regarde, perdu.

— Hum. (Il secoue la tête et se racle la gorge.) Il faut forcément que ce soit un légume de ta liste ?

Taura incline la tête, pensive.

— Euh…

Tiller fronce les sourcils et réfléchit.

— Mon légume préféré est la courge butternut.

— Nooon ! ai-je à peine le temps de m'exclamer avant que BJ enroule son bras autour de moi et me couvre la bouche de sa main, les yeux écarquillés par les éclats de rire qu'il réprime.

— Quoi ? demande Tiller à Taura.

Elle me lance un regard par-dessus la table et efface un sourire d'un coup de langue.

— Rien.

64

Magnolia

Aujourd'hui, Jemima fête ses trente ans au *Coworth Park*, c'est-à-dire à quarante-cinq minutes de Londres environ.

Nous faisons le trajet en voiture, et c'est BJ qui conduit. J'ai dû procéder à une mini-intervention auprès de Daniela, en fait. Je crains qu'elle ne soit un peu workaholic. Quand elle a appris que nous irions en voiture, elle a insisté pour nous conduire. J'ai fait remarquer : « On est samedi. » Elle a répondu que ça ne la dérangeait pas, j'ai dit que ce n'était pas la peine, elle a répliqué que ce serait un plaisir pour elle. Alors j'ai suggéré que nous nous occupions d'amplifier sa compréhension du mot « plaisir ». BJ m'a pincée dans le dos et a pris les rênes de la conversation.

Il a juré que nous n'avions pas besoin de ses services, que, si c'était le cas, il l'appellerait, mais que vraiment, il était quasi certain que nous pouvions survivre un week-end sans elle.

Le trajet a été agréable – si je fais abstraction du fait que j'ai dû monter dans une voiture. Mais ça m'a rappelé un peu le bon vieux temps.

La main de BJ sur mon genou, moi la repoussant d'une tape chaque fois qu'il s'aventurait un peu trop haut sur ma cuisse, nos éclats de rire, nos efforts pour ignorer la façon dont tout mon corps se tendait chaque fois qu'une voiture s'approchait trop de la nôtre, le terrible sentiment de panique me laissant aveugle et sourde pendant une fraction de seconde.

Il n'a formulé aucune remarque, rien qui me fasse me sentir stupide. Juste, chaque fois que nous nous croisions un autre véhicule, il montait le volume de l'autoradio, essayant de couvrir le crissement de pneus et le raclement du métal que je n'aurais pas manqué d'entendre.

La réception a lieu dans une salle dédiée de l'hôtel, mais également dans le parc, ce qui était ambitieux de la part de Jemima. Mais, après tout, on ne fête pas tous les jours ses trente ans. Alors grand bien lui fasse ! Nous sommes mi-janvier. À l'extérieur, quantité de chauffages ont été installés, trop pour qu'on puisse les compter – il y en a en tout cas bien plus que d'invités, qui préfèrent rester à l'intérieur.

Nous saluons Lily et Hamish – ça va beaucoup mieux, au fait, entre BJ et lui.

BJ embrasse sa mère sur la joue et la serre dans ses bras comme le font les garçons fous de leur maman, puis il se tourne vers son père et l'étreint à son tour. Moins longtemps, mais ça faisait des lustres que je ne les avais pas vus se saluer ainsi.

Les visages de Lily et Hamish s'illuminent comme un sapin de Noël.

Je repère Allie dans un coin, près de Madeline et d'amies communes. Elle a l'air de s'ennuyer.

Je sauve BJ des griffes d'une de ces femmes horripilantes, vous savez, ces vieilles amies de votre mère qui insistent pour que vous les appeliez « tata ». Au passage, laissez-moi vous dire que son intérêt pour BJ n'a rien de chaste. Je reconnais des yeux concupiscents quand j'en vois, surtout quand ils sont braqués sur mon fiancé.

— Merci, me murmure-t-il à l'oreille avant de l'embrasser, tandis que je l'entraîne vers les filles.

Madeline serre son frère dans ses bras, mais m'adresse à peine un regard. La copine près d'elle ne daigne pas non plus nous regarder. Peu importe.

Allie se lève avec empressement, une expression étrange sur ses traits.

— Est-ce que Jonah va bien ? nous demande-t-elle.

Je me tourne vers BJ sans comprendre.

Il affiche aussitôt une expression inquiète.

— Pourquoi ?

Le visage d'Allie se fige, mais ses yeux sautent nerveusement de lui à moi.

— Vous n'êtes pas au courant ? s'exclame-t-elle, désemparée. (Elle déglutit.) Il y a eu une fusillade dans un de ses clubs, hier soir… Je l'ai vu aux infos.

— Mon Dieu…, soufflé-je.

BJ ouvre grand les yeux. Il est très pâle, tout à coup.

Il sort aussitôt son téléphone de sa poche, et je lui attrape la main.

Allie prend une inspiration angoissée, probablement atterrée d'avoir été celle qui nous annonçait la nouvelle. Certains s'en seraient fait une joie. Pas elle.

Je lève les yeux vers BJ.

— Tu étais au courant ? Il t'a dit quelque chose ?

Je ne sais pas pourquoi je pose ces questions. Sa réaction est suffisamment éclairante.

BJ secoue quand même la tête tout en portant le téléphone à son oreille, son visage parfait se creusant sous le poids de l'inquiétude. Mon cœur s'arrête de battre pendant les neuf secondes que Jonah met à décrocher.

— Merde…, soupire BJ, soulagé. Putain, Jo, c'est quoi, ce bordel ?

Il a l'air énervé, à présent. Il croise mon regard et me fait signe qu'il va poursuivre la conversation un peu plus loin.

Je hoche la tête, et il m'embrasse distraitement sur la joue.

— Vas-y, balance…, l'entends-je dire en s'éloignant.

Je soupire, incrédule, et me tourne vers Allie.

— Londres est vraiment devenu un lieu complètement fou, non ?

Elle acquiesce en ouvrant de grands yeux.

— Je crois que je vais bientôt partir.

— Partir ? m'exclamé-je. Où ?

— Tu te souviens que Bridget et moi avions prévu de voyager ensemble ?

— Oh ! (Je fronce les sourcils, réfléchis.) Oui. En Asie. Tu vas y aller, finalement ?

— Ouais, peut-être… (Elle hausse les épaules, et je me demande si c'est de la culpabilité que je lis dans son regard – ce qui serait fort regrettable.) J'y pense sérieusement. Maman estime que ça me ferait du bien…

— Je suis tout à fait d'accord avec elle, approuvé-je, désireuse de chasser ses doutes.

— Vraiment ?

Cette fois, je vois briller dans ses yeux une lueur d'espoir.

— Absolument. (Je lui adresse un sourire aussi encourageant que je le peux, ce qui me coûte, car l'idée qu'Allie s'en aille me donne l'impression que c'est encore un peu de Bridget qu'on me prend. Mais ça, c'est mon problème, pas le sien.) C'est formidable, Allie… Tu partirais seule ?

Elle glisse une mèche de ses cheveux bruns derrière son oreille.

— Je suppose… À moins… (Elle hésite.) À moins que tu ne veuilles m'accompagner ?

— Moi ?

Je cligne des yeux, surprise.

— … Et BJ ! ajoute-t-elle.

— Oh… (Je secoue la tête.) Je ne crois pas que ce soit possible… avec le mariage et…

— Non, bien sûr ! Je comprends parfaitement.

— Mais toute seule, Allie… (Je lui lance un regard admiratif.) C'est très courageux de ta part.

— J'ai juste l'impression que si j'étais mo… (Elle se tait, déglutit.) Bridget serait partie quand même, tu ne crois pas ?

Je hoche la tête. Oui, elle a raison.

— Où irais-tu, exactement ?

— Oh… (Elle hausse les épaules.) Je ne sais pas encore… Bridget avait préparé une liste des endroits où elle voulait absolument aller. Elle avait tout noté quelque part… (Elle lève les yeux au ciel.) Dans un journal, je crois…

Nous échangeons un regard.

— Quelle ringarde, celle-là ! lancé-je sans réfléchir, et nous éclatons de rire, les larmes aux yeux.

Je m'empresse d'essuyer celle qui m'a échappé et lui adresse un sourire d'excuse – je ne sais pas très bien pourquoi. Après tout, si quelqu'un sur cette terre me comprend, c'est bien elle.

— La stupide psychologue de BJ m'oblige à passer en revue les affaires de Bridget. Si tu veux, viens à la maison cette semaine. Tu pourrais y jeter un coup d'œil. Peut-être que tu trouverais cette fameuse liste.

Elle hoche la tête et se force à sourire.

— Oui, volontiers. (Puis elle me regarde, les sourcils un peu froncés.) Tu vides sa chambre ?

— Non, la rassuré-je immédiatement. Juste je… J'en ai emballé une partie dans des cartons pour les rapporter à la maison et les examiner tranquillement. Je n'aime pas me retrouver dans notre ancien appartement.

— Oh !

Elle hoche la tête, compatissante.

— C'est assez chiant, en fait… (Je me mets à rire, mais aussitôt ma gorge se serre sous le coup d'une émotion à laquelle il est hors de question que je laisse libre cours devant tous ces gens.) Il s'agit surtout de livres, de carnets et (je secoue la tête) des revues de psychologie qu'elle semblait lire pour le plaisir.

Allie sourit.

— Quelques photos de nous… (J'agite la main entre elle et moi.) Plein de stylos. Et sérieusement, c'est fou ce qu'elle aimait les chaussures à boucle…

Allie s'esclaffe, et des larmes roulent sur ses joues. Elle ne s'empresse pas de les essuyer. Elle les laisse capter la lumière et manifester clairement qu'elle ne se sent pas merveilleusement bien, que sa vie à cet instant n'a rien d'idyllique, et je me demande à quoi une telle liberté d'expression ressemble.

BJ revient vers nous en glissant son téléphone dans sa poche. Il me décoche un sourire exaspéré avant de remarquer les larmes de sa sœur.

— Tu te sens bien ?

Elle renifle, hoche la tête et sourit. Puis elle s'excuse et s'éloigne après avoir embrassé son frère sur la joue.

Il attend que nous soyons seuls pour me donner des nouvelles de nos amis.

— Les garçons vont bien.

— Mais ils y étaient quand c'est arrivé ?

Il hoche la tête.

— Merde ! C'est dingue… (Je secoue la tête, atterrée.) Il y a eu des blessés ?

— Ouais. (Il soupire, le visage tendu.) Deux…

Soudain la peur me saisit, mon cœur semble s'arrêter de battre.

— Est-ce que Julian…

— Non… (BJ secoue la tête et me gratifie d'un sourire crispé.) Je veux dire, il n'en a pas parlé… Mais s'il lui était arrivé quelque chose, ou à Daisy, on l'aurait su…

— C'est vrai. (Je hoche la tête, me convaincs que je m'inquiète pour rien.) Non, tu as raison. Désolée…

Il incline la tête.

— Désolée pour quoi ?

— Pour… (Je m'interromps, lui adresse un sourire d'excuse.) Je ne devrais pas m'en inquiéter. Oublie.

Il plisse les yeux, perplexe.

— Tu ne devrais pas t'inquiéter de savoir si un mec avec qui tu as été a été blessé par balles ?

— Je… Mais il ne lui est rien arrivé… n'est-ce pas ?

— Rien. (Il fronce les sourcils, puis me sourit.) Envoie-lui quand même un message.

Du menton, il désigne mon téléphone, caché dans ma pochette Venus La Petite en satin orné de cristaux de chez Benedetta Bruzziches.

— Tu es sûr ?

Comme il hausse les épaules avec désinvolture, je m'exécute, sors mon téléphone, tape son nom.

13:51

Julian

Tu vas bien ?

Daisy aussi ?

Ouais, nickel.

OK, parfait.

Je me tourne de nouveau vers BJ et sens mon corps se détendre.

— Ils vont bien.

Je lui souris avec reconnaissance tout en rangeant mon téléphone.

BJ me regarde avec un sourire en coin pendant un bref instant, avant de passer son bras autour de mon cou et de m'attirer contre lui pour m'embrasser.

Je ne parle pas d'un bisou rapide ou d'une caresse du bout des lèvres. Ni même d'un patin furtif. Je parle d'un vrai, long baiser. Comme quand, pendant une soirée bien arrosée en boîte à Ibiza, complètement désinhibé, vous emballez langoureusement votre crush. Je me détache de lui (à peine) et lève les yeux, surprise.

— OK, m'esclaffé-je, hors d'haleine et gênée.

Les regards de nos voisins sont braqués sur nous.

— Quoi ? demande-t-il tranquillement en déroulant son bras. Un petit sourire satisfait danse sur ses lèvres.

Je lisse ma robe bustier en soie Elie Saab, ravissante avec ses pois et ses fleurs brodées, puis sans le regarder, je dis :

— C'était un sacré baiser.

Il hausse les épaules, mais je sais qu'il sait.

Je lève le menton en l'air.

— Très viril… et très BJ.

— Oh ! (Il rit.) C'est-à-dire ?

— Mmm. (Je hoche la tête.) Un baiser mignon, mais autoritaire…

Il réprime un sourire et secoue la tête.

— Putain, je déteste quand tu me qualifies de « mignon »…

— Julian aussi détestait ça.

Je lui lance un regard en coin afin de m'assurer qu'il sait à quoi je joue. Il rentre le menton et me foudroie du regard, mais je le surprends en train de se mordiller l'intérieur de la joue pour dissimuler un sourire qui me ferait trop plaisir. Il est agacé, mais amusé.

Il me saisit par la taille et m'attire contre lui. Nos visages se touchent presque.

— Tu es vraiment une emmerdeuse, dit-il en effaçant un sourire d'un coup de langue.

— Tu vas toujours avoir ce genre de réaction amusante et sexy, si je parle de Julian ? demandé-je, ravie d'avoir trouvé un nouveau jeu.

Il pince les lèvres et me regarde.

— Tu n'as qu'à essayer.

Je fais la moue, lève les yeux vers le plafond, réfléchissant à une remarque provocante qui ne risque pas de nous plomber la journée.

— Il détestait que je lui dise qu'il était mignon, en revanche il adorait quand je…

Et voilà, il n'en a pas fallu davantage pour que ses mains soient sur mon visage… Je vous ai déjà parlé de ses mains. Parfaites et si grandes que s'il pose son pouce à la commissure de mes lèvres, sa paume et ses doigts enveloppent ma tête jusqu'au creux de ma nuque.

C'est un baiser intense, presque brutal. Je sens la jalousie dans la pression de ses doigts, et malgré moi je souris contre sa bouche parce que, franchement, j'aime me sentir désirée. Prétendre le contraire serait un mensonge – je suppose qu'aimer susciter du désir chez les hommes est mon péché mignon.

Mais être désirée par BJ ? Rien n'est comparable. J'ai pris de la cocaïne une fois au lycée. Une expérience étrange. Si on me posait la question en public, je répondrais que je n'ai pas aimé, mais – ne le répétez pas – en fait, ça m'a plu. Aujourd'hui, je comprends mieux la réaction que j'ai eue, mais à l'époque, j'ignorais que j'avais un TDAH. Autour de moi, l'ambiance était euphorique, tout le monde s'amusait. Moi, je me suis sentie soudain extrêmement concentrée, consciente de tout ce qui se passait autour de moi. Mon cerveau s'est comme tu, ce qu'il ne faisait jamais. Me sentant stupide d'avoir eu une expérience complètement différente de celle des autres, j'ai préféré nier avoir apprécié.

N'ayant pas vécu ce pic d'exaltation qu'expérimentent la plupart des gens, je ne peux pas affirmer l'exactitude de cette analogie, mais j'imagine que me sentir désirée par BJ s'apparente à cet état exalté et euphorique qu'on recherche dans les drogues. La meilleure sensation du monde. Parfois, je ferais n'importe quoi pour avoir ma dose. Relisez notre histoire – tout est là. Je suis prête à tout pour susciter son désir. Il est le maître, et moi le chien qui fait des cabrioles pour lui plaire.

Je prends une petite inspiration tremblante quand il s'écarte de moi, ce qui a l'air de lui faire plaisir.

— Suffisamment sexy pour toi ? me demande-t-il, les sourcils arqués.

Je me redresse et m'efforce de retrouver mon calme parce que oui, il est ma faiblesse, et oui, je ferais n'importe quoi pour qu'il ait envie de moi, mais mieux vaut ne pas dévoiler mon jeu, vous ne croyez pas ?

Je me racle la gorge.

— Je ne suis pas sûre… (Je hausse les épaules avec indifférence.) Souvent, Julian faisait…

Et là il lâche un grognement et m'entraîne à l'écart, avec des yeux qui n'annoncent rien de bon – c'est-à-dire que du trop bon. Parfait. Il me veut aussi, maintenant. C'est presque toujours le cas, mais de temps en temps, c'est encore plus fort et il a ce regard, et alors c'est… réussir ou mourir.

C'est comme si quelqu'un avait activé un champ magnétique entre nous. Plus rien ne résiste à cette attraction – vous allez voir dans une minute… C'est comme ça que nous avons passé nos années lycée, volant des moments au milieu de trop de monde dans les endroits les plus bizarres et les plus exigus.

Sa tête pressée contre la mienne, nos respirations haletantes, nos poitrines qui se soulèvent et s'abaissent avec difficulté. Rien, pas même de l'air, entre nous.

Je lui opposerai un peu de résistance, parce que c'est ce que je fais, et parce que l'obliger à batailler un peu pour m'avoir me garantit la libération lente de la seule drogue qui m'intéresse : lui.

Sourire en coin, les yeux baissés vers moi, la langue poussant l'intérieur de sa joue, il secoue la tête.

Soupire : « Merde… » Et recommence à m'embrasser.

Nos corps sont comme de la cire chaude qui se mélange, et il faut que je me reprenne, putain, parce que ce baiser est plutôt de ceux qui mènent à une libération immédiate.

Je m'écarte, lève brièvement les yeux vers lui, me mords la lèvre inférieure et souris.

Il expire profondément afin de se calmer, et puis ses mains baladeuses descendent bas dans mon dos. Il y a quelque chose de tellement agréable à sentir les mains d'un homme dans le creux de vos reins, mais il y a quelque chose d'indescriptiblement sexy à le sentir vous agripper juste en dessous.

BJ me plaque contre lui et me garde là, la tête inclinée, en se mordant la lèvre.

Je lui décoche mon regard réticent le plus convaincant.

— N'y pense même pas…

Il me regarde d'un air coquin.

— Il y a plein de chambres, ici !

— *Nous* n'avons pas de chambre, ici !

— Alors… peut-être au vestiaire ? Ou un petit coup rapide sur la banquette arrière de la voiture…

Je lâche un éclat de rire incrédule.

— Tout le monde pourrait nous voir… !

Il hausse les épaules avec indifférence.

— Ce ne serait pas la première fois…

Je pointe le doigt vers lui.

— Ça reste à prouver.

— On l'a fait dans des voitures des milliers de fois. OK, dans le cas de la Maserati, je t'accorde le bénéfice du doute, mais on a fait l'amour dans ma voiture, dans la tienne, dans celle de Jonah, celle de Henry, on a…

— Félicitations, mec…, lance justement Henry avec une grimace en s'arrêtant devant nous.

Il lève brièvement les pouces à l'intention de son frère, puis nous contourne pour rattraper un serveur chargé d'un plateau de hors-d'œuvre.

BJ renifle, amusé, et attend que Henry soit de nouveau hors de portée d'oreilles.

— On l'a fait dans un paquet de bagnoles, Parks. Et dans des endroits plus précaires que sous un arbre aux trente ans de ma sœur. Pourquoi on ne s'offrirait pas un petit coup rapide ?

De la tête, il désigne sa Wraith noire.

— Un petit coup rapide ? (Je cligne des yeux.) Pour qui me prends-tu !

— Yo. (Il pointe le menton vers moi d'un air provocant.) Arrête un peu avec tes grands airs de meuf bourge.

Je lui décoche un regard faussement agacé, alors que son arrogance m'excite encore plus – je n'en suis pas fière.

— Je suis une « meuf bourge », lui rappelé-je. Tout comme tu…

— Viens… (Il me mordille l'épaule, et je sens ma résolution faiblir.) On sera un peu à l'étroit, ajoute-t-il tout en parcourant mon corps des yeux en attendant que ses mains puissent le faire. Ça risque d'être intéressant.

Je souffle par le nez en espérant que mon visage ne m'a pas encore trahie – car la réponse est oui, évidemment, comme toujours quand il est question de ses mains sur mon corps.

Je n'ai pas toujours envie d'avoir des rapports en public ou même pendant la journée. À vrai dire, ça ne me paraît pas très convenable, et vous savez à quel point je peux être têtue. Mais voilà… sa bouche m'appelle, si merveilleusement rose, me suppliant de l'embrasser et de la mordre. Un sourire en coin étire ses lèvres, et je sais qu'il sait qu'il a gagné.

— Bon, d'accord, grogné-je en me redressant, avant de baisser les yeux vers ma robe. Attends… Et si ma robe se froisse et que ta mère s'en aperçoit… ?

— Eh bien, elle sera enfin obligée d'accepter que parfois, quand deux personnes s'apprécient, elles enlèvent leurs vêtements et…

Je lève les yeux au ciel et lui donne une tape pour lui intimer de se taire. Il éclate de rire, glisse sa main dans la mienne et m'entraîne vers le parking. Tout est normal, tout va bien… et puis soudain rien ne va plus.

Ce changement n'a rien de spectaculaire. Je suis d'ailleurs la seule à le remarquer. À mon sens, c'est l'un des plus doux privilèges que de nombreuses années passées avec une personne peuvent vous conférer : la capacité de percevoir les nuances les plus subtiles dans son attitude. BJ ne s'arrête pas de marcher, il ne se raidit même pas. Ses doigts se crispent insensiblement, mais je m'en rends compte. Il déglutit rapidement avant de dégager sa main de la mienne et de la poser sur ma taille. Son contact n'a plus rien à voir avec la façon dont il me touchait quelques instants plus tôt. Et puis, d'une voix qui paraît complètement, absolument normale, il me demande :

— Ça te dit qu'on rentre ?

Cette main sur ma taille… Ce n'est pas la première fois que je sens cette tension. Ça arrive quand nous sommes quelque part et que quelque chose cloche. Quand quelqu'un qu'il ne connaît pas s'approche trop de moi. C'est la même main qu'il a posée sur ma taille quand j'avais dix-sept ans et qu'un homme nous a menacés avec un couteau dans une rue de Prague.

Il a vu quelque chose ou quelqu'un quelque part derrière moi qui lui est apparu comme une menace.

Je regarde par-dessus mon épaule, mais rien ne retient mon attention.

BJ désigne la voiture d'un mouvement de la tête.

— Allez, viens, répète-t-il en me tendant la main.

Je hoche la tête et la prends tout en jetant un dernier regard derrière moi…

Et là, je vois cette femme… La trentaine. Cheveux noirs, lèvres un tout petit peu trop volumineuses et *fox eyes*.

Elle jette un regard dans notre direction, et ses yeux s'attardent sur BJ – ce qui en soi n'a rien de bizarre. Tout le monde dévisage BJ. Évidemment… Moi-même, je me surprends souvent en train de le dévorer des yeux, et je vis avec lui ! Il est parfois impossible de s'en empêcher, je suis bien placée pour le savoir.

Ces dernières années, j'ai rencontré beaucoup de femmes qui ont couché avec lui. Ces fréquents face-à-face se déroulent toujours de la même façon.

Elles sont mal à l'aise. Lui, quelque part entre mal à l'aise et désolé. Moi, plutôt grossière, parce que… franchement, merde, dégage ! La plupart du temps, je perçois de la gêne, des remords, même, peut-être, une fois qu'elles nous ont vus ensemble en chair et en os. De temps à autre, nous tombons sur une fille vraiment provocante. Fière d'avoir couché avec BJ Ballentine, elle arbore le souvenir de ses mains sur son corps comme une couronne de concours de beauté. Elle se débrouille pour faire une scène, s'assure que tout le monde autour sait qu'ils ont couché ensemble et combien de fois. Elle flirte avec lui, parfois avec moi, bat des cils en espérant une invitation qu'elle n'obtient jamais… Mais cette femme, là-bas, avec les *fox eyes*… c'est autre chose. Sa façon de le toiser – je n'ai jamais rien vu de tel. Mes tripes se transforment en gelée quand je la vois le regarder avec des airs de propriétaire – comme une chose qui lui a appartenu.

Et puis la main de BJ est de nouveau sur ma taille, et, immédiatement, je sais qui elle est et de qui il essaie de me protéger.

Cet élan protecteur ne m'est pas réellement destiné. BJ me protège comme il aurait voulu qu'on le fasse pour lui, m'épargnant une situation dont lui-même n'a pas pu s'extraire à l'époque.

Je me tourne vers lui, le regarde droit dans les yeux et pose une main sur son visage.

— Va m'attendre dans la voiture, lui dis-je calmement.

Il fronce les sourcils, presque en colère.

— Quoi ?

— Va m'attendre dans la voiture, répété-je plus fermement.

— Ce n'est pas grave… On n'a qu'à partir, proteste-t-il en secouant la tête, les yeux rivés au sol à présent.

Je rentre la tête dans les épaules et trouve son regard.

— Je t'aime, lui dis-je d'abord. C'est grave.

— Parks…, commence-t-il, mais je l'interromps.

— Si la situation était inversée, BJ, pour rien au monde tu n'épargnerais quelqu'un qui m'aurait blessée comme elle t'a blessé. Alors ne me demande pas de… (Je désigne de nouveau la Wraith.) Maintenant, s'il te plaît, vas-y.

Il se passe la langue sur la lèvre inférieure. Je n'arrive pas à déchiffrer son expression. À la fois apeurée, furieuse, blessée, paniquée, perdue, honteuse… Je ne l'ai jamais vu comme ça.

Il finit par céder. Se détourne et marche droit vers la voiture sans dire un mot à personne.

C'est dur d'aimer quelqu'un aussi fort, je tiens à le préciser.

On associe presque systématiquement l'amour à la douceur. Peut-être à cause du fameux « l'amour est patient, il est plein de bonté ». Et c'est vrai. Il y a de la douceur dans le fait d'aimer quelqu'un. C'est la vaseline ou le filtre rose sur l'objectif de votre appareil photo, des mains qui cueillent des fleurs sauvages, des doigts qui effleurent doucement des joues et des baisers papillons.

Mais il y a une autre sorte d'amour.

Un amour comme le nôtre… Vous pouvez vous y noyer. Il vous remplit les poumons, vous étouffe, et vous finissez par tousser et le recracher alors que vous gisez par terre, agonisant.

Parfois, aimer quelqu'un vous lie à la violence.

BJ s'est battu pour défendre mon honneur des dizaines de fois, et il recommencera cent fois s'il le faut, j'en suis certaine, parce qu'il m'aime et que c'est ce qu'on fait quand on aime quelqu'un.

Et je ne suis pas Daisy – je ne pratique pas la boxe. Mon truc à moi, c'est la barre et le Pilates Reformer. Je ne sais pas me battre, en tout cas pas avec mes poings.

Je ne sais pas encore ce que je vais lui dire : je marche droit sur elle, l'esprit vide.

Jemima et son nouveau copain, Stephen, sont avec elle. À mon approche, le visage de Jemima s'illumine, comme tous les Ballentine (sauf Madeline) quand ils m'aperçoivent.

— Magnolia ! sourit-elle. Où est BJ ?

— Oh ! (J'incline la tête.) C'est très curieux, il s'est senti mal, tout d'un coup, je suis désolée…

— Oh, non ! Vous partez, alors…

— Dans une minute. (Je hoche la tête et lui adresse le sourire le plus sincère dont je suis capable à cet instant.) Dînons ensemble bientôt… tous les quatre. Pour nous rattraper.

Jemima hoche la tête. Je me tourne ensuite en direction de Sadie. Son corps n'est pas orienté vers moi, comme on pourrait s'y attendre dans ce contexte, mais elle m'observe du coin de l'œil. De haut, devrais-je préciser, car elle est plus grande que moi.

Je mesure un mètre soixante-treize, et elle dépasse ma mère, avec son mètre soixante-dix-huit.

— Excusez-moi. (Je lui souris froidement.) Puis-je vous parler un instant ?

Sadie arque ses sourcils déjà arrondis et se désigne du doigt, étonnée.

Je hoche sèchement la tête.

Bien que perplexe, Jemima se laisse entraîner à l'écart par Stephen.

Je lève les yeux vers la femme qui a causé tant de souffrance à la personne que j'aime le plus au monde, une souffrance que je ne souhaiterais même pas à mon pire ennemi. Je suppose, même si c'est à un degré bien moindre, qu'elle m'a fait beaucoup de tort à moi aussi.

Je scrute son visage, guettant un soupçon de remords, un tressaillement qui indiquerait qu'elle est désolée, qu'elle regrette de s'être comportée de la sorte, ou même que, dans son esprit, il s'agit d'un malentendu. Mais… rien. Elle se contente de me rendre mon regard, ses horribles lèvres gonflées s'étirant en un sourire vide et vague.

— Où est BJ ?

Elle le cherche impatiemment du regard. Aussitôt, je sens monter en moi une bouffée de rage qui me donne l'impression de trembler de tout mon corps – j'espère que ce n'est qu'une impression, que ça reste sous ma peau. Une femme comme elle y verrait de la faiblesse, alors qu'il s'agit de colère, une colère qui va enfler en moi telle une vague et se répandre dans l'univers, traverser le temps et l'espace, retentir indéfiniment jusqu'à ce que ce monstre tombe à genoux et supplie qu'on lui pardonne.

Mais ici, dans ce monde affreusement injuste où elle n'a à subir aucune conséquence pour ses actes, elle se contente de se dresser devant moi en clignant des yeux, comme si la question qu'elle venait de poser était parfaitement banale et ne contenait pas une dose mortelle de cyanure.

Comment peut-on faire preuve d'une telle indifférence après avoir profané une personne comme elle l'a fait – BJ ! Si vous faites du mal à BJ, vous ne vous en prenez pas seulement à une personne. Vous abîmez le soleil, la lumière, l'été lui-même, l'air autour de nous, la galaxie… Or, elle cligne des yeux effrontément, avec la nonchalance qu'on pourrait attendre de quelqu'un que l'on vient d'informer qu'il s'est assis sur une fourmi.

D'ailleurs, son détachement est si extravagant, presque, que je finis par me demander si elle sait que je sais.

Ce qui ne m'empêche pas de me racler la gorge et de la regarder droit dans les yeux.

— Nous ne nous étions jamais rencontrées… Je tiens donc à faire précéder ce que je m'apprête à te dire par ceci : je lance rarement des menaces…

Ses sourcils s'arquent davantage, et elle renifle, mais je l'ignore et poursuis :

— Et certainement pas si je ne peux pas les mettre à exécution. Donc je te conseille de m'écouter attentivement… (Je cligne plusieurs fois des yeux. M'humecte les lèvres, redresse les épaules.) Je sais ce que tu as fait.

Elle perd contenance pendant une fraction de seconde.

Je continue.

— Si tu adresses encore la parole une seule fois à BJ, si tu le regardes ou ne serait-ce que prononces son nom, je le saurai, et tu mourras.

Elle ricane dédaigneusement. Lève les yeux au ciel et regarde au loin comme si elle me trouvait stupide ou dramatique. Je me décale donc de façon à me trouver de nouveau dans son champ de vision et plante mon regard dans le sien.

— Est-ce que tu sais qui je suis ? lui demandé-je en inclinant la tête.

Elle serre les dents. Affiche une expression d'ennui.

— Tout le monde sait qui tu es.

— OK.

Je hoche la tête. J'apprécie son honnêteté. Ça va m'aider.

— Donc tu sais avec qui j'étais, l'année dernière… ? demandé-je en haussant un sourcil.

L'horrible fille prend une brève inspiration, cligne rapidement des yeux. Je ne tiens pas vraiment à connaître le détail des activités de Julian. Tout ce qui m'intéresse, c'est que l'évoquer suffit à faire peur aux gens.

— Je constate que oui. (Je hoche la tête.) Parfait. Julian ferait n'importe quoi pour moi. (Je me penche près d'elle.) En l'occurrence, ça ne m'empêcherait absolument pas de dormir la nuit.

Elle lâche un vague ricanement en levant les yeux au ciel, feignant de ne pas paraître impressionnée, mais je vois bien que le vent a tourné et qu'elle le sent.

— Et donc quoi ? Tu me demandes de ne plus mettre les pieds à Londres ?

Je ris à sa question, comme si je la trouvais stupide, et lui décoche le sourire qui va avec.

— Seulement si tu tiens à la vie.

Elle me fusille du regard.

— Et moi je pense que tes menaces, c'est du vent.

— Oh ! (Je hausse les épaules, mimant l'excitation.) Ignore-les, tu verras bien ce qui se passera… (J'arque un sourcil.) Je me suis toujours demandé jusqu'où Julian serait capable d'aller pour moi, et je vois là une belle occasion de le vérifier.

65

BJ

Je ne me souviens pas du trajet du retour. Entre la fête et notre appart ? Le trou noir. Au mieux, des arbres. Filant à toute vitesse de chaque côté de la route. Je me rappelle m'être fait la réflexion à l'aller que ça faisait une trotte, genre plus de quarante minutes en dehors de la ville. Ça fait beaucoup d'arbres.

Quand Parks m'a demandé de monter dans la voiture, ça a été… bizarre, parce que je ne voulais qu'une seule chose : me casser. Obligé, putain ! Mais j'ai mis quelques secondes à me rendre compte qu'elle ne m'accompagnait pas. Elle me demandait de l'y attendre.

Jamais jusque-là je ne l'avais laissée seule nulle part, ni dans aucune situation où il aurait pu lui arriver quelque chose. Donc, évidemment, partir sans elle était dingue. Pas naturel, contraire à tous mes instincts les plus élémentaires.

Je l'ai protégée toute ma vie. Mais je crois que c'était justement pour ça… Elle me protégeait à son tour.

Je ne sais pas ce qui s'est passé. Je n'ai rien dit quand elle est montée en voiture. Je n'ai rien demandé, elle n'a pas proposé de me raconter. Je crois que j'aurais été incapable de prononcer une parole à ce moment-là, de toute façon. Ne me demandez pas pourquoi.

Un peu con, franchement.

Parks n'avait pas conduit depuis cinq mois, et j'ai mis une semaine à percuter qu'elle avait été obligée de le faire. Qu'elle s'était assise à la place du conducteur, avait mis le contact et nous avait ramenés à la maison, les mains crispées sur le volant.

Je n'ai aucune idée de quand on est arrivés à la maison. Quand est-ce qu'on s'est garés… ? Elle déteste les manœuvres de parking.

Ensuite, est-ce qu'on a pris l'ascenseur ou les escaliers ? Tout est flou.

Je gagne notre salle de bains et m'asperge le visage d'eau. M'assieds.

Où ? Je cligne des yeux.

Sur le bord de la baignoire.

Je regarde autour de moi, et là, je la vois.

Debout dans l'encadrement de la porte. Elle m'observe, les yeux ronds et tristes.

Elle fronce les sourcils, comme si elle ne savait pas comment m'aider.

Je ne sais pas non plus.

Je suppose que ça va. Enfin… je me sens super mal.

Il ne s'est rien passé. Revoir Sadie après tant de temps… putain, je me reprends tout dans la gueule. L'enfer…

Parks enlève ses chaussures – les dorées avec les papillons –, les laisse près de la porte. Puis elle s'approche en silence et s'agenouille devant moi, entre mes jambes. Elle lève les yeux. Elle a l'air… je ne sais pas… malade ? nerveuse ?

Je lui adresse le sourire le plus pathétique de toute ma vie – qu'est-ce qui m'arrive ?

Elle redresse le dos et me demande doucement :

— C'était la première fois que tu la revoyais depuis… ?

Je déglutis.

— Depuis Paili, oui…

— Oh… (Elle secoue la tête, comme si elle avait oublié. Peut-être que c'est le cas.) Bien sûr.

Elle pose une main sur mon genou.

— Ça va ?

Je baisse les yeux vers elle, souffle par le nez… Je ne sais pas trop quoi dire.

Je laisse tomber mon menton dans ma paume, me frotte la bouche pensivement.

— Tu sais, en plus, je ne m'en souviens même plus vraiment… Je me souviens d'avant, je me souviens d'après, mais…

Elle hoche tristement la tête.

— C'est une sensation désagréable.

Mon visage se crispe, mon cœur se serre. Je la regarde intensément.

— Comment sais-tu ça ?

— Je ne sais pas… (Elle secoue rapidement la tête et pose son autre main sur mon autre genou pour me rassurer.) Pas comme toi, précise-t-elle. Mais ne pas pouvoir se rappeler quelque chose est désagréable en général. Moi, il m'est arrivé d'être avec toi et de boire trop et de ne me souvenir de rien de ce qui s'était passé pendant la nuit. (Elle hausse les épaules.) Jamais tu ne me ferais du mal. Pourtant, ça reste assez déplaisant. Donc pour toi, BJ, je…

— Je l'ai raconté à Henry, il y a deux mois, lâché-je soudain.

— Ah oui ? (Elle cligne des yeux, surprise.) C'est venu comment ?

— Je ne sais pas… (Je secoue la tête.) Juste… un jour, je me suis demandé… si elle avait essayé avec lui…

Là, le visage de Parks se fige une fraction de seconde, et je vois qu'elle flippe complètement.

— Et… ?

Je passe ma langue sur ma lèvre inférieure.

— Ouais…

— Non ! s'étrangle-t-elle. Merde, non…

— Non, Parks…, m'empressé-je de l'interrompre. Elle a *essayé*. Pas réussi.

Apparemment, Sadie est montée le voir un soir – d'après ce qu'il m'a raconté, il semble que c'était le même soir que moi. Il avait treize ans à peu près. Elle lui a proposé de jouer à *GTA*. Il a accepté – pourquoi aurait-il refusé ? Elle lui a servi une Smirnoff Black, et il a trouvé ça bizarre mais un peu cool aussi, parce qu'elle était belle. Après, quand ils ont eu fini la bouteille, elle lui a dit qu'elle allait en chercher une autre…

— Et tu es entrée…, dis-je à Parks.

— Ah bon ?

Elle cligne des yeux, surprise.

Je hoche la tête.

— Je ne m'en souviens pas.

— Henry m'a dit que tu étais entrée dans sa chambre, que tu avais froncé tout le visage… (Je réprime un sourire en pensant à ce détail.) Ensuite, tu as dit à Sadie : « Qui es-tu ? » Elle a répondu : « Une amie. » Et tu as rétorqué : « Henry n'a pas besoin d'une autre amie », et puis tu l'as regardée jusqu'à ce qu'elle parte.

Les yeux dans le vague, Magnolia s'efforce de se rappeler la scène, mais ses traits conservent une expression perplexe.

— Avant qu'elle sorte de la chambre, tu lui as dit de demander à maman de commander au restau chinois, ajouté-je en hochant la tête et en souriant un peu parce que, bien sûr, c'était du Parks tout craché.

Magnolia tourne de nouveau les yeux vers moi, sourcils froncés, sans ciller.

— Tu l'as sauvé, Parks.

Son visage se décompose, ses épaules se voûtent. Elle déglutit.

— Mais pas toi.

— Non, pas moi.

— Je suis désolée, souffle-t-elle, les larmes aux yeux.

— Non… (Je secoue la tête.) Merde… Il valait mieux que ça m'arrive à moi qu'à lui.

Elle incline la tête et me caresse la joue.

— Tu es un homme bon, BJ.

Je me rembrunis. Je n'en suis pas sûr.

— Quoi ? demande-t-elle.

Je secoue la tête comme si ce n'était rien – au lieu de ma pire inquiétude.

Elle éloigne sa main et se redresse, comme si elle se tenait prête.

— Dis-moi.

J'expire par le nez et me mordille les lèvres tout en réfléchissant à la meilleure façon de le formuler.

J'opte pour :

— Ça me fait flipper.

Elle incline la tête dans l'autre sens, déroutée.

— Quoi donc ?

Je déglutis. J'ai peur qu'en le disant ça ne se réalise.

— Quelqu'un m'a blessé, et la solution que j'ai trouvée pour me soulager t'a fait du mal.

Elle me prend la main.

— Tu ne l'as pas fait exprès.

Je hoche faiblement la tête – qu'est-ce que je pourrais faire d'autre ?

— Ça n'empêche pas que je t'ai blessée…

Elle hoche la tête.

J'expire lentement par le nez. Je ne veux surtout pas pleurer.

— Je suis tellement désolé…

— Non… (Elle secoue la tête avec véhémence.) Je sais…

Alors elle se relève et s'installe sur mes genoux.

— Tu veux bien faire quelque chose pour moi ? demande-t-elle doucement.

Je regarde autour de nous – elle est assise sur mes genoux sur le bord de la baignoire… Je la regarde fixement quelques secondes, attendant qu'elle s'en rende compte, mais ça a l'air de ne lui faire ni chaud ni froid. Je hoche la tête.

— Ferme les yeux, me dit-elle.

J'obéis.

— Et maintenant, repense à cette nuit-là…

Je les rouvre pour lui lancer un regard atterré.

— Celle de Paili, clarifie-t-elle.

Je me crispe, gêné.

— Qu'est-ce que tu veux faire… ?

— J'ai lu un article d'un psychologue allemand sur une technique qui s'appelle la rescénarisation des souvenirs…

— Tu as quoi ? m'exclamé-je, sidéré. Pourquoi ?

Elle pousse un soupir impatient.

— Je l'ai trouvé parmi les affaires de Bridget… (Elle hausse les épaules.) En fait, j'ai cru qu'il s'agissait d'un article sur les visionnaires Disney, mais pas du tout. Et puis je me suis demandé si ça pourrait te servir, alors j'ai poursuivi ma lecture.

Je l'aime, putain.

— OK.

Je hoche la tête – absolument pas transformé en flaque.

Elle me sourit.

— Tu sais de quoi il s'agit ?

Je hoche de nouveau la tête.

— Oui.

— On essaie, alors ?

Elle me sourit tendrement.

Je hoche encore la tête, puis hausse les épaules – avec elle, je suis prêt à tout essayer, de toute façon.

Parks effleure mon visage du sien, me disant sans me le dire de fermer les yeux, et je m'exécute.

— Tu es à la fête, commence-t-elle. Je ne suis pas là parce que je suis malade. Mais Henry est là, et Jonah, et Bridget, et Allie…

— Et Christian, ajouté-je.

— Et Christian, répète-t-elle. Tout va bien, jusqu'à ce que cette salope arrive. Et là, quoi ? Choisissons un nouveau passé.

J'ouvre une paupière. Elle me sourit gentiment. Je déglutis, referme l'œil.

— Elle entre, murmuré-je. Je la vois. Je… (Pause. J'imagine pour la énième fois ce que je ferais si je pouvais tout recommencer.) Je trace. Je ne réfléchis même pas, je ne prends pas mes clés, je ne vais pas chercher mon téléphone, je pars, c'est tout.

Elle fait ce truc – je ne sais pas si elle s'en rend compte… Elle tient ma main sur ses cuisses et elle passe son pouce dans un sens puis dans l'autre sur le mien. C'est un contact très délicat, très discret, et pourtant, il a l'effet escompté.

— Je vais te retrouver – je cours. Parce que j'ai bu et que je me sens super mal, et que courir aide un peu…

Je secoue la tête en m'entendant bafouiller, mais elle donne une petite pression sur mon pouce.

— OK…

— J'arrive chez tes parents, je monte… Tu es couchée. (Je fronce les sourcils en y repensant.) Il y a des mouchoirs tout autour de ton lit, et je suis persuadé que tu les as disséminés là pour créer un effet dramatique…

— Absolument pas, proteste-t-elle, et putain, même si j'ai les yeux fermés, je devine son air pincé. Mon nez n'arrêtait pas de couler.

— Ton nez ne coule jamais. Tu es bien trop maniérée.

Là, je reçois une claque sur le bras.

— Je ne suis pas maniérée…

J'ouvre les yeux et lui jette un regard appuyé.

— Bien sûr, dis-je d'une voix débile. Ni belle. Ni la Rain Man de la mode… Ni…

Elle lève les yeux au ciel et me lance un regard de reproche avant de se redresser. M'enfonce le doigt dans les côtes.

— Continue.

Je la regarde encore deux secondes avant de m'y recoller. Prends une inspiration. Referme les yeux.

— Tu arrives donc à Holland Park. Je suis au lit. Malade. Mon nez coule énormément, d'où une quantité assez importante de mouchoirs en papier sur le sol.

Je renifle, amusé, réprime un sourire et me concentre.

Je me souviens de comment je me suis senti, cette nuit-là, juste avant de lui avouer ce que j'avais fait.

C'était horrible, putain ! J'avais envie de gerber. Genre j'ai descendu un litre de lait et me suis fait quinze tours de montagnes russes. Je flippais comme un malade – je n'avais jamais autant flippé de ma vie. Je sentais la peur partout dans mon corps, dans mes doigts, derrière mes yeux, dans mes os… Et je me rappelle avoir pensé que peut-être que je pourrais lui raconter ? Peut-être que je devrais, peut-être qu'elle comprendrait ?

Je suis resté dans le couloir devant sa chambre une ou deux minutes avant d'ouvrir la porte pour avoir la discussion qui allait nous briser – j'essayais de décider laquelle des deux versions était la moins détestable.

J'ai opté pour le connard qui l'a trompée au lieu du pauvre type trop faible parce que quelqu'un l'a foutu en l'air quelques années plus tôt. Je me rappelle avoir pensé que je préférais qu'elle me regarde comme un traître plutôt que courir le risque que, sachant ce qui m'était arrivé, elle ne veuille plus de moi.

À l'époque, c'était réellement une peur viscérale que j'avais – ce qui changerait si elle savait. Ce jour-là sur le bateau, quand elle m'a demandé avec qui, j'ai hésité à le lui dire, mais je n'ai pas pu… Impossible de lui révéler pour Paili sans lui expliquer le reste, Paili ne représentant pas la moitié de la vérité.

Et donc même là, dans cette reconstitution un peu adaptée des événements, assis dans notre salle de bains, dans notre appartement, avec elle sur mes genoux, mon cœur bat à tout rompre quand je pense à ce que j'aurais ressenti en lui avouant ça.

— Je vais à la salle de bains…, commencé-je. (J'avale ma salive.) Je vomis, probablement, tellement je me sens mal, tellement je flippe…

— Pourquoi ? demande-t-elle tout doucement.

J'inspire sa question, la sens bouger dans ma poitrine.

— Parce que je… (Ma voix s'éteint. J'expire.) Je ne veux pas que tu sois déçue. (Je hausse les épaules comme si c'était une idée stupide et non mon pire cauchemar.) Ou que tu me trouves faible…

Elle ne dit rien, presse juste sa bouche sur mon épaule et l'embrasse.

— Tu entres derrière moi, continué-je. Tu es inquiète. Tu poses ta main sur ma joue, lis en moi comme dans un livre ouvert. Tu me demandes ce qui s'est passé… et je te raconte.

— Est-ce que tu me regardes pendant que tu me racontes ? demande-t-elle d'une voix assourdie, les lèvres toujours contre mon épaule.

Je secoue la tête.

— Non…

— Pourquoi ?

— Parce que je suis trop lâche, putain…

Je hausse les épaules et sens qu'elle secoue la tête. J'ouvre les yeux et la découvre en train de me fusiller du regard.

— Absolument pas. Recommence, me dit-elle fermement.

— Je te raconte, mais je ne te regarde pas dans les yeux parce que j'ai honte.

Elle acquiesce en signe d'approbation, puis ferme les yeux et appuie la tête contre mon épaule. Je referme les miens aussi.

— Ensuite, tu pleures… (Je hausse les épaules.) Parce que tu es toi, que tu m'aimes comme tu m'aimes, et… je me mets à pleurer aussi, sans doute, parce que tu m'aimes comme tu m'aimes et que rien n'a changé, lui dis-je.

Me dis-je. Je respire cette vérité.

— Tu me regardes comme tu l'as toujours fait, et je me rends compte que je me suis inquiété pour rien pendant tellement longtemps… (Je déglutis, prends une inspiration.) Et puis tu me prends dans tes bras. Mais tu me connais, et tu sais ce dont j'ai besoin, alors tu me laisses te serrer contre moi comme si c'était toi qui en avais besoin et pas moi. (Putain, je l'aime.) Tu pleures probablement encore un peu.

— Probablement, souffle-t-elle.

— Et ensuite je t'embrasse.

— OK, approuve-t-elle en m'embrassant sur la joue. Et ensuite, est-ce qu'on fait l'amour ?

— Ouais. Parce que c'est toi, et que je vais bien. Et que je suis maître de la situation… (Je hausse les épaules et j'ouvre les yeux.) Et c'est toi.

Elle hoche la tête en me regardant, les yeux ronds, puis elle se laisse glisser dans la baignoire vide.

Elle cligne des yeux, déglutit.

— Tu veux réécrire une autre partie de l'histoire ? demande-t-elle d'une petite voix.

Je la contemple, un peu surpris. Penche la tête.

— Tu n'es pas obligée de faire ça…

— Oh ! (Elle se redresse légèrement.) J'aimerais. Mais seulement si tu en as envie.

Je pousse ma lèvre inférieure de ma langue et regarde si sérieusement la fille de mes rêves qu'on dirait presque que je fronce les sourcils quand je hoche la tête.

— J'en ai envie.

Je grimpe dans la baignoire, puis je me penche au-dessus d'elle.

Elle m'observe, les yeux écarquillés, un peu nerveuse.

C'est bizarre. On a presque l'impression que c'est la première fois. Il y a une sorte de nouveauté ou… je ne sais pas.

Elle prend mon visage dans ses mains, le scrute. Que cherche-t-elle – le temps que nous avons perdu, peut-être ?

J'effleure sa bouche de la mienne, puis me recule un peu et commence à défaire lentement sa robe. Elle ne me quitte pas des yeux.

Je fais glisser la robe le long de ses hanches… lui souris. Sa poitrine se soulève et s'abaisse au rythme de sa respiration superficielle. Elle déglutit.

Je laisse courir mon doigt sur le flanc de l'unique corps que j'aie jamais voulu toucher. Je sais qu'elle porte des sous-vêtements assortis, mais je ne regarde pas. Pas la peine. Je finirai par les revoir. Ou pas – je ne suis pas certain qu'elle porte deux fois ses sous-vêtements.

Je me baisse en restant au-dessus d'elle, et elle passe ses bras autour de ma taille, faisant descendre ses mains vers le bas de mon dos, juste au-dessus de l'élastique de mon Calvin.

Ça ne lui ressemble pas – je recule, lui coule un regard soupçonneux.

— Où est passée la fille la plus adroite d'Angleterre ?

Elle me fusille brièvement du regard.

— Elle est sobre, donc pas ici…

J'émets un reniflement amusé.

— C'est ton histoire, BJ, souffle-t-elle. C'est toi le boss.

— C'est moi le boss ! m'exclamé-je, un grand sourire aux lèvres.

Elle feint l'agacement.

— Pour l'instant.

— J'adore que tu me mènes à la baguette, concédé-je en haussant les épaules.

— Oui, mais je suis une reine très bienveillante…, précise-t-elle, arrogante.

— Ouais ? (J'incline la tête et baisse les yeux vers elle.) Et moi, je suis quoi ?

— Le roi, je suppose, répond-elle en haussant les épaules avant de s'empresser d'ajouter en guise de mise en garde : Qui est le boss et qui commande là tout de suite, pour cette situation spécifique, mais normalement, c'est la reine qui dirige tout…

— OK… (Je ris et effleure sa bouche de la mienne.) La reine peut la fermer, maintenant.

Elle fait le geste de tirer la fermeture Éclair de ses lèvres, puis pose ses mains le long de son corps, levant de grands yeux vers moi, en attente.

Et là je l'embrasse. C'est intense. Comme des vagues qui s'écrasent contre une falaise.

Je glisse une main sous sa tête et, de l'autre, défais ma ceinture.

Elle m'aide. Déboutonne ma chemise – soie, Gucci, avec un cheval dans le dos. Ensuite, elle me débarrasse du pantalon qu'elle m'a choisi à coups de pied, comme si elle marchait dans l'eau, me sourit, contente d'elle.

Je fais glisser la bretelle de son soutien-gorge sur son épaule, puis l'embrasse.

Ma bouche s'aventure plus bas, toujours plus bas, et sa respiration s'accélère.

Les gens font tout un plat des « flammes jumelles », en ce moment. À force d'en rajouter des tonnes sur TikTok, ces cons discréditent le concept – ça me fout les boules, parce qu'ils n'ont aucune idée de ce que c'est. Parks et moi, oui.

Dans *Le Banquet*, c'est de Parks et moi que parle Aristophane.

Dans la mythologie grecque, les humains avaient quatre bras, quatre jambes et une tête avec deux visages. Quand ils ont décidé d'escalader le mont Olympe, voyant qu'ils constituaient désormais une menace pour les dieux, Zeus a décidé de les couper en deux, les condamnant à passer leur existence à chercher leur moitié.

J'ai eu de la chance, j'ai trouvé la mienne quand j'avais six ans. Ça a été un putain de périple, mais on a réussi – assez tragédie grecque, d'ailleurs, notre épopée, quand j'y repense. Notre odyssée à nous.

Et je ne m'autorise pas à pleurer ce qui est arrivé. C'est fait. Fini. Mais peut-être aussi correctement fait dans l'autre sens aussi.

C'est le geste le plus fort qu'on ait jamais eu pour moi. Cette modification consciemment apportée à ma pire trahison… qu'elle soit ici avec moi, dans cette baignoire… Putain, je l'aime. J'entre en elle, et son souffle se coince un peu dans sa gorge, comme toujours, même quand nous étions trop jeunes pour faire des trucs comme ça.

Elle ne ferme pas autant les yeux que d'habitude. Elle me regarde, s'assure que je vais bien.

Je cligne des yeux pour lui indiquer que oui, et elle déglutit, passe sa main sur ma joue moite et l'y laisse. Impossible de regarder ailleurs. Impossible de quitter des yeux la reine autoproclamée bienveillante qui me regarde avec les seuls yeux que je vois quand je ferme les miens.

Le sexe a toujours été hallucinant, entre Parks et moi. Littéralement extraordinaire, genre tremblement de terre, coup de tonnerre. Je n'ai jamais connu ça avec personne d'autre. Ne me détestez pas, mais là encore, c'est cette connerie d'âmes sœurs – se comprendre sans se parler, un langage rien qu'à nous dans notre façon de cligner des yeux, nos corps qui bougent comme des aimants, je suis le pôle sud, elle est le nord. Mon nord magnétique.

Putain, je l'aime.

Et ça. Surtout ça, parce que c'est différent.

Elle va bientôt jouir, moi aussi, parce que… juste parce que…

Rien de sauvage ni de délirant, ses ongles ne me labourent pas le dos comme souvent, mes doigts ne sont pas emmêlés dans ses cheveux, son cou n'est pas arqué en arrière et elle ne halète pas comme je veux toujours qu'elle halète. Mais sa main est toujours sur mon visage et ses yeux sont plongés dans les miens, brillants de larmes et – merde, les miens aussi, maintenant…

Ça la fait presque sourire, mais presque seulement, parce que, quoi qu'il se passe à cet instant, c'est trop sérieux pour qu'on en sourie.

Et puis ça arrive, et bien sûr c'est incroyable, putain, parce que c'est nous, et je le sens dans tout mon corps. Dans mes doigts, dans mes orteils, dans mes jambes, mes bras, mon cou, mon ventre, et même si ni elle ni moi n'émettons un son autre que notre respiration, c'est magique. Genre, la meilleure sorte de magie. Celle du phosphore dans de l'eau. Ou des aurores boréales. La magie de la lave bleue, des fleurs de givre ou des étoiles filantes. Cette magie-là – la vraie.

Et ce n'est pas si grave. C'est juste le truc qui nous a fait nous accrocher l'un à l'autre un peu différemment. Logé juste là, pile entre nous, putain. Le truc autour duquel on a dû plier nos corps pour pouvoir nous rapprocher l'un de l'autre. Le pire truc que j'aie jamais fait – envolé, grâce à elle, à sa respiration profonde dans notre baignoire fissurée et à sa main sur mon visage.

00:22

Bridget

J'ai tellement de choses à te raconter.

...

66

Magnolia

Petit déjeuner à *Chiltern Firehouse* avec Henry et Romilly.

Assise en face de nous, Romilly nous observe en plissant les yeux.

— Il y a quelque chose de changé entre vous…

BJ passe un bras autour de moi et plisse les yeux à son tour avant de prendre une gorgée de son Fireman's Drill – oui, c'est un cocktail, oui, c'est le matin, mais ne jugez pas. La prochaine fois que vous y allez, goûtez-le et on en reparle.

— Ouais ? dit BJ avec un sourire évasif, sourcils arqués, l'invitant à essayer de deviner.

Je ne pense pas qu'elle trouve. Mais elle a raison. Il y a quelque chose de changé.

L'autre jour, dans la salle de bains. Ça nous a fait quelque chose. Ou ça a défait quelque chose, plutôt…

Depuis, c'est un peu différent. Familier et nouveau à la fois.

Notre façon de nous aimer est désinhibée. Il n'y a plus de sujets sensibles, plus de monstre effrayant à contourner nerveusement… Ça ressemble un peu à nous avant que tout arrive, mais avec le recul des années écoulées.

— Ouais…

Romilly nous dévisage, en quête d'indices, et je me rapproche davantage de BJ parce que… Parce que.

Il expire par le nez, calme, détendu, et il baisse les yeux vers moi le temps de m'adresser un minuscule sourire dont, même s'ils le surprennent, Henry et Romilly ne pourront jamais comprendre la profondeur.

Henry plisse les yeux.

— Vous vous êtes mariés en secret ?

— Non ! réponds-je en riant tandis que mes yeux s'éclairent à cette idée. Mais imagine !

— Tu as choisi ta robe ? demande Romilly en mordant dans le bacon de Henry.

— Nous avons réduit le nombre de candidates à cinq, annonce Henry en m'adressant un sourire réjoui.

— Cinq ? se moque BJ. Tu en as besoin de combien ?

— Pour la journée… ? (Je compte sur mes doigts.) Cérémonie, réception, départ.

— OK, dit-il d'une voix hésitante. De combien de costumes j'ai besoin ?

— Juste un. (Je hausse les épaules et lui lance un sourire bref.) Cette journée ne tournera pas autour de toi. Autour de moi non plus, cela dit…

Je fronce brièvement les sourcils avant de me plaquer de nouveau mon sourire le plus heureux sur le visage.

— Magnolia… (Romilly incline la tête, désolée pour moi.) Je suis sûre que s'ils…

— C'est trop tard. (BJ secoue la tête.) C'est comme ça.

Un moyen vers l'unique fin qui m'ait jamais intéressée.

Ensuite, BJ et moi avons une séance avec Claire. Nous passons par le parc, ce qui rallonge un peu le trajet, et prenons tout notre temps, si bien que nous mettons un peu plus d'une heure pour aller de Marylebone à Belgravia – mais nous avons tous deux de longues jambes, donc vous pourriez en avoir pour plus longtemps.

Nous arrivons au pied des marches menant à son cabinet quand deux adolescentes de quinze ou seize ans nous arrêtent pour nous demander de faire un selfie avec elles. Ensuite, BJ leur pose des questions – il a toujours été bien meilleur que moi dans ce genre de situation. Je m'aperçois que, quelques mois plus tôt, je me serais fait un sang d'encre à l'idée que des gens apprennent que nous consultons un psychologue. Aujourd'hui, j'espère juste qu'elles ne posteront pas la photo et que, si elles le font, personne ne se rendra compte de rien. Mais ce n'est qu'une pensée, pas une préoccupation.

Pendant une grande partie de la séance, BJ et Claire évoquent sa rencontre avec l'horrible fille. Il parle courageusement et décrit précisément ce qu'il a ressenti. Il raconte à Claire que je l'ai envoyé m'attendre dans la voiture, qu'il en a éprouvé une reconnaissance infinie, mais qu'il en a aussi été terriblement contrarié sur le moment. Qu'il s'est senti bête (là, je l'interromps pour préciser que ce n'était absolument pas mon intention), même si une part de lui pouvait aussi apprécier que quelqu'un prenne sa défense.

Claire se tourne vers moi et me regarde avec curiosité.

— Que lui avez-vous dit ?

— C'est vrai, ça… (BJ se redresse un peu.) Je ne t'ai jamais demandé.

— Oh… (Je hausse les épaules.) Vous savez. Juste des trucs…

Claire pose son menton dans sa main et attend que je développe.

BJ fronce les sourcils.

— Quel genre de trucs ?

Je hausse de nouveau les épaules.

— Des trucs, c'est tout.

Il m'adresse un regard genre WTF, et j'incline discrètement la tête vers Claire, parce que nous ne sommes toujours pas amies et que je ne sais pas si je peux lui faire confiance.

Il lève les yeux au ciel et se penche vers moi. Je me couvre la bouche et lui répète à peu près ce que j'ai dit à l'horrible fille.

Il a un mouvement de recul, puis me regarde, une expression interloquée sur le visage, avant de lâcher un petit rire en secouant la tête.

— C'est la vérité ! grondé-je, contrariée qu'il ne me prenne pas au sérieux.

— Je te crois… (Il secoue la tête et me prend la main.) Je n'en doute pas un instant. Juste… (Il renifle et sourit imperceptiblement.) Je t'aime.

— Et que s'est-il passé après votre rencontre avec Sadie ? nous demande Claire.

Je fais la moue, presse mes doigts contre ma bouche, puis lance un coup d'œil à BJ. C'est à lui de répondre.

— Hum. On est rentrés et on a… disons… avancé sur certains sujets sensibles…

Il me regarde comme pour vérifier que sa version est acceptable.

— OK. (Claire hoche la tête et sourit.) Quel genre de sujets sensibles ?

— Je lui ai pardonné d'avoir couché avec Paili dans la baignoire, réponds-je d'un air détaché.

— OK. (Elle cligne des yeux.) Eh bien… c'est… formidable.

Les yeux de BJ glissent vers moi. Sa bouche s'étire sans aller jusqu'à sourire, mais il rayonne de fierté.

— Et comment en êtes-vous arrivés là ? s'enquiert Claire.

— Quelle indiscrétion ! chuchoté-je à BJ qui me pince discrètement.

Je devine qu'elle m'a entendue au coup d'œil qu'elle lance à BJ. Elle formule sa question différemment.

— Pourquoi lui pardonner, Magnolia ? Qu'est-ce qui vous a décidée ?

Mmm… il y aurait un million de choses à dire.

Peut-être parce que je suis follement amoureuse de lui, ou que, étant donné que je ne veux être avec personne d'autre, il faut que cette histoire cesse de torturer. Peut-être parce que je l'ai vue, elle, que j'ai constaté l'état dans lequel cela le mettait – jamais je ne l'avais vu comme ça, dans aucune circonstance – et que j'ai trouvé ça affreux. J'ai détesté le voir aussi terrifié, honteux et vulnérable. Et puis je me suis sentie tellement mal, tellement coupable en songeant que, quand il était tombé sur elle à cette fameuse soirée, il avait dû se sentir aussi effrayé et humilié, voire davantage. Et que, à cause de ce qui s'était produit ensuite, il avait dû affronter ce traumatisme sans moi. Tout seul. Et enfin, pour en revenir à la question de Claire, peut-être parce que, depuis quelque temps, je m'inquiète moins du fait qu'il m'a blessée autrefois, et plus de ce que plus rien ne le blesse, lui.

— Je veux être avec BJ, point, réponds-je. Peu importe le reste, je suppose. J'ai vécu sans lui plusieurs années, et ce n'est pas une existence qui m'intéresse…

Il me jette un coup d'œil où brille une lueur de tendresse.

— Pourquoi je lui ai pardonné ? Parce qu'il est lui, et que je ne veux pas vivre sans lui. Ce n'est pas que j'avais décidé de ne pas lui pardonner – je savais, il y a trois ans, qu'il faudrait en passer par là pour que ça marche entre nous. Ça n'a pas été une décision consciente. J'étais prête, c'est tout.

Claire se cale dans son fauteuil, visiblement impressionnée par ma réponse. Je mentirais si je prétendais que recevoir l'approbation d'une femme de la génération au-dessus de la mienne ne m'électrise pas un peu.

Et puis elle fout tout en l'air en posant une autre question.

— Qu'est-ce qui a fait que vous étiez prête, à votre avis ?

Je me redresse fièrement.

— « Parce que je l'aime » ne suffit pas ?

Elle me sourit patiemment.

— Bien sûr que ça suffit. Mais cette réponse est forcément ancrée dans quelque chose. (Elle lance un coup d'œil à BJ avant de revenir vers moi.) Vous l'avez toujours aimé, mais vous ne lui avez pas toujours pardonné…

Je me tourne vers mon fiancé. Il pose une main sur mon genou. Lui aussi attend la réponse. Il est nerveux, je crois. Il doit craindre que je ne fasse machine arrière, ce qui est compréhensible : je suis connue pour mon inconstance occasionnelle et mes (très) rares réactions imprévisibles.

Je hausse les épaules, regarde brièvement BJ avant de me tourner de nouveau vers Claire – je trouve parfois plus simple de m'adresser à elle qu'à lui.

— Je me suis simplement rendu compte… que ce qu'il avait fait était devenu l'élément central de notre relation. Comme un chandelier géant dressé entre nous, couvert de différentes sortes de cires ayant coulé de toutes les bougies que nous y mettions dans une vaine tentative de sauver notre dîner… Ce foutu chandelier, en plein milieu, depuis tout ce temps… Pour nous parler, nous devions nous tordre le cou. Pour apercevoir BJ derrière, il me fallait me pencher, me contorsionner… Alors quand nous avons vu cette horrible fille…

— Sadie, précise Claire.

— Oui. Elle. (Mon regard s'assombrit.) Je ne sais pas. La voir, ça a été comme… (Je secoue la tête, cherche mes mots.) Un tremblement de terre qui a fait tomber le chandelier de la table. J'ai enfin pu revoir BJ tel qu'il était.

Je tourne la tête vers lui, et il me décoche un sourire éblouissant.

— Et le chandelier est toujours là…, dis-je à Claire. Elle ne l'a pas fait disparaître, bien sûr. La différence, c'est que je n'éprouve plus la nécessité de le ramasser et de le reposer entre nous.

Claire hoche la tête – en signe d'approbation, je crois. Évidemment. Ma métaphore était tout à fait géniale.

— Et où l'avez-vous mis, alors ? demande-t-elle – oh, là, là, ce qu'elle peut être assommante…

— Aucune idée. (Je lève les yeux au ciel, un peu grincheuse à présent, vexée que personne n'ait mentionné la métaphore.) Dans un garde-meuble quelque part en banlieue.

BJ réprime un sourire, et Claire hoche la tête, note quelque chose avant de reporter son attention vers moi.

— Magnolia, est-ce que vous comprenez que, certains jours, vous vous réveillerez, et pardonner à BJ devra être un choix – une décision que vous devrez renouveler ? Ce n'est pas une sensation définitive avec laquelle vous vivrez.

— Oui, bien entendu. (Je lève les yeux au ciel face à cette remarque absurde. Non mais vous me voyez, moi, prendre ma voiture et conduire jusqu'à un garde-meuble en banlieue ? Ridicule…) Ma sœur m'avait prévenue il y a longtemps.

BJ me sourit, et je reconnais dans son regard la tendresse qu'il réserve à Bridget.

— C'est vrai ?

Je hoche la tête.

— Pardonner, dit Claire. C'est un verbe. C'est une action…

— Je sais ce qu'est un verbe, grogné-je en croisant les bras.

— Eh bien, pouvez-vous le faire ? demande-t-elle, sourcils arqués.

BJ m'observe avec attention. Il ne fronce pas les sourcils, ne plisse pas les yeux, mais sa mâchoire est contractée et sa respiration superficielle.

— Pourrez-vous lui pardonner même quand vous n'en aurez pas envie ? insiste Claire. Pourrez-vous l'aimer malgré tout ?

Je lui adresse un sourire poli.

— Je sais que tout ça est assez nouveau pour vous. Je conçois aussi que vous connaissez BJ. Enfin un peu…, ajouté-je en guise de mise en garde, car je n'apprécierais pas qu'elle se sente trop à l'aise. Et moi, à peine… (Ce qui est vrai, donc je ne comprends pas pourquoi tous les deux ont l'air de réprimer un éclat de rire quand je dis ça.) S'il y a quelque chose que vous devriez savoir à mon sujet, Claire, c'est que je l'ai toujours aimé, quoi qu'il arrive. Toujours, répété-je résolument pour faire bonne mesure.

BJ glisse sa main dans la mienne et la serre avant de lever les yeux vers Claire, sourcils arqués comme s'il attendait quelque chose. Quoi ? Je n'en suis pas sûre.

Alors elle hoche fermement la tête.

— Eh bien, alors, comme Esther Perel le dirait : votre relation est terminée.

Je sens ma mâchoire se décrocher, BJ tressaille, ouvre la bouche pour protester, mais elle le devance et le coupe dans son élan en arquant les sourcils de cette façon à la fois horripilante et pleine de sagesse.

— Êtes-vous d'accord pour commencer à en construire une autre ensemble ?

Voyage en Asie
INCONTOURNABLES :
- Équinoxe de printemps à Angkor Vat
- Balade en montgolfière au-dessus des temples de ~~Ban~~ Bagan !
- Visite des rizières en terrasses d'Ifugao (Philippines)
- Baignade dans les cascades du parc national de Khao Yai (Thaïlande)
- Plongée sous-marine dans la baie de Coron (Philippines) pour voir les épaves
- Boucle de Mae Hong Son (Thaïlande) à moto
- Visite de la grotte Hang Son Doong (Viêtnam)
- Camping sur l'île Pulau Kapas (Malaisie)
- Visite de Gunung Padang (Java occidental)
- Plaine des Jarres (Laos)
- Randonnée sur le volcan Kawah Ijen (Indonésie)

20:39

Allie Ballentine

Regarde ce que j'ai trouvé.

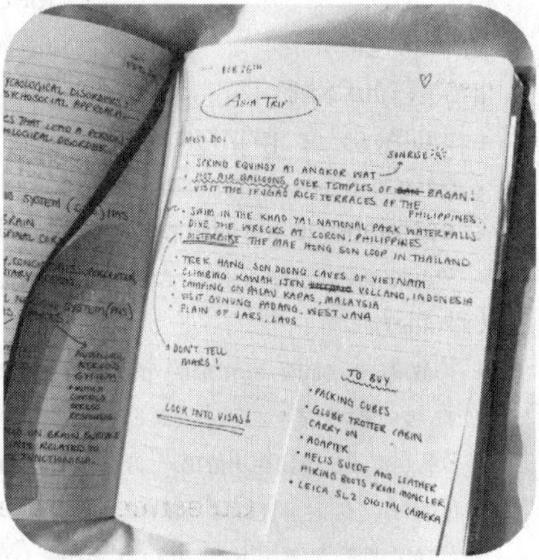

!!!!!!

Incroyable !

Il y a une to-do list.

+ noms d'hôtels qu'elle a repérés autour des sites où tu pourrais séjourner.

+ infos sur les moyens de transport sur place.

Merci.

C'est merveilleux !

Elle prévoyait un voyage très aventureux, Allie.

Beaucoup de montagnes à grimper et de randonnées.

Bridget aimait donc tant que ça les activités en plein air ?

Je ne savais pas.

C'est juste qu'ici, dehors, il fait tellement froid.

C'est vrai.

Et il pleut tout le temps.

Qu'est-ce que c'est, la plaine des Jarres ?

Aucune idée !

Eh bien, bonne chance, alors !

67

Magnolia

Pour l'anniversaire de BJ, nous allons passer quelques jours à *Heckfield Place*. C'est à une heure de route dans le Hampshire. Nous avons envisagé de prendre l'avion pour m'éviter un trajet en voiture, mais cela aurait représenté un vol de treize minutes, et je me suis sentie bête. En plus, Kylie Jenner s'est fait écharper quand elle a pris son jet pour quelques minutes de vol, et je ne supporterais pas qu'on m'attaque, là maintenant. Je ne suis pas d'humeur.

Voiture, donc. Daniela nous a conduits. BJ s'est assis à l'arrière avec moi, et, curieusement, j'ai eu moins peur que d'habitude.

Je n'ai pas adoré, je n'ai pas l'intention de me remettre à conduire si ce n'est pas nécessaire, mais c'était supportable.

J'aime tellement *Heckfield Place*.

Ce n'est pas notre premier séjour, mais nous n'y étions pas retournés depuis que nous sommes de nouveau réellement ensemble.

Il compte parmi les endroits où nous allions parfois « pour le travail », c'est-à-dire pour être seuls sans avoir à dire que nous voulions être seuls. Nous partagions une chambre et un lit, et faisions semblant pendant un jour ou deux d'être ce que nous sommes vraiment aujourd'hui. C'est pour cela que j'adore. J'adore être revenue ici avec lui comme ça.

Nous aurions pu séjourner sur une île, bien sûr, ou au *Six Senses* de la vallée du Douro… J'ai aussi pensé au *Rosewood Castiglion del Bosco*, et même à la *Villa Treville*… Mais la combinaison « BJ-moi-campagne anglaise » sera toujours gagnante.

C'est toute cette verdure, peut-être. Autrefois, j'y trouvais une provocation. Aujourd'hui, j'y vois une promesse.

Nous n'avons proposé à personne de nous accompagner, et aucun de nos amis ne s'en est formalisé, mis à part Jonah – et encore, à peine.

Quatre nuits dans la Long Room, qui est la plus belle de la propriété. Promenades, soins au spa et encore promenades – ponctuées d'activités strictement réservées aux adultes : ça a été l'anniversaire le plus tranquille que nous ayons partagé depuis des années, et absolument parfait.

— On n'invitera plus jamais nos potes nulle part, a déclaré BJ en m'embrassant sur la joue, un bras autour de moi, sur la banquette arrière de sa voiture, tandis que Daniela nous reconduisait chez nous.

Bien entendu, c'était un vœu pieux. Jonah et moi avions déjà organisé un dîner à *Socca*. J'étais assez nerveuse, soit dit en passant, à la perspective de cette prochaine réunion de la bande. Au départ, Taura devait venir sans Tiller, mais ensuite je me suis rendu compte que Jonah serait accompagné de Bianca (même s'ils continuent de jouer la carte « juste amis »), et Henry de Romilly, évidemment. J'ai donc prévenu Taura, qui viendra avec Killian. Tout semble pour le mieux dans le meilleur des mondes possibles, mais plus le dîner approche, plus je m'inquiète que Jonah se comporte comme une brute avec Tiller. Je croise les doigts pour qu'il sache se tenir. Et puis, bien sûr, il y a le triangle Tiller-Taura-Daisy. Je sais par Taura qu'elle a demandé à Daisy d'avoir une conversation à ce sujet, que celle-ci a accepté, mais depuis je n'ai plus de nouvelles, ce qui est curieux.

— Elle se sent probablement plus fragile que ce à quoi elle s'attendait, opine BJ alors que nous sommes en route vers le restaurant. C'est bizarre de voir un ex en couple avec quelqu'un d'autre.

— Oh, tu crois ? répliqué-je, sarcastique. J'en sais quelque chose, figure-toi.

— Pas autant que moi…

Il renifle, un petit sourire en coin flottant sur ses lèvres.

— Enfin ! s'exclame Jo en nous voyant arriver avec trois quarts d'heure de retard. (Il se lève, serre BJ dans ses bras avant de se tourner vers moi.) Comment tu peux être aussi à la bourre ?

— Nous avons eu un contretemps.

— Vestimentaire ou sexuel ? demande Jonah en se rasseyant.

— Euh… les deux. (BJ se gratte la nuque avant de lui adresser un sourire d'excuse.) Mais je n'avais pas eu de sexe d'anniversaire depuis, genre, sept ans.

Presque toute la tablée grimace en silence, aussi décidé-je de dire tout haut ce que tout le monde, indubitablement, pense tout bas.

— Pas avec moi, en tout cas.

Je lui décoche un sourire pincé, et il lève les yeux au ciel.

Embrassades, effusions d'anniversaire pour BJ… et puis je remarque deux sièges vides et m'aperçois que Daisy et Christian manquent à l'appel. Je suppose que nous ne sommes pas les seuls à avoir eu un imprévu.

— Votre escapade s'est bien passée ? demande Banksy, assise en face de moi, tandis que je m'assieds.

Je hoche la tête et lui adresse un sourire avenant.

— Oh, tout à fait idyllique. Vous devriez y aller, Jonah et toi…

Oui, je l'ai fait exprès… Je voulais voir sa réaction : elle part d'un petit rire nerveux, ses joues rosissent et elle ne sait plus où poser les yeux. Intéressant, non ?

— Jonah…, lui lancé-je, désireuse de faire l'expérience sur lui. Notre séjour dans le Hampshire a été charmant, merci de t'y intéresser.

— Tu m'as appelé deux fois sur le chemin du retour, rétorque-t-il en regardant BJ puis Bianca. Et on parle d'un trajet d'une heure.

— Je pense que Bianca aimerait beaucoup, continué-je en ignorant sa remarque.

Je lui souris, bouche fermée, guettant un indice.

— Je n'en doute pas, commente-t-il, imperturbable – en fait, il fronce même le visage en me voyant sourire : grossier personnage !

Ensuite, BJ me pince sous la table, alors je le pince en retour, parce que je trouve qu'il le fait beaucoup, depuis quelque temps. Mais alors il recommence, et donc moi aussi, et puis ça dégénère, nous voici à échanger des tapes et des pinçons en essayant de passer inaperçus, mais évidemment, monsieur l'enquêteur s'en rend compte.

— Qu'est-ce que vous faites ? nous demande-t-il.

Nous nous figeons.

— Rien de sexuel, réponds-je avec un sourire aussi large que faux, avant de desserrer mon index et mon pouce pinçant la peau de mon fiancé, qui sera clairement couvert de bleus minuscules demain, à cause de mes ongles.

— Je n'y croirais pas trop, les connaissant…, intervient Henry en nous glissant un regard en coin.

— Tu es américain ? demande Bianca à Tiller avec curiosité.

— Ouais. (Il hoche la tête, sourit à sa compatriote.) Tu es d'où ?

Et ils se lancent dans une conversation entre eux. J'en profite pour orienter Taura et Romilly vers un terrain d'entente – des intérêts communs (à l'exclusion de Henry), des similarités et des sujets qui les passionnent toutes les deux, tels que la terreur que leur inspire l'intelligence artificielle ainsi que leur admiration pour Gwyneth Paltrow. Là-dessus, je prie la tablée de m'excuser et je file aux toilettes.

J'ai vraiment besoin d'y aller, mais j'en profite aussi pour avoir une rapide discussion avec ma sœur, à qui ça fait plusieurs jours que je n'ai pas parlé, peut-être plus.

— Tout a l'air d'aller très bien, me dit-elle en souriant.

Je lui rends son sourire : en effet, ces derniers temps, il me semble marcher d'un pas plus guilleret. Et puis, je secoue la tête parce que je ne devrais pas.

— Pas tout, lui dis-je solennellement.

Quand je regagne la salle, Christian est enfin arrivé. Je ne perçois pas immédiatement la tension ambiante, ni le léger malaise qui a saisi la tablée – enfin si, mais j'ai cru être revenue au milieu d'un de ces silences inconfortables qui suivent l'intervention autoritaire de l'un de nous frappant du poing sur la table, avant d'exiger que tout le monde se concentre deux minutes sur le menu pour qu'on passe la commande une fois pour toutes.

Je me penche derrière Christian, glisse mes bras sur ses épaules et me tourne pour embrasser Daisy sur la joue. Sauf que… merde alors ! Je me fige.

Ce n'est pas Daisy.

Mais alors pas du tout.

J'ouvre des yeux comme des soucoupes, puis observe les visages des autres – ils affichent tous des expressions aussi ahuries que la mienne, mis à part peut-être Jonah et Tiller.

Je pince les lèvres et rejoins ma place. Le destin a voulu que je sois assise entre BJ et Christian. Je me tourne vers lui, prends une profonde inspiration, puis expire par le nez avant de désigner l'inconnue et de demander d'une voix calme :

— Qui est-ce ?

— Salut ! lance gaiement la fille (chevelure blonde ondulée. Jolie. Elle a l'air d'une Américaine, mais son « salut » sonne anglais). Je m'appelle Sasha.

— Bonsoir, Sasha… (Je lui adresse un signe de tête, essaie vainement de sourire, puis je me tourne vers mon vieil ami.) Christian, qui est Sasha ?

Christian me jette un coup d'œil. Je connais son visage par cœur. Quelque chose cloche.

— Ma copine…

Il me décoche un sourire rapide. Mais ce sourire est pâle. Tout chez lui est éteint.

— Pardon… (Je le regarde, sidérée.) Quoi ?

— Ouais… Quoi ? ajoute BJ.

La tablée est sous le choc. Tous les yeux sont maintenant braqués sur Christian – sauf les miens. J'observe Jonah, les mains jointes sur la table, le regard perdu dans le vide, la langue poussant sa lèvre supérieure.

— C'est assez récent, sourit Sasha.

— Ah oui ? (Je cligne rapidement des yeux.) Récent comment, Sasha ? Je suis curieuse…

— Hum… (Elle se tourne vers Christian, les yeux brillants.) Eh bien, probablement une semaine ou deux ?

— Oh… (Je grimace pensivement tandis que je passe les deux dernières semaines en revue.) Incroyable ! Christian… Que dirais-tu que nous ayons une petite conversation ?

— Non… (Il secoue la tête.) Ça va pour moi.

— Ce n'était pas une question.

— Tu as posé une question.

— OK. Alors je vais formuler ma requête autrement : toi et moi, on va parler – tout de suite.

Je me lève et le tire par le bras. BJ et Henry échangent un regard, Taura et Tiller font des messes basses, mais Jonah reste étrangement silencieux. J'espère qu'il ne croit pas que je ne l'ai pas vu.

Je me tourne vers la supposée copine de Christian.

— Bien sûr, ça n'a rien à voir avec toi, Sasha ! Rien du tout ! (Je lui adresse un sourire forcé.) Le dossier TCA est à peine refermé… mais peu importe, n'est-ce pas… ? Que tu sois là… ? (Je jette un coup d'œil à Taura et Romilly avant de me tourner de nouveau vers la nouvelle venue.) Entends-moi bien ! Je suis absolument enchantée de dîner ce soir en compagnie d'une parfaite inconnue. C'est tellement excitant ! (Je maintiens fermement mon sourire en place.) Es-tu une danseuse ? Une tueuse ? Qui sait… ? Je suppose que nous le découvrirons bientôt… Christian… ! (Je le transperce d'un regard noir et lui saisis le poignet avant de l'entraîner à l'écart.) Par ici, je te prie.

Une fois hors de vue, il se libère.

— Lâche-moi…

Je le regarde fixement quelques instants avant d'articuler exagérément les mots suivants :

— Putain… qu'est-ce… qui… *se passe* ?

Il lève les yeux au ciel, puis me toise.

— Tu sais, il y a des gens qui ont peur de moi…

— Oh, là, là ! (Je l'imite, tout sauf impressionnée.) Quel fabuleux destin que le tien… ! Malheureusement, il semblerait que le mien soit d'être l'unique personne au monde qui ose te demander des comptes quand tu fais des conneries…

Il arque un sourcil.

— Et de quelles conneries s'agit-il ?

Du doigt, j'indique la direction de la table.

— Putain, c'est qui celle-là ? Et pourquoi est-ce que je me retrouve obligée de dîner avec une inconnue ?

— Ce n'est pas une inconnue… (Il croise les bras.) C'est ma copine.

Je croise les miens.

— Comment s'appelle-t-elle ?

— Sasha.

Je lui lance un regard incisif.

— Sasha comment ?

Il hésite une seconde.

— Sloan.

Je grimace.

— C'est une chanteuse, soupiré-je.

Au même moment, un éclat de contrariété brille dans ses pupilles, et il marmonne :

— Putain, c'est une chanteuse !

Son visage prend une expression pensive, tandis qu'il fouille ses souvenirs.

— Oh…

— Christian… (Je lève les yeux vers lui. Mon ton est différent à présent. Plus tranquille, plus sérieux.) Où est Daisy ?

— C'est fini…, dit-il en haussant les épaules.

— Comment ça (j'imite son haussement d'épaules), c'est fini ?

Il recommence.

— C'est fini entre Daisy et moi, Parks, dit-il encore, et je la vois juste sous la surface de ses yeux – la vérité qu'il me cache.

— Elle est retournée avec Romeo, et moi je suis avec… Truc…

— Sasha, dis-je d'un ton réprobateur.

— Ouais.

Je hausse un sourcil dubitatif.

— Sloan.

— Peut-être bien.

Je secoue la tête et le regarde.

— Qu'est-ce qui s'est passé ?

— Rien… (Il grogne, renverse la tête en arrière.) Ça ne collait pas, c'est tout…

— Ça ne collait pas ? répété-je, incrédule. Non ! (Je tape du pied et le bouscule.) Tu te fous de moi ?

Il serre les dents.

— Je ne me fous pas de toi.

Je le bouscule encore.

— Si !

Il me lance un regard d'avertissement.

— Arrête…

— Ou quoi ? demandé-je d'un air de défi. (Et puis je secoue la tête, agacée et déçue.) Vous étiez tellement heureux ! Et vous alliez si bien ensemble ! C'était…

— Elle a couché avec Romeo, me coupe-t-il d'une voix forte.

Je cligne des yeux. Je ne peux pas le croire.

— Non… Quand ? Elle ne ferait pas…

Christian déglutit avant de me décocher un regard ferme.

— Tout ce que tu crois savoir, oublie. Tu ne sais rien, OK ? Tu as mal interprété ce que tu as vu. Elle et moi, c'était n'importe quoi, ça a toujours été n'importe quoi.

— Christian… (Je lui touche le bras.) Je ne crois pas Daisy capable de te faire une chose pareille. Tu es sûr que tu ne…

— Écoute, Parks…, soupire-t-il d'une manière que je trouve vraiment bizarre. (Une telle trahison aurait dû le briser, mais il paraît vaincu et fatigué.) Je me fous de ce que tu crois. C'est fait, de toute façon.

68

Magnolia

Il me semble que ça fait une éternité que je ne suis pas venue ici. Presque neuf mois, je crois. J'ai toujours beaucoup aimé cet endroit – un genre de palais aux airs de musée quelque part entre le néoclassicisme et le néo-georgien.

Les gardes à la grille ne me laissent pas entrer immédiatement, si bien que je suis obligée de faire une scène. Kekoa a dû m'entendre, car il finit par intervenir.

— Magnolia, dit-il avec un léger froncement de sourcils – bizarre : il est extrêmement rare que des gens froncent les sourcils en prononçant mon nom. On n'attendait pas ta visite.

— Depuis quand est-ce qu'il est interdit de passer voir ses amis à l'improviste ? demandé-je avec un sourire poli, mais impatient.

Je vois sa bouche se tordre, mais il ne va pas jusqu'à sourire. S'il n'avait pas été en train de travailler, je crois qu'il l'aurait fait.

Il m'escorte dans la maison, puis jusqu'à la chambre de Daisy.

Il repart après m'avoir lancé un sourire un peu crispé, très différent de ceux qu'il m'adressait autrefois. Je me demande s'il m'en veut pour Julian.

Peut-être. S'il était son ami, il serait un très bon ami.

Je frappe à la porte.

— Quoi ? crie Daisy – l'incarnation des bonnes manières.

Je passe la tête à l'intérieur.

— Toujours aussi charmante !

Son expression s'assombrit. Elle est assise en tailleur sur son lit.

— Qu'est-ce que tu fous ici, putain ? grogne-t-elle.

Je fais une grimace et entre.

— Ravie de te voir également…

— Qu'est-ce que tu fais ici ? répète-t-elle en me regardant fixement.

— Ce que je fais ici ? Mais qu'est-ce qui se passe, merde ?

Elle lève les yeux au ciel, descend de son lit, puis se met à le faire sans conviction, saisissant la couette qu'elle remonte et tend.

— On a rompu, Christian et moi…

Elle hausse les épaules, penchée sur les oreillers qu'elle regonfle et dispose contre la tête de lit.

— Vous avez rompu, Christian et toi, haussement d'épaules et voilà ? résumé-je, yeux plissés.

— Ouais, marmonne-t-elle encore avec une nonchalance qui n'a pas de sens.

— Christian et toi avez rompu, et maintenant je dois dîner avec des inconnues… ?

— Hum… (Elle me jette un regard tout à fait hostile.) Je suppose.

— Non. (Je secoue fermement la tête.) Je refuse, non.

Elle lève les yeux au ciel.

— Alors ne sors plus dîner…

— Ou bien… ! (Je lui décoche un sourire sévère.) Tu pourrais arrêter de te comporter comme une petite peste et aller parler à Christian…

— Non…

Je réfléchis un instant.

— Est-ce que ça a quelque chose à voir avec Tiller ?

Elle lève les yeux au ciel.

— Absolument rien.

— Alors quoi ? Vous vous êtes disputés ?

Elle fait la moue et déglutit.

— Je me fous de Taura et Tiller, je suis heureuse pour eux… peu importe. (Elle hausse les épaules.) Christian et moi, on ne s'est pas disputés. J'ai couché avec Romeo.

Elle me sourit sèchement.

Soudain, j'ai l'étrange impression de parler à une inconnue.

— Quand ? lui demandé-je d'un ton neutre, pas certaine qu'elle me réponde.

Elle hausse les épaules avec désinvolture.

— Plusieurs fois depuis Dubaï.

— Quand est-ce que tu es allée à Dub…

Et là elle lâche un « Merde ! », secoue la tête et se penche pour mettre de l'ordre sur sa table de nuit – et ce n'est pas du luxe, croyez-moi.

Verres à vin, gobelets, livres, mouchoirs en papier usagés – absolument dégoûtant !

— Aucune importance, ajoute-t-elle. Christian l'a découvert, et c'est fini.

Je fais un pas vers elle, arque doucement les sourcils.

— Il t'aime, lui rappelé-je. Je le sais. Et je sais que ça peut paraître impossible à présent, mais je te promets que ça va…

— Non ! s'écrie-t-elle assez violemment – et une lueur dans son regard me rappelle qu'il fut un temps où j'évitais de la contrarier. Garde tes promesses pour toi, ça ne m'intéresse pas. C'est fini.

Je fronce les sourcils.

— J'ai l'impression qu'il y a quelque chose que tu ne me dis pas…

— Magnolia… (Elle prononce mon prénom comme si sa seule sonorité l'exaspérait.) Il y a des centaines de choses que je ne te dis pas, que je ne t'ai jamais dites et que je ne te dirai jamais parce que nous ne sommes pas amies.

J'ai un mouvement de recul, comme si j'avais reçu une gifle, mais ça ne l'empêche pas d'en rajouter une couche.

— Nous ne l'avons jamais été. (Elle plisse les yeux.) Tu t'es tapé mon frère, ce qui m'a obligée à te tolérer. Ensuite, je suis sortie avec ton ami, et j'ai dû supporter ta présence, mais nous… (elle pointe le doigt entre nous) n'avons jamais été amies.

Et même si ses paroles me blessent, même si je sens mes yeux picoter, je m'efforce de lui adresser un regard dubitatif.

— Tu mens.

— Tu me traites de menteuse ?

— Oui, évidemment. C'est exactement ce que je viens de dire.

Elle émet un reniflement amusé.

— Courageux de ta part.

— Et toi, tu es stupide ! m'écrié-je avec une véhémence qui semble l'ébranler un peu.

Juste à ce moment-là, la porte de sa salle de bains s'ouvre et Romeo Bambrilla en sort, vêtu en tout et pour tout d'une serviette autour des hanches.

Je le regarde fixement pendant quelques secondes, parce que – oh, merde ! Merde ! Quel canon… Miam ! Peau brune, yeux clairs, cheveux bruns encore humides. D'une métisse à un autre, je peux me permettre d'affirmer que les parents Bambrilla ont fait du beau boulot… Et puis je détourne les yeux parce que… Christian, quoi. Et puis, d'ailleurs, Romeo ? Qu'il aille se faire foutre !

Il marche tranquillement vers Daisy, l'attire contre lui et l'embrasse d'une façon qui me paraît à la fois inutilement ostentatoire et franchement dégoûtante.

Il finit par s'écarter et se tourne vers moi, un sourire bien trop détendu aux lèvres.

— Magnolia, me salue-t-il en arquant brièvement un sourcil.

Daisy croise les bras sur sa poitrine.

— Qu'est-ce que tu fais ici ? demande-t-il en passant un bras autour de Daisy.

— Justement, elle s'en allait, marmonne Daisy en s'appuyant contre lui et en me foudroyant du regard.

Je regarde un moment mon amie – ou pas.

— Qu'est-ce qui ne va pas chez toi ?

Elle inspire par le nez.

— Bye bye, Magnolia ! me congédie-t-elle avant de me tourner le dos et de grimper sur son lit, aussitôt imitée par Romeo.

Elle a bien failli m'avoir – j'ai entendu un tremblement dans sa voix, la plus imperceptible, la plus subtile fêlure dans l'histoire des fêlures –, Daisy est déjà en miettes, elle est l'une des personnes les plus brisées que je connaisse.

On ne me la fait pas.

— Bien sûr.

Je gagne le rez-de-chaussée et pars à la recherche de celui dont je suis certaine qu'il détient les réponses à mes questions.

Je ne frappe pas à la porte de son bureau avant de l'ouvrir – je reconnais néanmoins avoir hésité une fraction de seconde en posant ma main sur la poignée, redoutant de le surprendre en charmante compagnie, spectacle dont je me passerais volontiers.

Je tourne la poignée. Julian lève les yeux de son bureau – Dieu merci ! –, surpris.

Il bondit sur ses pieds.

— Tu vas bien ?

— Quoi ? (Je cligne des yeux.) Oui…

Il contourne son bureau et marche vers moi, l'air soucieux.

— Rien de grave ?

Je secoue la tête, légèrement déconcertée.

Et là, Julian m'adresse un regard exaspéré.

— Qu'est-ce que tu fous ici, alors ?

Je rentre le menton, blessée.

— Qu'est-ce que vous avez à me parler comme ça, tous les deux… ? Qu'est-ce qui vous arrive ?

Il se penche un peu et articule d'une voix forte :

— Qu'est-ce que tu veux ?

Je reste un instant tétanisée. Compte mes battements de cils – quatre… Quelle mouche l'a piqué ?

— Savoir ce qui se passe entre Daisy et Chris…

Il m'interrompt en désignant la porte.

— Sors d'ici.

Je le regarde, incrédule.

— Excuse-moi ?

— J'ai bafouillé ou quoi ? rétorque-t-il, imperturbable.

Je pousse un grognement de frustration et tape du pied.

— Qu'est-ce qui te prend de me parler comme ça ?

— Pourquoi tu es venue ? me demande-t-il de cette voix forte et méchante. Tu ne peux pas débarquer quand ça te chante…

— Pourquoi ? (Je hausse les épaules.) Tu l'as bien fait, toi ! Tu es venu chez moi quand tu as cru que BJ et moi avions rompu et…

— Vous avez rompu ?

— Non, mais…

— Mais quoi, putain ? siffle-t-il entre ses dents serrées.

Je prends une inspiration. La tête me tourne. Il m'a contactée, nous avons parlé, je pensais que tout allait bien entre nous…

Et là il pointe le menton en avant et me scrute.

— Tu as su pour Scotland, c'est ça ? demande-t-il.

— Quoi ? De quoi tu parles, quel rapport avec l'Écosse ?

Je suis complètement perdue.

— Barnes, précise-t-il.

Je cligne un bon moment des yeux en le regardant d'un air ahuri avant de percuter.

— Ooh ! Scotland Barnes ? (Il ne dit rien.) Tu sors avec Scotty ?

J'ai l'impression d'avoir parlé très bas – mais ce doit juste être une impression après tous ces cris…

Il paraît agacé par ma question.

— Non…

— Elle est super… (Je hausse les épaules.) Je l'aime bien. Elle est drôle, vraiment cool, elle…

— Je m'en fous, que tu l'aimes bien, gronde-t-il, toujours furieux.

— C'est toi qui as parlé d'elle, pas moi ! Je dis simplement que…

— Putain, arrête !

Je referme brusquement la bouche.

Julian me foudroie du regard.

— C'est pour ça que tu es venue ? demande-t-il presque dans un murmure avant de se remettre à hurler. Pour voir comment je vais… ? Pour me foutre en l'air ?

— Te foutre en l'air ? (Je secoue la tête, hébétée.) Et tu peux m'expliquer, exactement, comment je ferais ça ?

Alors il lève les yeux vers le plafond et crie :

— Sans les mains et les yeux fermés !

— Quoi ? bredouillé-je.

— Qu'est-ce que tu fais ici, Magnolia ?

Il est furieux, j'ai bien compris, mais il y a autre chose qui m'échappe… Du stress ? De l'inquiétude ? Qu'est-ce qui l'inquiéterait ?

Je croise les bras et lui lance un regard noir.

— Tu me caches quelque chose…

Pendant une fraction de seconde, son regard se voile, et je crains soudain d'avoir vu juste.

— Ah, tu crois ça ?

Julian renifle, lève les yeux au ciel. Ensuite, il me contourne et marche vers une des bibliothèques. Il déplace un objet sur une étagère avant de se tourner de nouveau vers moi en me regardant comme s'il me trouvait stupide.

— C'est l'impression que j'ai, oui.

— Très bien, je t'écoute… (Il se fend d'un rictus.) Éclaire-moi. Qu'est-ce que je te cache ?

— Je ne le sais pas encore…, grogné-je en m'impatientant. En tout cas, je vois bien que quelque chose ne va pas.

— Ah, tu vois ça, toi…

— Deux personnes qui s'aiment ne se séparent pas du jour au lendemain !

— Bien sûr que si ! rugit-il, à bout. Ça arrive tout le temps !

— Pas sans raison…

Je secoue la tête et m'approche de lui.

Il éclate d'un rire fatigué, un peu déconcerté, aussi.

— Tu crois que j'ai obligé Daisy à coucher avec Romeo ?

— Non ! (Je tape du pied.) Je ne crois pas qu'elle l'ait fait du tout !

Il cligne des yeux, comme pris de court.

— Il s'est passé un truc… (Je le regarde droit dans les yeux.) Dis-moi.

— Je n'en sais rien ! s'exclame-t-il en reculant.

Je fais un autre pas vers lui.

— Si, tu le sais.

Il contracte la mâchoire.

— Non, je te dis.

— Ne me mens pas !

Pour la première fois, j'ai crié.

Et là, d'un coup, il se plante devant moi, les dents serrées, les yeux comme un ciel d'orage.

— Ce qui se passe entre ma sœur et moi, ou dans cette maison, ne te concerne pas, est-ce que c'est clair ?

Je secoue la tête.

— Tu ne peux pas me rayer de ta vie comme ça.

— C'est déjà fait ! gronde-t-il. (Il commence à gesticuler.) Tu es avec quelqu'un d'autre…

— Quel rapport ?! m'exclamé-je, confuse.

— Qu'est-ce que tu fais ici, Magnolia ? répète-t-il en secouant la tête. Je ne t'ai pas demandé de venir… Je ne veux pas te voir…

— Daisy et Christian sont faits l'un pour l'autre, et si tu as…

— Si tu es venue pour Daisy, pourquoi tu ne vas pas lui parler, putain ? me coupe-t-il. Qu'est-ce que tu fous dans mon bureau à me demander des comptes ?

Je lui lance un long regard sévère.

— Je suis là parce que Daisy n'a jamais été le principal problème dans ses propres relations amoureuses. Tu l'as été.

Ses mâchoires se contractent, et il détourne les yeux tout en secouant la tête, l'air de dire que je ne sais pas de quoi je parle.

— Et il ne doit y avoir que deux personnes sur cette planète qui oseront te mettre face à tes conneries. L'une est indisponible pour le moment, Romeo Bambrilla lui ayant fourré sa langue jusqu'au fond de la gorge. Donc quoi qu'il se passe, quoi que tu sois en train de faire…

— Tais-toi.

— Non… (Je fronce les sourcils – son attitude est ridicule.) Toi, tais-toi. Quoi que tu sois en train de faire, arrête.

Il passe sa langue sur sa lèvre inférieure.

— Tu dépasses les bornes, putain…

— Je m'en fous… (Je hausse les épaules.) Laisse-les tranquilles. Laisse-les vivre… !

Il incline la tête, et ses yeux envoient un tir de semonce.

— Arrête de me dire ce que je dois faire, merde !

Je le défie du regard.

— Alors arrête de te comporter comme un connard et un psychopathe !

Ce qui arrive ensuite, pour être honnête, m'a un tout petit peu fichu la trouille.

Il se plante de nouveau devant moi, si près que nos nez se touchent presque. Mais ça n'a rien à voir avec autrefois – mon esprit me ramène en arrière, à l'époque où, entre ces mêmes murs, il pressait son front contre le mien, sa bouche contre ma bouche, et même son cœur contre mon cœur (comme je l'apprendrais plus tard). Je reviens brusquement au présent : sur son visage qui frôle le mien, il n'y a aucune trace de tendresse.

— Putain, Parks, je te jure…, crache-t-il entre ses dents serrées. Dis-moi encore une seule fois ce que je dois faire…

— Tu me menaces, maintenant ? murmuré-je d'une voix sans doute un peu plus rauque qu'escompté. Qu'est-ce que tu vas faire, Julian ? Me frapper… ?

Son regard lâche le mien une fraction de seconde, et je me demande pendant un instant s'il l'envisage.

Soudain, la façon dont il me regarde et me parle me fait l'effet d'une claque et me tire brusquement de mon hébétude. Je me redresse, pointe le menton en avant et fais un tout petit pas vers lui – il ne reste plus vraiment d'espace entre nous. Cela l'oblige à reculer et le déstabilise brièvement.

Il passe sa langue sur ses lèvres et croise les bras sur sa poitrine.

— Tu crois que j'ai peur de toi ? lui demandé-je en le foudroyant du regard.

Il soupire, fatigué.

— Tu devrais.

— Eh bien, non. Parce que je te connais, et je sais que tout ça, c'est du vent…

Il secoue de nouveau la tête, agacé.

— Tu es venue comment ?

Je hausse les épaules.

— À pied.

— À p… (Il s'interrompt et ricane avant de plaquer sa main sur sa bouche.) Daniela est avec toi ?

— Quoi… ? (Je fronce les sourcils, secoue la tête.) Non. Comment est-ce que tu… (Il a toujours eu une bonne mémoire des noms, je suppose.) J'ai filé pendant qu'elle…

Il pousse un grognement et se couvre les yeux en marmonnant quelque chose que je ne comprends pas – j'ai tout de même distingué un « Putain ! », et il me semble que le nom du Seigneur a été invoqué en vain.

— Quoi ? dis-je, un brin déconcertée.

— Il faut que tu t'en ailles.

— Quoi ?

Tout ça est ridicule.

— Tu devrais partir.

— Toi, tu devrais partir ! crié-je.

— Je suis chez moi ! rétorque-t-il sur le même ton.

— Je m'en fous ! Ton attitude est incompréhensible ! Occupe-toi de tes affaires…

— Pourquoi ? Qu'est-ce que j'ai fait ?

— Je ne sais pas… (Je le fusille du regard, serre les poings.) Mais je sais que tu y es pour quelque chose !

— Ouais ? (Il croise les bras sur sa poitrine contre laquelle je me blottissais il n'y a pas si longtemps. Je sens qu'il me défie de le deviner. Là. C'est là, j'en suis certaine. Il est responsable de ce bazar.) Qu'est-ce qui te fait dire ça ?

— Je te connais. Et je connais ton visage. Tu as l'air coupable et tu as une sale gueule…

Un pli arrogant se creuse à la commissure de ses lèvres.

— Je n'ai jamais eu une sale gueule de ma vie.

— Très rarement, Julian, c'est vrai. (Je hoche la tête.) Et seulement quand tu mens.

Il détourne les yeux et déglutit.

— Tu as fini ?

Je hoche rapidement la tête.

— Oh que oui !

Je le contourne et me dirige vers la porte.

— Efface mon numéro…, me lance le terrible garçon.

Je le regarde, hoche la tête – je n'y manquerai pas.

— Je veux que tu me foutes la paix. (Il pointe le doigt vers moi en me regardant droit dans les yeux, puis arque un sourcil.) Je mens, là ?

Je soutiens son regard pendant trois, quatre, cinq secondes et me demande s'il a eu autant mal en prononçant ces mots que moi en les entendant.

— Ne remets plus jamais les pieds ici, assène-t-il encore avec une expression que je déteste.

— Pourquoi reviendrais-je ? (Je hausse les épaules.) Je viens de m'apercevoir que je ne connais plus personne dans cette stupide baraque…

Julian désigne la porte, et je quitte son bureau sans un regard en arrière.

Dans le vestibule, Daisy et Romeo se tiennent sur les marches de l'escalier. J'ai du mal à déchiffrer l'expression de Daisy. A-t-elle pleuré ? Est-ce qu'elle a peur ? Je m'arrête à quelques mètres d'eux.

— Si tu as besoin de quoi que ce soit…, lui dis-je.

— Je n'ai besoin de rien, me rabroue-t-elle.

— Mais si c'était le cas…, insisté-je, et elle m'interrompt encore.

— Mon frère ne t'a pas dit de partir ?

Je la dévisage encore quelques secondes.

— Écoute-moi, Daisy. Si tu as besoin d'aide…

Elle déglutit, cligne des paupières et lève les yeux au ciel – évitant de croiser les miens.

— Je viendrai te chercher, promets-je.

69

BJ

Assis en face de Jonah à *Apollo's Muse*, je bois une gorgée de mon Negroni.

— Yo, qu'est-ce qui se passe avec Julian, putain ?

Jonah lève les yeux au ciel avec désinvolture et prend une longue gorgée de sa tequila. Pure, sans glaçons.

— J'en sais foutre rien…

Je fronce légèrement les sourcils.

— Comment ça « J'en sais foutre rien » ? Tu es son meilleur pote.

Il contracte les mâchoires.

— On n'est plus si proches que tu le crois.

— Depuis quand ?

— Depuis… (Il secoue la tête et pousse un soupir de frustration.) Merde ! Laisse tomber. Pourquoi cette question, d'ailleurs ?

— Je ne sais pas… (Je hausse les épaules.) Il s'est comporté comme un connard avec Magnolia quand elle l'a vu l'autre jour.

Jo lève les yeux vers moi.

— Quand ça, l'autre jour ?

— Je ne sais plus… L'autre jour… il y a quelques jours…

Il se penche sur la table.

— Pourquoi est-ce qu'elle l'a vu ?

— Elle est allée parler à Daisy à propos de Christian, et ensuite elle s'est pris la tête avec Julian parce qu'elle…

— Quoi ? me presse Jonah, sourcils froncés.

— Tu sais comment elle est… (Je renifle, amusé, secoue la tête.) Il faut toujours qu'elle se mêle de ce qui ne la regarde pas. Elle essayait de comprendre ce qui s'était passé entre Christian et Dai…

— Putain ! s'exclame Jonah.

Suffisamment fort pour que je recule dans mon fauteuil. Et pour susciter des coups d'œil surpris de nos voisins.

Je passe ma langue sur ma lèvre inférieure et le regarde fixement sans rien dire, jusqu'à être sûr qu'il a compris que personne n'élève la voix quand il est question d'elle. Sauf moi, peut-être, quand elle me gave.

— Elle voulait aider, c'est tout.

Il secoue la tête.

— Il ne faut pas qu'elle aille là-bas…

— Pourquoi ?

— Parce que.

Il commence un peu à m'emmerder, avec ses réponses énigmatiques.

— Parce que quoi ?

— Putain, BJ…, gronde-t-il, carrément soûlé, cette fois.

Je pointe le menton vers lui.

— Depuis quand ?

— Depuis… toujours ? (Il secoue la tête.) Elle n'aurait jamais dû y foutre les pieds !

— Attends… quoi ? (Je fronce les sourcils.) Tu te fous de moi… ? Tu l'as laissée sortir avec lui…

Jonah détourne le regard et marmonne :

— Je l'ai laissée faire que dalle…

— Jonah, dis-je d'une voix alarmée, qu'est-ce qui se passe, merde ?

— Rien, s'empresse-t-il de répondre.

Mais bien sûr.

Je presse ma main contre ma bouche et me penche au-dessus de la table – regarde mon vieux pote droit dans les yeux. On est amis depuis seize ans. Entre nous, des tas de conneries, des ratés, des engueulades, des gnons, les meilleures soirées, les pires… Jonah, c'est la première personne que j'appelle si je suis dans la merde. Je ne crois pas qu'il y ait quelqu'un au monde qui le connaisse mieux que moi, en tout cas jusqu'à récemment, apparemment.

— Tu vas arrêter de me mentir ?

— J'te mens pas…

— Si ! m'exclamé-je d'une voix trop forte qui nous vaut de nouveau des regards curieux. Parle-moi, mec…, ajouté-je plus bas.

Jonah s'adosse à son fauteuil et croise les bras.

— Ils sont dangereux, dit-il en haussant les épaules.

Je lève les yeux au ciel.

— Pas possible…

— Non… (Il me lance un regard appuyé.) Je veux dire vraiment *dangereux*.

— OK, c'est clair, acquiescé-je, un peu perdu. Comme toi, quoi…

Il jette un coup d'œil par-dessus son épaule – putain ? –, rentre le menton et lâche à voix basse :

— Non.

— Oh, allez, mec… (Je lève les yeux au ciel.) Déconne pas…

— BJ. (L'intonation de Jo est différente. Sérieuse.) Il faut que tu me promettes de ne plus jamais la laisser les approcher.

— Qu'est-ce…

— BJ. (Il me regarde droit dans les yeux.) Jure-le.

Je passe ma langue sur mes lèvres et renverse la tête en arrière.

— Jonah…

— Putain, BJ, combien de fois tu n'as eu qu'un mot à dire pour que je te suive sans te poser de question ? Tu as toujours pu compter sur moi, quoi qu'il arrive… (Il hausse les épaules.) Je te suivais aveuglément. Parce que je te faisais confiance, point.

Je le regarde sans réagir, mal à l'aise tout d'un coup. Lui ne me quitte pas des yeux, l'air sombre.

— Tu veux bien, une fois dans ta vie, me rendre le même service ?

— OK… (Je hausse les épaules, qu'est-ce que je peux faire d'autre ?) Comme tu veux.

Je me frotte la mâchoire tout en réfléchissant. Il s'est passé quelque chose ? Si c'était le cas, ils auraient…

Je secoue la tête, chasse cette pensée merdique.

— Je doute qu'elle y remette les pieds, de toute façon. Apparemment, Julian s'est surpassé…

Jonah se gratte la nuque.

— Mais encore ?

— Rien… (Je hausse les épaules.) Il l'a foutue dehors, c'est tout.

— OK. (Il hoche plusieurs fois la tête, pensif.) Assure-toi qu'elle s'en souvienne.

70

Magnolia

Assise en face de moi dans son appartement de Powis Mews, Taura me regarde, préoccupée.

— Tu lui as demandé si elle était énervée à cause de Killian et moi ?

— Oui. Elle a répondu qu'elle s'en fichait…

— Tu crois qu'elle mentait ?

Elle s'inquiète parce qu'elle n'aurait jamais songé à sortir avec Tiller si Daisy tenait encore à lui. Or, elle commence à s'attacher…

— Elle était sincère. (Je secoue la tête.) Mais toute la situation est tellement bizarre… Romeo et elle de nouveau ensemble, amoureux comme au premier jour, tout d'un coup ?

À moins que ?

— Ouais… (Taura plisse les yeux.) C'est louche.

Je rentre le menton et pince les lèvres avant de le dire.

— Christian m'a raconté que Daisy avait couché avec Romeo. Genre… (Je lui lance un regard entendu.) *Couché.*

Taura secoue la tête. Elle n'y croit pas non plus.

— Non.

— Exactement : non, c'est ce que j'ai pensé aussi, mais ensuite elle me l'a confirmé !

Taura fronce les sourcils.

— Ça ne lui ressemble pas. Je n'y crois pas.

Je me tais, essayant de reprendre une à une les questions que je me posais, et qui ont été pulvérisées avant que je n'aie pu obtenir la moindre réponse.

— Tu as vu Julian ? me demande-t-elle.

Je hoche la tête.

— Et ?

— Et il s'est comporté comme un salaud.

— Ah bon ? (Elle recule le buste.) Avec toi ?

Je hoche la tête.

— Je croyais que vous aviez parlé à son retour et que tout allait bien ?

Je hausse les épaules, aussi perdue qu'elle.

— Je croyais aussi.

Elle lève pensivement les yeux vers le plafond.

— Tu crois que Julian a encore des sentiments pour toi ? me demande-t-elle tout en faisant passer ses cheveux derrière ses oreilles.

Je suis reprise de l'envie folle de raconter à quelqu'un ce qui s'est passé, ce qu'il m'a dit… mais je m'abstiens. Cette fois, moins pour le protéger que parce que je ne trouve pas très flatteur qu'un homme me déclare sa flamme un jour pour, quelques mois plus tard, m'ordonner de disparaître de sa vie. Je ne voudrais pas qu'elle en tire de fausses conclusions.

— Eh bien… (Je me racle la gorge.) Avant ça, j'aurais pu le croire… mais plus maintenant. Il ne m'aurait pas parlé comme il l'a fait.

Je lui décoche un sourire rapide.

— Comment tu te sens ? me demande-t-elle en penchant la tête.

— Je trouve simplement tout sauf naturel et absolument embarrassant pour qui que ce soit de ne pas m'apprécier, débité-je avec suffisance.

Elle lève les yeux au ciel avant de me demander prudemment :

— Tu as dit à BJ que tu étais allée chez Julian ?

— Oui. (Je fronce les sourcils.) Bien sûr.

Je n'apprécie pas le sous-entendu.

Elle hausse légèrement les épaules avec un air d'excuse, mais surtout, je crois, pour me suggérer de ne pas dramatiser.

— Qu'est-ce qu'il a dit ?

Pas grand-chose, honnêtement. Il a posé sa main sur ma joue et m'a écoutée, sourcils froncés. Son expression s'est assombrie quand je lui ai raconté que Julian m'avait crié de foutre le camp et de ne jamais revenir. Il n'a pas eu l'air contrarié que je sois allée chez les Haites, mais je l'ai senti distrait à un moment, pensif, et puis il est en quelque sorte revenu à lui et m'a embrassée.

« Je suis désolé qu'il t'ait parlé comme ça », a-t-il dit, avant d'ajouter…

— BJ m'a conseillé de laisser passer un peu de temps et de ne pas me mêler des histoires de Daisy et Christian…, expliqué-je à Taura.

Elle fronce légèrement les sourcils et ouvre la bouche pour dire quelque chose, quand quelqu'un se racle la gorge derrière nous. Son visage s'illumine.

— Hey ! (Elle sourit à Killian, se lève et se jette à son cou – je suis tellement heureuse pour eux.) Tu es rentré.

— Je suis rentré.

Il lui sourit, tranquille.

— Et moi, je file, annoncé-je en sautant sur mes pieds.

— Oh… (Taura secoue la tête.) Tu n'es pas obligée de partir…

— Non, il faut que j'y aille… (Je jette un coup d'œil à ma minijupe Blanca en velours brodé de chez Isabel Marant.) Nous dînons avec la grande sœur de BJ, son nouveau copain et ses parents, et j'ai besoin d'une séance de sauna facial.

Taura me lance un coup d'œil.

— Tu as besoin d'une séance de sauna facial ?

— Moque-toi autant que tu veux… (Je hausse les épaules, imperturbable.) Je suis la seule de notre groupe qui se nettoie le visage à la vapeur et à l'Évian…

— Désolé, tu quoi ? me coupe Killian.

Je l'ignore.

— Et je suis la seule qui ait toujours une peau absolument sublime, alors fais le calcul…

— Tu es également la seule à avoir pour mère un top model des années 1990…, fait remarquer Taura.

Estimant que sa remarque minimise l'importance de ma rigoureuse routine de soins, je feins de ne pas l'avoir entendue et termine d'enfiler mon manteau LVIR en fausse peau de mouton.

— Daniela est en bas ? me demande mon amie.

— Non. (Je lui souris.) Je vais marcher.

Tiller se tourne vers moi.

— Je t'accompagne.

— Oh non… (Je secoue la tête. Je n'aime pas avoir l'impression de déranger.) Ne t'inquiète pas, je fais tout à pied. Et il n'est que 16 heures…

— Ouais, mais il fait déjà assez sombre.

Il se penche vers Taura et l'embrasse à la commissure des lèvres.

— Je reviens tout de suite.

Nous montons dans l'ascenseur, et il presse le bouton du rez-de-chaussée.

— Vraiment, j'en ai pour une demi-heure, ce n'est rien.

Il prend une inspiration par le nez.

— Est-ce que BJ laisserait Taura rentrer seule à pied une fois la nuit tombée ?

Je lui jette un regard en coin. L'ascenseur tinte, et les portes s'ouvrent.

— Non, mais en général, les gens se laissent reconduire en voiture.

— En général, les gens ne se font pas percuter par une voiture folle sur Vauxhall Bridge.

Je ne proteste plus. D'ailleurs, une fois sur le trottoir, je m'aperçois qu'il fait un peu plus sombre que ce à quoi je m'attendais. J'apprécie donc sa compagnie.

— Ma mère m'aurait tué si j'avais laissé une fille rentrer chez elle toute seule, dit-il en enfonçant ses mains dans les poches de son sweat à capuche 4x4 Biggie gris de chez Ksubi.

C'est Taura qui l'a choisi.

Plus exactement, c'est moi qui l'ai choisi et qui ai dit à Taura de le lui offrir. Je le lui aurais volontiers acheté moi-même, mais je doute que nous soyons déjà assez intimes pour qu'il accepte que je l'habille, ce qui, j'espère, ne tardera plus trop, car ses yeux supplient qu'on les mette en valeur.

Je lui souris.

— C'est adorable.

Il me regarde en haussant les épaules.

— C'est les États-Unis.

Je hoche la tête.

— Les États-Unis, ce n'est pas aussi un système de santé d'une injustice criante et une interprétation très vague du contexte historique du deuxième amendement ?

Il ne sourit pas, mais il a vraiment du mal à se retenir.

— Pas de médoc, aujourd'hui ?

— Si, je l'ai pris… (Je secoue la tête.) C'est mon opinion, c'est tout.

Il hoche la tête.

— Excuse-moi.

Il pince les lèvres, et je sens qu'il veut me dire quelque chose. Je lui jette un coup d'œil et attends. Il hésite jusqu'à Lonsdale Road, et finit par se décider.

— Tu ne peux pas… passer à l'improviste chez un chef de gang.

Je croise les bras sur ma poitrine.

— Je ne crois pas (je m'éclaircis la voix) que ce soit vraiment son métier.

Tiller me regarde.

— Je t'assure que si.

Je lève les yeux au ciel.

— OK.

— Non, Magnolia… (Il s'arrête un instant de marcher.) Sérieusement.

Je carre les épaules.

— Donc toi, enquêteur à la NCA…

— Tu te souviens de ce que je fais ! s'exclame-t-il, ravi.

— … tu es sorti en toute connaissance de cause avec la sœur d'un (je mime des guillemets) « chef de gang ».

— Oui, répond-il sans broncher.

Quelque chose dans sa franchise me rend nerveuse et m'incite à l'écouter plus attentivement.

Mais, juste au moment où nous arrivons au croisement de Pembridge et Bayswater Road, le vrombissement d'un moteur et des crissements de pneus très désagréables retentissent, tandis que des phares puissants s'allument brusquement et nous aveuglent. Je tressaille (moi et les voitures…), et, avant que je n'aie eu le temps d'esquisser le moindre geste, Tiller m'attrape par les épaules et me pousse contre le mur derrière nous, voûtant son corps arqué au-dessus du mien comme un bouclier.

Le conducteur fait de nouveau rugir le moteur. Il doit s'agir d'un de ces hommes dotés d'un petit pénis, comme ceux qui louent une Maserati pour la journée et font des tours sur Regent Street le samedi en se la pétant. Je me dis chaque fois qu'il faut être bien pathétique pour s'adonner à ce genre de démonstration vulgaire.

Tout arrive si vite – les phares, le moteur, les pneus, moi poussée contre un mur (rien de sexy là-dedans)… Je ne suis pas sûre de ce que Tiller a cru qu'il se passait, mais quelques secondes s'écoulent, et je n'entends plus que les chuchotements et les rires de passants autour de nous. Presque instantanément, des flashs clignotent. Je lève la tête vers Killian. Il a les yeux écarquillés. Nous sommes curieusement proches pour deux personnes qui n'éprouvent pas d'attirance physique l'une pour l'autre.

— Désolé. (Il se redresse.) J'ai juste… (Sa voix s'éteint quand il remarque mon visage, où s'affiche en majuscules : *WTF!?* Il secoue la tête.) Déformation professionnelle. J'ai imaginé le pire.

— OK. (Je hoche la tête en l'observant prudemment.) Tout de même, c'était un peu exagéré pour… des pneus.

Il rit un peu, s'humecte les lèvres et acquiesce.

Un ange passe.

— Surtout, n'oublie pas de le raconter à Taura. (D'un geste, je lui indique les curieux derrière nous.) Demain, les photos seront partout.

Il me regarde, gêné.

— « Le mariage est annulé ! Magnolia et son mystérieux amant », inventé-je.

Il lâche un petit rire sans joie.

— Tu détestes, non ?

— Tellement, soupiré-je.

— Mais les gens savent que les journaux racontent des conneries, non ?

Je secoue la tête.

— Non. Je suis persuadée que la plupart croient dur comme fer que nous sommes tels qu'ils nous décrivent. En fait, je ne pense pas qu'on nous considère comme de vraies personnes.

Il arque les sourcils, fait une grimace que je ne comprends pas, puis remet les mains dans ses poches.

Nous n'échangeons que quelques mots jusqu'à ce que nous passions devant *Clarke's*, un restaurant que j'adore et juge sous-estimé. BJ et moi y venons souvent. Le menu change tout le temps (ça, je déteste, BJ adore), mais tous les plats sont de saison. Je crois aussi que, si je l'apprécie autant, c'est parce que pas une seule fois on ne m'y a importunée. La paix règne entre ses murs.

Je conseille à Killian d'y amener Taura. Il me dit qu'il n'y manquera pas, et puis il se met à se mordiller la lèvre inférieure, pensif.

— Tu croyais que Julian faisait quoi ? finit-il par demander. Quand vous étiez ensemble.

Je hausse les épaules.

— Il est marchand d'art.

— C'est un *voleur* d'art ! s'exclame Tiller, me prenant un peu de court.

Mon premier réflexe est de ne pas le croire, mais ensuite mon esprit me ramène au tableau *La Rue* de Kirchner accroché dans sa chambre, et je m'interroge…

— Il a des ennuis ? demandé-je à voix basse en me tournant vers Tiller. Daisy… ?

Il se raidit en entendant son nom. Nos regards se croisent, et je ressens une certaine complicité entre nous. Je pense qu'il comprend. Il est avec Taura, maintenant. Quant à moi, je ne voudrais être avec personne d'autre que BJ, mais je me demande néanmoins si nous ne nourrissons pas une tendresse indéfectible pour ce frère et cette sœur que nous avons aimés.

Il fronce les sourcils, sérieux.

— Je crois qu'ils en ont toujours eu.

— Julian en est-il responsable ?

Killian renifle, amusé.

— Presque toujours, ouais.

Je hausse les épaules, réfléchis à ce qu'il conviendrait que je fasse.

— Bon, est-ce qu'il faut que j'y retourne et que je lui mette les points sur les *i* ?

— Surtout pas ! (Il me regarde sévèrement.) Magnolia, tu dois absolument garder tes distances avec eux.

Je fronce les sourcils.

— Ce sont mes amis.

— Alors fais-t'en de nouveaux, conseille-t-il avant de se remettre en marche. Et ça vaut aussi pour les Hemmes…, me lance-t-il par-dessus son épaule.

Je reste un moment pétrifiée.

— Tu es fou ? m'écrié-je en courant pour le rattraper.

Il fait volte-face, sourcils froncés de nouveau.

— Et toi ?

— Non !

Il secoue la tête.

— Je ne crois pas que tu mesures à quel point la situation est risquée…

— Quelle situation ?

— Juste… (Il marque un temps d'arrêt.) Eux !

— Je suis amie avec Christian depuis que j'ai six ans, lui dis-je sur un ton de défi.

Et il rétorque de la même façon :

— Alors tu es amie avec l'une des familles les plus dangereuses d'Angleterre depuis que tu as six ans.

— Tu exagères…

Je lève les yeux au ciel et passe devant lui parce que je ne veux pas qu'il voie sur mon visage qu'il m'a fait peur.

— Pas du tout. C'est toi qui es naïve.

71

BJ

— Il plaisantait, n'est-ce pas ? m'a-t-elle demandé aussitôt Tiller parti.

J'apprécie qu'il l'ait raccompagnée. C'est un mec bien.

— Au sujet des garçons…, a-t-elle ajouté d'une petite voix, redoutant certainement ma réponse.

Elle m'a raconté qu'un automobiliste avait fait vrombir son moteur et que Tiller avait eu une réaction complètement dingue. Je me suis demandé pendant une seconde si… Mais non. Non, impossible. Jonah m'en aurait parlé.

Forcément.

Tiller est flic, il doit entendre les pires trucs toute la journée – du coup, il doit être sur le qui-vive H24.

— Ce n'est pas si grave, si ? Je veux dire… ce qu'ils font… c'est mal ?

Face à son inquiétude, je me suis rendu compte que je redoutais la réponse que j'avais sur le bout de la langue. La vérité, c'est que je ne sais plus.

— Bien sûr que non, l'ai-je rassurée en repensant à toutes nos années d'amitié avec les Hemmes.

Je les ai vus tous les deux se battre pour défendre des filles qu'ils ne connaissaient pas. Je les ai vus donner des milliers de livres – littéralement – à des sans-abri. Ce sont de bons fils, de bons frères. Ils ont veillé sur Parks, Henry et moi quand on buvait trop, ils nous ont défendus quand on n'était pas là pour le faire.

Jonah m'a couvert des milliers de fois de mille façons différentes, plus loyal vis-à-vis de ses amis qu'un officier de marine envers sa patrie. Mais est-ce que ce sont des hommes recommandables ?

Ça dépend de ce qu'on entend par « recommandables ». Est-ce qu'ils respectent la loi cent pour cent du temps ? Non.

Est-ce qu'ils sont mêlés à des affaires louches ? Oui.

Est-ce qu'ils seraient capables d'agir de manière éthiquement et moralement répréhensible par intérêt ? Écoutez, si ça, c'est la limite entre le bien et le mal… ben, c'est la merde.

J'ai tenu le visage de Parks dans ma main et l'ai regardée d'une façon que j'espérais rassurante et capable de balayer tous ses soupçons.

Deux jours plus tard, on déjeune ensemble, Jo et moi. Chez *Annabel*. Très chill.

Après, on marche pour tuer le temps jusqu'à ce que Parks ait fini sa journée de boulot.

En passant devant le petit *Sainsbury's* de Stratton Street, j'entre deux minutes acheter des Galaxy Counters pour Magnolia. Je l'ai vue en manger, l'autre jour – non, pas des Minstrels… Bizarre, je sais, mais bon. Putain, j'étais juste trop content de la voir avaler quelque chose.

Pendant qu'on fait la queue, je repère deux filles penchées sur un magazine qui me jettent des coups d'œil excités tout en chuchotant. Je lance un regard découragé à Jonah.

— Oh, putain…, soupiré-je. Quoi, maintenant ?

Jonah se tourne vers elles et désigne le magazine du menton.

— Je peux… ?

Il tend la main vers elles et attend. Elles le lui donnent, l'air piteux. Il le feuillette rapidement avant de secouer la tête.

— Les conneries habituelles.

— C'est qui, cette fois ? demandé-je en grimaçant.

— La blonde, là… Le mannequin, tu sais… (Il hausse les épaules.) L'Américaine qui défile pour Victoria's Secret.

— Oh !

Je hoche la tête, souffle par le nez.

Jonah plisse les yeux.

— Tu te l'es tapée, non ?

— Pas récemment…

Il contracte légèrement la mâchoire.

— C'est-à-dire ?

Je le foudroie du regard.

— Va te faire foutre !

Il referme le magazine et le repose n'importe où.

— T'inquiète.

— Je m'inquiète quand même, lui dis-je en payant. (Je souris brièvement à la caissière.) Merci… (Je me tourne de nouveau vers Jonah.) C'est trop pour elle. (Parks, pas la caissière.) Putain, j'en ai marre de Londres.

— Eh ben, pars alors, lâche Jo en haussant les épaules.

— Quoi ?

— Tu ne m'as pas dit qu'Allie vous avait proposé de partir avec elle en Asie ?

J'incline la tête.

— Ouais, mais…

— Vas-y, dit-il sur le même ton que s'il m'avait demandé de faire un crochet par un distributeur automatique.

Je laisse mon esprit jouer avec l'idée, et aussitôt je ressens une espèce de décharge électrique en m'imaginant loin d'ici avec elle.

— Tu crois ?

— Ouais… (Il hoche la tête, pensif, comme s'il avait balancé l'idée au pif, mais qu'à présent il était convaincu.) Carrément… Ce serait idéal, pour Parks, de se barrer d'ici… (Il me lance un regard appuyé.) Pour tous les deux, en fait… C'est peut-être exactement ce qu'il vous faut.

Ouais. Il pourrait bien avoir raison. En plus, voyager, c'est un peu notre truc. Tout le monde croit que notre histoire, c'est elle, moi et Londres, mais en fait, c'est elle, moi, partout.

— Oublier un peu ses parents et les conneries des journalistes…, continue Jo. Mettre de la distance entre elle et… Julian, tiens !

Il se la joue détendu, mais je le connais. Je sais que c'est important. Je m'arrête et me tourne vers lui.

— Putain, y se passe quoi, mec ?

Jonah me regarde comme si j'étais débile.

— Tu n'as pas envie de l'éloigner de Julian ?

Je grimace. Ouais, OK, à un moment j'en ai peut-être eu envie. Mais maintenant…

— Non… (Je hausse les sourcils.) Je ne peux pas dire que ça m'inquiète.

— Parle-lui-en, insiste-t-il. Ça pourrait lui plaire.

Je hoche la tête.

— Ouais, OK.

On tourne sur Sackville Street pour aller chez *Sotheran's*. Le sujet est clos.

On reste un moment sans dire grand-chose. Je trouve une édition reliée du *Songe d'une nuit d'été* de 1908, illustrée par Arthur Rackham, que j'achète pour Parks, ainsi qu'une première édition de *La Chasse à l'ours* de 1989 – un jour, Parks et moi, on aura un enfant, et ce serait vraiment débile de me retrouver à regretter de ne pas avoir acheté ce trésor quand je l'avais entre les mains.

Je souris au libraire en lui tendant ma carte.

— Tu me dirais, hein, lancé-je à Jo, s'il se passait quelque chose… (Je m'arrête, ne sachant même pas vraiment ce que j'essaie de dire. Me mordille les lèvres.) Si elle était… en danger ? Tu me le dirais, pas vrai ?

Jonah fronce les sourcils.

— Ouais. Évidemment… Ouais.

Il secoue la tête, puis me fixe longtemps sans un mot.

9:30

Daisy Haites

Je n'aurais pas dû te parler comme ça.

Non, effectivement.

Je suis désolée.

Ce n'est pas grave.

Tu vas bien ?

Ouais.

Promis ?

Promis.

J'aime Romeo.

OK.

Et toi et moi, nous sommes amies.

Oui, nous sommes amies.

Je ne veux plus jamais t'entendre dire que je suis une drama queen.

Sérieux, tu mérites un BAFTA pour ta performance de l'autre jour.

72

BJ

J'AI ATTENDU QUELQUES JOURS AVANT D'EN PARLER À PARKS. Je voulais prendre le temps d'y réfléchir, être sûr que c'était la bonne chose à faire pour nous – et j'en suis convaincu.

J'ai l'impression qu'ici on est pris dans un brouillard qui nous étouffe.

Hier soir, au moment d'aller nous coucher, elle m'a demandé si ça me dirait de partir quelque part ce week-end. J'ai répondu : « Ouais, carrément. Pourquoi ? » Elle m'a répondu : « Pour rien, comme ça… » Du coup, j'ai l'impression qu'elle aussi ressent ce besoin pressant de s'échapper, sans savoir très bien comment s'y prendre.

Cet après-midi, je rentre à la maison après avoir vérifié auprès d'Allie que son invitation à nous joindre à elle tenait toujours, ce qu'elle a confirmé avec beaucoup, beaucoup d'enthousiasme.

Au moment où je partais, mon père m'a pris à part pour me dire qu'il trouvait que c'était une bonne idée, qu'il lui semblait que c'était une expérience dont toutes les filles auraient besoin, Bridget comprise.

Quand j'arrive, je trouve Parks sur le canapé, les jambes repliées sous elle, les sourcils froncés comme si quelqu'un était en train de lui dire des trucs désagréables. Elle contemple deux livres qu'elle tient dans ses mains.

À gauche : *L'Horloger aveugle*. À droite : *Existential Physics*.

Je pointe le menton vers les deux bouquins.

— Du léger, donc…

Elle lève les yeux vers moi et dit « Mmm » avant de se remettre à fusiller les ouvrages du regard.

Je m'assieds sur la table basse afin d'être juste en face d'elle.

— Je voulais te parler d'un truc…

Elle me regarde, sourcils arqués.

— Je trouve Londres un peu hostile, dernièrement.

Elle hoche la tête.

— Tout à fait d'accord.

— Ça te dirait qu'on disparaisse quelque temps… ?

— Absolument. (Elle acquiesce avec un sourire un peu rêveur.) Cent pour cent d'accord.

Je plisse les yeux, essayant de comprendre ce qui lui arrive.

— Est-ce qu'il y a un endroit où tu aimerais aller en particulier ou… ?

Elle cligne plusieurs fois des yeux et sourit, plus concentrée à présent.

— Pour dîner ?

Je pince les lèvres.

— Tu as entendu ce que je viens de dire ?

— Mmm.

Elle hoche la tête et me sourit brièvement.

Tu parles !

— Vas-y, répète.

Sa mâchoire se décroche.

— Mmm. Eh bien… (Elle me sourit sèchement.) Je le ferais volontiers si ta façon de me parler n'était pas aussi déplaisante… (Elle fait la moue. Elle se fout de ma gueule, mais j'ai quand même envie de l'embrasser.) Et puis je trouve ton attitude condescendante et… validiste…

J'arque un sourcil et hoche la tête, intrigué.

— Validiste ?

— Oui, confirme-t-elle fermement.

Je plisse les yeux.

— Tu persistes et signes ?
— Mmm… (Elle réfléchit.) Je crois.
— Magnolia ?
— Oui, BJ ? répond-elle d'une voix suave.
— Souhaites-tu que je répète ce que j'ai dit ?
— Oh… (Elle hausse les épaules avec désinvolture.) Seulement si tu estimes ne pas avoir été clair la première fois.

Je lui lance un regard entendu, et elle se voûte un peu.

— Je n'écoutais pas, la première fois.

J'éclate de rire et l'attire sur mes genoux.

J'aime ça – son TDAH. Je veux dire, j'aime savoir. On aurait sûrement géré certaines situations un peu différemment si on avait été au courant plus tôt. Par exemple, peut-être que, au lycée, on n'aurait pas choisi la pilule comme moyen de contraception – un comprimé qu'elle devait absolument se souvenir de prendre. Ou qu'on aurait tenu compte, au cours de nos conversations houleuses, du fait qu'une émotion pouvait l'envahir et prendre le dessus sur tout le reste, et que mieux valait attendre que celle-ci reflue. Peut-être que j'aurais essayé d'apprendre à distinguer les moments où elle est vraiment attentive de ceux où elle se contente de réagir.

— Magnolia, répété-je en lui embrassant l'épaule.
— Oui, BJ.
— J'ai pensé à un truc…
— Et je t'écoute ! déclare-t-elle, un grand sourire aux lèvres qui se transforme rapidement en une grimace d'excuse. Maintenant…

Je la regarde, réprime un sourire.

— Tu te rappelles qu'on a toujours dit que le problème, c'était Londres, pas nous ?
— Oui. (Elle hoche la tête.) Cela dit, avec le recul, c'était probablement un peu notre faute aussi…
— Ouais. (Je renifle.) Un petit peu. (J'appuie machinalement mon menton sur son épaule.) J'ai l'impression que ça nous ferait du bien de changer d'air…

Elle fronce les sourcils.

— Qu'est-ce que tu veux dire ?

— Partons quelque part, dis-je en haussant les épaules.

— Eh bien, j'ai proposé un week-end dans le Devon, non ? (Elle me regarde.) Ça fait longtemps que nous ne sommes pas allés à l'hôtel *Endsleigh*…

Je lui fais un petit sourire et glisse une mèche derrière son oreille.

— Je pensais à une destination un peu plus lointaine.

— Comme la France… ?

— Si tu veux. La France, l'Amérique, Tahiti, l'Australie… peu importe… J'ai juste envie de me barrer d'ici.

— BJ… (Elle soupire, lève les yeux au ciel.) Nous sommes en pleins préparatifs de mariage.

— Les préparatifs d'un cirque, tu veux dire.

— Et qui conduira le troupeau de singes, si je m'absente ?

Je plisse les yeux.

— Je ne crois pas que les singes se déplacent en troupeau…

Elle me regarde.

— OK, disons…

— L'organisateur de mariage, la devancé-je.

Elle m'observe d'un air réticent, mais je la sens faiblir. Je pose ma main sur sa taille et serre un peu.

— Allez… Le projet ne nous plaît même pas… On le fait pour eux, pas pour nous. (Je hausse les épaules.) Alors qu'est-ce que ça peut foutre si la vaisselle n'est pas parfaite et si la déco de l'allée est ratée ?

Elle ouvre des yeux ronds à cette idée.

— Il s'agit tout de même de notre mariage.

Je hoche la tête.

— La partie qui compte pour toi, c'est la robe, non ?

Elle se redresse, fière.

— Et les vœux.

Je hausse les épaules.

— Je me fous de tout ça.

Je me rends compte immédiatement que c'était une erreur. J'ai totalement perdu son soutien. Son visage se plisse sous l'affront.

— Même de nos vœux ?

Je place mon doigt sous son menton et le lève pour qu'elle me regarde de nouveau. Alors seulement je réponds solennellement :

— Je me suis déjà promis à toi il y a des années, Parksy. (Elle cligne des yeux, émue.) Je n'ai pas besoin d'en prononcer de nouveaux. Je t'appartiens. (Je hausse les épaules.) Je t'ai toujours appartenu.

Elle déglutit, son expression s'adoucit. Quelque chose me dit que dans une minute on va commencer à se déshabiller… Mais alors elle fronce de nouveau les sourcils. Elle a encore envie de bouder, parce qu'elle est comme ça.

Bras croisés, une lueur de colère dans les yeux, feinte à au moins cinquante pour cent.

— Tu t'en fous complètement, de notre mariage ?

— Oui… Moi, ce qui m'intéresse, c'est après.

Ça n'a pas l'air de la calmer. Elle arque les sourcils et me regarde comme si j'étais ridicule.

— Après ?

— Ouais. (Je hoche tranquillement la tête, prêt à abattre mon atout.) Ma vie avec toi.

J'agite mes sourcils, sachant parfaitement l'effet que vont avoir ces mots sur elle.

Ses yeux ressemblent à des mares résiduelles au soleil couchant. Doux, et limpides, et de plusieurs couleurs en même temps.

— Oh…, bredouille-t-elle.

Déglutit de nouveau.

— Le cirque du jour J, c'est pour tous les autres…, ajouté-je, et elle me passe les mains dans les cheveux. Je prends tout ce qui vient après.

Elle saute sur ses pieds et se retourne pour me faire face, une petite moue aux lèvres, poings sur les hanches.

— OK… Pour combien de temps, alors ?
— Pas mal de temps.
Je hausse les épaules.
Elle a une mimique perplexe.
— Pour une raison en particulier ?
Je souffle par la bouche.
— Qu'est-ce que tu penses du fait que tous les magazines people, ces putains de parasites, font du chiffre en nous roulant dessus ? (Elle cligne des yeux. Je lui lance un regard d'excuse.) Tu as vu l'article, aujourd'hui ?
Elle acquiesce en silence.
— Et tu n'as rien dit ? m'inquiété-je.
Elle secoue la tête.
— Pourquoi ?
— Parce que j'ai confiance en toi, assène-t-elle, hautaine.
Je me retiens de sourire de justesse, n'ayant pas envie d'avoir l'air d'un crétin. Mais ensuite je vois à son expression qu'il y a autre chose, alors je hausse un sourcil et j'attends.
— Et aussi parce que je sais que tu as couché avec elle il y a longtemps, et que depuis elle s'est fait pas mal retoucher – ce que je ne juge absolument pas, si ça lui plaît, c'est génial, juste… ce n'est pas ton truc.
— Non. (Je me lève en reniflant, amusé, et pose une main sur sa taille.) En fait, je n'ai toujours eu qu'un truc. (Je presse ma bouche sur la sienne, puis m'écarte.) Alors, qu'est-ce que tu en penses ? Ça te dit qu'on disparaisse quelque temps ?
Parks fait la moue, pensive.
— Juste toi et moi ?
Je plisse les yeux.
— Et Allie ?
— Oh !
Elle recule la tête, plus emballée à présent.
— Un peu comme un dernier hommage à Bridget… On ferait le voyage qu'elle n'a pas pu faire ?

Elle se mordille les lèvres.

— Juste nous et Allie ?

Je hoche la tête.

— Et la fille dans le miroir, ajouté-je en inclinant la tête.

Nos yeux se trouvent. Les siens se voilent brièvement. Je crois y déceler de la gêne, peut-être un peu de nervosité.

Et puis elle hoche la tête.

— OK.

22:17

Henry

Il vous manque un membre!

Vulgaire.

Drôle.

Bien joué!

N'aie pas l'air aussi surpris, je suis hilarante.

D'ailleurs, je serai bientôt
la plus drôle des Ballentine.

Tu veux dire, physiquement?

Nullissime.
Tu t'es éliminé tout seul avec cette blague…

Je sais, la honte!

Bon. Je parlais du voyage.

Vraiment?

Ouais.

Pourquoi?

Romilly doit rentrer quelques semaines aux US.
Je vois pas trop ce que je ferais à Londres, du coup.

Adorable.

Et pathétique.

C’est comme ça que je t’ai décrite pendant des années.

Eh bien, on dirait que les rôles sont inversés…

73

Magnolia

Yeux plissés, mains sur les hanches, je contemple mon placard.

— Tu crois que j'aurai besoin de la veste polaire Loro Piana ?

Gus fait claquer sa langue.

— En Asie du Sud-Est ?

— Oui.

— En mars ?

— Mmm.

Je hoche la tête et lui jette un coup d'œil par-dessus mon épaule.

— Tu devrais t'en sortir sans, à mon avis.

— Mmm. (J'incline la tête d'un côté et de l'autre.) Je préfère ne pas prendre le risque.

Et je la lance dans ma valise Casablanca x Globe-Trotter.

Ensuite, je plaque la robe du soir Carolina Herrera rose brodée de fleurs contre moi et contemple pensivement mon reflet.

— Tu comptes assister à un gala, là-bas ? demande Gus, ce qui lui vaut un regard perçant de ma part.

— Je pourrais.

— Voyager à l'autre bout du monde pour assister à un gala… C'est tellement Bridget !

Je plisse les yeux, il plisse les siens, et je pose la robe sur la pile « peut-être ».

— Tu as parlé à ton père, récemment ? me demande-t-il après un petit silence.

— Qui ? rétorqué-je – hilarante, je vous dis – avant de lui décocher un regard entendu qui le fait lever les yeux au ciel. Bien sûr que non. Je ne lui parle déjà pas en temps normal, ça risque encore moins d'arriver quand il déclare publiquement regretter que je ne sois pas morte et plus de ce monde.

Gus fait la moue et me lance un coup d'œil.

— C'est un peu redondant…

Je lui tends le manteau Brunello Cucinelli réversible en peau de mouton beige afin qu'il le plie.

— Ça n'en reste pas moins douloureux.

Il détourne le regard, triste pour moi, peut-être un peu gêné, aussi. Mon père étant son patron, quand il déconne, Gus se retrouve le cul entre deux chaises.

Harley dégage quelque chose de magnétique, j'en ai bien conscience.

BJ et généralement Henry sont les deux seuls hommes que je connaisse à ne pas se laisser impressionner par ses conneries.

Mon père est une sorte de trou noir. Les gens perdent la notion du temps en sa présence. Pendant leurs retraites d'écriture avec lui, « ses » artistes peuvent rester plusieurs jours sans donner de nouvelles à leur conjoint, comme s'ils s'abandonnaient à une force d'attraction plus puissante que tout ce que la réalité pouvait leur offrir.

Julian, qui se vante d'être doué pour cerner les gens, adore mon père. Ça vous donne une idée d'à quel point Harley peut être captivant, au sens premier du terme.

Après bientôt cinq ans de collaboration avec lui, Gus n'est toujours pas immunisé contre son charme.

Il a conscience qu'il peut se comporter comme un gros connard à l'occasion, mais il estime que c'est de bonne guerre. De la même manière, on trouve toujours des excuses aux célébrités complètement barges – Machin a grandi dans un boys band, Bidule jouait dans une série de Nickelodeon et s'est retrouvée forcée à embrasser un des Jonas Brothers à quatorze ans, etc.

Ce sont les risques du métier – voilà ce que je veux dire. Ce qui est vrai : la personnalité de Harley s'est en grande partie construite avec sa carrière.

De temps à autre, Gus trouve que Harley débloque. Dès qu'il a embauché Brooks, Gus s'est rendu compte qu'il lui manquait quelques cases et m'a régalée d'anecdotes qui, j'avoue, m'ont beaucoup amusée.

Je ne comprends toujours pas pourquoi Harley a engagé Brooks. Il doit le rendre dingue. D'après Gus, ils passent leur temps à se disputer. Cette pensée me réjouit. J'ai une théorie : inconsciemment, il l'a embauché pour se disputer avec lui plutôt qu'avec ma mère, ce qui est curieux, mais plutôt mignon, non ?

Est-ce qu'un connard narcissique peut être mignon ?

— Où en sommes-nous avec Jack, dernièrement ?

Je me tourne vers Gus afin de voir son visage, au cas où il essaierait de me mentir, tout en glissant mon miroir de poche Schuyler Maltese de Jay Strongwater dans mon clutch Tangerine doré orné de cristaux Judith Leiber Couture. Comme ça, je pourrai parler à ma sœur chaque fois que j'en aurai envie.

Ce sera mon sac à main principal pour le voyage. Je n'en ai jamais eu. C'est assez contraignant, stylistiquement parlant. Je suppose que c'est pour ça que tant de femmes ont des sacs noirs ? Mortellement ennuyeux, mais polyvalents à souhait ?

— Bien…, répond-il en plissant les yeux, l'air dubitatif. Bien, je crois.

— OK.

— Il a radicalement changé d'attitude vis-à-vis de Taj.

Je souris, heureuse pour lui.

— Tant mieux.

Gus fait une grimace tourmentée qui ne lui ressemble pas.

— Mais je ne suis pas sûr d'être encore prêt à lui faire confiance…

Je hoche la tête. Je ne connais que trop bien les dangers encourus quand on n'a plus confiance en la personne qu'on aime.

— Si j'en crois mon expérience limitée, lui dis-je avec un petit sourire, l'autre aura beaucoup de mal à regagner ta confiance tant que tu ne seras pas de nouveau disposé à souffrir horriblement à cause de lui.

— Super réconfortant, merci. (Il me lance un regard noir, teinté de méfiance.) Je ne suis pas sûr que ça m'enchante que tu te mettes à dispenser des conseils sensés en matière de relations amoureuses.

— Que veux-tu, Gus ? (Je hausse les épaules, ramène mes cheveux derrière mes oreilles et me remets à mes préparatifs.) Ça allait forcément arriver un jour.

Il lève les yeux au ciel, puis sort de ma valise les sandales à talons aiguilles Ribbon Candy vertes de Gianvito Rossi, ainsi que les bottes après-ski Prada en gabardine noire.

— Inutile, Magnolia… Tu n'en auras pas besoin.

— Peut-être que si.

— Tu ne pars pas aux sports d'hiver !

Je le fusille du regard.

— La vie est une aventure, Gus, et on ne peut jamais savoir à l'avance où elle nous mènera.

— Tout à fait d'accord. (Il hoche vivement la tête.) Mais je suis absolument certain que, cette fois, elle ne te mènera pas sur les pistes, donc… non.

Nous nous défions un moment du regard, et il lève les yeux au ciel en premier, ce qui, je suppose que nous le savons tous, signifie que j'ai gagné.

— Henry part avec vous, alors ? demande-t-il en pliant quelques vêtements que j'avais déjà pliés.

— Oui.

— Pourquoi ?

— Oh… (Je hausse les épaules.) Romilly va passer quelque temps aux États-Unis pour terminer de mettre de l'ordre dans ses affaires, et je ne sais pas… Apparemment, c'est Christian qui le lui a suggéré. L'idée lui a plu.

Gus hoche la tête, accepte cette explication.

Pareil. Je l'ai acceptée. Car elle est totalement, parfaitement acceptable. Elle n'offre aucune aspérité contre laquelle nos pensées pourraient buter. Néanmoins… Il y a une idée diffuse, loin, tout au fond de mon esprit. Elle m'évoque un crissement sur une vitre une nuit où vous êtes seul chez vous. Et c'est probablement juste une branche – mais peut-être pas… Il pourrait s'agir de quelque chose d'un peu plus pernicieux, quelque chose qui se trouvait là depuis le début… Une menace dont vous connaissiez l'existence, dans une certaine mesure, mais de manière très abstraite. Elle vous avait paru tellement lointaine, tellement théorique – même si, en fait, elle était bien réelle. À aucun moment, vous ne vous êtes vraiment senti menacé… excepté ces nuits où vous êtes seul chez vous et où vous entendez un crissement contre la vitre qui… Mais, comme je l'ai déjà dit, c'est presque certainement juste une branche d'arbre.

Mais… et si ce n'en était pas une ?

J'ai donc fait part à Henry de mon enthousiasme, et quand BJ a marmonné quelque chose au sujet de son frère, le roi de l'incruste, je me suis empressée de lui faire savoir que je voulais qu'il nous accompagne – même si c'est juste une branche, ce dont je suis convaincue, étant donné qu'il n'y a absolument aucune autre possibilité (juste une seule, complètement inenvisageable parce qu'ils ne le permettraient pas). Mais, même si ce n'est clairement qu'une branche, celles-ci peuvent être très dangereuses – elles peuvent vous crever un œil, par exemple.

Je ne suis pas du tout inquiète pour Taura. Je n'ai aucune raison de m'inquiéter, aucune, mis à part de l'existence des branches d'arbre dans le monde, qui ne représentent pas une menace, concrètement. Et puis aussi, elle a Tiller, maintenant.

— Merde alors…, lance BJ en entrant dans la pièce, interrompant mes petites glissades mentales, ce dont je lui suis reconnaissante, mais pas tant que ça.

Puisque tout va bien.

Il jette un coup d'œil à mes bagages : deux grandes valises, une moyenne et la valise cabine Centenary 125 de Globe-Trotter. Cette dernière n'est pas assortie aux autres, mais je n'ai pas encore choisi ma tenue pour l'avion, et le brun va avec presque toute ma garde-robe. De plus, un petit attaché-case argent, ça évoque un peu trop l'émission « Deal or No Deal », non ?

Si je puis me permettre… J'ai conscience que l'admettre est indigne de la part d'une personne se trouvant dans ma tranche d'imposition, mais une fois, BJ et moi sommes tombés sur une version de « Deal or No Deal » en jeu d'arcade, et je crois que nous avons dépensé à peu près 2 000 livres. Pour ma défense, c'est un jeu très amusant et terriblement addictif – ce n'est pas moi qui critiquerai Meghan Markle pour y avoir été animatrice un temps.

— Parksy… (BJ se racle la gorge en lorgnant mes valises.) Tu te souviens quand j'ai dit que cette fois on n'emportait qu'un seul bagage chacun ?

— Parfaitement ! (Je marche vers lui, glisse mes bras autour de sa taille et lui adresse un sourire éblouissant.) C'était très drôle. On ne te complimente pas assez sur ton humour.

Je lui tapote le nez du doigt, et il cligne beaucoup des yeux.

— Tu viens de me donner une tape sur le nez ?

— Oui, dis-je en recommençant.

— Je te quitte, déclare-t-il avec le plus grand sérieux.

Je lève les yeux au ciel.

— Vraiment, mec ? lance Gus en s'avançant pour le serrer dans ses bras. C'est ça, ta limite… ? Pas Tom, ni Julian ou Christian ? Mais un petit…

Gus tend la main et lui donne aussi une tape sur le nez.

BJ lui sourit d'un air pincé. Je le devine amusé à quatre-vingts pour cent et énervé à vingt.

— Je te préviens, il est hors de question que je trimballe ton barda à travers l'Asie, décrète-t-il en désignant mes valises d'un geste vague.

Je fais la moue.

— Bien sûr que si !

— Ne compte pas sur moi.

— Mais qu'est-ce que tu fais de « dans la santé comme dans la maladie » ? (Je fronce les sourcils.) Ça, c'est ma maladie.

— On n'a pas encore échangé nos vœux…

— Alors c'était du vent… ? (Je le regarde fixement.) Ton baratin sur le fait que tu t'es promis à moi il y a des années… ?

Gus nous regarde, sourcils arqués. Il attend la suite.

— J'ai entendu parler de ce petit discours, mec. (Il décoche un clin d'œil à BJ.) Super sexy.

BJ lève les yeux au ciel.

— J'ai promis des milliers de fois de t'aimer jusqu'à la fin de mes jours, Parks. (Il hausse un sourcil.) Mais jamais de me bousiller le dos pour tes beaux yeux. Un seul sac.

Et là, il me tapote le nez du doigt et sort de la chambre.

— Très bien ! Je laisse toute ma lingerie ! crié-je.

Immédiatement, il passe la tête par la porte. Gus glousse en voyant les yeux écarquillés de BJ.

— Tout bien réfléchi… Une ou deux valises de plus ou de moins, qu'est-ce que ça change, quand on est amoureux ?

22:41

Taura

Qu'est-ce que je vais faire sans toi ?

Plein de sexe formidable avec le pompier.

*Inspecteur de police.

Mais il se déguise en pompier pour toi, non ?

Magnolia…

Taura, si la réponse à cette question est « non », je suis désolée de te dire que cet homme te prive de ce qui te revient de droit…

Ce que tu peux être débile !

Tu vas me manquer.

Toi aussi.

Je serai vite de retour.

Tu vas à peine te rendre compte que je suis partie, surtout si tes soirées sont occupées à des jeux de rôles impliquant des représentants des services de secours.

Au moins, je sais ce qu'on fera pour ton enterrement de vie de jeune fille…

TILLER ?

Je plaisante.

74

BJ

Malgré mon insistance, Magnolia ne prévient pas ses parents qu'on part et qu'on va être absents un moment. Même pas sa mère.

Elle a autorisé la mienne à en informer la sienne « si elle le jugeait opportun », sans manquer de préciser qu'elle ne voyait pas très bien pourquoi et en quoi notre voyage les affecterait, étant donné qu'elle ne vit plus sous leur toit et qu'ils ne se sont jamais comportés comme des parents responsables depuis qu'elle a « quitté l'utérus » (ses mots, pas les miens).

On décolle dans quelques jours, mais comme Taura et Tiller partent pour Hvar demain, Parksy retrouve celle-ci et Gus pour un dîner d'adieu.

Tout ça me paraît un peu dramatique. On n'a pas de date de retour, c'est tout. Si ça se trouve, dans deux semaines, on est rentrés.

Pendant ce temps, je rejoins les garçons avec Henry. Pas pour un pot d'adieu – pourquoi on se dirait adieu ? L'idée, c'est justement de ne pas en arriver là, non… ? Pourtant, une étape est franchie, ce soir.

Car on a à peine mis un pied au *Boodle's* et repéré Jonah et Christian qu'on sent un poids nous tomber dessus.

Jonah pousse une acclamation en nous voyant, comme il le fait toujours. Je me demande si c'est dans ma tête – j'essaie de m'en convaincre –, mais j'ai l'impression que son sourire s'affaisse un peu aux commissures. Comme s'il y avait désormais chez mon ami une gravité nouvelle qui ne le quitte plus.

Henry leur demande des nouvelles de leur cousine Scotty, en visite à Londres. Il a souvent voulu tenter sa chance avec elle par le passé, mais on a toujours tous eu interdiction formelle de l'approcher, d'après Jo. Quelque chose m'échappe, parce que même cette conversation parfaitement innocente est plombée.

— Ça fait un moment qu'elle est en ville, alors ? s'enquiert Henry.

Jonah hausse les épaules.

— Ouais, un certain temps.

— Elle est là en vacances ? demandé-je.

— Scotty adore prendre des vacances, répond Christian en buvant une gorgée de son Sazerac.

— Elle avait besoin de faire un break avec l'Australie, explique Jo.

Je donne une claque à Christian sur le bras.

— Et ta copine, là… Comment elle s'appelait ?

— Sasha, répondent Christian et Jonah en chœur.

J'échange un regard amusé avec Henry, puis pointe le menton vers Christian.

— Comment ça se passe ?

Il hausse les épaules.

— Bien.

— Elle te plaît, alors ? demandé-je encore avec curiosité.

— Ouais…

Il cligne des yeux, prend une autre gorgée de son cocktail. Merde, il le boit cul sec, en fait. Fait signe au serveur, commande une nouvelle tournée sans nous consulter.

J'ai vu Christian amoureux deux fois, dont l'une de l'amour de ma vie. Je sais à quoi il ressemble quand il a des sentiments pour une fille, et là, rien à voir, putain.

Je m'adosse à mon fauteuil, croise les bras et secoue la tête.

— Qu'est-ce que tu fous, mec ?

— Quoi ?

Il fronce les sourcils.

— Je sais que je me mêle de ce qui ne me regarde pas, mais quand même… qu'est-ce que tu fous ?

Il hausse les épaules, l'air sombre.

— Je ne vois pas de quoi tu parles, ment-il.

— Arrête, putain…, intervient Henry. Daisy a merdé, on est d'accord, mais pourquoi sortir avec une meuf que tu ne kiffes même pas ?

Jonah se tourne vers Christian et lui lance un regard appuyé. Même si je n'arrive pas à en saisir le sens, il ne me plaît pas du tout. Jo fait ce truc avec ses sourcils, cette crispation imperceptible qui signifie clairement quelque chose entre les deux frères, quelque chose dont j'ignore tout et que je ne suis pas censé savoir, au sujet duquel on nous a volontairement maintenus dans le noir.

— Elle est canon, bonne au pieu, et elle ne parle pas beaucoup. (Christian hausse les épaules.) Elle remplit tous les critères.

— Depuis quand, putain ? objecte Henry. Tu as aimé deux filles dans toute ta vie, avec qui il n'y a pas moyen d'en placer une.

Je ne quitte pas Christian des yeux, trop intéressé par ce qu'il va répondre.

Mais ce n'est pas la réaction de Christian qui me fait tiquer, c'est encore celle de Jonah. Il pointe la mâchoire vers son frère et l'observe.

Christian se frotte la bouche, l'air fatigué.

— On peut changer de sujet ?

« De quoi tu veux qu'on parle ? », ai-je envie de lui répliquer, mais je m'abstiens, parce que toute cette histoire est trop triste, putain.

Henry demande aux garçons s'ils veulent nous accompagner au tournoi The Ashes, auquel on assistera cette année avec papa. On parle cricket pendant un moment, et puis Henry demande des nouvelles de leur oncle, celui qui est parti en Australie, le père de Scotty, et la conversation s'embourbe de nouveau.

J'annonce pour la forme que je vais commander au bar – j'ai besoin d'air.

Jo me suit. J'aurais préféré qu'il s'abstienne, parce qu'il me force la main, et il le sait.

Il s'accoude au bar, regarde droit devant lui.

— Si tu as quelque chose à demander, vas-y.

Je me tourne vers lui. Plisse les yeux.

— Vous êtes dans la merde.

Il contracte la mâchoire.

— Ce n'est pas une question.

— Effectivement.

Il ne dit rien. Je commande deux Negroni. Me retourne face à la salle.

— Jusqu'où ?

Il pince les lèvres, lève les yeux vers l'étagère où s'alignent les meilleurs whiskys.

— Merde…, soupiré-je.

Il me jette un regard agacé.

— Je n'ai rien dit.

— Pas la peine, murmuré-je.

Je me penche ensuite vers lui et lui demande à voix basse :

— Tu as besoin de fric ?

Il me foudroie du regard.

— Va te faire foutre !

— Alors qu'est-ce qui se passe, bordel ?

Il secoue un peu la tête.

— Ne me parle pas comme ça…

— Ou quoi ?!

Je me redresse.

Jonah lève les yeux au ciel.

— Je n'ai pas l'intention de me battre avec toi, mec…

— Tu n'as pas l'intention non plus de me parler, ni de me dire la vérité… Tu vas juste te comporter comme un connard jusqu'à ce que je laisse tomber et t'évanouir dans la nature… ?

Jonah contracte la mâchoire et détourne les yeux. J'ouvre la bouche pour l'interroger, mais mon téléphone sonne.

Je baisse les yeux vers l'écran.

Parks.

Je réponds.

— Hey.

— BJ ?

Elle a l'air paniqué.

— Parks… ? (Je me bouche l'autre oreille.) Qu'est-ce qui ne va pas ?

— C'est terrible ! se lamente-t-elle, bouleversée. Affreux.

Je m'éloigne de Jonah d'un pas.

— Quoi, Parksy ?

— Aujourd'hui, on est le 16 mars !

Je fronce les sourcils.

— OK…

— D'après sa liste, la première chose que voulait voir Bridget, c'est l'équinoxe de printemps à Angkor Vat. Cela se produit une fois par an, et c'est dans trois jours !

— OK. (Je hoche la tête et lance un coup d'œil à Jo. Honnêtement, je suis trop content d'avoir une bonne raison de foutre le camp du *Boodle's* et de Londres.) J'arrive. On va trouver une solution.

Je raccroche, me tourne vers mon meilleur pote.

— Tout va bien ? me demande-t-il.

— Ouais… (Je secoue la tête.) C'est Parks… Il faut que je…

Je pointe le pouce vers la porte, et Jonah hoche la tête.

— Henry !

Mon frère me regarde depuis notre table, et j'indique la sortie d'un geste. Il m'adresse un regard confus.

— Urgence ! Grouille, ajouté-je encore. (Le voyant se redresser d'un bond, je clarifie.) Mais genre, pas vraiment vitale…

Il lève les yeux au ciel.

Il donne une accolade à Christian, puis ils marchent ensemble vers moi. Christian me serre dans ses bras. Jo et Henry échangent une poignée de main – c'est comme ça qu'ils se saluent depuis quelques mois. Quant à Jo et moi…

On reste plantés à un mètre l'un de l'autre comme des cons, et puis je l'étreins maladroitement.

— Bon, ben, à un de ces quatre, marmonné-je.

Jonah hoche la tête. Je l'imite.

Et là, je vais me détourner pour partir quand il me prend dans ses bras et me serre contre lui – si fort que je n'arrive pas à lui rendre la pareille.

— Prends soin de toi, OK ? me dit-il. Et de Parks.

Je hoche la tête, un peu inquiet, franchement.

Je le dévisage attentivement.

— Tu es sûr que ça va ?

Le sourire qu'il m'adresse est forcé.

— Tout ira bien.

75

BJ

Donc, curieusement, l'équinoxe de printemps n'a lieu qu'une fois par an, et, cette année, c'est dans… deux jours, maintenant.

Magnolia pète les plombs, et on est dans une merde noire.

Papa me prête son avion, mais il rentre du Canada avec demain, et si on attend son retour, on n'arrivera pas à temps à Angkor Vat.

Magnolia refuse obstinément d'emprunter le sien à son père, donc laisse tomber.

Demander à Jo serait absurde, vu qu'on part pour prendre nos distances.

Nous voici donc tous les quatre – Parks, Henry, Allie et moi – devant le comptoir de Thai Airways à Heathrow, encombrés de bagages grâce à ma fiancée, et essayant de monter dans le prochain avion pour le Cambodge. Or – vous êtes prêts ? – il n'y a pas de vols directs.

— C'est quoi, une « escale » ? demande Magnolia sans s'adresser à personne en particulier – et oui, elle mime les guillemets.

Henry fait une grimace gênée puis marmonne « Pas bon » et s'éloigne.

Magnolia le suit, nous laissant, Allie et moi, nous occuper des réservations – putain, merci.

Heathrow-Bangkok, trois heures d'escale, puis Bangkok-Siem Reap.

Le truc, c'est que pour le premier vol de onze heures… il ne reste que des places en classe éco.

Allie se tourne vers moi. Dans ses yeux ronds, je lis de l'amusement, et peut-être un peu de terreur.

Une fois les bagages enregistrés, Allie et moi allons rejoindre Magnolia et mon frère qui nous attendent avec ma mère.

— C'est bon ? demande Lily avec un sourire.

Allie fait une grimace, et Magnolia me regarde avec une sorte de sourire impatient.

— Bonne nouvelle… (Je lui décoche un sourire rapide.) On est dans le prochain vol, et, sûr et certain, on y sera à temps pour l'équinoxe, à condition qu'il n'y ait pas de retards et qu'à l'arrivée on coure jusqu'à la voiture qu'on a réservée…

Parks plisse les yeux.

— OK…

— À part ça…

Je pousse ma lèvre supérieure de ma langue et débite :

— On voyage en classe économique. Qui veut aller picoler au bar avant le décollage ?!

Magnolia inspire un grand coup. Ses yeux partent sur le côté, et ensuite elle… Rien. Elle ne dit rien.

Ma mère fait une grimace, Henry agite une main devant le nez de Parks, qui reste parfaitement immobile. Pendant cinq bonnes secondes, elle ne cligne même pas des paupières. Et puis elle me regarde.

— Excuse-moi… quoi ?

— Classe éco.

Elle laisse tomber sa tête, de nouveau son regard se perd quelque part sur sa droite, les yeux écarquillés, tandis qu'elle assimile l'information.

— C'est la partie de l'avion où s'asseyent les gens qui ne sont pas des héritières, explique mon frère – cet inutile !

— Une héritière ? (Elle cligne des yeux.) Nous voyageons en classe économique, et soudain je suis réduite au statut d'héritière ?

Je me penche vers elle et lui murmure :

— Je crois que, par définition, tu es une héritière rus…

Impossible de finir, parce que ma fiancée me fait taire en m'écrasant son petit doigt sur la bouche.

— Lilian… (Elle pointe l'index vers ma mère qui la couve d'un regard maternel.) Ne me regarde pas comme ça, d'accord ? (Elle nous dévisage l'un après l'autre.) Je sais ce que vous pensez tous… Oh, Magnolia, elle est tellement ridicule, elle est incapable de voyager avec une compagnie aérienne…

— Personne n'a rien dit…, chuchote Allie à Henry.

— Chut ! la gronde-t-elle. Nous sommes tous pareils. Personne ne veut voyager dans un avion de ligne quand on peut le faire en jet privé. Et absolument personne ne veut voyager en classe économique s'il peut le faire en première… (Elle se tourne vers moi, les yeux comme des soucoupes, un poil affolée.) Il n'y a pas de place en première ?

Je l'entraîne à l'écart, loin de ma famille – parce que oui, elle peut se comporter comme une enfant gâtée, et oui, elle est ridicule, mais elle est comme elle est, et je me rends bien compte qu'elle est sur le point de péter un câble.

Je la tiens par les bras, me penche un peu pour plonger mon regard dans le sien.

— Le vol est vraiment plein, Parksy. On a eu de la chance d'avoir des places.

— Est-ce que c'est une de tes blagues bizarres, où, une fois passés les contrôles, tu diras « Je vous ai bien eus ! », et moi je dirais « Putain, BJ ! », et puis nous irons tous nous asseoir en première ?

Je secoue la tête.

— Malheureusement, non. D'ailleurs… (Je consulte ma montre.) Étant donné qu'on ne voyage pas en première, on va devoir faire la queue aux contrôles, et on devrait se bouger.

Elle me fixe d'un air inexpressif, pince pensivement les lèvres.

— J'ai un peu l'impression que c'est la faute de Bridget… Pas toi ? finit-elle par dire.

Sa remarque me fait éclater de rire.

— Si ! C'est clairement signé Bridget.

*

— Qu'est-ce qu'il y a dans ce pot ? demande un agent de sécurité à Parks alors qu'elle lorgne le portique de détection avec méfiance.

— Ma sœur, répond-elle sans vraiment regarder l'homme.

Puis elle tourne les yeux vers lui et lui sourit.

Devant l'expression ébahie de l'employé, Magnolia me regarde par-dessus son épaule pour que je vienne à la rescousse.

Je désigne l'urne.

— Ses cendres.

Ça n'a pas l'air de calmer les inquiétudes de l'agent.

— Bien entendu, elle est morte avant que nous la transformions en cendres, ajoute Magnolia, ce qui bien sûr n'est d'aucun secours.

Le responsable de l'équipe se dandine vers nous.

— Avez-vous un certificat de décès ? demande-t-il.

— Excusez-moi ? Non… (Magnolia fronce les sourcils.) Quelle idée de se promener avec ça… Qui y penserait…

— Je l'ai, oui…, interviens-je en le sortant de mon sac.

Assez typique de la part de Parks d'embarquer dans un avion avec un mort sans s'être renseignée sur les démarches à effectuer.

Je le tends à l'homme, et Magnolia, les yeux ronds, me lance un regard plein de gratitude.

Reconnaissant le nom, le responsable nous fait passer assez rapidement après ça, et rend Bridget à Magnolia de l'autre côté du portique.

Je vais la voir, pose ma main sur sa joue.

— Tu as dit qu'elle était morte. (Je lui adresse un sourire ému.) Je ne t'avais jamais entendue prononcer ces mots.

Elle me gratifie d'un bref sourire, et les larmes lui montent aux yeux. En en voyant une rouler sur sa joue, je m'empresse de l'effacer du pouce avant que quelqu'un ne s'en rende compte, parce que, comme vous le savez, ce genre de manifestation d'émotion n'est pas du goût de Parks.

Pour ce que ça vaut, elle n'a pleuré qu'une seule fois entre les contrôles et l'embarquement, quand, je cite, une « horrible femme avec une polaire Kathmandu et des espadrilles non griffées » l'a cognée avec son « stupide sac à dos en nylon ».

— Qu'est-ce que c'est que JanSport, d'abord ? m'a-t-elle demandé à travers ses larmes.

Henry a toussé pour dissimuler un ricanement.

Mais ça a été tout côté drame – bon, mis à part le moment où on est entrés dans l'avion : là, elle a fermé les yeux et elle a insisté pour que je la guide comme une aveugle jusqu'à nos places, afin qu'elle ne soit pas « forcée de vivre les onze prochaines heures consciente de ce qui aurait pu être ».

Bien entendu, Henry et Allie ont choisi de ne pas s'asseoir près de nous.

— 56A, annonce-t-elle avec un sourire crispé en s'asseyant. (Ensuite, elle se tortille un peu sur son siège.) Ce n'est pas si mal, figure-toi…

Je m'installe à côté d'elle. Honnêtement, ça craint. Je la regarde en plissant les yeux.

Elle gigote encore, examine son siège.

— Tellement spacieux !

Je lui lance un regard sceptique.

— Ah oui ?

— Mmm… oui !

Elle passe la ceinture autour de Bridget comme s'il s'agissait d'un enfant sur ses genoux.

Je fronce les sourcils.

— Mes épaules dépassent.

— Eh bien, si ce n'est pas de la fausse modestie, ça…

J'incline discrètement la tête vers l'homme très grand, très blanc, désormais assis dans le 56C.

— Parks, chuchoté-je, il y a un inconnu à côté de moi…

— Oh ! (Elle se penche en avant et sourit avec beaucoup trop d'enthousiasme.) Comme c'est charmant ! Un compagnon d'aventure !

Bon, là, je me lève et cherche mon frère des yeux.

— Tu lui as filé quelque chose ? lui lancé-je.

— Juste un cacheton de benzodiazépine !

Il hausse innocemment les épaules, et je le fusille du regard avant de me rasseoir en grimaçant un peu.

— Ça va ?

— Oh oui ! (Elle hoche la tête.) J'étais assez nerveuse tout à l'heure à l'idée de m'asseoir sur ces sièges minuscules à côté de gens immenses, mais Henry m'a donné un médicament fantastique et maintenant je me sens merveilleusement bien. (Elle se tortille encore.) Franchement, je trouve ça assez confortable !

Je lâche un petit rire.

— Qu'est-ce que tu racontes ?

Elle me décoche un petit sourire satisfait.

— Finalement, les troubles alimentaires ont leurs avantages, hein ?

— Magnolia…

— Désolée, souffle-t-elle, penaude.

Je hausse un sourcil.

— Désolée à quel point ?

Elle rit en se tournant vers le hublot.

— Pas tant que ça.

76

Magnolia

Bien entendu, nous nous sommes envoyés en l'air dans l'avion. Qu'est-ce que vous voulez qu'on fasse d'autre pendant un voyage de onze heures en classe économique ?

Mal dormir et attraper un torticolis ? Nous l'avons fait aussi.

J'ai attendu que BJ s'assoupisse pour retourner aux toilettes toute seule. Je me suis placée face au miroir et je l'ai attendue.

Elle a pouffé de rire en me voyant.

— Quatre heures en classe éco, et tu as l'air de travailler au moulin du village en 1876.

Je lui lance un regard désapprobateur auquel elle répond par une moue suffisante.

— Où est-ce qu'on va ? demande-t-elle – nous n'avons pas parlé depuis plusieurs jours.

Vous trouvez ça mal de ma part ? C'est que les dernières semaines ont été assez agitées…

— Nous accompagnons Allie en Asie, comme elle avait prévu de le faire avec toi, lui annoncé-je, assez contente de moi.

— Vous allez faire le voyage en Asie du Sud-Est qu'on préparait ? (Son visage s'illumine, et je hoche la tête.) Tu as emporté combien de valises ? me demande-t-elle.

Je me lave les mains sans raison – juste, je suis propre, voilà tout.

— Je n'ai pas envie d'en parler, réponds-je sèchement.

— Trop, alors ?

Je lève les yeux au ciel.

— C'est BJ qui doit être content…

Je hausse les épaules avec désinvolture.

— Qu'est-ce que j'en sais ?

Elle me regarde d'un air entendu. Je ferme les yeux et me concentre sur son visage : l'angle formé par ses sourcils quand elle me signifie sa réprobation, le froncement de son nez, les rides autour de ses yeux plissés, toutes les directions dans lesquelles elle peut tordre sa bouche – personne n'est aussi expressif que Bridget, et j'adore quand elle me fusille du regard. Aussitôt, l'idée que plus jamais elle ne me regardera comme ça tinte dans mon cerveau telle une bouteille en verre qu'on envoie valdinguer d'un coup de pied dans un passage souterrain.

Les trois heures à Bangkok passent assez vite – franchement pas grand-chose, après notre vol interminable depuis Heathrow.

Nous payons l'accès à un lounge afin de nous doucher et de nous changer en prévision de l'équinoxe, BJ ayant annoncé que nous irions directement de l'aéroport.

Ai-je bien entendu ? Vous me demandez ce qu'on porte pour assister à un équinoxe de printemps ? Excellente question, dont je ne suis pas sûre de connaître la réponse. J'aurais d'ailleurs adoré pouvoir la poser à ma sœur, un peu parce qu'elle aurait su quoi me dire, mais surtout parce que ça l'aurait énormément agacée. Mais elle n'est pas là, et je tente ma chance avec la minirobe en soie et broderie anglaise bleu ciel à pois blancs d'Alessandra Rich, les sabots en cuir cloutés Isabel Marant et les chaussettes côtelées en cachemire ivoire de chez The Row.

J'ai à peine fini de m'habiller que déjà il faut monter dans un autre avion pour le deuxième et dernier vol. Cette fois, nous sommes en business, mais pour seulement une heure, à peu près.

Henry et Allie se sont beaucoup vantés d'avoir très bien dormi en éco, ce qui m'a exaspérée. De mon côté, je crois n'avoir fermé l'œil qu'une heure. J'ai passé le reste du vol à essayer de me convaincre que j'étais endormie, ce qui n'était évidemment pas le cas, et à en vouloir à BJ de dormir.

Quand nous arrivons à Siem Reap, deux voitures nous attendent, une pour les bagages, l'autre pour nous.

Le site d'Angkor Vat n'est pas très éloigné de l'aéroport – à peu près six kilomètres –, mais la nuit est déjà tombée, et j'ai des nœuds dans le ventre.

— Vous savez, il paraît que, techniquement, entre aujourd'hui et demain, la trajectoire du soleil ne change pas beaucoup…, tente de nous rassurer Henry depuis le siège avant.

— Mais ce ne sera plus l'équinoxe de printemps ! objecte Allie en fronçant les sourcils.

— Et aller à Angkor Vat n'importe quel jour de mars ne figurait pas sur la liste de Bridget.

Je tambourine des doigts sur le genou nu de BJ – il porte le short Gucci GG Supreme en jacquard intarsia bleu marine et brun-roux.

Il enroule un bras autour de mes épaules et se met à jouer distraitement avec la bretelle de mon soutien-gorge, le regard perdu par la fenêtre.

Autour de nous, tout semble un peu brumeux, et la lumière du couchant commence à peine à percer. Beaucoup d'arbres. Vraiment beaucoup.

— La vache…, souffle BJ alors que nous approchons du site.

— Cent soixante-deux hectares, explique Allie. C'est gigantesque… (Elle donne un coup de pied dans le dossier du siège de Henry pour attirer son attention et désigne le chauffeur du menton.) Il sait qu'on est pressés ?

— Oui, Allie, soupire Henry avec impatience.

Le ciel s'éclaircit, et la circulation ralentit… Il semblerait que nous ne soyons pas les seuls à être venus voir l'équinoxe de printemps… Nous sommes sur le point de passer sous cette énorme arche en pierre sculptée quand BJ donne une claque dans le dossier de Henry.

— Descendons ici et courons…

Je cligne des yeux.

— Courir ?

— Ouaip, dit-il avant de pointer l'urne du menton. Passe-moi Bridget.

Je lui lance un regard méfiant.

— Tu m'as regardé jouer au rugby pendant tout le lycée, proteste-t-il, vexé. Combien de fois tu m'as vu lâcher le ballon ?

J'inspire par le nez, toujours pas convaincue.

— Inversement…, intervient Henry, je t'ai vue laisser tomber des trucs sans raison. Tu es debout, complètement normale, parfois tu ne bouges même pas, et paf !

Je lève les yeux au ciel et le toise suffisamment longtemps pour qu'il perçoive mon mécontentement, puis je tends Bridget à BJ.

Il incline la tête vers le temple.

— On y va !

Et là, nous nous mettons à courir de toutes nos forces, la tête rentrée dans les épaules, zigzaguant entre littéralement des milliers de personnes – rétrospectivement, les sabots étaient un très mauvais choix, mais, pour ma défense, j'ignorais que nous piquerions un sprint en arrivant au Cambodge.

— Il s'appelle aussi « point vernal » ! nous crie Allie sans cesser de courir.

Henry lui jette un coup d'œil par-dessus son épaule.

— De quoi tu parles ?

— L'équinoxe… (Elle halète.) De printemps.

— Oh ! lâche Henry tout en évitant un touriste assez volumineux.

— Les gens l'observent sur toute la planète…, poursuit Allie bien que nous courions toujours et qu'elle soit à bout de souffle. Au Japon, on l'appelle « Shunbun no Hi » (respire) et les Mayas le célébraient (halète)… les Perses aussi !

BJ me lance un bref regard en coin. Je crois que nous sommes tous les deux en train de nous demander si partir en vacances avec l'*Encyclopædia Britannica* était une bonne idée.

— La dynastie Shang est prétendument née de l'équinoxe vernal…, continue Allie.

Henry me regarde.

— Fais-la taire ! articule-t-il.

— … les Celtes et les druides… (Halètements.) Le culte de Cybèle était célébré ce jour-là dans la Rome antique. Ça t'aurait plu, BJ…

Elle s'arrête deux secondes pour reprendre haleine, sans perdre l'occasion de glisser à son frère :

— Beaucoup d'alcool et plein de sexe.

BJ lui décoche un regard sévère.

— Allie !

Elle lui lance un sourire.

— Désolée.

Henry éclate de rire, reprend son souffle, et BJ lève les yeux vers le ciel qui s'illumine peu à peu.

— Allez, on y va…

Il me donne un petit coup de coude et encourage les autres du regard, puis repart.

Je suis plus rapide que lui, mais il est très en forme. Beaucoup plus que moi. Et plus fort. Il ne me demande jamais de lui ouvrir des bocaux.

Et je sais ce que vous pensez – qu'est-ce qu'*elle* mange dans un *bocal* ?

Du caviar, principalement. Quand BJ en achète pour Bushka. Et puisqu'on en parle, nous mangeons parfois de la pâte de figues – ça, ça peut être difficile à ouvrir. Et du miel. Nous en avons toujours, de plusieurs variétés. En ce moment, nous avons du miel de manuka, dont BJ dit qu'il l'a payé beaucoup trop cher – mais comment aurait-il pu le savoir ? En plus, il y a de l'inflation, non ? Nous avons également des pots du miel de Will Ferrell pour Flamingo Estate, mais ceux-là, nous les avons achetés parce que les recettes sont reversées à une association caritative, donc ça ne compte pas. Vous trouverez aussi dans nos placards un pot de beurre de cacahouètes que j'ai acheté avec Henry par curiosité, un jour. Sept cents livres les cent soixante-dix grammes. Standard

Reference Material 2387. Le label est terriblement ennuyeux. Quelle digression fascinante – de quoi étions-nous en train de parler, déjà ?

— Tu as l'intention de bavasser tout le temps ? demande Henry à sa sœur, aussi essoufflé qu'exaspéré.

— Eh bien, commenté-je, c'est tout à fait bridgesque.

— C'est le but… ! (Allie hoche vivement la tête.) Tout ce qui est susceptible de l'intéresser (inspiration-expiration !) m'intéressera.

— Dans un souci de réalisme, rétorqué-je, je manifesterai systématiquement mon manque d'enthousiasme.

— OK… (Allie acquiesce et me lance un sourire fatigué.) Eh ! BJ ! On doit courir encore l…

BJ s'arrête net. Un peu distraite, je lui rentre dedans, mais vous serez ravis d'apprendre qu'il n'a pas lâché ma sœur et qu'il a également réussi à me rattraper avant que je ne tombe.

— Oh, merde…, soupire Henry en levant les yeux vers le ciel, bouche bée.

Et là, ça se produit.

C'est un moment tellement étrange. Toute la terre semble réprimer une exclamation et retenir son souffle en même temps, tandis que cette petite boule de feu s'élève comme si elle flottait, en parfait alignement avec la tour du temple central. Et alors que le soleil monte dans le ciel, BJ soulève ma sœur aussi haut qu'il peut, côté du smiley souriant vers l'astre, lui donnant le spectacle qu'elle mérite, même si elle ne peut l'admirer comme elle s'était imaginé le faire.

Tout est doré. C'est indescriptible, même en y mettant la meilleure volonté du monde. Je vais essayer… C'est comme si le ciel et la terre avaient été trempés dans du miel et saupoudrés de topaze, d'ambre et de citrine…

BJ tend Bridget à Henry et m'attire dos contre son torse. Il pose son menton sur le sommet de mon crâne et m'entoure de ses bras.

Vous savez ce qu'est l'équinoxe de printemps, au fait ?

Une célébration ancienne, évidemment, comme l'a expliqué Allie de long en large…

Il marque la fin de l'hiver et le début du printemps. Et tandis que je me laisse aller contre le torse de mon fiancé, je me demande s'il s'agit là d'une promesse. Si ma sœur me révèle quelque chose par l'intermédiaire d'un astre qui se trouve à cent cinquante millions de kilomètres. Parce que je m'en fous de ce que vous pensez, la vie ne s'arrête pas avec la mort, c'est impossible – inacceptable. Ceux qu'on a perdus ne ressemblent peut-être plus à ceux qu'ils étaient ici-bas, et peut-être que Bridget n'est pas aussi près que le prétend la jolie théorie selon laquelle les morts se trouvent à un murmure de nous, derrière un rideau invisible. Mais peut-être qu'elle est quelque part à tirer des ficelles, faire monter le soleil dans le ciel, me promettant qu'il y a de l'espoir.

— Waouh…, soufflé-je.

BJ m'embrasse l'arrière de la tête.

— Ouais. Waouh !

— C'est tellement beau, soupire Allie, les yeux écarquillés, émerveillée.

— Je n'ai jamais rien vu de pareil… (Henry secoue la tête.) On le sent presque dans l'air…

Allie renifle, sourit.

— C'est vraiment incroyable…

Henry baisse les yeux vers sa sœur, sourit et passe un bras autour de son épaule.

Tout est silencieux, tout est immobile. Tous les gens rassemblés ici ont l'air en paix, tous les êtres, même les oiseaux… C'est tellement tranquille.

J'inspire cette paix, retiens ma respiration… expire.

J'ouvre les yeux, regarde autour de moi… J'ai l'impression de ne faire plus qu'un avec le reste du monde, avec BJ – mais bon, avec lui ça fait un moment, donc ce n'est pas si excitant que ça.

Je lui donne un coup de coude discret.

Il se penche de façon à croiser mon regard.

— Et maintenant ? chuchoté-je.

Il fait une grimace.

— Ça a commencé il y a genre huit secondes…

— Oh, oui, absolument ! (Je secoue la tête, lâche un petit rire.) Désolée. C'est idiot…

Je fais la moue, prends encore une profonde inspiration tout en regardant autour de moi, observant nos compagnons d'équinoxe de printemps. En repère de fort curieux.

Je lance un coup d'œil à BJ et incline la tête en direction de la femme qui n'a pas dû se laver les cheveux depuis plusieurs années et prend un bain de foule.

— Ils aiment vraiment le soleil, par ici, non ?

BJ se met à rire.

Henry se rapproche de nous.

— Qu'est-ce qui se passe ? s'enquiert-il.

BJ pointe le menton vers moi.

— Jean le Silenciaire s'ennuie.

— C'est qui ? demande Allie en fronçant les sourcils.

Je hausse les épaules, n'en ayant aucune idée, mais Henry ricane, donc je suppose qu'il sait, lui.

Il se tourne vers moi.

— On vient d'arriver…

— Je sais, mais… il a déjà bougé…

Je hausse les épaules.

— Ouais, Magnolia… (Il me lance encore un regard agaçant.) C'est le soleil.

— OK. (Je hoche la tête.) Et à présent que nous avons établi ensemble qu'il a bougé… j'aimerais beaucoup savoir… (Je leur souris bêtement.) Qu'est-ce qu'on fait, maintenant ?

— Eh bien… (Henry soupire.) Est-ce qu'on devrait dire quelque chose ?

— Comment ça ? demande Allie en me regardant.

Henry hausse les épaules.

— Eh bien, est-ce qu'on ne devrait pas dire quelque chose sur Bridget… ? C'est pour ça qu'on est là, non ?

— Oh ! (Je fais la moue. Fronce légèrement les sourcils.) Oui, bien sûr. Je suppose.

J'esquisse un geste vers lui pour lui donner la parole.

BJ lui prend Bridget et tourne l'urne de façon que le smiley content soit face à Henry. Qui lève les yeux au ciel.

— Bridget Dorothy Parks était une des filles les plus cool que j'aie jamais connues, commence-t-il d'une voix ferme. Drôle, intelligente, brillante… (Il hoche la tête avec emphase.) Pas vrai ? Tellement vive. Spirituelle et cinglante. Sarcastique. Belle. Et je dois reconnaître… (Il me regarde longuement, sourcils arqués.) Sérieusement, je regretterai toujours de ne pas avoir tenté ma chance.

Allie reste bouche bée, tandis que BJ éclate de rire.

Je le regarde fixement, atterrée.

— Henry !

— Quoi ? (Il hausse les épaules.) Elle était canon, Parks… (Il m'adresse un regard d'excuse, puis le même à sa sœur.) Désolé, Allie.

Celle-ci hausse les épaules.

— Attention… (Il ouvre les mains comme pour prouver son innocence.) J'aime Romilly. Mais j'aurais volontiers roulé un palot à la petite Parks…, poursuit-il. (Je fronce le visage.) Je suis sûr que ça aurait été très agréable…

— Eh !

Je tape du pied.

— Oh, BJ l'a embrassée ! a la bonne idée de s'exclamer Allie en montrant son aîné du doigt.

— Tu déconnes ? (Henry ouvre des yeux ronds qu'il pose alternativement sur BJ et moi.) J'hallucine… Raconte.

BJ lève les yeux au ciel.

— Elle avait quatorze ans à peu près. Elle n'avait jamais embrassé personne…

J'interviens.

— Tu te souviens de cette soirée au lycée où elle avait refusé d'embrasser Dean Vinograd ? Les gens avaient commencé à la trouver bizarre, et quelqu'un avait lancé une rumeur comme quoi elle allait quitter Varley pour rejoindre un couvent dans les Alpes…

— C'est toi qui avais lancé cette rumeur, objecte Henry.

Je lève les yeux au ciel.

— Eh bien, je te signale que, grâce à ça, elle m'a dit qu'elle avait eu des tas d'histoires. C'est bien connu, les femmes qu'on croit inaccessibles sexuellement sont un défi que les hommes ne peuvent s'empêcher de relever…

— Ouaip, bien vu, reconnaît Henry.

— Carrément, confirme BJ, avant de nous intimer de nous taire d'un regard. Bref, elle se prenait vraiment la tête… Alors je l'ai embrassée. Devant Parks.

— Cool.

Henry hoche la tête d'un air appréciateur.

— Harley les a surpris, ajouté-je.

Henry grimace.

— Merde ! (Il marque un temps d'arrêt. Réfléchit. Pointe le menton vers BJ.) C'était bien ?

BJ me lance un regard en coin et se met à rire avant de hausser légèrement les épaules comme pour dire « après tout, on s'en tape ».

— Ouais, figure-toi. (Il rit.) C'était un très bon baiser.

— Merde…, marmonne Henry. Quel con, j'aurais dû tenter ma chance.

— C'est tout ? (Je cligne des yeux en le regardant, m'efforçant d'afficher une expression de réprobation.) C'est ça, ton grand hommage ?

Henry hausse les épaules.

— Si je n'ai pas le droit de dire en cette occasion que j'aurais aimé l'emballer, quand est-ce que tu veux que je le fasse ?

Allie le considère pensivement un moment.

— Jamais, si tu veux mon avis. Ç'aurait été parfait.

Je tends le doigt vers elle. Pareil.

Henry lève les yeux au ciel.

— C'était la personne la plus intelligente partout où elle allait. Elle était brillante. Putain, j'adorais l'écouter vous apprendre la vie, les deux débiles ! (Il sourit à ce souvenir.) Ses tirades gavées de jargon psychologique me manqueront. J'adorais essayer d'identifier la prochaine victime de ses diagnostics intempestifs.

— Sachant qu'elle tapait toujours dans le mille…, ajoute Allie.

— Ouais. (Henry hoche la tête.) Elle était tellement douée, putain.

La tristesse nous envahit, et le poids de son absence nous écrase. Elle aurait dû être ici avec nous. Le manque et les regrets pèsent telle l'eau derrière une digue, tandis que nous nous efforçons encore de nous accommoder mentalement à ce à quoi la vie ressemble maintenant qu'elle en est partie. Face à ce prodigieux spectacle, nous prenons davantage conscience de la cruelle réalité : celle de la brutalité de la mort qui l'a emportée à vingt-deux ans, et de toutes les choses qu'il ne lui a pas été donné de faire durant sa si courte, si minuscule existence.

Je presse mes paumes sur mes yeux et tâche vainement de ne pas fondre en larmes. Je pleure plus fort que je ne l'aurais fait en Angleterre, mais, je l'espère, pas assez pour qu'un touriste s'en aperçoive et me prenne en photo. BJ m'entoure de ses bras et me serre contre lui.

J'entends Allie sangloter aussi. Henry l'étreint de nouveau.

— Tout va bien, Parksy, me souffle BJ – que peut-il dire d'autre ? Elle va bien. Où qu'elle soit… (Il hausse légèrement les épaules.) Je l'imagine debout près des portes du paradis, à lire Emmanuel Kant en nous attendant. Ou bien en train de nager le dos crawlé dans le néant infini, impatiente de nous casser les oreilles – pour l'éternité – au sujet des putains de liens traumatiques et des séries géométriques infinies.

Je renifle un rire, et il prend mon visage dans sa main.

— Où qu'elle soit, c'est bien. Je le sais.

— Comment ?

Il hausse les épaules, comme si la réponse était évidente.

— Parce qu'elle y est.

77

BJ

Nous pénétrons dans la chambre où ont déjà été montés nos bagages. C'est une pièce aux murs complètement nus, au sol carrelé blanc, et meublée en tout et pour tout de trois lits superposés noirs.

Parks part d'un rire nerveux.

—Non, non, non, non, non, non, non…

Elle secoue la tête.

—Allie… (Henry fronce les sourcils.) Tu es sûre ?

—Oui ! (Ma sœur hoche la tête.) Regarde, c'est écrit là…

Elle nous montre les notes de Bridget.

Magnolia examine les lieux d'un air sinistre.

De son index tendu, elle tapote un des matelas, puis me lance un regard hésitant.

—Ce lit minuscule comporte une échelle qui mène à un autre lit minuscule…

Je réprime un éclat de rire, mais pas Henry, qu'elle foudroie du regard en l'entendant ricaner.

—Attendez… Comment… (Elle nous compte en nous pointant du doigt – un, deux, trois, quatre –, plisse les yeux.) Nous sommes quatre, et il y a six lits… Vous ne pensez quand même pas que…

Et là, la porte s'ouvre et un mec entre.

—Mon Dieu ! crie Magnolia. DEHORS ! (Et puis elle passe au russe.) Тебе лучше уйти ! Я видел общежитие ! Мы этого не делаем, понятно ? Не сегодня ! Не сегодня, сатана…

Je ne comprends pas grand-chose. Il se pourrait bien qu'à un moment elle ait dit : « Arrière, Satan ! », mais je n'en suis pas certain. Allie se plaque une main sur la bouche, l'air aussi amusé qu'horrifié – bienvenue dans ma vie, petite sœur…

Parks continue à vociférer en russe à toute allure.

— Ты очень высокий, но мой парень очень сильный, и он убьет тебя. Он сумасшедший ! Он убьет тебя до смерти. Тебе нужны деньги ? Это ограбление ?

Quelque chose comme « mon copain est fou et il vous tuera », entre autres.

Le pauvre gars reste pétrifié, les yeux comme des billes, pendant que la fille la plus belle du monde lui hurle dessus en russe.

— Euh… (Il tourne nerveusement le regard vers Henry et moi.) C'est ma chambre… Je dors ici aussi… (Il hoche la tête – je ne sais pas à l'intention de qui, lui-même, peut-être ? – puis montre un tee-shirt et un pull posés sur un des lits du bas.) Ce sont mes affaires.

Magnolia écarquille les yeux, incrédule.

— Vous… Vous logez ici aussi ? (Elle montre le sol.) Dans cette chambre ? (Elle cligne des yeux.) Volontairement ?

Henry se couvre le visage des mains.

Le type me lance un regard hésitant.

— Oui.

Magnolia plisse les yeux.

— Vous, un inconnu, ici, avec nous… (Elle se désigne elle-même du doigt.) Avec moi ?

Le mec nous regarde les uns après les autres, l'air de douter de la santé mentale de Parks. Je me tais, ne voulant pas risquer la colère de celle-ci en lui donnant raison. Dans ce monde cruel, c'est chacun pour soi, vieux.

— Oui, avec vous. (Il acquiesce et lui adresse un sourire forcé.) Je…

— Oh… (Elle secoue rapidement la tête.) Nous ne nous sommes pas présentés… BJ, ce monsi…

Je pince les lèvres. Elle n'est même pas fichue de l'appeler « monsieur ». Je me demande combien de fois encore dans ma vie je vais me prendre des poings dans la figure parce que je suis tombé amoureux de cette débile.

Magnolia se racle discrètement la gorge.

— Ce… (Pause gênante.) Cet homme a des lunettes de tueur en série…

— Ce sont des lunettes aviateur…, se défend-il en regardant Henry et Allie. Les verres sont transparents, c'est tout…

— Et qu'est-ce que vous avez dans votre poche ? Un…

— Kazoo ! (Il sourit, tout content.) Ouais.

Il souffle dedans et Parks me regarde, sidérée, avant de se tourner de nouveau vers lui.

— Monsieur, vous êtes un danger public.

Il paraît un peu découragé.

— Vous n'aimez pas le kazoo ?

Henry lui adresse un sourire hésitant.

— Vous voyagez seul, non ?

Le Tueur au Kazoo fronce les sourcils.

— Comment est-ce que…

— Parksy… (J'attire son attention d'un regard.) Si Bridget avait choisi cet endroit, tu ne veux pas au moins ess…

— Non…, refuse-t-elle en secouant déjà la tête. Je sais qu'elle est bizarre, mais pas à ce point-là.

Allie regarde autour d'elle.

— Ça ne ressemble pas aux photos que j'ai vues…

— L'état s'est peut-être dégradé ? propose Henry.

— Non, écoute… Elle n'a pas pu choisir cet endroit, parce que, un soir, pendant une soirée pyjama, Jonah nous a forcées à regarder *Hostel*, vous vous souvenez ? (Magnolia nous regarde.) Et Bridget a eu tellement peur qu'après elle a insisté pour dormir dans mon lit pendant un mois.

Henry lance un regard dubitatif à Magnolia.

— Bridget a insisté ?

— OK ! admet-elle. J'ai eu peur et j'ai insisté. Mais Bridget aussi. Elle s'est toujours montrée méfiante à l'égard des Hollandais après ça…

Je lève les yeux au ciel avant de m'allonger sur un des lits.

— Jamais elle ne passerait une nuit dans un hôtel comme celui-ci, j'en suis certaine, poursuit Magnolia.

Je jette un regard circulaire dans la pièce, examine le lit au-dessus du mien. J'avoue ne pas être très emballé non plus.

— On serait mieux dans une boîte de sardines…, marmonné-je.

— Les sardines ne se vendent pas dans des boîtes, grogne Magnolia avec impatience.

— Bien sûr que si ! nous exclamons-nous en chœur, ma sœur, mon frère, l'inconnu et moi.

Magnolia nous lance un regard perplexe.

— Vraiment ?

Henry lève les yeux au ciel.

— Tout peut se mettre en conserve.

Magnolia se détourne et décrète d'un ton hautain :

— Eh bien, je n'en ai jamais vu que des fraîches…

— Étonnant…, raille Henry en lui lançant un regard appuyé.

Et là, Allie soupire :

— Et merde !

Je me redresse parce que je suis l'aîné de la bande et que, putain, les autres sont débiles.

— Quoi ?

Allie nous regarde avec un rictus d'excuse.

— Je me suis trompée d'une lettre.

Henry plisse les yeux.

— Quoi ?

— Oups ! (Grand sourire gêné d'Allie.) En fait, c'est A-M-A-N-S-A-R-A. Sans T…

— Allie ! gronde Magnolia.

— Désolée !

Magnolia commence à attraper ses valises et à les tirer vers la porte.

— Nous avons failli nous faire assassiner par un psychopathe joueur de kazoo, à cause de toi…

Kazoo Man lève la main.

— Je ne suis pas un tueur en série…

— Euh… (Henry fait une grimace.) Pour être honnête, mon vieux, c'est clairement un truc que dirait un tueur en série, donc bon…

L'autre réfléchit.

— C'est le kazoo qui me donne l'air d'un psychopathe ?

— Eh bien… (Henry lui file une tape sur le bras.) Disons que ça n'aide pas.

Mon frère pousse son bagage et le sac d'Allie vers la porte puis hausse joyeusement les épaules à l'intention du mec.

— Enfin, on va vous laisser tranquille, du coup…

Magnolia s'immobilise sur le seuil, mal à l'aise, puis se tourne de nouveau vers le garçon.

Elle fait une petite grimace tout en lui lançant un regard circonspect.

— Puis-je… ?

Elle pointe son doigt vers le kazoo.

Il hoche la tête, l'air agréablement surpris.

Elle tend prudemment la main vers sa poche, saisit délicatement l'instrument, puis le jette à la poubelle.

— Vous me remercierez un jour, lui dit-elle avec un sourire désolé. Tout comme votre poche de poitrine. (Elle désigne la poche dans laquelle il gardait le kazoo.) Vous savez, vous n'êtes rien censé y mettre. Éventuellement un stylo. Ou une pochette… (Pause brève.) C'est un peu comme un mouchoir, mais pour les gens ri…

— OK ! la coupé-je avant de l'entraîner hors de la chambre.

78

Magnolia

Le dernier voyage que nous avons fait en famille, j'avais presque dix-sept ans et Bridget tout juste quinze. Il me semble que ça en dit long sur nous. Bien sûr, depuis, nous sommes repartis ensemble, mais plus jamais rien que tous les quatre. Cette fois-là, nous séjournions au *Il San Pietro di Positano*. C'était exactement comme vous vous l'imaginez probablement.

Mes parents occupaient la suite Virginia, tandis que Bridget et moi disposions chacune d'une suite Prestige. Nous aurions pu partager, je ne sais pas pourquoi ils nous ont séparées. De toute façon, nous nous endormions tous les soirs dans le même lit.

C'était pendant une de leurs phases de parentalité active. Je ne me rappelle plus s'il s'agissait de mon père ou ma mère, cette fois. Un psy pour ado avait dû sortir un bouquin à l'époque qui avait attiré leur attention – *Les filles : comment les gérer ?* ou un titre dans le genre. Je devrais faire une recherche pour voir si les dates de ce voyage correspondent à une nouvelle tendance de parentalité à la mode.

Tout ce que je sais, c'est que BJ n'a pas eu le droit de venir en Italie. Ce qui était bizarre, parce que chaque fois qu'ils partaient en vacances avec nous, ce qui bien entendu se produisait très souvent, mes parents s'entouraient de gens comme les Ballentine, les Beckham ou les Richie, qui permettaient de faire diversion. Et même s'il arrivait que nous ne partions qu'avec nos parents, ils nous autorisaient presque toujours à inviter BJ et Allie, de sorte qu'ils n'avaient pas à s'occuper de nous. Mais cette fois-là, c'était *no bueno*.

— Tu peux passer une semaine sans lui, Magnolia, a dit Harley en levant les yeux au ciel.

— Non, je ne peux pas ! me suis-je écriée, complètement dramatique. Tu ne peux pas nous empêcher d'être ensemble ! Nous ne sommes pas Roméo et Juliette !

— Exactement. Vous n'êtes pas Roméo et Juliette, a confirmé Harley avec un regard appuyé.

J'ai plissé les yeux.

— Qu'est-ce que c'était que ce ton ? Ça ne m'a pas plu du tout.

— Ma chérie…, est intervenue ma mère en touchant le bras de son mari pour l'apaiser. Ce que ton père veut dire, c'est que BJ et toi supporterez très bien d'être séparés pendant les six jours que va durer notre voyage.

— Mais comment va-t-elle tenir sans sexe… ? a lancé Bridget, un grand sourire aux lèvres, et je lui ai enfoncé mon doigt si fort dans les côtes que c'est comme ça que j'ai su – je m'en doutais depuis un moment – que c'était une dure à cuire, parce qu'elle n'a pas bronché. Je voulais dire « sans ex… ercices… », bien entendu…

Harley nous a jeté un regard accablé.

— Magnolia n'a pas de rapports sexuels ! a continué Bridget. Elle ne sait pas ce que c'est. Ma sœur est une fleur précieuse et pure… (J'ai levé les yeux au ciel.) Et quand j'entends des bruits venant de leur chambre, je sais qu'ils font de l'exerci…

Un autre doigt dans les côtes.

Bridget a hoché fermement la tête.

— Ils font beaucoup d'activité physique.

— BRIDGET ! ai-je hurlé.

Harley a mis ses deux mains sur ses yeux.

— Il ne remettra pas les pieds dans cette maison.

(Je vous rassure, BJ est venu plus tard, ce soir-là.)

— Eh bien ! (J'ai tapé du pied, croisé les bras.) Si BJ ne peut pas venir, Allie non plus !

— Eh ! a protesté Bridget.

Je lui ai adressé un sourire triomphant.

Harley a froncé le nez.

— C'est un peu différent.

— En quoi ? ai-je demandé en arquant les sourcils.

— Allie est ma meilleure amie ! a répondu Bridget.

J'ai haussé les épaules.

— BJ est mon meilleur ami.

— Allie est une fille, a clarifié Harley inutilement.

Je me suis désignée du doigt.

— Tu me discrimines parce que mon meilleur ami est un garçon ?

— Non, je te discrimine parce que vous passez votre temps à vous envoyer en l'air, a rétorqué Harley.

— Bon, mais il faut dire que BJ…, a commencé ma mère en bougeant la tête d'un côté et de l'autre.

Harley a dressé son index sans la regarder.

— Ce n'est pas le moment, Arina…

Ensuite il m'a adressé un haussement d'épaules impuissant, comme pour me dire qu'elle faisait de son mieux.

— Bridget pourrait préférer les filles…, ai-je objecté juste pour les emmerder.

— Ouais, mais non ! (Bridget a levé les yeux au ciel.) Donc ça ne compte pas.

— Si j'ai bien compris, ai-je grondé en carrant les épaules et en les toisant, je suis punie parce que j'ai une relation aimante et saine avec mon…

Harley a soupiré et marmonné :

— « Saine »… C'est un peu vite dit.

— … copain, ai-je terminé d'une voix forte pour couvrir la sienne. Que j'aime et qui m'aime. Nous exprimons nos sentiments l'un pour l'autre comme le fait l'être humain depuis que le monde est monde, et si nous vivions au temps de la Bible…

— Ce qui n'est pas le cas, est intervenue Bridget, que j'ai aussitôt fait taire d'un regard noir.

— Si nous vivions au temps de la Bible, disais-je, nous serions mariés, genre, depuis trois ans…

Harley a pris une profonde inspiration par le nez.

— Si seulement…

— Donc parce que je suis normale et que j'adore le sexe…

— Putain de merde…

Harley s'est de nouveau couvert les yeux.

— … et que j'ai la chance que le garçon avec qui je couche soit aussi mon meilleur ami, je suis punie ?

Harley a grogné et s'est tourné vers Bridget en grimaçant.

— Désolé, Bridget.

— Quoi !? s'est-elle exclamée, les yeux écarquillés.

— Elle… Malheureusement, elle n'a pas tort. (Il a haussé les épaules.) Plus ou moins…

— Plus ou moins ? ai-je répété, vexée, mais ils m'ont ignorée.

— Pas de Ballentine en Italie, a décrété Harley avant de s'éloigner.

Une semaine plus tard, Bridget et moi étions allongées au beach club de l'hôtel sur leurs bains de soleil orange. Je ne sais pas où étaient nos parents. Je crois me rappeler avoir vu ma mère embarquer sur un yacht toute seule un peu plus tôt, et Harley près de la piscine en compagnie d'une femme qui n'était pas la sienne.

Bridget était plongée dans *Une vie comme les autres* de Hanya Yanagihara pendant que je parlais avec BJ sur FaceTime. Je me plaignais de tout en lui montrant mon bikini Triangl rose vif et mon bronzage.

Il n'arrêtait pas de dire qu'il allait sauter dans un avion pour me rejoindre, que Harley ne pouvait pas l'en empêcher, qu'il ne possédait pas toute l'Italie. À dix-neuf ans, BJ était tellement fun. Aucun obstacle ne pouvait l'arrêter. Il était fougueux, culotté, sûr de tout et de rien en même temps.

Avec le recul, je me rends compte qu'il ne s'était pas encore remis de sa blessure. Qu'il dérivait, perdu, sans savoir quoi faire. Il avait fréquenté l'université brièvement – tellement brièvement que ça ne vaut même pas la peine d'en parler.

Je n'arrive pas à me rappeler si, à cette époque, il avait déjà laissé tomber. Ce qui est sûr, c'est qu'il était très déprimé, ayant compris que son avenir ne ressemblerait pas à ce qu'il s'était toujours imaginé. La manifestation de ce mal-être consistait à être le copain le plus attentif et protecteur de la planète, à faire la fête comme si sa vie en dépendait et à consolider son statut de mannequin parmi les plus demandés de sa génération.

J'aimais assez l'idée du drame que provoquerait probablement l'arrivée de BJ en Italie en dépit de l'interdiction de mon père, mais cela lui aurait fait rater un shooting pour Vetements, et je l'ai convaincu de renoncer.

Après avoir raccroché, je me suis tournée vers ma sœur allongée près de moi et l'ai fusillée du regard. J'avais envie de me disputer. Mais elle était en train de lire. Pas comme il m'arrive de le faire quand j'ignore quelqu'un et que j'attends que cette personne remarque mon manège pour continuer à la snober. Elle lisait vraiment, si bien qu'elle n'a pas remarqué le regard assassin que je lui adressais.

Je me suis raclé la gorge, l'ai de nouveau foudroyée du regard – elle n'a même pas levé les yeux.

Je me suis de nouveau raclé la gorge sans cesser de la regarder intensément, et, toujours sans lever les yeux, elle m'a demandé :

— Tu as besoin d'un verre d'eau ou quelque chose ?

— Bridget ! ai-je grondé.

— Quoi ?

Elle s'est enfin décidée à lever les yeux de son bouquin.

— Je suis en colère contre toi ! ai-je déclaré.

— Oh non, a-t-elle dit d'un ton complètement indifférent avant de se replonger dans sa lecture.

— Tu sais, c'est entièrement ta faute s'ils ne sont pas là.

— C'est la tienne, point, a-t-elle répliqué sans lever le nez de son livre. Parce que tu es égoïste et que tu as fait en sorte qu'Allie ne vienne pas. Quant à BJ, s'il n'est pas là, c'est uniquement parce que tu es une stupide petite traînée.

J'ai aussitôt sauté sur mes pieds.

— Je ne suis pas une traînée ! (Je suis restée bouche bée, outrée. J'ai croisé les bras sur ma poitrine.) C'est toi, la traînée !

Elle a levé les yeux au ciel.

— Je suis vierge.

— Oui, je sais. (Je lui ai décoché un regard.) C'est douloureusement évident.

Elle s'est redressée en fronçant les sourcils.

— Il y a des gens qui veulent coucher avec moi, s'est-elle défendue d'un ton suffisant.

— Qui… ? ai-je demandé, intriguée. Tu inventes, ou tu as des noms à me fournir ?

— Rowan MacCauley m'a invitée à sortir avec lui la semaine dernière, et Raphael Aldebrandi m'envoie plein de selfies sur Snapchat, et ils sont genre…

Elle m'a lancé un regard en coin.

— Indécents ? ai-je demandé, alarmée.

Elle a secoué la tête.

— Juste, très… disons… suggestifs. Torse nu, orientés vers le bas, un début de poils…

J'ai tiré la langue, dégoûtée, avant de me redresser un peu, intéressée.

— Qui d'autre, alors ?

— Timothy Cadwallader. Et Dean.

— Oh, là, là… (J'ai cligné des yeux.) Couche avec Dean.

— Non… (Elle a levé les yeux au ciel.) Il est…

— Super hot, l'ai-je coupée.

— Oui. Mais complètement débile.

— C'est-à-dire ?

J'ai froncé les sourcils, n'arrivant pas à croire qu'un mec qui ressemblait à Ryan Phillippe dans les années 1990 puisse être débile.

Elle a arqué un sourcil.

— Tu ne le suis pas sur Snapchat ?

J'ai levé les yeux au ciel. Quelle question ridicule !

— Je ne suis pas des gamins de quinze ans sur les réseaux sociaux. Je ne suis pas un prédateur sexuel…

— Tu as seize ans, m'a-t-elle rappelé.

J'ai haussé les épaules avec désinvolture.

— Presque dix-sept.

— Mais seize, du coup…

J'ai soufflé par le nez, et on s'est disputées. Je soutenais que, étant donné que j'allais avoir dix-sept ans le mois suivant, j'avais clairement plus dix-sept ans que seize, mais elle n'arrêtait pas de répéter : « Oui, sauf que, du coup, tu en as seize… », ce qui était super énervant, puisque, concrètement, elle avait raison, non ?

Bref. Ensuite, on a vraiment eu une grosse dispute. Elle a dit qu'elle avait passé les trois derniers jours à ne rien faire avec la personne la plus chiante de la planète, qui passe son temps à parler de mode et à bitcher sur des membres de la high society dont tout le monde se fout. (« Si tout le monde s'en fout, explique-moi pourquoi *Tatler* existe ? », lui ai-je demandé méchamment, ce à quoi elle m'a répondu : « Il n'y a que les gens dont on parle dans *Tatler* qui lisent *Tatler* », et j'ai rétorqué : « Eh bien, on parle de moi dans *Tatler.* ») Ensuite elle a dit que j'étais égocentrique, la pire personne avec qui partir en vacances, et, quand je lui ai demandé de m'expliquer pourquoi, elle a décrété que tous les jours nous faisions uniquement ce que moi, j'avais envie de faire, « à savoir rien », qu'elle en avait ras le bol, et que le lendemain elle irait prendre un cours de cuisine en ville et que je n'étais pas invitée, même si je voulais venir.

— Je n'ai aucune envie d'apprendre à cuisiner ! ai-je crié après elle.

— Évidemment ! a-t-elle sifflé en s'éloignant de moi à reculons. Tu es trop limitée !

Cette nuit-là, chacune a dormi dans sa chambre, et j'ai été brièvement reconnaissante que nos parents se soient montrés bêtement dépensiers.

J'ai appelé BJ et pleuré un peu, mais ça m'a plus agacée qu'autre chose, parce qu'il a toujours adoré ma sœur et que pour rien au monde il ne lui aurait cassé du sucre sur le dos, même pour me faire plaisir. Je lui ai pourtant rapporté toutes les horreurs qu'elle m'avait dites, il n'a fait que me sourire d'un air d'excuse tout en répétant « Ah ».

Alors je me suis énervée contre lui et j'ai appelé Paili et Perry pour me plaindre de Bridget. Ils se sont montrés bien plus dociles. Ils étaient entièrement d'accord avec moi : ma sœur était grossière, insolente et désagréable. Je ne me suis pas sentie mieux pour autant, et j'ai affreusement mal dormi. En effet, la seule personne avec qui je déteste encore plus me disputer que Bridget, c'est BJ, et apparemment je m'étais mis les deux à dos.

Le lendemain matin, pendant le petit déjeuner avec nos parents – le seul moment de la journée où nous étions sûres de les voir –, Bridget m'a demandé si je voulais l'accompagner au cours de cuisine. Encore de mauvaise humeur, je me suis contentée de lever les yeux au ciel en soupirant : « Genre… »

Ce jour-là, je suis donc retournée au beach club toute seule, et j'ai fait ce que j'avais fait les jours précédents, à la différence que, cette fois, j'ai détesté.

D'abord, des hommes dégoûtants (âgés d'une vingtaine à une cinquantaine d'années) n'ont pas arrêté de venir m'importuner, à tel point que j'ai fini par demander un feutre à un serveur et écrit « J'ai 16 ans » sur une serviette en papier que j'ai posée sur la table d'appoint près de ma tête. Ce ne serait jamais arrivé si Bridget avait été là. Pas parce qu'elle n'était pas belle – elle était magnifique –, mais parce qu'elle dégageait une sorte d'énergie « Me faites pas chier », dont je suppose que j'ai toujours manqué, vu le nombre de fois où on m'a fait chier.

Mais, au-delà de ça, je n'ai pas aimé être seule.

Je n'ai pas aimé n'avoir personne avec qui partager mes pensées ou me disputer, et je n'ai pas aimé devoir me souvenir de boire un verre d'eau entre deux limoncello spritz, ni rester assise là toute la journée à écouter ce terrible silence intérieur qui survient quand vous avez du temps pour réfléchir et personne pour le remplir. Je me suis demandé pourquoi, pendant des vacances en famille, je n'avais aucun membre de ma famille auprès de moi.

J'ai fini par remonter dans ma chambre et m'installer sur le balcon avec un livre.

Les balcons des suites Prestige ont une vue absolument incroyable sur la Méditerranée et la côte amalfitaine… J'y ai passé la fin de l'après-midi à lire *Extrêmement fort et incroyablement près*, m'efforçant d'ignorer le tourbillon de pensées qui ne cessaient de me ramener à mes interrogations sur ma famille.

— Tu lis ? a lancé derrière moi ma sœur d'une voix un chouïa moqueuse.

— Alléluia ! (J'ai sauté sur mes pieds et me suis jetée à son cou.) Tu es rentrée !

Elle a fait une grimace confuse.

— J'ai passé une journée complètement nulle et terrible ! lui ai-je expliqué en l'entraînant sur le balcon. J'ai compris que ne rien faire n'est fun qu'en bonne compagnie. Et aussi que les hommes sont affreusement envahissants et inconvenants quand ils voient une fille seule… (Elle a eu l'air inquiet.) Et puis, en fait, je crois que je n'aime pas tant que ça être toute seule…

Bridget a levé les yeux au ciel.

— Sérieux ?

— … Donc demain, quoi que tu veuilles faire, je suis partante !

Elle m'a gratifiée d'un regard soupçonneux.

— Tu veux faire le sentier des Dieux avec moi ?

— Oh non ! me suis-je exclamée sans réfléchir avant de marquer une pause pour élaborer une réponse plus diplomatique.

Euh… C'est juste que ça a l'air tellement… fatigant… (Je lui ai lancé un sourire rapide.) Tu n'aurais pas une autre idée ?

Elle a plissé les yeux, agacée.

— Pompéi, a-t-elle annoncé en croisant les bras. Demain, je vais à Pompéi.

— Formidable ! Ça a l'air génial, et super relaxant. Rien ne m'évoque plus les vacances que du sang et des fluides corporels vaporisés par une coulée pyroclastique !

Je lui ai adressé un sourire éblouissant.

— Comment tu sais ça ? a-t-elle marmonné en me dévisageant avec méfiance.

J'ai haussé les épaules.

— National Geographic.

— Oh !

Elle a fait la moue et tambouriné des mains sur la table, probablement un peu moins excitée par l'excursion, maintenant qu'elle s'était rendu compte qu'elle n'allait pas pouvoir m'abreuver toute la journée d'informations édifiantes sur la stratigraphie.

— Tu crois que ce sera toujours comme ça ? ai-je fini par lui demander. Eux et nous ?

— Comment ça ?

— Je veux dire… (J'ai réfléchi à la façon de résumer le flot de pensées qui s'étaient entrechoquées dans ma tête toute la journée.) Quand nous voyageons avec BJ et sa famille, Lily et Hamish ne partent pas de leur côté – ou si, peut-être qu'une fois pendant toutes les vacances ils iront faire une activité d'adultes tous les deux… Mais le reste du temps, ils font des trucs avec nous, nous emmènent à droite à gauche, ou au minimum ils dînent avec nous et tout ça.

— Papa et maman prennent leur petit déjeuner avec nous, a offert ma sœur en arquant les sourcils, consciente que c'est terriblement pathétique.

— Ouais, genre ils mangent un demi-grain de raisin et ciao !

Bridget m'a regardée.

— Ils ne passent même pas la journée ensemble…, ai-je ajouté.

— Oui, je sais…

— Alors pourquoi est-ce qu'ils nous amènent ?

— Parce que c'est ce qu'ils sont censés faire… (Elle a soupiré.) Ils font de leur mieux.

J'ai levé les yeux au ciel.

— Tu parles !

— Si, je crois… à leur façon, a-t-elle dit, le menton dans la main. Mais pour répondre à ta question, oui, je pense que ce sera probablement toujours comme ça. Plus ou moins.

— Tu n'aurais pas voulu qu'ils nous aiment plus ? ai-je demandé à voix basse et rapidement. (Je crois que c'était la première fois que j'exprimais ce souhait à haute voix, devant elle, du moins.) Ou que nous soyons moins seules ? me suis-je empressée d'ajouter pour atténuer l'intensité de ma question précédente. Ou que ce soit différent ?

— Un peu. (Elle a pincé pensivement les lèvres.) Parfois… je veux dire oui, bien sûr… (Elle m'a regardée.) Mais, Magnolia, ce n'est même pas ce que tu veux…

J'ai froncé les sourcils, contrariée qu'elle prétende m'expliquer ce que je veux et ne veux pas.

— Bien sûr que si !

Sur ce balcon de Positano, ma petite sœur de quinze ans m'a décoché un regard sévère.

— Tu as une vie sexuelle extrêmement active pour une fille de dix-sept ans… (« Je croyais que j'avais seize ans ! », l'ai-je interrompue parce que nous sommes sœurs.) Si tu avais des parents normaux qui s'intéressaient à toi… (Elle a fait une grimace gênée, parce que c'était difficile à imaginer. Difficile à concevoir.) De toute évidence, ta relation avec BJ serait totalement différente, a-t-elle conclu presque sur un ton d'avertissement.

Je lui ai lancé un regard de défi. Je n'avais aucune intention de leur être redevable de quoi que ce soit, encore moins d'une des meilleures parties de mon adolescence.

— BJ a une mère géniale, absolument normale, et il…

Bridget a levé les yeux au ciel.

— Lily vit dans le déni. Elle croit BJ vierge.

— Quand tu y penses, c'est une aptitude tout à fait incroyable, me rappelé-je avoir déclaré, songeuse. Je devrais peut-être essayer de la développer.

Bridget m'a jeté un regard exaspéré.

— Ce que je veux dire, c'est qu'il y a des avantages à avoir les parents que nous avons…

— Lesquels, sérieusement ? À part pouvoir s'envoyer en l'air tranquillement, ce qui, comme nous venons de l'établir, est également possible avec de bons parents…

— Eh bien… Prenons le cas de Romilly… (Qui, pour que vous ayez une idée du contexte, n'allait pas tarder à être arrachée de Varley et notre petite bande.) Son père est complètement taré. Et il est autoritaire, bourré de préjugés et ne la laisse pas respirer. Du coup, elle pense exactement comme lui…

— Pas du tout… ! ai-je protesté en levant les yeux au ciel.

— Bien sûr que si ! Et Cassius Followill, c'est pareil. Dès qu'il ouvre la bouche, on croirait entendre son père. Il s'est disputé avec M. Driessen en cours de SVT parce qu'il ne s'était pas référé à l'évolution comme étant une « théorie parmi d'autres »…

Je lui ai lancé un regard dubitatif.

— Romilly est tout le temps en train de parler de Dieu… Je vois bien qu'elle n'est pas convaincue. Elle pense qu'elle y croit parce que son père leur bourre le mou.

— Il est pasteur, c'est un peu son boulot…, ai-je fait remarquer.

Ma sœur a secoué la tête.

— Nos parents nous ont fait un cadeau sans le vouloir : de même qu'ils se sont pas mal fichus de nous inculquer des principes, ils n'ont jamais prétendu se mêler de nos choix.

J'ai reculé la tête, légèrement horrifiée par la terrible vérité que contenait cette phrase.

— Nous pouvons décider nous-mêmes qui nous sommes, Magnolia… (Elle a secoué la tête, les yeux brillants.) C'est une chance.

Je me suis sentie m'affaisser un peu.

— Je ne sais pas qui je suis…

Elle m'a regardée avec beaucoup d'assurance.

— Moi, je sais qui tu es.

— Qui ? ai-je demandé, les sourcils arqués.

Elle a froncé tout le visage, cette nouvelle mimique chez elle qu'elle ne cesserait plus de faire jusqu'à récemment. Du haut de ses quinze ans, elle s'apprêtait à livrer le premier de ses diagnostics invraisemblablement justes, toujours honnêtes et souvent brutaux.

— Tu es assez compliquée, a-t-elle commencé, pensive. Intelligente – bien plus que les gens ne le pensent et que tu ne veux le faire croire. Tu te caches derrière ta beauté. Tu penses que si les autres croient que tu te résumes à ça, quand quelqu'un te décevra, ça te fera moins mal que si cette personne te connaissait vraiment…

Je me rappelle avoir froncé les sourcils, contrariée par cette hypothèse, même si à l'époque j'ignorais si elle était fondée ou non.

Je lui ai lancé un regard de défi.

— Rien de tout ça ne me définit. Il s'agit seulement de choses que je suis susceptible de faire.

Elle m'a regardée avec impatience et a soufflé par le nez.

— Tu es Magnolia Katherine Juliet Parks. Tu es le produit de la rencontre de deux génies créatifs, par ailleurs idiots et totalement irresponsables. Tu es obsessionnelle, minutieuse, pédante, mais aussi affectueuse, généreuse, débile et attentionnée. Oui, tu es tout ça, notamment parce que nos parents sont comme ils sont. Et peut-être que tu refuseras cette réalité toute ta vie, ce n'est pas grave. (Elle m'a lancé un regard beaucoup trop avisé pour une fille de son âge, mais elle était comme ça. Elle l'a toujours été.) Je doute qu'ils se transforment du jour au lendemain en Lily, Hamish ou Rebecca… À mon avis, ils ne changeront jamais. Tu te dis peut-être que tu es mal partie dans la vie parce qu'ils ne t'ont pas donné de carte routière et qu'ils ne semblent pas non plus particulièrement intéressés par l'idée de t'en dessiner une. Te connaissant, je sais que, du coup, tu auras énormément de mal à les accepter comme tes parents et que, par conséquent, tu te sentiras probablement perdue la majeure partie de ta vie… (Alors là, j'ai franchement boudé, mais elle n'en a rien eu à faire.) Donc si un jour tu te sens perdue parce que tu ne sais pas qui tu es et que tu n'as pas l'impression d'être leur fille, comme si « Parks » était juste un nom que le hasard avait décidé que tu partagerais avec eux, rappelle-toi que moi, je sais qui tu es, et que tu es ma sœur et qu'on porte le même nom.

Une de mes deux plus grandes sources de fierté, incontestablement.

Être la sœur de Bridget, être aimée de BJ.

Je trouve curieux que les plus grandes sources de fierté ne puissent rien contre la douleur palpitante de votre plus ancienne et plus profonde blessure. Votre cerveau essaie pourtant de vous faire croire le contraire.

Grâce à Bridget et à sa liste, nous avons vécu des semaines incroyables.

Après le Cambodge, nous sommes allés au Myanmar, puis en Thaïlande, d'abord aux fameuses cascades, et ensuite parcourir cette satanée boucle de Mae Hong Son (taisez-vous, je ne veux pas en parler. J'ai failli y laisser ma peau cinquante fois. Ce salopard de BJ n'a pas arrêté de faire des embardées exprès pour que j'aie peur et que je m'agrippe à lui. Je sais bien ce que vous pensez – comme c'est sexy et mignon ! Je peux pourtant vous garantir que ce n'était ni l'un ni l'autre). L'*Amanpuri* ne figurait pas sur la liste de Bridget, mais nous y avons quand même séjourné parce que, honnêtement, j'avais besoin de récupérer – si vous saviez le genre d'hôtels dans lesquels ces petits marrants m'ont fait dormir, vous douteriez de qui je suis.

Je parle d'établissements avec des tarifs à deux chiffres – même pas trois, deux ! Inimaginable.

Bref. Ensuite, nous sommes allés voir la plaine des Jarres, au Laos. Taura aurait adoré.

Nous sommes à présent aux Philippines, sur l'île de Banwa, après un marché que j'ai conclu avec les autres au moment où nous avons abordé le délicat sujet de la boucle de Mae Hong Son.

Avant cette petite pause, nous sommes allés voir les rizières en terrasses d'Ifugao, puis nous avons passé une semaine sur l'île de Coron. Bridget voulait plonger dans la baie parmi les épaves qui s'y trouvent en quantité. Bien sûr, nous l'avons fait pour elle, une expérience assez terrifiante en ce qui me concerne, mais aussi un petit peu merveilleuse…

À Coron, nous sommes également allés voir le Twin Lagoon et le Barracuda Lake, qu'Allie avait ajoutés à la liste.

— Yo…

Henry s'assied sur le bain de soleil près du mien. BJ donne une leçon de golf à sa sœur. Henry était censé s'en charger, mais je me doutais que ça ne durerait pas. Il est trop pragmatique, trop logique – et drôle et gentil, bien sûr. Si Romilly et lui ont des enfants un jour, j'espère qu'ils appelleront BJ pour qu'il leur apprenne à faire de la bicyclette, parce que, étant l'unique apprentie cycliste ayant eu Henry comme professeur, je peux vous assurer qu'il n'a pas la patience nécessaire.

Il n'arrêtait pas de me laisser tomber… J'avais six ans, je crois. Je ne sais pas, j'ai le souvenir de m'être beaucoup cogné la tête et écorché les genoux comme jamais. Nous étions dans la propriété des parents de Hamish à Much Hadham. Je revois Hamish sortir de la maison, blanc comme un linge. Henry s'est pris un sacré savon. BJ l'a remplacé – tellement mignon, toujours – et une heure plus tard je pédalais en tous sens.

— Qu'est-ce que tu fais ? me demande-t-il en se rapprochant de moi.

— Rien, je pense, dis-je en haussant les épaules.

Il arque les sourcils.

— Tu penses à…

— Des vacances. (Je souris.) Avec Bridget et mes parents. Les dernières qu'on a passées juste tous les quatre.

— C'était quand ?

— Oh… (Je secoue la tête.) Il y a neuf ans, à peu près.

Il fronce brièvement les sourcils.

— Quoi ? demandé-je.

— Désolé… (Il s'empresse de secouer la tête.) Je ne voulais pas… Je trouve ça vraiment pourri, c'est tout.

— Ouais, approuvé-je en hochant la tête.

En fait, je me dis que ça résume parfaitement mes réflexions.

C'est pourri.

J'ai du mal à accepter la réalité. Surtout la partie où les gens ne seront pas nécessairement qui vous voulez qu'ils soient ou ce que vous auriez besoin qu'ils soient.

S'en rendre compte peut être assez effrayant.

Dans la vie, certaines révélations vous frappent de manière éclatante, et d'autres sont comme le soleil montant lentement au-dessus de l'horizon, progressant avec une subtilité et une grâce telles que vous ne vous apercevez que vous êtes en train de comprendre quelque chose qu'une fois l'astre au zénith, quand sa lumière éblouissante vous brûle la rétine…

Ni mon père ni même ma mère ne seront jamais les parents que j'aurais aimé qu'ils soient quand j'en avais besoin.

Même si du jour au lendemain Harley devenait le meilleur père du monde, j'ai vingt-cinq ans. Je n'ai pas besoin d'un père maintenant. J'en avais besoin quand j'avais sept ans, et douze, et quinze, et dix-sept. Aujourd'hui, je suis une adulte et je n'ai plus besoin de lui, sauf d'une manière qu'il ne peut plus m'offrir, maintenant.

Et ça ne veut pas dire que je ne ressens plus cette triste angoisse au fond de moi. Elle ne m'a pas quittée. À quoi est-ce qu'elle renvoie ? Aucune idée. À un manque que j'ai toujours eu et qui restera là en sommeil, insatisfait, jusqu'à ma mort ?

En tout cas, c'est tragique. Peu importe que mes parents s'améliorent, peu importe que les infidélités et les liaisons prennent fin. Même si ma mère arrête de fréquenter des garçons de mon âge, même si Harley devient un putain d'eunuque. Peu importe à quel point ils évoluent et se bonifient, je n'aurai jamais la mère et le père dont j'avais besoin. J'ai peut-être eu une variante, mais ayant passé beaucoup de temps avec les Ballentine, je sais ce qui m'a manqué.

— Hey… (Henry me donne un coup de coude.) Je ne suis pas ton père.

— Ah non ?

Je le regarde comme s'il était débile, mais il m'ignore.

— Mais je suis ton frère.

Mon visage se détend.

Il me désigne de la tête, lève fièrement le menton.

— J'ai l'impression d'avoir participé à la construction de la femme que tu es devenue…

Je hoche la tête pour marquer mon approbation totale.

— Peut-être même plus que mes supposés parents.

Il lève les yeux au ciel.

— Je sais que tu as cette vieille peur d'être seule, et que la mort de Bridget… t'a en quelque sorte exclue au sein de ta propre famille. Probablement d'une façon terriblement douloureuse pour toi…

Je fronce les sourcils et plonge mon regard dans le sien.

— Bridget ? C'est toi ?

Il lâche un petit rire, puis soupire.

— On dirait, non ? (Il oriente son corps de façon à me regarder bien en face.) De toute évidence, je ne peux pas… tu sais… rattraper les conneries de Harley. Ni faire en sorte qu'il se comporte comme un père. Ou s'excuse ou soit là quand il devrait. Mais moi, je peux être là. (Son ton est très solennel.) Je sais que tu le sais, mais tu n'as pas besoin d'eux, Parks… Tu n'as plus besoin de parents. De toute façon, tu as grandi sans eux. Et ce que tu as maintenant, c'est nous.

Il me regarde calmement.

— Moi, BJ, Taura, Romilly, les garçons. Mes parents. Gus. Une famille triée sur le volet.

Je ne sais pas quoi dire. Je ne sais pas exprimer ce genre d'émotions. J'appuie donc ma tête sur son épaule.

— Est-ce que tu voudras bien m'accompagner jusqu'à l'autel ? lui demandé-je. Au mariage ?

Il baisse les yeux vers moi et sourit doucement.

— Ce serait un honneur.

79

Magnolia

Il y a un volcan sur la côte orientale de Java qui s'appelle Kawah Ijen. Dès que nous avons commencé à nous renseigner sur lui, nous avons compris pourquoi Bridget avait eu envie de s'y rendre.

Parmi ses destinations incontournables, certaines ne m'ont qu'à moitié convaincue. De toute évidence, traverser la Thaïlande n'a pas été un succès, en ce qui me concerne. Quant à la grotte Hang Son Doong, j'ai vraiment cru que je ne reverrais jamais la lumière du jour.

Mais, avec tout ce feu bleu électrique, le volcan m'intrigue, j'avoue.

Nous avons visité un site mégalithique nommé Gunung Padang dans la province de Java occidental, que j'ai estimé aussi époustouflant qu'assommant.

BJ a adoré, tout comme la plaine des Jarres au Laos. Vous savez pourquoi ? Parce que les deux sites lui ont donné l'excuse d'évoquer l'anniversaire de Taura où je m'étais transformée en experte ès cailloux afin d'impressionner le guide et de le contrarier.

Chaque fois que Henry ou Allie s'étonnaient distraitement de quelque chose, il disait : « Mieux vaut demander à une personne compétente… Parks ? » Ou : « Oh, Magnolia est une spécialiste des pierres, pas vrai, Parksy ? »

Les préparatifs de l'excursion sur le Kawah Ijen ont été assez éprouvants. Avant de gravir le volcan, vous devez loger à Banyuwangi, ce qui déjà, en soi, met votre âme à l'épreuve.

BJ a passé un bon moment à chercher des établissements « adaptés à Magnolia » dans la ville de Banyuwangi, laquelle n'offrait guère un grand choix d'options. J'ai vraiment tout essayé pour les convaincre de prendre nos quartiers dans un resort digne de ce nom et de simplement nous faire déposer au sommet par un hélicoptère. Je crois que BJ en a eu vraiment ras le bol que je me penche par-dessus son épaule et commente : « Onze livres pour une chambre d'hôtel ?! Ce n'est même pas le prix d'un jus vert correct ! » Pendant ce temps, Henry n'a pas arrêté de me dire des trucs méchants du genre : « Tu sais, il n'est pas trop tard pour renoncer. »

J'ai fini par me fâcher et partir. Henry m'a suivie et m'a demandé : « Parks, tu crois que Bridget irait en hélicoptère ? » Bien entendu, j'ai été obligée de reconnaître que non, et il a haussé les épaules et conclu : « Alors nous non plus. »

Voilà comment nous avons terminé au *Dialoog Banyuwangi* à 180 livres la nuit. Bon, ce n'est pas exactement le *Ritz*, mais ce n'est pas non plus un passage souterrain à Hackney.

Quand nous sommes entrés dans notre suite, BJ m'a jeté un coup d'œil inquiet, attendant mon verdict.

— La décoration est un peu kitsch, ai-je dit.

Il a levé les yeux au ciel et passé ses bras autour de ma taille.

— Tu es prête pour demain ?

Le volcan est la dernière destination notée par Bridget sur sa liste.

J'ai haussé les épaules et lui ai fait un petit sourire.

— Comment je me sentirais, si j'étais prête ?

— Je ne sais pas. Je ne sais pas si tu seras vraiment prête un jour, Parksy. (Il m'a embrassée sur le crâne.) Mais, dans un cas comme dans l'autre, ça va aller, tu verras.

BJ et Allie se sont donné beaucoup de mal pour organiser l'excursion. Nous avons un guide, et un porteur montera de quoi déjeuner – apparemment, il n'y a pas de restaurant au sommet.

Pour la première fois de toute notre histoire, c'est BJ qui a sélectionné ma tenue. Il a dit que mon cerveau n'était pas équipé pour m'habiller pour cette expédition, et qu'il n'était pas question que je « crapahute sur un volcan en robe de bal ». Ce à quoi j'ai rétorqué : « Tu me prends pour une idiote ? », et il a dit : « OK. Montre-moi ce que tu choisirais. » Je lui ai montré l'ensemble polo-jupe blanc Love Parade de chez Gucci, et il a levé les yeux au ciel. Mais quand j'ai tendu la main pour prendre mes bottes noires Rockoko de chez Fendi, il a immédiatement dit non et m'a écartée de ma(es) valise(s).

Ainsi, conformément à son choix, je porte le legging Barocco et la brassière de sport assortie (Versace, évidemment), avec les chaussures de randonnée Peka Trek noires de chez Moncler – affreusement encombrantes. BJ m'a prêté son sweat à capuche Intern noir de chez Off-White. Notre excursion a l'air d'être sponsorisée par Condé Nast Traveller – pas littéralement, évidemment. Aucun de nous n'avait besoin d'un quelconque financement.

BJ a également préparé un sac à dos contenant des bouteilles d'eau, des snacks et Bridget. Je l'ai aussi vu y glisser mon miroir de poche – je l'aime.

Quand je lui ai fait remarquer : « Je ne suis pas sûre que Bridget apprécierait de passer la nuit dans ton sac », il a répondu : « Tu crois que je devrais laisser la fermeture Éclair un peu ouverte pour qu'elle puisse respirer ? » Ça lui a valu un regard furieux de ma part, mais au fond j'ai trouvé ça assez drôle. Je me suis demandé ce que ça signifiait. Que je pouvais désormais rire en parlant de ma sœur ? C'est une bonne chose ou pas ?

Nous avons dîné très tôt. À la fin du repas, à 17 h 30, on nous a fait prendre un Nytol pour nous assurer quelques heures de sommeil. Car figurez-vous que l'excursion – le calvaire, devrais-je dire – commence à minuit.

Permettez-moi tout d'abord de protester. Qu'est-ce que c'est que cette histoire ? Un stupide bizutage d'étudiants ? Non, juste ma sœur qui, encore une fois, se fait un plaisir de m'emmerder depuis l'au-delà.

Je profite du trajet en voiture d'une heure et demie jusqu'au pied de la montagne pour dormir.

J'ai toujours aimé dormir en voiture avec BJ. C'est magique : je m'endors contre lui et me réveille là où je suis censée être. C'est comme un raccourci spatio-temporel. J'aimerais pouvoir y recourir dans de nombreux aspects de ma vie.

Quand nous sommes arrivés à l'aire de stationnement au pied du volcan Kawah Ijen, BJ m'a réveillée en me caressant les cheveux et en m'embrassant sur la tête.

Apparemment, ça n'a pas marché, puisque j'ai finalement été tirée du sommeil par Henry tapant bruyamment des mains devant mon visage. Sa méthode lui a valu d'être traité de « gros con » par BJ. Forcément, une dispute s'est ensuivie, et comme les garçons Ballentine supportent étonnamment mal de dormir moins de neuf heures, ça a dégénéré.

Allie et moi nous sommes adossées contre la camionnette tandis que notre guide les regardait avec amusement. Il a fini par sortir son téléphone pour filmer, pas parce qu'il savait qui ils étaient – j'en doute –, mais parce que c'était une bonne bagarre, comme toujours avec eux.

Ce n'était franchement pas grand-chose, sauf qu'à un moment Henry a poussé BJ qui a failli laisser tomber Bridget. Ça les a calmés d'un coup… Allie et moi avons étouffé un cri et nous sommes ruées sur l'urne. Les garçons étaient tellement secoués qu'ils se sont arrêtés net et tournés vers nous, piteux, en riant nerveusement.

J'ai levé les yeux au ciel et me suis dirigée vers notre guide, qui nous a fait essayer des masques à gaz.

— Très sexy, me lance BJ avec un grand sourire en me regardant régler le mien.

Je me contente de le foudroyer du regard afin de lui signifier ma désapprobation face à son comportement récent.

— Tu vas avoir trente ans, lui fais-je remarquer.

— Arrête ! s'exclame-t-il, vexé. Putain, j'ai vingt-sept ans.

— Tu approches de la trentaine.

— J'en suis encore loin, proteste-t-il d'une voix sévère.

Je lève les yeux au ciel.

— Tu as l'intention de continuer à te bagarrer avec ton petit frère quand on sera mariés et qu'on aura des bébés à nous ? lui demandé-je, sourcils arqués.

Il hoche la tête tout en resserrant la sangle de ma lampe frontale.

— S'il tape dans ses mains sous le nez de ma femme endormie, ouaip.

Je lève de nouveau les yeux au ciel, même si secrètement j'aime qu'il soit comme ça.

Nous nous mettons en route. L'obscurité est dense et la pente raide, ce dont je suis reconnaissante, car mon cerveau est particulièrement actif, aujourd'hui. Les pensées tourbillonnent dans mon esprit… Je suis heureuse que personne ne puisse voir mon visage pendant que je les traite, ou n'ait assez d'air dans les poumons pour en gâcher à discuter et interrompre mes réflexions.

J'ai vraiment l'impression de marcher, de grimper, plutôt, vers quelque chose.

Nous nous arrêtons brièvement au premier camp de base, où notre guide nous distribue les masques à gaz en nous indiquant qu'il est temps de les porter. Pas trop tôt : il règne une puanteur indescriptible. Je n'avais jamais rien senti de tel. Une fois équipés, nous nous remettons en route.

En tout, nous devons mettre une heure à atteindre les célèbres flammes bleues.

Le spectacle est – littéralement – à couper le souffle.

On dirait presque une rivière, mais en feu. Coulant sur les flancs d'une montagne, cette incandescence hallucinante, bleu électrique, mouvante, qui se répand comme de l'eau.

— Ça ne peut pas être réel…, dit Henry, la voix assourdie par son masque, les yeux écarquillés.

— Ce sont les gaz sulfureux, annonce Allie même si personne n'a rien demandé.

Mais ça me fait chaud au cœur. Je savais qu'elle nous expliquerait ce phénomène, parce que c'est ce qu'aurait fait Bridget.

— La lave est super chaude quand elle émerge de sous la croûte terrestre fissurée. Si nous étions venus en pleine journée, ça ressemblerait à n'importe quelle lave sur n'importe quel volcan. Mais il y a une telle concentration de gaz ici que quand il entre en contact avec la lave, il… prend feu, en quelque sorte. C'est la combustion du soufre qui est bleue, pas la lave.

Je ne dis rien, mais j'essaie de l'observer aussi attentivement, aussi méticuleusement que j'en suis capable. Comme si je pouvais transmettre cette vision à Bridget, où qu'elle soit.

Nous restons à contempler ce spectacle magique une demi-heure environ, puis notre guide donne le signal du départ : nous devons reprendre l'ascension si nous voulons arriver au sommet pour le lever du soleil.

Nous nous enfonçons donc de nouveau dans les ténèbres, trouées de minuscules points de lumière. Chacune de ces étoiles en mouvement qui parsèment les flancs de la montagne est une lampe frontale.

J'observe avec curiosité la façon dont ma progression semble convoquer dans mon corps la dernière année écoulée. Je marche péniblement, déroutée, dans la nuit épaisse. Je trébuche et tombe tout le temps – BJ essaie de m'aider, mais lui aussi avance dans le noir.

Je déteste cette impression de tâtonner. Pourtant, elle ressemble tant à la vie qu'il est impossible de la rejeter complètement.

Telle a été cette année, pour moi. Je l'ai détestée férocement dans sa majeure partie – mais n'est-ce pas ça, être humain ?

Poussée dans le lac sans fond du deuil et de la perte, j'ai lutté pour garder la tête hors de l'eau, me noyant, m'étranglant, survivant je ne sais comment et contre toute attente, avant d'en émerger comme dans une renaissance.

Quand nous atteignons le sommet, l'obscurité règne encore.

Logique. C'est à peu près ce que je ressens en général, en fait. Un peu comme si j'avais escaladé cette saloperie de montagne en espérant qu'en haut la lumière viendrait me délivrer, alors que, dix minutes plus tôt, je haletais, à bout de souffle, exactement comme j'ai sangloté il y a un mois en admirant une cascade que ma sœur aurait aimée.

Le chagrin est étrange. Il vous submerge, puis reflue. Il n'est pas contenu comme le champagne par un bouchon, qui saute en un « pop », le laissant se répandre en pétillant jusqu'à ce que la bouteille soit vide. Il ressemble davantage à un phénomène climatique. Au vent. Parfois, ce sont d'horribles rafales qui vous malmènent. Elles vous giflent les oreilles, vous forcent à fermer les yeux et vous glacent jusqu'aux os. D'autres jours, c'est une brise tiède qui vous caresse le visage. Elle n'est ni triste ni mauvaise, juste d'une tendresse indescriptible. D'autres jours encore, il arrive que vous ne perceviez même pas un souffle d'air. Ça a commencé à m'arriver – je ne sais pas encore comment je me sens par rapport à ça. Ce n'est pas que je ne pense pas à elle – je crois que, d'une façon ou d'une autre, je penserai à elle tous les jours jusqu'à ma mort. Mais, quand je le fais, je n'ai plus nécessairement l'impression qu'un vase en cristal explose dans ma poitrine. Ce qui ne m'empêche pas certains jours de me faire l'effet d'une verrerie située quelque part sur la faille de San Andreas en plein séisme. Mais il fut un temps où chaque jour ressemblait à la catastrophe redoutée en Californie – un état de destruction totale. Je suppose qu'il est révolu.

Et je la sens venir, comme le soleil que nous attendons de voir se lever. Le jour commence à poindre, et avec lui une autre révélation. Soudain, je sais ce que je dois faire. Je me demande si une part de moi l'a toujours su mais l'avait dissimulé au reste de ma personne, de peur que je ne me défile.

BJ me rejoint et m'enlace par-derrière, le menton sur ma tête. Il ne dit rien, parce qu'il n'en a pas besoin, parce que lui aussi, il sait, je pense. Bridget n'a pas préparé de testament, bien entendu.

Elle était si jeune, trop pour songer à des démarches aussi terribles. Comment aurait-elle pu se préoccuper d'actifs et de ce qu'il convenait d'en faire – les transférer à des associations caritatives ou autres, je suppose ? C'est ce que j'ai fait : je les ai répartis entre diverses organisations dont je savais qu'elle avait toujours soutenu les causes.

Il n'y a qu'une seule chose qui lui appartenait dont, en l'absence de testament, on est resté longtemps sans nouvelles, à savoir sa sœur.

Cependant, bien qu'il n'y ait aucune façon de le prouver, la plupart des informations dont nous disposons suggèrent que Bridget m'a laissée aux bons soins de Baxter James Ballentine.

C'est donc avec son menton sur ma tête et son corps pressé contre le mien que je trouve le courage de laisser mon cerveau affronter la pensée la plus effrayante que j'aie jamais eue de toute ma vie. Je déteste avoir à le faire, mais c'est comme ça. Tout ce qui est arrivé est déjà arrivé, et je ne peux rien défaire, rien changer. Et peut-être que tout se résume finalement à cette plante dans une fusée qui n'a presque plus de carburant et file vers l'obscurité la plus sombre et le néant infini, et que ma meilleure chance de survie, c'est de lâcher prise, de laisser derrière moi tout ce qui me blesse, tout ce qui m'a blessée.

Bridget, mes parents, la terrifiante impossibilité de contrôler le monde, et l'angoisse que cette impuissance éveille en moi…

Le soleil se lève, enfin, et je suis envahie par de multiples émotions – l'exaltation, le soulagement, la peur, la gratitude, la tristesse. La vue qui se révèle à moi semble surnaturelle ou d'une autre planète, et j'ai un peu l'impression de flotter hors de mon corps. Mais non. Mes pieds sont fermement plantés dans le sol près de ceux de mon fiancé, exactement là où Bridget les a laissés.

BJ resserre son étreinte autour de moi. Pile au moment où je crois que nous avons atteint le summum de notre proximité, il trouve toujours un moyen de se rapprocher. Je crois de tout mon cœur que Bridget ne serait pas partie sans savoir que j'avais BJ.

Je sais que ça peut paraître fou. Je sais qu'elle ne s'est pas suicidée. Je sais que ce n'était pas son choix – mais le corps en sait beaucoup plus que ce que nous voulons croire. Il emmagasine des pensées, des sentiments et des traumatismes. Que Bridget ait su consciemment ou non qu'elle avait un anévrisme n'a pas d'importance, parce que son corps, lui, savait, et je ne crois pas que la part d'elle qui savait aurait autorisé le reste de sa personne à partir si elle n'avait pas été sûre que tout irait bien pour moi.

Ce à quoi, sur une respiration, il est terriblement difficile de penser. Sur la suivante, je suis heureuse d'être là où ma sœur le voulait, et qu'elle ait pu partir en sachant que tout irait (à peu près) bien pour moi sans elle. Au moment exact où me vient cette pensée, le soleil projette sur l'urne de ma sœur une lumière magnifique et hors du commun – dorée, brillante, le genre de couleur que la nature crée exprès pour qu'elle ne quitte plus vos pensées.

Je jette un regard aux autres et prends l'urne dans mes bras.

— Nous allons avoir une conversation, leur annoncé-je.

Henry et Allie semblent légèrement déconcertés, mais pas BJ. Sans un mot, il me tend le miroir de poche Jay Strongwater, et je lui offre un sourire reconnaissant avant d'emmener Bridget un peu à l'écart.

Je la pose sur le sol et m'assieds près d'elle.

J'ouvre le miroir et je n'ai même pas besoin d'attendre. Je la vois, c'est tout.

Je déglutis avec nervosité.

— Je vais te laisser ici, dis-je.

— Désolée, quoi ?

Elle cligne des yeux.

— Eh bien, en fait, j'allais te jeter dans le volcan, mais ça sentait tellement mauvais, plus bas…

— Tu allais faire quoi ?

Je lui lance un regard.

— Je plaisante… (Elle secoue la tête.) Je plaisante. C'est bien, sœurette… (Elle me décoche un petit sourire.) Tu devrais.

Je hoche la tête, pas tout à fait sûre de moi. Je cherche toujours son approbation, quoi que je fasse.

— Vraiment ?

— Oui. (Elle hoche la tête.) Absolument.

Je hoche la tête aussi, et les larmes me montent aux yeux.

— J'ai peur de continuer sans toi.

— Magnolia…, soupire-t-elle en me lançant un regard où percent l'exaspération, la pitié et peut-être, avec un peu de chance, une touche de tendresse. Tu le fais déjà.

— Mais ça, c'est différent… (Je prends une grande inspiration par le nez.) Je ne sais pas comment… Je ne sais pas comment être… (je déglutis) moi… sans toi.

Elle incline la tête.

— Si, tu le sais.

Et je lève les yeux au ciel. Elle donne l'impression que tout est simple quand rien ne l'est, en l'occurrence.

— Tu ne peux plus être celle que tu étais avant, ça, c'est vrai… Cette Magnolia-là est morte avec moi. Mais celle-ci n'est pas mal…

Elle pointe le menton vers moi. Clairement, elle me cherche, et elle va me trouver, ce n'est pas difficile… J'ouvre la bouche pour protester, mais elle ne m'en laisse pas le temps.

— Celle-ci est super, affirme-t-elle d'une voix ferme.

Je lui lance un regard hésitant.

— Vraiment ?

— Ouais. (Elle hoche la tête, et peut-être même qu'elle a les larmes aux yeux aussi.) Je suis fière d'elle.

J'avale ma salive et hoche vivement la tête. J'expire longuement par le nez parce que je ne veux pas pleurer en haut de cette montagne devant des gens que je ne connais pas, mais je le fais quand même.

Quelques larmes s'échappent et roulent sur mes joues. Pour la première fois de ma vie, je ne m'empresse pas de les faire disparaître. Je les laisse là, j'essaie de ne pas me préoccuper de ce que quelqu'un les voie ou les utilise contre moi. Au lieu de ça, je les arbore même comme de minuscules médailles, des preuves infimes que je connaissais la plus chouette fille du monde, qu'elle est morte et que je suis toujours là, sans elle.

— Est-ce que tu as trouvé le paradis ? lui demandé-je parce que j'ai besoin de savoir pour tourner la page.

— Et toi ? rétorque-t-elle.

— Non.

— Alors non.

— Bridget…

Je lui adresse un regard qu'elle me rend.

— Magnolia.

— Attends… (Je me redresse.) Tu connais le sens de la vie, là-haut ?

Elle hausse les épaules.

— Ouais, probablement.

— Tu peux me le dire ?

— Magnolia… (Bridget plisse les yeux.) Pour la énième fois, si tu ne sais pas, alors moi non p…

— OK, OK… (Je secoue la tête, agacée parce qu'elle est agaçante.) Ne gâche pas le moment.

Elle me regarde longuement, avec émotion et tendresse, et je sais ce qui vient ensuite.

— J'aimerais que tu me laisses partir, maintenant, Magnolia.

— Pourquoi ? demandé-je, même si je crois le deviner.

— Parce que c'est ce qui doit arriver pour que tu ailles bien. Et tu vas aller bien.

Je hoche beaucoup la tête.

— Comment tu le sais ?

Elle me lance un regard un tout petit peu vexé et indigné.

— Parce que je te confie à une personne extrêmement capable.

Elle incline la tête en direction de la personne extrêmement capable en question, qui attend là-bas, en compagnie de son frère et de sa sœur, une lumière baignant son visage d'or, exactement comme l'est son âme, et je ne peux m'empêcher de penser que c'est ma sœur qui, ce matin, où qu'elle soit, a créé spécialement pour lui cette nuance dorée, de façon qu'il resplendisse pour toujours comme une éternelle promesse ensoleillée.

— Je t'aime, lui dis-je en reniflant.

— Je sais, dit-elle en haussant les épaules.

J'arque les sourcils.

— Tu souhaites prononcer quelques mots avant de partir ?

Elle fronce le visage.

— Euh…

— Par exemple… que tu seras toujours avec moi ? proposé-je.

Elle secoue la tête.

— La mort ne marche pas comme ça, si ?

— Ou bien que tu vivras à l'intérieur de moi ? suggéré-je à la place.

— Tu plaisantes ? Pas question ! (Elle fronce de nouveau le visage.) C'est beaucoup trop le bazar, là-dedans !

Je lève les yeux au ciel, un peu soulagée de sentir à quel point elle peut être pénible, parfois.

— Que je te sentirai dans le vent, ou quelque chose ? Je ne sais pas !

— Dans le vent ? Merde alors !

Je souffle par le nez, carrément énervée maintenant. Ce qu'elle peut être difficile ! Elle lève les yeux au ciel, énervée que je sois énervée contre elle.

— Et ça suffit, cette histoire de TCA, reprend-elle d'une voix sévère. Tu arrêtes avec ça, compris ?

Je ne dis rien, et elle me regarde avec insistance.

— Magnolia, tu es suffisamment intelligente pour compenser ton sentiment de perte de contrôle sans t'affamer et devenir l'ombre de toi-même.

Ça me semble raisonnable. Je hoche la tête.

— D'accord.

— Et continue d'aller voir un psy, ajoute-t-elle.

Aussitôt, je me rembrunis.

— Pourquoi ?

— Parce que tu es dingue, répond-elle sans hésiter.

— Eh…, protesté-je en fronçant les sourcils.

— Et… (Elle me lance un regard pénétrant avant de livrer sa recommandation suivante.) Tu devrais essayer de pardonner à Harley…

— Tu es folle ? (Je regarde fixement notre reflet.) Non !

— Ça te soulagerait.

— Je m'en fous… (Je secoue la tête.) Pourquoi faut-il que tu sois si énervante ?

Elle lève les yeux au ciel.

— Il ne s'est même pas excusé…

— Il ne le fera peut-être jamais, Magnolia. Et alors quoi… ? (Elle hausse les épaules.) Toute ta vie, tu vas jouer le rôle de la pauvre petite fille sans père parce que Harley est un connard irrécupérable ?

— Peut-être, réponds-je, hautaine, et elle soupire bruyamment.

— Pour le bien de tous, je te supplie de réagir.

Je croise les bras sur ma poitrine, défiante, comme je le faisais au bon vieux temps quand elle était encore dans le coin.

— Eh, Bridget, lui dis-je en la regardant droit dans les yeux. J'ai adoré être ta sœur.

Elle hoche la tête.

— Je sais.

Je laisse passer quelques secondes durant lesquelles elle ne dit absolument rien parce qu'elle est absolument insupportable, puis je hausse les sourcils et la toise.

— Et tu as adoré être la mienne aussi.

Elle lève les yeux au ciel.

— Admettons.

— Bridget !

— OK, d'accord… C'est vrai.

Sentant ma gorge se serrer, je m'empresse de hocher la tête en me disant, comme le ferait ma sœur si elle était ici, que tout ira bien.

— Merci d'avoir été si courageuse, intelligente et sage, ma petite sœur si raisonnable, fiable et attentionnée, et…

— Figure-toi que j'ai acquis la plupart de ces qualités auprès de ma grande sœur, dit-elle en levant fièrement le menton.

Je secoue la tête.

— J'en doute.

— OK… (Elle lève les yeux au ciel.) Eh bien, on ne peut pas dire que tu sois raisonnable…

— Bridget ! grondé-je.

Elle incline la tête en direction des autres.

— Tu devrais y aller, me dit-elle, et je secoue la tête.

— Je ne sais pas si je suis prête.

Elle hoche fermement la tête, parce qu'elle me connaît.

— Tu es prête.

— À peine.

— Plus que tu ne l'imagines.

Je me lève, et j'ai l'impression que mes jambes et mon cœur sont en gélatine.

— À bientôt ? lancé-je à notre reflet.

Elle m'adresse un sourire ténu, et je pense qu'elle est un peu triste car je sais à quel point elle m'aime.

— Pas trop vite, s'il te plaît, dit-elle, parce que ce n'est pas ce qu'elle souhaite pour moi.

— Pas trop vite, dis-je en hochant la tête. Mais un jour.

Et puis je referme mon petit miroir, le pose à côté de ses cendres et la laisse partir.

80

BJ

Je contemple Parks allongée à plat ventre sur le transat. Si belle, avec sa peau bronzée. C'est aussi irréel qu'énervant. Tellement sexy. Aussi génial qu'infernal.

Je suis fier de la façon dont elle a géré au sommet du volcan, la semaine dernière. Elle a un peu pleuré, après.

Elle a pleuré encore quand nous sommes rentrés à l'hôtel, mais en partie parce qu'elle n'en pouvait plus de ces hôtels « à deux chiffres ». Donc là, on est au *Four Seasons Resort Bali* à Sayan. Beaucoup plus son truc.

On a fini la liste. On aurait pu rentrer, mais aucun de nous n'était prêt. Il n'y a pas eu besoin de se l'expliquer.

On est partis pour Bali sans réfléchir. C'est du moins ce que j'ai cru. J'ai pensé qu'on avait besoin de profiter un peu plus longtemps de ce coin de paradis, et surtout de passer plus de temps loin de Londres. Mais je crois que je connais la vraie raison, maintenant. J'ai juste mis le temps.

Henry et Allie sont partis faire une excursion à Ubud pour observer les oiseaux, ce dont Henry avait très envie parce que… évidemment. C'est Henry. De nous tous, lequel avait le plus de chances de devenir un ornithologue amateur en vieillissant ? Putain, cet abruti, bien sûr.

Mais je suis content qu'ils se soient absentés. J'ai l'intention de faire bon usage de ce moment en tête à tête avec Parks.

Je plonge dans la piscine pour me calmer et mettre de l'ordre dans mes idées. Le truc, c'est que mes idées sont parfaitement en ordre.

En fait, j'avais juste envie de l'éclabousser un peu, d'attirer son attention.

Bingo ! Elle lève les yeux vers moi, feint la contrariété.

Je me hisse hors de la piscine, marche vers elle et me plante devant sa chaise longue de manière à remplacer le soleil qui la baigne par mon ombre. Elle me donne une tape pour me chasser, mais moi, je veux juste être près d'elle.

Je lui saisis les poignets et la maintiens sur le siège. Elle se débat, et je lutte quelques secondes avant de plaquer mon corps froid et mouillé sur son petit corps chaud et sec. Aussitôt, elle pousse un cri et rit en se tortillant pour m'échapper, mais je l'en empêche, alors elle me donne une autre tape, puis roule sur le dos et lève les yeux vers moi.

Je ramène quelques mèches de cheveux derrière ses oreilles.

— Tu as fini *L'Horloger aveugle* ?

Elle hoche la tête.

— Oui.

— Et ? Tu en as pensé quoi ?

Elle hausse les épaules, un peu agacée.

— Je ne sais pas…

Je renifle, amusé, lui embrasse le bout du nez parce que c'est le nez le plus cool du monde.

— Pas de révélation fracassante ?

— Non.

Elle fronce les sourcils, un peu énervée, maintenant.

Je pousse ma lèvre supérieure de ma langue et contemple son visage.

Putain !

Ce visage. Je l'ai aimé toute ma vie. Il est le soleil que je vénère. Et si ce que nous partageons est un temple, alors je l'ai bâti de mes mains. J'ai failli crever en le construisant, mais je ne me suis pas arrêté avant d'avoir terminé, les paumes en sang. Et je mourrai heureux sur l'autel de mon amour pour elle. Ça en vaut la peine.

—Mon père, tu sais… (Je lui fais un signe nonchalant.) Il m'a pris la tête des années, à me répéter que je ne faisais rien de ma vie, que je n'avais rien accompli de valable et…

—Je sais. (Elle fronce les sourcils.) C'est terrible.

—Mais il se trompait, ajouté-je en haussant les épaules. Et il l'a admis, je te l'avais dit ?

—Pas possible ! s'exclame-t-elle en me souriant, ravie.

—Et ensuite toi, avec le sens de la vie… Putain, tous les deux… Vous prenez vraiment tout au pied de la lettre…

—Oh, OK… (Elle lève les yeux au ciel.) Et là, tu vas me révéler le sens de la vie, c'est ça ?

Je hoche la tête, très content de moi.

—Oui.

Elle se redresse un peu et arque les sourcils.

—Vas-y, alors. Je suis tout ouïe.

Je la désigne de la main, et elle lâche un petit rire moqueur.

—Moi ? Je suis le sens de la vie ?

—Ouais. (Je hoche la tête, tranquille.) Je ne sais pas, Parks… Je ne vois pas vraiment au-delà. Juste une vie ensemble.

—BJ… (Elle lève les yeux au ciel.) C'est adorable, mais…

—Non, je suis sérieux. (Je me soulève sur les coudes.) Je veux dire, l'argent, on en a et on en aura toujours. Gérer un portefeuille d'actions, ça n'a rien de compliqué pour moi, pas plus que d'acheter et de revendre des propriétés. Mais je ne crois pas que ce soit à ça que j'ai envie de consacrer ma vie.

Elle me regarde avec curiosité.

—Et à quoi est-ce que tu veux consacrer ta vie, alors ?

Je me mords la lèvre inférieure et lui fais un sourire en coin.

—Toi.

Direct, elle lève les yeux au ciel.

—BJ…

— Je ne plaisante pas, lui dis-je en posant ma main sur sa taille pour l'attirer plus près de moi. J'ai envie… de nous construire un foyer…

— Toi ? (Elle cligne des yeux.) À partir de rien ? (Elle incline la tête, dubitative.) Tu veux qu'il soit habitable ?

— Arrête. (Je lui donne une pichenette sur le bras.) Je vais nous planter un potager, avec des courgettes, des fraises et des navets…

— Tu ne manges même pas de navets…, fait-elle remarquer.

— Évidemment que non, putain ! (Je la regarde, exaspéré.) C'est dégueulasse, les navets. Mais si facile à cultiver…

Elle se met à rire, et c'est le son que je préfère au monde.

Je poursuis.

— On aura des animaux…

— Quel genre d'animaux ? demande-t-elle en plissant les yeux.

— Des chiens, un chat, des poules…

Elle recule la tête et cligne des yeux, surprise.

— Au pluriel ?

Je l'ignore et continue.

— Peut-être des moutons. Un cheval. Une vache. Un lama…

— Hors de question.

Elle secoue la tête avec véhémence, et je hausse les épaules.

— Bon, on se limitera au lama, alors…

Elle me lance un regard que je connais bien, celui qui dit qu'elle est fatiguée de mes conneries mais qu'elle les adore, et j'adore ses conneries à elle, je les veux toutes. Je lui touche le visage, la regarde pour qu'elle sache que je suis sérieux.

— Je veux élever nos enfants…

Elle lâche un petit rire surpris.

— *Nos* enfants ?

— Ouais. (Je hoche la tête et lui offre un sourire éclatant.) Un garçon et une fille.

— Oh, OK ! (Elle fait une grimace.) Désolée, je crois que j'ai raté la date de leur naissance…

Je hausse les épaules.

— … Quand tu seras prête, précisé-je.

— Quand je serai prête.

— Je ne vois pas tellement plus loin que ça…, lui dis-je avec désinvolture. (Puis je plonge mon regard dans le sien, de nouveau sérieux.) Toi et moi, voilà ce que j'ai accompli, et ce sera toujours plus qu'assez pour moi.

Son regard s'adoucit, et je prends son visage dans mes mains parce qu'il est irrésistible.

— C'est dingue qu'on en soit là, Parks…, lui dis-je, sourcils arqués. Nous deux, c'est parti en vrille tellement de fois, putain… Mais je n'arrive pas à imaginer une vie où, si nous sommes séparés, je ne suis pas en train de chercher le chemin qui me mènera à toi…

Elle déglutit.

— Parce que c'est toi… Tu sais, chez mes parents, près de la cheminée… ?

Elle hoche la tête.

— Le mur des récompenses.

— Exact… (Je lui souris.) Il y a les diplômes de master de Henry à côté du doctorat de Jemima, la maîtrise d'Allie et pour Maddie, genre… je ne sais pas… un bon point du primaire ?

— Sois gentil.

— Pourquoi ? Elle te déteste.

— Tais-toi ! gronde-t-elle. Personne ne me déteste.

— Je vais leur faire accrocher notre certificat de mariage, déclaré-je.

— Peut-être pas l'original.

— Ouais. T'as raison.

— Tu ne trouves pas que ça discréditerait un peu le dur labeur de tes frère et sœurs toutes ces années… ?

Je la dévisage comme si elle était folle.

— Ah, parce que le fait que nos deux noms apparaissent côte à côte sur un putain de certificat de mariage n'est pas le fruit d'un dur labeur ? (J'écarquille les yeux, sidéré.) Personne n'a travaillé plus dur que moi, Parks, merde…

Je pousse un soupir exaspéré, qui me vaut un regard réprobateur.

— Écoute, lui dis-je. Ils vont l'accrocher, parce que dans cent ans personne n'en aura plus rien à foutre que Henry ait décroché son diplôme avec mention, ou que Jemima… Merde ! (Je fais une grimace parce que je suis vraiment nul, comme frangin.) Elle est quoi, déjà ? Médecin des pieds ?

— Oto-rhino-laryngologiste.

— Ça. Bon, personne n'en aura plus rien à foutre que Jemima soit la plus jeune médecin des oreilles de la décennie…

— Peut-être que si, me coupe Magnolia, mais je l'ignore.

— … Mais ils se souviendront de nous.

Elle me lance un regard qu'elle veut soupçonneux, mais où je lis beaucoup de tendresse.

— Ah oui ?

Je la regarde comme si elle était débile d'en douter.

— Un amour comme le nôtre ? Tu plaisantes ? (Je lui adresse mon sourire magique.) Tous les poèmes parlent de nous… (Je lui tapote les côtes du doigt.) Ils feront des documentaires sur combien je t'aime.

Elle rentre le menton dans la poitrine, mais son regard est toujours aussi doux.

— On s'est battus la moitié de nos vies pour en arriver là… (Je renifle, amusé.) Ils ont intérêt à l'accrocher. C'est le seul truc qui le mérite vraiment.

Elle n'a pas l'air convaincue.

— À mon avis, d'autres choses méritent leur place sur ce mur, comme…

— Comme des certificats de naissance…

Elle me coule un regard prudent.

— Parksy…

Je prononce son nom pour nous ramener tous les deux au moment présent.

— Oui, dit-elle en réprimant un sourire.

— Je sais que tu as peur de ce que tout ça implique…

— Peut-être un peu moins, maintenant, m'annonce-t-elle fièrement.

À juste titre.

Je lui souris, parce que moi aussi je suis fier d'elle.

— Je sais que perdre Bridget a tout changé. Que trouver un sens à tout ça est devenu impossible. Je veux dire, si on va tous mourir, quel est l'intérêt ?

Elle ne bouge pas, ne dit rien, mais je vois qu'elle est attentive, qu'elle écoute et attend.

— Toi. L'intérêt, c'est toi. Ou peut-être plutôt… nous. (Je hausse les épaules.) L'amour. Et ça n'a pas de sens, et je ne suis sûr de rien – mon père non plus –, et l'amour est impossible à quantifier, mais je m'en fous de ce que les autres disent ou pensent… Notre amour défiera l'espace et le temps. OK, peut-être qu'après notre mort il n'y aura pas de diplôme encadré pour prouver notre passage sur cette planète…

— Hum… (Elle se racle la gorge pour m'interrompre, parce que merde, elle est insupportable.) J'ai un diplôme, tu sais.

Je lève les yeux au ciel.

— Je sais.

— De l'Imperial College…

Je lève de nouveau les yeux au ciel.

— Je sais.

— OK. (Elle hausse les épaules.) Eh bien, il pourrait aussi être accroché au mur. C'est tout ce que je voulais dire… (Elle secoue la tête.) Désolée. Continue.

Je lui lance un regard appuyé.

— OK, donc peut-être qu'après notre mort il y aura un diplôme sur un mur prouvant que tu as existé et décroché ta licence de justesse…

— BJ !

— … Mais, encore mieux, peut-être qu'il y aura quelqu'un assis sous notre arbre et qui sentira combien je t'ai aimée.

Alors là, elle est tout émue.

— Je veux dire, peut-être que c'est ça, les aurores boréales… Peut-être que, il y a mille ans, un Viking est tombé fou amoureux d'une fille, et la preuve est là, dans le ciel. (Je hausse les épaules comme si ce n'était pas complètement ouf.) La preuve que l'amour est cette espèce d'énergie unique, métaphysique et transcendante… La preuve que l'amour est en fait la seule chose qui vaille vraiment la peine qu'on y consacre sa vie… Tu vois ?

Je lui fais un petit sourire. Elle me considère un moment avant de se tortiller vers moi et de presser ses lèvres sur les miennes.

— Je t'aime, me dit-elle.

— Épouse-moi.

Elle plisse les yeux, perplexe.

— C'est… prévu…

— Maintenant, ajouté-je. Cette semaine.

Elle recule la tête. Je connais toutes ses expressions. Là, je vois qu'elle est intriguée.

— Quoi ? bredouille-t-elle.

— Ici, continué-je en secouant la tête. Marions-nous ici… Je n'ai pas envie d'attendre.

— Mais…

— Et le mariage de Londres ne nous ressemble tellement pas… ! (Je fronce légèrement les sourcils.) Tellement, tellement pas. Je ne veux pas porter des vraies chaussures !

— BJ ! proteste-t-elle.

— Je plaisante… ! (Je lève les yeux au ciel.) Pour les chaussures. Enfin, plus ou moins… (Je marque une pause et grimace pour la taquiner.) Mais je suis sérieux pour le mariage.

Elle déglutit.

— Vraiment ?

— Ouais, soufflé-je. Je promettrais de t'aimer pour toujours n'importe où.

Parks pince les lèvres, réfléchit un moment, avant de soupirer.

— Bridget voulait se marier à Bali, tu te rappelles ?

— Ouais, je me rappelle. (Je hausse les sourcils, plein d'espoir et surexcité.) Un dernier hommage à Bridget ?

Elle hoche la tête. Elle sourit aussi, maintenant, d'une façon dont je sais qu'elle signifie qu'elle est heureuse.

— Un dernier hommage à Bridget.

81

BJ

OK. Si vous avez déjà organisé un mariage, vous savez que c'est carrément chaud.

Alors en organiser un en une semaine…

Ben, putain !

J'ai dit à Parks que je m'occuperais de tout.

Qu'elle s'arrange seulement avec Taura pour qu'elle lui apporte la robe, moi, je me chargeais du reste.

Le plus facile, ça a été de faire venir tout le monde.

On ne pouvait pas rêver mieux : c'est le minuscule mariage qu'on voulait, loin de toutes les conneries de Londres.

Les garçons sont sur le départ, ainsi que Taura et Romilly.

Mes parents arrivent avec Marsaili et Bushka.

Parksy m'a dit que Daisy venait aussi, même si c'est encore bien chelou entre elle et Christian.

Elle m'a aussi dit qu'elle avait invité sa mère, qui vient, même si c'est sans son père.

Parks a fait tout un foin quand il a fallu décider qui allait payer le mariage. Jamais on ne s'était pris la tête sur qui paie quoi.

Putain, on s'en tape. J'ai dit que je paierais, avec plaisir, mais Parksy a estimé que c'était à elle de le faire, puisque la tradition veut que la famille de la mariée s'en charge. Henry a décrété qu'elle ne pouvait pas payer son propre mariage, que c'était « trop triste » – vous imaginez bien que je l'ai fusillé du regard. Ensuite, mes parents ont téléphoné pour annoncer qu'ils paieraient, qu'ils sont sa famille et qu'ils ont le droit, mais elle a refusé.

Du coup Henry s'est proposé, mais l'idée ne m'a pas plu du tout : pourquoi ce serait lui qui paierait alors que c'est moi qui l'épouse ?

Ensuite, je suppose que maman a appelé Marsaili ou Bushka, parce que sa grand-mère a téléphoné à Parks et elles ont eu une conversation en russe. Résultat : Bushka paie.

Bon, honnêtement, je ne me suis pas pris la tête très longtemps, mais pour ce que j'en sais, il n'y a vraiment qu'un seul endroit où se marier à Bali.

Le *Bulgari Resort* à Uluwatu.

Putain, j'ai galéré pour réserver. Une semaine avant, vous imaginez ! On se marie un mercredi, putain – moi, ça me va. Je laisse Magnolia s'occuper de rendre les mariages en milieu de semaine à la mode.

Peu de problèmes résistent si vous les arrosez d'argent. C'est moche, les gens ne veulent pas l'entendre, mais c'est la vérité.

Donc, j'ai bouclé l'hôtel, qui se charge des repas.

Je sais qui est la fleuriste préférée de Parks. Je la fais donc venir, avec des hortensias, des myosotis, des roses Juliet, du muguet et des magnolias, bien entendu.

Maman m'apporte mon costume.

On fait venir Emilie White pour les photos. C'était prévu depuis longtemps.

— Pourquoi pas Annie ? demandait régulièrement Arrie à Parks. Tu la connais depuis que tu es enfant, Magnolia. C'est insultant…

— Et elle est bien sûr invitée à notre mariage, mère…, rétorquait Parks en levant les yeux au ciel. Mais ce serait trop évident. Tout le monde s'attend à ce que je choisisse Annie…

— Bien entendu ! C'est Annie Leibovitz !

Magnolia la regardait droit dans les yeux.

— Ce sera Emilie.

Le dessert arrive par avion la veille du jour J de chez Lily Vanilli parce que… qui d'autre ? Parks la considère comme incontournable. Par contre, ne sachant pas à quoi notre gâteau de mariage devrait ressembler, j'en ai commandé dix différents parmi ceux que j'ai pensé qu'elle aimerait.

La sélection de vin étant très limitée à Bali, j'en ai fait venir aussi.

C'est beaucoup, je sais. Presque délirant, OK. Mais j'ai attendu ce moment toute ma vie. Je veux que cette journée soit inoubliable. Attention : même sans tout ce merdier, même si c'était juste elle et moi, seuls sur une falaise, nous promettant officiellement toutes les conneries qu'on s'est déjà promises des milliers de fois, je serais le plus heureux des hommes.

J'ai juste besoin d'être avec elle.

82

Magnolia

La journée passe assez vite.

Taura et les garçons sont arrivés il y a trois jours, Romilly le lendemain avec Lily, Hamish et les filles, et enfin Daisy et Marsaili, hier, ainsi que ma mère, que je n'ai pas encore vue, ce dont je ne me formalise pas.

Bushka a sauté dans un avion à la minute où elle a su pour le mariage, faisant preuve d'un enthousiasme aussi adorable qu'envahissant – bon, honnêtement, un tout petit peu plus envahissant qu'adorable.

Organiser un mariage est assez infernal, alors l'organiser en une semaine… Mon Dieu, je vais épouser un saint ! BJ s'est vraiment occupé de tout. Il ne m'a pas sollicitée une seule fois, ne m'a rien dit à moins que je ne lui pose des questions – et je lui en ai posé. Imaginez : jusqu'ici, c'est toujours moi qui me suis chargée de choisir les restaurants, d'organiser les fêtes et les voyages. Et puis, franchement, la première pensée qui me vient en voyant BJ n'est pas : *C'est lui ! L'homme le plus organisé du monde !* Je lui tire néanmoins mon chapeau, car tout ce que je lui ai demandé, il s'en est occupé. Une fois le lieu réservé, il manquait le traiteur, les fleurs, le photographe. Pas besoin de plan de table, puisque nous sommes peu nombreux. Il a commandé le gâteau, Lily apporte son costume et celui de Henry, ainsi que nos alliances… Après, il ne restait qu'un point délicat : qui allait nous marier ? Il a fallu en discuter. En effet, tout d'abord, légaliser un mariage balinais au

Royaume-Uni requiert des acrobaties absurdes. Nous avons donc décidé de nous remarier discrètement à notre retour en Angleterre, ce qui nous laisse en plus complètement libres de choisir qui va nous marier ici.

À Londres, nous avions rencontré plusieurs prêtres, mais aucun ne nous avait convaincus – ni déplu, mais il faut bien avouer que nous ne sommes pas très portés sur la religion. J'ai pensé au rédacteur en chef de National Geographic, mais quand nous lui avons demandé s'il accepterait de nous unir, je crois qu'il a cru que nous plaisantions et ça a été un peu gênant. BJ a proposé Anna, *Vogue* étant pour moi l'équivalent des Saintes Écritures, mais après réflexion il nous a semblé que cela créerait forcément un effet domino. Car si Anna était là, pourquoi pas les Arnault ? Et Annie ? Ou Tom Ford, ou les Beckham, ou les Richie et les Paltrow/Martin, ou Donatella ou Marc ou Alessandro ? Notre monde est à la fois trop petit et trop vaste, si bien qu'il est impossible d'inviter quelques personnes sans offenser toutes les autres. Ce sera donc le Pack Complet et nos familles – proches. Grands-parents, oui. Oncles et tantes, non – exception faite d'oncle Alexeï et sa femme Mika, un peu parce que je veux rester dans ses bonnes grâces, mais surtout parce qu'il s'est occupé de Bushka, ce dont je lui suis reconnaissante.

J'invite mes grands-parents paternels (bien que nous ne soyons guère proches, il m'a semblé très cruel de les exclure), je n'invite pas ma tata Araminta et son mari Tim, parce qu'elle est très liée à deux tantes de BJ, que nous ne pouvons pas inviter non plus car elles insisteraient pour amener leurs enfants, des ados accros à TikTok – peu importe que nous instaurions un embargo sur les réseaux sociaux autour de l'événement, ces mini-parasites trouveraient un moyen de poster des photos. À ce propos, nous avons tous des inquiétudes au sujet de Maddie. Henry a annoncé qu'il comptait lui confisquer son téléphone dès qu'elle arriverait, et qu'il ne le lui rendrait qu'après le mariage.

Bref, tout ça pour dire que, après moult réflexions et quelques objections de ma part, il a été décidé que Jonah célébrera la cérémonie. L'antithèse du prêtre, je sais, mais il a toujours défendu notre amour.

Je craignais qu'il ne prenne son rôle à la légère, mais Christian m'a rassurée : apparemment, dès qu'il a une minute de libre, il répète devant la glace.

S'il y a eu des ratés au cours de l'organisation, ou si quelque chose cloche, je ne suis pas au courant. La seule tâche dont j'étais responsable, c'était de m'assurer que ma robe arriverait bien, mission délicate, étant donné que je ne m'étais pas encore totalement décidée.

J'avais réduit leur nombre à quelques-unes, puisque j'allais avoir besoin de plusieurs. Dîner de répétition, cérémonie, réception, robe pour quitter la soirée, plus une poignée pour la séance photo de *Vogue*. Désormais, je pense n'avoir besoin que d'une seule – deux, éventuellement.

Un mariage londonien en grande pompe au *Mandarin* exigeait un certain type de robe qui ne convient pas à un mariage intime sur une falaise à Bali. Impossible de procéder à un simple copier-coller.

Il y a quelque temps, Elie et moi avons dessiné une robe ensemble, que j'ai ensuite fait confectionner. Jupe longue à crinoline en organza et soie, bustier très ajusté aux bretelles délicates de la même soie dupioni blanc fumé. L'effet froissé du tissu m'évoquait un édredon fraîchement lavé. Or, le premier souvenir que j'ai d'un profond sentiment de sécurité, c'était à Saint-Barth, avec BJ, enveloppée dans un édredon.

La robe était absolument ravissante. Je l'adorais, et j'étais certaine qu'elle plairait énormément à BJ. Malheureusement, j'ai vite dû l'éliminer, parce qu'elle aurait détonné dans le décor de notre mariage londonien. Mais ici…

Eh bien, ici, elle sera parfaite.

Ayant toujours eu envie d'un voile de style mantille, j'en avais fait faire un très simple, avec juste une touche de dentelle à motif myosotis autour du visage.

Pour les chaussures, j'ai choisi les Averly 100 blanches avec le nœud en soie de chez Jimmy Choo. Même si on ne les voit pas vraiment sous ma robe, j'aime les savoir là.

Sous prétexte de respecter les traditions, Lily nous a obligés à dormir séparément cette nuit, BJ et moi. Seul résultat notable : j'ai très mal dormi la veille de mon mariage.

Henry et Taura ont passé la matinée avec moi. Ils ont essayé de me faire prendre un petit déjeuner, mais je n'ai presque rien pu avaler. Pas d'une façon qui aurait mis Bridget en colère, mais parce que je suis nerveuse et que mon estomac ne veut rien savoir.

Le mariage aura lieu à la tombée du jour, bien sûr : les couchers de soleil sont de toute beauté à Uluwatu. Je ne me rappelle plus où Bridget aurait voulu se marier à Bali. Peut-être pas au *Bulgari*, la connaissant, mais dans ses environs, j'en mettrais ma main au feu.

Je suis maquillée, et je m'apprête à enfiler ma robe. Henry s'absente le temps que je me change.

Avec l'aide de Taura, il me faut cinq minutes pour m'habiller. Nous avons à peine fini d'arranger la jupe qu'on frappe à la porte.

— Entre ! lancé-je, supposant qu'il s'agit de Henry.

Mais non.

La porte s'ouvre à la volée, et Harley Parks apparaît dans l'encadrement.

Je n'imagine même pas la tête que je dois faire. Je ne dis rien.

Mon père se tourne vers Taura.

— Tu peux nous laisser une minute, Taura ?

Elle me jette un coup d'œil interrogateur.

Franchement, je n'y tiens pas, pourtant, curieusement, je ne dis pas non.

Je sens une panique rampante monter dans ma poitrine.

J'essaie de dire à Taura avec mes yeux d'aller chercher BJ, mais je doute qu'elle parle notre langage.

Elle s'éclipse donc, refermant la porte derrière elle. Harley enfonce ses mains dans ses poches, visiblement mal à l'aise.

— Qu'est-ce que tu fais ici ? finis-je par demander.

— C'est ton mariage.

— Oui. Mais, vois-tu, je ne t'ai pas invité, donc…

Il pointe le menton vers moi.

— Tu as invité ta mère.

— Exact. (Je hoche la tête.) Mais il n'a jamais été question qu'elle vienne accompagnée… (Je lui lance un regard appuyé.) Son historique a démontré qu'elle n'avait pas très bon goût en matière d'hommes.

Il baisse les yeux un instant avant de prendre une inspiration et de les lever de nouveau vers moi.

— Un père est censé conduire sa fille à l'autel.

Comme si je l'ignorais. Comme si cette pensée, du fond de mon esprit, ne m'avait pas tourmentée depuis que BJ m'a demandée en mariage.

— Effectivement. (Je lui souris sèchement.) Tu n'en connaîtrais pas un, par hasard ?

Une expression de découragement passe brièvement sur son visage.

— Harley… (Je croise les bras sur ma poitrine.) Tu veux me mener à l'autel, alors que tu n'as jamais été foutu de me conduire là où j'avais besoin d'aller.

Il fronce les sourcils, confus.

— J'avais onze ans. J'allais rentrer en pension. Toi, tu as débarqué aux aurores après avoir fait la fête toute la nuit, et tu t'es contenté de me tapoter la tête en me croisant dans l'escalier. Tu ne m'as pas conduite toi-même… Tu ne m'as même pas accompagnée jusqu'à la voiture…

— Ouais. (Il pince les lèvres.) J'ai merdé, sur ce coup-là.

Je recule la tête, incrédule.

— Sur ce coup-là ?

Il incline la tête comme pour dire « Oh, allez… », mais je ne risque pas de m'attendrir.

Il soupire.

— Qui te conduit à l'autel, alors ?

— Henry, réponds-je, le menton bien haut.

Sourcils froncés, Harley hoche la tête, pensif.

— C'est un bon choix.

— Je sais.

Et puis il prend une grande inspiration, redresse les épaules. Ses traits sont curieusement tirés. Il se frotte la bouche.

— J'ai complètement déconné.

— Tout à fait d'accord. (Je hoche la tête. Sa franchise me laisse de marbre.) Mais à quel moment fais-tu référence, exactement ?

Il lève les yeux au ciel et avance d'un pas dans la pièce.

— Ce n'est pas facile d'être ton père.

— Comment le sais-tu ? rétorqué-je.

— Écoute…, soupire-t-il. Si tu veux que je parte, je…

— Je veux que tu partes.

Il hausse les épaules, les mâchoires un peu contractées, et je me demande s'il n'a pas l'air un peu blessé.

— Si je pars, tu le regretteras.

— Oh ? Pourquoi ? (Je cligne des yeux et lui souris.) Tu vas encore me menacer de me prendre tout mon argent ? Ou de détruire l'unique vestige de mon bébé que je possède sur cette terre ?

— Non… (Il fronce les sourcils, gêné, donne un coup de pied dans le vide.) Je voulais dire, un jour, quand je mourrai ou je ne sais quoi…

Nous restons un moment les yeux dans les yeux sans rien dire, un peu coincés, un peu décontenancés, un peu fiers, un peu surpris, et peut-être, en ce qui me concerne, un tout petit peu amusée par son dernier commentaire.

Je secoue imperceptiblement la tête et arque un sourcil.

— Eh bien, voilà qui est de mauvais goût…

— Effectivement. (Il grimace.) Je suis désolé.

Je passe devant lui et marche vers la coiffeuse sur laquelle j'ai disposé une sélection de bijoux parmi lesquels choisir. Je prends les boucles d'oreilles Anise Magnolia de Danielle Frankel, réalisées et peintes à la main, et les mets. Après tout, je suis attendue à mon mariage.

— Ça me paraît peu probable. (Je croise son regard dans la glace.) Car j'ai bien l'intention de danser sur ta tombe…

Il ne lève même pas les yeux au ciel quand je dis ça. À la place, il s'approche de moi et sort quelque chose de la poche intérieure de sa veste.

Un morceau de papier plié. Il me le tend.

— C'est pour toi.

Je fronce les sourcils avant de faire volte-face et de le lui prendre.

— Qu'est-ce que c'est ?

Harley me fait signe de l'ouvrir. J'obtempère en soupirant pour dissimuler ma curiosité.

Je tarde quelques secondes à comprendre ce dont il s'agit. Puis je relève vers lui mes yeux écarquillés, incapable de dissimuler ma surprise et mon émotion.

— C'est le titre de propriété de la maison de Dartmouth…

Je secoue la tête.

— Mais…

Il m'interrompt.

— Je n'aurais jamais dû te dire une chose pareille. C'était abject. Elle est à toi.

Il hausse légèrement les épaules.

Je baisse les yeux vers le papier et avale la boule qui s'est formée dans ma gorge. Je replie la feuille, un peu mal à l'aise à présent.

— Merci…, dis-je, presque comme une question.

Il se contente de hocher la tête, puis déglutit et fait un autre pas vers moi.

— Je ne pensais pas ce que j'ai dit…

— C'est bizarre. (Je range le titre dans la boîte à bijoux avant de lui décocher un regard réprobateur.) Parce que, après, tu as justement ajouté que tu pensais tout ce que tu venais de dire.

Il expire et hausse les épaules avec impuissance.

— C'était sur le moment.

— Tu es un salaud ! lancé-je.

Il se contente de hocher la tête. Il n'a pas l'air énervé, ni sur la défensive.

— Ouais, concède-t-il.

Je secoue la tête. Un poids me comprime la poitrine. J'ai chaud.

— Tu aurais voulu que je sois morte ?

— Non…

Son visage se fronce comme sous le coup de la douleur, puis il secoue la tête et ça reste là, en suspens.

Rien. Ce qui reste en suspens entre nous, c'est la même chose qu'il y a toujours eue. À savoir rien.

Je laisse mon regard se perdre dans la pièce, gênée, mais il ne parle toujours pas.

— Oh ! (Je lui adresse un sourire crispé.) C'est adorable, je t'en prie, n'en dis pas plus…

Il me jette un regard légèrement exaspéré et pousse la lèvre inférieure de sa langue.

— Je m'entends bien avec Bridget. (Il ferme les yeux une seconde, et je vois le train du chagrin le percuter de plein fouet. Il déglutit. Se corrige.) M'entendais.

Je me redresse et le regarde droit dans les yeux.

— Et moi ?

— Tu es une emmerdeuse… (Il agite les mains vers moi.) Tu me mets tellement en colère… (Il secoue la tête.) Tu es impossible à satisfaire, rien de ce que je fais n'est jamais assez bien pour toi, et…

— Et tu n'as jamais voulu m'avoir, conclus-je d'une voix étonnamment légère.

Il prend une inspiration rapide, retient un instant l'air dans ses poumons et pince les lèvres.

— Elle t'a raconté…

Je me contente de le regarder fixement, calmement, d'un air désapprobateur.

— Putain…, soupire-t-il avant de secouer la tête.

Il baisse les yeux vers le sol et reste comme ça un bon moment. Dix secondes ? Une minute ? Je serais incapable de vous le dire.

Enfin, il prend une profonde respiration et relève les yeux vers moi.

— Merde ! OK… (De nouveau, il se couvre la bouche de la main.) C'est vrai, je ne voulais pas t'avoir. Arrie est tombée enceinte, m'a annoncé qu'elle voulait garder le bébé…

— C'est-à-dire moi…

— Ouais… (Il soupire bruyamment.) Et j'étais le père, donc…

— Je sais, dis-je en examinant mes cuticules (lesquelles ont désespérément besoin de l'attention d'Ama Quashie. Je n'arrive pas à croire que je sois sur le point de me marier avec des ongles dans cet état).

Je reporte mon regard sur mon père.

— J'ai vérifié.

Il tressaille, perplexe.

— Tu as vérifié ?

— Oui.

— Quand ?

— Au lycée… (Je hausse les épaules. Lisant la surprise sur son visage, je décide que les circonstances méritent d'être éclaircies.) À l'époque, la rumeur circulait que j'étais la fille d'Usher.

Il hoche lentement la tête.

— Comme tu as fait ?

— J'ai dit à Arrie que j'avais besoin de quelques cheveux à toi pour une expérience à l'école. (Je secoue la tête et lève les yeux au ciel.) Ce qu'elle peut être naïve…

Il hoche de nouveau la tête et renifle, amusé.

— Moi aussi, j'ai vérifié, annonce-t-il.

— Tu as vérifié ! grondé-je, affreusement vexée. Quelle grossièreté !

Il recule la tête.

— Pourquoi ?

— Parce que ! (Je tape du pied en le fusillant du regard.) Tu es toujours si grossier et répugnant… Comment t'y es-tu pris, de toute façon ? Jamais BJ ne me volerait des cheveux…

Il me lance un regard entendu.

— BJ garde probablement quelque part une couverture tricotée avec tes cheveux…

Je croise les bras sur ma poitrine tout en le fixant d'un regard noir.

Harley lève les yeux au ciel.

— J'en ai piqué quelques-uns sur ta brosse à cheveux.

— Comment est-ce que tu peux être sûr que c'était la mienne ?

— Oh, voyons… D'abord, elle se trouvait dans ta chambre. Ensuite, c'était une de ces stupides brosses en poil de sanglier que tu adores et qui coûtent un bras…

— Mason Pearson ?

— Voilà, c'est ça.

Je hausse les épaules en signe d'acquiescement.

— Ce sont réellement les meilleures brosses…

Ses lèvres s'étirent en un sourire un peu moqueur.

— J'essaierai, un jour.

— À quoi bon ? Tu es pratiquement chauve.

— Eh… (Il pointe le doigt vers moi.) C'est une buzz cut dégradée !

Je hausse les épaules pour le plaisir de l'énerver.

— Si tu le dis.

— Parfaitement, putain ! lance-t-il d'une voix forte.

La porte s'ouvre, et Henry passe la tête.

— Tout va bien ? me demande-t-il, sourcils froncés.

Je jette un coup d'œil à mon père, qui arque les sourcils, probablement inquiet que je demande à Henry de le faire sortir.

Je déglutis, regarde de nouveau Henry et hoche rapidement la tête.

— Oui, ça va. (Je lui adresse un petit sourire.) Merci.

Il nous scrute encore un moment pour être sûr, puis recule et referme la porte.

Harley se racle la gorge.

— Je n'ai pas trompé ta mère, cette fois.

Je fronce le nez.

— OK…

Il hausse les épaules.

— J'ai pensé que ça t'intéresserait de le savoir…

— Oh ? Tu veux une médaille ou… ?

Il lève les yeux au ciel.

— Non.

— Et puis, ça ne fait que cinq mois, donc qu'est-ce que tu penses d'attendre encore un peu avant qu'on te nomme mari de l'année… ?

Il me lance un regard résigné, prend une autre longue respiration et déglutit.

— Je suis désolé pour ce que je t'ai dit.

— OK.

— Et je suis désolé que tu aies su que…

Sa voix s'éteint, il affiche une expression gênée.

— Que tu ne voulais pas de moi ? terminé-je à sa place.

— Ouais.

Ensuite, nous nous dévisageons en silence. J'ignore ce qu'il attend de moi, ou moi de lui… Je n'ai aucune idée de ce que je dois faire.

Je regarde autour de moi, mal à l'aise, avant de poser de nouveau les yeux sur lui.

— Tu… Tu veux que je dise que je te pardonne ?

— Non. (Il secoue la tête.) Tu ne devrais pas me pardonner, de toute façon.

— Tant mieux, parce que ça ne risque pas d'arriver ! rétorqué-je d'un ton suffisant, même si je n'en suis pas si sûre.

Il renifle, amusé, puis hoche la tête pour lui-même.

Son regard se perd quelque part derrière moi, comme s'il réfléchissait.

— Je me suis senti piégé, quand ta mère me l'a annoncé. Mais je ne te l'ai jamais reproché… (Ses yeux se posent brièvement sur moi.) Pas consciemment, en tout cas. Mais je suppose que, parfois, ça remontait. Le fait que je n'avais jamais voulu être père, jamais voulu être attaché à quelqu'un. (Il hausse les épaules.) Il m'arrivait de vous regarder, Bridget et toi… Vous aviez cette expression sur le visage… Je savais ce que vous vouliez, ce dont vous aviez besoin, mais juste je… je ne l'avais pas en moi. (Il déglutit. Il a l'air honteux.) Ensuite, quand enfin j'ai compris comment être… je ne sais pas… (« père » est le mot que ni lui ni moi ne sommes capables de prononcer quand nous parlons) tu l'avais déjà, lui. (Il incline la tête vers BJ, quelque part dehors.) Tu n'avais plus besoin de moi.

J'arque un sourcil, imperturbable.

— Tu as donc décidé de continuer de te comporter comme une merde ?

Il serre la mâchoire et hoche lentement la tête.

— C'était plus facile que d'affronter l'ampleur des dégâts que j'avais causés chez ta sœur et toi.

Mon visage se contracte en une petite boule d'incrédulité.

— Tu aurais pu aussi… juste… ne pas être imbuvable.

Il soupire.

— Je vois un psy.

— J'espère bien ! m'exclamé-je d'un ton sévère.

Harley lève les yeux au ciel, puis hausse les sourcils.

— Lily m'a dit que toi aussi…

Je croise de nouveau les bras sur ma poitrine.

— Mmm.

— Ça te plaît ?

Je lui décoche un regard atterré.

— Non.

— Putain, moi non plus…, soupire-t-il avant d'émettre un petit rire.

Je lui accorde un minuscule sourire.

Harley soutient mon regard et pointe le menton vers moi.

— On se ressemble pas mal, toi et moi.

— OK… (Je lève les yeux au ciel.) On se calme…

Cette fois, il rit franchement, et son expression s'adoucit.

— Je suis très heureux pour toi, Magnolia. (Il me lance ce qui, je crois, pourrait fort bien être un sourire sincère.) Je suis soulagé que tu ailles bien… (Il hoche plusieurs fois la tête, comme s'il le disait presque pour lui-même.) Et je sais que ça ira pour toi. BJ est un homme bien.

— Je sais, dis-je fièrement.

Il incline la tête vers la porte.

— Je vais y aller.

Je hoche plusieurs fois la tête et désigne maladroitement l'acte notarié.

— Merci pour ça.

Harley opine du chef, et tout à coup il a l'air triste…

— Tu es absolument ravissante, souffle-t-il en me souriant tendrement.

Je lève les yeux au ciel.

— Évidemment !

Il lâche un petit rire, puis déglutit.

— Je t'aime, Magnolia.

— Beurk ! m'écrié-je, entre la surprise et… pas exactement l'horreur, mais franchement, l'idée me déplaît.

Harley cligne des yeux, alarmé.

— Hum… (Je fais la moue.) Bon, d'accord… (Je secoue la tête.) Tu peux assister au mariage. Mais seulement si tu arrêtes de te comporter bizarrement !

— Je t'ai juste dit que je t'aime…

— Eh bien… (Je tends les mains pour le dissuader de poursuivre.) Levons un peu le pied sur les démonstrations d'affection soudaines, tu veux bien ? (Je le gratifie d'un regard noir.) Merde… Je me marie, aujourd'hui, je n'ai vraiment pas besoin de ce genre de stress…

Il me lance un autre regard exaspéré et tourne les talons pour partir, mais alors je me souviens de ce que m'a dit Bridget. Ou plutôt, son fantôme.

— Attends… Il faut que je te dise quelque chose.

— Quoi ? me demande-t-il en se tournant vers moi, visiblement nerveux.

Je prends une profonde inspiration, me grandissant au fur et à mesure que l'air emplit mes poumons.

— J'ai été très en colère contre toi pendant très longtemps, commencé-je. Je veux dire, tout le temps, depuis toujours et jusqu'à… là tout de suite… Quand tu as dit ce que tu viens de me dire, ça m'a mise en rogne.

Il me décoche un regard sarcastique.

— Pas possible…

Je m'avance d'un pas vers lui et lui touche le bras – pour la première et la dernière fois, peut-être.

— Je te décharge du poids de ma souffrance afin de m'en libérer moi-même.

Il reste là à cligner des yeux sans rien dire.

— Et moi ? finit-il par demander. Est-ce que je suis libéré ?

— De quoi ? (Je lève les yeux au ciel.) De toutes les responsabilités que tu n'as jamais assumées au cours de ta vie d'éternel célibataire ? Je t'en prie…

Il recule la tête, mais une lueur d'amusement brille dans ses pupilles. Je m'empresse de secouer la tête.

— Désolée, merde… ! (Je lui souris d'un air d'excuse.) Je retire ce que j'ai dit.

Il incline la tête, s'efforçant de suivre.

— Tu ne me décharges pas, finalement ?

— Non, ce que j'ai dit après. C'est une habitude, tu comprends…

Il hoche la tête.

— Compris. (Il plisse les yeux.) Tu crois que ta clémence va durer ?

— Non… Je suis sûre que dans un quart d'heure tu vas trouver un moyen de m'exaspérer et que j'aurai besoin de méditer une semaine pour recréer en moi la paix intérieure nécessaire. Tel est le cycle dans lequel je vivrai jusqu'à la fin de mes jours... (Je hausse les épaules avec fatalisme.) Mais je continuerai de choisir de te libérer, parce que je ne peux plus attendre que tu tiennes à moi.

Harley me regarde intensément.

— Je tiens à toi.

Je lui fais un sourire crispé.

— Nous verrons bien.

Il hoche la tête, ouvre la porte et sort.

Je m'assieds sur la coiffeuse une seconde, m'y agrippe et prends une respiration.

À ce moment-là, Henry passe de nouveau la tête par la porte. Me voyant dans cette posture, il se précipite vers moi.

— Ça va ?

— Oui. (Je hoche la tête.) Je crois.

— Il a été comment ? demande-t-il, perplexe. Il s'est comporté comme un connard ou... ?

Je fronce le nez, confuse.

— Il s'est excusé...

Henry cligne des yeux, surpris.

— Merde alors !

Je fais la moue.

— Tu l'as dit.

Il rentre la tête dans les épaules pour mettre son visage à hauteur du mien.

— Prête à devenir une Ballentine ?

Je lui souris.

— Plus que jamais.

83

BJ

Debout au bout de l'allée, j'ai failli péter un câble en découvrant Harley assis à côté d'Arrie. Je m'apprêtais à le foutre dehors quand Taura m'a intercepté. En deux mots, elle m'a raconté qu'il était allé s'excuser auprès de Parks, qui l'avait autorisé à rester. Putain… On passe une nuit séparés, et voilà ce que je rate ?

Je respire profondément et m'abandonne à la sacralité de ce moment.

Jo est près de moi.

Pour le mariage à Londres, on avait prévu que le Pack soit assis à côté de nous près de l'autel. Mais aujourd'hui, ça représenterait la moitié de nos invités.

Maman pleure déjà. Papa aussi, d'ailleurs.

Marsaili est assise quelques rangées derrière les parents de Magnolia, avec Bushka et Alexeï.

Mon père bondit de sa chaise et fonce vers moi deux minutes avant le début prévu de la cérémonie. Il redresse mon nœud papillon qui était parfaitement droit.

— Je suis très fier de toi, BJ, me souffle-t-il avec un sourire ému.

Je ravale difficilement la boule qui s'est formée dans ma gorge.

Il tire sur les pans de mon smoking sur mesure Tom Ford – les chaussures viennent aussi de chez Tom. Pas de Vans – ce serait trop bête de mourir le jour de notre mariage.

— C'est elle qui l'a choisi ?

— Non, dis-je, assez content de moi.

— Eh bien… (Il hoche la tête, impressionné, puis son expression s'adoucit.) Tu m'as dit que tu l'aimais depuis très longtemps ?

Je hoche la tête.

— Je n'ai jamais arrêté.

— Tu n'as jamais arrêté, répète-t-il en me souriant fièrement.

Il me tapote affectueusement le bras, puis retourne s'asseoir auprès de ma mère.

Et là, je l'entends. Le début de la chanson sur laquelle elle doit faire son entrée. À Londres, ç'aurait été le *Canon en ré majeur* de Pachelbel – quoi d'autre ? Mais ici, dans l'intimité, nous avons opté pour quelque chose d'un peu différent.

Tout le monde se lève. On pourrait croire que je suis nerveux, mais pas du tout. Merde, j'ai attendu ce moment toute ma vie. Il n'y a pas un gramme de doute en moi. Je ne suis pas inquiet ni stressé. Je suis prêt… Putain, je piaffe d'impatience, ouais.

Mon cœur bat très vite, ça oui, mais normal : il s'affole toujours quand je suis sur le point de la voir. Et puis, je l'ai toujours adorée en blanc.

Tout ce que j'arrive à penser à cet instant, c'est qu'on a réussi. Ça y est, putain ! On en a bavé, mais ça a valu tous les coups reçus. Je le referais, s'il le fallait. Je marcherais sur des braises pour elle.

Soudain, je sens les mains de Jo sur mes épaules. Je lève les yeux tandis que la voix retentit à la vingt-huitième seconde de *Marching Bands of Manhattan* de Death Cab for Cutie, et là, le monde disparaît. Il y a un nouveau soleil au bras de mon frère, remontant l'allée vers moi. Il a volé toute la lumière, toute la beauté de la terre – est-ce qu'il reste quelque chose autour de nous ? Je n'en sais rien… Je ne vois rien. Je suis aveuglé.

Elle a une expression timide – la plus enivrante du monde, putain ! Ses yeux ne me lâchent pas, émus, sérieux, pleins de la solennité du moment.

Elle me sourit imperceptiblement, et je lui réponds par un sourire radieux, énorme, irrépressible.

Elle est tellement belle – elle est toujours belle, mais là, on dirait une blague. C'est un mirage, elle ne peut pas être réelle…

Si, pourtant. Elle remonte une allée pour me rejoindre afin que nous nous promettions un tas de conneries que nous nous sommes toujours promis de toute façon, mais je suis heureux d'être là.

Elle est tout près, maintenant, et je sais ce qui devrait se passer ensuite, je veux dire, j'ai déjà assisté à des mariages. Merde, on a même répété pour le nôtre… Mais ça arrive quand même, je fais une sortie de route.

Je franchis les derniers mètres qui nous séparent, relève son voile, la soulève du sol et l'embrasse parce que je ne peux pas m'en empêcher.

Elle rit, sa bouche contre la mienne, et toute la tension dans son corps se dissout entre mes bras. J'entends qu'on s'agite et qu'on murmure autour de nous.

Jo m'accuse de lui voler la vedette, alors que je ne vole que quelques baisers.

Je la repose, lui adresse un clin d'œil imperceptible puis me dépêche de regagner ma place près de mon vieux pote, où j'étais censé rester l'attendre.

Magnolia se tourne vers Henry qui, sans un mot, arrange son voile et essuie un peu de rose à la commissure de ses lèvres. Puis il lui offre de nouveau son coude pour qu'elle termine son meilleur défilé – à mon humble avis.

Quand elle arrive près de moi, les joues empourprées, elle rit mais je crois entrevoir quelques larmes, aussi.

Henry me donne deux claques dans le dos avant de me serrer de toutes ses forces dans ses bras, puis il se tourne vers elle et l'embrasse sur la joue avant d'aller s'asseoir à côté de Romilly.

Je regarde Parks, arbore mon sourire magique et lui tends la main.

— Mes bien chères sœurs, mes bien chers frères…, commence Jonah.

Je lève les yeux au ciel.

— Ferme-la ! lui dis-je, et Magnolia et les autres éclatent de rire.

— Bienvenue, reprend Jonah, au mariage tant attendu de Baxter James Ballentine et Magnolia Parks. (Il se tait un instant pour nous sourire, à Parks et moi, et je vois combien il est heureux. Puis il se tourne vers nos familles.) C'est un immense honneur pour moi d'occuper cette place, mais je pense la mériter… (Il nous adresse à Parks et moi un regard pénétrant.) Parce que les deux dernières années avec ces deux idiots ont été un enfer.

Tout le monde s'esclaffe, et Magnolia me lance un regard.

Jo lève les mains vers nous façon prêtre.

— … Mais on y est arrivé. Voyons… (Il joint les paumes en les faisant claquer.) Quand ils m'ont demandé de célébrer leur mariage, la première chose qui m'est venue à l'esprit a été : « Je vais me faire pulvériser… »

Parksy lui décoche un regard noir. Jo grimace et se redresse rapidement en poussant un grognement gêné.

— La boss me regarde d'un sale œil, dit-il en arrangeant le col de sa chemise. Je garde ça pour mon discours de tout à l'heure. (Il me fait un signe de tête.) Alors, euh… (Il nous coule un regard interrogateur.) Les vœux, maintenant, c'est ça ?

Magnolia fronce légèrement les sourcils et me glisse un coup d'œil hésitant. Je sais que je vais me prendre un savon pour avoir autant insisté pour que Jo nous marie. Et je ne devrais probablement pas trouver ça drôle, mais je suis obligé de réprimer un éclat de rire face au baratin de mon meilleur pote.

— Les vœux, ce serait parfait, approuvé-je avec un clin d'œil.

— Parksy. (Jo lui fait un signe de tête.) Tu commences.

Magnolia hoche une fois la tête, docile – docile ! Ah ! Il y a toujours une première fois.

Elle se tourne face à moi et me regarde – c'est la plus belle robe que je l'aie jamais vue porter, mais je n'essaierai même pas de la décrire parce que je donnerais l'impression qu'elle est moche. Faites-moi confiance, c'est tout. Vos yeux n'ont jamais rien vu d'aussi beau que la fille qui se tient devant moi. Elle déglutit, de nouveau nerveuse. Les yeux écarquillés – genre Bambi, vous savez ?

Elle prend une profonde inspiration.

— Combien de personnes aimons-nous dans une vie… ? (Elle m'adresse un sourire rapide.) Voilà une question que je me suis posée pendant des années… Et je suis toujours arrivée à la même conclusion, avec des nuances variées. Le destin peut accorder à chacun la chance de connaître toutes sortes d'amours au cours de son existence. Certains sont terribles, d'autres malheureux, d'autres bien intentionnés, certains dangereux, d'autres merveilleux mais sans lendemain… Certains sont douloureux, et d'autres, quand vous les perdez, vous anéantissent. (Elle renifle et déglutit.) Si vous avez beaucoup de chance, vous pouvez connaître un grand amour. Je suis la fille la plus chanceuse du monde, parce que j'en ai eu deux.

Je lui souris gentiment, en espérant que ça lui donnera du courage. Je n'aimerais pas qu'elle fonde en larmes devant les autres – à moins qu'elle ne le veuille, auquel cas, qu'elle pleure, putain… Mais se montrer vulnérable n'est pas son genre.

— Notre relation a été traversée par tant d'histoire, d'espace et de temps. Et je sais que notre amour a quelque chose de mystérieux, d'insaisissable. Certains ne le comprennent pas, et je les plains (elle hausse imperceptiblement les épaules), car t'aimer a été l'expérience la plus merveilleuse que j'ai eu le privilège de faire dans ma vie… (Je souris.) Et je sais que les gens nous observent, regardent ce qui nous est arrivé et se demandent comment nous pouvons être comme nous sommes. Et bien sûr… les liens traumatiques (elle me lance un coup d'œil), mais aussi, d'abord, surtout, toi. Nous sommes tels que nous sommes grâce à toi. Parce que tu n'as pas abandonné. Parce que tu m'as aimée avant tout, et mieux, et avec courage, et… (Merde, elle va me faire pleurer.) Et je suppose que ce que j'essaie de te dire, c'est merci… ?

Elle l'énonce comme une question, ce qui me fait rire et me permet de tenir mes larmes en respect encore un peu.

— Et aussi, si le temps et l'espace et l'histoire m'ont enseigné quelque chose, c'est que tu es l'amour d'une vie, dit-elle d'une voix ferme. Tu es ce dont parlent les poètes, ce que chantent les chœurs des anges dans le ciel. Tu es ce au-dessus de quoi les nuages s'ouvrent pour que le soleil l'illumine. Tu es chaque papillon dans mon ventre. Tu es chacune de mes pensées tendres.

» Tu es une serviette chaude quand on sort de la douche par une nuit froide. Tu es la tasse de thé qu'on tient contre sa poitrine quand on a besoin d'une minute à soi. Tu es ce sentiment qu'on éprouve quand on est chez soi, en sécurité et au sec, lorsqu'il fait noir dehors et qu'il pleut à torrent.

Je déglutis, pince les lèvres. *Ne pleure pas.*

— Tu es ce qu'Il a vu dans le jardin quand Il a dit que cela était bon, ajoute-t-elle en essuyant une larme sur sa joue, tandis que je me frotte le nez pour garder mon calme. Mon amour pour toi est la première chose que j'attrape si la maison est en feu, et elle l'a été… (Elle me lance un coup d'œil.) Et ça pourrait encore arriver. J'espère vraiment que non, mais si ça se reproduit, mon amour pour toi est et sera toujours la première chose à laquelle je m'accrocherai.

Jonah la regarde fixement, impressionné – comme moi, mais c'est toujours l'effet qu'elle me fait.

Il hoche la tête.

— Très bien. (Il pivote vers moi.) BJ… ?

Je me tourne vers elle et agite malicieusement les sourcils, comme s'il ne s'agissait pas du moment le plus sacré, le plus solennel que je vivrai sur cette planète.

Elle m'adresse un autre sourire minuscule, cette fois avec les yeux, surtout, et je lui décoche un clin d'œil avant de me lancer.

— OK… Franchement, ça tombe très mal pour moi. Je t'ai fait un discours tellement génial l'autre jour…

J'incline la tête comme pour désigner le moment où je lui ai demandé de m'épouser tout de suite.

Elle sourit.

— Je veux dire, vraiment le top du top. J'aurais carrément pu m'en servir pour mes vœux, mais je me suis dit que ça ne passerait pas très bien si je me contentais de répéter ce que je t'ai dit à ce moment-là, même si c'était fantastique et même si c'est toujours vrai… (Je marque une pause pour un effet dramatique.) Je t'ai aimée de bien des manières au cours de nos courtes mais interminables existences…

Magnolia éclate de rire. Personne ne saisit l'allusion, normal, et de toute façon ce n'était que pour elle.

Elle rayonne à présent, comme il se doit. Je lui souris, heureux.

— J'avais six ans quand je suis tombé amoureux de toi, tout le monde le sait. Je le raconte dès que l'occasion se présente… Mais je n'ai jamais évoqué les chiffres, qui sont pourtant parlants. Vingt et une années passées à t'aimer. Ça fait 252 mois, 1 095 semaines, 7 665 jours, 183 960 heures et 11 037 600 minutes. Si ça doit signifier quelque chose, Parks, que ce soit la profondeur de mon engagement. Je t'appartiens.

Sans me quitter des yeux, elle rentre un peu le menton, déglutit.

— Je pense à toi en me réveillant, comme par habitude. J'ouvre les yeux, et je pense à toi… Rien de métaphysique, ni de compliqué, juste… tu es ma première pensée, et ce, depuis pas mal de temps, maintenant.

» Et je sais que, dit comme ça, on pourrait croire à une forme d'asservissement, à une responsabilité forcée, mais ce n'est pas ça, même si ça l'est. (Je hausse vaguement les épaules.) Personne ne plaint les moines – enfin, moi, je les plains un peu à cause de leur vœu de chasteté –, personne ne trouve rien à redire à leur vocation, parce que leur cause est noble et digne d'être servie. (Je pointe le menton vers elle.) Tu es ma noble et digne cause.

Elle s'essuie les yeux et… merde, je ne veux pas pleurer.

— Parksy, tu n'es pas seulement ma première pensée, tu es aussi, délibérément, ma deuxième pensée, ma troisième, et toutes celles qui suivent, et quand je serai mort… (Je lui adresse une petite grimace d'excuse pour avoir prononcé ce mot.) Désolé.

Mais quand ça arrivera, c'est ce que les gens diront de moi. Que je t'ai aimée. Que je t'aime toujours. Que quand je mourrai – vieux et prêt à quitter ce monde –, mon amour infini pour toi traversera l'espace et le temps, résonnera jusqu'aux confins de l'univers et se propagera au suivant.

Elle essuie une autre larme, et je lui offre un sourire qui, j'espère, l'aidera à se ressaisir, puis je m'éclaircis la voix.

— J'ai, au fil du temps, développé un certain penchant pour les métaphores maritimes. Ne me demandez pas pourquoi… (Je réfléchis.) J'attribue une certaine gravité aux bateaux, je crois. Et une certaine vérité aux comparaisons impliquant les marées et les rivages, toi et moi, et cette manière qu'on a toujours eue de revenir, de s'échouer l'un sur le rivage de l'autre. Et puis cela a probablement aussi à voir avec le fait que tu as, indubitablement, été le visage de presque toutes les tempêtes que j'ai traversées dans ma vie. Je ne dis pas que c'est ta faute, hein, juste que tu es cette force, indomptable, implacable, avec laquelle j'ai dû apprendre à vivre, à grandir, et que je continuerai à apprivoiser chaque jour de ma vie.

J'entends ma mère réprimer un petit sanglot et je la regarde, attendri, avant de me tourner de nouveau vers Parks, qui rit, et putain, ses yeux sont magiques, là maintenant. Elle a sorti les diamants. Je prends une inspiration. Déglutis.

— Les marins et les navigateurs, depuis la nuit des temps, ils se sont servis des étoiles pour se repérer sur la mer infinie. Comme tu le sais, Parks, nos noms sont écrits là-haut. Alors tu peux oublier Altaïr et Véga. (J'agite une main dans l'air.) Si on était nés à l'époque où les astronomes assignaient des histoires aux étoiles, ils nous auraient donné une galaxie. D'abord, parce qu'il nous aura fallu un peu de temps pour régler nos problèmes…, concédé-je avec un haussement d'épaules, ce qui la fait rire doucement. Mais surtout parce que j'aurais insisté pour avoir une étoile pour chaque raison que j'ai de t'aimer – ce qui en fait… ? (J'esquisse une grimace en essayant de me souvenir.) Plus ou moins cent milliards, et ça ne suffit encore pas…

J'inspire profondément par le nez, tente de me ressaisir, mais les larmes me montent aux yeux. Je renifle, avale ma salive.

— Merde… (Je ris, gêné, m'essuie le visage du dos de la main, puis m'éclaircis de nouveau la voix.) Regarde ce que tu as fait de moi. Un homme qui scrute les étoiles à la recherche de celles qui portent nos noms. Qui achète des abreuvoirs à abeilles, les installe dans Kensington Gardens Square et vérifie tous les jours qu'ils sont pleins parce que les abeilles ne sont pas mortes, putain – désolé, maman, dis-je en me tournant brièvement vers ma mère. Elles ne l'ont jamais été. Tu as fait de moi un homme qui, en voyant une fleur sous un certain éclairage, est capable de se mettre à pleurer, car quand on aime une fleur comme moi, comme je l'ai toujours aimée… (Je prononce lentement ces mots afin qu'ils l'imprègnent complètement.) Aimer quelqu'un comme je t'aime… (Je souffle longuement.) Ça te fout en l'air – désolé ! lancé-je encore à ma mère. Mais c'est ce que je veux, Parks.

» Je suis le renard et tu es la fleur, et tu m'as apprivoisé.

Elle sourit timidement.

— « Les hommes ont oublié cette vérité. Mais tu ne dois pas l'oublier. (Je lui adresse un regard appuyé.) Tu deviens responsable pour toujours de ce que tu as apprivoisé. » (Je fais un pas vers elle avec un sourire en coin.) Donc voici mon engagement. Je resterai apprivoisé par toi pour toujours. (Je hoche une fois la tête, puis ajoute comme après coup.) Et puis tous les autres trucs aussi. Je te protégerai, je subviendrai à tes besoins, je t'écouterai, je te respecterai, je t'adorerai, je te ferai confiance, je rirai avec toi, je vieillirai avec toi, j'aurai des bébés avec toi… Je suis partant pour tout. (Je hausse les épaules.) Je ferai tout ce que tu veux, putain.

— Ben merde alors ! dit Jonah après quelques secondes de silence.

Parks laisse échapper un rire mêlé d'un sanglot, et je ne m'attendais pas à une telle manifestation d'émotion de sa part. Je fais une drôle de tête, ce qui la fait pleurer-rire de plus belle.

— Nous allons à présent procéder à l'échange des…

— Attends…

Je tends le doigt à l'intention de Jonah. Essuie le visage de ma presque-femme de mes pouces. L'embrasse sur le crâne.

— C'est bientôt fini, lui dis-je, et elle hoche rapidement la tête.

Je me tourne de nouveau vers Jo, sourcils arqués.

— Vas-y.

Jonah se tourne vers Parks et guette son signal. Elle hoche la tête.

— Magnolia, veux-tu prendre BJ pour époux ? Acceptes-tu de l'aimer, de le chérir, dans la joie comme dans la peine, dans la richesse comme dans la pauvreté, dans la santé comme dans la maladie, de lui être fidèle, jusqu'à ce que la mort vous sépare ?

Elle lève les yeux vers moi et répond d'une voix plus calme et plus assurée que je crois lui avoir jamais entendue :

— Oui, je le veux.

Jonah sourit, puis se tourne vers moi.

— Et toi, BJ, veux-tu prendre Magnolia pour épouse ? Acceptes-tu de l'aimer, de la chérir, dans la joie comme dans la peine, dans la richesse comme dans la pauvreté, dans la santé comme dans la maladie, de lui être fidèle, jusqu'à ce que la mort vous sépare ?

Je baisse les yeux vers elle, un grand sourire aux lèvres.

— Ouais, je le veux.

— Très bien.

Jonah hoche la tête en nous regardant, et putain, il a la banane…

Il plonge une main dans sa poche et en sort nos alliances – des créations de Polly Wales –, puis me jette un coup d'œil.

— La dernière ligne droite, *baby*, chuchote-t-il, excité.

Il tend à Magnolia mon alliance – et maintenant, oui, mon cœur s'emballe, je ne sais pas pourquoi. Peut-être parce que la seule chose que j'aie toujours voulue est sur le point de se réaliser ?

— Répète après moi, OK ? dit Jonah à Magnolia, sourcils arqués. Par cette alliance…

— Par cette alliance (elle la place au bout de mon annulaire), je deviens ta femme, répète-t-elle après Jo. Par elle, je t'offre tous mes biens terrestres (là, elle me lance un regard méfiant) et tout ce que je suis (elle ravale un sourire), mon corps, mon esprit, mon âme (elle déglutit), jusqu'à ce que la mort nous sépare.

Ensuite, elle glisse l'alliance sur mon doigt. Mon cœur va exploser.

Et puis c'est mon tour.

Jo me met son alliance dans la main puis me donne une claque sur le bras.

— Par cette alliance…, commence-t-il.

— Parksy, par cette alliance, répété-je en m'efforçant d'effacer mon sourire, je deviens ton mari, dis-je en hochant la tête. Par elle, je t'offre tous mes biens terrestres et tout ce que je suis, continué-je, en la regardant avec ferveur, mon corps, mon esprit, mon âme (putain, je pleure encore… Je renifle, ris, essaie de ne pas me sentir débile), jusqu'à ce que la mort nous sépare.

Je passe l'alliance sur son doigt, incline la tête et lui adresse le regard que j'ai attendu une vie de lui adresser.

Jonah s'est remis à parler, et je sais que je devrais l'écouter, mais je ne peux pas, je regarde Parks me regarder.

Je pince les lèvres, incapable néanmoins de réprimer le sourire qui s'y est installé. De toute façon, pourquoi je le ferais ?

Je viens de l'épouser.

Ce n'est que quand Magnolia hausse les sourcils – et je connais ces sourcils, ce sont des sourcils impatients, qui attendent quelque chose – que je m'aperçois que j'ai tellement baissé le volume de ce que blablatait Jonah que j'ai probablement raté le plus important.

— Merde, mec, désolé… (Je grimace.) Tu peux répéter ?

— Quoi ? se moque Jonah. Que je vous déclare…

— Ouais, le coupé-je. Re-déclare-nous.

Jonah lève les yeux au ciel, et Magnolia rit franchement, maintenant.

— Je vous déclare mari et femme, proclame-t-il fièrement, avant d'ajouter « crétin ! » dans sa barbe afin que ma mère n'entende pas.

Je souris à Parks, fais un pas vers elle et pose ma main sur sa joue – pourquoi est-ce que les voiles rendent les filles encore plus belles ?

— Je sais que tu n'es pas fan des démonstrations d'affection en public…, lui dis-je tout bas.

— Je peux faire une exception, chuchote-t-elle.

— Bien.

Je hoche la tête, et ensuite je lui roule le palot du siècle.

Une main dans ses cheveux, l'autre sur sa taille, légèrement cambrée mais complètement plaquée contre moi. Je crois entendre les applaudissements et les acclamations des gens qui nous aiment, mais je m'en tape. Je ne l'embrasse pas comme ça pour la galerie, je l'embrasse comme ça parce qu'on a réussi. Ça nous a pris un peu de temps, la route a été longue, mais on y est arrivés et je ne changerais rien, putain.

84

Magnolia

Le *Bulgari* propose quatre espaces dédiés au mariage. BJ les avait tous retenus et fait décorer afin que nous puissions choisir plus facilement celui que nous préférerions pour cette journée.

La réception s'est déroulée dans une partie de l'hôtel appelée « The Mansion ». Elle est un peu à l'écart et offre plus d'intimité que les autres.

Tout est parfait. Je porte à présent la robe numéro deux – une robe du soir de la collection Rose Blanche automne 2023 d'Eisen Stein. Le modèle – vous n'allez pas le croire – s'appelle Bridgit. Elle me plaisait avant que je connaisse son nom, mais une fois que j'ai su… Je prends tout ce qui me permet de me sentir proche d'elle, vous comprenez ?

BJ s'amuse beaucoup. J'adore le voir heureux.

C'est comme ça que j'ai su que je voulais passer ma vie avec lui. J'aime le regarder, quoi qu'il fasse. Rire, conduire, se doucher, se laver les dents, respirer… tout. J'aime tout.

Et il passe une merveilleuse soirée. Sur la piste, dansant avec sa grand-mère et sa mère. Assis à une table dans un coin avec les garçons et son père à boire du whisky… Il me lance des regards depuis l'autre extrémité de la pièce, et j'ai de nouveau quinze ans. Mais non. J'en ai vingt-cinq, et je suis mariée.

Mon cœur déborde d'amour. Il pourrait exploser. Mais il y a aussi une douleur en moi dont je m'étais demandé si elle apparaîtrait ou si elle me ferait la grâce de ne pas se manifester aujourd'hui. Bien sûr qu'elle se montre. Comment aurait-il pu en être autrement ? Je n'ai jamais voulu vivre cette journée sans elle. Aucune, d'ailleurs, mais celle-ci encore moins.

J'ai besoin d'une minute. Je profite d'un moment où personne ne me prête attention pour m'esquiver et gagner « La Terrazza ».

C'est tellement ravissant, là-haut. Un jardin caché donnant sur l'océan Indien, qui s'étend à perte de vue.

Je prends un moment pour respirer. Tente de sentir la présence de ma sœur, même si je l'ai laissée partir et que, depuis, j'essaie de me conduire en adulte et de vivre sans elle. Il n'empêche que certains jours, comme aujourd'hui, on a besoin de sa sœur.

— Hey, Ballentine ! lance ma voix préférée derrière moi.

Je me retourne et le regarde, immédiatement intimidée parce qu'il est débraillé de la plus sexy des façons.

Il a enlevé la veste de son smoking et défait quelques boutons de sa chemise. Ses cheveux sont en désordre à force d'y plonger les mains en dansant.

Ses pommettes sont légèrement hâlées, ses yeux plus brillants qu'à l'ordinaire et sa bouche plus rose… J'avale ma salive parce que, eh bien… mmm !

Je rentre le menton et le regarde.

— Salut.

— J'ai attendu longtemps pour pouvoir t'appeler comme ça.

— J'ai attendu longtemps pour en être une.

Il fronce le nez, comme s'il en doutait.

— Tu en as toujours été une.

Je souris de nouveau, mais je suppose que mes yeux me trahissent.

Il marche vers moi, pose ses mains sur ma taille et incline la tête.

— Ça va ?

Je hoche la tête.

— Ouais.

Il me dévisage attentivement.

— Heureuse ?

— Oui.

Je lui souris.

Il m'effleure la joue.

— Tu peux dire non…

— Non ! (Je lui prends la main.) Non, c'est juste…

— Bridget.

Je hoche la tête.

— Ouais.

— Tu sais, commence-t-il, l'air fier de lui. En fait, je me suis préparé à cette éventualité.

— Comment ça ? demandé-je avec curiosité.

— J'ai prévu deux choses. Une…

Il plonge la main dans sa poche et en sort un pendentif orné d'un diamant noir taille émeraude, d'un peu plus d'un carat.

— Qu'est-ce que c'est ? demandé-je en regardant fixement le bijou.

Il fait une grimace.

— J'ai peut-être volé un peu de cendres de Bridget il y a quelque temps…

— Pas possible ! (Je le lui arrache des mains et l'examine, avec une fascination morbide.) Tu l'as transformée en diamant ?

Il hoche la tête. Je trouve une lampe sous laquelle inspecter le bijou.

— C'est toi qui as décidé que la pierre soit noire ou ça s'est fait tout seul ? Parce que ce serait très révélateur…

— Non, s'esclaffe-t-il. C'est moi qui ai choisi.

— Oh !

— J'ai pensé que ça lui correspondait bien.

Je hoche la tête. Oui, je suppose.

— Tu aimes ? J'ai hésité…

— Je l'adore ! En plus, comme c'est toi qui l'as transformée en pierre et pas moi, je crois que c'est toi qu'elle va revenir hanter.

— Je préférerais éviter…, dit-il en haussant les épaules.

— Qu'est-ce qui t'a décidé ?

— Je ne sais pas. (Il paraît lui-même assez dérouté par sa propre initiative.) En fait, ça s'est presque imposé à moi.

Du menton, il désigne le collier dans mes mains.

— Je peux ?

— Oui, s'il te plaît…, acquiescé-je en relevant mes cheveux pour qu'il puisse me le mettre.

Je le presse contre ma poitrine, et je sais que c'est probablement dans ma tête, mais je la sens encore plus près de moi.

Je me tourne vers BJ et lui souris.

— Merci.

— De rien, répond-il comme si la prévenance n'était pas grand-chose.

Puis il plonge la main dans la poche de son pantalon et en sort autre chose.

Des fiches bristol…

Je les fixe, perplexe.

— J'ai pris une autre initiative.

— OK, dis-je avec une petite moue.

— J'ai écrit son discours de mariage, explique-t-il avant de marquer une brève pause. Ou du moins ce que je crois que ce discours aurait été.

J'ouvre des yeux ronds.

— Ah oui ?

Il hoche la tête.

— Ouais.

Je me redresse.

— OK. Vas-y, je t'écoute.

Le garçon que je viens d'épouser se racle la gorge pour créer un effet dramatique.

— Les liens traumatiques ! lance-t-il d'une voix forte.

Aussitôt j'éclate de rire, secoue la tête.

Il me décoche un sourire éclatant.

— Je plaisante… Ou non, parce qu'elle aurait probablement fait la même blague.

— C'est vrai, concédé-je.

— Beaucoup de gens l'ignorent, commence BJ dans sa meilleure imitation de la voix de Bridget, mais Magnolia est très intelligente, en fait.

Je plisse les yeux vers lui.

— Je n'adore pas ce « en fait ».

Il incline la tête.

— Elle n'en aurait rien eu à faire, chuchote-t-il.

— Tu as raison, admets-je avec une petite moue.

Il me décoche un clin d'œil et reprend.

— Elle le dissimule, la plupart du temps. Comme si elle avait peur qu'être jugée pour ce qu'elle pense plutôt que sur son apparence ne soit plus douloureux. Et peut-être qu'elle a raison… (Il hausse les épaules, dans la peau de son personnage.) Les gens ayant souvent fait preuve de méchanceté à son égard, elle se comporte différemment selon ce qu'elle est disposée à montrer d'elle. (Il me jette un coup d'œil, fier de sa phrase bridgesque.) Elle joue un rôle en permanence. Sauf devant moi… et devant lui. (BJ pointe son doigt vers sa poitrine.) Et c'est en quelque sorte tout ce que vous souhaitez à ceux que vous aimez, non ? Qu'ils puissent être complètement eux-mêmes avec la personne qui partage leur vie. Et c'est le cas. Elle est énervante, geignarde, exigeante…

Comme je fronce les sourcils, il me chuchote :

— C'est elle qui parle, pas moi.

Je lève les yeux au ciel.

— Déraisonnable, parfois, reprend-il. Mais d'une bonne façon, en général. La légèreté dont elle fait preuve en sa présence me paraît essentielle. Avec lui, elle est libre. Comme si elle se relâchait… (Mon visage se détend un peu en entendant ces mots.) Et quand elle le regarde avec ses yeux de biche, elle a l'air d'avoir seize ans…

Il se penche vers moi et plonge son regard dans le mien.

— Bridget, c'est toi ? demandé-je, perplexe, et il éclate de rire en renversant sa tête en arrière.

— Bien ! (Il tape dans ses mains.) Comme je doute qu'ils l'admettent un jour, je vais le faire à leur place. Après tout, il faut rendre à César ce qui appartient à César. Nous ne serions pas ici sans moi.

Je lève les yeux au ciel, parce qu'elle le dirait.

— BJ voit une psy parce que je l'y ai obligé, ajoute-t-il avant d'incliner la tête comme le faisait ma sœur. De rien.

Je souris.

— Quant à Magnolia… (il esquisse une grimace) on y travaille.

Je lève de nouveau les yeux au ciel.

— Mais, poursuit-il (honnêtement, son imitation est excellente. Il maîtrise sa gestuelle à la perfection), il est important de célébrer cette avancée. Parce que, putain, il en avait vraiment besoin ! (J'éclate de rire.) Je ne suis pas certaine qu'ils auraient réussi à régler leurs problèmes autrement. Donc si vous voulez bien lever vos verres et trinquer à ma santé… (Il me lance un regard malicieux.) Je plaisante, dit-il avant de consulter ses fiches un moment et de poser de nouveau les yeux sur moi. Nombre d'entre vous doivent se demander comment c'était, de grandir en ayant Magnolia comme sœur. (Il marque une pause.) Un calvaire, évidemment. Regardez-la… (Je lève les yeux au ciel.) Elle est ridicule, épuisante, et assez chiante, en fait…

Je fronce les sourcils.

— BJ…

— Je sais, souffle-t-il en reprenant sa voix normale. Ce qu'elle peut être méchante, parfois… Mais elle te le disait souvent, et j'essaie d'être authentique.

Je cligne des yeux et lui fais signe de poursuivre.

— Elle est impulsive, n'a rien contre une bonne dispute et peut se montrer capricieuse…

— OK, c'est bon, on a compris…, grondé-je.

Il réprime un sourire.

— Ce n'est pas entièrement sa faute, cela dit. Quelle idée de l'appeler « Magnolia » ! Elle en a fait les frais. Et nous aussi ! s'exclame BJ-Bridget avant de baisser la tête et de redevenir lui-même le temps de me glisser, les yeux écarquillés : Il faudra qu'on en discute, d'ailleurs. Putain ! (Il fronce les sourcils, relève mon menton du doigt afin de scruter mon visage.) Ça va ?

Je hoche la tête.

— Ouais.

— Promis ?

— Oui.

Je souris à présent.

— Parce que je lui casse la gueule, sinon.

— Je sais. (Je lui effleure le bras.) Continue.

Il baisse de nouveau les yeux vers ses fiches.

— Elle accorde beaucoup trop d'importance aux vêtements…

— Retire ça tout de suite ! m'écrié-je.

— Mais se révèle d'une grande loyauté ! dit-il plus fort.

Je me calme aussitôt et lève les yeux vers lui, attendant la suite.

— Grandir avec ces deux-là n'a pas été de tout repos. (Du doigt, il nous désigne tous les deux.) Il fallait se coltiner les journaux, d'abord. Extrêmement désagréable. (Il consulte ses notes et sourit malicieusement.) Mais le pire, ça a été de cohabiter avec des lapins… (Pause dramatique.) Ils s'envoyaient en l'air dès qu'ils en avaient l'occasion, n'importe où ! Littéralement. (Il hoche la tête comme elle le ferait.) Partout… Harley – papa, je veux dire… si tu savais… Il n'y a pas eu que ta Maserati… (BJ me toise d'un air sévère.) Je maintiens, invoquant un point de procédure, qu'elle a perdu sa virginité sur la banquette arrière de ce véhicule…

Je le fusille du regard.

— BJ.

Il hausse les épaules.

— C'est la vérité.

— BJ !

Je tape du pied.

Il se désigne du doigt.

— Je suis Bridget. Et puis, je dis ça, je dis rien…

Il s'étire avec indolence, puis se penche pour me glisser à l'oreille :

— Cela dit, en tant que BJ, plus le temps passe, plus je crois qu'elle pourrait bien avoir raison. (Je le fixe d'un regard sidéré.) J'y pense, parfois, murmure-t-il. Tu as fait ta tête de sexe. (Ma mâchoire se décroche, et il grimace.) Je suis désolé, mais c'est la vérité. (Je secoue la tête, atterrée.) Il suffit d'un commencement de début de pénétration pour que tout d'un coup ton univers bascule !

Il rit et me caresse le visage parce qu'il adore me voir comme ça.

Il se racle la gorge et redevient Bridget.

— Il n'y a pas eu que la Maserati, Harley. Mais aussi la McLaren, la Bentley et la Hennessey.

Je lui jette un coup d'œil. Je ne connais pas les marques des voitures dans lesquelles nous nous sommes envoyés en l'air, mais il est certain qu'il y en a eu beaucoup.

C'était facile. Officiellement, nous les empruntions pour des activités innocentes – aller dîner ou faire un tour. En réalité, nous roulions jusqu'à Hampstead Heath, cherchions un arbre aux branches basses sous lequel se garer et faire l'amour. Bref, tout ce que je sais, c'est qu'il y a eu des voitures et que des rapports sexuels ont eu lieu à l'intérieur.

BJ poursuit son énumération.

— Il y a eu le jet, aussi. Et ton bureau, dit-il comme si Harley était assis devant lui. Ne fais pas le malin, Hamish, parce qu'ils l'ont aussi fait dans le tien… Dans ton lit, Lily, dans le chalet en Suisse, dans ta chambre de la maison de Saint-Tropez, Harley, et il leur a fallu être stratégiques sur ce coup-là, parce que vous ne vous êtes absentés que deux heures…

Je lui donne une tape sur le bras en riant.

— Arrête !

Mais il continue.

— Dans la villa de Valldemossa…

— BJ !

Je tape du pied, mais je ris toujours.

— Sérieux… (Il secoue la tête comme l'aurait fait ma sœur.) Ils étaient insatiables. Et tellement pas discrets ! Le nombre de fois où je les ai surpris – bien malgré moi… (Il souffle bruyamment.) C'est moi qui devrais faire une analyse.

Je lui lance un regard réprobateur.

— Et ça paraît dégoûtant, et vous savez quoi… (Il réfléchit.) Bon, appelons un chat un chat : c'était un peu dég. Mais en même temps… (Il hausse les épaules à la manière de Bridget.) Je dois admettre que c'était assez romantique, aussi… Plutôt spécial de voir deux personnes s'aimer autant…

Je me sens m'attendrir.

— Et vous avez mis le temps, mais j'ai toujours su que vous y arriveriez, dit-il sur le ton suffisant que ma sœur employait tout le temps. Je sentais que ça finirait par s'arranger…

Il se racle la gorge, puis lâche :

— Au cas où vous ne l'auriez pas su, ma sœur est sortie avec plusieurs garçons…

Je lui lance un regard d'avertissement.

Il hoche la tête, l'air de rien, comme le faisait Bridget avant de balancer des grenades dans les conversations.

— Il y en a eu des super. Vraiment, la crème de la crème… (Pause. Je sais parfaitement ce qui va suivre.) Et il y a eu Julian.

Je me mords la lèvre pour ne rien laisser paraître de mon amusement, tandis qu'il me décoche un sourire provocateur avant de s'esclaffer.

— C'est moi qui dis ça, chuchote-t-il. Pas Bridget.

— Je sais, murmuré-je.

— Mais moi, j'étais sûre qu'ils finiraient par se retrouver…, reprend-il parce que c'est ce qu'elle aurait dit. Même quand eux n'y croyaient plus. Je savais qu'ils étaient destinés à être ensemble. (Il hausse les épaules, se rendant à l'évidence.) Qu'eux deux, c'était écrit dans les étoiles, comme ils disent. Et j'avais raison, donc, continue-t-il avec l'arrogance de ma sœur. Voilà le plus important, la morale de l'histoire. J'avais raison, assène-t-il. Ils sont ensemble. Enfin. Pour de bon. (Son expression s'adoucit.) Oui, j'avais raison, mais les étoiles aussi…

Une larme roule sur ma joue, et BJ sourit en la voyant. Il la laisse là un moment avant de l'essuyer avec son pouce.

— Chers amis, ajoute-t-il de sa voix de Bridget, si vous voulez bien lever vos verres… (Je lève mon invisible verre.) À ma sœur et à mon premier baiser.

Je ris, et quelques larmes suivent la première.

— À ma sœur, soufflé-je en prenant la main de BJ.

Il la porte à sa bouche et l'embrasse en souriant. Si tendre, si adorable.

— À ma sœur aussi. Et… à celle qui n'était clairement pas mon premier baiser.

23:19

+44 789 5661274

Félicitations !

Je suis très heureux. Sincèrement.

Pour vous deux.

Qui est-ce ?

Je ne reconnais pas ce numéro.

Ah…

Bien joué !

Tu ne l'as vraiment plus ou tu te fous de moi ?

Julian ?

Petite ?

J'ai été apprivoisée.

Tu m'as effacé ?

Oui.

Bien. Je le méritais.

Effectivement.

Tu le mérites toujours, pour ce que j'en sais.

Toujours, absolument.

C'est noté.

Bon, en tout cas, je suis heureux pour toi.

C'est tout ce que je voulais dire. N'enregistre pas mon numéro.

Passe le bonjour à BJ de ma part… et dis-lui de se méfier, on sait jamais.

Julian…

Non mais, sérieusement, passe-lui le bonjour.

Pourquoi ?

T'es jamais contente, hein… ?

🙄

Au revoir, Julian.

Bye, Ballentine ♥

♥

85

BJ

Après le mariage, on est partis un peu plus d'un mois en lune de miel.

D'abord au *Qualia* dans les Whitsunday, puis au *St Regis* à Bora Bora. Ensuite, on s'est envolés pour Kapalua Bay, où on s'est installés au *Montage*, pour finir par un retour aux sources à Saint-Barth, où on a posé nos valises au *Rosewood*.

Parmi les semaines les plus heureuses et faciles de ma vie, jusqu'ici.

Le retour à Londres a été un peu prise de tête. La fascination du public était à son comble.

On a réussi à éviter les paparazzis à l'aéroport en donnant une mauvaise info à une connaissance peu fiable et dont on se doutait qu'elle vendrait la mèche, mais ils nous attendaient devant chez nous de toute façon.

Des nuées – plus qu'à la mort de Bridget.

On a fait la couv de tous les magazines. Et vous savez quoi ? Quelqu'un a vendu des photos de notre mariage.

Si c'est quelqu'un que nous connaissons, je vais le tuer. Si c'est un client de l'hôtel, que ce connard aille se faire foutre… Mais si c'est un pauvre gosse balinais qui gagne 5 000 roupies par jour, bien joué ! Je suis plutôt content pour lui. J'espère juste qu'il a touché le pactole.

Je suis quand même content d'être rentré, de faire des trucs de la vie normale avec elle.

Marrant comme le mariage change tout et rien à la fois.

On dort ensemble comme on l'a toujours fait, elle est ma première et ma dernière pensée tous les jours, je l'accompagne au boulot, je l'emballe contre tous les murs de notre appart – tout pareil qu'avant, et pourtant c'est différent.

Une couche en plus, ou une dimension supplémentaire à ce qu'on est ?

En tout cas, j'adore.

J'adore être son mari, même si je me sens exactement comme quand j'étais son fiancé.

J'adore être responsable de quelqu'un, j'adore être apprivoisé, putain. Apprivoise-moi pour toujours.

Et puis, tout va bien autour de nous.

Entre Henry et Romilly, ça roule toujours. Ils sont super amoureux et ultra chiants. Jo va mieux, j'ai l'impression de le retrouver un peu… Pas complètement, mais je le trouve différent de quand on est partis.

Taura et Tiller sont inséparables.

Christian et Daisy sont… Putain, laissez tomber… Allez leur parler, si vous voulez savoir.

Bref, en somme, la vie est plutôt belle, quoi !

De temps en temps, j'assiste aux réunions de mon père. Pas parce que j'ai l'intention de prendre la relève un jour – je ne sais toujours pas vraiment ce qu'il fait –, mais parce que après on va jouer au golf et que ça me fait plaisir de passer du temps avec lui.

Parks va bien – elle continue d'aller chez la psy. Elle est toujours aussi chiante pendant les séances, la plupart du temps, mais elle y va, et je suppose que c'est le plus important.

Entre Harley et elle, ça va (peut-être) mieux… Je ne miserais pas encore toute ma thune sur leur relation, mais depuis notre retour il l'a invitée deux fois à déjeuner.

La première, elle m'a demandé de l'accompagner, et la seconde elle m'a dit qu'elle pouvait y aller seule, mais elle l'a regretté ensuite, ne sachant pas encore comment ni de quoi lui parler.

J'ai l'impression d'être en pilote automatique – ça avance tout seul, sans effort.

Je sais que ce ne sera pas toujours comme ça, qu'on est dans la phase lune de miel ou je ne sais quoi, mais putain, c'est trop bon.

Après le marathon qu'on a couru pour en arriver là, je suis ravi de me la couler douce, de sentir sur mon visage la brise de mon amour pour elle pendant qu'on fait tous les trucs banals d'une vie normale – le genre que j'ai attendu toute ma vie de partager avec elle.

Des trucs comme… faire des travaux dans le premier appart qu'on possède ensemble.

L'entrepreneur m'adresse une grimace d'excuse en m'annonçant encore un retard sur la putain de baignoire. Je secoue la tête et balaie l'air de mes mains.

— Vous savez quoi ? Franchement… On ne s'en sert jamais. Laissez tomber. Arrangez-la pour qu'elle soit jolie, mais on n'a pas besoin qu'elle fonctionne.

— Attendez…, lance Magnolia depuis le seuil – je ne m'étais pas rendu compte qu'elle était là. Je préférerais qu'on puisse l'utiliser.

Je la regarde et fronce les sourcils, perplexe.

— Quoi ?

Elle hausse innocemment les épaules.

— Eh bien, il n'est pas absurde d'imaginer qu'un jour l'un de nous décide de prendre un bain…

Je pince les lèvres, un peu dérouté.

— Tu as envie de prendre un bain un jour, Parksy ?

— Absolument pas… (Elle croise les bras et marche vers moi.) J'aurais l'impression que la baignoire est une tasse et moi le sachet de thé, et je ne vois pas l'intérêt d'infuser une tasse géante de crasse humaine, donc…

Je fronce le visage.

— Dégueu !

— Exactement ! (Elle hoche vivement la tête.) Je ne m'explique pas que les gens aiment ça…

— Ce n'est pas vraiment eux qui ont un problème. Mais toi…

Elle secoue la tête.

— Désolé… (L'entrepreneur nous regarde.) Je répare la baignoire ou… ?

Je me tourne vers elle, attendant qu'elle tranche.

Elle me sourit distraitement, puis se tourne vers l'homme.

— Oui, s'il vous plaît. Si vous n'y voyez pas d'inconvénient.

86

Magnolia

J'ai un peu peur de lui dire, vous comprenez ? C'est pour ça que j'ai décidé de laisser passer quelques jours. Qui se sont transformés en semaines… Je n'avais pas l'intention de le lui cacher. Juste d'attendre.

Et puis j'ai été tellement débordée au travail. Je sais, c'est une très mauvaise excuse, voire pas une excuse du tout… Mais maintenant que les quelques jours sont devenus des semaines, j'ai peur qu'il ne le prenne mal.

Et si ça le met en colère ?

Ça pourrait arriver – c'est déjà arrivé.

Je suis assise dans le canapé à boire une tasse de thé en regardant une rediffusion de *The Vicar of Dibley* à la télévision quand j'entends la porte d'entrée se refermer.

BJ s'est absenté toute la journée. Il est allé jouer au golf avec Henry et leur père, et ensuite ils ont rejoint Lily à *Sushi Samba*.

Ils m'ont proposé de me joindre à eux, bien entendu, mais je n'avais pas très envie d'y aller. Je n'ai pas très faim, en ce moment.

— Yo ! crie-t-il. Je t'ai rapporté la sériole, le toro ceviche et le tempura de sébaste !

Je l'entends passer d'une pièce à l'autre. Je guette tous les petits bruits anodins qu'il sème derrière lui – celui de ses chaussures sur le parquet du couloir, de son manteau qu'il enlève puis suspend dans le placard, de ses clés tombant dans le vide-poche… J'adore les petits bruits anodins qui l'accompagnent jusqu'à moi.

Il apparaît alors dans l'encadrement de la porte du salon, contre lequel il s'appuie.

— Hey, dit-il en me regardant.

— Salut.

Je lui adresse un petit sourire avant de me tourner de nouveau vers la télévision. C'est l'épisode où le vitrail est cassé et où ils essaient de lever des fonds pour le remplacer.

Il me montre le sac en papier du restaurant.

— Merci, dis-je. Je n'ai pas très faim. Tu veux bien le mettre au frigo ?

Il plisse les yeux, et je reconnais une manifestation de ses vieilles inquiétudes.

— C'est juste que je n'ai pas envie de poisson cru, aujourd'hui, précisé-je avec un haussement d'épaules désinvolte. Mon estomac est bizarre.

— Oh ! (Il fronce les sourcils.) Désolé…

Je lui adresse de nouveau un sourire bref et retourne à ma série. Il se gratte la nuque sans me quitter des yeux.

— Eh, Parksy…

— Mmm ?

Il se racle la gorge.

— Ma douce et belle et tendre épouse, amour de ma vie…, commence-t-il, attirant mon attention.

Je mets la série sur pause et me tourne vers lui, méfiante.

— Quoi ?

Il marche vers moi, les bras croisés sur sa poitrine.

— Aurais-tu acheté une maison sans m'en parler ?

— Ouais. (Je hausse les épaules.) Plein.

Il cligne des yeux.

— Quoi ?

Je grimace, bafouille.

— Euh, non… Je veux dire…

Il se fend d'un sourire crispé.

— C'est juste… le genre de chose dont on discute en couple avant de le faire…

— Bien sûr. (Je hoche la tête, essayant de suivre son raisonnement.) Mais… j'ai déjà acheté des propriétés sans t'en parler avant…

— Eh bien, c'était différent. (Il semble soudain comprendre ce que je viens de dire et fronce les sourcils, dérouté.) Quand ça… ?

Je fais un peu la moue et décide que ce n'est probablement pas le meilleur moment pour lui parler de la villa sur la falaise de Sorrente que j'ai achetée l'autre jour… Je lève donc les yeux au ciel à la place.

— Tout va bien. (Il s'agenouille devant moi et ramène des cheveux derrière mes oreilles.) Je veux dire, je ne suis pas fâché. C'est juste que… (Il hausse les épaules.) En principe, les gens mariés discutent ensemble avant d'acheter une maison, c'est tout…

Ça n'a pas de sens, pensé-je. Je plisse les yeux.

— Tu parles des couples *pauvres*.

Il lève les yeux au ciel.

— Non, je parle des couples mariés.

— OK, désolée, je sais. (Je secoue la tête et souffle par le nez, frustrée.) J'essayais juste de trouver une manière de te le dire…

Il prend un air étonné.

— Me dire quoi ?

Je déglutis, nerveuse. J'ouvre de grands yeux, rentre le menton.

— Je ne veux pas que tu te fâches…

Il arque les sourcils.

— Pourquoi je me fâcherais ?

— Eh bien, justement, rien ne devrait te fâcher, réponds-je en haussant les épaules.

— C'est-à-dire ? demande-t-il avec impatience.

— Eh bien, j'ai acheté la maison car c'est ce qu'on s'est toujours dit. C'était le plan. J'ai pensé que si tu étais profondément heureux parce qu'on vient de se marier, peut-être que ça adoucirait la nouvelle ou quelque chose. Mais c'était peut-être une mauvaise idée, maintenant que je sais que tout investissement immobilier relève d'une… (je mime les guillemets) « décision mutuelle ».

BJ se mordille les lèvres pour réprimer un sourire, et puis un déclic se produit derrière ses yeux, qu'il braque sur moi.

— Parksy, où est la maison que tu as achetée ?

— Sur l'île de Mull.

— L'île de Mull ? répète-t-il en inclinant la tête. Tu veux dire… Tobermory ?

J'avale nerveusement ma salive avant de hocher encore la tête.

Il écarquille les yeux et me saisit par les épaules.

— Arrête… (Il me regarde fixement, choqué.) Arrête, déconne pas… Sérieux ?

Je n'arrive pas à déterminer s'il est heureux ou triste ou en colère ou agacé ou bizarre ou…

— Oui ? réponds-je doucement, ne sachant pas très bien où mène cette conversation.

Et là, il me fait glisser du canapé pour le rejoindre par terre.

— C'est vrai ?

Je hoche de nouveau la tête.

Il lâche un éclat de rire incrédule et jette ses bras autour de moi, nous projetant sur le sol tous les deux.

Sans me lâcher, il couvre mon visage de baisers, rit, puis me regarde comme s'il n'y croyait pas avant d'éclater de rire de nouveau.

— Putain ! (Il abat son poing sur le tapis et me regarde.) Tu avais raison.

À Bora Bora, je lui avais dit qu'il m'avait semblé que le préservatif s'était déchiré, mais il m'avait assuré que non.

— Je déteste quand tu as raison, ajoute-t-il sans pour autant cesser de sourire. Et notre enfant sera là tous les jours pour nous rappeler que tu avais vu juste.

Je hoche la tête, assez contente.

— C'est vrai.

Il me caresse la joue.

— Quand est-ce que tu l'as su ?

— Il y a deux semaines.

— Quoi ! (Il me regarde comme je le redoutais, puis se hisse sur ses coudes et fronce les sourcils.) Tu as gardé la nouvelle pour toi pendant deux semaines ?

— Deux ou trois, c'est tout…

— Qui est au courant ?

— Personne. (Je hausse les épaules.) Seulement toi.

Son expression se fait sérieuse.

— Pourquoi tu ne m'en as pas parlé ?

— Parce qu'il peut se passer tellement de choses les douze premières semaines, je ne… Je n'avais pas envie de te l'annoncer et que ça finisse mal. Ça m'a semblé plus sûr, je suppose.

Il agite sa main entre nous.

— On s'est mariés, tu te souviens ?

Je lui décoche un sourire sarcastique.

— Vaguement, oui.

— Quoi qu'il arrive, Parks, c'est toi et moi, ensemble…

— Vraiment nul, comme réplique, dis-je solennellement.

Il hoche la tête, accepte la critique.

— Ouaip, concède-t-il. Mais avec ça… avec tout ce qui… s'il te plaît… raconte-moi tout, toujours. (Il prend mes mains dans les siennes et entremêle nos doigts.) Et tu te sens bien ? Ça va ? Tout est en ordre ?

Je lui souris fièrement.

— Je suis à treize semaines et tout va bien.

Son visage s'illumine, et il se penche, effleure mes lèvres des siennes.

Au bout de quelques secondes, il s'écarte en riant.

— Treize semaines ! C'est genre… la moitié !

— Non.

— Presque !

Je secoue la tête.

— Absolument pas.

Il rit, et je presse mon nez contre le sien.

— BJ…, dis-je, et il hausse les sourcils, attend que je parle. C'est une fille, annoncé-je tout bas.

Il me regarde fixement quelques secondes sans rien dire – c'est long –, et puis il se laisse rouler sur le dos et contemple le plafond, probablement une minute – une minute interminable.

— Merde ! (Il éclate de rire de nouveau.) Je suis foutu !

— Pourquoi ? demandé-je en faisant la moue.

Il me regarde comme si j'étais idiote.

— Je suis incapable de résister à une fille Parks. (Il hausse les épaules.) Je n'en ai jamais rencontré aucune que je n'ai pas aimée.

J'ouvre de grands yeux et sens mon cœur devenir énorme.

Il m'attire sur lui.

— Est-ce que tu es heureuse, Parksy ?

Je baisse les yeux vers lui, mon menton sur sa poitrine, ses bras autour de moi.

Longues et profondes respirations qui vont jusqu'à l'arrière de mon torse, sourcils détendus, clignements de paupières légers parce qu'il ne reste plus rien de lourd entre nous. Les fenêtres sont grandes ouvertes, la lumière se déverse dans la pièce, les oiseaux chantent posés sur mes doigts, je valse comme dans un vieux film entre les bras de l'homme de mes rêves – est-ce que je suis heureuse ?

Je lui décoche un petit sourire.

— Oui.

Il me sourit à son tour, calmement.

— Tu as peur ? me demande-t-il d'une voix douce.

Je hoche rapidement la tête.

— Un peu.

Il presse ses lèvres pleines l'une contre l'autre – ah, cette bouche… elle m'a causé bien des problèmes tout au long de ma vie –, et puis ses yeux pétillent comme ils l'ont toujours fait, de cette manière à la fois sexy et excitante, mais aussi comme une invitation tacite et merveilleuse que j'accepterai toujours – toujours.

— Moi aussi, Parksy. (BJ Ballentine, très cool, pointe le menton vers moi.) Mais on va bien s'amuser, je te le garantis.

Remerciements

Benja, je t'aime, tout simplement, et j'adore notre vie ensemble. C'est le chaos absolu quatre-vingts pour cent du temps, mais je ne partagerais cette joyeuse pagaille avec personne d'autre. Je veux tout avec toi, pour toujours. Pour toutes les parties de ce livre qui me sont tendres, tu as changé ma vie en m'aimant si bien, et avec tant de constance.

Junes et Bels, si nous devions utiliser mes livres comme des jalons sur la route de notre vie de famille, celui-ci est le premier où je sens que vous allez vraiment ressentir les effets de mon activité et de mes absences occasionnelles. Vous êtes les enfants les plus merveilleux, les plus drôles du monde. Merci pour votre indifférence flagrante à l'égard de ma carrière, cela me rend heureuse.

Emmy, d'être ma BFF, mais aussi d'avoir donné à Magnolia un visage d'une beauté aussi époustouflante que BJ n'a cessé de le rabâcher toutes ces années. C'est ma couverture préférée de toutes. Elle est divine.

Maddi, d'être le ciment et la championne de notre famille. Tu es le rayon de soleil de nos vies.

Amanda, pour tout ce que tu fais et as fait. Je sais que je suis difficile à suivre, merci de me supporter.

À Luke et Jay (et toute la bande d'Avenir) – la partager avec mes frères a été un des aspects les plus fun de toute cette aventure. Merci d'être toujours partants et de vous laisser gaiement embarquer.

Ma super équipe – tout le monde chez WME, mais Hellie en particulier –, merci de faire preuve avec moi d'autant de patience que BJ envers Magnolia – j'en suis désolée, mais je vous en serai toujours reconnaissante. Caitlin et Alyssa, merci d'être toujours de mon côté, toujours prêtes à me soutenir. Hilary, Nicole et

Sylvie, merci de m'avoir adoptée. Et mes éditeurs, Orion et Dutton, Celia, Cassidy, Emad, John, Sarah et tous les autres. Je vous serai éternellement reconnaissante pour votre travail titanesque et votre patience à mon égard. Je sais que je peux être complètement timbrée et désastreusement pointilleuse. Merci de me supporter et de me faire confiance.

Et enfin, Magnolia et BJ, merci de m'avoir permis de raconter votre histoire. Merci d'avoir consumé mon esprit et ma vie comme vous l'avez fait, de ne pas avoir quitté mes pensées et de m'avoir gardée éveillée la nuit. À ce jour, avoir la chance de vous partager avec le monde a été l'une des plus grandes joies de mon existence, et je suis ravie de ce que vous êtes devenus. Vous avez changé ma vie, tous les deux. Je vous aimerai toujours tendrement.

Achevé d'imprimer en juillet 2025
par Normandie Roto Impression s.a.s.
61250 Lonrai
N° d'impression : 2501703
Dépôt légal : août 2025
38122674-01

Imprimé en France